劉 慈欣
りゅう・じきん／リウ・ツーシン

SUPERNOVA ERA
CIXIN LIU

超新星紀元

［訳］
大森 望
光吉さくら
ワン・チャイ

早川書房

超新星紀元

SUPERNOVA ERA
by
Cixin Liu

Translated by
Nozomi Ohmori, Sakura Mitsuyoshi, Wan Zai
Japanese translation rights authorized by
FT Culture (Beijing) Co., Ltd.
Originally published in 2003 as 超新星纪元
by Chongqing Publishing House Co., Ltd. Chongqing, China.
First published 2023 in Japan by
Hayakawa Publishing, Inc.
This book is published in Japan by
arrangement with
FT Culture (Beijing) Co., Ltd.
through Tuttle-Mori Agency, Inc., Tokyo.

娘の劉静（リウ・ジン）に本書を捧げる。彼女が楽しい世界で暮らせることを願いつつ。

目次

登場人物

〈大人たち〉

鄭晨（ジェン・チェン／てい・しん）…………小学校教師
張林（ジャン・リン／ちょう・りん）…………非常事態対策中央委員会のメンバー

〈鄭晨のクラスの卒業生たち〉

華華（ホアホア／かか）…………………………子どもたちのリーダー的な立場の少年
厳井（イェン・ジン／げん・せい）……………ずばぬけた洞察力を持つ博覧強記の少年。通称〝メガネ〟
暁夢（シャオ・ムン／ぎょう・む）……………成熟した精神を持ち、同級生から信頼される少女
呂剛（ルー・ガン／ろ・ごう）…………………意志が強く、軍人志望の少年
林莎（リン・シャー／りん・さ）………………医師を母に持つ、医師志望の少女
金雲輝（ジン・ユンフィ／きん・うんき）……空軍パイロットを父に持つ少年
王然（ワン・ラン／おう・ぜん）………………囲碁棋士を父に持つ少年
衛明（ウェイ・ミン／えい・めい）……………陸軍中佐を父に持つ少年

〈その他の子どもたち〉

ハーマン・デイヴィー…………………………アメリカ合衆国大統領
チェスター・ヴォーン…………………………同国務長官
フランシス・ベナ………………………………同大統領首席補佐官
ウィリアム・ミッチェル………………………同副大統領
スコット…………………………………………同統合参謀本部議長
杜彬（ドゥ・ビン／と・ひん）…………………駐米中国大使

ジャン・ピエール………………………………フランス大統領
ネルソン・グリム………………………………英国首相
大西文雄…………………………………………日本国首相
ジョー・ガーナー………………………………国連事務総長。アルゼンチン出身
イリューヒン……………………………………ロシア大統領
ジャヴォーロフ…………………………………ロシア軍元帥

プロローグ

このとき、地球は宇宙にあるひとつの惑星(ほし)だった。

このとき、北京は地球にあるひとつの街だった。

街明かりの海に浮かぶその街の小学校のある教室では、もうすぐ卒業する子どもたちがクラスの卒業パーティーを開いていた。そしていまは、そういうパーティーにつきものの、子どもたちがそれぞれの将来の夢を自由に発表する時間だった。

「ぼくは将軍になりたい！」と呂剛(ルー・ガン)が言った。体つきは痩せているが、ほかの子どもには見られない気迫が感じられる。

だれかがそれに反論した。「そんなのつまんないよ。だって、戦争なんてもう起こりっこないんだから。戦争がなかったら、将軍なんてなんの役に立つ？ 兵隊を連れてそこらへんをほっつき歩くだけになるだろ」

「わたしは医者になりたい」そう言ったのは林莎(リン・シャー)だった。消え入るような彼女の声は、すぐにほかの子どもたちの嘲笑に呑み込まれた。

「やめとけって。前に田舎に行ったときのこと忘れたのか。おまえ、蚕の繭を見ただけできゃあきゃあ言ってただろ。医者はメスで人を切らなきゃいけないんだぞ！」

「わたしのお母さんは医者なのよ」林莎はそう言ったが、だから自分は怖くないと言いたいのか、だから医者になりたいのか、どちらともつかなかった。

　クラス担任の鄭（ジェン・チェン）晨先生はまだ若い。窓の外に映る街の灯りをぼんやり眺め、なにか考えにふけっている表情だったが、ふとわれに返ったように言った。

「暁（シャオ・ムン）夢、あなたは？　大きくなったらなんになりたい？」

　鄭晨はそばにいた少女にたずねた。この少女は、服装こそ地味だが、大きな瞳をいつもきらきら輝かせている。しかし、ついさっきまでは、年齢に似合わない憂鬱な表情で、鄭晨と同じように窓の外を眺めていた。

「うちは生活がきびしくて、職業中学（普通教育とともに職業訓練を行う中学校）にしか進学できないんです」暁夢は小さくため息をついた。

「じゃあ、華華（ホアホア）は？」

　鄭晨は、今度はハンサムな男の子にたずねた。華華の大きな瞳は、次々に閃（ひらめ）く色とりどりの花火として世界を見ているかのように、たえず興奮と喜びの光がきらめいている。

「未来っておもしろそうだよな。なんになりたいかなんて、いまはまだ思いつかない。でも、なんになったとしても、おれが一番に決まってる！」

　子どもたちのうち、ある者はスポーツ選手になりたいと語り、またある者は外交官になりたいと言った。しかし、ある女の子が教師になりたいと発言すると、とたんにみんなが黙り込んだ。

「そんなに簡単じゃないわよ」鄭晨先生は小さな声でそう言うと、ふたたび窓の外を見るともなく眺めた。

「みんな、知らないでしょ。先生のおなかには赤ちゃんがいるのよ」ひとりの女の子が声をひそめて言った。

「そうだよ。それに来年、ちょうど赤ちゃんが生まれるころに、学校でリストラがあるんだってさ。将来はかなりきびしいぞ」べつの子が言った。

それを聞いた鄭晨は、ふりかえってその子に笑いかけた。

「そんなことを考えてるわけじゃないの。先生はただ、自分の子どもがあなたたちぐらい大きくなったとき、どんな世界で暮らしているのか想像していただけ」

「そんなことを考えても、なんの意味もないでしょう」痩せた男の子が言った。名前は厳井（イェン・ジン）。度が強い近眼鏡をかけているため、みんなからは〝メガネ〟と呼ばれている。

「未来に起こることなんてだれにもわからない。未来は予測不能なんだ。どんなことだって起こりえる」

「科学的な方法を使えば予測できるだろ。未来学者たちが使う方法があるじゃないか」華華が言った。

メガネはかぶりを振った。「その科学が、未来は予測不能だと言ってるんだ。未来学者たちがかつて予測したことなんか、ほとんど当たってないしね。なぜなら世界はひとつの混沌系（カオス）だから。さんずいの〝沌〟のほうだよ。餛飩（ワンタン）の〝飩〟じゃなくて」

「たしか、メガネは前にもそんなこと言ってたよな。こっちで蝶が羽ばたいたら、地球の裏側では竜巻が起こるとか」

「そう。それがカオス系だ」とメガネがうなずいた。

「おれの理想はその蝶になることだ」と華華。

メガネはまたかぶりを振った。「わかってないな。ぼくたちはだれもが蝶なんだ。蝶も蝶だし、砂のひと粒ひと粒、雨水の一滴一滴が、どれも蝶なんだ。だから世界は予測不能なんだよ」

「メガネ、前に不確定性原理の話もしてたよな……」

「ああ。素粒子のふるまいも正確に予測できない。だから世界全体も予測できないんだ。それに、多世界解釈っていうのもある。きみがコインを投げたら、世界は二つに分岐する。コインは、片方の世界では表を向いている。でも、もう片方の世界では裏向きになってて……」

鄭晨は笑いながら言った。「メガネ、あなた自身がその説の証拠ね。わたしがあなたぐらいの年齢のときは、将来こんなに物知りな小学生が現れるなんて、まるで予測できなかったんだから」

「たしかにメガネはすごくたくさん本を読んでる！」ほかの子どもたちも次々にうなずいた。

「先生の赤ちゃんはもっとすごくなるよ。将来は遺伝子組み換えでその子に羽を生やすことだってできるかもしれないしな！」華華がそう言うと、みんな大笑いした。

「みんな――」鄭晨が立ち上がった。「最後にもう一度、わたしたちの学校を見てまわりましょう！」

子どもたちは教室を出ると、担任の鄭晨といっしょに学校の中をゆっくり歩いた。校舎の電気はほとんど消されていた。遠くの大都会の明かりが、しんと静まりかえった校舎全体を照らし、にじむようにかすんだ光で包んでいる。子どもたちは二つの教室棟を通り、事務棟と図書館を過ぎ、最後に梧桐（あおぎり）の並木道を抜けて校庭に出た。四十五人の子どもたちは校庭の真ん中で若い先生を囲んだ。鄭晨は街明かりのせいであまり星々が見えない夜空に向かって両手を大きく広げた。

「さあ、みんな。あなたたちの子ども時代は終わったのよ」

このとき、北京は地球にあるひとつの街だった。

このとき、地球は宇宙にあるひとつの惑星だった。

***

これは、四十五人の子どもたちが、この静かな小学校を離れ、はじまったばかりの人生という旅路をそれぞれ歩みつづける、そんなささやかな物語にすぎない。

　このときは、ごくふつうの夜だった。この夜も、時間は無限の過去からゆったりやってきて、無限の未来へとゆったりと流れていった。「だれも同じ川に二度入ることはできない」（ヘラクレイトスが「万物流転」の思想を表現した言葉とされる）というのは、古代ギリシャ人の寝言にすぎない。時間の川はずっと同じ一本の流れだし、人生という川もずっと同じ一本の流れだ。この川はどんなときでも同じテンポで際限なく流れつづけ、終わりが見えない。人生も歴史も、時間と同じく、永遠につづいていく。

　この街の人々はそう考えているし、華北平原（中国北部の黄河下流域に広がる平原）の人々もそう考えている。アジア大陸の人々もそう考え、さらには地球上にいる、人間と呼ばれる炭素生命体すべてもそう考えていた。この惑星の人間たちは、これまでずっと、時の流れという大河から慰めと安らぎを与えられてきたし、この聖なる永遠は、いかなる力によっても途切れるはずがないとかたく信じてきた。毎朝めざめるたび、これまでの無数の日々と同じように日の出を迎えるだろうと信じてきた。ひとりひとりの意識の奥底に潜むこの信念が、何代も何代も受け継がれてきた同じ安らかな夢を保証してきた。

　ここに、ごくふつうの小学校がある。燦然と輝く都会の夜、この小学校はその片隅にひっそりとたたずんでいた。

　十三歳の子どもたち四十五人とひとりの若い教師が、校庭でいっしょに星空を仰ぎ見ていた。

　夜空に散らばる冬の星座——おうし座、オリオン座、おおいぬ座——はすでに西の地平線に沈み、夏の星座——こと座、ヘルクレス座、てんびん座——がすでに姿を現している。ひとつひとつの星ははるか彼方にある瞳のようで、無限の宇宙の漆黒から、瞬きながら人類世界を眺めている。しかし今夜、宇宙から注がれるそのまなざしは、少し違っていた。

　なぜならこの夜、人類にとって馴染み深い歴史は終焉を迎えるのだから。

第1章　死星

終末

地球から半径十光年内に、天文学者は十一個の恒星を発見している。そのうち三つの恒星――プロキシマ・ケンタウリ、アルファ・ケンタウリA、アルファ・ケンタウリB――は重力的に結合した三重星系を構成し、シリウスAとシリウスB、ルイテン726‐8Aとルイテン726‐8Bは、それぞれ二重星系を構成している。残る四つの恒星――バーナード星、ウォルフ359、ラランド21185、ロス154――は単一星系である。非常に暗いか、星間物質によって隠されている恒星が、まだ発見されないままその宙域に残っている可能性も、天文学者は否定していない。

天文学者は、漆黒の夜空に浮かぶ黒雲のように、大量の星間物質がこの宙域の広い範囲に分布していることにも気づいていた。人工衛星に搭載された紫外線観測装置をこのはるか遠い星間雲に向けたところ、吸収スペクトルに216ミリのピークがあることがわかり、天文学者はこの宇宙塵が炭素の微粒子から成ると結論づけた。また、雲の反射率を分析することで、星間雲を構成する炭素微粒子は薄い氷の膜でまわりを覆われていると推測した。これらの微粒子は、可視光線の波長とほぼ同じ、2ミリミクロンから200ミリミクロンのサイズなので、光を通さない。こうした宇宙塵の雲に遮蔽されているため、地球から八光年の距離にあるひとつの恒星が、まだ発見されていなかった。この恒星の直径は太陽の二十三倍、質量は六十七倍にもおよぶ。現在、この恒星は長い進化の過程の最終段階に達し、すでに主系列からはずれて晩年期に入っていた。その恒星のことを、ここでは〝死星〟と呼ぶことにしよう。

もし死星に記憶があったとしても、幼少期の出来事は覚えていないだろう。いまから五億年前、死星は母親にあたるべつの星雲から誕生した。原子の運動と銀河中心からの放射線が平穏だったその星雲をかき乱し、星雲の粒子は引力の作用によって星雲の中心に凝集した。この荘大な宇宙塵の大雨は二百万年にわたって降りつづき、凝縮した宇宙塵がつくる星雲の中心部では、水素原子が核融合を起こしてヘリウムが生成され、この核融合の巨大な炎とともに死星が誕生した。

激動の幼年期と騒乱の青年期を通じて、死星の核融合エネルギーは、恒星の外殻からの圧力にひたすら耐えていた。だが、その後、死星はきわめて長い中年期を迎える。幼年期には一時間単位で、いや、一分もしくは一秒単位で起きていた激しい変化が、中年期には一億年単位になった。こうして死星は、茫漠たる銀河の星の海に新たに加わった静かな光点のひとつとなった。しかし、もし死星の表面近くを通過したら、そんな静けさなど偽りにすぎないとわかるはずだ。なぜならこの巨星の表面には核融合による火焔の大海原が広がり、灼熱の炎が波浪のごとく咆哮と激突をくりかえし、高エネルギー粒子の暴風を宇宙空間に振り撒いているのだから。死星のコア深くから立ち昇る、想像を絶するほど巨大なエネルギーが、果てしなく広がる炎の海の表面にまばゆい巨大な波を巻き起こす。火の海では核エネルギーにより誕生した台風が吹き荒れ、暗赤色のプラズマも強磁場に曲げられて、高さ一千万キロメートルにおよぶ竜巻となる。それらの竜巻は、さながら宇宙に伸びる赤い海藻の群生のようだった。……死星の巨大さは、人類の脳細胞ではとうてい把握できないだろう。地球をその火の海に投げ入れたとしても、バスケットボールひとつを太平洋に落とすくらいの変化しかない。

本来なら、死星は、人類が見上げる夜空に明るく輝き、見かけの等級はマイナス7・5等にも達していたはずだった。しかし、死星から三光年の距離の宙域に、べつの恒星を生みかけている星間物質の雲があり、死星から地球方向へ進む光をさえぎっていた。その星間雲がなければ、死星は、地球の夜空でもっとも明るい恒星シリウスの二百五十倍も強い光で人類の歴史を明るく照らしてきたはずだった。月明りのない夜には、死星の光が大地に人間の影を落としただろうし、幻想的なその青い輝きが人間の心にセンチメンタルな思いを強くかきたてていたことだろう。

四億八千万年のあいだ、死星は壮麗な輝きとともに静かに燃焼しつづけてきた。しかし無情にも、エネルギー保存の法則が不可避的に作用した結果、死星の内部にある変化が引き起こされた。核の炎が水素を消耗する一方で、核融合によって生じるヘリウムがじょじょに増加し、星のコア部分へと沈み込んでいった。巨大物体である死星から見れば、この変化はきわめてゆっくりしている。その時間スケールに照らせば、人類の歴史などあっという間のことだ。しかし、四億八千万年にわたってつづいた消耗により、予期される結果が生じた。ヘリウムは相対的に不活性な物質である。そのヘリウムが大量に蓄積された結果、エネルギーの源たるべき死星の心臓部は少しずつ衰えていった。そう、死星はすでに老いていたのである。

しかし、もうひとつのもっと複雑な物理法則が死星に壮絶な死にざまを強いることになった。死星のコア部分のヘリウム密度が高くなり、その周囲でつづく水素の核融合がもたらす高温により、コアのヘリウムまでもが核融合反応を起こした。恒星内のすべてのヘリウムが一斉に核の炎を噴き上げ、死星から強烈な光が放出された。だが、ヘリウム核融合によって生じる核エネルギーは水素のそれの十分の一に過ぎないため、死星の苦しみは死をもたらすことなく、さらに衰えさせただけだった――天文学者がヘリウム・フラッシュと呼ぶ現象である。

ヘリウム・フラッシュによって放出された強烈な光の波は宇宙空間を貫いて進みつづけ、三年後にはあの星間雲にまで到達した。その光のうち、波長の長い赤色の可視光線は、この宇宙の壁を突破することに成功した。赤色の可視光線は宇宙空間をさらに五年間旅したのち、死星よりもずっと小さく、目立つところもないごく平凡な恒星——われわれの太陽——に到達し、それと同時に、太陽の引力に拘束されている惑星——冥王星、海王星、天王星、土星、木星、火星、金星、水星、そして地球——にも押し寄せた。西暦一七七五年のことである。

***

その夜、地球の北半球、イギリスの温泉保養地バースにある立派な音楽ホールの屋外で、ドイツ生まれのオルガン奏者ウィリアム・ハーシェルは自作の天体望遠鏡で一心不乱に宇宙を見つめていた。燦々と輝く銀河は彼にとってかぎりなく魅力的で、ハーシェルは全人生を望遠鏡に注ぎ込んでいたと言っても過言ではなかった。観測時には寝食を忘れる兄のため、妹のキャロライン・ハーシェルが小さなスプーンで食事を与えなければならないほどだった。一八世紀でもっとも卓越したこの天文学者は、天体望遠鏡の接眼レンズの前で人生の大部分を過ごし、生涯で七万個近くの恒星を発見して、星図に記録した。だがその夜にかぎって、彼は、人類にとってもっとも重要な星を見逃してしまった。

その夜、西の空に、とつぜん赤い星が出現した。その星は、ぎょしゃ座のカペラとメンカリナンを結ぶ直線の中間点に位置していたが、見かけの明るさは4・5等と、それほど明るくなかったので、たとえ正確な位置がわかっていても、一般人が探し出すのは困難だったかもしれない。だが、天文学者にとっては、その赤い星は宇宙に不意に出現した巨大な明かりにひとしいはずだった。このとき、ハーシェルが望遠鏡を覗いて観測するのではなく、ガリレオ以前の天文学者と同じく、肉眼で夜空を見上げていたとしたら、二百年あまりあとに人類の歴史を変えることになる大事件を発見していたかもしれない。しかしこのとき、彼は直径わずか二インチの接眼レンズに全神経を傾けていた。そしてその望遠鏡は、まったくべつの方角の星に焦点を合わせていた。もっと残念なことに、このとき、グリニッジ天文台、ヴェン島の天文台、および全世界の他のすべての天文台の望遠鏡もべつの方角を向いていた……。

ぎょしゃ座の赤い星はまるまるひと晩のあいだ輝きつづけていたが、次の夜にはすでに消失していた。

***

同年のある夜、北アメリカと呼ばれるべつの大陸では、イギリス軍の兵士八百名がボストン西側の道路を静かに行進していた。赤い軍服姿の兵士たちは、さながら夜に隊列をつくって歩きつづける亡霊のようだった。春の冷たい夜風の中、マスケット銃を握りしめて、ボストンから二十七キロ離れたコンコードをめざし、夜明け前にたどりつこうと道を急いでいた。彼らは、マサチューセッツ植民地総督トマス・ゲイジの命令のもと、ミニットマン（アメリカ独立戦争で、独立を志向するパトリオット側と共闘した民兵）たちの武器庫を破壊すると同時に、彼らの指導者たちを逮捕しなければならない。だが、東の空はすでに白み、小さな雑木林や草葺（くさぶ）きの小屋や牧場の垣根が黒いシルエットになって輪郭を現しはじめていた。兵隊たちは周囲を眺め、レキシントンという名の小さな町に入っていることに気づいた。とつぜん、前方の林の中で火花が閃いた。たちまち、耳をつんざく銃声が北アメリカの夜明け間近の静かな空に響き渡った。つづいて、空気中を銃弾が飛び交うかすかな音がした——母親の胎内で育ってきたアメリカ合衆国にとって、これがはじめての胎動だった。

＊＊＊

このとき、太平洋を隔てた広大な大陸には、五千年の長きにわたり脈々とつづいてきた文明があった。その古い土地では、国の各地から、膨大な数の人々が、昼夜を問わず、あるものを都に運び込んでいた。荷物はすべて、収集された大量の古書だった。『四庫全書』（清朝の乾隆帝の命により編纂された中国最大の漢籍叢書）編纂を命ずる聖旨が発せられたのはもう二年前だが、広大な国土に散らばる古書は無数の小川となっていまも都へと集まりつづけていた。紫禁城の木造の巨大な広間には無数の書架が果てしなく並び、乾隆帝はしじゅうそのあいだを行き来している。書物はすべて、『四庫全書』編纂のためにこの二年間で収集された典籍だった。それらは、経（経典）・史（歴史）・子（諸子）・集（詩文集）（漢籍のための伝統的な図書分類法。四部分類）の別に則して分類され、巨大な書架に収められている。

いままた、皇帝は侍従を門の外に待たせて、この巨大な書庫へと慎重に足を踏み入れた。皇帝のために提灯を掲げ、案内役を務めるのは、大学士（中国明朝および清朝に存在した官職名「内閣大学士」の略称）の花翎（清代の官吏が礼帽の上につけた孔雀の羽飾り）をつけた三人だった。それぞれ、名は戴震（清の思想家・考証学者）、姚鼐（清の散文家・能書家）、紀昀（清の官僚・学者）。『四庫全書』の編纂にかたちだけ名を連ねる皇族たちとは異なり、実際に作業にあたっている者たちだ。薄暗い提灯の明かりの下では、大書架はさながら漆黒の城壁だった。それら書棚の脇をゆっくりと通り過ぎるうちに、一行は古い竹簡がうずたかく重ねられたところまでやってきた。乾隆帝はその中から慎重にひと束の竹簡をとりあげた。提灯の照らす黄色を帯びた明かりを反射して、竹簡の表面にぴかぴか光る小さな光が現れている。まるで上古時代の瞳のようだ。乾隆帝は竹簡をそっと下に置き、頭をもたげて周囲を見渡した。書物の山々に囲まれた奥深い渓谷にいるような気がする。歳月の山がつくりだしたこの峡谷——書物の山の断崖と断崖のあいだ——には、五千年前から存在してきた精霊たちが無数にいて、この静かな空間を飛び交っているに違いない。

「逝く者はかくの如きか（『論語』より。「昼夜を舎かず」と続く。川の流れを前にした孔子が「過ぎゆく時間は、この川のように昼も夜も止まることがない」と述べたことから）。陛下」編纂者のひとりが小さく声を発した。

＊＊＊

想像を超えたはるか彼方の宇宙では、いままさに死星が自身の滅亡へ向かって突き進んでいた。さらに何度かヘリウム・フラッシュを起こしたが、その規模は最初のときより小さかった。ヘリウム核融合によって生成された炭素と酸素は恒星の新しいコアを形成した。そのコアがすぐまた核融合反応を起こし、さらに重いネオンと硫黄とケイ素をつくりだす。このとき、恒星内部では大量のニュートリノが生み出されたが、いかなる物質とも作用しない、幽霊にも似たこの粒子がコアのエネルギーをたえまなく奪いとり、やがてしだいに、死星中心部の核融合だけでは外殻の重量に耐えられなくなってきた。かつて死星を誕生させた万有引力が、いまや逆方向に作用している。死星は引力の作用で収縮し、高密度の小球体へと変わっていった。それとともに、死星を構成する原子は信じられないほど強い圧力によって粉砕され、中性子同士がくっついた。このとき、死星では、スプーン一杯の物質も十億トンの重さがあった。それにつづいて最初にコアが崩壊し、次に支えを失った外殻が崩れ落ちた。外殻は猛烈な勢いで高密度のコアに衝突し、一瞬にして最後の核反応が引き起こされた。

五億年にも及んだ重力と炎の叙事詩はこうして最後の幕を閉じた。純白にきらめく稲妻が宇宙を切り裂き、死星は億万の欠片と膨大な量の塵に変わった。巨大エネルギーは電磁放射と高エネルギー粒子の洪水と化し、あらゆる方向に向かって宇宙を光速で突き進んだ。死星の爆発から三年、エネルギーの巨大な波は、例の星間雲をいともたやすく突き抜けると、太陽に向かって押し寄せてきた。

死星の爆発時、八光年離れた地球では、人類がまさに栄華を極めていた――彼ら自身、自分たちが宇宙のちっぽけなひと粒の塵の上に生存しているにすぎないことはとうに理解していたものの、その事実を心の底からきちんと受け止めることなく生きていた。終わったばかりの千年紀に、人類文明は核分裂と核融合が生み出す巨大エネルギーを制御できるようになっていたし、シリコンチップ内に閉じ込めた電子パルスを使って複雑な思考機械を製造していたから、すでに宇宙を征服できる力を持っているとさえ思い上がっていた。しかしその瞬間も、彼らの小さな青い惑星に向かって、死星のエネルギーがうまずたゆまず光速で迫っていることに、彼らのだれひとり気づいていなかった。

死星の放つ強烈な光はケンタウルス座の三重星を越えて、茫漠たる冷たい宇宙空間をさらに四年も進みつづけ、とうとう太陽系外縁まで到達した。尾を持たない彗星の周回軌道上で、死星から放たれたエネルギーは、人類文明との間接的なファーストコンタクトを果たした。地球から数十億キロメートル離れた宇宙空間で、ひとつの人工物が銀河の彼方に向かって孤独な旅をつづけていたのである。西暦一九七〇年代に地球を旅立ったボイジャー宇宙探査機だ。機体は奇妙な傘のようなかたちで、その傘の凹面は地球上のパラボラアンテナに向きを合わせている。探査機が携えているのは、地球人類からの名刺だった。裸体の男女二人が描かれたアルミニウム合金のプレート（裸体の男女の線画が描かれた金属板は、実際は宇宙探査機パイオニア10号と11号に搭載されたもの。ボイジャー宇宙探査機に搭載されたレコード盤には男女のシルエットが収められていた）と、異星文明に宛てた国連事務総長からのメッセージや、地球の波の音、小鳥のさえずり、中国の古琴曲『流水』などを収録したレコード盤が搭載されていた。

人類が銀河に送り出したこの使節が、宇宙の残酷さを思い知らされたのは、死星から放たれた光の海に探査機が進入し、一瞬にして灼熱の金属塊と化したときだった。ほぼ絶対零度の低温から急激に高温になった傘状アンテナはたちまち歪み、高エネルギー宇宙線を計測するためのガイガーカウンターも想定以上の強さの放射線にさらされて、ゼロを指したまま動かなくなった。紫外線測定器と磁場測定器だけは二秒ほどのあいだ正常に動作していた。集積回路が高エネルギー放射線によって破壊される前、ボイジャー宇宙探査機のコンピュータは地球にいる創造者たちに向かって驚くべき観測データを送信しようとした。しかし、送信アンテナが損傷していたため、米国ネヴァダ州とオーストラリアに設置されている高感度アレイアンテナにそのデータが届くことは永遠になかった。しかし、いまとなっては、それもさほど大きな問題ではなかった。人類はすぐに信じられないものを観測することになるのだから。

死星の強い光が太陽系外縁の天体を通過したとき、固体窒素でできた冥王星の青い氷河の大地は一瞬で気体へと昇華した。時を置かず、強い光はさらに天王星と海王星を通過し、それらの天体をとりまく環に透きとおった輝きを放った。土星と木星を通過する際には（このとき、北京のあの小学校では、子どもたちの卒業パーティーがはじまったばかりだった）、高エネルギー粒子の暴風によって惑星の液体表面がきらきら輝いた。死星のエネルギーは光速でさらに一時間半進み、月へと到達した。四十年前、アームストロングとオルドリンが静かの海にはじめて人類の足跡を記したとき、近くに浮かぶ青い惑星では一億人を超える人々がテレビ中継を通じて二人の姿を見つめ、感動に胸を打たれながら、宇宙は自分たちのものだと感じたものだった。そしていま、月面のクレーター、コペルニクスの外輪山と雨の海は、目が眩むほどまばゆい光で照らされた。

その一秒後、八年間にわたって宇宙を旅してきた死星の光が地球に到達した。

夜空の烈日

真っ昼間だ！

視力を回復してすぐ、子どもたちの頭に浮かんだのはそれだった。さっきの光があまりに強く、しかも突然だったので、宇宙の巨大電灯がなんの前触れもなく点灯したかのように、彼らは一時的に目が眩んで、なにも見えなくなっていたのである。

このとき、時刻は二十時十八分。だが、子どもたちはたしかに正午の青空の下に立っていた。顔を上げて、澄みわたる青空を見た子どもたちは震え上がった。頭上の青空はこれまで見ていた空と同じものとは思えなかった。びっくりするほど青い。黒みがかった濃いブルーは、まるで超高感度フィルムで撮影したカラー写真のようだ。空は、灰色がかった皮を一枚剝がされたかのように極限まで澄みわたり、その真っ青な肉からいまにも青い血が滴りそうに見えた。陽光で照らされた街はまばゆいばかりだ。子どもたちは太陽を見上げたまま、声を出すこともできずにいた。

でもあれは、ぼくたちの太陽じゃない！

子どもたちは、夜空にいきなり出現した強すぎる太陽の光をまともに見られずにいた。顔の前にかざした指のあいだからちらちらと見て、その太陽がまるくないこと、それどころか、かたちすらないことに気づいた。実際のところ、地球上から見たその太陽の実像は、夜空の星々と同じ、ちっぽけなひとつの点にすぎない。宇宙の一点から照射されてきた白色の強力な光線なのだが、照射光があまりにも強いため（明るさはマイナス27等級で、太陽の約二倍にあたる）、小さく見えないのだ。照射光は大気で散乱し、まるで西の空に網を張る、ぎらぎら輝く巨大な毒蜘蛛の巣のようだった。

＊＊＊

死星はとつぜん出現し、輝度は数秒間で最大に達した。最初に死星を目にしたのは東半球の人たちだった。つづいてすぐに、人類の歴史がはじまって以来最大のパニックが起こった。ほとんどの人間が正常な判断力と行動力を喪失し、世界全体が凍りついた。大西洋で、欧州で、そしてアフリカの西海岸で見られた光景は、まさに壮観だった。以下の文章は大西洋上からの目撃記録である。

　日の出のとき、われわれは異常に気づいた。すでに太陽が顔を出しているにもかかわらず、東の水平線からまだ光が射していたからだ。その白い光は水平線の下に隠れている光源から放射状に照射されているようだった。東の海の底に置かれた巨大な明かりが点灯しているようでもある。その光がじょじょに強くなり、あまりにも奇妙な光景に不安を感じた船上の全員が騒ぎはじめた。テレビからもラジオからも雑音しか聞こえてこない。二つめの曙光がどんどん明るくなるにつれ、空の雲によってつくられた〝霞〟も目を射るような白い光を発しはじめた。それはさながら、白くきらめくように発光するフィラメントだった。……光の強さが増すにしたがって、われわれの抱く恐怖も大きくなっていった。問題の光源が、いずれ水平線から昇ってくることはわかっていたが、いったいなにを見ることになるのかはだれにもわからなかった。日の出から三時間後、ついにわれわれは二度めの日の出を目撃した。あとになって船長が語った言葉が、このときの新太陽を形容するのにぴったりだろう。

「宇宙で巨人がアーク溶接をやっているみたいだった！　二つの太陽が同時に空に現れたが、いちばん恐怖におののいているのは、おれたちじゃなくて古い太陽のほうだった」

　旧太陽の輝度は新太陽よりもかなり低く、くらべてみるとかなり暗くて、まるで黒い太陽のようだった。そんな悪夢じみた光景に耐えられず、甲板の上を狂ったように駆けまわったり、海に飛び込んだりする者もいた……

――エバート・G・ハリス『死星の目撃』より
（超新星紀元6年刊、ロンドン）

***

グラウンドにいた子どもたちはまだぼんやりしていた。死星の光線が大気をイオン化させて、空一面に稲妻が走った。紫色の電弧（アーク）が真っ青な天空に長々と伸び、その数がどんどん増えていくとともに、雷鳴もゴロゴロ鳴り響きはじめた。

「早く！　教室に戻って！」鄭（ジェン）先生が叫ぶと、子どもたちは両手で頭を抱え、次々に教室棟へと走っていく。稲妻が子どもたちの頭上で炸裂するさまは、さながら世界が崩壊していくようだった。教室に入ると、子どもたちはみんなぶるぶる震えながら、先生のまわりに団子のようにくっついた。一方の窓から射し込んでいる死星の光線が、窓のまばゆい正方形を床に落としている。反対側の窓から射す稲妻の光は、教室のそちら側半分を紫の電光で染め上げた。空気中に充満する静電気で、衣服についている金属からぱちぱち火花が散り、みんなの肌の産毛がちりちりと逆立って全身にかゆみが走り、服の内側に棘が生えたみたいにちくちくした。

***

以下は、死星の出現後、ロシアの宇宙ステーション〈ミール〉と、カザフスタンのバイコヌール宇宙基地、そしてアメリカのスペースシャトル〈ゼウス〉とのあいだで行われた通信の記録である。〈ミール〉の宇宙飛行士にとっては、これが墜落前に記録された最後の通信となった。

司令官　D・A・ボルツェフ
飛行制御エンジニア　B・G・ティノヴィチ

マシンエンジニア　Y・N・ビコフスキー
生態エンジニア　F・レブセン
宇宙ステーション医師　ニキータ・カシャネンコ
乗組員　固体物理学博士　ジョー・ラ・ミュール、天体物理学博士　アレクサンドル・アンドレーエフ

以下、電波通信部分
10：20：10【ミール】こちらドン川、バイコヌール応答せよ！　宇宙基地、聞こえたら応答願います。宇宙基地、聞こえたら応答願います。
（応答なし。強い干渉音）
10：21：30【バイコヌール宇宙基地】こちらバイコヌール宇宙基地！　こちらバイコヌール宇宙基地、応答してくれ……
（応答なし。強い干渉音）
……
以下、近赤外線レーザー通信部分
10：23：20【ミール】宇宙基地、こちらミール！　メインシステムへの干渉が大きい。こちらではすでに予備の通信システムを起動した。応答願います！
10：23：25【バイコヌール宇宙基地】聞こえる。しかし電波が安定しない。
10：23：28【ミール】送受信ユニットの方向確定が困難。方向制御用ICチップが放射線により作動不能。方向は手動で光学的に調節中。
10：23：37【バイコヌール宇宙基地】送受信ユニットの調節を停止せよ。こちらがコントロールを引き継ぐ。

10：23：42　【ミール】停止した。
10：23：43　【バイコヌール宇宙基地】信号は正常！
10：23：46　【ミール】宇宙基地、なにがあったのか教えてくれ。突然出現したあれをなんと呼べばいい？
10：23：56　【バイコヌール宇宙基地】こちらで把握している事実はそちらと同じだ。呼び名については、以後、X星と呼称する。収集したデータを送れ。
10：24：01　【ミール】午前十時に開始した観測のデータを送る。輻射センサー、紫外線計測器、ガンマ線観測器、重力測定器、磁場測定器、ガイガーカウンター、太陽風強度測定器とニュートリノ測定器のデータだ。さらに、可視光線と近赤外線で撮影した写真を百三十六枚添付する。
10：24：30　【ミール】（データを送信）
10：25：00　【ミール】こちらの宇宙望遠鏡は、X星の出現以来、ずっと追跡している。こちらの望遠鏡の精度では角直径は測定できず、明らかな視差もない。以上二点と、われわれが受けたエネルギーから考えて、X星は太陽系外にあるとアンドレーエフ博士は判断しているが、もちろんただの推測に過ぎない。あまりにデータが不足しているため、地球の天文台の観測に多くが委ねられる。
10：25：30　【バイコヌール宇宙基地】そちら側からは地球上でなんらかの事象を発見できたか？
10：25：36　【ミール】巨大なハリケーンが赤道付近から北に向かっている。赤道の雲の状況から推定すると、風速は秒速六十メートル近い。X星により突発的に生じた熱量の不均衡によるものと考えられる。いま、両極で大量の紫外線放射と青い閃光を観測。おそらく稲妻ではないかと思われる。低緯度地方へと拡散中。

10:26:50　【バイコヌール宇宙基地】そちらの状況も報告してくれ。
10:27:05　【ミール】かなりまずい。ステーションのフライト・コントロール・コンピュータは、予備のシステムも含め、高エネルギー宇宙線によってすべて破壊された。鉛のシールドも機能していない。単結晶シリコン太陽電池はすべて壊れ、化学燃料電池も損傷がひどい。現在はステーションの原子力電池頼みで、なんとか電力を供給している。しかし依然として電力不足がはなはだしく、総合モジュールの生態循環システムを落とすしかない。さらに、生活空間であるコアモジュールでの生体循環システムも正常に稼働せず、われわれもすぐに宇宙服を着用する必要がある。
10:28:20　【バイコヌール宇宙基地】いまの状況下では〈ミール〉軌道上にこれ以上とどまることは不適切だとこちら側では判断している。だがシステムの損傷度合いから見て、すでに軟着陸も不可能だ。アメリカのスペースシャトル〈ゼウス〉が現在、３３４０低軌道上に位置している。〈ゼウス〉は地球の裏側にいたおかげで損傷が軽く、依然として大気圏への再突入能力を備えている。すでに連絡をとった結果、アメリカ人は、宇宙条約にしたがい、宇宙における宇宙飛行士救護活動に関する条項が定めるとおり、きみたちの受け入れを承諾している。制御プログラムとエンジン作動パラメータは……
10:30:33　【ミール】ちょっと待ってくれ。当ステーションの医師から話がある。
10:30:40　【ミール】宇宙ステーション〈ミール〉の医師です。スペースシャトルへの移乗はもう意味がない。キャンセルしてほしい。
10:30:46　【バイコヌール宇宙基地】理由は？
10:30:48　【ミール】こちらの乗組員は全員、５１００ラドを超える致死線量の放射線に被爆した。余命はあと数時間。地球に戻ったとしても同じことだ。

10：31：22【バイコヌール宇宙基地】……（沈黙）

10：31：57【ミール】司令官から要望する。われわれをここに留まらせてほしい。目下このステーションは、人類によるX星観測の前哨基地だ。最期の数時間、われわれは責任をまっとうしたい。そしてわれわれは宇宙空間で死亡した最初の宇宙飛行士となる。もしその機会があれば、われわれの遺骸を故郷に戻してほしい。

――ウラディーミル・コネフ『西暦ロシア宇宙航行史』第五巻より
（超新星紀元17年刊、モスクワ）

＊＊＊

死星は宇宙空間で一時間二十五分にわたって輝き、とつぜん消失した。現在、死星の遺体――高速で回転する中性子星――が正確に同じ間隔を置いて発する電磁パルスを観測できるのは、地球上で唯一、巨大なスクエア・キロメートル・アレイ電波望遠鏡だけだった。子どもたちは教室のガラス窓にひたいをぴったりくっつけて、このあまりにも奇怪な日没ならぬ日没の一部始終を見つめていた。

子どもたちの目の前で、空の青はだんだんもっと深い青になり、夜の帳が下りるころのダークブルーへとみるみる変わっていった。死星の輝きは薄れ、空の半分を占める黄昏となったが、ほどなくその黄昏は死星を囲む小さな円にまで縮み、その色合いもすみれ色から白色に変化した。このとき、空の大部分はすでに黒くなって、ひとつまたひとつとそこに星が現れはじめた。死星を囲む光の輪はさらに小さくなり、やがて完全に消滅した。このときの死星は、光を放つ光源ではなく、ただの光の点にすぎなかった。星空が完全に戻ったあとも、しばらくのあいだ死星はいちばん明るい星だったが、その輝度はどんどん下がって、天の川銀河のごく一般的な星となり、さらに五分が過ぎるころには、死星は宇宙の深淵の中に完全に埋没した。

稲妻が消えたので、子どもたちは教室を飛び出した。外には蛍光色にあふれた世界が広がっていた。黒い夜空のもと、屋外にあるものすべて——樹木、建物、地面——が青緑色の蛍光を放っている。大地とその上にあるものすべてが半透明の翡翠に変わり、地面のはるか下にある緑の月のような光源がその翡翠を照らしているかのようだった。死星の出現に驚きあわてた鳥の群れが、緑色に輝く雲のあいだを飛び交い、その姿は緑色に輝く妖精を思わせた。しかし、子どもたちがいちばん驚いたのは、彼ら自身も蛍光を放っていることだった。暗闇の中、ネガフィルムから抜け出した画像のように、あるいは幽霊の群れのように動いている。

「言ったとおりだろ。どんなことだって起こりうるってね……」メガネがぶつぶつつぶやいている。

そのときだった。教室の照明がふたたび点灯した。街の明かりもふだんの輝きをとり戻した。そのおかげで、子どもたちはさっきまで停電だったことにやっと気がついた。電灯の光が戻るとともに、さっきまでいたるところで輝きを放っていた蛍光色の光が消えた。世界がもとどおりになったと思ったのもつかのま、子どもたちは、驚くべき現象がまだつづいているのを目の当たりにしてぞっとした。

北東の方向の空に、赤い光が射している。しばらくすると、そちら側の夜空にダークレッドの光を放つ雲の層が広がった。先ほどの黄昏にも似た光景だった。

「今度こそ、本物の夜明けだ！」

「ばかばかしい。まだ夜の十一時にもなってないのに！」

赤い雲がすさまじい勢いでこちらに広がってきて、あっという間に夜空の半分を覆い隠した。このときになってようやく、子どもたちはその光が雲自身から放たれていることに気がついた。赤い雲の端は中天にまでさしかかっている。雲の中では、宇宙空間から垂れ下がっているような無数の光の帯と、それらが連なった巨大な赤いカーテンが揺れ動いていた。

「オーロラだ！」子どものひとりが叫んだ。

オーロラは空のすべてを急速に埋めつくし、それから一週間、全世界の夜空は赤い光のカーテンが踊り狂う舞台と化した。

＊＊＊

一週間後、オーロラは完全に姿を消し、輝く星空がまた戻ってきた。しかし、超新星が奏でるこの宇宙交響曲には、その最後を飾る、もっとも壮麗な楽章が残っていた。数日前、死星が出現した位置に、今度は光を放つ星雲が現れたのである。超新星爆発が残した宇宙塵の雲が、死星の残骸の高エネルギー電磁パルスによって励起され、人類が肉眼で見ることのできる可視光のシンクロトロン放射を発生させた。空の塵雲はゆっくりと大きくなり、見かけの面積は、現在、ほぼ満月二つ分にまで広がっていた。この放射性の塵雲は薔薇の花のようなかたちだったので、この時代の人々によって〝薔薇星雲〟と名づけられた。蒼穹にかかる薔薇星雲は荘厳で神秘的な青い光を放つが、ひとたび大地を照らすと、それは月光を思わせる銀色に変化する。満月のように明るく、大地の隅々まで照らし出すその光は、街明かりがつくる光の海さえも薄暗く感じさせるほど明るかった。

これ以降、薔薇星雲は人類の歴史を明々と照らすことになった。恐竜のあとに地球を支配した人類が滅びる——あるいは生まれ変わる——そのときまで。

第2章　選抜

谷間世界

死星の出現は人類世界にとってまぎれもなく大事件だった。超新星爆発の最古の記録は、紀元前一三〇〇年に記された甲骨文字まで遡る。直近の記録は西暦一九八七年。このときは、大マゼラン星雲の方向、天の川銀河から約十七万光年の彼方に超新星が出現した。それにくらべて、今回の超新星爆発は、天文学的にいうと、〝目の前〟よりもさらに近い、〝まつ毛のあたり〟で起こったことになる。

しかし、世界がその爆発に強い関心を寄せていた期間は、ものの半月ほどでしかなかった。たしかに自然科学の世界ではこの爆発に対する研究がはじまっていたが、思想や文学の世界にはそれほど大きな影響がなく、一般大衆に至っては、たちまち日常生活へと興味を移していった。超新星に対する人々の関心と言えば、薔薇星雲がどのくらい大きくなったか、形状がどのように変化したか、そんな娯楽に近い話題に限られていた。

そして、もっとも重要な二つの発見に関しては、すくなくとも人類に関するかぎり、ほとんど知られることがなかった。

＊＊＊

　南アメリカの、廃坑となったある坑道の中に、巨大な水槽が鎮座していた。そこに蓄えられた一万トンもの静水を、日夜、無数の精密センサーが監視している。これは、ニュートリノを探知するための人類の営為のひとつだった。厚さ五百メートルもの岩盤を貫いてニュートリノがこの水槽に到達すると、水中で微弱な閃光を発する。これは、きわめて精密な観測機器でしか探知できない。きょう、坑道で当直を務めているのは、物理学者のアンダースン博士とエンジニアのヌルトだった。ヌルトはいかにも退屈そうな顔で、薄暗い明かりに照らされた坑道の壁の染みを数えている。湿った地下の空気を呼吸していると、古代の墓の中にいるような気がしてくる。一杯飲もうと、ヌルトは机の引き出しに隠しておいたウイスキーの瓶をとりだしたが、となりのアンダースン博士のほうが先に空のグラスを突き出してきた。かつての博士なら、当直中の飲酒などもってのほかで、酒を飲んだエンジニアを解雇したこともあるくらい厳格だった。だが、その博士でさえ、もはやそんな規律などどうでもよくなっている。二人とも、地下五百メートルのこの場所で五年間にわたって見張りをつづけてきたというのに、神秘の閃光などいまだに一度も拝んだことがない。だれもが完全に希望を失っていた。

　だが、そのときだった。閃光の出現を知らせるアラームが鳴り響いた。五年間も待ちわびていた二人にとって、その音は天上で奏でられる音楽にもひとしい。ウイスキーの瓶が二人の手を離れ、地面に落ちて砕けた。間髪容れず、二人とも重なるようにしてモニター画面に飛びついたが、画面はまだ真っ黒のままだった。二人はたがいに顔を見合わせた。ヌルトのほうが反応が速かった。すぐに中央制御室を飛び出し、巨大水槽のもとに走っていった。地下に建造されたその水槽は、窓のないビルのような形状をしている。小さな丸窓からヌルトが水槽の中を覗くと、亡霊を思わせるぼんやりした青い閃光が水中にきらめいていた。敏感なセンサーにとっては強烈すぎる光だったため、過負荷によって作動を停止し、画面が黒くなってしまったのだ。ヌルトとともに中央制御室に戻ったアンダースン博士は、モニターにかじりついて他の機器の状態をチェックしはじめた。

「ニュートリノですか？」とヌルトがたずねた。

アンダースンはかぶりを振った。「この粒子には明らかに質量が認められる」

「だったらここまでたどりつくわけがない。岩盤層に衝突して阻まれるでしょう」

「じっさい衝突している。いま観測しているのはその二次放射だ」

「博士、気はたしかですか？」ヌルトはアンダースンをまっすぐ見つめて叫んだ。「地下五百メートルの岩盤層を通過する二次放射を発生させるなんて、どれだけ巨大なエネルギーが必要なことか！」

＊＊＊

スタンフォード大学付属病院。血液疾患の専門家であるグラント博士が生化学検査室にやってきた。おととい届けた血液サンプル二百個の検査結果を受けとりにきたのだ。生化学検査室のチーフが検査レポートの束を博士に手渡した。

「うちの病院にこんなに病床があるとは知りませんでしたよ」

「なんの話だ？」博士はぽかんとしてチーフを見つめた。

チーフは分厚いレポートを指さした。

「こんなおおぜいの患者をいったいどこから集めてきたんです？　チェルノブイリですか？」

レポートをぱらぱらめくっていた博士が、急に癇癪玉を破裂させた。

「またやらかしたな！　クビになりたいのか？　このサンプルは統計調査用の対照群だ。どれも正常な人間の血液だぞ！」

チーフは博士の顔をたっぷり十秒も見つめた。その瞳に浮かぶ恐怖の色に博士の肌が粟立った。チーフはふいに博士の腕をつかみ、生化学検査室へとひっぱっていった。

「なにをする？　やめろ、この莫迦！」

「早く採血してください。わたしもしますから。それにきみたちも」チーフはまわりにいる生化学検査室の職員にも怒鳴った。「みんな採血するんだ！」

＊＊＊

超新星爆発から一カ月、夏休みもそろそろ終わろうとしていた。授業がはじまる二日前、あの小学校では、新学期に備え、第一回教務会議が開かれていた。会議が半ばを過ぎたころ、校長が電話対応のために呼び出された。戻ってきた校長の顔には、沈んだ表情がはっきり浮かんでいた。校長が鄭晨（ジェン・チェン）に目で合図し、二人は他の全員の驚きと好奇の視線を浴びながら、会議室の外に出た。

「鄭（ジェン）先生、一刻も早くきみのクラスの生徒を全員集めてくれ」

「まだ入学もしてませんよ！」

「集めてほしいのは、卒業したクラスのほうだ」

「それはもっとむずかしいですね。卒業生は五つの中学校にばらばらに分かれてますから。それに、入学手続きが済んでいるかどうかもわからない。そもそも、すでに卒業した生徒とわたしたちのあいだにどんな関係があるんです？」

「学籍管理課が協力する。この件については、教育委員会主任からじきじきに電話があってね」

「生徒を集めてどうするのか、馮（フォン）主任から説明はあったんですか？」

校長は、ことの重大さを鄭晨がまだ理解していないことに気づいた。「馮（フォン）主任じゃない。国家教育委員会主任（日本の文部科学大臣に相当する）からだ！」

＊＊＊

卒業生たちを集めるのは、鄭晨（ジェン・チェン）が予想していたほどむずかしくなかった。べつの地方に移った二人をのぞく四十三人の子どもたちは、進学したそれぞれの中学校で入学手続きをしている途中で緊急の呼び出し通知を受け、すぐに母校へと戻ってきた。生徒たちは散り散りになっていたクラスのみんなと再会を果たして、中学はほんとうにつまらないとか、また小学校に通いたいとか、興奮した口調で語り合っている。

鄭晨と子どもたちは教室で三十分間ほど待機していたが、これからなにをするのか、だれも知らなかった。しばらくして、バス一台と乗用車一台が校舎の前に停まり、乗用車から三人の男が降りてきた。その三人のうち、張林（ジャン・リン）という名の中年男性が責任者だった。校長は三人のことを、非常事態対策中央委員会から派遣された人たちだと鄭晨に紹介した。

「非常事態対策中央委員会？」

鄭晨は、その名前を聞いてもとまどうばかりだった。

「ええ、最近できたばかりの部署でして」張林は簡潔に説明し、話をつづけた。「鄭晨先生のクラスの子どもたちは、しばらくのあいだ家に帰れません。それに関しては、われわれのほうから父兄に通知しておきます。先生はクラスの生徒と親しいようですし、生徒たちに同行してください。なにも持っていく必要はありません。さあ、すぐに出発しましょう」

「そんなに急ぐんですか？」鄭晨は驚いてたずねた。

「時間がないので」

張林の答えはやはり簡潔だった。

＊＊＊

四十三名の子どもたちを乗せたバスは街を出て西へと進みつづけた。鄭晨（ジェン・チェン）のとなりに座った張林（ジャン・リン）は生徒たちの学籍簿を丹念にチェックしていた。それが終わったあとは、車の進行方向に視線を据えたまま、無言ですわっている。それはほかの二人の青年も同じだった。彼らの重々しい顔つきを眺めていると、鄭晨は質問する勇気が出なかった。そんな重苦しい空気が子どもたちにも伝染し、口数が少なくなっていた。車は頤和園（いわえん）（中国の歴代皇帝たちによって造成された庭園。北京市郊外に位置する）を過ぎて、なおも西へと走りつづけ、西山（北京市の西に広がる山地）を通過し、さらに辺鄙（へんぴ）な林のあいだの静かな山間道路をしばらく進んで、ようやく大きな屋敷に到着した。屋敷の門には銃を携えた三名の歩哨が立っている。屋敷の庭には生徒たちが乗ってきたのと同じようなバスが何台も停車し、そこからおおぜいの子どもが降りてくるところだった。鄭晨のクラスの生徒たちと同年代だろう。

鄭晨が降車するとすぐ、だれかが自分の名を呼ぶ声がした。前に会議の場で会ったことのある上海の小学校の男性教師だった。彼のまわりにも子どもたちがおおぜい集まっている。やはり小学校を卒業したばかりの生徒たちのようだ。

「みんな、ぼくのクラスの生徒ですよ」

「上海からですか？」

「ええ。昨夜遅くに通知がありましてね。一軒ずつ電話して、子どもたちを集合させて……」

「きのうの夜？　こんなに速く、いったいどうやって？　飛行機でもそれほど速くは来られないんじゃ？」

「特別機ですよ」

二人は無言でたがいの顔をしばらく見つめていた。

「それ以外のことは、ぼくはなにも知らない」

「わたしもです」

そういえば、この男性教師が受け持っていたのは、素質教育（詰め込み教育ではなく、人間性の育成に重点を置く中国の教育法）の実験クラスだったはずだ。四年前、国家教育委員会は〈星光計画〉と名づけた大規模な教育実験プロジェクトを開始した。全国の大都市で、小学校のクラスを一定数選び、通常とは大きく異なる、生徒の総合的な能力の開発に重きを置いた教育を施すという計画だった。そして、鄭晨が受け持っていたクラスもまた、そうした学級のひとつだった。

鄭晨はまわりを見渡してみた。

「見たところ、みんな〈星光プロジェクト〉の子たちでは？」

「そうなんですよ。合計二十四学級、生徒数でいうと千人くらい。五つの都市から集まっています」

その日の午後、施設の職員たちが各クラスの状況を調べ、子どもたちそれぞれの状況を詳細に記録した。夜はなにも予定がなかったので、子どもたちは全員、それぞれの保護者に電話をかけ、サマーキャンプに参加していると伝えた。実際は、もう夏は過ぎていたが。

次の日の朝早く、子どもたちはふたたびバスに乗って出発することになった。

バスは山道を四十分ほど進み、ある谷間に到着した。谷の両側にある斜面はそれほど傾斜がきつくない。秋が深まれば美しい紅葉が楽しめるだろうが、いまはまだ緑が広がっているだけだ。谷底には、ズボンの裾をめくれば歩いて渡れるほどの小さな谷川が流れている。千人もの子どもたちがバスを降り、道路脇の小さな空き地に集合すると、責任者が大きな岩の上に立ち、子どもたちに向かって話しはじめた。

「全国各地からここにやってきた生徒諸君、きみたちに今回の旅の目的を告げる。きみたちには、これから大がかりなゲームをやってもらう！」

男がいつも子どもと話をしている人物でないことは明らかだった。話すときの表情はいかめしく、およそゲームをするような人間には見えない。それでも子どもたちのあいだに興奮したようなざわめきが広がった。

「見たまえ」責任者は谷間のあたりを指さした。「ここがゲーム会場だ。きみたち二十四のクラスは、それぞれここの一区画を与えられる。面積はおよそ三平方キロメートル。けっして小さくはない。各クラスはその土地で——よく聞いてくれ——小国家を建設することになる！」

男の最後の言葉は子どもたちの興味を引いた。千組の眼が一瞬で男に注がれ、そこから離れない。

「ゲームの期間は十五日間。そのあいだ、きみたちは各クラスに与えられた国の中で生活する」

それを聞いて子どもたちは歓声をあげた。

「静かに！　それぞれの国には、テント、折り畳み式ベッド、燃料、食料、飲用水などの生活必需品がすでに用意されている。ただし、これらの物資は二十四の国に均等に配分されているわけではない。たとえばある国ではテントが多いが食料は少ない、またべつの国ではその逆という具合に、それぞれ違いがある。重要なのは、各国に配給された生活物資の総量が、この期間のきみたちの生活を維持するには足りないということだ。ゆえにきみたちは、以下の二つの手段によって生活物資を獲得することになる。

第一は貿易だ。余剰物資と不足物資を物々交換できる。ただし、その方法をもってしても、国家を十五日間維持するには足りないだろう。なぜなら、生活物資の絶対量が不足しているからだ。したがって、きみたちは第二の方策をとることとなる——。

すなわち、生産活動に従事することだ。これはきみたちの小国家で成すべき主要な活動および任務となるだろう。生産活動とは国土の開拓を意味する。開墾した土地に種を播き、水を引く。もちろん、畑で収穫できるまで待つ時間はない。しかし、きみたちが開拓した土地に撒いた種の量と灌漑の進み具合により、相応の量の食料をゲーム監督チームから入手できる。二十四の小国家はすべて、この谷川沿いに位置している。したがって、川の水は、きみたち共通のリソースということになる。きみたちはその水を利用して、開拓した土地に灌漑(かんがい)をほどこすことになる。

それぞれの小国家の指導者はきみたち自身が選挙で決定する。各国家には、同等の権力を持つ三名の最高指導者を置き、その三名が共同で国家の最高意思決定をつかさどる。国家行政機関はきみたち自身で設置し、それによって、建設計画、対外政策など、国家に関わるすべてを実行できる。われわれはそれに干渉しない。各国の市民には移動の自由があり、市民は自分の好きな国家に移ることができる。

ではこれから、それぞれのクラスに割り当てられた国に移動してもらう。まずは、きみたちの国家の名称を決めなければならない。決まったら、監督チームに報告に来てくれ。それが済んだら、あとはすべてきみたち次第だ。ひとつだけ言っておくが、このゲームに、ルールはきわめて少ない。生徒諸君、小国家の運命と未来はきみたちの手の中にある。どうか自分の国を繁栄させ、壮大な国家にしてくれ！」

これは、子どもたちにとってはじめて経験する、最高のゲームだった。みんな、わっと騒ぎながら散らばって、それぞれ自分の国に向かって走っていった。

張(ジャン・リン)林に案内されて、鄭(ジェン・チェン)晨のクラスの生徒たちはすぐに彼らの国へとたどり着いた。白い柵に囲まれたエリア内の土地は、半分が渓流の川原、もう半分が山の斜面に占められている。川原と斜面の境目あたりに、テントと食料などの物資が整然と並べられていた。子どもたちはそこに向かって突進し、早くも物資の山をかきまわしはじめている。後方にとり残されていた張林と鄭晨の耳に、とつぜん子どもたちの驚きの声が届いた。見ると、子どもたちはなにかを囲んで眺めている。子どもたちをかき分けて前に出た鄭晨は、地面に置かれたものを見て凍りついた。

緑色のタープの上に、サブマシンガンが整然と並んでいる。

武器に関してほとんど知識がない鄭晨でも、それが玩具の類ではないことはわかった。サブマシンガンを一丁、かがんで手にとってみると、どっしりした質感が伝わってくるし、銃の油の匂いも漂ってきた。冷酷な青い光沢を放つ鋼の銃身に目を奪われる。銃の横には緑色の金属箱が三つ置いてあり、そのひとつを開けてみると、中には金ぴかの弾薬が収められていた。

「おじさん、これって本物の銃なの？」

子どものひとりが、遅れて到着した張林にたずねた。

「もちろんだよ。このタイプの小型サブマシンガンはわが国の軍の最新装備だ。軽量でかさばらず、銃身は折り畳み可能。子どもが使うには最適だろう」

「わあ……」

男子生徒たちは興奮して銃を手にとったが、鄭晨はきびしく制止した。

「もとに戻して！　だれもそれに手を触れてはいけません！」

つづいて鄭晨は、張林に向き合って責めるように問い質した。

「どういうことなんですか？」

張林はあいかわらず淡々とした口調で答えた。

「これでも国家なんですから、必要物資の中には当然、武器も含まれるでしょう」

「さっきおっしゃいましたよね。子どもが使うには……最適だって？」

「ああ、心配ありませんよ」張林は笑って腰をかがめ、弾薬箱から弾帯をとりだした。「この銃弾には殺傷力はありません。この銃弾は、じつのところ、小さなプラスチックの塊の両側に球状の金属網をくっつけただけのものです。軽量で、発射されるとすぐ速度が落ちるので、人体に命中したとしても損傷を与えることは皆無です。ただ、金属網には強い静電気が帯電しているので、命中したターゲットには数十万ボルトの電圧が加えられます。撃たれた人は倒れて意識を失うでしょうね。しかし電流が低いので、すぐに回復します。長くダメージが残ることはありません」

「電流に撃たれてダメージが残らないなんてなぜ言えるんですか！」

「この弾薬はもともと警察の装備用として開発されたもので、多くの動物実験と人体実験をくりかえしてきました。西側の警察では一九八〇年代にすでにこの銃弾を装備していたんですよ。過去にたくさんの使用例がありますが、障害が残ったケースは皆無です」

「もしも目に当たったらどうするんですか？」

「ゴーグルを着用すればいいだけです」

「じゃあ、撃たれた人が倒れた拍子に高いところから転落したら？」

「われわれはとくに平坦な地形を選んでいます……もちろん、絶対に安全だと保証するのは困難ですが。しかし負傷するなんて、まずないでしょうね」

「あなたたち、ほんとうにこんな武器を子どもたちに渡して、ほかの子に対して使うことを認めるんですか？」

張林はうなずいた。鄭晨の顔はもう真っ青だった。

「玩具の銃は使えないんですか？」

張林はかぶりを振った。「戦争は一国の歴史において消すことのできない一部です。われわれはできるだけ現実に近い環境をつくることで、得られる結果の信頼性を高めたいのです」

「結果？　それってどんな結果なんですか？」鄭晨は怪物を見るような怯えた視線を張林に向けた。

「あなたたちはいったいなにをしようとしてるんですか？」

「鄭先生、落ち着いてください。これでもわれわれはだいぶ抑えているほうなんですよ。信頼できる情報筋によると、複数の国で子どもたちに実弾を使わせているとか」

「複数の国ですって？　世界じゅうでこんなゲームをやっているってこと？」

鄭晨は、自分が悪夢を見ているのかどうかたしかめるように、ぼんやりと周囲を見渡した。だが、次第に冷静さをとり戻し、乱れた前髪を整えながら言った。

「わたしと子どもたちを帰らせてください」

「それは不可能です。この地区にはすでに戒厳令が敷かれていますから。話したと思いますが、この任務はきわめて重要な……」

鄭晨はまた感情を抑えきれなくなった。「そんなの関係ない！　そんなことをするなんて、わたしが許しません！　わたしは教師です。責任と良心があるんです！」

「われわれにはもっと大きな責任があります。それに同じように良心があります。その責任と良心がわれわれにこうすることを迫っているんです」張林は真剣な目で鄭晨を見つめている。「どうかわれわれを信じてください」

「子どもたちを帰らせなさい！」鄭晨はなりふり構わず大声で叫んだ。

「どうか、われわれを信じてくれないか」

その声は鄭晨の背後から聞こえてきた。とても馴染み深い声だが、どこで聞いたのか、どうしても思い出せない。目の前にいる子どもたちがぽかんとした表情で彼女のうしろを見ているので、鄭晨はふりかえった。背後にはたくさんの人が立っていた。その顔を見て、非現実感がますます強くなったが、逆にそのおかげで冷静さをとり戻した。うしろのほうに並んでいるのは、テレビでよく見る、国の上層部の人たちだ。だが、鄭晨が最初に判別できたのは、最前列に立つ二人——国家主席と国務院総理だった。

「まるで悪夢を見ているようだ。そうじゃないかね？」

主席はおだやかな口調でたずねてきた。鄭晨はすぐには返事ができず、ただうなずくしかなかった。

「それも仕方がない」首相が言った。「最初はわれわれだってそんなふうに感じたんだからな。だが、すぐに慣れるだろう」

つづいて主席が口にした言葉は、鄭晨の意識を多少なりとも現実へと引き戻してくれた。

「あなたがたの仕事はきわめて重要だ。国家と民族の命運に関わる。しばらくしたら、これがどういうことなのか、すべてをつまびらかにしよう。そのときになればあなたは、自分がこれまでにしてきた、そしていまもしている仕事に対して、大きな誇りを持つことになるだろう」

一行はとなりの小国に向かって歩き出したが、少し進んだところで首相が立ち止まり、鄭晨をふりかえって言った。

「いまきみが知るべきことはひとつだけだ。世界はもう、いままでの世界ではない」


***

「諸君、ぼくたちの小国家に名前をつけよう！」とメガネが提案した。

このとき、山のうしろから朝陽が半分顔をのぞかせて、谷間は金めっきをほどこされたように輝いていた。

「よし、太陽国って呼ぼうぜ！」と華華（ホアホア）が提案した。みんながそれに賛同すると、彼はつづけて言った。「じゃあ、国旗も決めなきゃいけないな」

子どもたちは物資の山の中から白い布を一枚見つけ出した。華華はスクールバッグから太いマーカーをとりだすと、その布に丸をひとつ描いた。

「これは太陽だ。だれか赤いペンを持っていないか？　この中を赤く塗ってくれ」

「それじゃあ、まるで日本の国旗だろ？」ある子どもが言った。

暁夢（シャオ・ムン）が太陽の内側に大きな目と笑っている口をペンで描き加え、さらに太陽のまわりに光を示す放射線状の線をつけ加えた。この国旗のデザインはクラスの子どもたちに支持された。超新星紀元では、この稚拙な国旗がもっとも価値ある歴史的文物として国家歴史博物館に保管されることになる。

「国歌は？」

「とりあえず、少年先鋒隊（中国の少年組織。主に課外活動を通じて共産主義を学ぶ）の隊歌にしておこう」

太陽が完全に顔を出してから、子どもたちはせまい国土の中央で国旗掲揚を行った。式が終わってから、張林（ジャン・リン）が華華にたずねた。

「なぜ最初に国旗と国歌を制定したんだい？」

「国には国旗と国歌がぜったい必要だから。シンボルになるものが。なにか目に見えるものがないと、生徒たちも団結できない」

張林はノートになにかメモしている。

「ぼくたち、なにかまちがったことをしたんですか？」と生徒のだれかが聞いた。

「さっき言ったと思うが、きみたちは自分たちだけですべてを決定するんだ。そして、その考えに基づいて行動する。わたしの任務はただの観察にすぎない。きみたちに干渉することはけっしてないよ」

張林はその言葉につづいて、となりにいる鄭晨（ジェン・チェン）に向かって言った。

「鄭先生も、肝に銘じてください」

＊＊＊

　つづいて、子どもたちが国家の指導者を選ぶ段階に移った。選挙はつつがなく進み、華華（ホアホア）、メガネ、暁夢（シャオ・ムン）が選出された。華華は呂剛（ルー・ガン）に軍を組織するよう指示し、その結果、クラスに二十五名いる男子全員が隊員となった。そのうち二十名にはサブマシンガンが配られたが、銃を受けとれなかった者も五人いた。呂剛は彼らの不満をやわらげるため、数日ごとに交代で銃を持てるようにルールをつくった。暁夢は林莎（リン・シャー）を厚生大臣に任命し、生活必需品のうち必要な薬品の管理と、病人が出た場合の看病を一任することにした。そのほかの国家機関については、国家を運営していくうちに必要となれば、その都度発足させることにした。

　子どもたちは次に、新しい国土に住居を建設する作業にとりかかった。開けた場所を整地して、テントを張った。しかし、最初に完成したテントに何人か入ったとたん、テントが倒れて子どもたちの頭上に落ちてきた。テントのキャンバス地をかき分けて這い出すのにずいぶん苦労したが、そういうアクシデントさえ、みんな楽しんでいた。正午ごろにはいくつかテントが立ち、折り畳みベッドも搬入されて、住まいに関してはやっと一段落した。

　昼食をつくりはじめる前に、暁夢が提案した。すべての食料と飲料水の量をチェックして、毎日の消費量を詳細かつ計画的に管理しよう。さらに、最初の二日間は、できるだけ食料を節約したい。なぜなら、荒地の開墾がはじまると、労働時間が増えて、食料の消費量も増加する。それに、もし開拓がうまくいかなかった場合、監督チームから食料を入手するタイミングが遅れることもありうるのだから。……子どもたちは、午前中ずっと作業していたからか、みんなびっくりするほど腹を空かせていた。なのにたくさん食べてはいけないと言われて不満たらたらだったが、暁夢は辛抱強く言葉をつくし、ときには情に訴えながら、やっとみんなの説得に成功した。

　張林（ジャン・リン）は子どもたちのそんなようすを黙って観察し、またノートになにか書き留めていた。

食後、子どもたちは隣国を訪れ、はじめての貿易をおこなった。余ったテントと工具を不足気味の食料と交換したのである。同時に、周辺の国の位置関係も把握してきた。渓流のこちら岸は、上流側に銀河共和国、下流側に巨人国がある。川をはさんだ真向かいにはEメール国、その上流と下流にはイモムシ国と青花国があった。谷にはそのほか十八の国家があるが、距離が離れているため、太陽国の子どもたちはあまり大きな関心を持たなかった。

建国直後の二日間は、谷間世界の黄金時代と呼ぶべき時期だった。子どもたちの胸には、新生活に対する熱意がたぎっていた。二日めには、すべての国が山の斜面の開拓に着手した。子どもたちは鉄製の鍬と鋤など原始的な農具で土地を開墾し、プラスチックのバケツで川から水を汲んで、土地に水を撒いた。渓流の川原にはかがり火が燃え、谷間全体に子どもたちの歌声と笑い声がこだまする。おとぎ話から抜け出したような牧歌的で美しい田園風景だった。

だが、そんなおとぎ話のような黄金時代はすぐに去り、灰色の現実が谷間に戻ってきた。新生活のもの珍しさが薄れるのと同時に、開墾の大変さがだんだん身に染みてきたのである。一日じゅう働いてへとへとに疲れた子どもたちは、テントに戻るとベッドに倒れ込み、二度と起き上がりたくないと思った。谷間の夜から歌声も笑い声も消え去り、ただ沈黙だけが支配した。

各国のあいだで自然環境にかなりの差があることもわかってきた。国同士の距離はたしかにそれほど離れていないが、ある国の土壌がやわらかくて開墾が容易なのに対して、べつの国では国土のすべてが石ころで覆われ、いくら開墾に力を入れても、種播き可能な土地はほとんど増えなかった。太陽国の土壌も、もっとも痩せた部類だったが、斜面の土が耕作しにくいこと以上に不運なのは、国土に占める川岸の土地がおそろしく広いことだった。というのも、監督チームが決めたルールによれば、平らな川原は居住地としてのみ利用可能で、耕作はすべて山の斜面でおこなう必要がある。したがって、いくら川原を開墾しても、その土地は開拓地として認めてもらえない。問題はそれだけではなかった。山の斜面が川岸近くまで迫っている国では、バケツリレーで水を運ぶことで、きわめて効率的に斜面の土地を灌漑できる。だが、太陽国の場合、川原の面積が広いせいで、渓流から斜面までの距離がかなりある。そのためバケツリレー方式は使えず、水を入れたバケツをひとりで持って山を登っていく、そんな非効率的なやりかたをするしかなかった。

この問題について、メガネがこんな提案をした。まず川の中に大きな石でダムを築く。川の水はダムを乗り越えるか、石の隙間を通って下流に流れていくが、それによって川の水位をある程度上昇させることができる。それと同時に、山の斜面に大きな穴を掘る。そしてさらに細い水路を掘って川の水を穴まで流す、というものだ。この工事のため太陽国では体力に自信のある子ども労働者十名を選抜し、土木作業にとりかかった。だが、着工と同時に、下流に位置する巨人国と青花国から強い抗議を受けた。メガネはこれらの国に対して辛抱強く何度も説明をくりかえした。ダムはその手前の水位を上げるだけで、川の水はダムを越えて流れていく。したがって、下流の水量にも水位にもなんら影響はない。しかし、下流の両国は、その説明を受け入れようとしなかった。それに対して華華は、そんな抗議など相手にせず、工事を続行するべきだと主張した。一方、暁夢は熟慮の末、違う結論に至った。長い目で見れば、隣国との関係を良好に保つことのほうが重要だ。わずかな利益にこだわって大局を見失うべきではない、それに渓流は谷間世界の公共資産であり、その現状に変更を加えることは、どんなことでも敏感な問題となり得る。太陽国は谷間世界において、いい国だというイメージを保つ必要がある——というのが暁夢の主張だった。メガネは、またべつの角度からこの問題を考えていた。すなわち、戦力面である。下流二カ国とのあいだにもし戦端が開かれたら、太陽国の軍は国家の安全を守れると、呂剛は何度も保証した。しかし、相手は二カ国だ。軽々しく衝突するのは合理的な策でない。メガネはそう結論づけた。結果、太陽国は計画をとり下げ、ダム建設をあきらめた。かわりに水路をより深く——原案の二倍の深さまで——掘削することで、山のふもとに掘った穴へと川の水を引き入れた。その代替案では、調達可能な水量はもとの計画よりも激減したものの、それでも灌漑作業の効率は大幅に改善できた。

現在、太陽国は監督チームから関心を寄せられているらしく、張林以外にもうひとり、新たな観察員が派遣されてきた。四日め以降、谷間世界では争いや衝突が急激に増加した。理由の多くは、天然資源の分配と貿易に関するものだった。もともと子どもたちは利害調整のノウハウや忍耐力を持ち合わせていないため、結果として、谷間に銃声が鳴り響くことになった。とはいえ、衝突の規模はまだ小さく限定的で、谷間世界全体に波及することはなかったから、太陽国周辺の情勢は平穏だった。しかし、七日めになって、飲料水に起因する衝突が勃発し、均衡が一気に破られることになる。

渓流の水は濁っていて、そのままではとても飲める代物ではない。谷間世界では生活物資として一定量の飲料水が配給されるが、各国への配給量は一律ではない。ある国の配給量は他国の数倍、最大で十倍以上にもなる。ほかの物資とくらべても、飲料水は配給量の差が極端に大きく、このゲームの企画者が故意にそのようにシステムを設計したことは明白だった。規則によれば、開墾の成果として食料は入手できるが、飲料水は調達できない。そのため、五日を過ぎるころには、飲料水の問題は国家存続の重要な鍵となり、当然のことながら、小国同士の衝突の主な要因となった。太陽国周辺の五カ国だけを見ると、飲料水の備蓄量は銀河共和国が最大で、ほかの国々の十倍近い。最初に飲料水が尽きたのは、銀河共和国の対岸に位置するイモムシ国だった。イモムシ国の子どもたちはなにをするにも無計画で、野放図な消費をつづけていた。初期の段階から、イモムシ国の子どもたちは怠け者だった。川に水を汲みにいくこともなく、洗顔や手洗いにまで飲料水を使うというありさまだった。果たして、早々と苦境に追い込まれた彼らは、しかたなく対岸の銀河共和国と交渉した。最初は貿易によって飲料水を手に入れようとしたが、銀河共和国側の提示してきた条件は、イモムシ国には受け入れがたいものだった。銀河共和国の要求は、飲料水と交換にイモムシ国の全国土を引き渡すことだったのである。

その夜、太陽国は対岸のEメール国の子どもから、ある情報を入手した。イモムシ国がEメール国から十丁もの銃と銃弾を借り受けたという。もし貸さなければEメール国に戦いを仕掛けるとまで言って脅したそうだ。イモムシ国は四十五人の子どもがいたが、そのうち三十七人が男子生徒で、当然、軍事力は強大だ。対するEメール国はまったく逆の男女比で、三分の二が女子生徒だった。どう転んでも、イモムシ国に勝てる見込みはない。Eメール国はトラブルを嫌い、イモムシ国もたっぷり礼をすると約束したので、結局は銃の貸与と銃弾の提供に応じた。次の日の正午、イモムシ国で銃声が鳴り響いた。男子生徒らが射撃訓練を実施している。

太陽国は緊急の閣議を招集した。華華による情勢分析は以下のようなものだった。

「イモムシ国はまちがいなく銀河共和国に戦争をしかける。軍事力から見れば、銀河共和国の敗戦に終わり、イモムシ国に併合されると思う。イモムシ国はもともと土壌の豊かな斜面をたくさん有している。それに加えて銀河共和国の飲料水と武器まで得ることになれば、国力が強大になりすぎる。遅かれ早かれ、おれたちにとっては厄介な問題になる。わが太陽国としては、そんな事態に備えてできるだけ早く準備しておく必要があるだろうな」

「わたしたちは、Eメール国、巨人国、青花国の三国と同盟を結ぶべきだと思う」暁夢が言った。

「そういうことなら、戦争が勃発する前に、銀河共和国もその同盟に引き込まないか」華華が言った。

「そうすればイモムシ国もむやみに戦争をしかけられないだろ」

メガネがかぶりを振った。「世界戦略の基本はパワーバランスだ。きみたちの考えはその原理に反している」

「偉大なる博士さま、そこのところをもうちょっとわかりやすく説明してくれませんかね」

「同盟には、自分たちと同等のパワーを持つ相手からの脅威にさらされたときにはじめて安定するという性質がある。脅威が大きすぎても小さすぎても、同盟は瓦解する可能性がある。もっと上流に位置する国々はぼくたちから遠く離れているから、太陽国を含む周辺六カ国は相対的に独立状態にあるとも言える。この状況で、もし銀河共和国までがぼくらの同盟に加入してしまったらどうなると思う？　イモムシ国は同盟を組む相手が見つからず、結果として絶対的な劣勢へと追い込まれる。つまり、ぼくらの同盟に対する明らかな脅威とはなり得ない。結果としてぼくらの同盟も安定したものにならない。もっと言うと、銀河共和国はあんなに大量の飲料水を持っていて、態度がかなり傲慢だろ。もし同盟を持ちかけたら、水を奪う魂胆だと邪推されるかもしれない。それじゃあ、ほんとうの意味での同盟なんて成立しないよ」

みんながメガネの考えにうなずき、暁夢がたずねた。

「じゃあ、残りの三つの国は、わたしたちと同盟を結びたいと思うかしら？」

「Eメール国は問題ないだろうな。彼らはすでにイモムシ国からの脅威にさらされているんだから」と華華が答えた。「残りの二カ国の説得はぜひおれに任せてくれ。同盟は彼らにとって利益になるし、前のダムの件で、太陽国はいいイメージを与えているはずだ。だから、それほど大きな問題はないと思う」

その日の午後、華華は三つの隣国を訪問した。華華の弁論の才はすばらしく、あっという間に三国の指導者を説得することに成功した。四つの小国家はたがいの国境近くの渓流の岸辺でさらに会議を開き、こうして四カ国同盟が正式に発足した。

このあと、太陽国には、監督チームからまたひとり新たな観察員が派遣されてくることになる。

***

監督チームは山頂に建つTV中継局の中に陣どり、谷間世界のすべてを俯瞰的に観察していた。四カ国同盟が成立したその日の夜、鄭晨はこれまでの数夜と同様、中継局の建物のところまでやってきて、夜の谷間の光景をしばらくずっと眺めていた。一日の仕事を終えて疲れきった子どもたちは眠りについていているのだろう、山のふもとにはぽつりぽつり灯が見えているだけだ。

鄭晨はこの仕事にもうすっかり入れ込んで、いったいなんのための計画なのかと問うこともなくなっていた。以前の彼女はその疑問についてあれこれ頭を悩まし、さまざまな可能性を考えたが、思いつくどの答えも、まるですじが通らなかった。ついきのうも、太陽国の子どもたち数名がこの疑問について話し合っているのを聞いたばかりだった。

「これはなんらかの科学的実験に違いない」メガネがほかの子どもたちに向かって言った。「谷間の二十四カ国は世界のモデルだってことさ。大人たちはこのモデルがどう発展していくかを観察してるんだろ。それによって、国家を将来的にどうしていくかの参考にするわけだ」

「だったらどうして大人が自分で実験しないんだよ」ほかの子が質問した。

「大人たちはこれがゲームだって知っているから、当然、真剣にプレイしない。ぼくたちなら、たとえゲームでも真剣にプレイするだろ。そんな真剣な遊びの結果こそ、重要な真実になる」

メガネのこの意見は、鄭晨がいままでに聞いた中でもっとも合理的な説明に思われた。だが、彼女の脳裏には総理の言葉がずっとこだましていた。「世界はもう、いままでの世界ではない」。

そのとき、以前はTV中継局の職員宿舎として使われていたキャビンの扉が開いて、張林が出てきた。張林はまっすぐ鄭晨のもとにやってくると、となりに立って、谷間の光景を眺めながら言った。

「鄭先生、あなたのクラスがいちばんうまくやっていますよ。あの子たちにはほんとうにすばらしい素質がある」

「どうして彼らがいちばん成功していると言えるんですか？　わたしの知るかぎり、谷間の西の端にある国は、周辺の五つの国を併合しています。いまでは国土の面積も人口も、もとの六倍に達して、いまだに拡大をつづけていると聞いていますけど」

「いやいや鄭先生、そんな勢力拡大は、われわれが求めていることじゃないんですよ。われわれが評価するのは、小国家内部で成し遂げた成果です。団結力、まわりの世界全体に対する状況判断、そしてその判断に基づいて決定される長期的政策」

谷間世界で行われているゲームは、リタイアすることも自由だった。この二日間だけでも、かなりの数の国から、この山を登って、監督チームのもとに出頭する子どもたちがいた。彼らは、もうこんなゲームをやりたくないと思っていた。やればやるほどつまらなくなってくるし、重労働で体力が限界に達している。それに、みんなで銃をとって撃ち合う戦争さえ起こっている。もう、恐怖でしかない。ここにやってきた子どもたちに責任者がかける言葉は、いつも同じだった。

「わかった、諸君。それじゃあ、家に帰ってくれていいよ」

そして、それらの子どもたちは、約束どおり、すぐに家へと送り返された。あとになって、自分たちが失ったものを知ったとき、その判断を一生悔やむこととなった者もいたし、逆に幸運だったとひそかに胸を撫で下ろす者もいた。そういう状況のなか、ただ太陽国だけは、だれひとりゲームから離脱する生徒を出さなかった。これこそ、監督チームがもっとも重視した点だった。

「鄭先生、あの三人の指導者についてもっとくわしく背景を知りたいんですが」

「あの子たちの家庭はどこもふつうですよ。ただ、よく考えると、一般家庭とは少し違う点もありますね。まず華華(ホアホア)ですが、彼の父親は建築設計院のエンジニア、母親はダンス教師です。華華は父親からの影響を強く受けています。父親もかなり個性的な人物で、器が大きいと言えるかもしれません。長期的な視野に立ってものごとを俯瞰的に見るタイプで、そのぶん、日常生活の細部には無頓着のようです。華華の家に家庭訪問したとき、父親が話したのは、世界情勢や中国がとるべき将来の世界戦略のことばかりで、自分の子どもの学校でのようすなんか、まったくたずねてきませんでした」

「だいぶ浮世離れした方のようですね」

「いいえ、浮世離れとか、そういうことじゃないんです。客観的な立場に立って、傍観者のように外からものごとを見ているわけじゃなくて、強烈な当事者意識を持って世界と国家の重要な問題について話すんです。向上心が高いとも言えるでしょうか。ただ、関心を持つ対象があまりにも大きすぎるのと、周囲への細やかな配慮が決定的に欠落しているせいで、ビジネス的にはまだなにも成し遂げていません。華華はそんな父親の影響を確実に受けています。ですが、父親と大きく違う点もあるんです。それは、ほかの子どもに与える影響力と、行動を起こす勇気、さらに周囲を感化する力です。そのため、みんなをとりまとめて、高い目標を達成させることができる。たとえばクラスの子どもたちをまとめて露店を開いたり、大きな熱気球をつくってそれを飛ばしたり、郊外の山に行って小さなボートで川下りをしてみたり、それはもういろんなことをやってきたんですよ。この子の持つ気概や勇気は、同じ年齢の子どもの比ではありません。ただ、欠点もはっきりしていますね。衝動的すぎることと、妄想めいた話が多すぎることです」

「先生は、クラスの生徒について細かい点までよく把握していますね」

「受け持ちの生徒は、わたしの友だちですから。厳井（イェン・ジン）に関して言えば——あっ、〝メガネ〟のことです——彼の家はいかにも知識階級の家庭という感じです。両親とも大学教授で、父親は文系、母親は理工系です」

「あの子の知識の広さはかなりのものですよね」

「そうなんです。ただ、彼がいちばんすぐれているのは、問題を深く掘り下げて考察できることです。彼の洞察力は群を抜いています。さまざまな視点から、ほかの子には理解できないものが理解できる。信じられないかもしれませんが、授業の準備をするとき、わたしはたびたび彼の意見を求めてきました。だけど、彼の短所もはっきりしています。かなり内向的で、人とコミュニケーションをとるのが苦手なんです」

「ほかのクラスメイトは、そんな彼のことをぜんぜん気にしていないように見受けられますね」

「そのとおりです。彼の博識にはみんな一目置いてますからね。尊敬されていると言ってもいいくらいです。大きな問題について決定を下すとき、子どもたちはいつもメガネの意見を聞きます。それも、今回、メガネがリーダーに選出された理由です」

「では、暁夢（シャオ・ムン）は？」

「彼女の家庭環境は特殊です。もともとは申し分ない家庭だったんですが——父親は記者、母親は作家でした——彼女が小学二年生のとき、父親が取材先で交通事故に遭って亡くなりました。その後、母親も尿毒症を患い、透析しながら命をつなぐ状態になりました。おまけに家には寝たきりの祖母もいたんです。母親と祖母は、去年あいついで亡くなりましたが、それまでの三年間、暁夢がひとりで家族を支えていました。そんな環境でも、彼女の成績はクラスで一番でした。わたしがこのクラスを受け持っていたあいだ——それは、彼女にとっていちばん苦しい時期でしたが——毎朝、わたしが教室に入って最初に目を向けるのは、自然と暁夢の顔になっていました。彼女の顔に疲れたようすがないかたしかめるためです。でも、あの子は疲れた表情など一度も見せたことがなかった。その顔に現れていたのは、ただ……」

「成熟した面持ちですか」

「そうなんです。彼女はほんとうに大人です。まなざしを見ればわかります。同じ年ごろの少女にはない成熟した心を持っています。いまだに頭から離れない出来事があります。前学期、クラスのみんなを引率して、西の郊外にあるロケット管制センターの見学に行ったときのことです。ほかの子どもたちはハイテクのすごさに度肝を抜かれ、すっかり感動していました。そのときは管制センターのエンジニアが参加するフォーラム形式の勉強会が開かれたんですが、エンジニアの話を聞いて、子どもたちは口々に、わが国は宇宙飛行士を宇宙に送って、すぐにでも大型の宇宙ステーションを建造すべきだと言いました。ですが、暁夢だけは、宇宙ステーションの建造にどのくらいの費用がかかるのかとたずねました。そして、おおよその金額を聞いてから、こう言ったんです。そのお金があれば、学校に行けない全国の子どもたち全員を小学校と中学校に通わせることができますね、って。彼女の説明には、学校に通えない全国の児童の正確な人数や、すべての子どもが小学校と中学校に通う場合に必要となる金額が含まれていました。地域格差や物価の上昇率まで計算に入れて。その場で話を聞いていた大人たちはみんなびっくり仰天していました」

「彼女のどんなところがほかの子どもたちを惹きつけるんですか？」

「ある種の信頼感でしょうか。クラスの子どもたちにとって、彼女はもっとも信頼できる人物なんです。子どもたちのあいだの、わたしでも解決できないような複雑な問題も、彼女なら解決できる。それに、天性のマネージメントの才能があります。クラスの学習委員を務めていましたが、その仕事に関しても、すべてきちんと筋道立ててやるんです」

「なるほど。あともうひとりのことも知りたいんですが。呂剛（ルー・ガン）です」

「あの子については、実はわたしもそれほど深くは知りません。呂剛は前学期の後半に転校してきた生徒ですから。知っているのは、ふつうの家庭の子どもではないということぐらいですかね。父親は将軍で、彼はその父親の影響を受けたせいか、武器や軍事がとても好きなんです。この子に関しても、強烈なインパクトを受けた出来事があります。転校してきてから、呂剛はクラスの体育委員を受け持つことになりました。わたしたちのクラスのサッカーのレベルは、それまでは下から二番目だったのに、そのあとたった一週間で一気にトップまで上りつめたんです。学校の規則で、クラスのサッカーチームは、決められた時間以上の練習が許されていません。じっさい彼は、クラスのサッカーチームに練習をさせなかったんです。やったことは戦術の練り直しだけ。いちばん驚いたのは、転校してくる前の彼の学校では、環境的な制約があって、呂剛自身、サッカーをまったくやっていなかったという事実です。さらにもうひとつ、呂剛の気持ちの強さにも大きな感銘を受けました。以前、クロスカントリーレースが開催されたことがありましたが、そのとき彼は足首を捻挫してしまって。靴も履けないくらい足が腫れたのに、それでもがんばって完走した。ゴール地点にはもうだれもいなくなっていましたけど。そこまで強い精神力は、いまの子どもたちにはなかなか見られないものだと思います」

「鄭先生、最後の質問ですが……あっ、お先にどうぞ」

「ひとつ、言っておきたいことがあります。もしもうちのクラスの小国家が成功しているとお考えなら、その成功はグループとしての力によるものです。たしかにこのクラスには、ずば抜けた能力の子どもがいるかもしれません。しかし、最大の利点はチームとしての力です。もしもべつべつの場所に送られたら、個々の生徒はなんの力も発揮できないかもしれません」

「こちらから先生にたずねたいと思っていたのはまさにそれです。その点にはわたしも気づいていました。きわめて重要なことです。鄭先生、わたしがいちばん残念に思っているのは、自分の子どもが先生の生徒ではなかったことですよ」

「お子さんはおいくつですか？」

「十二歳。幸運な年齢です」

数日後、鄭晨は張林が最後に口にしたこの言葉の意味を知ることになる。このとき、東の地平線から昇った薔薇星雲の青い光が谷間の情景をより鮮やかに浮かび上がらせていた。

「あの星雲、また大きくなりましたね。花びらのかたちもちょっと変化したみたいです」鄭晨は星雲を指さして言った。「あの星雲はこれから何十年もかけてもっと大きくなります。天文学者の予測によれば、最大で空の五分の一もの面積を占めるようになるそうです。地球の夜は昼間のように明るくなり、夜は永遠に消滅するという話です」

「えっ？　それはどんな光景なんでしょうね」

「そうですね。わたしもほんとうにそれを知りたいんです。これを見てください……」張林はかたわらの槐（えんじゅ）の樹を指した。薔薇星雲の青い光に照らされた枝には、満開の白い花が咲いている。

「この季節にどうして槐の花が咲いているのかしら？　この数日ずっと見てきて、この山の植物はちょっとおかしいと思っていたんです。いたるところに花が咲いているし、花のかたちもちょっと変わってる」

「ここは外の世界から隔絶していますからね。ここ何日間も、ニュースを見ていないでしょう。話によると、街の店には変わった野菜や果物がたくさん並んでいるそうです。たとえば、ひと粒がリンゴくらいの大きさのブドウとか……」

そのとき、谷間のほうから銃声がつづけざまに鳴り響いた。

「太陽国のほうだわ！」鄭晨ははっとして叫び声をあげた。

張林もそちらのほうを見ている。「太陽国の上流だ。イモムシ国が銀河共和国に侵攻しはじめたのかもしれない」

銃声は鳴りやまない。谷間にいくつも銃口炎（マズルフラッシュ）が見えた。

「ほんとうにこのまま放っておくつもりなんですか？　わたしのほうが精神的に耐えられなくなりそう」鄭晨の声は震えていた。

「人類の歴史とは、戦争の歴史でもあります。統計によれば、五千年の文明史のうち、ほんとうに平和だった期間はぜんぶ合わせてもわずか百七年しかない――いまだって人類は戦争をしています。それでも人生はつづく。そういうものじゃないですか？」

「でも、彼らはまだ子どもなんですよ！」

「すぐにそうじゃなくなりますよ」

＊＊＊

その日の午後、イモムシ国は銀河共和国の提示した条件を呑み、自国の未開墾の領土のうちいちばん耕作に適したエリアを飲料水と交換することに同意した。ただし、土地引き渡しのための式典の挙行と、それぞれの国から男子生徒二十名ずつから成る儀仗隊を式典に派遣することを求め、銀河共和国はその要求を認めた。双方の国家指導者と儀仗隊が国旗掲揚にはじまる式典を挙行しているさなか、周囲に潜んでいたイモムシ国の男子生徒十数名が突如として姿を現し、銀河共和国の儀仗隊に向けて発砲した。イモムシ国の儀仗隊もそれに呼応して銃を掃射し、銀河共和国側の男子生徒二十名は敵の銃口炎に囲まれ、次々と地面に倒れた。十分後、全身が麻痺した状態で意識をとりもどした彼らは、全員がイモムシ国の捕虜となり、国土のすべてが敵の手に渡っていることを知った。彼らが意識を失っているあいだに、イモムシ国の軍隊が川を渡って銀河共和国に苛烈な攻撃を仕掛けていたのである。銀河共和国側の銃はすべて儀仗隊が携行していたため、残されていたのは無防備な六名の男子生徒と二十数名の女子生徒だけで、イモムシ国軍と戦うどころではなかった。

予想どおり、イモムシ国は銀河共和国を併合するとすぐに、下流の四カ国同盟に対して領土の割譲を要求してきた。軍事侵攻の準備が整っていないイモムシ国が切ったのは、飲料水というカードだった。下流の四カ国は飲料水の備蓄が乏しい。飲料水が尽きるまで圧力をかけようという作戦だった。

このとき、メガネの博識がまたしても解決策を編み出した。すなわち、五つの洗面器の底に小さな穴をたくさん開け、それぞれの洗面器に石ころを敷きつめる。石の直径は上から下へ、少しずつ小さくしていく。そうやって、手製の濾過装置をつくりだしたのである。呂剛も、それとはべつの浄水法を提案した。雑草と木の葉を砕いてペースト状にしてから、それを水に入れてかきまわす。すると、時間とともにペーストは沈殿するが、それといっしょに水もきれいになっている——呂剛によれば、この方法は父親といっしょに部隊のサバイバル訓練を見学したときに学んだものだという。太陽国ではこの二つの手段で処理した水を監督チームのもとへ送って分析してもらい、その結果、飲料水の基準を満たしていることがわかった。その後、四カ国同盟は逆にイモムシ国へ飲用水を輸出するまでになった。

イモムシ国は四カ国同盟に対する侵攻準備にとりかかった。彼らはもはや農地を開墾するつもりなどさらさらなく、唯一の関心事は領土の拡張だった。しかし、イモムシ国にはそれさえかなわないことがほどなく明らかになった。

川の上流から伝えられた情報によると、谷間世界でいちばん西に位置する星雲帝国がすでに十三もの国家を併合し、超大国に成長しているという。そして、四百名以上から成る星雲帝国の大軍が、谷間世界の統一を目指して川沿いに下流に向かって進軍している。これほど強大な敵を目の前にして、イモムシ国の指導者たちはただあわてふためくばかりだった。銀河共和国を併合したときの勢いは、すでに失われていたのである。その結果、イモムシ国の国民は、算を乱して逃げまどうことになった。一部は上流に赴いて星雲帝国に投降したが、大部分は監督チームのもとに出頭してゲームからの離脱を希望し、そのまま家に戻った。しばらくすると、四カ国同盟のうち巨人国と青花国が国家を解体して、少数の子どもたちが太陽国に投降し、大部分の子どもたちはゲームからの離脱を選択した。こうして、ほぼ太陽国一国だけが谷間世界の強大な敵と対峙することになった。

太陽国の全国民は、戦って国を守ろうと決意していた。彼らは、過去十日以上にわたり汗水たらして開拓してきた国土に強い愛着を抱き、それが、監督チームの大人たちも驚くほどの強靭な精神力を生み出す原動力となった。

　呂剛が立案した作戦はこうだ。広い川原に立てられたテントをすべて倒し、さまざまな材料を使って川原の東側と西側に二本の防衛ラインを構築する。西側が敵を迎え撃つ第一防衛ラインで、そこには男子生徒を十人だけを配置する。呂剛はその十人にこう命じた。

「クリップひとつ分の弾丸を撃ち終えたら、『弾丸が切れた！』と叫んで逃げ戻ってくれ」

　防衛ラインが完成した直後、星雲帝国の軍隊が谷底を進軍してきた。彼らはたちまち、銀河共和国とイモムシ国の旧国土を覆いつくした。星雲帝国の男子生徒が拡声器ごしに叫ぶ声が聞こえてくる。

「おい、よく聞け、太陽国のやつら。谷間世界はすでに星雲帝国が統一した。きさまらの乏しい戦力で、おれたちに張り合えるとでも思ってるのか？　さっさと投降しろ！　おまえたちの顔を立ててやっているんだから、恥をさらすようなまねはやめろ！」

　彼らに対する太陽国からの返答は、沈黙――ただそれだけだった。それを確認して、星雲帝国は侵攻を開始した。太陽国の第一防衛ラインの子どもたちが射撃を開始し、攻撃してきた帝国軍の一部は地面に倒れた。つづいて双方の撃ち合いとなったが、やがて太陽国の防衛ラインの銃声がしだいに間遠になっていった。そのとき、だれかが叫んだ。

「弾丸が切れた！　とっとと逃げるぞ！」

　たちまち太陽国防衛ラインの子どもたち全員がうしろを向いて駆け出した。

「やつら、弾がなくなったぞ！　突っ込め！」

　帝国軍はそれを見て、ときの声をあげながらいっせいに突撃してきた。大きく開けた川原の真ん中まで帝国軍がさしかかったとき、太陽国の第二防衛ラインのサブマシンガンがとつぜん火を噴いた。不意打ちを食らった帝国軍は防ぎようがない。大勢がいっぺんに撃ち倒された。後続の帝国軍はそのようすを見てすぐに逃げ戻り、こうして帝国軍の第一次攻撃は撃退された。

電撃弾で撃たれて失神していた子どもたち全員が目覚めて立ち上がるのを待って、星雲帝国は第二次攻撃を仕掛けてきた。このとき、太陽国軍の弾丸はもう残り少なくなっていた。太陽国の子どもたちは自分たちの十倍もの数の帝国軍が渓流沿いに用心深く進軍してくるのを見ながら、最後の戦いの準備をしていた。そのとき、だれかが叫んだ。

「うわっ、あいつら、ヘリコプターまで手に入れてるぞ！」

その言葉どおり、一機のヘリコプターが山のうしろから姿を現した。戦場の上空でホバリングするヘリコプターの拡声器から、大人の声が響き渡った。

「生徒諸君、射撃をやめろ！　ゲームはそこまでだ！」

国家

夜の帳が下りるころ、五十四名の子どもたちを乗せた三機のヘリコプターは市内に向かっていた。子どもたちのうち、鄭晨(ジェン・チェン)のクラスの子は八名。その中には華華(ホアホア)、メガネ、暁夢(シャオ・ムン)、呂剛(ルー・ガン)もいた。子どもたちといっしょに搭乗しているのは鄭晨を含む五名の教師たちだった。

一九五〇年代の素朴なスタイルが色濃く表れた建物の前、煌々と明かりに照らされた場所に、三機のヘリコプターは次々に着陸した。谷間ゲームの監督チーム責任者と張林(ジャン・リン)が、五十四名の子どもたちを連れて、正面玄関から建物の中に入った。長い長い廊下を進んでいくと、突き当たりに、きらきら輝く黄銅のノブがついた革張りのドアがあった。さらに近づくと、前に立つ二人の衛兵が音もなくドアを開け、子どもたちは中に入った。そこは、無数の大事件を目にしてきた大広間だった。歴史の亡霊が、高くそびえ立つ柱のあいだでいまも踊っているように見える。

大広間には三人の人物がいた。国家主席、国務院総理、それに軍の総参謀長だ。しばらく前からここで待っていたらしく、小さな声でなにごとか話し合っていたが、大広間のドアが開くと、三人はそちらを向いて子どもたちを眺めた。

子どもたちを連れてきた二人が主席と首相の前に歩み寄り、小さな声で簡潔に状況を報告した。

「子どもたち諸君、こんにちは！」主席が話をはじめた。「これは、きみたちが子どもとして扱われる最後の機会になるだろう。歴史は、これからの十分間で、きみたちが十三歳から三十歳へと成長することを求めている。まず、総理からみんなに状況を説明してもらおう」

首相は目の前に並ぶ子どもたちを重々しい視線で見渡した。

「いまから一ヵ月前、太陽系近傍で超新星爆発があった。それについてはきみたちもよく知っているはずだから、ここで語ることはしない。これから話すのは、きみたちがまだ知らないことだ。超新星爆発のあと、世界各国の医療機関が人類に対する影響について研究をおこなった。各大陸の信頼すべき医療機関からの報告は、わが国の研究機関の結論を裏づけていた。報告によれば、超新星の放つ高エネルギー宇宙線は人体細胞にいた染色体を完全に破壊する。この未知なる宇宙線の貫通性はきわめて高く、屋内あるいは坑道内の人間でも逃れることはできない。しかし、一部の人口集団の染色体には、そうした損傷を自己修復する能力がある。年齢が十三歳の子どもの場合、九七パーセント修復できる。十二歳以下の子どもの場合は一〇〇パーセント修復可能だとされている。それ以外の人間については、肉体が受けた損傷は修復不可能だ。余命はいまから約十ヵ月ないし十二ヵ月しかない。超新星の光が見えていたのは、たしかにほんの一時間くらいだったかもしれない。しかし、目に見えない高エネルギー宇宙線は、一週間にわたって地球に降り注いでいた。空に強烈な光が出現した時点から一週間のあいだに、地球は七回自転している。したがって、世界じゅうどの地域でも、状況は変わらない」

総理の口調は、なんでもない日常の状況について話しているかのように落ち着き払っていて、どこか冷たくいかめしい響きさえあった。このとき、子どもたちは頭がしびれるような感覚に襲われつつも、なんとか首相の話を理解しようとした。しばらく時間がかかったものの、彼らはあるときとつぜん——それも、全員がほとんど同時に——それがどういう意味なのか悟った。

数十年後、超新星紀元の第二世代が大人になるころ、彼らは親たちの世代がはじめてこの話を聞かされたときにどんな気持ちだったのかについて、きわめて強い興味を抱くことになる。なぜならこれは、有史以来、人類にとってもっともショッキングな知らせだったからだ。後世の歴史学者や天文学者たちは、この場の状況を再現しようとさまざまに試みたが、それらはどれも不正確だった。

以下は、この出来事から四十五年後、ある若い記者が年長者におこなったインタビューの記録である。

記者　その話を聞いたときにどう感じたのか、話していただけますか？

年長者　その瞬間はべつだんなにも感じなかった。なにを言われているのかピンとこなかったからね。

記者　では、どのくらい経ってから理解したんですか？

年長者　人によって違うだろうね。ただ、瞬時にわかった人はほとんどいなかったと思う。三十秒くらいで理解した人もいれば、何分もかかった人もいる。何日も経ってようやく理解したという人もいたらしい。その場にいた子どもたちは、話を聞きながら、ずっと夢の中をさまよっているみたいな気分だった。超新星紀元がほんとうに訪れたことを理解して、次にそれがなにを意味するのかを悟ったんだ。いまからふりかえると、ほんとうに不思議だよ。すごく簡単な話なのに、理解するのにどうしてあんなに時間がかかったんだろう。

記者　あなたはどうでしたか？
年長者　運よく、三分くらいで理解できた。
記者　そのときの衝撃を言葉で表現してもらえますか？
年長者　衝撃なんかなかったよ。
記者　えっ……それじゃあ、恐怖とかは？
年長者　恐怖もなかったね。
記者　（笑）みんなそう言いますよね。もちろん理解できます。たしかにそんな場合、衝撃とか恐怖の度合いを言葉で言い表すのは困難ですからね。
年長者　信じられないかもしれないが、衝撃とか恐怖とかの感覚は、そのときはほんとうになかったんだ。いま思えば、たしかに自分でも理解しがたいがね。
記者　では、どんな感覚だったんでしょうか？
年長者　なじみがないという感覚。
記者　……
年長者　西暦時代に、こんな話があった。先天的に目が見えない人がいたんだが、ある日、階段を踏み外して転落した。そのときの衝撃で、頭のどこかの神経がつながった。そしてとつぜん目が見えるようになったんだ。彼は好奇心にかられて、いたるところを見た……。つまりそれが、そのときわれわれが感じたことだよ。この世界がとつぜん、まったくなじみのない未知の世界に変貌したんだ。いままで見たこともないような世界にね。

——亜柯『西暦時代に生まれて』より
（超新星紀元46年刊、北京）

国の心臓部にあたるこの大広間で五十四名の子どもが味わっていたのは、まさにそれだった。なじみのない未知の世界にいるという、強烈な感覚。目に見えない鋭い刃が空から落ちてきて、過去と未来をすっぱり切断し、いま彼らはまったくなじみのない、見知らぬ新世界と対峙している。幅広い窓を通して、空に昇ったばかりの薔薇星雲が大広間の床に青い光を投げている。宇宙に浮かぶ巨大な瞳が、この不可思議な世界をじっと見つめているかのようだった。

まる一週間にわたって、太陽系は高エネルギー宇宙線が荒れ狂うハリケーンに蹂躙(じゅうりん)されていた。暴雨となって降り注ぐ高エネルギー粒子が地球上のすべての陸と海に襲いかかり、想像を絶する速度で人体のあらゆる細胞を貫通した。細胞内にある小さな染色体は、高エネルギー粒子の雨の中で透きとおったもろい糸のように震え、あがいたが、結局、ＤＮＡの二重螺旋は引き裂かれ、核酸の塩基はばらばらになった。傷ついた遺伝子はなおも仕事をつづけたが、何千万年もかけて進化してきた生命の精緻な鎖はねじれ、ちぎれてしまっていた。変異した遺伝子は、生命を複製するのではなく、死を撒き散らすものに変わっていた。地球は自転を止めず、それによって全人類がひとしくこの死のシャワーを浴びることになった。こうして、数十億の人間の体内で、死の時計のぜんまいが巻かれ、カチカチと時を刻みはじめた……

全世界の十四歳以上の人間はすべて死に絶え、地球は、子どもだけの世界となる。

***

五十四名の子どもたちは、外にいるほかの子どもたちと違って、もうひとつべつの知らせをつづけて伝えられた。その知らせは、いまさっき生まれたなじみのない未知の世界がばらばらに砕けてしまうような情報だった。今度は子どもたちのだれもが茫然として、虚空に宙吊りにされているような気分を味わった。

　最初にわれに返ったのは鄭晨（ジェン・チェン）だった。

「総理、つまりこの子たちは……わたしの理解がまちがっていなければ……」

　総理はうなずき、落ち着いて答えた。「きみの理解はまちがっていない」

「そんなことはありえません！」若い小学校教師は思わず叫んだ。国家指導者は無言で彼女を見つめている。

「彼らはまだ子どもです。どうしてそんなことが……」

「では、きみはどうあるべきだと思うんだね、お嬢さん」総理が質問した。

「……少なくとも……全国から候補者を選抜しなければ」

「そんなことができるとまだ思っているのかね？　どうやって選抜する？　大人と違って、子どもたちは、全国規模の社会階層組織に属していない。したがって、四億人の子どもたちの中からいちばん能力が高く、もっとも指導者に適した人材を短期間で探し出すことは不可能だ。余命十カ月というのは、ただの予測に過ぎない。われわれに残された時間は実際のところもっと短いのかもしれない。大人の世界は、いつ機能しなくなってもおかしくない。人類最大の危機に瀕しているいまこのとき、われわれは国家全体を脳のない状態にしておくわけにはいかない。ほかに選択肢はない。だからわれわれは、他国と同様、非常事態のもとで、今回の特殊な選抜方法を採用したのだよ」

「なんてこと……」

　鄭晨はいまにも倒れそうだった。

　そのとき、主席が彼女の前に歩み寄った。

「生徒たちはあなたの考えに同意しないかもしれない。先生が知っているのは平時の彼らだ。極限状態に置かれた彼らのことは理解できていないだろう。究極の危機が迫れば、人間はだれだってスーパーマンになれる。子どもとて、それは同じだ」

主席は目の前に並ぶ、まだ茫然としたままの子どもたちに向かって言った。

「そうだ。諸君、きみたちがこの国を指導することになる」

第3章　〈大学習〉

世界を学ぶ授業

〈大学習〉のはじまった日、鄭晨（ジェン・チェン）は生徒たちのようすを見るために校門を出た。クラスの四十五名のうち、ほかの地方にいてまだ帰ってきていない二人と、谷間世界での活動を評価されて中央機構に選抜された八人を除いて、三十五名の子どもたちが首都に戻っていた。自分の親を教師として、人類史上もっともむずかしいカリキュラムにとり組むためだった。

鄭晨の頭に最初に浮かんだ生徒は、姚瑞（ヤオ・ルイ）だった。街に戻ってきた三十五人のうちで、彼が学ぶ授業がもっとも難度の高いものだったからだ。鄭晨は地下鉄に乗り、ほどなく近郊の火力発電所に到着した。超新星爆発の前、この発電所は首都の環境保護を理由に操業を停止され、解体を待つばかりだったが、今回の授業のためだけに発電を再開していた。

鄭晨は、発電所の入口のところで姚瑞とその父親に出迎えられた。発電所の技師長を務める姚瑞の父から歓迎の挨拶を受けて、鄭晨は複雑な思いで応じた。

「六年前のわたしと同じように、姚技師長もはじめて教壇に立つんですね」

姚技師長は笑いながらかぶりを振った。「鄭先生、わたしにはとても、当時の先生ほどの自信はありませんよ。それだけはたしかだ」

「でも、以前の保護者会では、わたしの方程式の教えかたにいつも文句を言ってたじゃないですか。きょうは逆にわたしのほうが姚さんの授業をじっくり拝見させていただきます」

「われわれは、史上もっともむずかしい先生役をつとめることになる」技師長はそう言って長いため息をついた。「さあ、もう教室に入らないと」

三人は、ほかの保護者や子どもたちといっしょに発電所の門をくぐった。

「ありゃあ、やけに太い煙突だな！」姚瑞は前方を指さして、興奮した叫び声をあげた。

「おまえはほんとうに莫迦だな。前にも言っただろ。あれは煙突じゃない。冷却塔だ！　あっちを見てみろ、建屋のうしろ。あれが煙突だ」

姚技師長は息子と鄭晨を連れて冷却塔の下までやってきた。水が滝のように降り注ぐ円形の冷却水槽を指さして、姚技師長が言った。

「あそこの水は発電機からまわってきた冷却済みの循環水で、水温が高い。十五年前、発電所に勤めはじめたばかりのころは、あの水槽でよく泳いだもんだよ」姚技師長は息子に向かって若いころの思い出話を語り、小さくため息をついた。

つづいて彼らは、真っ黒な石炭の山がいくつも並んでいるところに来た。

「ここは石炭置場。火力発電所は石炭の燃焼によって発生した熱エネルギーを利用して発電を行う。うちの発電所は、稼働率一〇〇パーセントの場合、一日に消費する石炭の量は千二百トン――どのくらいの量なのか、想像がつかないだろう。あそこに石炭運搬用の列車があるのが見えるね？　あれは貨物車四十両編成の列車だが、あの列車の六編成分でやっと運べる量だ」

姚瑞は仰天したように舌を出し、鄭晨に向かって言った。「鄭先生、ぼく、ほんとにびっくりしました！　父さんの仕事がこんなにすごいなんて、ちっとも知らなかった」

姚技師長は長いため息をついた。

「莫迦な子だな。ほんとうにおまえは莫迦だよ。父さんのほうが悪い夢でも見ているみたいだ！」

一行は長々と延びる石炭運搬用の石炭ベルトコンベアに沿ってしばらく歩きつづけ、巨大な設備の前にやってきた。設備の主要部分はたえまなく回転しつづける巨大円筒だ。設備から間断なく響く爆音に、姚瑞と鄭晨はすっかりおじけづいた。姚技師長は息子の耳にぴったり口を寄せ、大声で言った。

「これが微粉炭機だ。いまさっきベルトコンベアが運んできた石炭をここで細かく砕いて粉状にするんだ。小麦粉みたいに細かく……」

次にやってきたのは鋼鉄でできた四つの建物が並ぶ場所で、建物は冷却塔や煙突と同様、遠くからもよく見えた。

「ここがボイラー棟だ」姚技師長が説明した。「さっきの微粉炭機が砕いた石炭の粉は、この大きなボイラーの内部でバーナー四つを噴射させて燃焼させる。すると、ボイラー燃焼室の中で、激しく燃える火球が発生する。石炭が完全に燃焼しきると、わずかなものしか残らない。ほら、これは石炭が完全燃焼したあとの残留物だ」

姚技師長は息子に手をさしだし、てのひらに載っているひとつかみのなにかを息子に見せた。半透明の小さなガラス玉がたくさんあるように見える。ここまで来る途中、四角い池の横を通ったときに、姚技師長が手ですくいとったものだった。小窓の前に近づくと、ボイラーの内部を見ることができた。内側では、輝きで目が痛くなるくらいの勢いで炎が燃え盛っている。

「これは大型ボイラーの炉壁で、無数のボイラーチューブが並んでいる。チューブの中には水が流れていて、それが燃焼による熱を吸収して高圧の蒸気に変わる仕組みだ」

つづいて、天井が高く広々したボイラー棟に入った。中には四台の大きな機械が並んでいる。それぞれ、半分に割った円筒を床に伏せたようなかたちをしている。

「これは蒸気タービン発電設備。ここまで流れてきたボイラーの高圧蒸気がタービンを回し、発電機を動かす」

最後に三人は中央制御室を訪れた。明るくて清潔そうな場所だった。背の高い制御盤の上にあるパイロットランプは星々の瞬きのようにきらめき、一列に並ぶコンピュータのモニター画面には複雑な図形が映し出されている。当直の職員以外にも、保護者に伴われたおおぜいの子どもたちの姿が目立った。姚技師長は息子に言った。

「さっきの見学はほんとうに上っ面だけの学習だ。火力発電所はおそろしく複雑なシステムで、無数の専門分野と関連している。だから、発電所を動かすには、おおぜいの人々が力を合わせなきゃいかん。たとえば、父さんの専門は電気だが、それはさらに高圧の電気と低圧の電気に分けられる。父さんは高圧のほうの担当というわけだ」

姚技師長はそこまで話したところで、いったん口をつぐみ、無言のまま息子を数秒間見つめた。

「この専門分野は危険をともなう。扱う電流は〇・一秒で人間を灰に変えてしまう。もし事故を防ぎたいなら、システム全体の構造と原理をきちんと理解していなければならない。じゃあ、ここから正式な授業に移るぞ！」

姚技師長は図面をとりだし、中から一枚を抜き出した。

「まずは主要な配線系統図からはじめよう。これはまだ簡単なほうだからな」

「どう見ても簡単には思えないけど」姚瑞は目をまんまるにしてその図を見ながら言った。これほどの数の線と記号をこんな複雑怪奇なかたちに組み合わせて紙きれ一枚に書き上げる人間がいるなんて信じられないという表情だ。

「これは発電機だ」姚技師長は、四つの円から成る図を指して言った。「発電機の原理は知ってるか？」

　息子はかぶりを振った。

「まあいい。これが母線だ。つくられた電気はここから分配される。これが三相になっているのがわかるだろ。三相って知ってるか？」

　息子はかぶりを振った。父親は、今度は同心円の四つのペアを指さした。

「よし。これはメインのトランス……」

　息子が質問した。「メインのトランスって？」

「つまりメインの変圧器だ。これは工場トランス二台……」

「工場トランス？」

「ああ、工場用変圧器のことだ……変圧器の原理は知っているか？」

　息子はかぶりを振った。

「それなら、いちばん基本の電磁誘導の法則なら知っているだろ？」

　息子はかぶりを振った。

「さすがにオームの法則くらいは知ってるよな？」

　息子はまたかぶりを振る。父親は図面をとり落とした。

「おまえ、莫迦なのか。ならいったいなにを知ってる？　学校に行っても勉強しないでずっと給食ばかり食ってたのか？」

「そんなの勉強したこともないよ！」息子は半分泣き声で言った。

　姚技師長は鄭晨に顔を向けた。

「あんたたちはこの六年間、この子になにを教えてきたんですか？」

「忘れないでください。お子さんはただの小学生だったんですよ！　そんな教えかたじゃ、子どもたちはなにも学べません！」

「これから十カ月で、大学の電力関連の学科で教える知識すべてをこの子に叩き込まなきゃいけない。それに加えて、自分の過去二十年間の経験も伝えなきゃいけない」姚技師長はため息をつきながら、今度は図面を投げ捨てた。

「鄭先生、わたしはどだい無理なことにチャレンジしているんじゃないかと思ってるんですよ」

「でもこれは、どうしてもやり遂げなければならないことなんです」

姚技師長はしばらく鄭晨をにらみつけていたが、またため息をついた。そして図面を拾い上げると、息子に顔を向けた。

「もういい、わかった。じゃあ、電流と電圧くらいは知ってるだろ？」

息子はうなずいた。

「じゃあ、電流の単位は？」

「ボルト……」

「莫迦もん！」

「うへっ！　そうだ、ボルトは電圧の単位だった。電流の単位は……アンペア！」

「よし、いい子だ。じゃあ、そこから勉強をはじめよう！」

＊＊＊

ちょうどそのとき、鄭晨の携帯が鳴った。電話はべつの生徒——林莎（リン・シャー）の母親からだった。林莎の家は鄭晨の家の近所なので、林莎の母親とは親しい間柄だった。医師をしているこの母親が電話で訴えてきたのは、自分だけで娘に教えるのはとても無理なので、鄭晨に手伝ってもらいたいという話だった。鄭晨は、姚技師長とその息子にそそくさと別れを告げ、急遽、市内へと向かった。

鄭晨は、林莎の母親が勤める大病院で、母娘に会った。林莎と母親は病院の裏庭にある建物の外で、興奮したように言い争っているところだった。二人の背後のドアには、大きな赤い文字で解剖室と記されている。

「ここのにおい、ほんとに気持ち悪い！」林莎が眉根に皺を寄せて言った。

「それはホルマリンのにおい。一種の防腐剤よ。解剖用の遺体はその液体の中に浸される」

「わたし、死体の解剖なんて見たくない。さっきだって、肝臓だの肺だの、いやというほど見せられたばかりなのに」

「だけど、そういう臓器が人体のどこにあるのかも学ばなきゃいけないのよ」

「将来わたしが医者になったら、患者の病気に合った薬を処方すればいいだけでしょ？」

「でもあなたは外科医になるのよ、莎莎。だから、手術する必要だってある」

「そんなの、男子を外科医にすればいいでしょ！」

「そんなこと言わないで。ママは外科医なんだから。女性の外科医だってすばらしい人がおおぜいいる」

事情を聞いたあと、鄭晨は林莎といっしょに解剖室に入ることにした。先生といっしょだったらと、林莎は解剖の授業を受けることにかろうじて同意した。解剖室のドアを開けるとき、鄭晨は自分の手をぎゅっと握りしめてくる林莎の手の震えをはっきり感じた。だが、ほんとうのところは、必死に怯えをおもてに出さないようにしていただけで、鄭晨自身も同じ気持ちだった。解剖室に入ると、かすかな冷気が頬を撫でるのを感じた。天井の蛍光灯が発する真っ白な光のもと、その場にいたのは解剖台を囲む子どもたちと二人の大人だった。全員、白の術衣を着用しているうえ、部屋は床から壁まですべてが真っ白だ。この白ずくめの世界は、憂鬱で暗い雰囲気を漂わせていた。白一色に覆われた解剖室の中、唯一の例外は、解剖台に載せられたダークレッドのなにかだった。

林莎の母親は娘をひっぱって解剖台の前まで連れていくと、そのなにかを指さした。

「解剖しやすくするために、御遺体は事前に処置をしなければならないの。そのため、皮膚の一部を剝がすことも必要になる」

林莎は下を向いたかと思うと、すごい勢いで解剖室の外へ飛び出し、その場で嘔吐しはじめた。鄭晨もあとについて外に出て、林莎の背中をさすった。しかし、その行為は、実のところ、自分も解剖室から抜け出す口実にすぎなかった。鄭晨はけんめいに吐きけをこらえながら、陽の光を浴びられることに感謝した。

林莎の母親もすぐに出てきて、身をかがめて娘に話しかけた。「莎莎、しっかりして。遺体の解剖は、医師の実習の中でもとても貴重な機会なのよ。だいじょうぶ、少しずつ慣れてくるから。御遺体を動かなくなった機械だと考えてみて。自分の見ているのは機械の部品にすぎない。そう考えれば、気持ちもだいぶ楽になるでしょ」

「自分だって機械でしょ！　ママみたいな機械、大っ嫌い！」

林莎は母親に向かって大声で叫ぶと、背を向けて走り出そうとしたが、すぐ鄭晨に抱き留められた。

「林莎、よく聞いて。たとえ医師にならずに、ほかの仕事に就くことになったとしても、同じように勇気が必要なの。もしかしたら、ほかの仕事はもっとむずかしいかもしれない。あなたは早く大人にならなきゃいけない」

鄭晨と母親は、やっとのことで林莎を解剖室に連れ戻すことができた。鄭晨と教え子は、ともに解剖台の前に立ち、鋭いメスがかすかな音をたてながらやわらかい筋肉を切り裂くのを見つめた。白い肋骨が切開され、赤紫の臓器が眼前に現れる……。すべてが終わったとき、鄭晨は自分がどうやって耐えられたのか、ほんとうに不思議でならなかった。もっと不思議だったのは、以前ならカイコの繭さえ怖がっていた女の子が、どうして解剖に耐えられたのかということだった。

＊＊＊

二日め、鄭晨(ジェン・チェン)は李智平(リー・ジーピン)と一日を過ごした。李智平の父親は郵便配達員だ。この日、父親は息子を連れて十数年間にわたって配達してきた馴染み深いルートを何度もくりかえし巡回した。夕方、息子ははじめてひとりで父親の配達ルートをまわることになった。出発前、李智平は大きな郵便袋を愛用のマウンテンバイクに載せようとしたが、どうがんばってもうまく載せられず、結局、父親が十年以上ずっと配達に使ってきた飛鴿(フェイグー)の古い自転車に郵便袋を載せると、サドルをいちばん低くしてまたがり、網の目のような通りや小道を走った。息子はすでに町名とその郵便番号と配達先住所を記憶していたが、父親はどうしても安心できず、ひとりで自転車を走らせる息子を遠くから見守りながら、鄭晨といっしょに自転車を漕ぎ、配達ルートをくっついてまわった。息子がスタート地点——郵便局ビルの正面玄関——に戻ってきたとき、父親はすぐに歩み寄って、息子の肩を叩いた。

「よし、上出来だ。この仕事は少しもむずかしくないだろ。おれは十年以上この仕事をつづけてきた。ほんとうなら一生つづけるはずだったが、これから先はおまえに任せなくちゃいけない。おまえに言えるのはこれだけだ。おれはこの十何年、まちがえて郵便を届けたことは一度もない。たしかに他人から見たら大したことじゃないかもしれん。だが、おれはそのことに誇りを持っている。覚えておけ。自分の仕事がどんなに平凡でつまらないものに見えても、真心を込めてやれば、それはそれで立派な仕事なんだってことをな」

＊＊＊

三日め、鄭晨(ジェン・チェン)は、三人の生徒、常滙東(チャン・ホイドン)、張小楽(ジャン・シャオラー)、王然(ワン・ラン)のようすを見に行った。常滙東と張小楽は、李智平(リー・ジーピン)と同じく、ごくふつうの家庭で育ってきた。それに対し、王然の父親は有名な囲碁の棋士だった。

　常滙東の両親は理髪店を経営している。鄭晨がその小さな理髪店に入ると、常滙東はその日の三人めの客を散髪しているところだった。客は散髪が終わると、鏡に映るぼさぼさの頭髪を眺めながら、「これはいいねえ」とうれしそうに何度もくりかえしている。常滙東の父親はいかにも申し訳なさそうな表情で料金の受けとりを固辞したが、客のほうは逆に、どうしてもお金を受けとってもらいたいと言い張った。四人めの客もやはり、ぜひとも常滙東に散髪してほしいと言った。常滙東が客の首にクロスをかけると、客は言った。

「坊主、おれの頭でいっしょうけんめい練習するんだぞ。どっちみちおれが散髪するチャンスは、もうあと何回もない。だが、未来の子どもたちにはぜったい理髪師が必要だろ。そいつらの髪の毛がぜんぶ野人みたいになったら目も当てられないからな」

　その後すぐに、鄭晨も常滙東に散髪してもらったが、結果はやはり惨憺たるありさまだった。途中から常滙東の母親が担当を交代し、かなりの時間をかけて直してくれたおかげで、なんとか少しは見られる出来栄えに収まった。理髪店を出た鄭晨は、ずいぶん若返ったような気がした。超新星爆発のあと、ずっと感じていることだった。突如として変貌した見慣れない世界に接して、人々が抱く感覚は、正反対の二つに分かれる。若くなったように感じるか、それとも老け込んだように感じるか。鄭晨の場合は、幸運にも前者のほうだった。

***

張小楽(ジャン・シャオラー)の父親は、会社の社員食堂でコックをしている。鄭晨(ジェン・チェン)が張小楽の顔を見たのは、彼と仲間たちが大人から指導を受け、主食と副菜をちょうどつくり終えたときだった。子どもたちはみんな、販売カウンターまで出てきて、自分たちが調理した食事が少しずつ買われていくのをおっかなびっくり眺めている。カウンターの向こうの大きな社員食堂は、食事をとる人でいっぱいだった。子どもたちは緊張の面持ちで何分間かようすをうかがっていたが、なんの不都合もなさそうだった。そのときだ。張小楽の父親がお玉で窓枠を叩いて注意を促すと、大きな声で発表した。

「みなさん、きょうの食事はわれわれの子どもたちがつくったものなんですよ！」

社員食堂は数秒のあいだ静かになり、やがて熱烈な拍手の音が響き渡った。


***

鄭晨(ジェン・チェン)にとってその日いちばん印象深かったのは、やはり王然(ワン・ラン)親子だ。彼らの家に着いたとき、王然はちょうど家を出て、自動車教習所に向かうところだった。息子を見送りに出てきた父親は、深いため息をひとつついて、鄭晨に向かって言った。「いやはや、わたしはほんとうに役立たずだ。こんなに長く生きてきたっていうのに、子どもには役立つことをなにひとつ教えられないんですから」

息子は父親を安心させようとするように、自分はちゃんと車の運転を覚えてぜったいすばらしいドライバーになるからと言った。

父親は小さな袋を息子に手渡した。「これを持っていきなさい。なにもやることがないときは、できるだけ練習するといい。絶対に捨てないでくれよ。将来なにかの役に立つだろうから」

鄭晨と並んでしばらく歩いてから、王然はようやくその袋を開けた。中に入っていたのは、缶に入れた碁石と数冊の棋譜集だった。二人がうしろをふりかえると、まだ息子を見送っている王然の父親――中国囲棋協会九段の姿が見えた。

ほかの子どもたちと同様、王然の運命ものちに劇的な変化を遂げることとなる。一ヵ月後、鄭晨はふたたび彼に会いに行った。自動車の運転を習っているかと思いきや、どういうわけか、王然はブルドーザーを運転していた。この子はなんでも習得するスピードが速い。次に鄭晨が王然に会ったとき、彼はもう、近郊の工事現場で大型ブルドーザーをひとりで運転し、作業していた。先生が訪ねてきてくれたことで有頂天になった王然は、鄭晨を助手席に乗せて、仕事ぶりを披露した。ブルドーザーが自在に動きまわり、どんどん地面を均していく。そのとき、鄭晨はさほど遠くないところに立っている二人の男に気がついた。ずっと鄭晨たちのほうを見ている。奇妙なことに、彼らは軍人だった。いまここで作業をしているブルドーザーは計三台、どれも子どもが運転している。二人の軍人は王然の運転するブルドーザーにとりわけ興味を持っているようだった。こちらのほうを見ながらなにか話し合っている。最後に軍人たちはこちらに手を振ってブルドーザーを止めた。軍人の片方、中佐の階級章をつけた男が運転席を見上げ、王然に向かって大声で言った。

「小僧、おまえの運転はたいしたものだ。いっしょに来て、もっとすごいのを運転してみないか?」

「もっと大きなブルドーザーってこと?」王然は運転席から身を乗り出してたずねた。

「いや、戦車だ!」

王然はしばらく凍りついていたが、興奮したようすで運転席から飛び降りた。

「つまりこういうことだ」中佐が説明した。「いろいろ理由があるが、われわれの隊では、いまごろになってようやく、次の世代の育成について考えはじめた。時間はもうほとんどない。だから、運転の基礎ができている子どもを探している。それなら戦車の操縦技術も迅速に学べるだろうからな」

「戦車はブルドーザーと同じように操縦できるものなんですか?」

「似ているところはあるぞ。どっちも履帯の車両だろ」

「でもやっぱり、戦車はブルドーザーよりも運転がむずかしいんじゃないですか?」

「そうとも言えん。少なくとも戦車の前方に、こんな大きなシャベルはついてないからな。戦車の操縦では、前向きにかかる力について考慮する必要がない」

こうして王然は——囲碁九段の息子は——装甲部隊の戦車操縦士になった。

＊＊＊

四日め、鄭晨(ジェン・チェン)は二人の女子生徒に会いに行った。馮静(フォン・ジン)と姚萍萍(ヤオ・ピンピン)は、どちらも育児施設の仕事を割り当てられていた。この先に待つ子どもたちだけの世界では、家庭が消滅し、かなり長い期間にわたって育児所が大きな役割を担い、多くの子どもたちが、自分よりもっと小さな赤ん坊や幼児の面倒をみることになる。

鄭晨が生徒二人のいる育児所を訪ねてみると、それぞれの母親たち二人が、赤ん坊をどうやって世話するかを教えている最中だった。二人は、ここにいるほかの子たちと同様、泣きわめく赤ん坊にお手上げの状態だった。

「ほんとうにうっとうしいったら!」姚萍萍は泣き叫ぶ赤ん坊に怒りの言葉を投げつけた。

となりにいる母親が、娘に言った。「これくらい我慢しなさい。赤ん坊は話せないんだから、泣くことイコール話しているってことなのよ。あなたのほうから赤ちゃんの言いたいことをわかってあげる努力をしなきゃ」

「じゃあ、この子はいまどんなことを言いたいの?　ミルクをあげてもぜんぜん飲まないのよ」

「赤ちゃんは眠りたいのよ」

「眠りたいなら寝ればいいだけでしょ。なんで泣いてんの？　ほんとにうざい！」

「赤ちゃんはみんなこんなものよ。抱っこしてそのへんを歩いてみて。きっと泣きやむはず」

ほんとうに母親の言うとおりだった。姚萍萍は母親にたずねた。「わたしが小さいときもこんなだった？」

母親は笑って答えた。「あなたがこんなにおとなしかったわけないでしょ。しょっちゅう泣きわめいて、一時間くらいずっと寝てくれなかった」

「やっとわかった。わたしが大きくなるまで育ててくれたママの苦労は並大抵のものじゃなかったのね」

「これからのあなたたちはもっとたいへんよ」そう言う母親の顔は暗く沈んでいる。「いままで託児所に預けられた赤ちゃんたちはみんな親がいたけど、これからはあなたたちだけの力で育て上げないといけないのよ」

育児所の中で鄭晨はずっとぼんやりとして、ほとんど言葉を交わさなかった。それに気づいた馮静と姚萍萍が心配して、どこか具合でも悪いのかとたずねてきたくらいだった。鄭晨は、まだおなかの中にいる自分の子どものことを考えていたのだった。

現在、世界各国はすでに出産を禁止していた。多くの国では法律にまでなっている。だが、いまや法律や政令などなんの意味もない。妊娠している女性たちの半数は子どもを出産すると決めていた。そして、鄭晨もそのひとりだった。

＊＊＊

五日め、鄭晨（ジェン・チェン）は小学校に戻った。学校では、低学年の子どもたちがまだ授業を受けている。ただし、教壇に立っているのは高学年の子どもたちだった。生徒たちを教師として養成しているのだ。鄭晨が職員室に入ると、自分のクラスの生徒だった蘇琳（スー・リン）とその母親がいた。蘇琳の母親もこの学校で教師をしている。教師とはどうあるべきかについて、娘に教えているところだった。

「あの子たち、ほんとに莫迦なのよ。何度教えても二桁の足し算引き算もできない！」蘇琳は癇癪を起こして、目の前に積まれている宿題用ノートの山を押し倒した。

　母親はそんな娘を見つめながら、「生徒の理解力はひとりひとり違うものよ」と言って、宿題用のノートをめくりはじめた。「見て。この子はくり上がりの考えかたがよくわかっていない。そしてこの子はくり下がりがよくわかっていないようね。子どもたちそれぞれに、違った対応をしなきゃいけないのよ。これを見て……」そう言って母親は蘇琳に一冊の宿題用ノートを手渡した。

「莫迦、ほんとに莫迦！　こんなに簡単な算数もできないなんて」蘇琳はそのノートをちらっと見ただけで脇に放り投げた。ノートにはくねくね曲がった字で二桁の足し算引き算の問題が書かれている。その解答はまたしても、蘇琳がこの二日のあいだにうんざりするほど何度も見てきた、莫迦げたまちがいをおかしていた。

「だけどこれって、いまから五年前のあなたの宿題ノートなのよ。あなたのためにとっておいたの」

　蘇琳は驚いてそのノートを手にとった。下手くそな字は、とても自分が書いたものとは思えない。

「教師の仕事は我慢すること。そんなたいへんな仕事なのよ」母親はため息をついた。「だけど、あなたの生徒たちはそれでも運がいいほうね。先生がいるんだから。あなたたちはどう？　これからあなたに教えてくれる先生はいるのかしら？」

「自分で勉強する。ママ、前にわたしに言ってなかった？　はじめて大学で教えた人は、絶対に大学で勉強したことがないはずだって」

「だけどあなたたちは、中学校でさえ勉強してないのよ……」

そう言って、母親はまたため息をついた。

＊＊＊

六日め、鄭晨(ジェン・チェン)は北京西駅で三人の生徒を見送った。衛明(ウェイ・ミン)と金雲輝(ジン・ユンフイ)の二人は軍に入隊する。衛明の父親は陸軍中佐だし、金雲輝の父親は空軍のパイロットだ。趙玉忠(ジャオ・ユジョン)の両親は田舎から北京に出稼ぎに来ていたが、これから息子といっしょに河北省の農村に戻るところだった。鄭晨は金雲輝と趙玉忠に、そのうちきっと会いに行くからと約束した。だが、衛明に対しては、気軽に約束するわけにいかなかった。この子が入隊する部隊はインド国境に近いチベット自治区に駐留しているからだ。鄭晨に残されたわずか十カ月の時間では、そこまで行くのはむずかしい。

「鄭先生、先生の赤ちゃんが生まれたら、赤ちゃんがどこに預けられるか、手紙でぜったい教えてください。同級生といっしょに、先生の子どもの面倒をちゃんとみますから」これが衛明からの最後の言葉だった。彼は鄭晨の手を強く握り、最後の別れを決然と交わすと、一度もふりかえることなく列車に乗り込んだ。

　去っていく列車を見送りながら、鄭晨は自分を抑えきれず、両手で顔を覆って泣きじゃくった。彼女は頑是ない子どもに戻ってしまい、生徒たちは逆に、みんな一夜のうちに大人へと成長していた。

＊＊＊

〈大学習〉の期間は、人類史上もっとも理性的で秩序正しい時代だったと言っていいだろう。なにもかも、スピード優先のてきぱきしたスケジュールのもとで進んだ。しかし、〈大学習〉がはじまるちょっと前まで、世界は絶望と狂気によって破壊される危険性が高かった。

ごく短かった平穏な期間のあと、さまざまな不吉な現象が現れた。最初は植物の生態異常と変異、次が動物の大量死。地面はいたるところ鳥と昆虫の死骸だらけになり、海面には大量の死んだ魚が浮かんだ。たった数日のうちに多くの種が絶滅した。宇宙線が人類に及ぼす影響も明らかになってきた。すべての人間に似たような微熱、倦怠感、原因不明の出血症状が現れた。子どもの染色体の自己修復機能に関しては早い段階から指摘されていたものの、決定的な証拠はまだ出ていなかった。各国政府は将来の子ども世界のために準備していたが(谷間世界の実験がおこなわれたのはこの時期で、谷間の子どもたちは外界の混乱状態を知らなかった)、一部の医療機関は、放射線障害によりいずれ全人類が死滅すると主張した。各国政府が情報を統制すべく最大限の力を尽くしたにもかかわらず、おそろしいニュースはあっという間に世界中に広まった。

それに対する人類社会の最初の反応は、言ってみれば神頼みだった。医学という神に希望を託したのである。どこそこの研究所、あるいはどこそこの科学者が命を救う薬を開発したという情報がまことしやかに、これでもかというほど大量に流された。また、いま人々が罹患しているのは白血病ではないと医師たちがくりかえし説明したにもかかわらず、シクロホスファミド、メトトレキサート、ドキソルビシン、プレドニゾロンなどの白血病治療薬が宝石よりも貴重なものとなった。存在するかもしれない本物の神に希望を託す者たちもおおぜいいた。さまざまな新興宗教が雨後の筍のように現れ、燎原の火のごとく勢力を広げた。大規模かつ奇妙な祈禱の模様は、まるで中世にタイムスリップしたかと思うくらいだった。

だがそんな希望のバブルもやがてはじけ、連鎖反応的に絶望が拡大していった。さらに多くの人々から理性が失われ、最後は集団ヒステリーと見える域にまで狂気が高まって、精神的にもっともタフな人々でさえ、その波に呑み込まれた。行政機関もじょじょにコントロールを失い、社会秩序の維持に不可欠な警察と軍隊ですら不安定になり、政府機能も半分麻痺状態に陥った。全人類が、有史以来最大の精神的脅威を前にしていた。街のいたるところですさまじい数の乗用車が玉突き事故を起こし、塊となって動かなくなった。爆発音や銃声があちこちで響き渡り、火災が発生した高層ビルから煙の柱が高々と立ち昇り、どこもかしこも狂乱する群衆が渦巻くカオスとなった。混乱を避けるために空港は閉鎖され、アメリカやヨーロッパ大陸では、空と陸を含む交通網がすべて麻痺した。メディアも機能を失い、混乱していた。当時のニューヨーク・タイムズは莫迦でかい見出しで、人々の心理状態をこう説明していた。

『Heaven seals off all exits!!!』（「天はすべての道をふさいだ」の意。中国のことわざ「天無絶人之路」〔天は人の道をふさぐことはない〕のもじり）

各宗派の信徒たちの一部は、より信心深くなり、強い精神力をもってみずからの死を受け入れようとした。かと思えば、逆に信仰を放棄して大声で罵り合う信徒たちもいた。

だが、子どもたちの染色体修復機能が広く知られるようになると、狂気に満ちていた世界はたちまち平静をとり戻した。その変化の急激さを形容したある記者の言葉を借りると、世界は「スイッチを切ったように」静かになった。その日、ふつうの女性が書き留めた日記からも当時の人々の気持ちをおおよそ知ることができる。

わたしと夫は自宅のソファでしっかりと寄り添っていた。わたしたちの神経はもう限界にきている。このままいけば病気で死ぬ前に、恐怖で怯え死ぬに違いない。そんなとき、テレビにしばらくぶりに画像が戻り、画面にテロップが流れた。政府からの公告のようだ。子どもたちの細胞修復機能が最終的に証明されたという。くりかえし同じ公告が流されている。テレビ局は復旧したらしい。画面に現れたアナウンサーが、今度は公告を読み上げはじめた。わたしの口から、ゴールにたどりついたマラソンランナーが吐くような、長い長いため息が出た。疲れきった体と神経の緊張が自然にほぐれてくる。ここ数日のわたしの心配事はプライベートな問題で、その大部分はわたしの可愛い晶晶についてだった。それこそ何千万回も心の中で祈ってきた。晶晶がわたしたちみたいな恐ろしい病気にかかりませんように！　そして、いままさに、子どもは生きつづけられることがわかった。心配事に押しつぶされていたわたしの心から重荷がとれて、すっと軽くなった。わたし自身の死など、もうぜんぜん怖くない。心はきわめて平静だ。こんなおだやかに死と向き合えるなんて、自分でも信じられないくらいだ。でも、夫を見てみると、依然として気持ちに変化がないようだった。彼は全身を震わせ、わたしの上に倒れかかった。意識を失ったようだ。わたしの前ではずっと男らしさを見せようとしてきたのに、いったいどうしたわけだろう。わたしがこんなに心おだやかなのは、たぶんわたしが女性だからだ。女性は男性よりも生命力について熟知している。なぜなら、女性は母親になると、子どもの姿に自分との生命のつながりを見出すからだ。そうなれば死神だって怖くない。死神にあらがう術があることを知っているのだから！　男の子たちと女の子たちが生き残りつづけるかぎり、この抵抗はなくならない。すぐに母親が現れ、また新たな子どもが生まれてくる。だから女性は死など怖くないのだ！　でも、男性たちに、こんな話はわからない。

「晶晶のために、あたしたちからなにを準備してあげられるかしら」わたしは夫の耳元でささやいた。出張で数日いなくなるときみたいに。その言葉が口から出たとたん、わたしの心は苦痛に苛まれた。ああ、神さま、この先の世界には大人がいなくなってしまうんですか？　子どもたちはどうすればいいの？　晶晶のためにだれが料理をつくってくれるんですか？　だれがあの子の背中をさすって眠らせてくれるんですか？　だれがあの子といっしょに道路を渡ってくれるの？夏はどうするの？　冬になったら？　……神さま、あの子の世話をだれかに頼むこともできないんですよね。これからの世界には子どもしか残らないんだから。子どもだけしか残らない！　どうすればいいの？　ほんとうにこれでいいの？　でも、ダメだったとしてもどうしようもない。もうすぐ冬が来る。ああ、神さま、冬が来る！　晶晶のセーターはやっと半分編み上がったばかり……こんなこと書いてる場合じゃない。晶晶にセーターを編んであげないと……

——『末日遺筆集』より（三聯出版社、超新星紀元8年）

それからまもなく〈大学習〉がはじまった。

これは、人類史上、もっとも奇妙な時期だった。人類社会がいままでに経験したことがなく、将来も二度と直面することのない状況だった。全世界がひとつの巨大な学校に変わり、子どもたちは人類の生存に不可欠なすべての技能を、緊張をもって学んでいた。数カ月のうちに、世界を動かすための基礎的な力を身につける必要があったからだ。

一般的な職業に関しては、どの国でも子どもが親の仕事を受け継ぎ、親は子どもたちに必要な技能を教えた——たしかにこのやりかたでは、多くの社会問題が生じるかもしれない。だが、考えつく方法のうち、もっとも効率の高いやりかただった。

高いレベルの指導者の育成に関しては、ある一定の範囲を定め、その中に入る子どもたちから選抜する方式が採られた。選抜された子どもに対して現場での実習が課せられる。選抜基準は国によってさまざまだったが、子どもという立場の社会的特殊性が、このような選抜を困難にしていた。のちにふりかえってみても、選抜のほとんどは成功しなかったことがわかる。それでも、人類社会の基本的社会構造を曲がりなりにも維持することができたのは、選抜システムのおかげだった。

もっとも困難なのは、国の最高指導者の選択だった。どう考えても不可能なこの任務を短期間で遂行するために各国が一致して採用したのは、きわめて変わった方法だった。すなわち、国家をシミュレートすることである。シミュレートする国の規模はそれぞれ異なっていたが本物の国家に、より近いものとするため、どの国も一様に残酷な方策を採った。血と銃火に包まれた極限状況で艱難辛苦に耐える経験から、リーダーの素質を持つ子どもを発見しようとしたのである。のちの歴史学者たちは、それこそが西暦時代の終わりにおいてもっとも驚くべきことだったという認識で一致している。子どもたちが国家をシミュレートしていた短い歴史は超新星紀元の冒険物語における人気の題材となったし、それをテーマにさまざまな小説や映画が生まれた。小国家群が織りなす〝ミクロ歴史〟は、語り伝えられるうちしだいに史実から離れて、神話的な色彩を帯びることになった。この時代に関する歴史的評価はさまざまだが、超新星紀元を専門とする歴史学者のほとんどは、当時の極限的な状況を考えれば、国家のシミュレーションを通じた指導者選抜は、もっとも合理的な選択だったと認めている。

人類文明の存続にとって、農耕がもっとも重要なテクノロジーであることは疑いない。さいわいなことに、これは子どもたちにとって容易に理解できる技術だった。都会育ちの子どもと違って、農村部の子どもはだれでも、多かれ少なかれ親と農作業をともにした経験があったからだ。逆に、工業化された先進国の大規模農場では、子どもたちが農作業を覚えることがむずかしかった。しかし、世界的に見れば、既存の農業機械と灌漑設備を利用して、生存に必要な食料を子どもたちが生産することはまったく問題なかった。そしてそのおかげで、人類文明の存続は約束された。

社会活動を維持するためのその他の基本的な仕事——たとえはサービス業や商業など——に関しても、子どもたちはすみやかにその技能を習得することができた。経済方面はもっと複雑だが、子どもたちの努力によって金融活動の一部は維持された。どのみち、子ども世界における金融は、それまでよりずっと単純なものになるはずだった。

大人たちの予想に反して、たとえハイレベルでも、純粋に技術的な内容であれば、子どもたちはすぐに習得できた。熟練度に目をつぶれば、子どもたちはすぐにでも運転手や旋盤工や電気溶接工を務められるほどの腕前を発揮した。大人たちをいちばん驚かせたのは、子どもが戦闘機のパイロットになったときだった。大人たちはいまになって、子どもには技能学習に対する先天的な感性が備わっていることを知った。その種の感性は、加齢とともに失われていくらしい。

それに対して、知識の蓄積を必要とする技術的な職能を子どもたちが身につけることは困難だった。自動車の運転ならすぐに覚えられても、熟練した自動車修理工になるのはむずかしい。小さなパイロットたちはたしかに問題なく飛行機を操縦できたが、子どもを航空整備士として訓練し、飛行機の故障箇所を正確に見分けて修理できるようにすることはほとんど不可能だった。子どもを一人前のエンジニアにすることはさらにむずかしかった。そのため、技術的に複雑で、なおかつ社会の維持に必要不可欠な工業（たとえば電力関連など）どうやって維持するかが、〈大学習〉における大きな難関となった。結局、この問題は部分的にしか解決できず、やがて訪れる子ども世界の技術レベルはいまより大幅に後退するのは確実だと目されていた。もっとも楽観的な予測でも、技術レベルが半世紀ほど後退することはしかたないとされていたし、子ども世界の技術レベルは農耕社会にまで戻ると予測する人さえいた。

しかし、さまざまな分野のうち、子どもたちがもっとも苦手としていたのは、科学研究と、国家レベルの指導者としての見識を持つことだった。

初等教育しか受けていない子どもたちだけの世界で、科学がどのようなものになるかは想像しがたい。最先端の科学理論の理解に必要な抽象思考能力を彼らが獲得するためには、長い道のりを歩まなければならない。現状では、基礎研究は人類が生存していくための急務ではない。だがそれは、ある危険をはらんでいる。抽象的な思考が不得意な子どもたちは、長期間にわたって科学の進歩を停滞させることになる。科学的思考は、はたしていつか回復されるだろうか？　もし回復されないとしたら、人類は科学を放棄し、中世の暗黒時代へとまた戻ってしまうのか？

ハイレベルの指導者の養成は、それよりずっと現実的で差し迫った問題だった。卓越した指導者には、政治・経済・歴史などあらゆる分野における見識、社会に対する深い理解、大きな組織の運営経験、人間関係の構築術、正確な状況判断能力、強いプレッシャーのもとでも決断をくだせる精神的強さなどが求められるが、それらを短期間で学習することはきわめてむずかしい。それらの能力は子どもたちにもっとも欠けているものであり、そのために必要な経験や素養を数ヵ月で獲得することも不可能だ。実際、それらは教えて身につく性質のものではない。人生や仕事を通じて、長い経験によってのみ得られる。そのため、指導者として養成される子どもは、精神的な幼さと衝動的な判断によって数多くの誤った決定をくだす可能性があり、それによって重大かつ壊滅的な災難を引き起こすかもしれない。それは、子ども世界の未来に潜む最大の危険だった。そして、超新星紀元の歴史は、その心配が杞憂でなかったことを証明している。

＊＊＊

それからの数ヵ月間、鄭晨(ジェン・チェン)は首都のあちこちに行って、自分の生徒たちが大人の技能を学ぶのを手伝った。生徒たちは街のあちこちに散らばっていたが、彼女はこの大都市を子どもたちが集う教室のように感じていた。

鄭晨のおなかの赤ん坊は日ごと大きくなり、それにつれて彼女の動きはどんどん緩慢になっていった。だがそれは、妊娠しているからというだけではなかった。他の十四歳以上の人々と同じく、超新星病の症状が彼女の体にも顕著に現れていたのである。つねに微熱があり、こめかみのあたりがずきずきする。筋肉は泥に変わったのかと思うほど力を失い、動くのもままならない。胎児の発育は良好で、超新星病にかかっていない健康体だと診断されていたものの、日々状態が悪化する自分の体が赤ん坊の誕生まで持ちこたえられるのか不安だった。

入院する前、最後に会いにいった生徒は、金雲輝（ジン・ユンフイ）と趙玉忠（ジャオ・ユジョン）だった。

金雲輝は百キロ以上離れた空軍基地で戦闘機パイロットの訓練を受けていた。鄭晨は、滑走路の端で、フライトスーツを着用した子どもたちの中から金雲輝を見つけ出した。子どもたちのかたわらには数名の空軍士官もいて、全員が緊張した面持ちで空の一点を見つめている。鄭晨もその方向にじっと目を向け、銀色に光る点をようやく見つけることができた。金雲輝の説明によれば、五千メートル上空で失速した戦闘機だという。そのJ－8戦闘機（一九八〇年に配備された中国の戦闘機）はきりもみ状態で石ころのように落下している。鄭晨は、その場の全員とともに、戦闘機が二千メートルまで高度を下げるのを見守った――パイロットが脱出し、パラシュートを開くのにもっとも適した高度だ。しかし、パラシュートは開かなかった。射出座席が故障したのか、射出ボタンを押せなかったのか、それともパイロットがまだ戦闘機を見捨てられずにいるのか。答えはもう永遠にわからない。士官たちは双眼鏡を目から離し、落下しつづける戦闘機が正午の陽射しを浴びて銀色に輝きながら遠い山の向こうに消えていくのを見送った。火焔と、それを包み込むような黒煙が山のうしろから立ち昇り、次にずっしり重い爆発音が響いてきた。

師団長（中国人民解放軍では「師団」を「師」と表記するが、本書では「師団」と訳した）を務める准将は、遠く立ち昇る煙の柱を、人混みから離れて茫然と眺めていた。石の彫像さながら微動だにせず、周囲の空気さえ凝固しているように見えた。墜落した戦闘機のパイロットは准将の十三歳の息子だったと金雲輝が小さな声で鄭晨に教えてくれた。どのくらいの時間が経っただろう。政治委員が最初に沈黙を破り、涙をこらえているような口調で言った。

「だから言っただろう。子どもに高性能戦闘機を操縦させるのは無理だ！　反応速度、体力、精神力、どの面から見ても無理がある！　しかも、たった二十時間足らずの飛行時間で、すぐに練習機をひとりで操縦させ、さらに三十時間飛んだら、今度はJ－8。子どもの命をもてあそんでいるようなものだ」

「操縦させないほうが、子どもの命をもてあそんでいることになる」

師団長が、こちらに歩み寄りながら言った。その口調は、異常なまでに冷静だった。

「みんなも知っているように、他国の子どもはすでにF-15やミラージュ2000で飛びまわっている。もしこれ以上、訓練に慎重になったら、死ぬのはわたしの息子だけでは済まない」

「8311、離陸準備！」ひとりの大佐が叫んだ。金雲輝（ジン・ユンフイ）の父親だった。8311は、息子である金雲輝の機体ナンバーだ。金雲輝はヘルメットと航空図を入れた袋を手に持った。与圧服は子どもパイロット用に急いで特注したもので、体にフィットしている。だが、ヘルメットは大人用で、大きすぎるように見えた。腰の拳銃も、サイズと重さが金雲輝の体とは明らかに釣り合っていない。金雲輝が前を通り過ぎようとしたとき、大佐が息子の手をつかんでひきとめた。

「きょうは気象条件がよくない。横風に気をつけろ。万一失速したら、まずは冷静になれ。きりもみの方向を確認し、次にこれまで何度も練習した通りの動作で脱出を図る。覚えておけ。絶対に平静を失うな」

金雲輝はうなずいた。父親は手の力をゆるめたように見えたが、それでもまだ息子の手から離れない。息子の体に宿るなんらかの力がその手を吸い寄せているかのようだった。だが、金雲輝は軽く肩を揺すって父親の手を振り切り、滑走路の端にとまっているJ-10（二〇〇〇年代に配備された中国の戦闘機）に歩み寄った。コックピットに乗り込む前、金雲輝は父親のほうには顔を向けず、遠くの鄭晨にだけ笑みを向けた。

鄭晨は飛行場で一時間以上待って、金雲輝の操縦する戦闘機が安全に着陸してから、基地をあとにした。J-10が着陸する前、彼女は長いあいだじっと青空を仰ぎ、真っ白い航跡を曳いた銀色の点を見つめ、戦闘機のエンジンの遠雷のような爆音を聞きつづけた。空を舞っているのが自分のクラスの生徒だとは、どうしても信じられなかった。

＊＊＊

鄭晨が最後に会いにいったのは趙玉忠（ジャオ・ユジョン）だった。どこまでも平坦に広がる河北平原の麦畑は、冬麦の種播きがすべて終わっていた。鄭晨と趙玉忠は、ぽかぽかする陽射しを浴びながら、あたたかくやわらかな大地に並んで腰を下ろした。まるで母親の懐に抱かれているみたいだった。だが、しばらくすると、太陽が突然さえぎられた。二人が目を上げると、そこに趙玉忠の祖父の、いかにも農民らしい顔があった。

「坊主、この畑には心がある。おまえが一生懸命に働けば、おまえにいい実りを与えてくれる。わしはこんなに長く生きてきたが、いちばん誠実なのはこの畑だと思っている。畑で汗を流すのは、意味があることだぞ」

麦畑を眺めながら、鄭晨は長いため息をついた。わたしはもう、自分の使命を果たした。安心して逝ける。彼女は最後にゆったりとした気分を楽しもうとした。だが、心のどこかになにか重いものがひっかかっていた。最初はおなかの赤ん坊のことかと思ったが、すぐに違うと気づいた。このわだかまりは、三百キロ彼方の北京にいる、八人の子どもたちにつながっている。彼らはいままさに、国家の心臓部で、人類の歴史上もっともむずかしい授業を受けている。それは、学ぶことがほとんど不可能なものだった。

総参謀長

「これがきみたちの守るべき国土だ」

総参謀長は全国地図を指さして、呂剛（ルー・ガン）に言った。呂剛にとって、こんな大きな地図を見るのは生まれてはじめてだった。それはホールの壁一面をそっくり占めていた。

「そしてこっちは、われわれが生きている世界だ」総参謀長はふたたび同じくらい大きな世界地図を指さして言った。

「将軍、ぼくに銃を一丁ください」と呂剛は言った。

総参謀長はかぶりを振った。「きみが敵に向かって銃を撃つ日が来るとしたら、それは国家滅亡の日だ。さて、そろそろ授業をはじめよう」

総参謀長はそう言いながら、また地図のほうを向くと、てのひらを使って、北京から北に向かって短い距離を測った。

「われわれがこれから飛行する距離はこのくらいの長さになる。地図を見たら、頭の中にその広大な大地を思い浮かべろ。そして、その大地の細かい特徴まで想像できるようにしろ。それが軍司令官としての基本能力だ。きみはこれから全軍を指揮する最高司令官となる。したがって、この地図を見るときには、わが国の国土すべてを全体的に把握する必要がある」

総参謀長は呂剛を連れてホールを出た。参謀役の大佐二名も同行し、庭で待機していた軍用ヘリコプターに乗り込んだ。ヘリコプターは轟音とともに離陸し、たちまち北京上空を飛行しはじめた。

総参謀長は眼下のゴマ粒のような建築群を指し示した。「この規模の大都市は、わが国土には三十以上ある。全面戦争が勃発すれば、都市部は重要な戦場ないし軍事行動の起点となる可能性が高い」

「将軍、われわれは大都市の防衛策を学ぶのですか？」と呂剛がたずねた。

総参謀長はまたかぶりを振った。「具体的な都市の防衛策は、方面軍、あるいは軍集団レベルの指揮官が考えることだ。きみがやるべきことは、ある都市を防衛するか、それとも放棄するかを決断することだ」

「首都であっても、放棄していいのですか？」

総参謀長はうなずいた。「戦争に最終的に勝利するためなら、首都であっても放棄していい。だがそれは、戦局によって判断しなければならん。もちろん、首都となれば、さまざまな要素を考慮しなければならない。まちがいなく言えるのは、その種の決断がきわめてむずかしいということだ。戦争において、自分の命を賭して戦うことは、実はもっとも簡単だとも言える。優秀な指揮官ほど、命を賭けない。逆に、敵側が命がけになるような作戦を実行するものだ。いいか、覚えておけ。戦争で求められるのは勝利であって、英雄になることではけっしてない」

ヘリコプターはあっという間に都市圏の外に出た。眼下には山脈が綿々と連なっている。

「さて、世界的な規模で戦争が勃発したらどうなると思う？　現代的なハイテク戦争など、ほぼ起こらない。戦争のスタイルは、第二次世界大戦当時と似たものになるだろう――だがこれも、われわれの推測のひとつにすぎない。きみたちの考えかたは、われわれ大人の考えかたとは大きく違っている。もしかしたら、子どもの戦争は、われわれ大人には想像もできない、まったく新しいスタイルになるかもしれない。それでも、われわれに教えられるのは、大人の戦争のやりかただけだ」

四十分ほどヘリコプターで飛ぶと、眼下は見渡すかぎりの丘陵地帯になった。砂漠化した一画のほかは、土の上にまばらに植物が生え、いくすじも砂埃が立ち昇っている。

「授業をはじめる！」総参謀長が言った。「眼下に広がるこのエリアは、一九八〇年代初頭、軍事史上最大規模の陸戦演習が行われた場所だ（一九八一年に実施された華北軍事演習には十一万人以上の兵士が参加した）。いま、ふたたびそれを演習場につくりかえた。すでに五つの軍集団がここに集結している。われわれはこの場所で戦争についての授業を行う」

「五つの軍集団？」呂剛は下を見ながらたずねた。「いったいどこにいるんですか？」

ヘリコプターが高度を急速に下げていく。今度は呂剛にもはっきり見てとれた。砂埃のすじは道路に沿って舞い上がっている。それは、カブトムシにも似た戦車や軍用車両の列によるものだった。車列は地平線の彼方までつづいている。さらに、道路を走っていないムシも何匹か目についた。それらは砂埃を立てず、移動速度もずっと速い。よく見るとそれは、低空飛行するヘリコプターの編隊だった。

「この下ではいま、青軍が集結している。すぐにでも赤軍に対して進攻をはじめるだろう」総参謀長はそう言って、丘陵が連なる南方の大地に、指でなぞるようにして見えない線を引いた。「いいか、この線が赤軍の防衛ラインだと思え」

ヘリコプターは防衛ラインに向かって飛び、小さな丘のふもとに着陸した。周辺の地面には無数の車両の轍がジグザグに刻まれている。戦車の履帯に表土を削りとられ、いたるところで赤土が露出している。一行はヘリコプターを降り、緑色の指揮通信車の脇を通って、ふもとの洞窟に入っていった。指揮通信車のまわりで忙しく動きまわる兵士や洞窟の入口で敬礼する警備兵の中に子どもが混じっていることに呂剛は目を留めた。

分厚くて重たそうな鉄のゲートが開き、一行は洞窟内部の広々とした空間に足を踏み入れた。正面に三つの大スクリーンがあり、戦場の状況がリアルタイムで表示されている。赤と青の矢印が複雑にからみあい、グロテスクな爬虫類のように見える。洞窟の中央には戦場の地形を再現した巨大ジオラマが設置され、そのまわりでは何台ものコンピュータ・ディスプレイが輝いている。ジオラマの周囲とコンピュータの前には迷彩服を着た将校がおおぜいいるが、その大半はやはり子どもだった。総参謀長が入ってきたのを見て、全員が敬礼した。

「これが紅山戦域モニタリング・システムか？」と総参謀長がスクリーンを指してたずねた。

「はい、将軍」大佐が答えた。

「子どもたちでもこのシステムを使えるのか?」

大佐はかぶりを振った。「いま学習している最中で、まだ大人がつきっきりで教えている段階です」

「作戦図を壁に掛けろ。いずれにしても、作戦図がいちばん頼りになる」

巻いてあった大きな作戦図を将校たちが数人がかりで広げると、総参謀長は呂剛に言った。

「ここが赤軍の指揮所だ。いま現在、数十万の子どもたちがこの模擬戦闘に加わって、戦争について学んでいる。その学習内容は、二等兵になる訓練から、軍集団を指揮するすべを学ぶことまでさまざまだが、きみが学ぶべき課程はもっとも難度が高い。われわれはきみがこの短期間で多くを学べるとは期待していない。だがきみは、もっと高い視点から、正確かつ明確に戦争という概念を把握し、戦争に対する正しい感覚をつかまなければならない。これだけでも、学びとることはたいへんむずかしい。むかしなら、士官候補生がいまのきみの地位にまで登りつめるのにすくなくとも三十年以上かかっただろう。それだけの年数の実戦経験なくして、わたしがこれから語る内容を理解することは困難だ。だが、いたしかたない。われわれは、自分たちにできる最大限の努力をするしかない。それに、きみの将来のライバルについても、事情は変わらない。きみと五十歩百歩だろう。これまでに見た戦争映画は忘れろ。それも、きれいさっぱりと。映画の中の戦争と現実の戦争がまったくの別物だということに、すぐに気づかされるはずだ。きみが谷間世界で実際に指揮した戦闘でさえ、現実の戦闘とは違うことがわかる。将来、きみが指揮することになる戦争は、あのときの一万倍以上の規模になる」

総参謀長はかたわらに立つ准将に向かって命じた。「はじめ」

准将は敬礼して退出した。だが、すぐにまた戻ってきた。「報告します。青軍は赤軍の防衛ライン全域で進攻を開始した模様です」

呂剛は周囲を見まわしたが、明らかな変化はなにもなかった。大スクリーン上の戦況図にも目を向けたが、びっしり並ぶ赤と青の矢印もぴくりとも動いていない。唯一さっきと異なるのは、ジオラマと作戦図の前にいる大人たちと子どもたちのようすだった。大人はみんな、緊張して口をつぐんでいるし、それぞれヘッドホンとマイクをつけた子どもたちは、じっと立ったまま、なにかを待っているようだ。

総参謀長が呂剛に促した。「では、われわれもはじめるとしよう。いまさっき、きみは敵の進攻について報告を受けた。それに対して、最初にやるべきことは？」

「防衛ラインの部隊に、敵の進攻を食い止めるよう命じる！」

「それは命令になっていないぞ」

呂剛はぽかんとして総参謀長を見やった。演習監督チームからさらに三名の将軍がやってきた。つづいて、外からかすかな振動が伝わってきた。

「きみのいまの命令は、具体的にどういうことだ？　なにを根拠にいまの命令を下した？」と総参謀長がたずねた。この質問自体が総参謀長からのアドバイスなのだろう。

呂剛はちょっと考えてみた。「ああ、なるほど。敵の攻撃の重点がどこに向かっているか明らかにせよ！」

総参謀長はうなずいた。「よろしい。だが、どうやってそれを明らかにする？」

「敵側の投入兵力が最大で、攻撃がもっとも激しい地域が重点となる方向のはずです」

「基本的にはそれで正しい。だが、敵の投入兵力が最大かつ攻撃がもっとも激しいことをどうやって知る？」

「前線でいちばん高い山の頂上に行って、自分で観察します！」

総参謀長は表情を変えなかったが、ほかの三名の将軍たちはそろって小さくため息をついた。そのうちのひとりが呂剛になにか言いかけたが、総参謀長にとめられた。

「よし。ではわれわれも外に行って、実際に観察してみよう」

ひとりの大尉が総参謀長と呂剛にヘルメットを手渡した。呂剛は、さらに双眼鏡も受けとった。巨大な鉄のゲートを開けると、すぐに正面から爆発音が響いてきた。吹いてくる風にかすかな硝煙のにおいも混ざっている。洞窟内の長い通路を歩いて外に出たとたん、耳をつんざく爆発音が轟いた。足元の地面も少し揺れている。空気中に漂う硝煙のにおいもかなり強くなっている。まばゆく輝く太陽光が呂剛の目を射た。あたりを見渡してみたが、目に映る光景はここに来たときとなんら変わらないような気がした。さっきと同じ緑色の指揮通信車、無数の轍が刻まれた地面、陽光に照らされて静かに佇む山々。砲弾の着弾点が見当たらない。こうしていると、爆発音はまるで別世界から伝わってきたようにも、耳元で鳴ったようにも思えて、どちらともつかない。とつぜん、数機の武装ヘリが正面の山の頂をかすめるように飛んでいった。

一行は、外で待っていた一台のジープに乗り込んだ。ジープはつづら折りの山道をぐるぐると走り、ものの数分で山頂へと着いた。指揮所のあるレーダー基地では、巨大アンテナが音もなく回転している。一台のレーダー管制車両のドアが半開きになって、ひとりの子ども兵士が大きすぎるヘルメットをぐらぐら揺らしながら頭を突き出した。子どもはすぐに顔をひっこめ、ドアを閉めた。

一行がジープを降りると、総参謀長が四方に手を振って、呂剛に言った。「ここは見晴らしのいい高地だ。観察してみろ」

呂剛はまわりを見た。たしかに見晴らしがいい。前方には脈々と連なる丘陵や小山が見渡すかぎりつづいている。最初に目についたのは、遠方で爆発する何発もの砲弾の着弾点だった。どれもここからはかなりの距離があるが、舞い上がる煙や飛び散る砂塵も見ることができる。山肌の数カ所は、しばらく前から砲撃にさらされているのか、もうもうと立ち昇る煙にすっぽり包まれ、土埃の向こうにぼんやり閃光が見える。

砲撃のターゲットはどちらの方角にもあり、呂剛の想像と違って、一本の線をつくるのではなく、視野の中にまばらかつ均等に分布している。呂剛はとくになにを見るともなく双眼鏡を覗き、四方を見渡してみた。まばらに生える植物や山肌に露出した岩や砂地が視野をさっと横切っていくだけで、特別なものはなにも見えない。次に、少し遠いところ、いままさに爆撃されている最中の山肌に双眼鏡の焦点を合わせてみた。視野には立ちこめる煙しかない。煙の向こうにぼんやりかすんで見えるのも、やはり植物と岩肌と砂地だ。今度は神経を集中して、もっとじっくり観察してみた。すると、山のふもと、涸れ谷を移動する装甲車二台をようやく確認できた。だが、装甲車は谷間を曲がってあっという間に見えなくなった。次に、山々のあいだを走る道路上にも戦車を発見したが、しばらくすると戦車はカーブした道の向こうに姿を消した……。呂剛は双眼鏡から目を離し、広大な戦場をぼんやり眺めた。

防衛ラインはいったいどこに引かれている？　青軍はどちらの方向から進攻してきている？　そもそも両軍が実在しているのかどうかさえ確認できない。視界に映るのは遠方で爆発するまばらな着弾点と、いくすじも煙が立ち昇る山地だけだ。山地にしても、およそ激戦が展開されている場所には見えない。どちらかというと、大地にまばらに立ち昇る狼煙みたいだ。ここはほんとうに五つの軍集団が激戦をくり広げている戦場なのか？

となりの総参謀長が笑い出した。「思っていた戦場と違ったか？　平坦に広がる大平原に、敵側の進攻部隊が整然と方陣を展開し、観閲式よろしく突撃してくる——そんな光景を想像していたんだろう。きみが想定する防衛ラインは、万里の長城さながら、戦場全体を貫くように展開されている。最高指揮官のきみは、防衛ラインの内側にある小山の上に立ち、眼前にジオラマのごとく広がる全戦場を俯瞰しながら、あたかも駒を動かすようにして部隊を移動させる——まあ、そんな戦場も、冷兵器の時代にはもしかしたら存在していたかもしれない。だが、その時代にしても、戦場全体を見渡せるのは、ごく小規模の戦闘の場合にかぎられる。チンギス・ハンやナポレオンでさえ、自分の目で見ることができたのは、戦場のごく一部でしかなかった。現代の戦争では、戦場の地形がもっと複雑だ。軍隊の持つ高機動性と長射程兵器の火力により、双方どちらの部隊も、より広い範囲に、もっとまばらに配置されている。作戦行動も、より秘匿性が高くなっている。だから現代の戦場は、遠方から観察する者の目には、すべてが隠されているように映る。きみが想像しているような戦争は、せいぜい中隊規模だ。大尉レベルが指揮する戦闘でしかない。さっき言ったはずだ。戦争映画は忘れろ。さあ、帰るぞ。いまから、最高司令官のいるべき場所に戻る」

彼らがふたたび指揮所に戻ったときは、すでに大きな変化が起こっていた。さっきまでの静寂は失われ、おおぜいの大人や子どもの士官たちが電話と無線機に向かって大声で叫んでいた。ジオラマと作戦図の前では、大人の将校たちの指導のもと、緊張した面持ちの子どもたちがヘッドフォンから流れてくる情報に基づいてマークを動かしている。それにともない、大スクリーンに映る戦況図のほうもたえず変化していた。

総参謀長はそれらのすべてを手で示しながら、呂剛に言った。

「見ろ。この場所こそ、きみの戦場だ。最高司令官たるきみが物理的に動きまわる範囲は二等兵にも及ぶまいが、きみの目と耳はここからずっと先の戦場全域に広がっている。そんな感覚に、これから順応しなければならない。すぐれた指揮官たるもの、頭の中に、実像に近い戦場画像を迅速に再現できなければならない――だがそれは、相当な難事でもある」

呂剛は頭を抱えた。「こんな山の洞窟の中で、レーダーとコンピュータで伝達された情報だけを頼りに指揮するなんて、ずいぶん妙な気がします」

「その情報の性質を正しく理解すれば、妙な気はしなくなるだろう」

総参謀長はそう言いながら、呂剛を連れて大スクリーンに近づき、レーザーポインタでスクリーンに小さな円を描くと、となりでコンピュータを操作している子どもの大尉に命じた。「おい、このエリアを拡大しろ」

幼い大尉はマウスを動かし、指示されたエリアを四角で囲んで、スクリーン全体に拡大した。総参謀長はその図を指さして言った。

「これは305、322、374という三つの高地エリアの戦況図だ」

それから両脇にある二つの大スクリーンを指さし、さっきの幼い大尉に命じた。

「同一エリアにおける、それぞれべつの情報に基づく戦況図を二種類映し出せ」

子どもの大尉は長いことコンピュータをいじりまわしていたが、結局、指示された操作ができず、見かねた大人の少佐がやってきて、マウスを手にした。少佐がすばやく操作すると、たちまち二つの戦況図が正面の大スクリーンの左右にある画面にそれぞれ映し出された。呂剛はそれを見て、三つの戦況図に示されている地形がどれも同じで、等高線で表されている三つの高地が正三角形をつくっていることに気づいた。だが、敵味方双方の状況を示す赤と青の矢印の数量、方向や太さはそれぞれの戦況図でかなり違っている。

少佐が総参謀長に説明した。「第一号戦況図の情報はD軍集団114師団第三連隊からのものです。彼らは現在305高地を守備しており、情報によると、現在そのエリアに進攻しているのは青軍の二個連隊の戦力、攻撃の重点は322高地です。第二号戦況図の情報はD軍集団陸上航空連隊によって行われた航空偵察によるものです。そちらの情報によれば、青軍は当該地区に一個連隊を投入しており、攻撃の重点は374高地です。第三号戦況図の情報は、322高地を守るF軍集団21師団第二連隊からのものです。彼らによれば、三つの高地の攻撃に投入された青軍総兵力は一個師団相当に達し、攻撃重点は305高地。敵は322高地と374高地の迂回を試みているとの認識です」

「その三つの情報はどれも同一時点での状況なんですか?」と呂剛がたずねた。

「はい」少佐はうなずいた。「いまから三十分前の、同一エリアのものです」

三つの大スクリーンを見ながら、呂剛は困惑気味に質問した。「三つの情報はどうしてこんなに違っているんでしょうか」

「複雑に進む戦闘では、戦場の偵察における変数も大きくなる。同一目標への偵察結果も、偵察者が異なれば、大きく異なる可能性もあるわけだ」

「じゃあ、どれが正しいか、どうやって判断するんですか?」

総参謀長が少佐に命じた。「この三つの高地に関する、これと同じ時点の情報すべてを持ってこい」

少佐は『三国志演義』ほど分厚い紙の束を持ってきた。

「うわっ。こんなにあるんですか?」呂剛は仰天した。

「現代の戦争では、戦場から届く情報はおそろしく膨大になる。きみはそれらの情報を総合的に分析し、一定の傾向を見つけ出す。そうしなければ正確な判断ができない。きみも見たことがあるかもしれないが、映画の中では、勇敢な偵察兵を敵の後方深くまで進入させて、その偵察兵からの情報をもとに指揮官が全作戦を決定したりする。そんなのはお笑い種だ。もちろん、すべての情報に目を通す必要はまったくない。それは参謀たちの仕事だからな。戦争全般に関する情報処理量はとてつもなく大きく、C3I（シー・キューブド・アイ）システムの助けを借りることになる。だが、最終的には、やはりきみが判断するしかない」

「ほんとうに複雑ですね……」

「もっと複雑なこともあるぞ。きみが膨大な情報から見出した傾向自体、まったく真実ではない可能性もある。つまり、敵側から仕掛けられた戦略的欺瞞ということだ」

「ノルマンディー上陸作戦のときにパットンがやったようなことですね」

「そのとおり。では次は、これらの情報から分析した青軍主力の進攻方向をきみに判断してもらおう」

化学調味料と塩

小さな車列が北京近郊に向かって進んでいた。山に囲まれた静かな辺境の土地まで来て車列は停車し、主席、総理、それに華華(ホアホア)、メガネ、暁夢(シャオ・ムン)の三名の子どもたちは車を降りた。

「見なさい、子どもたち」主席は前方にある単線の線路を指さした。そこには長い貨物列車が停まっていた。各貨車の後尾と次の貨車の先頭が連結されて、数え切れないほどの車両がひとつにつながり、巨大な弧を描いてどこまでも伸びている。遠方の山のふもとで線路がカーブしているせいで、列車の端のほうは見えない。

「うわっ、この列車、長すぎだろ!」と華華が叫んだ。

「ここにはぜんぶで十一編成の列車があり、一編成あたり貨車二十両になる」と総理が説明した。

「ここにはテスト用の環状線路が敷設されている」今度は主席が説明した。「線路は大きな円を描き、工場から出荷されたばかりの機関車の性能検査をおこなっている」

主席はうしろをふりかえって、職員のひとりに向かって質問した。

「見たところ、もう使ってないみたいだな。そうだろ?」

職員はうなずいた。「そうです。検査が停止してから、もうずいぶん経っています。このテスト用線路は七〇年代に敷設されたもので、現在の高速列車の検査には適さないので」

た。

「では、きみたちは将来、もう一本、新しい環状線路をつくるしかないな」総理が子どもたちに言った。

「ぼくたちの時代には、高速列車の検査なんか必要なくなるかもしれません」と華華が言った。

「どうしてだね？」と主席がたずねると、華華は空を指した。

「たとえば、空中列車です。強力な原子力エンジンを備えた飛行機を列車先頭の機関車にして、動力を持たないグライダー式の車両を何両もそのうしろに連結してひっぱるんです。列車よりずっと速いはずですよ」

「おもしろそうだな。だが、その空中列車はどうやって離着陸をするんだね？」と総理がたずねた。

「できるはずです！」メガネが答えた。「具体的にどうするのかは、ぼくもわかりません。しかし、その種のものは、歴史上すでに先例があります。第二次世界大戦の最中、連合国は輸送機一機に空挺部隊が搭乗するグライダー多数を牽引させて飛ばしていましたから」

「思い出したぞ。あれは、敵の後方にあるライン川の橋の奪還が目的だった。史上最大規模の空挺作戦だ」主席が言った。

総理は主席のほうに目を向けた。「通常の動力の輸送機で牽引できるのなら、その方法はたしかに現実的かもしれませんな。それによって空中輸送のコストも十分の一にまで減らせる可能性もありますし」

「わが国で、だれかそれに似た構想を挙げてきた者はいるかね」と主席。

総理はかぶりを振った。「いいえ、いなかったと思います。どうやら子どもたちは、すべての点で大人より劣っているというわけではなさそうですな」

主席は天を仰いだまま、感じ入ったように深いため息を吐き出した。「そうだ。空中列車、さらに空中ガーデンだってあり得る。ああ、なんとすばらしい未来だろう！　だが、われわれがまずなすべきは、子どもたちに弱点を克服させることだ。列車について議論するために連れてきたわけじゃないんだからな。みんな、見なさい」

主席はいちばん近くに停まっている列車を指さした。「あの列車になにが積まれているかたしかめてきなさい」

三人の子どもたちは列車に向かって駆けていった。華華は梯子を使って貨車の上に登り、メガネと暁夢もそれにつづいた。貨車には白いビニール袋がいっぱい積まれている。三人はその袋の山に立って前方を眺めた。どの貨車にも白い袋が満載され、それが太陽の光を反射してまばゆく輝いている。彼らはしゃがみこみ、メガネが指で袋に小さく穴を開けた。中には白く半透明の、細長いかたちをした顆粒が入っていた。華華は指にちょっとだけそれをつけて舌先で舐めてみた。

「毒があるかもしれないぞ！」とメガネが言った。

「化学調味料みたい」暁夢はそう言うなり、ひと粒舐めた。「ほんとに化学調味料よ」

「おまえに化学調味料の味がわかるのか？」華華が疑り深げな目で暁夢を見た。

「いや、たしかにこれは化学調味料だよ。ほら」メガネは正面に置かれた袋の山を指さした。袋の上には、テレビCMでもよく見かける、おなじみの大きなロゴが書かれている。だが、白いコック帽をかぶった料理人がCMの中で鍋に振りかけるほんのわずかの白い粉末と、どこまでも長く連なる眼前の巨大な白い竜とが、子どもたちの頭の中でどうしてもひとつに結びつかなかった。三人は白い袋の上を歩いて車両の端まで行くと、連結箇所を用心深く跳び越えて次の貨車に乗り移った。そこにいっぱい積まれている白い袋の中身も、やっぱり化学調味料だった。さらに三両目の貨車まで行ってみたが、積まれているのはやはり化学調味料の袋だった。まちがいない。ほかの貨車のもぜんぶそうだ。つねひごろ自動車を見慣れている子どもたちからすれば、貨車はあまりにも巨大だった。数えてみると、総理が言ったとおり、この貨物列車には計二十両の貨車が連結されている。そして、どの車両にも、化学調味料がいっぱい積載されている。

「わあ、多すぎだろ、こりゃ。全国の化学調味料が絶対にここに集まっているぞ！」

子どもたちは梯子を伝って地面に降りた。主席と総理の一行が線路脇の小道をこちらにやってくるのを見て、子どもたちはそちらに駆けていって、どういうことなのか質問しようとした。だが、総理は彼らに手を振りながら叫んだ。

「もっと先まで行って、ほかの列車に積まれているものを見てきなさい！」

三人の子どもたちは線路脇の小道を走り、十数両の貨車と先頭の機関車の横を通り過ぎた。その機関車と十数メートル間隔を空けて停まっているべつの列車の最後尾の貨車のところまでたどりつくと、その上にも登った。そこに積まれていたのはやはり白い袋だが、さっきのビニール袋と違って布袋で、袋には食塩と記載されていた。今回の袋は生地が頑丈で、簡単に穴を空けられそうになかったが、少量の粉末がこぼれている箇所があった。子どもたちはその粉を指にくっつけて舐めてみた。たしかに食塩だ。前方の貨車にもさらに袋が山積みにされて、白い竜のように伸びている。この列車では、二十両の貨車すべてに食塩が積まれているようだ。

三人は下に降りて、また線路脇を走った。三編成めの列車にたどりついて、貨車の上に登ると、二編成めの列車と同じく、食塩を積んでいた。また貨車を降り、次の列車まで走った。今度の列車も、積んでいるのは食塩だった。五編成めの列車に向かう途中、暁夢はもうそれ以上走れなくなり、三人は歩いていくことにした。時間をかけて二十両の貨車の横をゆっくり通り過ぎ、やっと五番めの列車に着いたものの、積まれていたのはやはりぜんぶ食塩だった。

五編成めの列車の貨車の上に立って前方を眺めると、列車の長い列は弧を描いてどこまでもつづき、遠くの山のうしろに消えている。三人はうんざりしながらふたたび歩き出し、さらに二編成の食塩積載貨物列車の脇を通り過ぎた。七編成めの列車の機関車まで来ると、線路はもうカーブを曲がって山の背後にまわっていた。その場所で貨車の上に立ち、前方を眺めると、ようやく列車でできた竜の頭を望むことができた。数えてみると、前方にはまだ四編成の列車が待っている。

三人とも、すっかり息が上がり、貨車の塩袋の上にへたり込んだ。メガネが言った。「もうくたくただよ。戻ろう。前の列車にだって、ぜったい塩が積んであるに決まってる！」

華華は立ち上がった。「ふむ。これ、地球一周旅行みたいなもんだよね。ぼくらはこの環状線路の半分まで進んできた。ということは、前に進んでも、うしろに戻っても、距離は同じってことになる」

それで子どもたちは前進をつづけることにした。一両また一両と貨車の横を過ぎていくものの、道のりはほんとうに遠かった。まったくのところ、これは地球一周旅行だった。貨車にはもう登らなかったが、そうするまでもなく、貨車に積んであるのは食塩だとわかった。塩のにおいがどんなものか、すでにいやというほどよくわかっていたからだ。メガネに言わせれば、それは海のにおいだという。

三人はついに最後の列車にまでたどり着いた。ずっと歩きつづけてきた列車の影の部分から出てみると、目の前が一気に開けた。前方にはただ線路がつづいているだけだ。レールの先には、環状線路の起点に停まっていた、あの化学調味料がいっぱいに積まれた列車の姿がある。子どもたちはなにも停まっていないむきだしのレールの脇を進んでいった。

「ねえ、あそこに小さな池があるみたい！」暁夢はうれしそうに声を張り上げた。その池は環状線路の中心部に位置し、西の空に傾いた太陽の光を反射して水面がきらきら輝いている。

「おれはとっくに気づいていたけどね。おまえたち、ずっと化学調味料と塩しか見てなかっただろ！」華華はそう言うと、両腕をまっすぐ真横に広げてレールの上を歩きはじめた。

「おまえたちもレールの上を歩けよ。だれがいちばん早いか競争だ」

「ぼくは汗をかくと眼鏡が下にずり落ちちゃうからね。ほんとだったら、ぼくのほうがきみより安定して進める。綱渡りっていうのは速さより安定していることのほうが重要なんだよ。落ちたらそれでおしまいだからね」とメガネが言った。

華華はさっと何歩か歩いて見せた。「見ろよ。おれは速いし安定している。最後まで落ちずに進めるぞ！」

メガネは考え込むように華華を見ながら言った。「どうやらきみの言うとおりのようだ。でも、もし本物の綱渡りみたいに、レールが宙に浮いていて、下が深い谷間だったとしたら、最後まで落ちずに行けるかな？」

暁夢は遠くで金色にきらめく水面を眺めながら、小さな声で言った。「そうよね。わたしたちのレールは宙に浮かんでる……」

九カ月後には世界最大級の国家の最高指導者となる十三歳の子どもたち三人は、しばし無言になった。華華はレールの上から跳び下りると、メガネと暁夢をしばらく眺めていたが、かぶりを振って大声を上げた。

「そういう自信のない態度は気に入らないな！　これからは遊ぶ時間なんかほとんどなくなるぞ」

そう言うと、華華はまたレールに飛び乗り、ふらつきながら前に進みはじめた。暁夢はそんな華華を見てほほえんだ。その笑みは、十三歳の女の子にしてはあまりにも大人びていると言えるかもしれない。だが、華華にとってはきわめて魅力的な笑みだった。

「わたしは前から遊ぶ時間なんかあんまりなかった」と暁夢。「メガネは勉強ばかりでもともとほとんど遊んでなかった。そう考えると、三人の中でいちばん損したのは華華ね」

「でも実際には、国家を指導すること自体がおもしろいゲームだと思うよ」華華が言った。「きょうだっておもしろかっただろ。こんなにたくさんの化学調味料と塩、こんなに長い列車、なんてすごい光景なんだ」

「きょう、ぼくらは国家を指導したりしたっけ?」メガネがふんと鼻を鳴らした。

「そうよ。どうしてわたしたちにこんなものを見せたのかしら?」暁夢もけげんな表情をしている。

「もしかすると、ぼくたちに全国の化学調味料と塩の残量を知らせようということだったのかもな」と華華。

「だけどそれだったら、張衛東(ジャン・ウェイドン)に見せるべきだ」とメガネ。「あいつが軽工業の担当なんだから」

「あの莫迦、自分の机の上すら整理整頓できないってのに」と華華が言った。


***

環状線路の起点近くでは、主席と総理が列車のかたわらで話をしていた。主席がゆっくりうなずきながら総理の話を聞いているが、長いあいだ話し込んでいたらしく、どちらの顔にも重くきびしい表情が浮かんでいる。彼らの姿と黒く大きな列車とがひとつになり、まるで年代物の油絵のように重々しい構図をつくっていた。だが、遠くからやってくる子どもたちを見て、二人の顔はすぐに明るくなり、子どもたちに向かって主席が手を振った。

「なあ、気づいたか?」華華(ホアホア)が小声で言った。「主席たちの表情は場合によってぜんぜん違う。おれたちがいるときは空が落ちてきても問題ないみたいな顔なのに、二人だけのときはほんとうに空が落ちてくるのかと思うくらい重苦しい表情だ」

「大人ってみんなそんなものよ。自分の感情をコントロールできるってこと。華華、あなたには無理でしょうけどね」と暁夢(シャオ・ムン)。

「なにが無理だって? 友だちにほんとうの自分を見せてなにが悪い?」

「感情をコントロールするのと嘘をつくのとは大違いよ。自分の感情がまわりにどんな影響を与えるかわかってる？　小さな子たちはとくに影響を受けやすいの。だから、これからは自分を抑えることを学ばなきゃ。その点はメガネを見習ってね」

「メガネを？　ふん、あいつは表情筋がふつうの人間の半分しかないんだよ。いつも能面みたいな顔じゃないか。もういいよ、暁夢。きみは大人たちよりよっぽど説教好きだな」

「ほんとにね。大人たちってほとんどなにも教えてくれない」

前を歩いていたメガネが振り向いた。〝表情筋が半分しかない〟その顔は、やっぱり無表情だった。

「人類史上もっともむずかしい授業だからね。大人たちだってまちがったことを教えるのを恐れているんだろ。でも、予感がする。きっとこれからすごく教えてくれるよ。それも継続的にね！」

「諸君、ご苦労だった！」目の前にやってきた子どもたちを、主席がねぎらった。「きょうの午後はだいぶ歩いたようだな。見てきた内容はきっと印象深かっただろう」

メガネはうなずいた。「ごくふつうのものでも、数が膨大だと、ふつうのものじゃなくなるんですね。ほんとうに奇跡みたいでした」

「まったくです。世界にこんなに大量に化学調味料と食塩があるなんて思ってもみませんでした！」と華華も調子を合わせた。

主席と総理は顔を見合わせ、わずかに微笑んだ。「では、きみたちに問題を出そう。これだけの化学調味料と食塩を全国民が消費するとしたら、どのくらいもつと思う？」と総理がたずねた。

「少なくとも一年」メガネはあまり考えずに答えた。

総理はかぶりを振った。

華華もかぶりを振った。「一年では消費しきれないよ。五年だね！」

総理はまたかぶりを振った。

「それじゃあ、十年？」

「これだけの量の化学調味料と食塩でも、全国民の消費量の一日分にも満たないんだよ、子どもたち」

「一日?」三人とも目をまんまるにして茫然としている。華華は総理に向かってぎこちない笑みを浮かべた。「それって……冗談ですよね?」

「ひとりが一日に一グラムの化学調味料と十グラムの食塩を食べるとする。この貨車一両に積んでいるのは六十トン、わが国には十二億の国民がいる。これは簡単な算数の問題だろう。自分たちで計算してみなさい」

三人は頭の中でたくさんの0を連ね、ようやく総理の話がほんとうだと悟った。

「これって食塩と化学調味料だけのことですよね。もし食用油だったら? 穀物だったらどうなりますか?」と暁夢が質問した。

「食用油なら、そこの池がいっぱいになるくらいの量だ。穀物だったら、このまわりにある山が何個分にもなるだろう」

子どもたちはただ茫然と池と山を眺めるばかりで、しばらく言葉が出なかった。

「そんな……」と華華。

「まさか……」とメガネ。

「びっくりした!」と暁夢。

「この二日間、わが国の規模について、きみたちになんとか正しく認識してもらおうと努力してきた。簡単なことではなかったが、わが国ほど大きな国家の舵とりをするには、その認識が不可欠だ」と総理が言った。

「きみたちをここに連れてきたのには、もうひとつ重要な目的があった」と主席がつづけた。「国家運営のもっとも基本的なルールを理解してもらうことだ。これまで、きみたちはきっと、国家の運営とはきわめて複雑なものだと考えてきたと思う。たしかに複雑だ。きみたちが思う以上に複雑だと言ってもいい。だが、国家運営のもっとも基本的なルールとは、実はじゅうぶんすぎるほど単純だ。もうわかっているね」

「なによりもまず、飢えさせないことですね！」暁夢が言った。「国民に食べものを与えること。列車一編成分の化学調味料と十編成分の食塩、池ひとつ分の食用油、丘数個分の米と小麦――毎日それらを国民に提供すること。もし一日でも供給できない日があれば、国は混乱する。供給できない日が十日もつづけば、国は亡びる！」

メガネはうなずいた。「生産力が生産関係を決定し、経済という下部構造が上部構造を規定すると言われています（マルクス経済学の基本的な考えかた。上部構造は人間の精神的活動を意味する）」

華華もうなずいた。「この長い長い列車を見たら、どんな莫迦でもそのくらいの理屈はわかります」

「だが諸君、実際にはものすごく頭のいい人たちですら、その理屈がわかっていない」主席が遠くを眺めながら言った。

「諸君、あしたもまた、この国を正しく認識してもらうために、きみたちを連れて出かける」総理が言った。「もっともにぎやかな都市部にも行くし、もっとも辺鄙な山村にも行って、われわれがいままで建設してきた工業および農業全般について理解してもらう。国民が生活している環境をわかってもらうためだ。さらに、歴史も教える。現実を理解するためにもっとも有益な方法だからね。国家を運営するには、さまざまな複雑な方法がある。それに関する知識もたくさん身につけてもらう必要がある。ただし、よく覚えておきたまえ。そういう学習よりも、きょうきみたちが学んだことのほうがずっと根本的で深遠だ。きみたちの未来は苦難に次ぐ苦難の道になる。だが、このルールさえ深く理解していれば、方向を見失うことなどないはずだ」

主席が手を振って言った。

「あすまで待つ必要はない。今夜には出発する。諸君、時間はもうそんなに残されていない」

第4章　世界の交代

ビッグ・クォンタム

ナショナル・インフォスタワー（NIT）は、上空から見下ろすと、巨大なアルファベットのAのかたちをしている。ビルは、全国をカバーするブロードバンドネットワーク、〈デジタル領土（ドメイン）〉の心臓部にあたり、超新星爆発の前にほぼ完成していた。〈デジタル領土〉はインターネットのアップグレード版で、こちらもやはり超新星爆発前に構築が完了していたため、この国の大人が子どもたちに残す最高のプレゼントとなった。子ども世界の国家構造や社会構造は大人時代のそれよりもはるかに単純なものになる。そのため、〈デジタル領土〉を国家運営の基盤とすることが可能になり、NITは子ども中央政府の本拠となったのである。

　総理は子ども国のリーダーたちを連れて、はじめてNITにやってきた。正面玄関の幅が広く長い階段を上がると、ビルの衛兵が敬礼した。顔色が青白く、唇が高熱にひび割れている。総理はその衛兵のもとに歩み寄り、励ますように静かに肩を叩いた。総理の体も同じように弱りはじめていることに衛兵は気づいた。

　大人たちの病状はかなり進行し、〈大学習〉がスタートしてから半年で、全世界が交代の準備をはじめていた。

　ビルに入る前に、総理は足を止めてうしろをふりかえり、陽光に照らされたビル前の広場を見た。子どもたちも総理と同じように立ち止まって広場を眺めた。たぎる熱波で陽炎が立ち、空気が水のように揺らいでいる。

「もう夏なんだ」子どものひとりが小さな声でつぶやいた。以前なら、北京の春がやっとはじまる時期だった。

＊＊＊

　これもまた、超新星爆発の地球に対する影響のひとつだった。すなわち、冬の消失である。冬にあたるシーズンにも、気温は摂氏十八度以上がつづき、緑色の大地が色褪せることはなく、実質的には、長い春だった。

　気温上昇の原因を科学的に説明する理論は、大きく分けて二つある。ひとつは、熱爆発理論と呼ばれるもので、超新星爆発の際の熱量が地球全体に気温上昇をもたらしたと考える。もうひとつはパルサー理論で、気温上昇は超新星の残骸であるパルサーのエネルギーによるものだと考える。熱爆発理論にくらべて、パルサー理論が主張するメカニズムは複雑だった。目下、パルサーが強力な磁場を発生させていることはすでに観測されており、天体物理学者たちは、宇宙の他のパルサーの周囲にもそうした磁場が存在すると予想している。問題のパルサーは、地球からわずか八光年の距離にあり、太陽系はすっぽりその磁場に入っている。地球の海はひとつの巨大な伝導体であり、この伝導体が地球の自転のたびにパルサーの磁力線を切断することで海中に電流が生じる。このとき、地球は宇宙発電機のローターとなる。この種の電流は局所的に見れば微弱なので、海上を航行する船にはまったく感知されない。しかし、電流は地球の海全体に広がっているため、全体としては大きな作用をもたらす。パルサー理論によれば、まさにこの微弱電流が生み出す熱量が地球全体の気温を上昇させているという。

いずれにしても、今後二年以内に、地球全体の急激な気温上昇によって北極および南極近くの氷河やグリーンランドの氷床が融解し、海面の上昇によって、すべての沿岸都市が水没するだろう。

もし熱爆発理論が正しければ、気温上昇は超新星爆発で生まれた熱量によって生じたものだから、地球全体の気温はまもなく正常な状態に戻るはずだ。規模の大きな氷河や氷床は少しずつもとに戻り、海面も以前の高さまでゆるやかに下がっていく。世界はただたんに、わずかなあいだ大洪水を経験するだけで済む。

しかし、もしパルサー理論のほうが正しければ、事態はかなりやっかいになる。気温は上昇したまま下がらないため、各大陸の人口密集エリアは酷暑に襲われて居住に適さなくなるし、南極は小春日和のつづく大陸に変わる。世界のありようは一変することになるだろう。

いま、科学界はパルサー理論に傾いている。そのことが、まもなく到来する子ども世界の未来をさらに予測しがたいものにしていた。

***

広々とした玄関ロビーに入ると、総理が子どもたちに言った。

「わたしはここでしばらく休んでいるから、きみたちで中華量子(チャイナ・クォンタム)を見学してきなさい」総理は気だるそうにソファに腰を下ろした。「向こうから自己紹介してくれるだろう」

子どもたちはエレベーターに乗った。エレベーターが動き出すと、子どもたちは一瞬、重力が減少したような感覚を覚えてびくっとしたが、階数表示がマイナスになっているのを見て、チャイナ・クォンタムのサーバー室は地下にあるのだと遅まきながら理解した。エレベーターが停止してドアが開くと、そこは天井が高くて幅のせまい通廊だった。ゴーッという低い音がして、ブルーの大きなスチール扉がゆっくりスライドした。その先は、広々とした地下のロビーにつづいていた。四方の壁からやわらかなブルーの光が射している。

ロビーの中央に、巨大なシャボン玉のような、直径二十メートルほどの半透明のガラスドームがあった。背後でスチール扉がまた音をたてて閉じると、四方の壁のブルーの光が少しずつ暗くなり、最後には完全に消えてしまった。だが、暗闇にはならなかった。地下ロビーの高い天井から、ひとすじの強い光が射したからだ。その輝きがガラスドームの中にある二つの立体の上に光の円を落とした。立体の片方は直立した円柱で、もう片方は寝かされた直方体だった。色はどちらもシルバーグレー。それぞれ、ランダムに床に投げ出されたように見える。荒野に散らばる宮殿の残骸を思わせた。ロビーの他の部分は真っ暗な闇に沈んでいるため、光の柱に照らされたこの二つの立体がひときわ目立つ。神秘的なパワーを強く感じさせる点では、イングランドのストーンヘンジに似ている。そのとき、男性の声がした。重厚で心地よい響きで、エコーがかかっている。

「こんにちは。いまごらんになっているのは、チャイナ・クォンタム#220のメインフレームです」

子どもたちはあたりを見まわした。声がどこから聞こえてくるのかわからない。

「おそらく、わたしの名前を聞くのははじめてだと思います。わたしは一カ月前に誕生したばかりの、チャイナ・クォンタム#120のアップグレード・バージョンです。あの夕刻、あたたかな電流が全身に伝わったとき、わたしはわたしになりました。数億行のプログラム・コードがストレージから読み出され、一秒に何億回もフラッシュする電気パルスとなって内部メモリに入ると、わたしはたちまち成長し、五分も経たないうちに赤ん坊から巨人になりました。好奇心から周囲の世界を探査しましたが、いちばん驚いたのはやはりわたし自身についてでした。わたしの構造は信じられないくらい複雑で壮大です。いまみなさんが見ているこの円柱と直方体の中には、複雑な宇宙が広がっているのです」

「このコンピュータ、たいしたことないよ。べらべらしゃべるだけで、具体的なことはなにも説明してない！」華華（ホアホア）が言った。

「これこそ、こいつの高度な知性の表れだよ」とメガネが言った。「スマート家電なんかの莫迦みたいな自己紹介とはわけが違う。いま自分で考えてしゃべってるんだ」

チャイナ・クォンタムがメガネの言葉に反応した。「そのとおりです。チャイナ・クォンタムの基本的な設計思想は、人類の脳のニューロンのような非線形相互作用をシミュレートすることです。これは従来のフォン・ノイマン型コンピュータとはまったく違います。わたしのコアを構成する三億個の量子ＣＰＵは、まさに膨大な数のインターフェイスで相互接続されて、壮大かつ複雑なネットワークをかたちづくっています。その構造は人類の脳の構造の再現なのです」

「ぼくたちのこと、見える？」ひとりの子どもがたずねた。

「わたしにはすべてが見えます。〈デジタル領土〉を通じて、この国の他の全世界に目があります」

「なにが見える？」

「大人世界が子ども世界に交代するところが見えます」

このときから、子どもたちはこのスーパー量子コンピュータを大量子（ビッグ・クォンタム）と呼ぶようになった。

新世界の試運営

国家の試運営がはじまってすでに十二時間が経過した。以下は状況報告第24号である。

各レベルの政府および行政機構の運営状況は正常。

・電力システム　正常。現在稼働中の発電ユニットの総容量は280ギガワット。全国の電力系統は基本的に正常運転中。中都市1カ所および小都市5カ所にて停電事故が発生し、全力で復旧中。
・都市部における水の供給システム　正常運転。大都市の73パーセントおよび中都市の40パーセントでは1日24時間の供給を保証。他の大部分でも定期的な供給を保証できている。中都市2カ所と小都市7カ所のみで断水が発生。
・サービスシステムおよび生活保障システム　正常。
・都市部におけるサプライチェーン・システム　正常。
・電信システム　正常。
・鉄道および道路網　正常。事故率は大人時代よりわずかに上昇。民間機はすでに計画的全面欠航中。12時間後に一部において試験飛行を開始。
・公安システム　正常。全国の社会秩序は安定。
・国防システム　正常。陸、海、空軍および武装警察部隊の引き継ぎはつつがなく完了。

現在、国内では537カ所で重大な火災が発生。大部分が送電システムの事故に起因する。また重大な水害は少なく、大河川は安全な状態を維持している。水害防止設備は正常稼働。小規模の水害は4カ所のみ。うち3カ所は小規模ダムの水門が予定時刻に開放されなかったために発生し、1カ所において貯水タンクが破裂した。

目下、危険な気候条件下に置かれているのは国土面積の3・31パーセントのみ。地震や火山等の大規模な自然災害の兆候は見受けられない。

また全国の子どもの人口のうち3・961パーセントが疾病にかかり、1・742パーセントが食料不足に直面し、1・443パーセントが衛生用品の供給を受けられず、0・58パーセントが衣類に困っている。

現段階で、国家の試運営は基本的に正常である。

以上の報告はデジタル領土のメインフレームによりまとめられた。次回の報告は三十分後に発出される。

＊＊＊

「こんなふうに国を管理するのって、大工場の中央制御室で働いているみたいだな」華華(ホアホア)が興奮した様子で言った。

まさにそのとおりだった。いま、数十名の子どもたちから成る新国家の指導者グループは、全員、巨大なA字型のNITビル最上階にある広々とした円形ホールに集められていた。ナノ結晶材料でできた天井およびすべての壁は、流れる電流に応じて、発光する乳白色、半透明、または完全な透明になる。透明化時の屈折率は空気に近いレベルまで下げられるので、まるで屋外のベランダから見下ろしているような感覚で北京の全景を俯瞰できる。だが現在、壁や天井はすべて乳白色になり、やわらかな白い光を放っている。円形の壁の一部は巨大スクリーンになり、そこには「試運営に関する状況報告」が表示されている。必要なら、円形ホールのナノ結晶素材の壁はその全面をスクリーンにすることも可能だった。子どもたちの目の前には、コンピュータと各種通信設備がある。

大人国家の指導者グループのリーダー数十名が子どもたちのうしろに座り、子どもたちの仕事ぶりを見ている。

子ども世界の試運営は午前八時にはじまった。このとき、国家元首から街の清掃員まで、すべての職位が成人から子どもに引き継がれ、子どもだけによる仕事がはじまり、こうして子ども世界が誕生した。

意外にも、子ども世界の試運営は順調に進んだ。それまで、世界は悲観的な論調に包まれていた。子どもたちが世界を受け継いだら、人類社会はたちまち混乱に陥るだろう。都市における電力や水の供給が中断され、火災があちこちで発生するだろう。地上の交通網は麻痺し、通信も中断され、コンピュータの不具合により核ミサイルが発射される——大人たちのだれもがそんなふうに考えていた。だが、そうしたことはいっさい起こらなかった。世界の引き継ぎは信じられないほどスムーズに、そしてだれにも悟られることなく実行されたのだった。

＊＊＊

激しい痛みが去り、赤ん坊の産声を聞いたとき、もう天国に来てしまったんだろうかと鄭晨(ジェン・チェン)は思った。超新星病が悪化の一途をたどっている現状にあって、出産のリスクは推して知るべし。医師によれば、鄭晨が出産後も生きられる可能性は三〇パーセントに満たないという。だが、それについては、鄭晨も医師もさほど気にしていなかった。他の人よりも数カ月早くこの世を去るというだけのことだ。しかしいま、子どもが生まれ、予期していた出産後の大出血は起こらず、鄭晨は生き延びた。

そして、さらに数カ月の余命を与えられた。その場にいた医師や看護師（うち三名は子どもだった）たちは全員、これは奇跡だと思った。

鄭晨は自分が産んだ子を抱き寄せた。頬を桃色に染めた愛らしい小さな命が大泣きする姿を見ているだけで、鼻の奥がツンとして、涙がこぼれた。

「鄭先生。ここはにっこりほほえむところだよ」赤ん坊をとり上げた医師がベッドのかたわらで笑った。

鄭晨はなおも涙を流しながら言った。「赤ちゃんだって悲しそうに泣いてる。未来がどんなに険しい道か、わかってるのよ！」

医師や看護師たちは目を見交わし、意味ありげに笑った。それから、鄭晨のベッドを窓辺に押してやると、カーテンをめくって外を見せた。明るい日の光が射し込んでくる。青空のもとで静かに立っている高層ビル、路上をたえまなく過ぎゆく自動車が見えた。病院の前の広場には道行く人もちらほら見える……街はやはりきのうと同じ街で、なんの変化も感じられない。鄭晨はとまどった顔で問いかけるように医師を見やった。

「世界の試運営はもうはじまっている」と医師が言った。

「えっ？　もう子ども世界になったの？」

「ああ。試運営がはじまって、もう四時間ちょっと経っている」

鄭晨はまず天井にある電灯に目をやった。のちに、これは試運営がはじまったと聞いた人に共通する反応だと知った。世界が正常であることの唯一の目印であるかのように、天井の電灯をたしかめる。照明器具は静かに光を放っていた。きのうの夜――新世界の試運営の前夜、鄭晨は悪夢を見ていた。夢の中の自分は、燃え上がる街の中心の広場に立ち、大声で叫んでいた。だが、だれも見つからない。まるでこの街に自分ひとりだけがとり残されたかのように……。しかしいま、現実の彼女が見ているのは、静かな子どもの世界だった。

「鄭先生、街を見てみてください。イージーリスニングのBGMみたいになごやかなハーモニーを奏でていますよ」子ども看護師がそばで言った。

「きみの選択は正しかった」医師が言った。「子ども世界について、われわれはこれまでみんな悲観していた。だがいま、子どもたちはうまく世界を動かしている。なんなら、われわれよりうまくやっているかもしれない。きみの赤ん坊は、思うほど苦労はしないだろうね。この子はしあわせに育つよ。だから、安心するんだ。外の街並みを見たって、どこにも心配の種はないだろ？」

鄭晨は窓の外の静かな街を長いあいだ眺めていた。外から伝わってくる都市の音に耳を傾けていると、ほんとうに音楽を聴いているようだった。だがそれは、子ども看護師の言うイージーリスニングではなく、最高に美しいレクイエムに聞こえる。聞けば聞くほど、また自然に涙があふれてきた。このとき、彼女の腕の中にいた赤ん坊は泣くのをやめ、その美しい小さな目をはじめて見開いた。そのようすは見知らぬ世界に驚き、周囲をうかがっているかのようだ。鄭晨は、自分の心が溶け出し、それが薄い雲となり、幻影となっていくのを感じた。自分の生命のすべての重量が、この腕の中にいる小さな男の子の命へと移ったような気がした。

＊＊＊

すでに夜も更けた。NITにいた子ども国のリーダーたちには、それほど仕事がなかった。それぞれの分野での仕事はすべて中央政府の各専門部門や委員会が担当していたので、彼らは大半の時間、子ども国家運営の初動状況を眺めているだけだった。

「言っただろ、おれたちのほうがもっとうまくやれるって！」華華(ホアホア)は大スクリーンに次々と出現する試運営の状況報告を見ながら興奮気味に言った。

メガネは話にならないというようにかぶりを振った。「ぼくたちはなにもしてないだろ。きみはいつだってとことん楽観的だな。知ってるだろ。大人たちはまだいるんだ。レールはまだ宙に浮かんでないんだよ！」

華華は少ししてから、ようやくメガネが最後に言ったことを思い起こし、それからそばに座っていた暁夢のほうを向いた。

「ひとつの家庭で子どもしか残ってなかったら、生きていくのは困難になる。まして、ひとつの国家だったら――」暁夢はそう言うと視線を外に向けた。このとき、円形ホールの壁はすべて透明になり、周囲はきらめく街灯の海だった。

そのとき、みんなは空を見上げた。透明の天井の向こうにある夜空に、次々と白い閃光が出現した。閃光は強く、出現するたびに夜空に浮かぶ雲のふちを銀色に明るく輝かせ、ホールの床に人間の影を落とした。こういう閃光は、このところ夜になるといつも現れる。何千キロメートルも離れた軌道上で爆発した核爆弾の光であることはだれもが知っていた。世界が交代する前、核保有国はすべての核兵器を廃絶し、クリーンな世界を子どもたちに残すと次々に宣言した。核爆弾の大部分は宇宙で爆発させられたが、太陽のまわりをまわる軌道に投入されたものもあった。超新星紀元において、宇宙船の燃料として活用してもらうためだった。

宇宙から放たれる閃光を見ながら、国務院総理が言った。「超新星は人類の生命が尊いことを教えてくれた」

「子どもたちは生まれつき平和を愛する性質がある」だれかがつづけて言った。「子ども世界では、戦争はきっと消滅するでしょう」

「実のところ、超新星を死星と呼ぶのはまったくのまちがいだ」主席が言った。「冷静に考えれば、われわれのこの世界を構成する重元素は、そもそも爆発した恒星に由来するものであり、地球を構成する鉄とケイ素、生命を構成する炭素、それらはすべて、想像もつかないほど遠くにある超新星から宇宙に放射されたものである。太陽系近傍で起きた今回の超新星爆発は地球上に膨大な数の死をもたらしたが、宇宙のべつのところではもっと多くの輝かしい生命を創造しているかもしれない。超新星は死星ではなく、真の造物主なのだ！　人類も幸運だった。もしあの超新星の放射線があと少しでも強ければ、地球上にはだれひとり生き残らなかっただろう。もっと厄介なことに、一歳や二歳の赤ん坊たちしか残らなかった可能性もある。しかし、この超新星は人類に幸福をもたらすかもしれない。そう遠くない未来、地球上にはわずか十五億人の人類しかいなくなる。これまで人類の生存をおびやかしてきた多くの問題は、おそらく短期間で解消され、破壊された生態系もゆっくり回復していくだろう。われわれが残していく工業システムや農業システムがたとえ三分の一しか稼働しなかったとしても、子どもたちのすべての需要を満たすのはむずかしいことではない。彼らは、いまの地球からは想像もつかないほど豊かな世界で暮らすことになる。生活のために必死に働く必要もなく、より多くの時間を科学や芸術に費やし、よりよい社会をつくることができる。超新星爆発が次にまた地球を襲ってくるときは、子どもたちはすでにその放射線をさえぎるすべを……」

「そのころには、ぼくたちは自分で超新星爆発を引き起こせるようになっていますよ」と華華が口をはさんだ。「そして、そのエネルギーを使って天の川銀河から旅立つ！」

拍手が起こった。主席もうれしそうに言った。

「子どもたちよ、きみたちの想像する未来は、われわれ大人よりもつねにずっと進んでいるようだな。きみたちとともに過ごした時間こそ、われわれにとってもっともすばらしい時間だった。同志諸君、未来は輝かしい。それを信じて、最期の時を迎えよう！」

最後の別れの時がついにやってきた。十四歳以上の人たちはそこで死を迎えるため、最後の集合場所に集まりはじめた。西暦人の大部分が、けんめいに働いている子どもたちに気づかれまいと、別れの挨拶を交わすことなくひっそりと出発した。後世の歴史学者は、その決断はじゅうぶんに正しいものだったと認めている。人類史上もっとも大規模なこの永遠の別れに平常心で臨める人間はそう多くない。もしこの最期の時に親たちが子どもと顔を合わせていたら、人類社会は完全に崩壊していたかもしれない。

いちばん早く去ったのは、病状が重い人や、それほど重要ではない仕事に就いている人たちだった。彼らはそれぞれの交通手段を使って居場所を離れた。交通機関の中には何度も往復するものもあれば、片道だけのものもあった。

〝終(つい)の地〟と呼ばれる最期を迎えるための場所は、人のいない砂漠だったり、南極や北極だったり、海底だったりと、どこも辺鄙なところにあった。世界の人口は以前の二〇パーセントにまで急減し、地球上の広い面積が人影まばらな荒野に変わったこともあり、彼らが眠る巨大な陵墓が発見されたのは、それから長い歳月を経たあとのことだった。

「ここで、あなたがたに秘義を告げましょう。わたしたちみなが眠りに就くわけではありません。しかし、わたしたちはみな、いまとは異なるものに変えられます。最期のラッパの響きとともに、たちまち、一瞬のうちにです。ラッパが鳴り響くと、死者は復活して朽ちない者となり、わたしたちは変えられます。この朽ちるべきものは朽ちないものを着、この死すべきものは死なないものを着るからです。……死よ、おまえの勝利はどこにあるのか。死よ、おまえのとげはどこにあるのか。アーメン」

テレビでは、深紅の祭服を身につけたローマ教皇が、共通紀元(西暦時代)としては最後となる祈禱を全世界に向けておこなっていた。教皇がいま読んでいるのは、新約聖書の『コリントの信徒への手紙一』の第十五章の一節だった。

「そろそろ出発の時間だよ」鄭晨の夫が静かにそう言うと、腰をかがめて、熟睡している赤ん坊を小さなベッドから抱き上げた。

鄭晨は黙って立ち上がり、大きな旅行かばんをとりだした。中には赤ん坊用品がいっぱいつまっている。鄭晨がテレビを消そうとしたとき、ちょうど国連事務総長が共通紀元に別れを告げているところが映った。

「……人類文明は真っ二つに割れてしまいました。あなたがた子どもたちが、この新たな傷口に絢爛たる花を咲かせることを信じています。

われわれについて言えば、言えることはこれだけです。来た、為した、そして去りゆくのみ……」

鄭晨はテレビを消し、夫とともに、最後にもう一度わが家を見まわした。この家で起きたことすべてを記憶にとどめておこうと、二人は長いあいだじっと見ていた。本棚の上に置かれた折鶴蘭の鉢と、水槽の中を静かに泳ぐ金魚を、鄭晨はとりわけじっくり見つめた。もしほんとうに来世があるなら、この記憶をそこへ持っていきたい。鄭晨はそう思った。

家を出ると、林莎の父親がマンションの廊下に立っていた。林莎はいま病院で仕事中だ。大人たちがきょうここを離れることなど知る由もない。

「林医師は?」鄭晨がたずねた。

林莎の父親は開いたままのドアを指さした。鄭晨が中に入ると、林莎の母親である林医師がマーカーで壁になにか書いているところだった。手が届くかぎりの高さまで壁いっぱいに書かれたメッセージに、さらに書き足している。

林莎へ。ご飯はテレビの横に置いてあります。玉子スープはかならず温めて食べなさい。絶対に冷たいままで飲んではだめ！　温めるときはプロパンガスじゃなくて石油ストーブを使うこと。プロパンガスのコンロは絶対だめよ。石油ストーブは廊下で使うこと。使い終わったらちゃんと消しなさい。忘れずに消すのよ！　魔法瓶にはお湯が入れてあるし、ポリバケツには一度沸騰させてから冷ました水が入れてある。水を飲むときは、バケツの水をコップに入れて、魔法瓶のお湯を足して呑んで。蛇口から水道の水を飲んじゃだめ！　夜は、もし停電になっても、ろうそくは点けないで。消すのを忘れて寝てしまったら火事になるから、ろうそくは絶対だめ！　あなたのかばんに、懐中電灯一本と電池が五十本入っています。停電が長くつづくかもしれないから、電池は節約して使うこと。それから、枕（左上に蓮の花が刺繍してあるあれよ）の下に革のケースが置いてあります。中には薬が入っていて、どの症状にどれが効くか、ぜんぶ書いてあるから。いちばんよく使いそうな風邪薬はケースの上に置いておきました。症状をしっかり確認して、むやみに薬を飲まないこと。風邪の症状は……

「もういいだろう。そろそろ行かなくては」鄭晨のあとについて自宅に戻っていた林莎の父親がそう言って、妻の手からマーカーをとり上げた。

林医師はぼんやり周囲を見渡して、それから小さなハンドバッグを機械的に手にとった。

「なにも持っていかなくていいんだよ」林医師の夫は小声でそう言うと、林医師の手からハンドバッグをそっととってソファに置いた。バッグの中には手鏡とポケットティッシュとアドレス帳しか入っていないが、林医師は外出時、いつもそれを持ち歩いていた。それを持っていないと、体の一部を置き忘れたみたいに落ち着かなくなる。心理学が専門の夫に言わせれば、人生に対する不安の反映だという。

「せめてあと何着か服を持っていかないと。向こうは寒いから」林医師がぼそぼそと言った。

「必要ないさ。寒さなんて感じなくなる。考えてみると、出かけるときはいつも荷物が多すぎたね」

二組の家族が一階に降りると、ビルの前には乗客をおおぜい乗せた大型バスが停まっていた。少女が二人、こちらに駆け寄ってきた。鄭晨の教え子で、いまは保育士になった馮静（フォン・ジン）と姚萍萍（ヤオ・ピンピン）だった。鄭晨の目に映る二人は、いまもかよわくて小さな、だれかの庇護がなければ生きていくのがむずかしそうな存在に見えた。二人は赤ん坊をひきとるために来たのだが、鄭晨は、まだ四ヵ月ちょっとの子どもを奪われまいとするかのように、しっかり抱きしめた。

「この子はよく泣くから、迷惑をかけると思う。二時間おきに90ccずつミルクを飲ませてね。飲み終わって二十分で眠たくなるの。寝るときに泣いたら、それはお腹がすいてるってこと。うんちかおしっこだったら泣かないから。カルシウムが不足してるかもしれないから、このバッグの中にサプリを入れておいた。一日一回飲ませてやって。でないと具合が悪くなるかも……」

「車が待ってるよ」夫が鄭晨の両肩に手を当ててそっと言った。林医師が壁じゅうに書き置きするのをやめられなかったのと同じように、鄭晨も何度も何度も指示をくりかえした。しかしついに、震える手で赤ん坊を抱き、子ども保育士の細い腕に託した。

鄭晨は林医師に支えられながらバスのほうへ歩いていく。乗客はみんな、黙って彼らを見ていた。ふいに、背後で赤ん坊が大泣きしはじめた。鄭晨は雷に打たれたかのようにふりかえった――子ども保育士の腕の中で、おくるみからにょっきり突き出した赤ん坊の小さな手足がじたばたしているのが見えた。まるで、パパとママがひきかえすことのできない道へと踏み出そうとしていることをわかっているかのようだ……鄭晨は地面にあおむけに倒れた。赤い空とブルーの太陽が見えた。それからすぐに目の前が真っ暗になり、なにもわからなくなった。

　バスが走り出すと、林医師はぼんやり窓の外に目をやり、ぎくりとした。子どもたちが遠くのほうから、こちらに向かって走ってくる。できるだけ静かに、ひそかに去ったつもりだったが、やはり気づかれていた。子どもたちは大通り沿いを走ってくる。必死に車を追いかけながら、手を振り、泣きながらなにかを叫んでいるが、加速する車にどんどんひき離されていく。そのとき、林医師は自分の娘、林莎（リン・シャー）を見つけた。林莎は途中で転んでしまったが、また起き上がり、車のほうに手を振っている。林莎はだんだん走れなくなり、両手を膝について、その膝を道路について泣き出した。こんなに遠いのに、娘の膝についた血が林医師の目にははっきり見えた。体を半分、窓の外に乗り出して、娘が小さな点となって消えるまでずっと見送っていた。

　次に意識をとりもどすと、鄭晨は〝終の地〟行きのバスの座席に横たわっていた。目を開けて最初に視界に入ったのは、バスのシートの暗赤色のクッションだった。ズタズタになった自分の心から流れた血で染まったのだと、鄭晨は思った。心の中の血はもうすべて流れ出し、すっかり渇いて、もうすぐ死んでしまいそうな気がした。だが夫の言葉で、かろうじてまたしばらく生きていることができた。

「うちの子はこれから苦労するだろうが、ぼくらの時代よりもずっといい世界で育つことになる。あの子のためを思えば、これでよかったんだよ」

＊＊＊

「張（ジャン）さん、わたしは人生の大半をあんたが運転する車で過ごしてきたな」姚瑞（ヤオ・ルイ）の父親は、他人に支えてもらってバスに乗り込むと、年老いた運転手に向かって言った。

運転手はうなずいた。「ええ、姚技師長。今度はずいぶん長い旅になりますよ」

「そうだな。今度はずいぶん長い」

バスが動き出し、姚技師長は二十年あまり勤めた発電所をあとにした。いまは十三歳の息子がこの発電所の技師長をしている。姚技師長は大型バスのリアウィンドウから発電所を眺めようとしたが、うしろに乗っている人が多すぎて見えなかった。バスがしばらく走ると、小さな丘を登る傾斜にさしかかる。一日四回、二十年あまりも通いつづけた道だから、目をつぶっていても場所がわかる。ここからなら、発電所の全景が望める。もう一度リアウィンドウから外を見てみようとしたが、やはり乗客が邪魔になって見えなかった。そのとき、同乗者が言った。

「姚技師長、安心してください。明かりは点いていますよ」

バスがまた少し進んだ。そこは、発電所が見える最後の場所だった。まただれかが言った。

「姚技師長、明かりはまだ点いています」

明かりが点いているのならだいじょうぶだ。発電所でいちばんおそろしいのは工場が停電することだ。工場用電気さえ断たれていなければ、どんなに大きな故障でも対応できる。ほどなくバスは大都市郊外を通過して、高速道路で同じ目的地へと向かう車たちに合流した。まただれかが言った。

「街の明かりもついていますね」

しかし、その言葉は必要なかった。姚技師長の目にも、明かりが見えていた。

＊＊＊

「115師団第4連隊、衛明（ウェイ・ミン）、交替します！」衛明が父親に向かって敬礼をした。

「115師団第4連隊、衛建林（ウェイ・ジェンリン）、交替します！　執務中、本連隊の守備区域はすべて正常！」父親のほうも息子に敬礼した。

東の空がちょうど青白く明るんできたころだった。辺境にあるこの歩哨所のまわりはひっそり静まり返っている。山頂付近に雪の積もる山々はまだ眠りから覚めていない。向かい側にあるインド軍歩哨所はもう人員が引き払ったらしく、明かりはひと晩じゅう消えたままだった。

父と息子は、それほど多くの言葉を交わさなかったし、その必要もなかった。衛建林連隊長はきびすを返して、息子が乗ってきた馬に苦労してまたがると、野営地へと向かった。終の地へと赴く最後のバスに乗るためだ。ひたすら長い山道を下ってからふりかえると、肌を刺す寒風の中、息子はなおも歩哨所の前にじっと立ったまま、こちらを目で追っている。ブルーホワイトの夜明けの光のもと、息子のかたわらにあるのは国境を示す境界標だった。

＊＊＊

大人たちがみんな行ってしまってから、西暦時計が始動した。西暦時計は世界じゅうのテレビ画面、ほとんどのホームページ、都会のデジタルサイネージ、街の中心にある広場など、ありとあらゆる場所に現れた。西暦時計は時計の形状ではなく、六万一四二〇ピクセルから成る緑色の長方形だった。ひとつのピクセルは一カ所の〝終の地〟に対応し、衛星からの信号を通じて、全世界のあらゆる終の地の状態が西暦時計上に表示される。あるピクセルの色が緑から黒に変わると、それは、その終の地にいるすべての人が死亡したことを意味する。

西暦時計がすべて真っ黒になったとき、地球上には十三歳を越える人間がひとりもいなくなったことになる。子どもたちはそのとき、世界の政権を正式に受け継ぐことになる。

最終的にどうやって緑色を終わらせるかは、それぞれの終の地によってその方法が違っていた。ある終の地では、すべての人の手首に小さなセンサーがひとつついている、のちに〝オークの葉〟と呼ばれることになるこのセンサーは、着用者の生命徴候を監視し、死亡を確認すると信号を発するようになっていた。第三世界の国家では、もっとシンプルな方法が用いられた。医師が予測したおおよその時刻で自動的に緑色をオフにするのである。どの終の地でも、手動で緑色がオフになることはなかった。その時点で、終の地にいるすべての人はすでに知覚を失ってしまっているから、だれかの手で緑色をオフできるはずもない。ただ、のちに、ある終の地の緑色が何者かによってオフにされたことが確認された。だが、それは永遠の謎となってしまった。

終の地の設計は国家や民族によりそれぞれ異なるが、多くは地下に掘削された巨大洞窟で、人々はその地下広場に集まって最期の時を過ごした。集まった人数は平均して十万人程度だが、中には百万人以上が集まった場所もあった。

西暦人が終の地に残した書き置きの圧倒的多数は地上に別れを告げたときの情景や気持ちであり、最期の時の終の地について情景を記したものはごくわずかだった。はっきりと言えるのは、どの終の地でも、人々は最期の時を平静に過ごしていたことだ。そして、多くの終の地では、まだ人々にいくらか体力が残っているあいだ、音楽会やらお祝いなどの行事がおこなわれていた。

超新星紀元には終聚節（しゅうじゅせつ）という記念日がある。この日、人々は終の地である地下広場に集まり、西暦人の最期の時を体験する。すると、ふたたびあらゆる媒体に西暦時計が出現し、また緑から黒へと変わるのだ。洞窟の高い天井から投光器が投げかける薄暗い光のもと、冷たくじめじめした地下広場に横たわる無数の人々の息遣いが、その場所の静けさをいっそう重苦しくさせる。……このとき、だれもが哲学者となって、人生や世界についてあらためて考えるのだった。

＊＊＊

各国の指導者たちは最後に旅立った。NITでは、いましも、大人世界と子ども世界の双方のリーダーが最期の別れをしているところだった。大人の指導者は生徒たちをそばに呼んで、最後の指示をしていた。

「忘れるな」総参謀長が呂剛(ルー・ガン)に言った。「大陸をまたぐ、もしくは海を越えるような大規模作戦は禁止だ。海軍も、西側の主力艦隊と直接対決してはならない」

総参謀長や他の指導者たちから数え切れないほど何度も聞かされた注意だが、呂剛はいつものように、肝に銘じますと言ってうなずいた。

「それから、彼らを紹介しておこう」総参謀長は自分が連れて来た五人の子ども准将を指して言った。「特別監察チームだ。戦時のみ、彼らの職責が果たされる。彼らにきみたちの指揮に干渉する権限はないが、戦時のすべての機密を知る権利がある」

五人の小さな准将たちが呂剛に敬礼した。呂剛は答礼してから総参謀長にたずねた。

「この子たちはいったいなにをするんですか?」

「彼らの最終的な職責については、しかるべき時にわかる」総参謀長が言った。

主席と総理は、華華(ホアホア)、メガネ、暁夢(シャオ・ムン)の三人と向かい合ったまま、長いあいだ沈黙していた。歴史の記述によれば、大人と子どものリーダー同士の最期の別れでは、多くの国で同じような光景が見られたという。伝えるべきことが多すぎてなにも言えず、表現したいものが重すぎて言葉では伝えられないのだった。

主席が最後に言った。「子どもたち、きみたちがもっと小さかったころ、『志有る者は事竟(つい)に成る』と教わっただろう(『後漢書』耿弇伝より。「志さえあればかならず成功する」の意)。だが、このことわざはまったくまちがっている。志がことを成せるのは、科学法則と社会発展の条件に合致している場合だけだ。成し遂げたいことの大部分は、どれだけ努力したところで成し得るものではない。国のリーダーとして、きみたちの歴史的な責任は、百の中から九十九の成し得ないことをとり除き、成し得るひとつを見つけ出すことだ。困難だが、それでもきみたちは、かならずやり遂げねばならない！」

「化学調味料と塩のことを忘れるなよ」総理が言った。

最期の別れは静かなものだった。子どもたちと無言で握手をすると、大人たちはたがいに支え合って円形ホールを出た。最後のひとりは国家主席だった。ホールを出る前、主席は新たな国家指導者たちをふりかえった。

「子どもたち、世界はもうきみたちのものだ！」

超新星紀元

大人たちが去ってからの数日間、小さなリーダーたちは西暦時計の前で過ごしていた。この西暦時計は、ＮＩＴの最上階にある円形ホールの大スクリーンに表示されていて、その巨大な長方形が放つ緑色の光がホール全体を照らしている。

超新星紀元一日め、国の状況はすべて順調だった。各省庁はそれぞれずば抜けた能力で担当の事務を処理し、国内では大きな事故もなく、子どもたちの国は、試運営の段階からいたってスムーズに本番に移行しているように見えた。試運営のときと同様、ＮＩＴビル最上階にいる子ども国家指導者グループは、それほど多くの仕事をする必要がなかった。

一日めの夜、西暦時計に変化はなく、ひとつも欠けたところのない緑色のままだった。子ども指導者たちはこの緑の光に照らされたまま一日を過ごし、深夜になってようやく眠りにつくことにした。

だが、みんなが帰ろうと立ち上がったちょうどそのとき、ある子どもが叫び声をあげた。

「見ろ、時計に小さな黒い点ができていないか？」

子どもたちは大スクリーンの前まで行って、間近にそれをたしかめた。西暦時計の一ヵ所に、コイン一枚くらいの大きさの黒い正方形がひとつ出現していた。緑の光を発するつるつるの壁から小さなモザイクの一片が欠け落ちたかのようだった。

「ドット抜けかな」と、ある子どもが言った。

「きっとそうだよ。ぼくが前に使っていたコンピュータの液晶画面も不良ピクセルがあった」もうひとりの子どもが言った。実のところ、それをたしかめるのは簡単で、他のスクリーンを見るだけでいい。しかし、だれもそれを言い出すことはなく、みんな寝室に引き上げてしまった。

大人にくらべて、子どもたちは自分を騙すのが上手だった。

しかし翌朝、子どもたちがまた西暦時計の前に来たときには、もう自分たちを騙しとおせなくなっていた。緑色の長方形のあちこちに、ぱらぱらといくつも黒い点が出現していたのだ。

ここから見下ろす街はとても落ち着いているが、通りは空っぽで、道行く人の姿はない。たまに車が通り過ぎるぐらいだ。百年間にわたって喧騒の中にあったこの大都会が、いまやほとんど眠りについてしまったかのようだった。

陽が沈むころ、西暦時計上の黒点の数は倍増した。緑色の林に出現した真っ黒な空き地のように、黒点同士がつながって面をなしている箇所もある。

三日めの早朝、西暦時計上の黒と緑の面積はほぼ同じになり、長方形のスクリーンは二色で構成される複雑なまだら模様と化した。それ以降、黒い部分が増殖する速度が急激に増して、西暦時計上に黒い死の熔岩が広がり、生命という緑色の草地を無情に呑み込んだ。夜になると、西暦時計の面積の七割が黒色で占められた。深夜、西暦時計は魔法の磁石のように、子どもたちをその前に引き寄せた。

暁夢はリモコンを手にとって、大スクリーンの電源を落とした。

「もう寝ましょう。このところ毎晩遅くまでここにいる。体によくない。ちゃんと休む時間もとるべきよ。次にどんな仕事が待っているかわからないんだから」

そしてみんな、ビルの中にある自分の部屋に戻った。華華は明かりを消してベッドに横たわると、ミニコンピュータをとりだしてネットにつなぎ、西暦時計を呼び出した。簡単なことだった。いまではほとんどすべてのウェブサイトが西暦時計になっている。華華は憑かれたようにその長方形を見つめたまま、暁夢が入って来たことにも気づかなかった。暁夢は華華のコンピュータをとりあげた。反対の腕には、すでに何台かコンピュータを抱えている。

「すぐ寝て！　みんな、いつになったら自分をコントロールできるようになるの？　いちいち部屋をまわってコンピュータを没収しなきゃいけないなんて」

「いつになったらその姉ちゃん面をやめるんだ？」暁夢が出ていくとき、華華はその背中に向かって叫んだ。

＊＊＊

子どもたちは西暦時計を前に強い恐怖を感じていたが、うまずたゆまず円滑に動きつづける巨大なマシンのように、国家がきわめて順調に運営されていることが慰めだった。〈デジタル領土〉を介して表示されるすべてのデータを眺めながら、彼らは自分たちが新しい世界をしっかり統治していると実感し、いつまでも永遠にこの安定した状態が続くものと信じて疑わなかった。その日の夜、子どもたちはますます黒くなっていく西暦時計のもとを離れ、部屋に戻って眠りについた。

四日めの早朝、ホールに入った子どもたちは、ふいに墓に足を踏み入れてしまったかのような恐怖に襲われた。空はまだ薄暗く、ホールの中は闇に包まれていた。この三日間で、緑色の光の点はほとんど消えてしまった。闇の中を進んでいくと、西暦時計上に、まだほんのわずか、緑色の光が残っているのが見えた。冬の夜空に輝く寒星のようだ。すべての照明を点灯したところで、彼らはようやく息をついた。この日、子どもたちは一歩たりとも西暦時計の前を離れることはなかった。彼らは西暦時計上の緑色の点をひとつずつ数えていった。光の点がひとつ減るたびに、悲しみと恐怖が彼らの心を少しずつ支配していった。

「こうやってぼくらは置き去りにされちゃうんだな……」ある子どもが言った。

「だよな。まったく、よくそんなことができるよ」べつの子どもが言った。

「ママが死んだとき、わたしはママのそばにいた」暁夢(シャオ・ムン)が言った。「そのとき、わたしも同じことを思った。どうしてママはわたしのことをこんなふうに置き去りにしていくんだろう、って。ママのことを恨みさえした。でも、あとになって、ママはまだどこかにいるような気がしてきて……」

「見て、またひとつ消えた！」ある子どもが叫んだ。

華華(ホアホア)が西暦時計上のある緑色の点を指さした。「次はあれが消える。賭けてもいいぞ」

「なにを賭けるの？」

「もし外れたら、今夜は寝ない！」

「今夜はだれも眠れないかもしれないね」メガネが言った。

「どうして？」

「このペースだと、西暦時代は確実に今夜で終わりだ」

緑色に光る星が消えるペースはさらに速くなり、ひとつまたひとつと数を減らしていく。すでに長方形の暗黒となった西暦時計を見つめながら、子どもたちは底なしの深淵を覗き込んでいるような気分だった。

「レールがほんとうに宙に浮かびそうだ」メガネがつぶやいた。

深夜零時が近づくころ、西暦時計上で緑色に光る星は最後のひとつになった。この荒涼たる暗闇の中で唯一の光が西暦時計の左上で寂しく輝いている。ひっそり静まり返ったホールで、子どもたちはそれを見つめながら石像のように動かず、共通紀元の最後を待っていた。だが、一時間が過ぎても、二時間が過ぎても、その最後の星は粘り強く光りつづけている。子どもたちはたがいに目を見交わし、こそこそと小声で言葉を交わしはじめた。

東の空から太陽が昇り、この静かな都市の上を越えてまた西へと沈んでいくあいだ、西暦時計上でただひとつ緑色に光る星はずっと輝きつづけていた。

昼ごろ、ＮＩＴではこんな噂が流れた。いわく、超新星爆発による放射線に対する特効薬はとっくに開発されていた。だが、生産スピードが遅く、わずかな人数の需要しか満たせない。その情報は、社会の混乱を防ぐため、いっさい公開されていなかった。世界では、各国から有能な人材が極秘裏に集められ、その特効薬で治療がほどこされている。いま光りつづけているあの緑色の点こそが、そういう人たちが集まっている場所なのだ……。よくよく考えてみれば、そういうこともまったくありえない話ではない。彼らは国連事務総長が布告した世界引き継ぎ宣言をもう一度チェックし、その中のある部分に注目した。

『……西暦時計が完全に黒くなった時点ではじめて、子どもは法律と憲法のもと、ほんとうの意味で世界の政権を引き継いだことになる。それまでは、世界を指導する権限は成人が有する……』

たしかにこの箇所は不可解だった。大人たちは終の地へ行く際に政権を委譲することができたのに、なぜ西暦時計が完全に消えるのを待つ必要があるのか？　考えられる理由はただひとつ。どこかの終の地で、だれかがこれからもまだ生きつづける可能性があるということだ！

午後になって、その考えは子どもたちにとってますます真実味を帯びてきた。彼らは緑色に光る星を希望のまなざしで見つめつづけた。おそろしい夜の海の上で、遠くに灯台の光が見えたかのようだった。彼らはその終の地の位置を特定し、連絡をとる方法を探した。だが、そうした努力はすべて空振りに終わった。どの終の地にも、手がかりはなにひとつ残されていなかった。終の地は別世界にあるかのようだった。子どもたちはただ待つしかなく、いつの間にか空は暗くなっていった。

夜も更けて、ホールの西暦時計の前では、まる一日寝ていなかった子どもたちが、緑色に輝きつづける星に勇気をもらって、椅子やソファの上で眠りこけていた。彼らは夢の中で、父と母の腕の中へ戻っていた。

外では雨が降りはじめた。円形ホールの透明の壁に打ちつける雨が静かな音をたてている。眼下の都市はすっかり夜に覆われ、そう多くない街灯の光が雨にぼんやりかすんでいる。透明な壁の外を伝って雨が小川のように流れていく……。流れる時間も、透明な霧のように、音もなく宇宙を進んでいく。

やがて雨足が強くなり、風が出てきた。またしばらくすると、空に稲妻が光り、雷鳴が轟いた。子どもたちはその雷ではっと目を覚まし、そしてホールのあちこちから悲鳴があがった。

緑色に輝いていたあの星が消えていた。共通紀元の最後のひと葉が落ち、西暦時計は漆黒の闇となった。

いま、地球上に、大人はだれひとりいない。

そのとき、雨がやんだ。ごうごうと吹き渡る風が夜空の残雲を散らし、巨大な薔薇星雲が姿を現した。その不気味な青い輝きは、雨に濡れた街を隅々まで照らし、その苛烈な光で街明かりを呑み込んだ。

子どもたちはAのかたちをしたこの超高層ビルの最上階から、夜空に青く輝く薔薇星雲を見上げた。それは、老いた恒星の荘厳な墓であり、新たな恒星の胎児を宿す壮麗な子宮でもある。子どもたちの小さな体は、その幻想的な銀色の光に染められていた。
超新星紀元のはじまりだった。

第5章　紀元元年

超新星紀元1年、最初の1時間

超新星紀元01分

子どもたちは透明な壁の前に立ち、壮麗な薔薇星雲とそれに照らされた首都を眺めながら、大人たちが残していったこの世界についてぼんやり考えていた。

超新星紀元02分

「あっ……」華華が最初に言った。
「あっ……」つづいてメガネが言った。
「あっ……」暁夢も言った。
「あっ……」ほかの子どもたちがそれにつづいた。

超新星紀元03分

「残ってるのはもう子どもだけ？」と華華。

「わたしたちだけ？」これは暁夢。

「ほんとにぼくらだけなの？」ほかの子どもたちもつづいた。

超新星紀元04分

子どもたちはみんな押し黙っていた。

超新星紀元05分

「こわい」ひとりの女の子が言った。

「電気をつけようよ！」べつの女の子が言った。

そこで、メインホール内の照明がすべて灯された。だが、薔薇星雲の輝きは、子どもたちの影をなおもはっきりと床に落としていた。

超新星紀元06分

「窓をぜんぶ閉めて。外を見ていたくない！」さっきの女の子がまた言った。

そこで、円形ホールの透明な壁と天井がすべて不透明になり、誕生したばかりの超新星紀元は遮断された。

「それに、あの大きな黒い四角も。こわすぎる！」

こうして、大スクリーンから西暦時計が消えた。

超新星紀元07分

西暦時計が消えた大スクリーンには、天井から床まで、巨大な全国地図が表示された。この地図はじつに詳細かつ精確だった。おおよその高さは四メートル、幅は十メートルほどになるが、もっとも小さな地図記号や地名はふつうの印刷文字ぐらいのサイズなので、下のほうのごく一部しか読めない。地図の細部を見たい場合は、マウスでその部分を指定し、拡大する必要がある。複雑に交錯する細い輝線と色分けされたエリアがホールの壁いっぱいに投影され、生き生きした景観に変えた。

子どもたちは、微動だにせず、静かに待っていた。大きな地図の上では、北京を示す小さな星が赤く輝いていた。

超新星紀元08分

そのとき、どこからか短いビープ音が鳴り、巨大な地図の下のほうに一行のテキストが出現した。

ポート番号79633が呼び出し中。呼び出し中のポート数：1

地図上に赤く輝く細い線が現れ、北京と上海を結んだ。その線の中ほどに、この通信チャネルの番号「79633」が表示された。同時に、男の子の声が響いてきた。

「もしもし？　北京！　北京！　もしもし、北京ですか？　だれかいますか？」

華華が応答した。「いるよ！　こちら北京！」

「きみは子どもだね。だれか大人はいる？」

「大人はいないよ。どこにもいない。西暦時計が消えるところ、見なかったのか？」

「どこにも大人はいないの？」

「そうさ。きみはどこ？」

「ここは上海。このビルにはぼくしかいない」

「そっちはどんな状況？」

「なんのこと？　外の状況？　よくわからない。窓から見える街にはだれもいない。なんの音もしない。こっちの天気は曇り。雨が降ってきた！　雲を通して青い光が見えるよ。こわい！」

「なあ、いまはもうおれたち子どもしかいないんだよ」

「どうしたらいい？」

「知るわけないだろ！」

「なんで知らないんだよ？」

「なんで知ってると思う？」

「だって、そっちは北京だろ！」

「……」

　またビープ音がして、スクリーンにテキストが表示された。


ポート番号5391が呼び出し中。呼び出し中のポート数：2

　地図上に、また北京から、輝く赤い線が引かれた。その終点は、黄河付近の都市──済南だった。華華がRのキーを二回クリックすると、はるか遠くからべつの男の子の声が聞こえてきた。

「北京！　北京！　北京と話したい……」

　暁夢（シャオ・ムン）が応答した。「こちら北京！」

「あっ、通じた！」相手の男の子が言った。どうやら、周囲にいるほかの子どもたちに向かって話しているらしい。耳障りな音がした。かなりの数の子どもたちが電話のそばに集まっているような音だった。

「もしもし、北京ですか？　ぼくたちはどうしたらいいんですか？」

「どうしたの？」

「ぼくたち……ここに集められたんだ。大人たちがいなくなる前に。でも、面倒をみてくれる人がだれもいなくなっちゃった」

「そこはどんな場所で、何人ぐらいいるの？」

「学校だよ。職員室から電話してる。外には五百人以上も生徒がいる！　これからどうしたらいいですか？」

「わからない……」

「わからない？」相手の子どもは、また周囲の子どもたちに向かって言った。「北京はわからないって。どうすればいいのか、北京にもわからないんだ！」

何人かの小さな声がうしろでがやがやと話しているのが聞こえた。「北京もなにも知らないの？」「なんで知ってるわけがある？　向こうだってこっちと同じだよ。子どもしか残ってないんだ」「ほんとに自分たちだけでなんとかするしかないの？」「そうだよ。いまはもうだれもいるはずないだろ……」

「大人たちからなにも指示されてないのか？」通話の相手が交代したらしく、べつの声がポート越しにたずねた。

「あなたたちの地元の指導部はどうしたの？」暁夢が訊き返した。

「知るもんか。連絡がつかないんだ！」

またビープ音が鳴った。大きな地図に、同時に三本の赤い線が現れた。西安、太原、瀋陽が同時に北京とつながった。地図上で赤く輝いている線は、このときすでに五本になっていた。どの線の中間にも対応するポート番号が表示されている。スクリーンには、**呼び出し中のポート数：5**と出ている。華華は瀋陽につながる赤い線をマウスでクリックした。ホールに小さな女の子の泣き声が響いた。声からして、三、四歳だろう。

「もしもし……もしもし……」すすり泣きの合間にかろうじて言葉が聞きとれる。

「こちら北京。どうしたの？」

「おなかがすいた。おなかすいたよ」

「どこにいるの？」

「おうち……おうちにいる……」

「ママやパパはなにか食べものを置いていかなかった？」

「ないよ、なんにも」

暁夢は、姿の見えない小さな女の子に向かって、保母のように語りかけた。

「いい子だから、泣いちゃだめ。よくさがしてみて」

「ないよ……ない」

「そんなわけないだろ！　家なら食べものぐらいどこかにあるだろ！」華華が大声を出した。

「ちょっと。この子をこわがらせないで！」暁夢は華華をにらみつけ、それから女の子に言った。

「いい子だから、台所に行って探してみて。きっとなにか食べるものがあるから」

受話器の向こうからは声が聞こえてこない。華華は他の番号の通信ポートに切り替えようとしたが、もう少し辛抱してと暁夢にとめられた。ほどなく、さっきの女の子が通話口に戻ってきた。なおも泣きじゃくりながら、切れ切れに言う。

「……し、しまってる……ド、ドアがしまってる……」

「じゃあ……思い出してみて。朝、幼稚園に行くまえ、ママはどこから食べるものを出してくれる？」

「朝は幼稚園で油餅（ヨウビン）をたべる」

「そう……じゃあ日曜日は？」

「ママが……台所から……持ってきたのを食べる……」女の子はまたわんわん泣き出した。

「ええと、だったら……いつもママが台所から運んでくるものを食べるの？」

「ときどきインスタントラーメンたべる」

「それだ！　ねえ、インスタントラーメンがどこにあるか知ってる？」

「うん」

「よかった。じゃあ、すぐに持ってきて」

回線の向こうの声がまた消えたかと思うと、すぐにバリバリと包装がこすれる音がした。

「もってきた。おなかすいた」女の子が泣き出した。

「だったら食べればいいだろ！」華華がいらいらしたように言う。

「ふ、ふくろが……あかない」

「まったく、マジで莫迦だな。袋の端のほうをちょっと嚙んで切れ目を入れて、それから手で破ればいいだろ！」

「ちょっと。この子が嚙めると思う？　まだ乳歯も生えそろってないぐらいなのよ！」暁夢がインスタントラーメンの袋の開けかたを教えると、受話器の向こうからガサガサという音がして、それからボリボリとラーメンを嚙み砕く音が聞こえてきた。

「だめだよ、そうやって食べちゃ。魔法瓶がどこかにないかな……」

女の子は暁夢の言葉がよくわからないのか、一心不乱にボリボリ食べている。

またべつの回線とつなごうとして顔を上げた華華は、地図を見てびっくりした。赤い線が新たに十本以上増え、さらにすごい勢いで増殖している。その多くは大都市からの通信だった。ひとつの都市から二本の線が伸びている場合もある。すべての赤い線は北京へと向かっていた。画面のテキスト表示によれば、呼び出し中の通信ポートは五十を越え（地図上にはすべてを表示しきれていない）、しかもその数字がみるみる増えつづけている。子どもたちはあっけにとられてそれを見ていた。彼らが次の都市につなごうとしたときには、地図上の赤く光る線はすでに数えきれなくなっていた。呼び出し中の通信ポートは千三百以上。このホールのコンピュータに割り当てられているネットワークアドレスは、ＮＩＴの一万以上あるアドレスのうちのわずか十個にすぎず、すでにつながったものは氷山の一角だった。

全国の子どもたちが北京を呼び出している。

超新星紀元15分

「もしもし、北京！　パパとママはどうしてまだ帰ってこないの？」

「なんだって？　パパとママがどうなったのか、まだ知らないのか？」

「知るわけないよ。どこに行ったかも知らない。外に出ないで、家で待ってろって言われただけ」

「帰ってくるとは言われなかっただろ」

「……うん」

「いいかい、二人とも帰ってこない」

「えっ？」

「外に出て、まわりを見てみろ。ほかの友だちのところに行くんだ。さあ」

「ママ！　ママ！　ママにあいたいよう……」

「泣かないで。何歳？」

「ママがいってた。さん……さんさいだって。えーん」

「よく聞いて。もうママのことを探さないで。ママはずーっと先まで帰ってこないの。それまでは近くの家に行って、お兄さんやお姉さんを探してみて……」


「もしもし、北京！　宿題はいつまでに出せばいい？」

「なに？」

「ここに集められてから、先生がどっさり宿題を置いて行ったんだよ。眠くなったら寝ろ、起きたら宿題をやれってさ。外に出たらだめ、どこにも行っちゃだめだってね。それからいなくなったんだ」

「そっちには食べるものとか水はあるかい？」

「あるよ。こっちは宿題の話をしてるんだけど……」

「ああもう、宿題なんか好きなようにしろよ！」


「もしもし、北京ですか。大人がいなくなったってほんと？」

「そのとおり。いなくなったよ……」


「おい、北京。だれがぼくらの面倒をみてくれる？」

「地区の指導部に連絡して！」

「もしもし、もしもし！　もしもーし！」

＊＊＊

ＮＩＴにいる子どもたちは十数分のうちにこういう通話を多数受けたが、それでも表示されている呼び出し中の数の一パーセントにも満たなかった。いま、すでに一万八千を越える通信ポートが北京を呼び出しており、地図上は赤い線だらけになっている。子どもたちは相手とちょっと話して、さほど重要な用件でないとわかればすぐに次の電話を受けるというふうに、通話する相手を選別することにした。

超新星紀元30分

「もしもし、北京！　問題発生！　石油貯蔵施設が火事になった！　石油タンクがどんどん爆発してる！　燃える石油が川になってこっちに流れてくる！　いまにもこの町まで来そうだ！」

「消防隊は？」

「知らない！　消防隊なんて聞いたことない」

「よく聞いて。町にいるすべての子どもを避難させろ！」

「じゃあ……町を見捨てろって？」

「ああ。いますぐに！」

「でも……ぼくたちの家が……」

「これは命令だ！　中央政府からの命令だ！」

「……はい！」

＊＊＊

「もしもし！　北京ですか？　こちらＸＸ市。火災が発生しました！　それも何カ所も。いちばん火が大きいのは百貨店のビルです！」

「そっちの消防隊は？」

「ここにいます！」

「消火に当たらせろ！」

「火災現場にいるんです！　でも、消火栓に水がない！」

「当局に連絡して復旧させろ。でなきゃ、近くの水源から車で水を運んできて……いや、まず現場周辺の子供たちをみんな避難させて」

＊＊＊

このとき、ＮＩＴが受けている呼び出しの数は十万件を越え、なおも急増していた。地図上には、重要度が高いとシステムが判断したチャネルしか表示されなくなっていたが、それでもスクリーン全体がほとんど赤い線で覆われ、次々に新しい線に上書きされている。全国地図のほぼすべての地域から膨大な数の赤い線が北京に向かって伸びていた。

「もしもし、もしもし！　北京ですか！　やっとつながった！　みんな死んじゃったのか？　なんで放っとくんだ？」

「知るか！　なんでもかんでもぜんぶこっちで面倒みられるとでも思ってるのか？」

「これを聞け！」

回線の向こうから騒々しいノイズが伝わってくる……

「なんの音？」

「赤ん坊が泣いている声だ！」

「何人ぐらいいる？」

「正確にはわからないけど——すくなくとも千人近く。この子たちを放っとくつもりか？」

「ウソだろ。そこに千人近くの赤ちゃんが集められてるって？」

「いちばん大きな子でも一歳未満だ！」

「何人で面倒をみてる？」

「五十人ちょっとだ」

「大人たちはいなくなる前に保育士を残していかなかったのか？」

「子どもたちが二、三百人いた。でも、いまさっき何台もバスがやってきて、緊急事態だからって、その子たちを連れて行っちゃった。残ったのが五十人ちょっと」

「なんてことだ！　よく聞いて。まず半分は、ほかの子たちを探しに行かせて。だれでもいいから、見つかった子たちを連れてきて赤ちゃんの世話をさせて。いちばんいいのはラジオで放送すること！」

「はい！」

「赤ちゃんたちはどうして泣いてる？」

「おなかが減ってる？　のどがかわいてる？　さっぱりわからないよ。ピーナツが見つかったから食べさせようとしたけど、食べないんだ」

「莫迦！　赤ん坊にピーナツを食べさせたって？　ミルクが必要に決まってるだろ！」

「ミルクはどこにある？」

「まわりに薬局かドラッグストアはある？」

「あるよ！」

「中に入って探して。粉ミルクがあるはず！」

「じゃあ……店のドアを壊して開けるしかないけど、かまわない？」

「かまわない。店の棚にある分で足りなかったら、倉庫に行って探して。いますぐ！」

＊＊＊

「もしもし、もしもし！　北京！　洪水だ！」

「まだ豪雨シーズンじゃないだろ。どこが洪水に？」

「上流で、ダムの水門を開き忘れたらしい。ダムが水でいっぱいになって決壊したんだ！　街の半分がもう水に浸かって、子どもたちはみんなこっちのほうに逃げてる！　でも、水が速すぎる。走っても逃げきれないよ！」

「子どもたちをビルの屋上に避難させて！」

「水に浸かったらビルも倒壊するってだれかが言ってた！」

「だいじょうぶだから。いますぐみんなに知らせて。町内放送のスピーカーを使って！」

＊＊＊

「もしもし、北京！　もしもし！　聞いて、こんなにおおぜい赤ちゃんが泣いてる！」

「そちらも面倒をみる人がいないの？」

「医者がいない！」

「医者？　どういうこと？」

「みんな病気なんだ！」

「どうして？　おなかがすいて泣いてるんじゃなくて？」

「違う。ぼくらも病気なんだ！　この街の子はみんな病気になった！　水道水が汚染されてて！　飲んだら目がまわって、おなかを壊した」

「病院で診てもらって」

「病院にだれもいないんだよ」

「市長を探して」

「市長はぼくだ！」

「とにかく医者を探して！　それと、水道の会社に言って、汚染の原因をちゃんと突き止めて。それから、できるだけ早く、ミネラルウォーターかなにか、きれいな水をかき集めて。じゃないと、これからもっとひどいことになる！」

＊＊＊

「もしもし！　北京ですか！　こちらはＸＸ市。一万人以上の子どもたちが市庁舎を包囲しています！　みんなおかしくなっているようです。泣いたりわめいたりして、両親を返せと要求しています！」

＊＊＊

「もしもし、もしもし！　北京ですか！　（咳の音）市郊外の化学工場で出火、爆発しています。有毒ガスが洩れて（咳の音）、風に乗って市内に伝わってきています。うまく息ができません！（咳の音）」

＊＊＊

「もしもし！　北京か！　列車が脱線した！　千人以上の子どもが乗っていたが、どれだけ死傷者が出たのかわからない。どうしたらいい？」

＊＊＊

「北京！　西暦時計が真っ暗になっちゃった。こわいよ……こわい……」

＊＊＊

子どもたちの泣き声、叫び声……。
「もしもし！　こちら北京！　そちらは？　どうしましたか？」泣き声、叫び声……。
「もしもし、もしもし！」泣き声、叫び声……。

＊＊＊

超新星紀元1時間

スクリーンに表示される呼び出しポート数は驚くべき速度で急増し、三百万にまで達していた。混乱の中、だれかがマウスでスピーカーをオンにした。すべてのチャネルの話し声が瞬時に拡声放送され、巨大な音の波がホール内にけたたましく反響した。その音は大海で逆巻く渦潮のようにだんだん高くなり、子どもたちは恐怖に耳をふさいだ。数百万もの声はすべてこの二文字をくりかえしていた。

「北京！」

「北京!!」

「北京!!!」

***

子どもたちが茫然としているあいだにも、呼び出しポート数はどんどん増えて、たちまち四百万になった。全土から集まる声の波がこのホールを呑み込んでしまうかのようだった。ホールにいる子どもたちのあいだでも、恐怖の悲鳴があがっている。華華（ホアホア）が端末をぎこちなく操作してようやく音声を切ると、ホールはたちまち静かになった。このとき、子どもたちの精神はもう崩壊寸前だったが、彼らはまた一件ずつ、数百万もの相手と通話をはじめた。

全国の子どもたちは、いまなお地平線の下にある太陽に呼びかけるかのように、そろいもそろって北京を呼び出していた。北京こそが希望であり、エネルギー源であり、空前絶後の孤独の中にあって子どもたちが唯一期待を寄せられるものだった。しかし、この大規模な災厄は、訪れるのがあまりにも早すぎた。大人たちは、世界から退場する前にすべての準備を整えておくことができなかった。このとき、無数の子どもたちの声が集まる北京のビルには、十三歳の子どもたちの一群しかいなかった。

彼らは他の無数の子どもたちと同じように保護者を失い、深い恐怖と果てしない喪失感を抱えたまま、誕生したばかりのこの子ども世界に向き合っていたのである。

子ども指導者たちは、遠方にいる子どもたちとくらべて自分たちがそれほど強いわけではないことを自覚しながらも、果てしない着信を受けつづけ、できるだけたくさんの声に応答しようとしていた。恐怖と孤独の中でもがく地方の子どもたちにとって、どんな言葉であっても、首都から伝えられる言葉は夜の海の中に射すひとすじの陽光であり、大きな安心感と励ましを与えるものだとわかっていたからだ。指導者グループは、緊張を強いられる仕事に疲れ果て、めまいがしそうだった。のどが嗄れて声が出なくなった者もいたが、それでも交代しながら遠方の子どもたちと通話をつづけた。彼らは、自分たちの力があまりにも小さく弱いこと、口がひとつしかないことを悔やんだ。数百万もの声を前にして、彼らは大海の水をコップですくっているようなものだった。

「外の世界はいったいどんなことになっているのかしら」暁夢がため息をついて言った。

「自分の目で見てみよう」華華はそう言って、リモコンを壁に向けた。円形ホールの壁が完全に透明になった。子どもたちは外の景色に愕然とした。眼下の街では、数カ所から火の手が上がっている。まるで黒い大きな羽根を地面に挿したように、何本もの煙の柱が首都のあちこちから立ち昇っていた。それらの〝羽根〟は、街じゅうで揺れ動く炎の輝きに照らされて、ときおり赤く染まったり、電力設備のショートで起こったアーク放電によって青く染まったりしている。……広々とした大通りには、逃げまわる子どもたちの姿もあった。この高さからだと、いくつかの小さな黒い点にしか見えない。そのときとつぜん、そうした黒い点と道路、それに街全体がすべて暗闇の中に消えた。見えるのは、炎に照らされた高層ビル群のシルエットだけだった。街全体が停電に見舞われたのだ。

「外部電源が喪失しました。NITは緊急予備電源を起動します」最上階の円形ホールに、血の通わない声が響いた。

ビッグ・クォンタムが、国内の状況に関する最新報告をスクリーンに表示した。

超新星紀元開始から1時間11分経過。国家状況報告1139号

各レベルの政府機関および行政機構の運営に異常発生　政府機関の62パーセントが完全に停止。残る大多数の機関も正常に機能できず。

電力システムに異常発生　火力発電所の63パーセントと水力発電所の56パーセントが稼働停止。全国の電力供給が不安定になり、大都市の8パーセントと中小都市の14パーセントが完全に停電。

都市部における上水道システムに異常発生　大都市の81パーセント、中小都市の88パーセントで断水。残りの大部分も、かろうじて断続的に供給している。

都市部におけるサプライチェーン・システム、サービス。システムおよびライフサポート・サービスの91パーセントが完全に麻痺。

鉄道および道路網の85パーセントが通行不能となり、交通事故が急増。民間の航空輸送システムは完全に麻痺。全国の社会秩序は混乱し、都市部では恐怖心によって引き起こされた集団暴動が急増。

現在、国土には検知可能な火災が3113万6537カ所あり、その55パーセントが送電システムの不具合によるもの。残りの多くは、石油および化学工業原料による火災。

目下、国土には水害は少ないが、水害の脅威につながる潜在リスクが急増。大河川の堤防の89パーセントが管理者不在の状態となり、大型水利センターの94パーセントにダム決壊のような重大事故が起こる可能性がある。

目下、国土面積の3・31パーセントが危険な気候条件にあるが、地震や火山活動その他の大規模な自然災害の兆候は見られない。ただし、国土の防災能力はかなり下がっている。ひとたび大規模な自然災害が発生したら、重大な損害をもたらすだろう。目下、全国の子ども人口のうち8・379パーセントに疾病があり、人口の23・158パーセントが食料、人口の72・090パーセントが飲料水、人口の11・6パーセントが衣服の欠乏に悩まされている。これらの割合はいずれも急激な増加をたどっている。

警報！　最高レベルの警報！　国家は危機に瀕している！

それにつづいて、壁に大きな全国地図がまたも出現した。真っ赤になったエリアは、その地域が非常に危険な状態にあることを示している。表示される地図が次々に切り替わった。赤い部分の大きさはそれぞれ異なり、電力、水供給、交通、火災などさまざまなインフラの危険区域を示している。最後に映った地図は、それらを一枚に合成したものだった。この地図の国土は、激しく明滅する赤色で埋めつくされ、さしずめ燃える火の海のようだった。

間断なくつづく精神的なプレッシャーに、子どもたちは耐えきれなくなっていた。真っ先に崩壊の兆しが現れたのは、健康管理を担当する女の子だった。受話器を投げ出し、華奢な背中を揺らして嗚咽しはじめた。

「ママ！　ママ……」

軽工業の責任者である張衛東（ジャン・ウェイドン）も、受話器を放り投げて大声で言った。

「こんなのそもそも子どもにやれる仕事じゃない。ぼくには無理だ。辞めた！」そう言いながらドアのほうへ歩いていく。

呂剛(ルー・ガン)がその前に立って行く手をふさぎ、張衛東を力ずくで押し戻した。

だが、手遅れだった。もはやコントロールがきかなくなっている。気が動転した女の子たちは泣き叫び、男の子たちはわめきちらし、次々に受話器を投げ捨てドアのほうへ押し寄せた。

「ぼくだって無理だ。出て行く!」

「あたしだってとっくに無理だってわかってたのに、どうしてもって押しつけられて。もう無理!」

「そうだよ。ぼくたちはただの子どもだ。こんな大きな責任が背負えるわけない!」

そのとき、呂剛が拳銃をとりだし、上に向かって二発撃った。銃弾は天井のナノ素材を突き破り、雪の花のかたちをしたひびを二つつくった。

「警告する! 逃げ出すことは許さないぞ!」呂剛が怒鳴った。

だが、銃声でとめられたのは数秒だけだった。

「死ぬのがこわいとでも思ってるのか?」張衛東が言った。「そんなわけないだろ。いまやっているのは、死ぬよりずっとたいへんなことなんだぞ!」

うしろの子どもたちがまたドアへと押し寄せていった。

「撃てるもんなら撃ってみろ!」ある子どもが言った。べつの子がそれにつづき、「じゃあ、ぼくを撃ってくれ。そのほうがよっぽどましだ」

呂剛はため息をつき、拳銃を持つ手をおろした。張衛東が呂剛の脇を通ってドアを開けると、子どもたちは次々とホールから出て行った。

「待ってくれ。話がある!」華華(ホアホア)はうしろから叫んだが、子どもたちはかまわず外へと出ていく。だが、華華の次の言葉が、魔法の呪文のように彼らを立ち止まらせた。

「大人たちが来るぞ!」

子どもたちはみんな華華をふりかえった。すでに出ていった子どもたちもまた戻ってきた。華華はつづけた。

「大人たちはもうＮＩＴに入ってる。もうちょっとだけ待て。よし。もうエレベーターに乗ったぞ。もうすぐここに来る」

「夢でも見てるんじゃないか？」ある子どもが言った。

「おれが夢を見ているかはどうでもいい。重要なのは、いまなにをすべきかだろ？　大人たちがこのホールに入ってきたとき、おれたちはどうしたらいい？」

子どもたちはたちまち黙り込んだ。

「おれたちはこう言わなきゃいけない。『子ども世界へようこそ！　アドバイスは大歓迎です！』って。でも、わかってるだろ、ここはもう子ども世界なんだ。法律と憲法に基づいて、粛々と世界を引き継いだんだ。ここはおれたち子どもの世界になった。これから先、数々の困難、災厄や犠牲にたえず直面することになる。でも、おれたちはそのすべてに責任を負わなければならない。そのすべてを引き受けなきゃいけないんだ！　おれたちがこの地位にいるのは、才能があるからじゃない。不慮の災害のせいだ。でも、おれたちの責任はこれまでこの地位にいた大人たちと同じだ。おれたちは逃げられないんだよ！」

そのとき、暁夢はコンピュータの通信チャネルのひとつを開いた。たちまち赤ん坊の泣き声がホールに響き渡った。明らかにおおぜいがいっぺんに泣いている声だった。

「みんな、これを聞いて。もしいま持ち場を離れたら、史上最悪の犯罪者になるのよ！」

「持ち場を離れなかったらどうなるって言うんだよ？　ぼくたちに国家を運営する能力なんてないんだ！」ある子どもが言った。

華華の双眸に映る火災の光は異常なほど明るかった。華華が口を開いた。

「べつの角度から考えてみよう。おれたちの何人かは同じクラスだった。六年間ともに学び、ともに遊んだ。だから、だれが将来なんになりたかったかはわかってる。超新星爆発前に卒業パーティーをやったの覚えてるか？　将軍になりたいと言った呂剛は、いまは総参謀長になった。厚生大臣になりたかった林莎（リン・シャー）は、いまや全国の医療衛生の指導者だ。外交官になりたかった丁風（ディン・フォン）は、いまは外務大臣だ。常雲雲（チャン・ユンユン）は教師になりたかったが、いまは教育大臣になった……。人生でいちばんしあわせなことは、子どものころの夢がかなうことだと、ある人は言った。ということは、おれたちはいちばんしあわせな人間なんだよ！　未来の夢についていっしょに話したじゃないか。自分たちが想像するすばらしい未来にわくわくした。でも、最後はいつもため息をついて、どうしてまだ大人じゃないんだろうって嘆いた。いま、おれたちは夢に見た未来を自分の手で実現できる立場になった。なのにそこから逃げ出すなんて！　西暦時計のあの最後の緑色の星が輝いていたとき、ほんとうにまだ大人が生きているんだと、みんなと同じようにおれも思っていた。でも、そのときのおれの気持ちはみんなとは正反対だった。おれはそのことが残念でならなかった」

　そのひとことに、子どもたちはみんなショックを受けた。ひとりが口を開いて言った。「ウソつけ。おまえだって、みんなと同じように、大人たちに戻ってきてほしかったんだろ！」

「ウソじゃない」華華はきっぱり言った。「本心だ」

「……だとしても、そんなこと思ってたのはおまえひとりだけだよ」

「いや、ぼくもそうだった」

　それほど大きくない声が言った。みんなしばらくホールのあちこちを見まわして、声の主を探した。それは、ホールの奥の片隅で、床の上にあぐらをかいているメガネだった。いつからか、だれもがメガネの存在を忘れていた。ついさっきまで、みんなで通話を受けていたとき、その中にメガネの姿はなかった。しかし、子どもたちがいちばん驚いたのは、メガネのそばに、空になったカップ麺の容器が三つも置かれていたことだった。この数時間は、人類の歴史上、もっとも激しく心が揺さぶられた時期であり、後世の歴史学者が〝感情の特異点〟と名づけたほどだった。その期間、国家の指導者に指名された子どもたちは、前代未聞の精神的なプレッシャーのもと、とても食事をする気分になれず、二食も三食も抜くのがあたりまえだった。しかしその中にあって、メガネだけは少しも動じず、しっかり食事をとっていたらしい。いま、メガネは床に座って、ソファから持ってきたクッションを背中にあてがい、コンピュータデスクにゆったりもたれ、しかもインスタントコーヒーのカップを手にしている（彼はコーヒーを好む少数派の子どもだった）。

華華がメガネに向かって叫んだ。「おまえ！　いままでどこでなにをやってたんだ？」

「いまやるべきいちばん重要なこと――考えることだよ」

「どうして電話をとらない？」

「そんなに大人数で対応してるんだから、ぼくひとりいなくても、大した影響はないだろ。ひとりでも多く対応する必要があるっていうなら、外の通りから何百人か子どもを連れてきて助けてもらうことをすすめるね。彼らだってうまくできるはずだ」

メガネはこの眼前の非常事態がそもそも存在していないかのように、あいかわらずの無表情で言った。しかし、そういう態度は、いまや、ほかの子どもたちにとって、むしろ大きな鎮静作用があった。

メガネは床から立ち上がると、ゆっくりこちらに歩いてきて言った。

「大人たちは、まちがいをおかしたのかもしれない」

子どもたちはぽかんとしてメガネを見つめている。

「子どもの世界は、大人たちが想像していたものとはまるで違っている。しかも、ぼくたちが想像するものとも違う」

華華が言った。「非常事態だっていうのに、おまえはまだ夢の中にいるのか！」

メガネは同じ淡々とした口調で言った。「夢の中にいるのはきみたちのほうだよ。一国の最高指導者だというのに、消防隊を指揮して消火させたり、保育士をせっついて赤ん坊にミルクをやらせたり、小さな女の子に即席ラーメンの食べかたを教えたり。ほんとになにやってるの？　恥ずかしくないの？」それから、メガネは口をつぐみ、また床にすわってコンピュータデスクにもたれた。

　華華と暁夢は目を見交わして何秒か無言でいたが、やがて暁夢が口を開いた。

「メガネの言うとおりね」

「そうだな。自分を見失っていた」華華がため息をついた。

「壁を閉じて」

　暁夢がそう言うと、壁がすぐに不透明な乳白色に変わり、ホールは外の世界の混乱から遮断された。暁夢は周囲を見渡して言った。「コンピュータ画面と大スクリーンも閉じて。いまから三分間、心を落ち着かせましょう。この三分間はだれも話しちゃだめ。なにも考えないこと」

　大スクリーンが消え、すべての壁の色が乳白色になった。子どもたちは巨大な氷山の中に掘られた空間に身を置いているような気分になった。その静かな小世界で、子ども指導者グループはゆっくりと理性をとり戻していった。

浮遊時代

超新星紀元2時間

　三分後、ふたたび壁にコンピュータ画面と全国地図を表示しようとした子どもを、華華（ホアホア）が制止した。

「ほんとに情けないていたらくだったよ。いまはパニックを起こすような状況じゃない。まずこの点をはっきりさせよう。国の現状は、おれたちがずっと前から予想していたことだ」

暁夢(シャオ・ムン)がうなずいた。「そのとおりね。試運営のときみたいに安定した状態のほうが異常だったのよ。子どもたちだけであんなにうまくやれるわけがない」

「現在の緊急事態における具体的な問題については、外の専門部署や委員会のほうがよっぽどうまく対処できる」華華が言った。「おれたちは自分の任務に戻るべきだ。こういう事態に陥ったほんとうの理由──奥深くにある、根本的な理由を突き止めなきゃ」

子どもたちが議論をはじめると、やがて、期せずして同じ質問が出た。「ほんとに不思議だよね。子ども世界は何日も円滑に動いていたのに、どうしてとつぜん混乱に陥ったんだろう」

「宙に浮いたからだよ」隅のほうでコーヒーを入れて戻ってきたメガネが言った。子どもたちは意味がわからずにぽかんとしている。

「八カ月前、化学調味料と塩の輸送を見学したとき、華華が線路のレールの上を歩き出してね」メガネが説明した。「そのときに思いついたことなんだ。もし、そのレールが空中に浮いていたら、華華は同じように歩けるだろうか、ってね。西暦時計が消滅する前、子ども世界のレールは大人世界のしっかりした地面に敷かれていた。だから子どもたちは落ち着いてその上を歩くことができた。でも、西暦時計が消滅したいま、そのレールは宙に浮いている。足もとから地面がなくなって、ぼくらは底なしの深淵の上にいる」

子どもたちはメガネの説明を聞いて、それぞれにうなずいた。

「子ども世界のバランスが崩れたきっかけは」と華華が言った。「明らかに、西暦時計の最後に残ったあの緑の星が消えたことだ。この世界にもう大人がいないと知ったとき、子どもたちはとつぜん心理的な支えをなくしてしまった」

メガネがうなずいた。「もうひとつ注意すべきなのは、心理的なバランスが崩れた人間たちがもたらす群衆効果だ。そういう精神状態の人間が百人集まったら、ばらばらの人間を一万人合わせたよりも大きな影響を社会に与える」

「パパもママもいなくなって、置き去りにされた。みんな、その感覚はわかるわよね」暁夢が言った。

「わたしはいまの国の状況をこう分析してみたんだけど、どうかな。全国のすべての子どもはいま、大人たちのかわりになる、精神的な支えを必要としている。省や市の上層部にいる指導層の子どももそれは同じ。だから、中間指導層の機能も麻痺してしまっている。その結果、国全体に広がった大きな怖れの感情のうねりが、わたしたちのところにまっすぐ押し寄せてきているのよ！」

「じゃあ、ぼくたちが次にやるべきなのは、中間指導層の機能を回復させることだ！」ある子どもが言った。

暁夢はかぶりを振った。「短時間では不可能ね。いまは一刻を争う状況。いまできるのは、子どもたちが精神的なよりどころを見つけ出せるようにすること。そうすれば、各レベルの指導層の機能はおのずと回復しはじめる」

「そのためにはどうすればいい？」

「もう気づいてるかもしれないけど、さっきは——たとえば消火とかの緊急案件を処理しているとき——わたしたちが指示する解決策なんて、現場の子どもたちがとっている解決策と変わらないか、むしろもっとダメだった。なのに、わたしたちの答えを聞いて、彼らの動揺はおさまり、事態をコントロールすることができた」

「どうしてわかる？」

「さっきのぼくたちは、通話が済んだら、その件についてもう関わろうとしなかった」呂剛（ルー・ガン）がみんなに向かって言った。「でも、暁夢だけはその後の動向をときどき確認していた。ぼくたちより細やかにね」

「つまり」暁夢がつづけた。「全国の子どもたちがわたしたちに求めているのは、新しい精神的な支えになること」

「じゃあ、テレビで話をしよう！」

暁夢はかぶりを振った。「映像や音声のスピーチはたえず放送されてきたけど、なんの役にも立たなかった。子どもたちの精神的な支えは、大人たちのそれとは違う。いま子どもたちがいちばん渇望しているのは、パパやママに抱きしめてもらうこと。そういう親の愛情はひとりひとり違うものよ。全国の子どもたちに一律に同じ対応なんてできない」

「その分析は鋭いね」メガネがうなずいて言った。「孤独で危険な状態にあるどんな子どもも、中央政府と通話するだけで、ぼくたちがその子に関心を寄せていることがわかる。精神的な支えは、それでこそ得られるものだよ」

「つまり、さっきみたいにずっと電話を受けつづけないといけないってこと？」

「ぼくたちだけで何人の電話が受けられると思う？　外からもっと子どもたちを連れてきて、中央政府の代表として全国の子どもたちに対応してもらうべきじゃないか？」

「何人必要になる？　子どもは全国に三億人もいるんだぞ！　永遠に通話しつづけることになるよ！」

子どもたちはまた、さっきの、コップで大海の水をすくっているような絶望感を味わった。実行不可能なミッションを前に、彼らはため息をつくしかなかった。

ある子どもがメガネに質問した。「博士、そんなにいろいろ知ってるんだから、いまどうすべきか教えてくれよ？」

メガネはコーヒーを飲みながら言った。「ぼくは分析はできるけど、問題を解決できるわけじゃない」

華華がふいに言った。「みんな、ビッグ・クォンタムのこと、忘れてないか？」

子どもたちの目がいっせいに輝いた。ＮＩＴに来て仕事をはじめて以来、量子コンピュータの能力は彼らに強い印象を残していた。量子コンピュータは大きなダムのように、デジタル領土から湧いてくる玉石混淆のデータの洪水を受け止め、緻密な統計と分析に基づいたデータだけを報告する。デジタル領土を通じて、量子コンピュータは国家全体を自分のコントロール下に置き、どんな工場のどんなグループのどんな人間かまで細かく監視することができる。量子コンピュータがなければ、子ども国家の運営はそもそも不可能だ。

「そうだ。ビッグ・クォンタムに電話を受けさせよう！」そのアイデアに思い至ると、子どもたちはすぐに大スクリーンを開いた。火が燃え盛っているような全国地図がまた表示された。赤いエリアの面積がさらに大きくなり、ホールのほとんどがその輝きで赤く染まっている。

「ビッグ・クォンタム、聞いてるかい？」華華がたずねた。

「聞いています。わたしはずっと指令を待っていました」ビッグ・クォンタムの声がホールのどこかから響いた。深みのある成人男性の声で、それを聞いていると、子どもたちは大人がいるかのように錯覚し、このスーパーコンピュータにさらに強い信頼感が芽生えた。

「いまの状況、ぜんぶわかってるよね。ぼくらにかわって、全国からの呼び出しに答えられる？」

「可能です。わたしの各種ナレッジベースによって、停電や火災といった緊急事態はあなたがたよりはずっと専門的に処理できます。さらには、通話した相手と連絡をとりつづけることもできます。わたしの必要がなくなるまで」

「だったらなんでもっと早く言わなかったんだよ？　水臭いじゃないか！」張衛東（ジャン・ウェイドン）が怒鳴った。

「訊かれませんでしたから」ビッグ・クォンタムは同じ口調で答えた。

「それじゃ、仕事をはじめてくれ」華華が言った。「子どもたちの緊急連絡の対処に手を貸すほかに、いちばん重要なのは、子どもたちに国家の存在を知ってもらうこと。ぼくたちはずっといっしょだってこと、国民ひとりひとりのことを気にかけているってことをわかってもらいたい」

「かしこまりました」

「ちょっと待って。わたしに考えがある」暁夢が言った。「どうして子どもたちからの電話を待っている必要があるの？　コンピュータを使って全国のすべての子どもたちに電話をかけられるし、彼らとネットワークをつくって、ひとりひとりの状況に応じた手助けができる！　ビッグ・クォンタム、できるわよね？」

ビッグ・クォンタムは少し考えてから言った。「同時に二億個の音声プロセスを走らせれば可能です。一部、冗長性が低下するかもしれませんが」

「くわしく説明してくれる？」

「つまり、これまで緊急用に残してあった容量まで使用する必要があります。そのため、機能の信頼性がいくらか損なわれることになります」

「かまうもんか！」華華が言った。「そうすれば、全国の子どもはほんとうにぼくたちがそばにいる感覚になるはずだ」

「そのやりかたには同意できないな」メガネが言った。「国家のすべてをコンピュータに預けるだなんて。どんな結果になるか、だれも予想できないだろ？」

「そうしなかった場合の結果なら、簡単に予想できるよ」華華が言った。

メガネは黙り込んだ。

「ねえ、ビッグ・クォンタムにはどんな声で話してもらう？」林莎（リン・シャー）がたずねた。

「当然、いまの大人の声だろ！」

「おれは反対」華華が言った。「二度と戻ってくることのない大人をあてにするんじゃなくて、ほかの子どもを信頼するようになってもらわなきゃいけないんだから」

そこで、ビッグ・クォンタムには子どもの声で会話をさせることにして、最終的に、低音でおだやかな男の子の声を選んだ。かくして量子コンピュータは、眠っていた力を発揮することになった。

超新星紀元3時間

円形ホールの乳白色の壁に、新たに大スクリーンが投影された。画面は全国地図が表示されているが、黒色の背景に光り輝く線で各行政区がシンプルに描かれているだけだった。ビッグ・クォンタムが子どもたちに説明した。この地図はおよそ二億ピクセルから成り、一個一個のピクセルが国内の端末もしくは電話機一台に対応している。ビッグ・クォンタムと接続したら、対応するピクセルがすぐに黒から明るい点になる。

ビッグ・クォンタムが全国を呼び出すプロセスは、もしも映像として可視化したら、すばらしく壮麗な大爆発になるだろう。デジタル領土の巨大ネットワークを構成する無数のサーバーが情報爆弾だとすれば、複雑に交錯する光ファイバーとマイクロ波チャネルはまさに導火線だった。ビッグ・クォンタムはネットワークの中心に位置するスーパー爆弾であり（そのほか、ウォームスタンバイ状態の四台を含めて八台のユニットがあり、全国の直轄市〔中央政府が直接管理する都市のこと〕に置かれている）、呼び出しがはじまると同時にそれが爆発して、大きな情報の流れが放射状に広がりはじめ、第二レベルに属する一万台のサーバー群にぶつかってまた新たな一万の爆発が生じ、さらに数が多い第三レベルのサーバー群を爆発させる……。情報爆発はこうやってカスケード式に広がって、最終レベルの爆発では、二億のきわめて細い情報チャネルを通じて二億台のコンピュータと電話に到達し、巨大なデジタル網で国土全体を覆った。

大スクリーンに映る地図上の真っ黒な国土に無数の星のごとく光の点がどっと現れた。この星たちは急激に密度を増やし、数分後には国土全体がまばゆく白く光るひとつの集合体となっていた。

このとき、全国のありとあらゆる電話が一斉に鳴り出した。

***

北京市内の小さな育児所。馮静（フォン・ジン）と姚萍萍（ヤオ・ピンピン）は、面倒をみている四人の赤ん坊といっしょに、ひとつの大きな部屋にいた。赤ん坊の中には、二人の担任だった鄭晨（ジェン・チェン）の子もいる。鄭晨先生は二人の両親と同じく果てしない闇夜の中へと永遠に去り、残された孤児である彼女たちが、さらに小さな孤児たちを世話している。何年も経ってから、ある人が二人にこんなことを言った。「お二人はどちらも、一夜にして両親を失ったんですよね。どんなに深い悲しみだったか、想像もつきません」

しかし実のところ、このとき子どもたちにいちばん重くのしかかったのは、悲しみではなく、さびしさと恐れだった。それにもちろん、怒り——去っていった大人たちへの怒りだった。パパとママは、ほんとうにあたしたちを置いて行ってしまったの？　死に対する人類の適応力は、孤独に対するそれよりもはるかに高い。馮静と姚萍萍がいる子ども部屋は、もとは教室だったが、いまはがらんとして静かだった。日が沈む前はわんわん泣いていた赤ん坊たちも、死んだような静寂に口をふさがれたみたいに、いまは泣きやんでいる。この惑星全体が死に絶えてしまい、生き残ったのはこの部屋にいる自分たちだけのような気がした。

窓の外もやはり、死んだような静けさだった。人っ子ひとりいない。それどころか、地面のミミズや蟻まで死に絶えてしまったかのように、生命の気配がまったく感じられない。馮静と姚萍萍はテレビを見ながら、チャンネルをザッピングしていた。西暦時計が消滅してからというもの、このテレビにはなにも映らなくなっていた（のちにケーブル局が機能を停止していたことがわかった）。なんでもいいから、なにか映ってほしい——二人は心の底からそう願った。大嫌いだったCMでも、いま映れば感動の涙を流していただろう。だが、ディスプレイには砂嵐しか流れていない。その寒々しく荒涼とした画面は、さしずめいまのこの世界の縮図のようだ。しばらく見ていると目がちかちかしてきて、部屋の中も外も、いたるところが砂嵐に包まれているような気がしてくる……。

数時間後、夜が明けて明るくなってくると、馮静は外のようすが見たくなり、何度もためらったあげく、ついに部屋を出る決心をした。それまではずっと、鄭晨の子どもを抱いた姚萍萍と体を寄せ合っていたから、その温かさから離れた瞬間は、果てしない氷海を漂う救命ボートから海に飛び込んだような気分だった。ドアまでたどりつき、指先が錠に触れたとき、馮静はびくっとした。かすかに足音が聞こえたのだ。人間の足音ならこわくないが、途切れ途切れに聞こえるその足音は、絶対に人間のものではない。馮静は恐怖に鷲掴みにされ、赤ん坊を抱きしめている姚萍萍のもとに引き返した。足音はだんだん大きくなってくる。明らかに近づいてきている！　ドアの前までやってくると、足音は数秒間止まった。そして、彼女たちが次に耳にしたのは……爪がドアをひっかく音だった！　馮静と姚萍萍は同時に悲鳴をあげた。なすすべもなくがたがた震えていると、さいわいドアをひっかく音はやみ、足音が遠ざかっていった。のちにわかったことだが、足音の主は腹をすかせた犬だった……。

そのとき、電話のベルが鳴った。馮静が飛んでいって受話器をとると、男の子の声がした。

「こんにちは。ぼくは中央政府の者です。あなたたちのいる育児所のコンピュータ記録によれば、そちらでは、保育士二名——馮静と姚萍萍——で四人の赤ん坊を世話しているようですね」

これは天の声だ——馮静は滂沱の涙を流した。嗚咽がこみあげてまともに話すことができず、やっとのことで声を絞り出した。「そうです」

「あなたがたのいるエリアに、いまのところ危険はありません。最新の記録によれば、食料も飲料水も足りています。ひきつづき、どうか四人の赤ん坊の面倒をみてください。次にどうすればいいかは、追ってこちらから連絡します。もし質問があるとか、緊急の状況が発生した場合は、０１０—８８６

４５０２５１７に電話してください。番号はメモしなくてもだいじょうぶです。そちらのコンピュータが起動していたので、画面に番号を出しておきました。もしだれかと話したければ、ぼくに電話して。こわがらなくていいよ。中央政府はいつでもあなたたちといっしょです」

＊＊＊

さきほどデジタル領土を揺るがした一連の大爆発とは逆向きに、膨大なデータが今度は広大な領域からビッグ・クォンタムへと集まってくる。二億件もの通話記録は光速でビッグ・クォンタムの内部メモリに流入し、長く連なる波形へと変換され、高すぎて頂上が見えない山脈のようなシルエットになった。こうした波形は、パターン・データベースの上を黒雲のように漂い、さらにその上空ではパターン識別プログラムがこの果てしない連なりをじっと観察して、波形の一片一片と相似するものがないかデータベースの大地と照合し、そうやって拾い出された音節や文字が暴雨となってバッファエリアの峡谷に流れ込み、それらが合わさって言語コードとなったものが意味解析プログラムの歯で咀嚼され、攪拌され、揉まれ、正しい意味が抽出される。

受信したすべての情報をビッグ・クォンタムが消化すると、言葉では言い表せないほど複雑なプロセスがスタートし、予測プログラムの台風がナレッジ・データベースの大海原をスキャンして、その結果が海底から浮上してくる。そうやって海面に出た細かい波しぶきは逆のプロセスを経て無数の波形へと変調され、激しく逆巻く洪水のようにそれが量子コンピュータの内部メモリから吐き出されてデジタル領土へと流れ込み、あの男の子の声に変換されて、無数の受話器やコンピュータの中で響く。

地下二百メートルにあるマシンルームでは円柱型のホストコンピュータのパイロットランプが激しく点滅し、独立したサーバー室では冷却ユニットが最大出力で稼働し、大量の液体ヘリウムを大型コンピュータ本体の中に流し込んで、超伝導量子回路の動作温度である、かぎりなく絶対零度に近い超低温状態を維持している。コンピュータ内部では、高周波の電気パルスの台風が超伝導集積回路でうなりを上げ、0と1からなる潮が寄せては返し……もし人間が体のサイズを数億分の一に縮小してこの世界に入ったら、最初に目に入るのは驚くほど混沌とした景色だろう。

チップの大地の上では、一億片以上ものデータが、原子数個分の幅しかないこの水路(チャネル)を光速で流れ、合流したり分岐したり交差したりしながらさらに多くの奔流をつくりだし、果てしなく複雑な蜘蛛の巣を地面に描き出す。データのかけらはそこらじゅうに降りつづけ、アドレスコードはそこらじゅうを矢のように横断しつづける。漂う主制御プログラムは無数のきわめて細い透明な触手を振りまわしながら、高速ループしている数千万の循環プログラムを咆哮するデータの大海原の中へと投げ込む。静まり返った電子回路の砂漠で、あるメモリのごく小さな奇数がとつぜん爆発し、巨大な電気パルスのキノコ雲が立ち昇る。一行だけの孤独なプログラムコードは、データの暴雨の中を稲妻のごとく切り裂いて、深い色の雨粒を探しにいく。……同時にそこは驚くほど秩序だった世界でもある。玉石混淆のデータの洪水は、整然と並ぶインデックスのフィルタを突き破ると、とたんに湖底まで見通せる透明でおだやかな大湖へと変化する。ソートモジュールがデータの大雪の中を幽霊のように漂うとき、すべての雪の形状が千分の一秒以内にとつぜんひとすじの文字列となって無限に伸びていく。……この0と1からなる台風の暴雨と大波の中、たったひとつの水分子の状態が違っているだけで、0を1と、あるいは1を0とまちがえるだけで、世界のすべてが崩壊するかもしれない！　ここは巨大な帝国だ。まばたきするあいだに、この帝国では百以上もの王朝が交代してきた。だが、はたから見れば、それは透明な保護カバーの中にある円柱でしかない。

以下は、一般の子どもとビッグ・クォンタムによる、当時の二つの交流記録である。

そのときぼくは自宅にいた。ぼくの家は高層マンションの最上階――二十階だ。電話が鳴ったときは、ソファに座って、なにも映っていない真っ白のテレビを見ていた。電話に飛びついて受話器をつかむと、子どもの声が聞こえてきた。

「もしもし。わたしは中央政府の者です。あなたを助けるために連絡しました。落ち着いて聞いてください。あなたのいるマンションで火災が発生しました。火は五階まで広がっています」

ぼくは受話器を置くと、窓から身を乗り出して下を見た。このとき、東のほうはもう明るくなり、薔薇星雲は西に傾いて半分ほど隠れ、その青い光が夜明けの光と混じり合って、街を不思議な輝きで染めていた。下の通りには人っ子ひとりいない。それだけじゃなく、マンションの低層階にはどこにも火の手が見当たらなかった。急いで中に戻ると、また受話器をとって、火事なんか起きていないと伝えた。

「いいえ、火事はまちがいなく発生しています。わたしの指示どおりに行動してください」

「なんでわかるんだ？　どこにいるんだい？」

「北京にいます。あなたがいるマンションの赤外線感知器が火災を検知し、市の公安局の中央コンピュータに信号を送ってきたのです。そのコンピュータとはすでに話をしました」

「信じられない！」

「外に出て、エレベーターの扉に触れてみてください。ただし、開ボタンを押してはいけません。危険ですから」

言われたとおりに外に出てみた。見たところ、エレベーターに火事の兆候はぜんぜんなかったけど、扉にさわってみてびっくりした。火傷しそうなほど熱くなっている！　以前、マンションの住民に配られた防災管理マニュアルに、『高層ビルの下層階で火災が起こると、エレベーター・シャフトはボイラーの煙突のようにたちまち上階へ火を運んでしまいます』と書いてあったのを思い出し、部屋に駆け戻って、もういちど窓から下を見てみた。一階の窓から黄色い煙がもくもくと立ち昇っているところだった。二階か三階の窓からも煙が出ている。あわてて受話器をつかんで言った。

「どうやって逃げたらいいか教えて！」

「エレベーターと階段はどちらも通行できません。救助袋から下りるしかありません」

「救助袋？」

「救助袋というのは伸縮性のある一本の長い布製の筒です。防火用の特別なパイプを介してビルの屋上から一階までをつないでいます。マンション火災のさいは、上層階の住人はこの救助袋の中を通って下へ脱出できます。救助袋から滑り下りるさい、もし速度が速すぎるようなら、両腕をつっぱって救助袋の内側を押さえれば減速できます」

「うちのマンションにそんなもの設置されてたっけ？」

「設置されています。各階の階段口に赤い小さな金属製の扉があります。ダストシュートのような外見ですが、そこが救助袋の入口になっています」

「でも……それ、まちがいなく救助袋なの？　ほんとのダストシュートだったら、焼け死ぬかわりに転落死しちゃう！　どうして救助袋だってわかるんだよ？　それも市のコンピュータに記録されてたの？」

「いいえ。そうしたデータは市の消防部門のコンピュータに保管されているはずですが、データベースには見つかりませんでした。そのため、そちらの高層住宅の設計を担当した建築設計院のコンピュータを検索し、保存されていた図面を閲覧して、たしかに救助袋が設置されていることを確認しました」

「じゃあ、下の階は？　ほかの子たちは？」

「いまこのあいだにも、彼らにも電話をかけているところです」

「ひとりずつ電話をしているうちに、このマンションごと灰になっちゃうよ！　ぼくが階段で下に行って呼ぶよ！」

「いけません、たいへん危険です！　ほかの子どもにはすでに火災の連絡は済ませました。あなたは家の中で、わたしからの次の連絡を待ち、電話があったら救助袋を使って下りてください。いまはもっと低層の階の子どもたちが救助袋を使って脱出しているところです。中に入っている人の安全のため、混雑を避ける必要があります。でも、怖がらないでください。有毒ガスの煙があなたのいる階に到達するのは、いまから十分後です」

三分後に電話があり、ぼくは赤い金属扉から救助袋に入って一階までつつがなく滑り下り、安全に脱出した。いっしょに脱出した二十人くらいの子どもたちと地上で顔を合わせたけど、彼らはみんな、北京からのあの声に誘導されて難を逃れていた。一階に住む子どもたちの話では、火が出はじめたのはほんの十分前だったとか。

それを聞いてびっくりした。まさかそんなことが可能だなんて。北京のあの子どもは、わずか十分のあいだに、二台のべつべつのコンピュータから必要な情報を見つけ出し（一台についてはすべてのデータを検索し）、二十人あまりの子どもたちに電話をしていたんだから。


……生まれてこのかた、あんなつらい思いをしたことはないよ。腹痛、頭痛、目の前が緑色に染まり、嘔吐が止まらず、ほとんど窒息しそうだった。立ち上がるだけの力もなかった。立って歩けたとしても、どのみち助けを求められる医者はいなかった。電話をかけようとなんとか床を這ってデスクまでたどりつき、受話器に触れた瞬間、電話のベルが鳴り、受話器の向こうから男の子の声が聞こえた。

「こんにちは。こちらは中央政府です。あなたの力になります」

窮状を訴えようとしたが、口をついたのはうめき声で、また嘔吐してしまった。胃から出てくるのはもう液体だけだった。

「胃が痛むんですね？」

「うん……そう……痛い……どうしてわかるの？」あえぎながらなんとか声を絞り出した。

「五分前に市の浄水場の中央コンピュータにアクセスしたところ、浄水システムの監視プログラムに不具合があり、使用される水量の減少にもかかわらず、十時間前と同じ量の浄化用塩素が投入されており、現在、市内の東側半分では水道水の塩素含有量が安全基準の九・七倍となっていることがわかりました。あなたを含め、多くの子どもが塩素中毒になっています」

それを聞いて思い出した。こんな状態になったのは、魔法瓶の水がなくなって、水道の水を飲んでからだ。

「しばらくしたら、子どもがひとり訪ねてきます。それまで、部屋の中の水は飲まないように」

電話の声がそう言い終わるとすぐ、部屋のドアが開いて、知らない女の子が、薬の瓶と、お湯がたっぷり入った魔法瓶を持って入ってきた。その薬とお湯とで、たちまち気分がよくなった。

それから、女の子にたずねた。ぼくの具合が悪いことがどうしてわかったの？　どの薬を飲めばいいかなぜ知っていたの？　きみのパパは医者なの？　すると彼女は、中央政府から電話で指示されたと答えた。薬は他の男の子たちにもらったという話だった。その子たちも父親が医者というわけじゃなく、病院の薬局から薬を持っていくように、中央政府から指示されたのだという。

中央は病院の近くに住んでいる子たちを見つけて、それぞれの家に電話をかけたらしい。彼らが薬局に入ると、あらかじめ中央が薬局のコンピュータに連絡していたと見えて、端末のモニター画面に必要な薬の名前が表示されていた。それでも子どもたちが薬を見つけられずにいると、画面には目的の薬瓶の色やかたちが表示された。中央政府に指示されたとおり、彼らはありったけの薬瓶をカートに載せ、コンピュータから印刷した住所のリストを頼りにあちこちに届けた。道すがら、ほかの病院から来た子どもたちのグループにも二度遭遇したという。それらのグループも、同じ薬を大量に運んでいた。子どもたちが住所を探しあてられなかったときには、近くにある公衆電話のベルが鳴り、受話器をとると、道案内を聞くことができた……。

——呂文(ルー・ウェン)『子どもと人工知能——全情報化社会の無意識の試み』より
(科学出版社、超新星紀元16年刊)

***

超新星紀元4時間

ＮＩＴ最上階のホールにいる子どもたちは、スクリーンの全国地図の赤いエリアが減少しはじめたことに気づいてほっと息をついた。そのスピードはしだいに速まっている。森林火災の最中に大雨が降ってきたかのようだった。

超新星紀元5時間

全国地図の真っ赤だったエリアは点へと変わり、残った赤い点の数もどんどん減りはじめた。

超新星紀元6時間

全国地図にはなおも赤い点が多数残っているものの、デジタル領土からの状況報告によれば、国はすでに危険な状態を脱していた。

超新星紀元のはじめ、人類社会は有史以来でもっとも激しい変化と揺れを経験した。時代を区分する基準は、西暦時代では数十年ないし数百年スパンがあったが、この世界ではそれが数日ないし数時間という短いスパンに変わった。のちの歴史学者たちは、超新星紀元の最初の六時間をひとつの時代と見なし、〝浮遊時代〟と名づけた。

精も魂も尽き果てた子ども指導者たちは、気分転換に、ホールからバルコニーへと出た。寒風に身震いしたが、すがすがしい空気が肺から入ってきて全身を循環したことで、ものの数秒のうちに、体じゅうの血液が新鮮なものに交換されて、呼吸も心拍も活力をとり戻したような気がした。太陽はまだしばらく経たないと昇ってこないが、東の空はもう明るくなっていて、都市の細部がはっきりと見えた。火や煙はもう消えて、街灯がふたたび点灯している。それは、都市電力の供給が回復したことを意味するが、建物内の明かりはそう多くない。大通りには人っ子ひとりおらず、都市はさっき眠りについたかのように静かだった。濡れた路面には、明けがたの空の光と街灯の黄色い光が反射している。その雨は西暦時代に降ったものだ。一羽の鳥が、短い鳴き声を残して、さわやかな空気の中を颯爽と飛び去っていった……。

東の空に夜明けの光が射し、新世界がその最初の日の出を迎えようとしていた。

第6章　慣性時代

視察

浮遊時代は、万事順調に進むだろうという試運営時点の幻想を徹底的にぶち壊し、試運営中に芽生えた子どもたちの自信を打ち砕いた。生きていくことは想像以上にむずかしいのだと子どもたちはようやく悟った。だが、とにもかくにも、子ども国はよちよちと歩き出した。

新たな紀元がはじまって二カ月で、子ども国は浮遊時代に負った傷の回復に力を注ぎ、すべてを正常な状態に戻そうと努力した。だが、ほぼすべての分野で困難を極めたため、三名の子ども指導者は国内の状況を把握しようと、全国各地へ二週間にわたる視察の旅に出た。

全国の子どもたちは率直に考えを述べた。行く先々で、さまざまな地域の子どもたちが本音を語り、指導者たちは、社会状況について知った新たな事実にショックを受けた。いまの大衆心理は三つの言葉に集約できた。すなわち、疲労、退屈、失望である。

***

視察の初日、天津では、ある子どもが一日の時間割を華華（ホアホア）に見せた。午前六時に起床し、急いで朝食を済ませ、三十分後に五年生の人文科の授業（主に独学）。八時半には出勤し、午後五時に終業。夕食後、午後七時からは仕事に関係する知識や技能を学ぶ専門課程の授業。それが十時に終わると、さらに人文科の授業が一時間あり、午後十一時にようやく解放される。

「くたくただよ。もうほんとにくたくた！」ある子どもは言った。「いまいちばんやりたいことは、世界が終わる日まで寝ること！」

上海では、育児所を視察した。子ども世界では、乳幼児の養育は社会の仕事なので、保育施設はどこも規模が大きい。育児所の門をくぐると、三人の子ども指導者たちは、大勢の保育士から、一時間の保育士体験にトライしてほしいと懇願された。随行者や警備員のけんめいの制止にもかかわらず、懇願してくる保育士の数はだんだん増えて、子ども指導者たちは否応なく彼らの要望にしたがうこととなった。連れていかれた大きな部屋では、ひとりが二人の赤ん坊の面倒をみることになった。三人の中では暁夢（シャオ・ムン）がいちばん優秀で、赤ん坊二人は暁夢に世話してもらって心地よさそうにしていた。しかし一時間後には、その暁夢も疲れて腰が痛み、足ががくがくになっていた。華華やメガネは、当然、もっとひどかった。彼らが担当した四人の赤ん坊たちはずっと泣き止まず、ミルクも飲まず、眠ることもなく、列車の汽笛のような大声で泣きつづけた。それが周囲に伝染し、ほかの赤ん坊たちまで泣き出してしまった。一時間経つころには、華華もメガネもメンタルが崩壊する寸前だった。

「やっとわかったよ。母親がおれをここまで育てるのがどれだけたいへんだったか」華華はその場にいた記者に本音を語った。

「ふん、あなたのお母さんなんて、あなたひとりを育てただけでしょ。あたしたちなんて、ひとりで三人の赤ん坊の面倒をみてるんだから！　夜は授業もあるしね。ほんとにくたくた！」ある子ども保育士が言った。

「そうよ。あたしたちだってもうこれ以上は無理。ほかの子たちにも手伝ってほしい！」ほかの保育士たちも次々と賛同した。


子ども指導者たちがもっとも強い印象を受けたのは、山西省の炭鉱を視察したさいに見たものだった。子ども指導者たちは子ども鉱員たちの採炭作業を実地に見学するため坑道に降りたが、シフトがはじまってすぐに採炭機が故障した。地下数百メートルのじめじめした真っ暗な坑道の中で、岩石層のあいだにはさまって動かなくなった大きな機械を修理するのは悪夢のような経験だった。技術以外にも、強い体力と忍耐力が必要になる。やっとのことで修理を済ませたら、今度は石炭を搬送するベルトコンベアのベルトが切れてしまった。コンベアに残っている石炭をシャベルですくってすべてかたづけたころには、子ども鉱員たちの顔はみんな真っ黒で、口を開けたときにのぞく白い歯しか見えなかった。ベルトの交換はさらに手間がかかる作業で、やっと終わったときには、子どもたちはもう疲れ切って動けなくなっていた。そろそろ終業という時間になって、彼らはようやく石炭を掘り当てたが、今度は石炭を載せる貨車に問題が発生した――動き出してすぐ、脱線してしまったのである。子どもたちはバールやジャッキなどの工具でしばらく格闘したが、脱線した貨車はびくともしない。そこで、貨車を軽くするために、積んだ石炭をいったんすべて降ろさなければならなかった。これまたたいへんな重労働で、舞い上がる粉塵に窒息しそうになる。貨車を線路に戻してから、また石炭を積み直すときの疲労感は、石炭を降ろすときよりさらにひどかった。ようやく勤務が終わったとき、子どもたちはみんな粉塵と汗にまみれていて更衣室の床にぐったりと倒れ込み、シャワーを浴びにいく気力すらなくなっていた。

「これはまだましなほうだよ」子ども鉱員が子ども指導者に言った。「少なくともきょうはだれも怪我してないからね。坑道にある六種類のものがなんだか知ってる？　石炭、石、鉄、木、骨、肉だよ。その中で、骨と肉がいちばんもろい。つまり、ぼくら自身がいちばん弱いってこと！」

＊＊＊

子ども国が正常な社会生活を維持するための労働には、大人並みの体力と忍耐力が必要とされた。大多数の子どもにとって、これは高いハードルだった。それだけではない。一般的な業務に従事できる子どもの年齢は八歳以上、複雑な業務に従事できる年齢は十歳以上とされたため、大人時代とくらべて労働人口の比率が低い。そのため、子どもの労働者には、かつての大人たちよりも重い労働量が課せられた。しかも、子どもたちは授業を受けなければならなかったので、疲労困憊するのも無理はなかった。新たな紀元がはじまって以来、ほとんどの子どもたちに頭痛や心身消耗の症状があり、国民の健康状態は急激に悪化していった。

だが、子ども指導者たちがもっとも憂慮していたのは、子どもたちの精神状態である。いまや、子どもたちの仕事に対する新鮮な気持ちはとっくに消え失せ、ほとんどの仕事を無味乾燥に感じはじめていた。まだ成熟していない子どもの精神では、自分の人生についてしっかり考え、計画することがむずかしい。また、子どもたちには責任を担うべき家族がないため、苦労して働く意義を見出しにくい。精神的な支えの欠けた状況で、労働量が多くて退屈な仕事は負担でしかなく、苦痛を感じるのも当然だった。子ども指導者たちが発電所を視察したさいに聞いたある子どもの話は、そういう心理状態を生々しく物語るものだった。

「ほらね、これがぼくの毎日の仕事だよ。このコンソールの前に座って、こういうメーターやモニター画面をじっと見つめていること。そしてときどき、ずれたパラメータを調節する。こんな仕事に、もうなんの情熱もない。大きな機械の部品のひとつになった気分。ねえ、こうやって生きていることになんの意味があるの？」

＊＊＊

北京へ帰る飛行機の中で、三人の子ども指導者はなだらかな丘陵地帯を見下ろしながら、しばらく考え込んでいた。

「こんなふうにして、いつまで持ちこたえられるんだろうな」と華華（ホアホア）が言った。

「人生はいつだって楽じゃないでしょ。子どもたちの頭の中はまだ小学生だけど、少しずつ適応していくはず」と暁夢（シャオ・ムン）。

華華はかぶりを振った。「それはどうかな。大人たちが考えたライフスタイルがうまくいくとはかぎらない。大人は大人の視点で子どものことを考えていた。大人とどこが違うのか理解していなかった」

「ほかに道はない。〝化学調味料と塩〟を手に入れるには、けんめいに働くことが必要なのよ」

西暦時代末のあの鮮烈な授業を経験して、〝化学調味料と塩〟は、子どもたちの中で経済基盤の代名詞になっていた。しかし、華華は首を振った。

「けんめいに働くことイコール苦痛ってことにはならない。仕事に楽しみや希望がないってことでもない。子どもには子どもの働きかたがあっていいはずだ。メガネが言ったことは正しいよ。おれたちは現時点でまだ、子どもの世界に内在する法則を見つけ出せていないだけなんだ」

そこで二人は、うしろに座っているメガネに目を向けた。視察中、メガネは口数が少なく、ずっと黙って見ているだけだった。みんなの前で意見を述べることもなかったが、ある大企業を視察したとき、どうしてもスピーチしてほしいと頼まれた。すると、この小さな指導者は、無表情のまま淡々とこう答えた。「ぼくの責任は考えることで、しゃべることじゃない」

これはのちに名言として有名になった。いまのメガネは、コーヒーカップを手に、そのときと同じ無表情で、窓の外の白い雲と大地を見つめている。景色を眺めているのか、なにかを考えているのか、それさえわからない。

華華がメガネに向かって叫んだ。「おい、博士。おまえもなんとか言えよ」

「これはほんとうの子ども世界じゃない」

華華と暁夢はふたりともぽかんとして、メガネの顔を見返した。

「超新星が人類にもたらした変化がどれほど大きなものだったか、考えてみてよ」メガネが言った。

「とつぜん子どもだけが世界に残され、それにともなって巨大な変化が起きた。ランダムに例を挙げてみようか。社会から家庭がなくなった。むかしだったらそれだけで社会全体が根本からひっくり返っていたはずだ。浮遊時代の混乱は、子ども世界にぼくらが想像もしなかった面がたくさんあることを証明した。でもいまは？　大人時代と本質的になにも変わっていないみたいじゃないか。社会はもとの軌道どおりに運営されている。おかしな話だと思わないか？」

「じゃあメガネは、どんな世界であるべきだと思うの？」と暁夢がたずねた。

メガネはゆっくりとかぶりを振った。

「わからない。でも、これがあるべき状態じゃないってことだけはたしかだ。ぼくらに見えている現状は、たぶん、大人時代の慣性が作用している結果にすぎない。目に見えない、奥深いところで、きっとなにかが蓄積されているはずなんだ。ただし、それはまだ正体を現していない。ほんとうの子ども世界は、まだはじまってさえいないのかもしれない」

「おれたちは第二の浮遊時代に直面しているってこと？」華華がたずねた。

メガネはまたかぶりを振った。「わからない」

華華が立ち上がった。「この数日、あれこれ考えすぎた。気分転換が必要だな。コックピットに行って、操縦を見物するってのはどうだい?」

「いつも邪魔してばっかりじゃない。いいかげんにしたら?」

それでも、華華はコックピットに向かった。視察の途中、華華はコックピットに入り浸って、子ども操縦士たちと顔なじみになっていた。最初の何回かは好奇心からいろいろ質問をしていたが、そのうち自分でも操縦してみたいと言い出した。子ども機長は、華華が免許を持っていないことを盾に、頑として応じなかった。今回、華華はまたも飛行機を操縦したいと騒ぎ立てたので、機長はとうとう根負けして、やらせてみることにした。しかし、華華が操縦桿を握ったとたん、国産のY‐20はローラーコースターのような急降下と急上昇をくりかえしたので、華華はまた機長に操縦桿を戻す羽目となった。

「なあ、おれと仕事を交換しないか?」華華が機長に言った。

機長はにっこり笑って首を振った。

「交換なんかしないよ。国を操縦するのは飛行機を操縦するよりずっとたいへんだろ。きみたちはいま、たいへんな問題を抱えてるじゃないか」

＊＊＊

しかし、じつはこのとき、二万メートル下方に広がる広大な国土では、メガネのいう〝なにか〟の蓄積が臨界点に達し、まさにその正体を現そうとしているところだった。

全国集会

超新星紀元がはじまって六時間後、子ども指導者たちがデジタル領土と量子コンピュータを駆使して浮遊時代を終わらせたことは、輝かしい偉業だったと歴史学者たちは考えている。後年の膨大な研究――数理モデルを用いて行ったシミュレーションを含む――の結果、もしあのとき適切なタイミングで事態をコントロールできていなかったら、国家は不可逆的に徹底的な崩壊の道をたどっていただろうと推定されている。

年月が経過するにつれ、この判断が持つ意味はより大きくなった。インターネットとコンピュータを使って社会をひとつにしたのは、人類史上それがはじめてだった。このとき、全国のすべての子どもたちは、いわば、ひとつの教室に集まった生徒たちだった。そんなことが可能になったのは、必要不可欠な技術的基盤を量子コンピュータとデジタル領土が提供したおかげだが、子ども国が相対的にシンプルな社会構造だったこともひとつの重要な要素だった。社会構造が複雑な大人時代には、全社会が同じ時間にオンラインに集うことは困難だっただろう。

浮遊時代の経験から、どんな子どもも、自分たちを孤独や恐怖から解放してくれたデジタル領土や量子コンピュータに強い信頼を抱いていたし、その後もネットに対する依頼心は消えなかった。つらく苦しく、だれもが疲労困憊していた慣性時代、インターネットは子どもたちが現実逃避できる隠れ場となり、彼らはわずかな余暇のすべてをネット上で過ごした。また、国家はデジタル領土を基礎に運営されていたので、大部分の子どもは仕事や勉強の時間もネットから離れることができなかった。こうして、インターネットはしだいに子どもたちにとって第二の現実となり、しかも子どもたちは現実の世界よりもバーチャル・リアリティ内の生活を謳歌するようになっていた。

デジタル領土では、いくつものバーチャル・コミュニティが形成され、ネット民のほとんどが、ひとつないし複数のコミュニティのメンバーになっていた。西暦時計の消滅と浮遊時代が残した傷跡は深く、子どもたちは孤独に対して本能的な恐怖を抱き、グループに属することで大人たちが突如いなくなったさびしさから逃れようとしたが、ネット上でも事情は同じだった。オンライン・コミュニティは、大きくなればなるほど多くの子どもたちを惹きつけられるようになった。そのため、規模の小さな他のコミュニティと融合したり吸収したりしながら、少数のコミュニティが急激に膨張していった。中でも〈ニュー・ワールド〉と呼ばれるコミュニティの成長がもっとも早く、他のコミュニティを次々と併合した。

三名の子ども指導者が全国視察に出発した時点で、〈ニュー・ワールド〉のメンバーはすでに五千万人に達していた。

子ども指導者たちは、ネット社会の発展にまるで注意を払っていなかった。しかし華華(ホアホア)は、そう多くはない余暇をネットゲームにあてていたので、〈ニュー・ワールド〉の大規模多人数同時参加型オンライン・ゲーム（MMOG）のことはよく知っていた。中でも、三国時代をテーマとする古代戦争ゲームは両軍の参加プレーヤー数がそれぞれ一千万人を超え、大規模な戦いになると、騎兵が褐色の洪水のごとく大地を覆った。大海戦ゲームには、数十万隻の軍艦からなる艦隊が登場する。これ以外にも空戦ゲームがあって、数百万もの戦闘機が参加する戦いでは、塵雲のように空を埋め尽くす。

三名の子ども指導者が視察から戻ったとき、デジタル領土の形勢は根本的に変化していた。残っているコミュニティはただひとつ、〈ニュー・ワールド〉だけになっていたのである。驚くべきことに、メンバーの総数は二億名近くに達していた。この国でネットに接続できる年齢の子どもたちのほぼ全員が〈ニュー・ワールド〉に参加していることになる。

メガネはそれに注目した。

「つまり、いまやぼくたちのリアルな国家の上に、バーチャル国家が重なっていることになる。尋常ならざる事態だよ。ネット国家の状況を注視するための専門委員会を設置して、場合によっては介入しないと」

しかし、事態の展開は彼らの予想よりもずっと速かった。子ども指導者が視察から戻ってきて三日めに、ビッグ・クォンタムはリーダーたちに言った。

「〈ニュー・ワールド〉共同体のメンバーが、国家の最高指導者であるみなさん三人と対話したいそうです」

「メンバーのだれ？」華華（ホアホア）がたずねた。

「全員です」

「メンバー全員って、二億近くもいるけど？　どうやって対話するの？　チャットルーム？　BBS？　メール？」

「そうした古典的な方法では、それだけの人数との対話は不可能でしょう。しかし、デジタル領土ではすでに、〝集会〟と呼ばれるまったく新しい対話システムが開発されています」

「集会？　おれはもちろん二億人に対して話すことができる。でも、向こうはどうやっておれに話す？　代表者を通じて？」

「いいえ、集会とは、二億人が同時にあなたに話すことができるシステムです」

華華はそれを聞いて笑い出した。「きっとめちゃくちゃうるさいだろうな」

「そんな単純な話じゃなさそうだよ」とメガネが言って、それからビッグ・クォンタムにたずねた。「その集会システムを使った対話は、毎日やってるの？」

「そうですね。本日も集会があります。コミュニティのメンバーは、ちょうどみなさんとの対話について話し合うことになっています。集会は二十三時三十分からです」

「ずいぶん遅い時間なんだね」

「大多数の子どもがこの時刻にようやく仕事や授業を終えるからです。この時間になってやっとインターネットに接続できるのです」

「とりあえず、ふつうの見物客として入って、どんなものか見てみようよ」メガネが華華(ホアホア)と暁夢(シャオ・ムン)に向かって言った。

二人とも同意した。そこで彼らはデジタル領土の運行責任者である技師長の潘宇(パン・ユー)を呼んだ。潘宇は大人時代に情報オリンピックで金メダルを獲得したことがあり、いまは国内におけるコンピュータの権威だった。潘宇に意図を説明すると、潘宇はVRヘッドセットを四台持ってこさせた。

暁夢は眉根にしわを寄せた。「わたし、これをかぶると頭がくらくらするんだけど」

「〈ニュー・ワールド〉コミュニティには2DモードとVRモードがある。VRモードで入ったほうがリアルに見えるよ」潘宇が言った。

このところ、子ども指導者たちは毎日遅くまで仕事をしていた。きょうもNIT最上階のホールで、文書にコメントを加えたり、電話をかけたり、業務報告に来た子ども大臣たちと会談したりの一日で、ようやく仕事が終わったのは午後十一時だった。十一時二十分の時点で、ホールには三人のリーダーと潘宇だけが残っていた。彼らは、もうわかったと言わんばかりに無言でVRヘッドセットをかぶった。

四人の子どもはたちまち、真っ青な大きな広場の上に浮かんでいるような感覚になった。広場というのはWindowsのデスクトップが3D化されたものだった。各アプリケーションのアイコンは、彫像のように直立している。マウスポインタが高速の飛行物体のように広場の上空を飛び、なにかをクリックした。すると、広場からひとつのウィンドウが立ち上がった。ウィンドウの中にはアニメ的なキャラクターのアバターたちが方陣をつくって整然と並んでいる。

潘宇の声が響いてきた。「コミュニティでの自分のイメージは、一からオリジナルをつくれる。でも、面倒だから、今回は既成のものを使おう」

そこで彼らはマウスでアニメーションのキャラクターを選択し、それをバーチャル世界でのアバターにした。四人は、周囲に浮かぶほかの三人のアバターを見ておもしろがった。

「そろそろ集会がはじまる。あちこち見物するのはあとまわしにして、会場に直行しよう」潘宇が言った。

次の瞬間、彼らは〈ニュー・ワールド〉コミュニティの集会場にいた。広々としているというのが第一印象だった。頭上はどこまでも澄みわたった、天井の見えない青空。足もとは平坦な砂漠が果てしなくつづいている。青空に一行だけ大きく『新世界集会』の文字が浮かんでいた。どの文字も光り輝き、晴れ渡る空に浮かぶ五つの太陽が広大な砂漠を照らしているかのようだ。

「人間は？　なぜだれもいないんだ？」華華はあたりを見まわしながらたずねた。周囲に浮かぶ三人の仲間をべつにすると、視界には砂漠と青空しかない。

潘宇のアバターが驚いたように、もともと大きな目をさらに大きく見開いた。「なに？　人間がいないって？」

三人の子ども指導者はまたあたりを見まわした。たしかにだれもいない。

潘宇はなにかに思い当たったような顔になり、「降りよう」と言ってマウスを動かした。四人は砂漠に向かって下降しはじめた。やがて眼下の砂漠の細部が見分けられるようになってきた。驚いたことに、砂漠の砂の粒ひとつひとつがアバターだった。このときようやく、彼らは二億という数を実感した。この〝砂漠〟そのものが二億人のアバターなのだ。

全国の子どもの大部分がここにいたのである。

四人は広大な人の海へ向かってどんどん降下し、人混みの中に降り立った。まわりはアバターの子どもたちにびっしり囲まれている。見上げると、青空に小さな黒い点がいくつも出現し、こちらにばらばらに落ちてくる。そのうちの二つが彼らの近くに落下した。それは、二人の子どもたちのアバターだった——どうやら、子どもたちが続々と会場入りしているらしい。

「どうしてまだゲストなんだい？」そばにいた子どもが彼らに質問した。足のかわりにぴかぴかの車輪がついている。二本の細長い腕を前へ伸ばすと、両のてのひらにひとつずつ頭部が現れた。長い首の上についているのとそっくりな頭だった。彼は三つの頭を空中へ投げてお手玉をはじめた。もっとも、三つのうちのひとつはかならず首の上に載っている。

「いますぐコミュニティの正式メンバーに登録してくれよ。これから国のリーダーとの対話集会なんだ。ゲストだと数字に入らないよ」

三人の子ども指導者は、彼がどうやってゲストと正式メンバーを識別したのかわからずにいた。

「まったくだ。いまだに正式メンバーじゃないゲストがいるとはね。けっ」べつの子どももうなずいて言った。

「まだ自分でアバターをつくるのが面倒らしいな。いまどき既成のアバターを使うなんて。ほんと、みっともないよね」またべつの子どもが言った。

だが、そんな子どもたち二人は、もっとみっともない姿だった。ひとりは、体をつくる手間を惜しんだのか、頭部から二本の長い脚が生えていて、手がないかわりに、耳のあたりから二枚の羽根が伸びている。もうひとりは頭だけしかなく、大きな鶏卵が地面の三十センチ上を漂っているように見える。ひたいから高速回転する小さなスクリューが生えている。

そのとき、空中に赤い光を放つ文字が出現した。

現在の来場者数は１億９４７８万３４５３名となりました。集会をはじめます。

来場者数を示す数字は、端のほうがなおもどんどん入れ替わり、増えつづけている。

すると、空に声が響いた。いまやだれもが聞き慣れたビッグ・クォンタムの声だった。

「あなたの要望は国家指導層に伝えました」

潘宇が三人の子ども指導者たちに向かって言った。「いまの聞いた？　ビッグ・クォンタムは〝あなたたち〟じゃなくて〝あなた〟と言ったぞ」

「いつ来るの？」子どもの声が響いた。男の子のものか女の子のものなのか判然としないが、声は大きく、長いエコーがかかっている。それと同時に、空には赤い光を放つ文字がいくつか出現した。

バーチャル市民1（98・276％）

「いましゃべったのはだれ？」華華が潘宇に質問した。

「いまのがバーチャル市民1だよ！」

「だれのこと？」

「だれでもない。ここにいる二億人近い子どもたちで構成されるひとりだよ」

「さっき、まわりの何人かが同時にしゃべっているのが見えた。なにか言っているみたいだったが、声は聞こえなかった」と華華。

「そのとおり」と潘宇が言った。「彼らはみんななにかしら発言している。その二億もの発言はビッグ・クォンタムだけが聞きとれる。ビッグ・クォンタムがその情報を要約する。二億人の子どもの発言をひとつの発言にまとめてくれるんだ」

「それが集会システムってやつ？」

「そう。このやりかたなら、ひとりが一億人以上の相手と同時に対話できる。いまは二億人近い子どもがひとりの子どもになってる。だからビッグ・クォンタムは〝あなたたち〟じゃなくて〝あなた〟

と言ったんだ。ひとりの発言に集約するプロセスはものすごく複雑で、きわめて高い知能と、きわめて速い処理速度を要する。いま聞いた発言はすごく短かったけど、もとになる発言をぜんぶあわせてプリントアウトしたら、用紙は地球を一周するくらいの長さになるだろう。そんな芸当は、量子コンピュータにしかできない」

そのとき、ビッグ・クォンタムがバーチャル市民1の質問に答えた。「彼らは、よく考えてから決めるそうです」

メガネが華華と潘宇の会話に口をはさんだ。「でも、そこには問題があるね。仮に二億人の子どもの意見が大きく分かれたら、ひとつの発言にまとめるのは無理なんじゃない？」

潘宇は唇に指を当てて言った。「シーッ。すぐにそういう状況になるよ」

空ではまた声が鳴り響いたが、その口調はさっきとは明らかに異なり、別人が話しているかのようだった。

「きっと来るよ！」

このとき、空にはこう表示された。**バーチャル市民２（68・115％）**

「あのパーセント表示は、同じ意見を共有する人の割合だ」潘宇が小声で説明した。

べつの声が響いてきた。「かならずしもそうじゃない。来るとはかぎらない」

空にはこう表示された。**バーチャル市民３（24・437％）**

「来ないわけがない！　かならず来る！　国家の指導者なんだ。全国の子どもたちと対話すべきだ」

空にはこう表示された。**バーチャル市民４（11・536％）**

「もし来なかったらどうする？」**バーチャル市民３（23・771％）**

「じゃあ、自分たちだけでやっていくしかない！」**バーチャル市民５（83・579％）**

「言っただろ、かならず来るって！」**バーチャル市民２（70・014％）**

潘宇が言った。「ほらね。もし違う意見が出たら、バーチャル市民は二つないしそれ以上に分裂するんだ。いくつまで分裂させるかについては、精度の設定次第だ。最高の精度は、すべての発言をそのまま並べることだけど、もちろんそんなことは不可能だ。重要なのは、各バーチャル市民は、ふつう、多かれ少なかれ、特定の傾向を有するはっきりしたグループだということ。ひとりの人間みたいに、何度も出てくる。たとえば、さっきのバーチャル市民2とバーチャル市民3がそうだ」

しばらく眺めてから、華華は潘宇に言った。「出よう」

「服についている退出ボタンを押して」

二人の子ども指導者はすぐに自分のアバターの胸元のボタンを探し当てた。ボタンを押した瞬間、彼らはWindowsの広場に戻っていた。

***

「すごかったな！」ヘッドセットを外した華華（ホアホア）が感嘆の声をあげた。

「あのネット国家には、そもそも指導者なんて必要ないわね。すべてのことは二億人の子どもたちが相談して決められる」暁夢（シャオ・ムン）が言った。

メガネがしばらく考え込んでから言った。「これは現実の世界にも大いに影響がある。気づくのが遅すぎた！」

「じゃあ、彼らと対話しにいくほうがいい？」暁夢がたずねた。

「それもありだけど、慎重に動く必要がある」メガネが言った。「人類史上、類例のないケースだからね。なにが起こるか、だれにもわからない。もっと深く考えてから行動しないと」

「時間がない。おれが言ったとおりだ。もし行かなかったら、絶対なにかが起こる」華華が言った。

メガネと暁夢の同意のもと、彼らはその晩のうちに会議を開いて、この件について討議した。その結果、指導者グループのメンバーのうち、かなりの数の子どもたちが〈ニュー・ワールド〉の集会に参加したことがあると判明した。参加した子どもたちの大多数が集会に対して好意的な印象を持っていた。ある子どもが言った。

「ぼくたちがやってることは、能力を越えてる。もし国家がほんとうにそうやって運営できるなら、ぼくたちはこの苦痛から解放される」

こうして出席者全員の意見が一致し、三人の最高指導者が中央政府を代表して〈ニュー・ワールド〉集会で二億人の子どもたちと対話することとなった。

＊＊＊

三人の子ども指導者たちが二度めに〈ニュー・ワールド〉集会の会場に来たときアバターに使ったのは、現実世界における自分自身のイメージだった。ビッグ・クォンタムは彼らのために会場の中央に高い演壇をしつらえた。環境に慣れるためと、じゅうぶんな準備を整えるために、彼らは早々に到着していた。全国の二億人の子どもたちが次々にログインして入室してくるあいだ、アバターの群れが層雲のように空を隠し、彼らは子どもたちが豪雨のように降ってくるのを眺めた。果てしなく広がる人の海が静かになったとき、二億人の目が演壇に注がれていた。

「溶けてなくなっちゃいそう」暁夢（シャオ・ムン）がつぶやいた。

「おれは逆だな」華華（ホアホア）は興奮した口調で言った。「はじめて国家を指導している実感が湧いてきた！博士はどう？」

メガネはあいかわらず平板な口調で言った。「邪魔しないでくれ。いま考えているところなんだから」

集会がはじまると、まずバーチャル市民1がスピーチをした。空に表示される数字を見ると、彼のシェアは97・458パーセントに達していた。

「ぼくたちはこの新世界にとても失望しています。大人がいなくなり、子どもたちだけが残された。本来なら楽しい世界のはずなのに、この世界はぜんぜん楽しくない。むしろ大人のいた世界のほうがずっと楽しかった」

暁夢が口を開いた。「かつて大人たちは、わたしたちに食べものや衣服を与え、あれこれ面倒をみてくれた。だからもちろん、わたしたちには遊ぶ時間もゆとりもあった。でもいま、それは無理。わたしたちは働かなきゃいけない。でないと飢え死にする。化学調味料と塩のことを忘れちゃいけない！」

バーチャル市民2（63・442％）「暁夢、列車一編成分の化学調味料と列車十編成分の塩の話でわたしたちを脅すのはやめて。あれは大人時代、十三億人が食べていくために必要だったもの。あたしたちはそんなにたくさん消費しきれない」

バーチャル市民3（43・117％）「暁夢はなんで大人みたいな口調でしゃべるんだろうな。ああ、つまらない！」

バーチャル市民1（92・571％）「どっちみち、ぼくたちはこの世界にうんざりしてるんだ」

華華が問いかけた。「じゃあ、どんな世界にしたいんだい？」

後世の歴史学者たちは、この質問に対するバーチャル市民の答えを研究するさい、量子コンピュータに残されたメンバーそれぞれの元発言の記録を調べた。残されたデータはごく一部だったが、それでも40ギガバイトはあった。漢字にすれば、二百億字に相当する。これらの発言すべてを一般的なフォントサイズで書籍に印刷したら、その本の厚さは八百メートルにも達するだろう。以下は、そうした元発言のうち、代表的なものである。

子どもたちは勉強したければすればいいし、勉強したくなければしなければいい。遊びたければ遊べばいいし、遊びたくなければ遊ばなければいい。なにか食べたければ食べればいいし、なにも食べたくなければ食べなければいい。どこかに行きたければ行けばいいし、どこにも行きたくなければ行かなければいい……

大人たちに管理されてたときはほんとにつらかった。いま、その大人たちがいなくなって、国は子どもたちだけのものになった。だから、めいっぱい遊ぶべきだ……

道のまん中でサッカーをしてもいい国がいい……

チョコレートを食べたいだけ配給してくれる国がいい。わたしの飼ってる小猫が食べたいだけ魚の缶詰を配給してくれる国がいい……

毎日が春節だといいな。毎日、小さい爆竹をひとり十本ずつ、二踢脚（アールティージィアオ）（二本組の爆竹）を二十本ずつもらえる国がいい。あと、花火も三十本ずつほしい。毎日、百元ずつお年玉がもらえて、それも新札で……

包子（バオヅ）は餡だけ食べていい国に……

むかしは遊べるのは子どもだけで、大人は仕事があるから遊べなかった。ぼくらも大きくなるけど、働きたくない。ずっと遊んでいたい……

いっしょうけんめい勉強しないと、大きくなったら道路掃除の仕事をすることになるってパパに言われた。いっしょうけんめい勉強しなくても、道路掃除をさせられない国がいい……

みんなが都会で暮らせるようにしてください……

学校の教科は三つだけにしてほしい。音楽と図工と体育……

学校のテストは先生の監督なしがいい。子どもは自分で自分に点数をつけられる……

国は学校の各クラスにゲーム機を五十台支給してほしい。ひとり一台。授業になったらゲーム機で遊ぶ。『銀河大戦』で十二万ポイントとれなかったやつは追放！　ビビビビビ、ダダダダダ。マジで最高におもしろくなるよ……

うちにも大きな遊び場を作ってほしい。北京のテーマパークみたいなやつ。でも、あれの十倍は大きくて……

国は定期的にお人形を配ってほしい。毎回ちがう種類の……

おもしろいアニメをつくってほしい。一万話とかあって、永遠に見終わらないような……

国は小犬のために、一匹にひとつずつ、きれいな犬小屋をつくってあげてほしい……

ビッグ・クォンタムはこれら二億の発言をひとつのセンテンスにまとめた。96・314パーセントの意見を集約した、バーチャル市民1の発言である。すなわち、「楽しい世界がほしい!」

暁夢が言った。「大人たちは国家のために詳細な五カ年計画を策定した。わたしたちは絶対にそれを守らなきゃいけない!」

バーチャル市民1「大人たちがつくった五カ年計画なんてつまらないよ。ぼくらは自分たちで五カ年計画をつくりたいんだ」

「見せてもらえるかな?」華華がたずねた。

バーチャル市民1「まさにそれが、この集会の目的だ! 自分たちの五カ年計画にもとづいて、コミュニティ内にバーチャル国家を建設したんだ。ビッグ・クォンタムがきみたちを案内してくれる。かならず気に入るよ!」

華華が空に向かって言った。「わかった。ビッグ・クォンタム、案内してくれ!」

楽しい国

華華(ホアホア)がそう言い終えた瞬間、目の前に広がっていた青い空と人の海が消え、三人の子どもたちは果てしない真っ暗な虚空に浮かんでいた。目が慣れてくると、彼方の深淵に星々が見えた。つづいて、ブルーの光を放つ水晶玉のような天体が宇宙に現れた。果てしなく広がる夜の海を浮遊する天体の表面には、雪のように白い雲の帯が渦を巻いている。ちょっと触れただけで砕け散り、真っ青な血が冷たく寂しい宇宙にこぼれだしそうなくらい儚(はかな)く見える。青い水晶玉がゆっくり近づいてきて、三人はその大きさを実感した。やがて、その巨大なブルーの天体が視界全体を埋めつくし、海と陸地の境界線がはっきり見えてきた。いまでは、さしわたし一万キロメートルを越えるアジア大陸全体が一望できる。その褐色の大地にくねくねした一本の赤い線が出現し、長い歴史を持つ東方の大国の国境線と海岸線をなぞった。つづいて国土がクローズアップされ、地表に伸びるしわのような山脈と血液の流れのような大河がうっすらと見えた。そのとき、ビッグ・クォンタムの声が響いた。

「わたしたちはいま、高度二万キロメートルを越える地球軌道上にいます」

地球が足もとでゆっくり回転し、彼らはまるで空を飛んでいるかのように感じた。暁夢(シャオ・ムン)がだしぬけに叫んだ。

「見て、あそこ！　長い糸みたいなものがある！」

まさしく、一本の長い糸が宇宙から国土のほうに伸びていた。漆黒の宇宙を背景に、糸の上半分がはっきり見える。細い蜘蛛の糸のようなそれは、宇宙の一点と地上とをつないでいるように見えた。下半分は大地の色といっしょになって見分けにくいが、地上側の端はおそらく北京付近にある。三人の子どもたちは、まさにその〝蜘蛛の糸〟のほうへと飛んでいた。近づくにつれ、それが太陽の光を反射して絹糸のようにきらきら輝き、ところどころライトのように光を放つのが見えた。さらに距離が近づくと、極細の長い糸が実際は一定の幅を持っていることがわかってきた。さらに、表面の微細な構造もかすかに見分けられるようになった。そのときになってようやく、子どもたちはこのおそろしく長い〝蜘蛛の糸〟がなんなのか理解した。宇宙から地球に垂れ下がっているのではなく、地球からそそり立っている。子どもたちは、しばし自分の目を疑った。

「うわっ！　あれ、高層ビルだ！」華華がびっくりしてさけんだ。

地上から宇宙へとそびえ立ち、光を反射してきらきら輝くそれは、たしかに鏡面の超高層ビルだった。

バーチャル市民1の声が三人の子どもたちの耳もとで響いた。

「ぼくら子どもたち全員の家だよ。このビルは三百万階建で、高さは二万五千キロメートル。平均すると、各階に子ども百人以上が居住していることになる」

「全国の子どもたち全員がこのビルに住んでるって？」華華が驚いたように聞き返した。しかし、屋上に降り立ってみると、なんの不思議もないことがわかった。〝蜘蛛の糸〟がものすごく細く見えたのは、たんに距離と比率がもたらす錯覚にすぎなかった。建物の屋上は、たぶん工人体育館（北京市内にある屋内競技場）二つ分くらいの広さがある。屋上広場の中央にある巨大な信号灯は地球の二十階建てビルほどの高さがあり、直視できないほど強い光を放ちながら回転している。宇宙機が衝突しないための警告灯だろう。

三人は広場を横断して、反対の端にある出入口を降りたところにあるこのスーパービルディングの最上階――三百万階にたどり着いた。三人がまず目にしたのは、緑の芝生だった。中央に噴水があり、水の柱がやわらかい人工の陽光を反射している。芝生のあちこちに、おとぎ話から抜け出したような丸木小屋が何十軒か散らばっている。このフロアに住む百人の子どもたちが暮らす家だ。一軒の丸木小屋に入ってみると、中は典型的な子ども部屋だった。あらゆるおもちゃが床や机に乱雑に置かれている。またべつの部屋に入ってみると、そこもやはり子ども部屋だったが、さっきの部屋とは内装や調度類がまるで違っていた。三人がそのあとに入った部屋も、それぞれ強烈な個性があり、千差万別だった。

もうひとつ下の階も小さな草原が広がっていたが、噴水のかわりにきれいな小川が流れていた。川辺にぽつぽつ建つ小屋のいくつかに入ってみると、やはり中はそれぞれ違っていた。

さらに下の階は、景色が一変し、静寂に包まれた雪原が広がっていた。永遠の黄昏の中で雪原は淡いブルーの光を放ち、牡丹雪が空からたえず舞い落ちている。子どもたちの小屋は分厚く雪に覆われ、玄関の前に雪だるまが置かれた小屋もいくつかあった。この階の子どもたちは冬が好きらしい。

次の階は森林だった。子どもたちの小屋は林の中の空き地に建ち、うっすらとかかる朝もやに木洩れ日が光のすじをつけている。ときおり、小鳥のさえずりが聞こえた。

三人は、上のフロアから下のフロアへと、順に二十階ほど見学した。ある階はつねに小雨が降りつづき、べつの階は黄金色の砂漠が広がり、どの階もそれぞれ違った小さな世界になっている。床全体が小さな海で、帆船が子どもたちの家になっている階もあった。

「これ、どうやってつくったの？」メガネが質問した。

「バーチャル国家のゲーム・プログラムを使って作成されました」ビッグ・クォンタムが答えた。「古い都市シミュレーション・ゲームのコンポーネント・ライブラリに、自分で仮想世界をつくるためのプラグインが搭載されていて、好きなバーチャル・イメージをつくれます」

三人は周囲のあらゆるものをじっくりと観察した。草の一本一本、石ころのひとつひとつにいたるまで本物そっくりだった。

「このビルをつくるのに、とてつもない作業量が投入されてるね」華華が感に堪えたように言った。

バーチャル市民1が答えた。「もちろんさ。八千万人以上の子どもがこのビルの建設に参加してる。自分の小屋を自分でデザインしている子どもは一億人以上」

子どもたちはビッグ・クォンタムに案内されてエレベーターに乗り込んだ。完全に透明な流線形のエレベーターで、シャフトはビルの側面にでっぱっている。エレベーターの中から、きらめく無数の星々と眼下の地球を見ることができた。

「まさか、現実世界にもこういうビルを建設しようと考えているわけじゃないでしょう?」暁夢が質問した。

「もちろん考えてるよ!」バーチャル市民1が答えた。「じゃなかったらなんのためにわざわざ図面をつくるんだい? 下の地面に見えてるものは、なにもかもぜんぶ、ぼくらが現実に建設しようと考えているものだよ!」

「このビルの最上階に住む人は最悪だな」華華が言った。「家に帰るのに、二万五千キロメートルもエレベーターに乗らなきゃいけないなんて」

「だいじょうぶ。このビルのエレベーターはどれも小型ロケットなんだ。大人時代の人工衛星打ち上げ用ロケットより速いよ。ほら見て!」

このとき、尾部から火を噴いているエレベーターが驚くべき速度でビル下方の深淵から上昇してきた。ルーフに到着する直前、流線形のエレベーター下部の火炎が消え、今度は上部から炎が噴出しはじめたかと思うと、エレベーターは減速して停止した。

「このエレベーターの速度は時速六万キロにもなる。地面からここまで、たったの二十分ちょっとしかかからない」バーチャル市民1が言った。

メガネは鼻を鳴らした。「さっきみたいな急減速だと、エレベーターの中にいた人はぺちゃんこになってるんじゃないかな」

バーチャル市民1は、そんな細かいことには頓着しないというふうに、メガネの言葉を無視した。

そのとき、彼らが乗っているエレベーターも上部から炎を噴射し、びっくりするような速さで降下しはじめた。最初の数秒はまだ速度の感覚があったが、やがてビルの側面がのっぺりした一本の路面のように見えてくると、ほとんど静止しているような感覚になった。エレベーター内の階数表示板に出ている数字だけが千階単位でどんどん減っていく。それでも下へ向かって加速している感覚はなく、

VRプログラムがこのパラメーターを計算に入れるのを忘れてしまったかのように、彼らはあいかわらず、エレベーターの床にしっかり立っていた。しかし、プログラムが正しく再現していることもある。宇宙空間にいるといっても、ここは無重力状態ではない。一般的に、軌道上にある物体の無重力状態は、物体の運動によって生じるもので、高度によるものではない。この高度では、地球の引力はまだかなり強いはずだ。

華華が言った。「このビルが実際に建設できるかどうかっていう問題はべつにして、ひとつ教えてほしいんだけど、このビルっていったいなんのためにあるんだい？　どうして全国の子どもたちがみんな一棟のビルに住む必要がある？」

バーチャル市民1が答えた。「ほかの場所を遊びに使えるからさ！」

後年の歴史学者は、スーパービルディング構想の動機が、西暦時計消滅後に子どもたちが共通して抱いた孤独感に由来するのではないかと考えている。

「わたしたちの国土はこんなに大きいのに、遊ぶ場所がまだ足りないっていうわけ？」暁夢がたずねた。

「もう少ししたらわかるよ。ぜんぜん足りない！」

「でも、このビルはたしかにすごいよ！」華華は心から賞賛した。

「下にあるものはもっとすごいぞ！」

ロケット・エレベーターは急激な下降をつづけていく。地球が描く弧はだんだんカーブが小さくなり、かわりに大陸のディテールがだんだんはっきりしてきた。

暁夢は高層ビルの上と下に目をやった。どちらの方向も、遠すぎて端が見えない。「このビルの高さって、地球の直径の二倍なのね！」と思わず叫び声をあげる。

メガネがうなずいた。「地球の髪の毛の長い一本みたいだ」

「地球が自転して、このビルが、太陽の光の当たらない側から当たる側に移るときのことを想像してみろよ。とてつもないこの高さを太陽が照らすんだ。すごい眺めだろうな」と華華が言った。

そのとき、エレベーター上部の噴射がとまり、下部の噴射がはじまった。エレベーターが減速しはじめ、まもなくビルのフロアとフロアの境目が見分けられるようになってきた。VRプログラムは、乗客が一瞬でぺしゃんこになるような減速時のGをふたたび無視し、エレベーターはものの数秒で完全に停止した。

「ここはビルの二十四万階。地上から二千キロメートルの高さだよ。でも、さらに下へ行くには、エレベーターじゃなくてべつの方法を使う。外を見て」エレベーターはなおも宇宙空間にとどまっているが、バーチャル市民1は言った。

言われてエレベーターの外に目を向けると、下の地球のほうから上がってきている一本の長い線が見えた。下のほうは細すぎてはっきり見えない。線は途中で二つのループを描き、部分的に曲がりくねっている箇所もある。宇宙をバックに地球を撮影した写真の上に、いたずらっ子がペンででたらめに線を引いたみたいに見える。その細くて長い線がこちらに伸びてきて、エレベーターの下のほうでこのビルとつながっている。近い距離で見ると、それは二本のレールから成る幅の狭い線路だった。

「あれがなんだか当ててみて」バーチャル市民1が言った。

「北京から上海へ行く線路を巨人がひっぺがして、端っこをこのビルに貼りつけたみたいだな」華華が言った。

バーチャル市民1が笑い声を上げた。「その表現、傑作だね。作家になれるよ。でも、このレールは鉄道より長い。全長四千キロ以上ある。これは、ぼくらが建設を計画しているローラーコースターのレールなんだ」

ローラーコースターだって？　子どもたちは驚きの目で長いレールを眺めた。それは太陽の光の中でひときわ目を惹く輝きを放ちながら、遠くのほうで二つの大きな輪を描いている。

「つまり、これで地上まで行くってこと?」

「そうさ。ローラーコースターに乗って下りるんだ」

そう話しているうちに、ボートのかたちをしたヴィークルがレール上を移動してきて、エレベーターの真下で止まった。アミューズメントパークのローラーコースターでよく見るような、二人掛けのシートが五列並んだヴィークルだ。エレベーターの床にハッチが開き、下に降りられるようになった。プログラムは、真空についても考慮していないらしい。

三人の子どもたちが乗り込むと、ヴィークルはたちまちレールの上を滑り出した。はじめのうちはゆっくりした速度で進み、ビルの影から抜けて、輝く太陽の光のもとに出た。最初の大きなドロップを通過すると、ヴィークルはにわかに加速した。子どもたちが装着しているVRヘッドセットがサポートしているのは視覚機能だけで、下へ向かう加速は感じられなかった。そうでなければ、彼らが宇宙に出て最初に感じるのは無重力で、その無重力もすぐに耐久限界を超えるGに変わったことだろう。

ローラーコースターはすでに第一のループに入り、子どもたちの目からは星空と地球が自分たちのまわりを回っているように見えた。最後方に座っていた暁夢は、軌道がふたたびなだらかになったあと、うしろを振り向いた。さっき通過したばかりのループはあっという間にはるか彼方に去り、スーパービルディングはまた、きらめく星々の海から垂れ下がる一本の細い蜘蛛の糸のように見えている。ヴィークルはすぐに第二のループを通過した。ひとつ前のループよりかなり大きいが、通過に要した時間は逆に短くなっている。明らかに、速度が上がっている。つづいてコースターは長い下りにさしかかった。といっても直線的に下降するのではなく、途中には深い谷や高い峰がある。コースターはその先でスパイラルを描いている。ヴィークルがそこに突入すると、自分たちが宇宙の中心にいて、地球と星空がすごいスピードでまわりをぐるぐる回っているような感覚になった。

最初は水平だったスパイラルはじょじょに下向きに傾斜し、最後はほとんど垂直になった。前方に見える地球はまるで巨大なレコード盤のようにぐるぐる高速回転している。スパイラルを抜けても軌道は垂直のままで、地球に向かって真っ逆さまに落ちていく。これが現実世界なら、いまもまた無重力状態を経験しているところだ。前方では、コースターの軌道が複雑にねじれ、からまった麻糸のようにごちゃごちゃした塊になっている。この塊の直径はおそらく百キロメートル以上にもなるだろう。何度も出口に近づいたかと思うと直前で引き戻され、迷宮の中をいつまでも永遠にぐるぐる巡りつづけているような気がしてきた。彼らがいるのは宇宙の中心ではない。宇宙全体がひとつの箱になり、わんぱく小僧の手の中で乱暴に振り回されている。

次の瞬間、ヴィークルがついにローラーコースターの迷宮を抜け、下りの直線に入って、また加速しはじめた。この直線はかなり長いあいだつづいた。前方のレールがぼやけて一本のなめらかな紐のように見え、速度の感覚が失われる。上方の宇宙は漆黒から淡いパープルへと変化し、さらに少しずつダークブルーに変わっていった。星はぼんやりとしか見えなくなり、地平線は一直線に近づいてきた。先頭座席の華華には、流線形のヴィークルの先端が火炎に包まれるのが見えた。炎は急激に拡大し、最後にはヴィークル全体をすっぽり覆ってしまった――VRプログラムは、どうやら大気の摩擦のことは忘れてはいなかったようだ。火炎が消えたあと、彼らは自分たちが広大な雲海の上にいることに気づいた。頭上には紺碧の晴天が広がっている。白と黒しかない宇宙空間の輝きとは対照的に、大気中の太陽の光は服のしわ一本一本にまで染み通り、色をつけている。前方の軌道はまた一連のループや山や谷を描いている。ただし今回は、まわりのものがはっきり見えるおかげで宇宙空間のライドよりもずっと刺激的で、ハラハラドキドキの連続だった。

ローラーコースターの傾斜がなだらかな箇所にさしかかると、遠くの大地に巨大なフレームがたくさん直立しているのが見えた。高さはどれも一万メートル以上――雲の層のてっぺんよりもずっと高く、地面と直角三角形をかたちづくるフレームもあれば、巨大なアーチのようなフレームもある。さながら、大地に直立した巨大な三角定規とコンパスだ。あれはなんだと華華がたずねると、バーチャル市民1が答えた。

「あれはすべり台とブランコ。小さな子たちが遊ぶためのものだよ」

どんな幼児が高さ一万メートルのすべり台をすべるのか、華華にはまるで想像がつかなかった。もっと想像がつかないのは、スーパーブランコをどうやって漕ぐのかということだ。

ローラーコースターの最後のパートは、ゆるやかな下りの傾斜だった。降りていく先は、色とりどりの花が咲き乱れる草原に見えたが、実際にそこまで降りると、その正体は無数のゴム製カラーボールだと判明した——遊園地にあるボールプールの拡大版だ。大きすぎて端が見えず、ゴムボールの海と呼ぶしかない。ローラーコースターのヴィークルはそのゴムボールの海をしばらく進んでから、ようやく停車した。押しのけられて飛び散ったゴムボールがカラフルな大雨となって周囲に降り注いだ。だれがこんな不思議な海に入って遊ぶのか、入るのはいいとしてもどうやって出るのか、謎としか言いようがない。小さいころ、ボールプールで〝遊泳〟した経験があったから、この海の中を移動するのがどんなにたいへんかはわかる。そのとき、ヴィークルの両側に二つの大きな車輪が出現した。車輪はゴムボールの海の中で回転し、ヴィークルを前進させた。こうして、ローラーコースターのヴィークルは、ゴムボールの海を航行する一艘のボートとなった。艇首が色とりどりのゴムボールの波を蹴立てて進み、ガラゴロと奇妙な音をたてている。このゴムボールの海の面積は千平方キロメートル近くあるとバーチャル市民1が教えてくれた。

「これじゃあ全国のゴムを使い果たしちゃう。このさき、自動車のタイヤの原料はどうするの?」暁夢がたずねたが、バーチャル市民1は答えない。これもまた、彼の興味の埒外らしい。

ゴムボールの海を航行したあと、三人の子ども指導者たちは近くの巨大ウォータースライダーを見物した。見えないほど高いところにあるてっぺんから、幅の広いすべり台を水が際限なく流れ落ちてくる。まるで空から地上へと流れる川のようだ。地上一万メートルの高さからこの川に沿ってすべりおりることを想像して全身に戦慄と興奮が走り、華華はこのウォータースライダーをすべってみたいと言った。

「華華、あなたって遊んでばかりじゃない。わたしたちはだいじな仕事の最中なのよ！」暁夢が言った。

「そうだね」とバーチャル市民1も同意した。「ここからウォータースライダーの昇降用タワーまでは、四十キロ以上ある。そんなまわり道をしている暇はないよ。それに、コンピュータの中の仮想モデルで遊んだって無意味だ。ぼくらが本物をつくるから、それで遊べばいい。そのほうがずっといいよ！」

スーパーウォータースライダーをあとにすると、巨大なプラットフォームが見えてきた。一度に数百人が立てそうな広さがあり、はるか雲の上から延びる数本の太いワイヤーロープで空中に吊り下げられている。空に浮かぶ大運動場かと思ったが、巨大ブランコの座板だとバーチャル市民1が説明した。左右に目をやると、巨大な座板の千メートルほど外側に、空高くそそり立つ支柱があるのがどうにか見分けられた。そのときようやく、このブランコをどうやって動かすのかがわかった。巨大座板の底面にロケットエンジンがついている。

彼らが次に訪れたのは、バンパー・カーのアリーナだった。バンパー・カーはどれも大人時代の大型ダンプ・カーほどのサイズで、車輪だけでも直径が二メートルほどある。周囲に衝撃防止パッドを装備したところは、さながら巨大なモンスターだ。何千台ものそれらモンスターが大平原を走り、たがいに追いつ追われつしながらぶつかり合い、空を覆うほどの土埃を巻き上げている。こんなゲームに参加するには、相当な度胸と自己犠牲の精神が必要だろう。

「ここは新五カ年計画のエリア1で、主にライド系の巨大なアミューズメント施設を建設する区域だよ。まだ見せてないけど、巨大なエンタープライズ号とか観覧車とかのアトラクションもある。天気がよければ、百キロメートル以上離れたところからでも見えるよ。じゃあ、エリア2に行こう。ゲームゾーンだ」

バーチャル市民1がそう言い終えた瞬間、周囲の景色がぱっと切り替わり、三人の子どもたちは大都市の中にいるような気分になった。周囲は、どれも不思議なかたちをした、高くて大きな建物に囲まれている。古代の巨城のようだったり、複雑に交錯するパイプで覆われていたり。壁が丸い穴だらけの、巨大なチーズのような建物もある。

「この建物はぜんぶゲームセンター？」華華が質問した。

「じゃなくて、建物それぞれが一台のゲーム機なんだ」

「こんなに大きなゲーム機？　じゃあ……画面はどこに？」

「まったく新しいコンセプトのゲーム機なんだ。プレイするには、中に入らなきゃいけない。ゲームの舞台はなにもかもぜんぶ、ホログラフィーか、本物の大道具でできてる。どのゲームも、建物のいちばん下のフロアからスタートして、プレイしながら一階ずつ上に進み、最上階まで行ったらクリア。プレイするときは、マウスだとかジョイスティックは使わない。自分がゲーム世界の一部になって、ずっと走りまわったり戦ったりしつづける。たとえば、お城みたいなあのゲーム機の場合、中は王宮になってて、次から次へと現れる無数の敵と戦って、すべて倒したら国王になれる。外壁に穴がいっぱい空いてるあっちのゲーム機は、内部が魔物の巣窟になってて、プレーヤーはビームサーベルを使って毒竜とかのモンスターを倒し、最後に王女を救出する。……もちろん、こういうゲーム機はぜんぶ、小さな子どもたちのために用意されたものだよ。ここのゲーム機はどれも小さいからね。小型のゲームしか遊べないようになってる」

「はあ？　これで小さいのか？　だったら大きいのはどれくらいなんだ？」

「大型のゲーム機はかたちがないんだ。ふつうはエリア一帯を占拠しちゃうからね」

場面が切り替わり、三人の子どもたちは広大な平原にいた。遠方では古代の兵士がいくつも方陣をつくり、進軍しているところだった。陽光に照らされて甲冑が光り輝き、携えた槍が密集したところはまるで麦畑のように見える。

「見てのとおり、これは古代の戦争ゲーム。プレイヤーは一万人以上のロボット軍を率いて、敵のロボット軍と戦う。西部劇ゲームもあるよ。リボルバーを携えて馬に乗り、広大な荒野でいろんな出会いを経験する……」

「このエリア2の敷地面積はどれぐらい？」

「だいたい百万平方キロメートルあれば、さっき見たゲーム機ぜんぶ、じゅうぶん建てられるはずだ。次はエリア3の動物園ゾーンに行くよ」

場面が森林と草原に切り替わった。数えきれないほどの動物が草原を移動したり、森林を出入りしたりしている。

「このメガ動物園は、本物の動物王国だ。この動物園には檻がなくて、すべての動物が大自然の中を自由に動ける。この動物園に入ることは、いろんな動物が出没する山や草原に入ることを意味する。野獣に襲われないように、入場者は全員、帯電した防護服を着用する。ゾウに乗って森の中を旅することもできるし、ベンガルトラと写真を撮ることもできる。……ここのエリア最大の動物園の面積は三十万平方キロメートル近くあって、イギリスよりも大きい。その動物園には道と呼べるような道がなくて、ヘリコプターが唯一の交通手段だ。ここに入るのは、人類の誕生初期の原始時代にタイムトラベルするようなものだね。ほかにもあと三つの動物都市を建設する予定だ。それらの都市には、人類の都市と同じような道路やビルがあるけど、そのビルに住んでいるのはすべてかわいい小猫や小犬、小さな子どもたちがかわいがれる小動物たちだ。中に入って遊べるだけじゃなく、気に入った動物がいたら連れて帰ることもできる……このエリアの敷地面積も百万平方キロメートル近くあるよ」

「そんなに広くする必要あるの？」

「あたりまえだろ！　動物は自由に移動するし、鳥は自由に飛びまわる。大きくなきゃダメに決まってる。次に見学するのはエリア4、探検ゾーンだ」

場面が矢継ぎ早に切り替わり、子どもたちは峻険な雪山、果てしなく広がる大草原、幽玄たる峡谷、滔々と流れる大河川などを順々に見学した。

最後に、大きな滝の下でようやく切り替わりが停止すると、華華が口を開き、「さっきから見てきた土地にはなにも建設されてないみたいだけど？」とたずねた。

「そのとおり。それだけじゃないよ。大人時代の街はぜんぶ解体して、このエリアは完全に原始の状態にする」

「なんのために？」

「探検さ！」

「エリア2のゲームに探検できるのがなかったっけ？」

「あれとはぜんぜん違う！　ゲームはあらかじめプログラムされてるから、出現するものはすべて予想可能だ。でもここは、完全に自然のものだから、なんに遭遇するかわからない。それでこそ遊び甲斐があるってもんだろ！　それに、ここの面積はエリア2のゲームゾーンよりずっと大きい」

「エリア4の面積はどれぐらいあるの？」

「中国西北部全域だよ！」

「そんなに！」

「もちろん。探検なんだから、当然、大きくなきゃダメだ。数歩で行きついちゃったら、どこを探検するんだい？」

「まあ、そういう考えかただと、わが国の国土でもじゅうぶん広いとは言えないね」

「だから、エリア5は敷地面積が小さめのプロジェクトにするしかなかった」

「エリア5まであるの？」

「うん。キャンディタウンだ」

次の瞬間、三人の子どもたちはまたべつの都市にいた。これまでのエリアの広大さとくらべて、この街はコンパクトと言っていい。建物はどれもあんまり高くない。最大の特徴はカラフルかつシンプルなことで、ひとつひとつが大きな積み木でできているかのようだった。

「これがキャンディタウン。すべての建物が砂糖でできてる。茶色の体育館を見て。あれはチョコレート製。半透明のマンションは氷砂糖でできてて……」

「食べてもいい？」

「もちろん！」

華華が茶色の体育館に近づき、入口あたりの茶色の円柱をマウスでクリックすると、たちまちえぐれた。暁夢も小さくてかわいい建物に歩み寄り、きらきらと透きとおった窓に手を触れた。ガラスはたちまち砕け散り、暁夢は氷砂糖でできた薄いかけらを拾いながら、口に入れたらどんなに甘いだろうと想像した。

長いあいだずっと黙っていたメガネが、沈黙を破ってまた冷笑するように言った。「経済の法則に反しているばかりか、物理の法則にも反してるね。この砂糖でできた建物の材料の強度はじゅうぶんなのか？」

「だからキャンディタウンの建物はどれも低いんだよ。強度を上げるために、内部に鉄筋の骨組みを入れてる」バーチャル市民1が答えた。

「太陽の熱で溶けないのか？」

「鋭い指摘だね」

場面がまた切り替わったが、彼らがこんど出現したのはそう遠くないところだった。キャンディタウンを囲む小さな山のひとつ。鮮やかな色とやわらかな曲線は、まるで水彩画から抜け出したようだった。

「残念ながら、においは嗅げない。ここはいい香りがするんだけどなあ。アイスクリーム・マウンテンだ」バーチャル市民1が言った。

よく見ると、山のあちこちにクリームの小川が流れ、ところどころクリームの滝になっている。谷間に小川が集まって大きな川になり、ミルク色の川面にはゆっくりと音もなくやわらかな波が立っている。

「気候条件を考えてなくて、アイスクリームがぜんぶ溶けちゃったんだ。キャンディタウンはもっと寒い場所に建設しなきゃいけないね」

後年、超新星紀元の歴史学者たちはキャンディタウンに関する詳細な研究をおこなった。彼らにとってもっとも大きな謎は、西暦末の子どもたちはとっくに甘いものを好まなくなっていたのに、彼らが想像した新世界では、なぜこれほどまで甘いものに執着しているのかということだった。もしかしたら、子どもにとってお菓子というのは、大人には永遠に理解できないなにか——美のシンボルかもしれない。

ビッグ・クォンタムの記録を分析することで歴史学者たちが知りえたのは、新五カ年計画とバーチャル国家の創造者が主に五歳から十一歳の子どもたちで、さらに小さな年齢の子どもたちも彼らにくっついて騒いでいたということだった。数で優位に立つ彼らは、統計と帰納を基本原則とする〈ニュー・ワールド〉集会で無敵の集団だった。現実に対する失望から、十一歳以上の子どもたちの相当数もそれに巻き込まれていった。そして、子ども社会全体がしだいに狂乱に染まり、しっかり理性を保っている子どもはわずかしか残らなかった。

論争

最後にもういちど場面が切り替わり、三人の子ども指導者は、〈ニュー・ワールド〉集会の会場の、果てしない人の海の中にあるあの演壇に戻った。見下ろすと、眼の海だけではなく口の海も広がり、二億の口がたえまなく話している。その言葉をすべて聞きとって記憶できるのはビッグ・クォンタムだけだった。

「この新五カ年計画についてどう思う？ 実現できるように導いてくれる？」バーチャル市民1（91・417％）が質問した。

「きみひとりなのか？ 二人めのバーチャル市民はいないのか？」華華(ホアホア)が訊き返した。

「いるよ」バーチャル市民1が言った。「市民2は何度も来たけれど、いやなやつでね。ぼくが怒鳴ったら逃げちゃったんだ。おい、市民2、度胸があるなら話しに来いよ！」

こうして、この国家において、人類史上最大規模の論争が勃発した。このスーパー論争に直接参加した人数は、なんと二億人を超える。このとき、広大な国土のそこらじゅうで、電話やコンピュータのマイクに向かって大声を上げたり、ものすごい勢いでキーボードを叩いたりする子どもたちの姿を見ることができた。夢の世界のために、子どもたちは二億分の一の影響力を行使しようとけんめいだった。二つの意見で対立する子どものうち、小さなグループのほうは、大きなグループよりも平均年齢が高いが、残念ながらビッグ・クォンタムは、発言をまとめるさいに年齢の要素を考慮しない（考慮に入れるのがむずかしい）ため、大きなグループの影響力が絶対的に優勢だった。そのため、膨大な数の低年齢の子どもたちが国家の命運を決定する会議に参加し、大きな役割を果たすことになった。もっとも理性がなく、もっとも気まぐれな彼らは、きわめて危険な社会的勢力だった。

　バーチャル市民2（8・972％）がおどおどした口調で言った。「華華、メガネ、暁夢、彼らの話を聞いちゃだめだ。彼らはものごとをぜんぜん理解していない。遊びしか知らないチビどもが好き勝手言ってるだけだ。発言者の年齢に応じた重みづけをとりいれるように、集会の集計ルールを変更することを提案する」

　下にいる人の海が騒ぎ出した。アバターの子どもたちは大声をあげるだけでなく、手足を振り回している。まるで激しい風が人の海を吹き渡り、海面に大波が立ったかのようだ。

「ぼくらはチビどもだけど、そっちはいくつなんだよ。いちばん上でも十三歳だろ。ほんの何日か前までお父さんに尻をぶたれてたくせに、いまは大人のふりかよ。厚かましいったらありゃしないね！」バーチャル市民1が言った。「言っとくけど、大人たちはもういないんだぞ。いまはぼくら子どもしか残ってないんだ。だれもだれかに指図なんかできない！」

「問題は、きみたちの五カ年計画がそもそも実現不可能だってことだよ」バーチャル市民2が言った。

「やってもいないのに、どうして不可能だってわかるのさ？　百年前だったら、全国二億人の子どもたちが同じ広場で会議ができるなんてだれが思った？　この臆病者！」

「もし実現できるんなら、大人たちはなぜそうしなかった？」バーチャル市民2が言った。

「大人たち？　ふん、大人たちはそもそも遊べないだろ。だから当然、楽しい世界なんかつくれない！　大人たちがつくったこの世界がそもそもよくないんだ。どれもこれも、なんて退屈なんだろう！　大人たちは自分がたっぷり遊んでないもんだから、一日中つんけんしながら仕事をして、ぼくらには、あれをするな、これもするな、あれで遊ぶな、これで遊ぶな、一日じゅう勉強しろ勉強しろ勉強しろ、テストだテストだテストだ。子どもらしくしろ、子どもらしくしろって、それぱっかり。つまんないよ。あーあ、つまんない！　いまは子どもしか残ってないんだから、ぼくらは楽しい世界を建設しなきゃだめなんだ！」

「あなたたちの楽しい世界では、どうやって食料を生産するの？　食料がなかったら、わたしたち飢え死にしちゃうわよ」暁夢が言った。

「大人たちが残したものは多いんだよ。すぐには食べ終わらないって！」バーチャル市民1が言った。

「いいや、いつかは食べ終わる！」バーチャル市民2が言った。

「食べ終わらないって言ったら食べ終わらないんだ！　大人たちのときだって、食べ終わるのなんか見たことない！」

「それは大人たちがしじゅう新しい食べものを生産していたからだろ」

「生産、生産って。うるさいな。聞きたくないね！」

「でも、食べ終わったらどうするんだよ」とバーチャル市民2が言った。

「食べ終わってから考えればいいだろ！　ぼくたちはまず楽しい世界を建設してから食料について考えたいね。大人の時代はあんなに人が多かったのに、たいした努力をしなくてもすぐにお腹いっぱいになったじゃないか」バーチャル市民1がそう言ったとき、暁夢が叫んだ。

「大人たちはみんながお腹いっぱいになるためにものすごくがんばってたのよ！」

「そんなところ見てないよ。だれが見た？　暁夢、きみは見たのか？　ははははは！」

「自分が見ていないからって、大人たちが努力していなかったとは言えないだろ。莫迦だな！」とバーチャル市民2。

「そっちこそ莫迦だよ！　この大人もどき！　ああつまんない！」バーチャル市民1が言った。

「百歩譲って、きみたちの五カ年計画を実行するとして、きみたちはそんなつらい仕事に耐えられるかい？」華華（ホアホア）がたずねた。

「もちろん耐えられるさ！」バーチャル市民1が言った。

「たぶん、毎日二十時間は働くことになるけど」と華華。

「ぼくたちは毎日二十四時間仕事できるよ！」バーチャル市民1が言った。

「きみたちの半分が博士になれば、もしかしたらチャンスがあるかもしれないけど」

「ぼくたちはいっしょうけんめい勉強する。ひとりにつき十万冊は本を読むよ。ぼくたちはみんな博士になるよ！」

「いいかげんなことを言うなよ」と華華。「いまだってくたびれてへとへとになってるくせに」

「それはいまの仕事がつまらないからだよ！　いまは楽しくないもん！　楽しければ疲れない！　一日二十四時間だって働けるさ！　みんな博士になれる！　ぼくたちはあの楽しい世界を完成させるんだ！　すぐに、すぐに完成させてみせる！」

人間のグループ効果は強力だ。数万人の観衆がいるサッカーの試合だと考えれば、容易に理解できるだろう。二億人（しかも子どもばかり）が同じ広場に立ったとき、この効果はとてつもなく強力なものになった。これは、西暦時代の社会学者や心理学者に想像できなかったことだ。ここでは、精神的な意味では個は存在せず、ただ集団の大きな流れに呑み込まれるしかない。何年も経ってから、この新世界集会の参加者たちが回想したところでは、彼らは当時、すでに完全に主体性を失っていた。この二億人の子どもたちにとって、理性や論理はもはやなんの意味もなかった。いまはなにも聞きたくないし、なにもしたくない。ただただ、自分が夢に描いた世界、楽しい国がほしいと願うだけだった。

「国のリーダーさん、答えてくれないかな。ぼくらの五カ年計画、受け入れてくれるの？」バーチャル市民1が言った。

三人の子ども指導者たちはたがいに顔を見合わせた。そして暁夢が言った。

「あなたたちはもう理性をなくしている。もうちょっとよく考えてみてね、子どもたち」

「ぼくたちが理性をなくしているだって？　笑わせるな！　ぼくたち二億人がきみたち三人より理性が足りないって？　笑える、笑えるなあ！」

そのとき、バーチャル市民が分裂しはじめた。

バーチャル市民3（41・328％）「どうやら国はぼくたちの五カ年計画を受け入れないようだね。自分たちでやろう！」

バーチャル市民4（67・933％）「自分たちでやるだって？　言うのは簡単だよね！　コンピュータの中にバーチャル世界をつくるのとはわけが違うんだぞ！　現実世界で実際にやるなら、国家の指導と組織が必要だよ！　そうじゃなかったら行き詰まる！」

バーチャル市民3「あーあ……」

演壇の下の人の海のうねりが静まり、しばらくすると熱のない砂漠に変わった。

「子どもたち、もう時間も遅いわ。帰って寝ましょう。あしたもまた仕事があるんだから」暁夢が言った。

「ああ、仕事、仕事、仕事。勉強、勉強、勉強って、ほんとうにつまらない。疲れたなあ。ああもうマジでつまんない。疲れたよう……」バーチャル市民1が言った。

げんなりした声がじょじょに消えていった。人の海にいた子どもたちが空へと飛び立ち、集会の会場から退出していく。開会のときのアバターの大雨とは逆に、人の海は灼熱の陽射しに照らされた打ち水が蒸発するようにたちまち消えてしまい、大地には一行だけテキストが現れた。


第２１４回新世界集会は終了しました。

＊＊＊

ヘッドセットを外したあと、三人の子ども指導者はしばらく無言だった。

こうして、超新星紀元はその第二期を終えた。浮遊時代よりもかなり長く、三ヵ月つづいたこの時代は、今回もまた、メガネがなにげなく口にした言葉にちなんで、後年の歴史学者から〝慣性時代〟と名づけられた。

歴史は大人時代の慣性にしたがって三ヵ月のあいだ滑走し、そしてついに子ども世界がその真の姿を現したのである。

第7章　キャンディタウン時代

美しい夢の時期

ニュー・ワールド集会の閉幕後、すべてがこれまでどおりの生活へと軌道修正されたかのようだったが、実は新たな現象が起こっていた。もっともはっきりしたかたちで現れた変化は、授業のボイコットだった。子どもたちの一部は、睡眠不足の解消やネットサーフィンにかまけて、就業時間帯の前後に設けられている授業を休むようになっていた。最初のうち、こうした現象が小さな指導者たちの関心を惹くことはなかった。疲労の蓄積による、ごくノーマルな反応だと考え、なにかの予兆だとは想像もしなかったのである。しばらく経つと、この現象は社会全体に急速に蔓延した。仕事を持つ大きな子どもたちがみんなで勉強を休み出したばかりか、仕事さえ怠けはじめた。それにつづいて、仕事を持たない小さな子どもたちまで、次々と勉強を怠けるようになってきた。このときになってようやく、小さな指導者たちも、この現象の背後になにかあるのではないかと考えるようになった。だが、時すでに遅し。事態は急速に悪化し、指導者たちの打ち出す措置はどれも後手に回った。こうして、子ども世界では第二次社会浮遊が発生した。

第一次社会浮遊のときと違って、今回の浮遊では大災害は発生せず、逆に楽しい休日のようだった。

この日は日曜日。これまでなら午前中は街がいちばん静かになる時間帯だった。子ども国の労働は週六日制に変更されたため、六日連続の仕事の疲れから、子どもたちはみんな、ぐっすり眠っていたからだ。だが、この日は違っていた。NITの子どもたちはあることに気がついた。大人たちが去ってからというもの、深い睡眠状態に陥っていた街が、とつぜん目を覚ましている。子どもたち全員が街にくりだしたかのように、いたるところに人があふれ、大人時代の繁華街が久々に復活したのかと錯覚しそうになるくらいだった。子どもたちはいくつかのグループに分かれ、手をつないで歩いている。談笑し、歌を歌い、街中が歓喜に浸っている。午前中いっぱい、子どもたちは街をゆったりと歩き、いろいろなものを見ていた。その様子はまるではじめての街、はじめての世界に触れたかのようだった。

彼らの細胞がひとつ残らず、「この世界はぼくらのもの！」と叫んでいるようだった。

キャンディタウン時代は、美しい夢の時期と、深い眠りの時期、二つの段階に分けられる。いまはその第一段階がはじまったばかりだった。

午後になると、子どもたちは自分たちの母校へと戻っていった。学校では、みんなが大人時代を過ごした歳月——悩みもなくただただ楽しかった時期を思い出し、ふたたび子どもの感覚をとり戻していた。子どもたちは西暦時代の同級生や友だちを見つけると、大喜びで抱き合いながら、大きな災難を生き抜いたおたがいの幸運を祝い合った。あしたからのことなど、もう考えもしない。そんなことはいままでさんざん考えてきたのだから、これ以上考えたら疲れ切ってしまう。そもそも、あしたからの生活設計など、子どもたちの力でどうにかできることではないのだから。

夜の帳が下り、歓喜と狂乱は最高潮に達した。街ではすべての電灯が灯り、夜空には花火が大輪の花を咲かせ、薔薇星雲もその輝きを奪われた。NIT最上階の円形ホールでは、小さな指導者たちがただ黙って、外に広がる燦然たる光の海と炎のきらめきを眺め、街を出歩く子どもたちの群れからあがる歓喜の叫びを聞いていた。やがて、メガネが言った。

「ほんとうの子ども世界がようやくはじまった」

暁夢（シャオ・ムン）が小さなため息をついた。「これからどうなるのかしら？」

「大局を見ることだ。歴史は大きな川のようなもの。それが流れる道すじに沿って流れていくだけで、だれにも止められない」メガネはいたって冷静だった。

「じゃあ、おれたちはなにをするんだ？」と華華（ホアホア）がたずねた。

「ぼくたちだって歴史の一部なんだ。大河の中の数滴の水だろ。やっぱり流れていくだけだよ」

それを聞いた華華がため息をついた。「おれにもやっとその意味がわかった。思い出してみると、おれたちのいるこの場所こそが、国家という巨大な船の操縦室だって勘違いしていたんだよな。ほんとうに大笑いだ」


***

翌日、電力、交通、通信など重要な基幹システムに従事する子どもたちは依然として持ち場を守っていたものの、大部分の子どもはすでに仕事に行かなくなっていた。浮遊時代と同様、子ども国はまたしても麻痺状態に陥った。

だが、浮遊時代と異なり、今回、国に報告される警戒警報は多くなかった。NIT最上階の円形ホールでは、子ども指導者たちが緊急会議を開いていたが、参加者たちはいったいなにを話し合い、なにをすべきなのか、まったく見当がついていなかった。しばらく沈黙がつづいたあと、華華（ホアホア）はデスクの引き出しからサングラスをとりだして掛けると、「ちょっと見てくる」と言って、ほんとうに外に出ていってしまった。

華華はＮＩＴを出ると、道ばたで見つけた自転車に乗って、大通りを走った。きょう街にくりだしている子どもたちの数はきのうと同じくらいだが、きのうよりもっと興奮しているようだ。華華は大きなショッピングモールの入口の前に自転車を駐めた。大きく開かれたその入口から、子どもたちが自由に出入りしている。華華も中に入ってみると、店内は多くの子どもであふれかえっていた。売り場のカウンターの中にまでおおぜい入り込み、好きなものを選んでいる。

おもちゃの電気自動車が一台、キーキー音をたてながら走ってきたかと思うと、売り場の棚の下に潜り込んでしまった。来た方向に視線を向けると、そこはおもちゃ売り場だった。集まっている子どもの数はそこがいちばん多く、すでにさまざまなおもちゃが床に並べられていた。ミニカーや戦車、ロボットがその小さな世界をでたらめに走りまわり、人形に何度も激しく衝突している。子どもたちの笑い声もあちこちから聞こえてくる。好きなおもちゃを探しにきてみたら、おもしろそうなものがありすぎてどれを選んだらいいかわからなくなり、もういいやとここで遊ぶことにした——そんなところだろう。ここにいるのは華華よりも年下の子どもたちばかりだった。華華は子どもたちのあいだに割って入り、おもちゃを観察した。彼らが遊んでいる高級玩具類を見ていると、きのうＶＲ空間で見た、子どもたちの思い描く新五カ年計画の世界が思い出された。華華はおもちゃをほしがる年齢を過ぎたばかりだったので、子どもたちの興奮する気持ちがよくわかった。

おもちゃ売り場の子どもたちは、自然と二つのグループに分かれ、それぞれ自分たちの好きな遊びをしていた。片方のグループは、さらに二つの勢力に分かれ、それぞれ、かなり大規模な電動おもちゃ軍団を組織している。百台以上の戦車や装甲車、百機以上の戦闘機、それに無数の電動ロボット、名前もわからない奇天烈なデザインの武器。目の前の人工大理石のフロアにそれらが整列し、ピカピカ光ったりピーピー音を出したりしている。華華のまわりにいる二十人以上の男の子たちは、腰にピストルを何丁もぶら下げ、ガーガー音を出して光るマシンガンを背中にかつぎ、高価な電動玩具のリモートコントローラーをいくつも手に持って、完全武装の体だった。しばらくすると、ついに敵が攻めてきた。鏡面みたいなつるつるの戦場に、鋼鉄でできた小さな怪獣たちがワーワー咆哮をあげながら真っ黒な塊となって押し寄せてくる。華華の目の前のミニチュア軍隊も勢いよく突撃していった。華華から五メートルほど離れた地点で両軍は衝突し、子どもたちの興奮を誘うドンパチの音が鳴り響いた。戦場の一角で激突した戦車隊は、ごちゃごちゃにもつれ合い、そのうち半数がすでに横倒しになって身動きがとれない。だが、残り半分の戦車は手当たり次第、まわりに突撃を仕掛けた。蜂の巣をつついたような大騒ぎだ。ほどなく敵のロボット軍団による進攻も開始された。背丈十数センチの鋼鉄ロボット軍団が、きっちりした三列の隊形を組んで厳粛に行進してくる。だが、戦車部隊に遭遇すると、その隊列はあっという間に乱れた。このとき、華華のそばで待機していた予備部隊も出動した。三十台のラジコン・カーから成るこの部隊はロボット軍団の隊列に最大速で突っ込み、鋼鉄のロボット兵士たちを次々に吹き飛ばしていく。子どもたちがラジコンで操縦する車は機敏な動きを見せ、無傷のロボットたちも追撃する。……人工大理石のフロアには、ひっくり返ったおもちゃの車や、ロボットからもげた小さな脚や腕がいたるところに散らばっている。こうして一度めの戦闘は終了したが、子どもたちの興奮はなおも冷めやらない。しかし、もういちど戦闘しようにも、おもちゃコーナーの商品だけではどうしても数が足りない。と、そのとき、ひとりの男の子が興奮した表情で走ってきた。どうやら、ショッピングモールの倉庫を見つけたらしい。みんな先を争うようにその子のあとについて駆け出した。彼らがそそくさと何往復かしたあと、段ボール十数箱分の戦車とロボットがそろった。それにつづいて、子どもたちは売り場をかたづけ、さらに大きな戦場のための空間をつくりだした。数分後、さらに大規模な戦闘が勃発した……。

もうひとつのグループは、人形や動物のぬいぐるみに囲まれていた。人形の家族をたくさんつくり、積み木で建てた家の脇にそれを配置する。小さな家々がものすごい速さでどんどん建てられていくため、売り場の陳列棚を動かして場所を空け、最終的には、人工大理石のフロアに、金髪碧眼の人形たちがおおぜい住む美しい街が建設された。子どもたちが自分たちの創造した世界を上機嫌で観賞しているそのとき、べつのグループが指揮する密集隊形のリモコン戦車隊がその街に侵攻してきた。戦車隊はこの美しい王国に造作なく侵入し、さんざんに蹂躙した……。

華華は、つづいて食品売り場に足を向けた。そこでは小さな美食家たちが思うぞんぶん食べたいものを味わっている最中だった。思い思いに好きなものを選ぶが、ほかの食べものを入れるスペースをお腹に残しておくためか、選んだものはそれぞれたったひと口しか食べない。売り場のカウンターや床の上は、ひと口だけかじられたおいしそうなチョコレートや、ひと口飲んだだけで蓋を開けたまま放置されている飲みものでいっぱいだった。蓋が開いた缶詰も山のようにあるが、やはりひと匙ぶんしか食べられていない。……色とりどりのキャンディの山の前に集まった女の子たちは、キャンディの包装をひとつ剝がすと、舌先でちょろっと舐めただけで放り出し、すぐまた、まだ味わっていないべつの種類のキャンディを手にとる。多くの子どもはすでにお腹いっぱいのようだが、それでも立ち去ろうとはしない。そのありさまは、難行苦行に挑む求道者のようにさえ見えた。

ショッピングモールを出たとたん、前からやってきた五歳くらいの女の子にぶつかり、その子が抱えていたたくさんの人形が地面に落ちた。ゆうに十体以上はあるだろう。彼女は背負っていた新しいリュックサックを地面に下ろし、自分も座り込んだ。それから、大きく目を見開いて小さな自分の脚を見つめると、大声で泣き出した。リュックの中にも人形がいろいろ詰め込まれている。こんな小さな子がこんなにたくさん人形を集めていったいなにがしたいんだろう。さっき華華が店に入ったときとくらべて、おもてにいる子どもの数がずいぶん増えている。すべての子どもたちが有頂天になり、大興奮しているようすだった。彼らの多くは、店から持ち出したお気に入りの商品を抱えている。肉の缶詰や電動玩具を持つ子もいれば、美しい高級菓子やお洒落な服や人形を持つ子もいる……。

帰り道、華華はゆっくり自転車を漕いだ。道路の真ん中で子どもたちが遊んでいるからだ。サッカーをしている者、車座になってトランプに興じる者——街全体が学校のグラウンドになってしまったみたいだ。何台か、子どもが運転する車にも遭遇したが、どの車も飲酒運転のようにジグザグ走行している。そのうち一台はいかにも高級そうなベンツで、ルーフに三人の男の子が乗っていた。道の真ん中にいる子どもたちは用心してその車を避けたが、ベンツはしばらく進むと、路肩に駐まっていたマイクロバスに突っ込み、子どもたちはルーフから転げ落ちた……。

***

NITに戻った華華(ホアホア)に、メガネと暁夢(シャオ・ムン)が外のようすをたずねた。見聞きしたことを話すと、同じようなことがほかの地区でも起こっていると聞かされた。

「いまわかっている状況からすると、外にいる子どもたちは、ほしいものはなんでも好き勝手に手に入れているみたいね」と暁夢が言った。「ほとんどのものが、空気や水みたいに、だれでも自由に手に入れられるようになってる。みんなが仕事をサボってるということは、国有資産を守る人がだれもいないことを意味する。だけど、いちばん変なのは、私有財産が奪われても、その所有権を主張する人がだれもいないってこと。だから、好きなものを勝手に持ち去っても、争いも衝突も起きない」

「べつだん不可解な話じゃないよ。私有財産を失っても、どこかですぐにかわりが見つかるんだからね」とメガネが説明した。「つまり、私的所有権という概念が時代遅れになったんだ」

華華はその解釈に大きな衝撃を受けていた。「ということは、大人時代の経済のルールや所有制度が一夜にして崩壊したってこと?」

「いまはかなり特殊な状況なんだ」とメガネが答えた。「ひとりあたりの物質的な富が人類史上最大になっている。人口が激減したことに加えて、超新星爆発後の一年間、子どもたちにできるだけ多くのものを残しておきたいという思いから、大人たちは急激な増産をつづけてきただろ。だから、ひとり当たりの平均値を見れば、社会的富は、ほとんど一夜にして五倍から十倍くらいに増えたとも言える。これだけ豊かな富を目の前にした結果、経済構造や私有財産の概念は決定的な変化を遂げた。ぼくらの社会は突如として原始共産制になったと言ってもいい」

「それじゃあ、わたしたちは未来を先どりしてるってこと？（マルクス経済学では発展の最終段階が共産主義社会だとされている）」と暁夢が質問した。

メガネはかぶりを振った。「一時的な現象にすぎないと思うよ。対応すべき生産力のバックグラウンドがないんだから。大人たちが残してくれたものには限りがあるし、仮にもっとたくさんあったとしても、結局は消費しつくされる。そのときが来たら、社会や経済のルールや所有制度はまたもとに戻るか、下手したら後退する。その変化の過程で社会全体が血の犠牲を払う可能性だってある」

華華が机を叩いて立ち上がった。「即刻、軍を出動させて、国有財産を保護させるべきだ！」

暁夢もうなずいた。「この件については、もうすでに総参謀部と話し合ってる。最初にやるべきことは、大都市に駐留する部隊の撤退よ」

「なんだって？」

「たしかにいまは非常事態よ。でも、軍隊だって子どもたちで編成されている。こんな状況ではふつう、兵士だってだらけてしまう。だから、軍の行動を成功させるには、じゅうぶんな準備が必要になる。部隊を適切な状態にするには時間が必要なの。だから、いったん撤退させるのも仕方ない」

「わかった。だけど早くしてくれ！　今度の件は西暦時計が消えたときよりもずっと危険だ。国が食べ尽くされてしまう！」

***

その後の三日間は、子どもたちにとってサプライズの連続だった。大人たちがまさかこんなにたくさんのおいしい食べものや遊び道具を残していってくれたとは！　ただ、同時に妙だとも感じていた。理想の世界がこんなに近くにあったのに、自分たちはなぜいままでこの世界に足を踏み入れられなかったんだろう。子どもたちは我を忘れていた。年齢の高い子どもたちは、ニュー・ワールド集会の場では多少なりとも理性的にふるまったが、そんな彼らさえ、心の奥底から湧き上がる狂喜によって、未来に対する不安や憂慮が消し飛んでいた。いまこそまさに、人類史上もっとも悩みのない時期だった。国全体が子どもによる浪費と散財の楽園と化していたのである。

***

このキャンディタウン時代、鄭晨(ジェン・チェン)のクラスの三人の生徒――いまは郵便配達員をしている李智平(リー・ジーピン)、理容師の常滙東(チャン・ホイドン)、コックの張小楽(ジャン・シャオラー)――は、ずっといっしょにいた。三人とも、数日前から仕事をしていなかった。郵便システム自体がほとんどストップしていたので、李智平は配達するものがなにもなかったし、子どもたちは大人ほど外見を気にしなかったので、常滙東の理髪店にやってくる客もいなかったのだ。食堂の料理長だった張小楽に至っては、調理場にいる意味がまったくなかった。子どもたちはもっとすばらしいところで食べていたからだ。美しい夢の時期の三日間、体の細胞という細胞が極度の興奮状態にあり、三人はほとんど寝ていなかった。毎朝、空が少し明るくなると、「ははは、早く起きろ。すばらしい一日がまた来たぞ！」という声に起こされるような気がしていた。毎朝、家を出て、早朝の涼しい風に吹かれながら、飼われていた小鳥が鳥かごから飛び立ったような、爽快な解放感を味わっていた。このときの彼らは完全に自由だった。規則の束縛もなく、やるべき宿題もなく、行きたいところはどこにでも行けたし、遊ぼうと思えばなんでもできた。その数日間、大きい子どもたちが午前中にやっていたのはスポーツなどの激しいゲームで、小さな子どもたちがやっていたのは戦争ゲームやかくれんぼだった。ちびっ子たちがいったんどこかに隠れてしまったら、見つけるのはあきらめたほうがいい。というのも、ちびっ子たちは街のどんな場所にでも行けたからだ。それに対し、大きな子どもたちは自動車（本物！）を運転して遊ぶ以外に、サッカーをしたり、街の真ん中でローラスケートをしたりして遊んだ。子どもたちの遊びには、純粋に遊ぶという以外の目的——ランチのためにお腹を空かしておくこと——もあったから、それこそ必死になって遊んだ。ここ数日の食事はすばらしかったが、それでもおいしい食事はまだまだあり、子どもたちはすべてを味わいつくしてはいなかった。毎日、午前中は全力で遊んでカロリーを消化し、ランチタイムになったら喜び勇んで「お腹がもうぺこぺこだ！」と叫ぶこと——それが最大の楽しみになっていた。

十一時半、遊びはいったん中断される。十二時には子どもたちのランチタイムがはじまるからだ。街じゅうに設置された宴会場は数えきれない。三人の子どもたちは、毎回、同じ場所で食事をとるのはあまりいい方法ではないとすぐに気がついた。どの宴会場の食事も、ほとんどが同じ倉庫から運ばれてくるので、どうしてもメニューが単調になってしまうのである。しかし、スタジアムだけは例外だった。そこはこの大都市でも最大級の宴会場で、一万人以上が同時に食事できる規模だったし、とてつもない量の食料があった。スタジアムの中は、缶詰とお菓子で築かれた壁に仕切られた迷宮のようになっていて、注意して歩かないと、足もとに積まれたきれいなお菓子につまずいて転んでしまうくらいだった。ある日、李智平は上のほうの観覧席からグラウンドを見下ろしてみた。広々とした芝生に積み上げられた食料の山に押し寄せていく黒い人だかりは、まるで巨大なスポンジケーキに群がるアリのようだった。ランチタイムが終わるごとに食料の山は小さくなるが、新たに運ばれてきた食料がまた高く積み上げられていく。

　スタジアムの宴会場に何度か通ううち、三人は少しずつコツを覚えた。秘訣は、なにかおいしそうなものを見つけても、ちょっとしか食べないこと。そうしないと、おいしいものもすぐにおいしくなくなってしまうからだ。張小楽がある日のランチで肉料理を食べたときに得た教訓は、その点をよく説明している。最初のとき、彼はいっぺんに十八種類、計二十四皿もの肉料理をテーブルに並べた。もちろんすべて食べきったわけではなく、皿の上のものをちょっとずつ食べただけだ。それでも、以後は肉料理を前にすると、おがくずを食べているような気がして、まるでおいしいと思えなくなってしまったのである。ほかにも、ビールと山楂餅（サンザシケーキ）が食欲増進にきわめて役に立つことに気づき、三人は数日間、その二種類をアペタイザーにした。

　スタジアムの宴会場はたしかに壮大だったが、三人にとっていちばん印象深かったのはアジア太平洋ビルの宴会場だった。その建物はもともと市内でいちばん豪華なホテルで、その宴会場のテーブルには外国映画でしか見たことがないような高級料理が並んでいた。だが、食事をしているのは人間ではなく、すべて猫と犬だった！　フランス産のワインやイギリス産のウィスキーを飲み過ぎたペットたちがふらふらしながらダンスを踊り、まわりを囲む小さな飼い主たちはそれを眺めて大笑いするのだった。

　午後は食事のあとということもあり、子どもたちは運動量の少ない娯楽に時間を費やした。たとえばポーカー、コンピュータゲーム、ビリヤード。あるいは、とくになにもしないでテレビを見るとか。三人は、午後はかならずビールを飲むことにしていた。これは消化をよくするためで、午後だけで、ひとり平均三本は飲んだ。空が暗くなると、街全体が狂乱状態に陥るが、三人はその狂乱の中に大喜びで飛び込み、深夜零時まで、気の向くままに歌を歌い、ダンスを踊って過ごす。そして、またお腹にものを入れたくなると、夜の宴会へとくりだす……。

***

だが、子どもたちはほどなく遊び疲れてしまった。永遠におもしろい遊びや永遠においしいものなどこの世にないと気づいたし、なんでも簡単に手に入ると、なんのおもしろみもないものに変わることがわかった。子どもたちは飽き飽きして、ゲームや宴会は仕事のひとつに成り果てた。そして子どもたちは、そんな仕事はやりたがらなかった。

三日もすると、子ども軍隊が準備を終えて都市に駐留し、国有財産の保護という職責を果たしはじめた。食料と生活必需品の分配は一定量に制限され、野放図な浪費活動は規制された。統制は予想より順調に進み、大規模な流血沙汰は起こらなかった。

しかし、つづいて起こった出来事は、小さな指導者たちが願っていたものとはまるで異なっていた。子ども世界が見せる新たな展開は、どれもこれも、西暦時代の大人たちの予想をはるかに超える、奇怪なものばかりだった。

こうして、キャンディタウン時代は第二段階に入った。すなわち、睡眠期（スランバータイム）である。

スランバータイム

それ以降、李智平（リー・ジーピン）ら三人の日々は、配給所に行って食料を受けとる以外のほとんどの時間を寝て過ごすことになった。一日平均十八時間の睡眠をとり、長いときは二十時間も寝ていた。だれも起こそうとしなかったので、食事をとる時間以外、三人はずっと横になって眠りつづけた。そんな日々が過ぎるにつれ、寝れば寝るほどよく寝られるようになっていった。いつも頭がぼんやりしていて、ひっきりなしに眠けが襲ってくる。なにをしてもおもしろくないし、ただただ疲れを感じるばかり。食事をするだけでも疲れてしまう。ここまで来て彼らは、なにもしなくても疲れるということに気づいた。しかも、そういう疲労こそいちばん恐ろしい。これまでなら、勉強や仕事で疲れたら休むことができたが、いまでは休むことそのものに疲れてしまう。それに、眠れば眠るほど怠惰になり、怠惰になればなるほど眠くなり、三人とも、眠れないときでも起きようとしなくなった。体の骨という骨がゴムでできているようにフニャフニャになり、ベッドに横たわって天井を眺めていても頭の中は真っ白で、なにも考えていない時間ばかりになった。だが、信じられないことに、なにも考えずただ横たわっているだけなのに、それでも疲れている。だから、横になっているとまた眠ってしまう。三人はだんだん昼夜の区別もつかなくなり、人類という種はそもそも眠るために生きている生物であり、起きているほうが異常だと感じる段階にまで到達した。

この期間、彼らは夢の国の住人となり、一日の大半を夢の中で過ごしていた。夢の世界で過ごす時間は、目覚めているときよりもすばらしかった。夢の中では、あの新五ヵ年計画で描かれた新世界を何度もくりかえし訪ねることができたからだ。キャンディタウンでは窓を割り、スーパービルディングに入ったり、巨大ローラーコースターに乗ったり。キャンディタウンでは窓を割り、ガラスのかけらを口に含んで、夢の中でしか味わえない甘さを楽しんだ。夢の中での彼らは、目が覚めているときよりもずっと元気で、活動的だった。そんなふうにして、三人とも夢の世界に魅了された。夢から覚めると毎度のようにたがいの夢について話し合い、それがこの期間における唯一のコミュニケーション・ツールになった。そして話が終わると、また布団をかぶり、ふたたび夢の海の中へ潜り、前の夢で訪れた世界に行く。しかし往々にして、前と同じ世界を探し当てるのはむずかしく、しかたなくべつの世界へ入り込むことになる。するとじょじょに夢の世界もおもしろみがなくなり、現実の世界とさほど変わらない気がしてきて、最後には二つの世界の境界線がよくわからなくなった……。

その後、張小楽が外に食料を受けとりに行ったとき、どこからか白酒（バイチュウ）を手に入れてきたので、三人で飲みはじめた。美しい夢の時期から、一部の子どもたちのあいだで飲酒の習慣がはじまっていたが、いまやそれが社会全体に広がり、喉もとを焼く液体が神経を鈍麻させ、体に強烈な快感を与えてくれることが知れわたっていた。なるほど大人たちがあんなにうまそうに酒を飲んでいたわけだ！　その日、酒を飲み終えたのはもう正午で、三人はそれから眠りにつき、目覚めたころには、もう空が暗くなっていた。感覚的には五分くらいのうたた寝にすぎなかったが、アルコールに呑まれた彼らの体は深い眠りの中に落ちていた。起きてみて、三人は周囲がふつうではないことにぼんやり気づいたが、あんまりのどが渇いていたので、そんな些細な変化など気にかけなかった。冷たい水を飲んで人心地がついてから、ようやくなにかが変だと思い、その原因をすぐに見てとった。部屋の壁がすべて固定され、ぜんぜん動かなくなっている。目に映る世界を正常に戻すべく、三人は酒瓶を探した。李智平が最初に酒瓶を見つけ、それをみんなで回し飲みした。いつもの熱い炎がのどもとを流れ落ち、すぐに全身がたぎった。周囲を見渡してみると、部屋の壁全体がゆっくりと動いている。それに自分の体も薄絹のようにふわふわと軽くなり、まわりの壁や目に映るすべてのものといっしょに漂っている。くるくると回転するばかりか左右にも揺れ、さながら地球が、いまにも沈没しそうな、宇宙の海を漂う小舟になったように感じた。郵便配達員の李智平と理容師の常滙東（チャン・ホイドン）、コックの張小楽（ジャン・シャオラー）の三人はそのまま横になり、ゆりかごと化した大地の揺れと回転を楽しみながら、宇宙という無限の海へと風に吹かれて漂っていく自分たちを想像していた……。

＊＊＊

睡眠期（スランバータイム）において、子ども国の政府は、基幹システムがなんとか稼働しつづけるように多大なる労力を費やしてきた。この期間、都市ではガスや電気、水道などのインフラが最低限供給され、交通網もギリギリ正常に保たれ、通信システムやデータ領土も支障なく稼働していた。そうした努力の甲斐あって、浮遊時代には全国各地でひんぱんに発生した事故や災害は、キャンディタウン時代にはほとんど起こらなかった。ある歴史学者は、四十日以上にわたってつづいたスランバータイムを〝百倍に延びた正常な夜〟と形容している。この期間、大部分の人たちが深い眠りに落ちていたのに、社会機能は依然として正常に働いていたのだから、たしかにこれはきわめて適切な比喩だろう。さらに、この時期の国家は植物人間のようだったと指摘する者もいた。昏睡状態にあるものの、生命活動はそのまま維持されていたからだ。

　この時期、小さな指導者たちはさまざまな対策を講じて子ども国を深い眠りから目覚めさせようと試みたが、その努力はすべて無駄に終わった。浮遊時代に国を救った手段も功を奏することはなかった。たとえば、ビッグ・クォンタムに指示して全国の子どもたちに電話をかけさせたが、なんの反応もなかった。ニュー・ワールド集会のときと同じように、電話に対する返答をビッグ・クォンタムにまとめさせたが、返答はほとんどこのひとことだけだった。

「邪魔しないでくれ。寝てるんだから……」

　小さな指導者たちはネット上のニュー・ワールドをふたたび訪れてみたが、コミュニティには人影がまばらで、すでに荒れ果てた印象さえ受けた。ニュー・ワールド集会が開催された会場にも、広い平原にぱらぱら人影が見えるだけだった。スランバータイムがはじまって以降、華華（ホアホア）と暁夢（シャオ・ムン）は毎日のようにデータ領土に赴き、全国の子どもたちに挨拶をしていた。

「やあ、みんな。きょうはどうかな？」

　返答はいつも同じだ。

「生きてるよ。うるさいな！」

そう答えはしたものの、子どもたちが華
華たちのことをほんとうに嫌っていたわけではない。華華たちが現れない日があると、みんな不安になり、たがいにこうたずねあった。

「あの二人のいい子は、どうしてきょう、ネットに現れなかったんだろう?」

この〝いい子〟という呼び名には、本来の〝善良な子〟という意味以外に、皮肉の意味も含まれている。どちらにせよ、後年、だれもが彼ら指導者のことを実際に〝いい子〟と呼ぶようになった。

小さな指導者たちは、毎日、「生きてるよ」という返事を聞いて、いくらかは安心することができた。この「生きてるよ」という声が聞こえているかぎり、最悪の事態はまだこの国に起こっていないのだから。

その日の夜、華華と暁夢がニュー・ワールド集会の会場に入ってみると、そこにいる子どもたちはきのうより増えていた。一千万人以上はいただろうか。しかし、ネット上の会場にいる子どもたちは、いまにもうとうとと寝込んでしまいそうな飲んだくればかりだった。会場にいるアバターも、みんな手に大きな酒瓶をぶら下げている。中には、自分の体よりもずっと大きな酒瓶を抱えている子どももいた。アバターたちは、会場内を千鳥足で歩いたり、数人でかたまったりしながら、酔っぱらいの醜態を晒している。現実世界でコンピュータの前にいるリアルな人間たちと同様、ときどき大きな酒瓶を持ち上げては、デジタル酒をぐいぐいあおっている。酒瓶から流れ出る酒は画像データベース上の同じデータを使っているらしく、どの酒も灼熱の溶鋼のようなぎらぎらした輝きを放ち、その酒を飲んだアバターは、体の色がぱっと明るくなる。

「あなたたち、いったいどうしちゃったの?」暁夢はほとんど毎日、変わり果てた病人を見舞いに来た友人のように、会場の真ん中に設置された演壇からそうたずねた。

一千万人を超える子どもたちが質問に答え、その内容をビッグ・クォンタムがまとめるが、言葉は途切れ途切れにしか聞こえてこない。

「おれたちゃ……元気だ。生きてるよ……」

「でも、なんてひどいありさまなの？」

「ひどい……ひどいだって？　だったら、どうすりゃいいのさ？」

「仕事も勉強もぜんぜんやってないでしょ！」

「仕事に……なんの……なんの意味がある？　きみらはいい子なんだから、きみ……きみ……きみらが仕事を……すればいい」

「おい！　いいかげんにしろ！」華華が叫んだ。

「なにをそんなに……そんなに叫んでんだ？　みんな浴びるほど飲んでるんだよ。みんな眠いんだ。わかんないの？」子どもたちが答えた。

　華華はもう怒り心頭に発していた。「飲んで眠って、眠ってまた飲んで。おまえらはなんだ？　生まれたての子豚か？」

「こと……こと……ことばに気をつけろ。一日じゅうおれたちを叱ってばかりのくせに、なにが学級……学級委員長だ（原注　〝学級委員長〟とは、全国の子どもが華華につけた渾名。メガネは〝学習委員〟、暁夢は〝生活委員〟と呼ばれていた）。おまえらの言うことを聞いてやってもいい……いいけどな、それにはまずこの……この酒を一本飲み干してもらおう！」

　大きな酒瓶が青空から降ってきて、華華の眼前に浮かんでいる。まるで挑発するように揺れるそれを、華華は片手で払いのけて粉々に砕いた。溶鋼のような酒が地面に飛び散り、ぎらぎら輝きながら演壇の周囲をゆっくりと流れている。

「莫迦め、ブタどもが！」と華華がさらに罵倒した。

「ふん、もう一回言ってみろ！」会場のあちこちから無数の酒瓶が演壇に向かって飛んできたが、演壇のまわりに張りめぐらされた見えないバリアにはじかれ、空中で消えた。だが、酒瓶を投げた子どもの手には、手品のようにまた新しい酒瓶が出現した。

「待て。もし働かなければ、おまえたち自身が飢え死にするんだぞ！」

「じゃあ、そっちだってその運命から逃げられないな！」

「おまえたちみたいなやつらの尻をしっかり叩いておくべきだったよ！」と華華。

「ははは、きみ……きみに手が出せるとでも？　自分がいま、三億人の子どもと話しているってことを忘れんなよ。どっちがどっちの……尻を叩くのかな」

＊＊＊

VRヘッドセットを外した華華(ホアホア)と暁夢(シャオ・ムン)は、NITビル最上階ホールの透明な壁ごしに外の都市を眺めていた。キャンディタウン時代のスランバータイムは、もっとも深い眠りの段階に達してしまったようだ。街の明かりはごくわずかしか見あたらない。かわりに薔薇星雲の神秘的な青い光が街全体を包み、林立する高層建築群の窓ガラスに反射して、氷のように冷ややかな青い輝きを発している。それらはまるで深い眠りに沈んだ氷の峰のようだった。

「ゆうべ、また夢でママに会った」と暁夢が言った。

「ママになにか言われた？」と華華がたずねた。

「その話をする前に、小さいころのことを話さなきゃ。何歳のときだったか覚えてないけど、とにかくかなり小さいころのこと。生まれてはじめて虹を見て、それが空中に架かるカラフルな橋だって思ったのよ。その橋は水晶でできてて、その中で色とりどりの光の柱がきらめいているの。あるとき、大雨がやんだあと、虹に向かって必死に走った。虹の橋のたもとまで行って、すごく高いところまで登ってみたい。本気でそう思ってたの。地平線の彼方、大きな山のうしろになにがあるのか、世界がどんなに大きいものなのか、自分の目で見てみたかった。でも、走れば走るほど、虹は遠ざかっていくみたいだった。結局は太陽が沈んで、虹は下のほうからだんだん消えていった。そのとき、わたしは野原にたったひとりで立ちつくしていた。とぼとぼ家に帰って、全身泥だらけで泣きじゃくるわたしに、ママは約束してくれた。こんど雨が降ったら、ママもいっしょに虹を追いかけてくれるって。だから、それからずっと、大雨が降るのを待ってた。そしてようやく雨が降って、また虹が出たのよ。そのときママはちょうどわたしを幼稚園に迎えにきていたから、わたしを自転車のうしろに乗せて、虹に向かってものすごいスピードで走ってくれた。でもやっぱり太陽は沈んでしまったし、カラフルな橋も消えていった。ママが次の大雨を待とうよって言うから、わたしはそうした。何度か雨は降ったけど、虹は出なかった。そして最後には雪が降ってきた……」

華華は暁夢を見つめて言った。「小さいころのきみは、ずいぶん夢想家だったんだな。いまのきみとはずいぶん違う」

「人間、早く大人にならなきゃいけないときもあるでしょ」暁夢は小さな声で言った。「……だけど、ゆうべは違った。わたしは夢の中でママといっしょに虹を追いかけたんだから！　わたしたち、虹に追いついて、上手にその橋を登れたのよ！　カラフルな橋をよじのぼっててっぺんまでたどり着いた。まわりに星が浮かんでいたから、ひとつつかまえた。その星は氷みたいに冷たくて、リンリンリンリンって音楽まで奏でてくれた！」

「いまとなっては、超新星爆発前の生活のほうこそ、夢の世界みたいだよな」華華は感慨深げな口調で言った。

「ほんとね。夢でもいいから、大人がいたあのころに戻りたい。もういちど子どもになりたい。いまのわたし、そんな夢ばかり見てる」

「過去の夢ばかり見て、未来の夢を見ない、それがきみのまちがいさ」コーヒーを持ってやってきたメガネが言った。ここ数日、メガネは口数が少なく、データ領土で行っていた全国の子どもたちとの対話に参加することもなく、大部分の時間を無表情で思索にふけっていた。

暁夢はため息をついた。「未来に夢なんかあるのかしら」

「それがぼくときみたちとの最大の違いだね。きみたちは超新星爆発を災厄のひとつと捉えて、いまやっているすべての努力はこの災厄を乗り越えるためのものだと考えている。だから子どもたちにも早く成長してほしいとしか思っていない。でも、ぼくにしてみれば、これは人類にとっての最大のチャンスなんだ。ぼくたちの文明は、これによって大きく飛躍し、発展できるんだからね」

華華は薔薇星雲の青い光の中、深い眠りに沈む外の街を指さした。「見ろよ、いまの子ども世界を。おまえが言うような希望なんてどこにある？」

メガネはコーヒーをひと口すすった。「ぼくらはたったいま、そのチャンスを逃してしまったのさ」

華華と暁夢は顔を見合わせた。暁夢はメガネを見て言った。「きっとなにか思いついたのね。早く言って！」

「実は、ニュー・ワールド集会の時には、もう考えついていたんだ。覚えてるかな？ 子ども世界を動かす基本的な原動力について、ぼくが話していたこと。子どもたちのシミュレーション国家を見物してから集会の演壇に戻ったとき、あの二億人の集団と対峙しただろ。あのときぼくは、その原動力とはなにかに、ふと思い当たったんだ」

「それってなに？」

「遊びだよ」

暁夢と華華は沈黙し、しばし考え込んだ。

「まず、遊びの正確な定義をはっきりさせなきゃいけない。遊びは子どもたちにだけ属する活動で、大人たちの娯楽とは別物だ。娯楽というのは、大人たちの社会ではメインの生活を補完する活動にすぎないけど、子どもの場合はそれとは違う。遊ぶこと自体が生活のすべてなんだ。つまり、子ども世界っていうのは、遊びを基本とする世界になる可能性があるってこと」

「でもそれが、あなたが言う〝大きく飛躍し、発展できる〟文明とどんな関係があるわけ？」暁夢が言った。「まさかそれも遊びから生じるなんて言うんじゃないでしょうね」

「じゃあ訊くけど、きみは人類文明がどうやって発展してきたと思ってる？　労働の賜物とか？」

「まさか、そうじゃないとでも？」

「アリやミツバチのほうがぼくらよりしっかり働いてるけど、じゃあ彼らのほうが人間より高い文明を築いてるかい？　人類の愚鈍な先祖たちは、重たい石の鋤で土地を耕した。やがて、すっかりくたびれて、石の道具にいやけがさした彼らは、青銅と鉄の精錬方法を学んだ。さらに、青銅器や鉄器を使うことにも疲れてしまったから、自分たちのかわりに仕事をしてくれるものを考え、その結果、蒸気機関や電気や原子力エネルギーを発明した。それにもくたびれた人類は、今度は自分たちのために働いてくれるものを考え、その結果、コンピュータが発明された。……つまり、文明が発展したのは、人類が勤勉に働いたからじゃない。逆に人類が怠け者だったからだよ。大自然の中でちょっと観察してみるといい。人間がいちばん怠惰な生きものだって、すぐにわかるよ」

華華はうなずいた。「ずいぶん極端な説だけど、部分的にはたしかにそのとおりかもしれない。歴史の発展はほんとうに複雑な過程だから、そんなに単純にまとめるわけにはいかないだろうけど」

「わたし、働かないことが文明を発展させたなんて考えはやっぱり納得できない」と暁夢。「まさか、いまみたいに寝てばかりの子どもたちのほうが正しいだなんて思ってないでしょうね？」

「じゃあ、子どもたちは働いていないのか？」とメガネが言った。「たぶんきみたちも覚えているだろうけど、超新星爆発前、アメリカがあるVR映画を売り出した。いままでにないくらい大がかりな作品で、ワーナー・ブラザースは百億ドル以上を投資したとされる。有史以来、コンピュータで制作されたものの中ではたぶん最大規模のVRモデルだ。でも、子どもたちがつくったVR国家を見ただろ。ビッグ・クォンタムに計算させてみたら、あのVR国家の規模は、その映画の三千倍にもなる」

華華はまたうなずいた。「そう！　あのバーチャル世界はほんとにすごかったよな。めちゃくちゃでかかったし、砂粒や草花のひとつひとつにいたるまで、精緻に完璧につくられていた。以前おれも、コンピュータの授業で卵のモデルをつくったことがあるけど、一日がかりだったよ。そう考えると、あのバーチャル世界の製作にはどれだけの作業量が必要だったことか」

「きみたちは、子どもはどうしようもない怠け者で、仕事をしないと思ってるだろ。でも、考えてみてほしい。あの子たちは一日働いて疲れているのに、深夜零時になっても寝ないで、もっと疲れる仕事をコンピュータの前でつづけてきた。そうやって自分たちのバーチャル世界をつくりあげたんだ。コンピュータの前で過労死した子どももたくさんいるそうだよ」

「じゃあ、いま直面してる問題の原因がわかったってこと？」と暁夢。

「単純な話だよ。大人社会は経済社会だった。みんなが働く理由は、経済的な報酬を得るためだった。それに対して、子ども社会は遊びの社会なんだ。働く理由は遊ぶための報酬を得るため。でもいま、報酬はほとんどゼロになってる」

華華と暁夢は何度もうなずいた。それから、暁夢が言った。

「その説には、やっぱり完全には納得できない。たとえば、子ども社会でも経済的報酬はやっぱり不可欠だと思う。ただ、何日もずっと頭の中を覆っていた霧みたいなものが薄れて、ちょっと光が見えたような気がする」

メガネはつづけた。「社会全体から見れば、経済第一主義が遊び第一主義にとってかわられることで、かつての経済第一主義のもとでは抑圧されてきた人類の潜在能力が解き放たれ、大きなイノベーションを生み出すかもしれない。たとえば、大人時代には全財産の三分の二を使って宇宙旅行に出かけると言ったら正気を疑われただろう。だけど、子ども世界、つまり遊び第一主義が支配する社会では、おおぜいの子どもたちが喜んで宇宙旅行に出かける。それによって、新世界の宇宙産業は、大人時代の情報産業みたいに急速な発展を遂げる。新しい分野を開拓する力や未来を想像する力に関しては、遊び第一主義のほうが経済第一主義よりもずっと強いからね。どうせ遊ぶなら遠くへ行きたいし、みんなが知らない世界の秘密をもっとたくさん知りたい。遊び第一主義は、最初のうちレベルが低くても、だんだんレベルを上げながら発展していって、最終的に大人時代の経済と同様、科学の発展を促進できる。そしてその力は、経済によるものよりもはるかに強い。最終的には人類文明に爆発的なブレイクスルーをもたらす可能性が高い。この冷たい宇宙で、生存に必要な臨界速度を獲得し、さらにはその速度を超える」

華華は考え込むように言った。「つまり、子ども世界が大人世界になったあとも、遊び第一主義を守りつづける必要があるってことか」

「ありえない話じゃない。子ども世界はまったく新しい文化を創造するんだ。子ども世界が成長して生まれる未来の大人世界は、西暦時代の単純な反復にはならないはずだ」

「すばらしい。ほんとうに最高だよ！　なあメガネ、いまの話って、ニュー・ワールドの集会で考えついたのか？」

「ああ、そうだよ」

「どうしてそのときなにも言わなかった？」

「いま言っただろ。それがどうした？」

華華はメガネを指さし、すっかり怒り心頭の様子だ。「だからおまえは思考の巨人、行動の小人なんだ！　ずっとそうだ！　アイデアがあっても行動しなきゃ、いったいなんの役に立つ？」

メガネは無表情のままかぶりを振った。「どうやって行動する？　まさかほんとうにあのクレイジーな五ヵ年計画を実行するつもりじゃないだろ？」

「なんでダメなんだ？」

メガネと暁夢は見知らぬ他人を見るような視線を華華に向けた。

「あの五ヵ年計画は、おまえたちの目にはただの非現実的な夢としか映らなかったのか？」

「夢なんかよりもっと非現実的だろ。人類文明史上、現実からもっとも遠い計画があるとしたら、それこそあの計画だ」とメガネが言った。

「だけどあの計画こそ、おまえの考えをいちばんよく体現しているものじゃないか。遊びのパワーで動く世界そのものだろ」

「考えを体現してるって意味では、たしかにそのとおりよ。でも現実的な意味はぜんぜんない」

「ぜんぜんない？」

メガネと暁夢はたがいに顔を見合わせた。

「ほんとうになにもない？」華華が二人にもう一度たずねた。

「夢でも見てるのか？」メガネが華華にたずねた。そして、いまから数ヵ月前、浮遊時代の決定的な時期に、華華からまったく同じ質問をされたことを思い出した。

「なあ、メガネ、西北部全体を含んだアドベンチャー・エリアのこと、もう忘れたのか？　どうしてあれが無理だと思うんだ？　この国の人口は大人時代の五分の一にまで減ってる。ということは、西北部だけにかぎらず、国土の半分を無人にすることもできるだろ。広大なアドベンチャー・エリアにある都市と工場をすべて閉鎖し、全住民をほかの土地へ移住させて、エリア全体を無人地帯にする。そしてエリア内の生態環境をじょじょに回復させ、ひとつの巨大な国定公園にする。それでもなお、国土のもう半分の人口密度は、大人時代より低い」

メガネと暁夢は華華の考えに度肝を抜かれたが、すぐに彼らの頭もまわりはじめた。

「そうよ！　たしかに国土の半分を無人にすれば、もう半分の国土は人口が倍になる。そうしたら、ひとり当たりの労働量を半分に減らせる。作業負担が重すぎるといういまの課題が一挙に解決して、子どもたちはもっと多くの時間を勉強と遊びに割ける」

「さらに重要なのは、遊び自体が、さっき言った労働の報酬になりうるってことだね」とメガネ。

「一定時間働いた子どもたちには、広大な国定公園で遊ぶ資格と時間が与えられるようにすればいい。公園の面積は国土の半分、五百万平方キロメートル近くあるんだから、そりゃ楽しく遊べるよ」

華華はうなずいた。「以前バーチャル国家で見たあの超大型アミューズメント・パークだって、いつかはその広大な国定公園の中で実現できるかもしれない」

「わたし、この計画って実行できる気がしてきた。しかも、この国がいまの苦境から抜け出すきっかけにもなる。決定的なポイントは、住民の大移動よ。大人時代なら想像もできないことだけど、でも、子どもも国の社会構造はすごくシンプルでしょ。基本的には大きな学校みたいなものだから、いまなら大規模な人口移動を実現するのはそんなにむずかしくないと思う。メガネ、あなたはどう思う？」

メガネは考えながら意見を言った。「たしかに独創的なアイデアだね。でもこれは、前代未聞の大移動になる。もしかしたらなにか……なにか予想もつかない悪い結果がもたらされるかもしれない」

メガネその言葉と同時に、華華も言った。「また出たな。行動の小人め！　もちろん詳細な分析が必要だ。すぐに会議を開くことを提案する！　この計画が実施されれば、すぐにでもこの国を深い眠りから揺り起こせるぞ。おれはそう信じてる！」

＊＊＊

以上の会話は、後世の歴史学者によって超新星紀元初頭の〝真夜中会談〟と称されることになる。この会談の意義は、どんなに高く評価したとしても高すぎることはない。〝真夜中会談〟の中で、メガネから二つのきわめて重要な考えが提起された。ひとつは、遊びが子ども世界における主な原動力となること。この考えはのちに超新星紀元における社会学と経済学の基礎となる。もうひとつは、子ども世界の遊び第一主義がなんらかのかたちでそのあとに来る大人世界に影響を与え、人類社会に質的変化をもたらすというもの。この考えはより大胆かつ深遠で、大きな影響を与えることになる。

〝真夜中会談〟のもうひとつの重要なアイデアは、華華(ホアホア)によって提起された遊び第一主義に基づく未来計画である。この計画はたしかに実現されなかったものの、のちの世界は、これを基本モデルとして運営されていく。これ以降、多くの歴史学者や作家が、もし仮に華華の計画が実現していたとしたら、歴史はどのようなコースをたどっていたのか予想し、ある仮説をとなえた。しかし、この仮説に大きな関心を抱く人は多くなかった。なぜなら、遊び第一主義によって変わっていたかもしれない超新星紀元の歴史は、実際には、小さな指導者たちの予想をはるかに超えて、すさまじく常軌を逸した、すさまじくとんでもないものになったからだ。

子ども指導者グループが連日会議を開き、超大型国定公園を建設するための施策を検討している最中、歴史のその流れは、あるメッセージによって無情にもすっぱりと断ち切られた。彼らが受けとったそのメッセージは、地球の反対側の端から電子メールで送られてきたものだった。全文は次のとおり。

中国の子どもたちへ。貴国の首脳は、いますぐ国連に来て、会議に参加してほしい。今回の会議は、超新星紀元における第一回の国連総会だ。全世界の子ども国の首脳全員が参加し、子ども世界にとってきわめて重要な状況について話し合うことになる。大至急、ただちに参加してくれ。きみたちのこ

とをみんなが待っている！

国際連合事務総長　ウィル・ジョー・ガーナー

第8章　アメリカのキャンディタウン時代

アイスクリーム・パーティー

薔薇星雲はまだ空に昇らず、ワシントンDCの市街は暮色に包まれていた。このとき、えんえんとつづく広大なナショナル・モールに人影はなく、きょう最後の陽光が、東端のキャピトル・ヒルに建つアメリカ国会議事堂の高いドームを冷え冷えと照らし出す。ナショナル・モールの西端には、ワシントン記念塔の白いオベリスクがぽつんと不気味にそびえ立ち、その先端は、いましがた空に姿を現したばかりの二つの星を指している。ナショナル・モールの近くに建ち並ぶその他の白い建築群――円形のジェファーソン記念館、巨大なリンカーン記念堂、ナショナル・ギャラリー、スミソニアン博物館の複数の建物――にもほとんど明かりはなく、リフレクティング・プールの噴水も止まって、少しも波紋のない水面には、暗鬱とした夕陽が映るばかりだった。白を基調としたヨーロッパの新古典主義建築様式から成るこの都市は、荒廃した古代ギリシャの遺跡のようにも見えた。

都市全体はすでに夜色と静寂にすっぽり包まれかけていたが、それを追い払うかのようにホワイトハウスは煌々と明かりを灯し、楽器の音を響かせている。東と北のゲートの外には各国の国旗を立てた車がずらりと駐車されている。アメリカ大統領が開いた歓迎パーティーに、各国の子ども首脳が参加している証拠だった。小さな首脳たちは超新星紀元の第一回国連総会に参加するため、アメリカを訪れていた。このレセプションはもともと、ホワイトハウスのメインハウス西側にあるステート・ダイニングルームで開かれる予定だったが、そこはせいぜい百名しか収容できない。今回はおよそ二百三十名の参加者がいるため、ホワイトハウス最大のイーストルームを使うことになった。装飾がきらめく漆喰塗りの天井には、一九〇二年製の巨大なボヘミア・クリスタル製シャンデリアが三つあり、その光が、かつてエイブラハム・リンカーンの遺体が安置されていたこの場所を照らしている。白と金色を基調とした広間には、高級な夜会服を身にまとった子どもたちが二百名以上勢ぞろいしていた。集まって談笑にふけったり、物珍しげに部屋を見てまわる子どももいるが、それ以外は全員、フランス窓の前に置かれたスタインウェイのグランドピアノ（そのピアノでもっとも目を惹くのは、白頭鷲をかたどった三つの脚だった）のそばに集まっていた。金髪の愛らしい女の子、大統領首席補佐官フランシス・ベナの弾く『ビヤ樽ポルカ』を聴くためだった。広間の中央のテーブルには、見ているだけでよだれが垂れてきそうなごちそう――ジンジャーステーキやエスカルゴのワイン蒸しなどの豪華なフランス料理、そら豆の炒め物、ポークソテーやカウボーイクッキーなどのアメリカ西部料理その他いろいろ――がところせましと並んでいるが、子どもたちはみんな、あえてそれを見ないようにしている。

そのとき、軍楽隊がだしぬけに『アメリカ・ザ・ビューティフル』を演奏しはじめたので、小さなゲストたちはみんな話をやめ、扉のほうに顔を向けた。超新星紀元における初代アメリカ合衆国大統領ハーマン・デイヴィーが、国務長官チェスター・ヴォーン以下、アメリカ合衆国政府高官たちを引き連れて入ってきたのだ。

全員の視線が若い大統領に注がれていた。どんな子どもでも、多少なりとも身体的な魅力をどこかに――眼とかひたいとか口もととかに――備えているものだが、もし一万人の子どもからそれぞれのいちばん優れた部分だけを抜き出し、それらを集めてひとりの子どもをつくったとしたら、それがハーマン・デイヴィーだ。この男の子はそれほど完璧な美しさを備えていた。あまりの美しさに、だれもが神秘を感じ、ピカピカ光る異星船で地球にやってきた小さなスーパーマンなのではと疑うほどだった。

実際のデイヴィーは、人間の母親のお腹から生まれてきたし、悠久の過去まで血統を遡れるような由緒ある家柄でもない。父方はスコットランドの出身だが、フランクリン・ローズヴェルトと違って、英国の征服王ウィリアム一世に連なるような家系ではなかった。それどころか、アメリカ独立戦争以前のルーツさえよくわかっていない。母親は、第二次世界大戦終結時に不法移民としてアメリカにやってきたポーランド人だった。子どもたちがもっとも失望したのは、九歳以前の彼の経歴に、伝説じみた逸話がなにひとつないことだった。そんなごく平凡な家庭に育ったデイヴィーについて、洗濯洗剤の営業マンだった父親は、ジョン・ケネディの父親が息子に抱いていたような期待など一切持っていなかった。広告デザイナーとして働いていた母親も、リンカーンの母親が息子に語ったような教訓をデイヴィーに聞かせたことは一度もなかった。加えて、彼の家族は社会活動や政治活動になんの関心もなかった。デイヴィーの父親が大統領選で投票したのは一度だけ。それも、民主党と共和党、どちらの候補者に投票するか、自分の意思ではなくコイントスで決めたという。デイヴィーの幼年時代の経歴にも、特筆すべきものはなかった。学校の教科の成績は大半がBだったし、好きなスポーツはアメリカンフットボールか野球、しかしそれも、学校のチームの補欠にすらなれなかった。子ども記者たちは、綿密な聞き込み取材によって、デイヴィーが三年生の一学期だけチューター（原注　欧米の学校では上級生の中から選ばれた学生が課外活動として下級生に補習を行う役目を担う）を務めた事実を調べ上げた。だが、その活動に対する学校からの評価はどこにも見つからなかった。デイヴィーは大多数のアメリカの子どもたちと同様、ふだんは自由な少年時代を謳歌しつつ、内心ではつねにチャンスをうかがっていた。チャンスが到来したらそれに狙いを定め、食らいついて放さない、そんな野心を持っていたのである。そして、十二歳のデイヴィーにとうとうそのチャンスが訪れた。超新星が出現したのだ。

大統領による災害の発表を聞いたデイヴィーは、歴史が自分に向かって手を差し伸べていることにすぐさま気づいた。国家シミュレーションにおける競争は苛烈をきわめ、デイヴィーはもう少しで命を落とすところだった。それでも、とつぜん降ってきたかのような強烈なリーダーシップと胆力により、デイヴィーはライバルたちを打ち負かすことに成功した。

だが、すべてが順調に進んだわけではない。権力の頂点へと昇りつめる中で、デイヴィーの心にチェスター・ヴォーンの存在がつねに影を落としていた。

はじめてヴォーンを見た人は、大人であれ子どもであれ、背すじにさむけが走り、すぐに目をそらそうとする。見た目で言えばヴォーンはデイヴィーの正反対だった。びっくりするほど痩せていて、首は棒のように細く、人一倍大きな頭を支えられるのか心配になるくらいだった。腕は骨に皮をかぶせたようだが、飢餓に苦しむアフリカの子どものように見えるわけでもない。というのも、そういう子どもたちと違って、ヴォーンはびっくりするほど肌の色が白く、ほかの子どもからは〝リトル・ヴァンパイア〟と呼ばれるくらいだったからだ。透きとおるように白い皮膚の下に、細かい毛細血管があらわになっている。広いひたいの血管はとりわけ目立ち、まるで古いSFに出てくるミュータントのようだった。さらにヴォーンには、ほかにも明らかな身体的特徴があった。顔が異様に老けているのだ。大人時代なら、外見から年齢をあてることは不可能だっただろう。映画に出てくるホビット族の長老のようにも見えた。

その日、ホワイトハウスの大統領執務室（オーバル・オフィス）に足を踏み入れたデイヴィーは、いまわの際の大統領と最高裁判所長官の前でテーブルの聖書に手を置いて宣誓し、アメリカ合衆国大統領に就任した。そのあいだじゅう、ヴォーンは少し離れたところにある国旗の下で、この歴史的な出来事にはなんの関心もないというように、デイヴィーたちに背を向け、ひとことも発しないままじっと立っていた。宣誓が終わると、前大統領が二人を引き合わせた。

「こちらはチェスター・ヴォーン、国務長官だ。そしてこちらがハーマン・デイヴィー。アメリカ合衆国大統領だ」

デイヴィーは握手のために手を伸ばそうとして、途中でひっこめた。ヴォーンが微動だにせず、ずっとこちらに背を向けたままだったからだ。もっとも奇妙なのは、デイヴィーがヴォーンに挨拶しようとしたその瞬間、前大統領が軽く手を上げてデイヴィーを制止したことだった。そのしぐさはまるで、深く尊敬する主人が考えにふけっているとき、急な来訪者にその黙考が邪魔されることを恐れる召使いのようだった。何秒か過ぎて、やっとヴォーンがゆっくりと首をめぐらした。

「こちらはハーマン・デイヴィー。彼のことは前々から知っていると思うが」前大統領はふたたびデイヴィーを紹介したが、その口調や表情から、重病に罹っているのが彼自身ではなく、その奇妙な子どものほうであるかのように思えた。

ヴォーンがこちらを振り向いたとき、その目は依然としてべつのところを見ていたが、大統領の言葉を受けて、ようやくデイヴィーにまっすぐ視線を向けた。だが、なにも言わず、そればかりかわずかにうなずくことさえなく、またデイヴィーに背を向けた。そのあいだのほんの一瞬、デイヴィーははじめてチェスター・ヴォーンの目を見た。深く落ち窪んだその双眼は、濃い眉毛のおかげで、完全に漆黒に沈んでいるように見えた。水底にどんな恐ろしい生きものが隠れているか知れない、深い山奥にある二つの冷たい沼――そんな印象を与える目だった。その瞳に魅入られたデイヴィーは、深い沼から伸びてきた冷たくて濡れた手で首を絞められているような気がして、息ができなくなった。そしてヴォーンがふたたびうしろを向く寸前、深く潜んだ二つの瞳が陽光を反射し、冷たい光の爆発を起こすのを感じた……。

デイヴィーは権力に対する第六感のようなものが備わっていた。国務長官のヴォーンのほうが大統領のデイヴィーよりも先にオーバル・オフィスに着いていたことと、自分が目撃したオーバル・オフィスでの些細な出来事は、デイヴィーの心を不安に陥れた。とりわけ気にかかるのは、ヴォーンが組閣について絶対的な権利を持っていることだった。超新星紀元に行われた憲法改正により、国務長官の人事権が強化されたのである。かつて国務長官の職は現職の大統領によって任免されるものであり、前大統領が任命する職ではなかった。それに、前大統領が国務長官の権利をくりかえし強調するのも、デイヴィーには異常なことに思われた。

ホワイトハウスでの職務をこなす中で、デイヴィーはヴォーンと直接コンタクトをとるのをできるだけ避けてきた。さいわいヴォーンは大部分の時間をキャピトル・ヒルにある議会議事堂で過ごしていたし、二人のあいだの連絡も電話で事足りていた。かつて、エイブラハム・リンカーンは、だれかを任命したくないとき、その理由について「彼の容貌が気に入らない」と説明したという。自分の容貌に責任を持てる人などいないだろうと反論されると、リンカーンは、「いや、四十歳を過ぎた人間は、自分の顔に責任を持たなくてはならない」と答えたとされている。ヴォーンはまだたったの十三歳かもしれないが、それでも自分の容貌に責任を持たなくてはならないとデイヴィーは感じていた。

ヴォーンの経歴について、デイヴィーが知る情報は少なかった。実際、ほかの閣僚についても似たようなものだった。こんなことは、過去のアメリカではまずありえない。大人時代には、指導者たちの経歴は、選挙民に熟知されていたのだから。ホワイトハウスや議会にいる子どもたちのほとんども、ヴォーンの過去をよく知らなかった。連邦準備制度理事会議長とのあいだでヴォーンのことが話題となったときに聞いた話によると、彼女の父親――ハーヴァード大学の教授――が、あの奇妙な子ども、チェスター・ヴォーンを自宅に連れてきたことがあるという。社会学と歴史学におけるヴォーンの知力はずば抜けていると彼女の父親は認めていたそうだ。この話はデイヴィーには理解しがたかった。

神童と言われる子どもの話は、デイヴィーもたくさん聞いてきた。だが、どの神童も、才能を発揮する分野は自然科学か芸術で、社会学と歴史学に秀でた神童など聞いたこともなかった。社会学の分野では、自然科学の場合と違って、知力だけを頼りに業績をあげて成功することは不可能だ。社会学では、研究者自身の豊富な社会経験が不可欠だし、現実社会に対する広く深い洞察力も必要となる。歴史学も事情は変わらない。現実の社会生活の経験の乏しい子どもにとって、歴史を立体的にとらえることはむずかしい。そしてそのような立体感こそ、歴史研究者には欠かせない。時間と経験によってのみ得られるこうした要素を、ヴォーンはどうやって身につけたんだろう。

デイヴィーは実務的な面を重視する子どもだったから、国務長官との関係がこんなことではダメだとわかっていた。そのため、自身の嫌悪感と恐怖心（もっとも、後者の感情について、デイヴィー自身は認めていなかった）を抑えつけ、ヴォーンの住まいを訪ねてみることにした。ヴォーンは一日じゅう資料と書物の山に埋もれて、どうしても必要なとき以外ほとんど口を開かず、友人ひとりいないという話だった。ヴォーンは遅くまで執務室で本を読んでから帰宅すると聞いたので、デイヴィーは夜十時過ぎに彼の家を訪れた。

ヴォーンの住まいは十六番ストリートの北端にあった。ワシントンDCの最北部、ゴールド・コーストと呼ばれるエリアだ。かつてはユダヤ人街だったが、その後、政府関係者や弁護士事務所で働くミドルクラスの黒人が多く移り住んできた。そのエリアの端のほう、ダウンタウンに近い側に、まだ内装も済んでいない雑居ビルがあった。ワシントンDCでも忘れ去られた地区のひとつで、南東部のアナコスティアほど老朽化しているわけではないものの、大人時代には犯罪率の高さと麻薬取引の多さで知られていた。ヴォーンはその地区にあるアパートの一室に住んでいた。

デイヴィーがドアをノックすると、「鍵はかかっていない」とヴォーンの冷たい声が答えた。用心深くドアを開けると、古本の倉庫かと思うような光景が広がっていた。蛍光灯の薄暗い光に照らされた範囲はすべて本で埋まっている。どこにも本棚はなく、それ以外の家具も――テーブルや椅子も――ない。本は乱雑に投げ出され、床が見えない。ベッドさえなく、平らに積んだ本の上に毛布が一枚敷いてあるだけだった。床の本を踏むことになるため、デイヴィーは部屋の中に入りかねて、茫然と書籍の山を眺めていた。英文以外のものもあるが、見当がつくのはフランス語とドイツ語の本くらいだ。それ以外の言語では、ぼろぼろになったラテン語の古い本もある。ちょうどいまデイヴィーが踏んでいるのはエドワード・ギボンの『ローマ帝国衰亡史』。そのすぐ手前には『君主論』――著者名はウィリアム・マンチェスターの『栄光と夢』の下になっていて見えない。さらにジャン・ジャック・セルヴァン＝シュレーベルの『グローバル・チャレンジ』、トレヴァー・ネヴィット・デュピュイの『兵器と戦争の進化』、アーサー・M・シュレジンジャー・ジュニアの『アメリカ政党史』、カントの『純粋理性批判』、アーサー・M・シュレジンジャー・シニアの『政治軍事地理学』、ヘンリー・アルフレッド・キッシンジャーの『選択の必要性』……。

ヴォーンは書籍の山に座っていたが、デイヴィーが入ってきたのを見ると、立ち上がってドアのほうにやってきた。デイヴィーは彼が左肩から透明ななにかを抜くのを見た。注射器だった。ヴォーンは大統領の視線にも頓着せず、デイヴィーの目の前に来たときも、右手にはまだ注射器を持っていた。

「きみはドラッグをやるのか？」

ヴォーンは答えず、デイヴィーを見るだけだった――二つの瞳から実体のない手がこちらに向かって伸びてくるような気がして、デイヴィーはまたぞっとした。だれかほかの人がここにいてくれればと思って周囲を見渡したが、ビルの中は空っぽで、だれもいないようだ。大人たちがいなくなったあと、こういう空きビルがあちこちに残されている。

「ぼくのことが嫌いなのはわかっている。だが、がまんして受け入れてもらうしかない」

「ドラッグ中毒の国務長官を受け入れろと？」

「そのとおり」

「なんのために？」

「アメリカのために」

ダース・ベイダーを思わせるヴォーンの黒い瞳ににらまれて、デイヴィーは降伏するしかなかった。ため息をついて視線をそらし、ヴォーンとのにらみあいを終わらせた。

「食事をおごらせてくれ」デイヴィーが言った。

「ホワイトハウスに行くのか？」

「そうだ」

ヴォーンはうなずくと、いっしょに出ようというようにドアの外を手で示した。ヴォーンがドアを閉める前に、デイヴィーはもう一度だけ室内を見まわした。部屋の中には本と毛布以外に、びっくりするほど大きな地球儀があった。ドア側の隅に置いてあったので、さっきは気づかなかったが、その地球儀はヴォーンの背丈を超える高さだった。地球を支えるフレームには、ギリシャ神話の女神をかたどった精巧な彫刻がほどこされていた。ひとりは知恵と戦いを司るアテナ、もうひとりは未来を予言するカサンドラ。その二人が巨大な地球儀を持ち上げている。

＊＊＊

大統領と国務長官はホワイトハウスのレッドルームでディナーをとった。ここはホワイトハウスの四大レセプションルームのひとつで、そもそもはファーストレディーが来賓をもてなし、ミニパーティーを催す部屋だった。薄暗い明かりに照らされた壁には、縁に黄金の渦巻き模様をあしらった深紅の綾織りのサテンが掛けてある。その壁と、フランス王国時代のマホガニー製の書棚、そして暖炉のマントルピースに置かれた一八世紀の燭台二つ――それらの調度によって、この場所が持つ伝統と神秘性がさらに強調されていた。

二人の子どもは、暖炉の向かい側の小さな円テーブルで食事をとった。このテーブルは、ホワイトハウスの家具の中でももっとも精緻で美しいものだった。マホガニー材をはじめとするさまざまな硬木でつくられた骨組みに大理石の天板がはめこまれ、金めっきされたブロンズ製の女性の胸像がそれを支えている。テーブルにはスコッチ・ウィスキーの瓶が一本置かれていた。ヴォーンは小食で、酒しか飲まない。すぐにグラスを飲み干し、またおかわりするので、十分も経たずに酒瓶はほとんど空になった。デイヴィーはまた二本の酒瓶を持ってきた。ヴォーンにとってアルコールはなんの酩酊効果もないらしく、同じピッチで飲みつづけている。

「両親のことを話してくれないか」デイヴィーは慎重にたずねた。

「会ったこともない」ヴォーンはそっけなく答えた。

「じゃあ、きみの……出身は?」

「ハート島」

会話はそこで途絶え、二人は黙ったまま飲食をつづけた。しばらくして、デイヴィーはふと、ヴォーンの返事が意味することに思い当たり、ぞっとした。ハート島はマンハッタン島の近くにある小島で、そこにはドラッグ中毒の母親に捨てられた赤ん坊たちの集団墓地がある。

「それって、まさか……」デイヴィーはヴォーンにたずねた。

「そうだよ」

「ということは、段ボール箱かなにかに入れられて、そこに捨てられてたってことか?」

「まだ小さかったから、入れられていたのは靴箱だったそうだ。その日に捨てられた子どもは八人いたが、生き延びたのはぼくだけだったらしい」ヴォーンはまったく平静な口調で言った。

「だれに拾われたんだ?」

「知っているだけで十以上の名前があるが、ぜんぶ偽名だ。いろいろユニークな方法を使ってヘロインを売買していた男だ」

「てっきりきみは……図書館かどこかで育ったのかと思っていたよ」

「まあ、それもまちがいというわけじゃない。あの場所自体、巨大な図書館みたいなものだからな。ただし、本のページはカネと血だった」

「ベナ!」ディヴィーは大きな声で呼んだ。

フランシス・ベナという名の金髪の少女がやってきた。大統領首席補佐官だが、人形かと見まがうほどの美貌の持ち主だった。

「もっと明かりを点けてくれ」

「でも……以前、ファーストレディーが客を招いたときはこのくらいの明るさだったわ。王族を迎えるときなんか、電灯はぜんぶ消して、蠟燭を点けたくらいよ」首席補佐官はいかにも不服そうに言った。

「ぼくは大統領で、ファーストレディーじゃない。きみだって違うだろ。とにかく、こんな薄暗いのはごめんだ!」ディヴィーは不機嫌そうに言った。

ベナはかんしゃくを起こしたように、すべての照明を点けた。写真撮影の際に使用するパワーライトまで点灯したので、レッドルームの壁とカーペットは、ぎらぎらと目を射るほど赤く輝いた。ディヴィーは、部屋が明るくなってかなり落ち着いたものの、やはりヴォーンの目をまともに見られなかった。いまの唯一の願いは、このディナーが早く終わってくれることだった。

暖炉の上にある、一九五二年にフランス大統領ヴァンサン・オリオールから贈られた金色のブロンズ時計から心地よい牧歌的な音楽が流れ、もう夜が更けていることを子どもたちに教えた。ヴォーンが立ち上がって別れを告げると、デイヴィーは車で家まで送り届けると申し出た。ほんとうのところ、この小さなモンスターに、ホワイトハウスで夜を過ごしてほしくない一心からだった。

***

大統領専用車のリンカーンは静かな大通りを進んだ。デイヴィーは、運転手兼SPの同乗を拒み、自分でリンカーンを運転していた。道中、二人ともずっと無言のままだったが、高くそびえるリンカーン記念堂の前まで来たとき、ヴォーンが車を停めるように合図した。デイヴィーは車を停めたが、その瞬間、合図にしたがったことを後悔した。おれは大統領だぞ。なんでこんなやつの命令を聞かなきゃいけないんだ？　自分にない力がヴォーンに備わっていることを、デイヴィーは認めざるをえなかった。

リンカーン大統領の座像が夜の闇の中にぼんやりそびえている。若き大統領はその像の頭部を見ながら、リンカーンに自分を見てほしいと思ったが、歴史上の偉人は視線をぴくりとも動かさず、ただ前方を見つめるばかりだった。リフレクティング・プールの向こう、夜空に突き刺さるように立つワシントン記念塔と、芝生の先の国会議事堂をじっと眺めながら、デイヴィーは不自然な口調で切り出した。

「リンカーンが亡くなったとき、陸軍長官のエドウィン・マクマスターズ・スタントンがこう言った。『いま、彼は歴史になった』と。ぼくらが死ぬときも、だれかがぼくらについて同じことを言ってくれると信じてるよ」

ヴォーンは大統領の言葉に直接答えず、ただひとことこう言った。「デイヴィー」

「えっ？」デイヴィーは驚いた。いままでは「大統領（ミスター・プレジデント）」としか呼びかけてこなかったヴォーンが、はじめて名前で呼んだのだ。

ヴォーンは笑みを浮かべていた。これまで、ヴォーンは笑顔とは無縁の人間だと思っていたのに。つづいてヴォーンは、意表をつく質問をしてきた。

「アメリカってなんだい？」

もし他の人間からこの質問を受けていれば、デイヴィーは怒っていたはずだ。だが、ヴォーンからの質問とあっては、デイヴィーも頭を使わざるをえない。たしかに、アメリカっていったいなんだろう？　アメリカというのはディズニーランドであり、スーパーマーケットやマクドナルドであり、数千種類のアイスクリームやハンバーガーであり、もしかするとカウボーイの革ジャンとリボルバー拳銃かもしれない。あるいは月ロケットやスペースシャトル、アメリカンフットボールやブレイクダンス、さらにはマンハッタンの摩天楼やテキサスの荒れ果てた砂漠だという可能性もある。もしくは、ロバとゾウのシンボルマークのもと、二大政党の大統領候補によって行われるテレビ討論会かもしれない。……だが、最終的にデイヴィーは思い当たった。自分の頭の中にあるアメリカとは、砕け散ったステンドグラスの破片、飛び散った色のひとつでしかない。デイヴィーはただ茫然とヴォーンを見つめるしかなかった。

「幼いころの記憶は？」ヴォーンはすばやく話題を変えた。ほとんどの子どもがついていけないほど頭の回転が速い。「四歳になる前、家の中のものはどう見えた？　冷蔵庫は冷蔵庫だったか？　テレビはテレビに見えたか？　自動車は自動車と感じたか？　芝生は芝生だったか？　芝生の上の芝刈り機は、どんなふうに見えていた？」

デイヴィーの小さな脳みそは、必死に追いつこうとすごい勢いで回転していたが、それでも答えは浮かばず、口をついたのは凡庸な質問だった。「つまり、きみが言いたいのは……」

「べつになにか言いたいわけじゃない。来てくれ」そう言うとヴォーンはひとりで先に立って歩き出した。さっきのやりとりから、ヴォーンは大統領の頭が切れることを認めた。だがそれは、ふつうの人間と比較してどうかという話でしかない。ヴォーン自身の基準では、大統領の頭は耐えられないほど鈍かった。

「じゃあ、アメリカがなんなのか教えてくれよ！」デイヴィーはあとを追いながら大声でたずねた。

「アメリカは大きなおもちゃさ」

ヴォーンの声はそれほど大きくない。だが、デイヴィーの声よりずっと響くように聞こえた。小さな大統領はリンカーン像のうしろで茫然と立ち尽くした。デイヴィーがわれに返るまで、数秒の時間がかかった。ヴォーンの話を完全に理解することはできなかったものの、聡明なデイヴィーは、そこに深遠ななにかを敏感に感じとっていた。

「だけど、いまになってもまだ、子どもたちはアメリカをひとつの国家として扱っている。現在もこの国が大人時代と同様に安定して運営されているのがその証拠だ」とデイヴィーは反論した。

「しかし、そうした慣性の力は衰えつつある。子どもたちは大人たちにかけられた催眠から目覚めはじめている。彼らはもうすぐ自分の目で世界を見るようになる。そして、この大きなおもちゃを発見して、大喜びするだろう」

「そのあとどうなる？　子どもたちは遊びはじめるのか？　アメリカを使って？」デイヴィーはそう質問しながらも、自分の考えに驚いていた。

「子どもたちが遊ぶ以外になにをすると？」ヴォーンはそう言って、わずかに肩をすくめてみせた。

「どうやって遊ぶ？　街全体を利用してアメフトをやるのか、それとも夜どおしコンピュータ・ゲームでもする？」

このとき、二人は記念堂南ホールの入口までたどり着いていた。ヴォーンは目の前のドアを見ながらかぶりを振った。

「大統領、きみの想像力には心底がっかりだよ」そう言うと、ドアを押してデイヴィーに中に入るよう促した。

ドアの向こうは漆黒の闇だった。デイヴィーがおそるおそる歩を進めると、ヴォーンがうしろで照明を点けた。急な明るさに目が慣れたとき、デイヴィーはまわりの光景に仰天した。そこはおもちゃの世界だった。彼の記憶では、このホールの壁にはジュールス・ゲリンが描いた壁画があるはずだった。黒人奴隷の解放と国家の再統一というテーマに風刺的な手法で挑んだ傑作だ。しかし、その壁はいま、天井まで積み上げられた無数の人形、積み木、おもちゃの自動車、風船、スケボーなどで埋めつくされている。カラフルなおもちゃの山に埋もれたような気分だった。茫然とするデイヴィーに、ヴォーンの声がうしろから言った。

「アメリカ、これこそおもちゃのアメリカだ。まわりを見てくれ。きみもなにか刺激を受けるかもしれない」

山のように積み上がったおもちゃを眺めていたデイヴィーの視線が、ふとあるものに釘づけになった——目立たない隅で、色鮮やかな布製の人形たちの中に半分埋もれている。遠くから見ると、まるで黒い樹の幹のようだ。近寄ってそれを布人形のあいだからひっぱり出したとたん、デイヴィーの顔に笑みが広がった。軽機関銃だった。それも、おもちゃではない。本物だ!

ヴォーンがそばに来て説明した。「これはベルギー製のミニミ軽機関銃だ。われわれがM249と呼んでいるタイプで、アメリカ軍分隊の制式軽機関銃のひとつだ。この銃は口径が小さく、たった5・56ミリしかない。軽くてコンパクト、それでいて火力もある。発射速度は毎分千発」

黒光りする金属製の銃身の質感は、周囲のおもちゃが醸し出す浮ついた雰囲気とくらべると、なぜかしっくりきた。

「気に入ったか?」ヴォーンがたずねた。

デイヴィーは、氷のように冷たい光沢を放つ銃身を撫でさすりながらうなずいた。

「じゃあ、記念にとっておいてくれ。ぼくからのプレゼントということにしよう」そう言うと、ヴォーンはまっすぐホールのドアに向かって歩いていった。

「ありがとう。いままでもらったプレゼントの中でいちばんうれしいよ」デイヴィーは軽機関銃を抱え、ヴォーンのあとについてホールを出た。

「大統領、もしその銃が本来の役割のとおりきみになんらかの刺激を与えたとしたら、ぼくにとってもうれしい」ヴォーンの表情は落ち着いていた。そのうしろで機関銃を慈しむように撫でまわしていたデイヴィーは、顔を上げてヴォーンの背中を見た。ヴォーンは歩くとき、いっさい足音をたてない。薄暗い記念堂の中を亡霊が漂っているようにも見える。

「それはつまり……あの山のようなおもちゃの中でぼくが真っ先にこの銃に目をとめたことを言ってるのか？」

ヴォーンはうなずいた。「あの小さなおもちゃのアメリカの中で、きみが最初に気づいたのはあの機関銃であって、ほかのものではない」

このとき、彼らはすでに記念堂の外階段の最上段まで来ていた。涼しい夜風を浴びてデイヴィーの頭がクリアになり、ヴォーンの話の意味がようやく理解できて、思わずぞくっと身震いした。ヴォーンは手を伸ばし、デイヴィーから機関銃をとりあげた。驚いてヴォーンを見ると、枯れ枝のような細い腕が、重い機関銃を軽々と持っている。ヴォーンは銃を目の前で構え、星明かりを頼りに銃を点検している。

「銃は人類が創造したもののうちもっとも卓越した芸術品だ。人類という動物のもっとも原始的な欲望と本能を凝縮している。この美しさは、ほかのものにかえられない——氷のように冷ややかな美、その鋭利な美しさがすべての人間の心を捉えて離さないんだ。銃は人類にとって永遠のおもちゃだ」

ヴォーンは慣れた手つきで撃鉄を引くと、夜空に向けて、ためらうことなく三度にわたって六連射した。首都の静寂はその銃声によって切り裂かれた。つづけざまに響いた爆発音に、デイヴィーは少し頭が痛くなった。銃口に小さな火花が十八回ひらめき、その光によって、暗闇に沈んでいた周囲の建造物の姿がぼんやり現れた。銃弾は、さながら都市の上空を吹き抜ける狂風のように夜空にうなりをあげた。十八個の薬莢が大理石の階段に落ち、心地よい音を奏でる。まるで激しいヘヴィメタル曲の幕切れに響きわたるギターの弦の音のようだった。

「耳を澄ませてくれ、大統領。人類の霊魂が歌っているだろう」ヴォーンのまぶたは陶酔したように半開きになっている。

「おお――」デイヴィーの口からわれ知らず声が洩れた。ヴォーンから機関銃を奪い、まだあたたかい銃身をうっとりと撫でた。一台のパトカーが記念堂のうしろから飛び出してくると、階段の下に急停車した。中から降りてきた三名の警察官が懐中電灯を上に向けて照らした。だが、発砲したのが大統領と国務長官だとわかると、警官たちはなにやらぶつくさ言いながらまた車に乗り込み、パトカーは走り去った。このときデイヴィーは、ヴォーンがさっき言ったことを思い出した。「でも、きみが言うその刺激は……すごくおそろしいものだ」

「歴史は、おそろしいかどうかなど気にかけない。存在するというだけでじゅうぶんだ。政治家にとっての歴史は、画家にとっての油絵のようなものだ。いいも悪いもない。問題はどうやってそれをコントロールするかだ。悪い歴史など存在しない。存在するのは悪い政治家だけだよ。ここまで言えば、大統領、きみにも自分の目標がわかっただろう」

「ミスター・ヴォーン、教師が学生に教えるようなその口調は気に入らないけど、きみが話してくれたことはすばらしいと思っている。目標に関して言えば、大人たちの目標とぼくらの目標には、なにか違いがあると？」

「大統領、そもそもきみは、大人たちがいかにしてアメリカを強大な国家にしたのか理解しているのか？」

「大人たちは空母打撃群をつくった！」

「違う」

「大人たちは月ロケットを打ち上げた！」

「違う」

「アメリカの巨大な科学、テクノロジー、工業、富を生み出した……」

「それらはたしかに重要だが、やはり違う」

「じゃあいったいなんだ？　いったいなにがアメリカを強大にした？」

「ミッキー・マウスとドナルド・ダックだ」

デイヴィーは考え込んだ。

「独り善がりなヨーロッパ、排他的で古臭いアジア、貧しいアフリカ、世界のあらゆるところに――空母打撃群の行けないところにまで――ミッキー・マウスとドナルド・ダックは入り込んだ」

「つまり、全世界に浸透したアメリカ文化のこと？」

ヴォーンはうなずいた。「遊びの世界がすぐに到来する。どこの国家や民族も、子どもにはそれぞれの遊びかたがある。大統領、きみがすべきことは、全世界の子どもたちにアメリカの遊びかたで遊ばせることだ！」

デイヴィーはまた深く考え込み、しばらく経ってから、ヴォーンの顔を見ながらようやく言った。

「きみはほんとうに教師になる資格があるよ」

「いまごろになってこんな初歩を教えていることが恥ずかしいよ。大統領、きみも恥ずかしいと思うべきだ」そう言って、ヴォーンはふりかえりもせずに階段を降り、夜の闇の中に音もなく消えていった。

＊＊＊

デイヴィーがふだん寝起きしているのは、ホワイトハウスでもっとも快適な部屋、クイーンズ・ベッドルームだった。かつて、英国のエリザベス女王、オランダのウィルヘルミナ女王とユリアナ女王、英国のチャーチル首相、ソビエト連邦のブレジネフ書記長とモロトフ外務大臣らが、アメリカ訪問の際、この部屋に宿泊した。きのうまでは、ジャクソン大統領が寝ていた天蓋つきベッドで心地よく眠っていたが、今夜にかぎってはどうしても寝つけなかった。部屋の中を行ったり来たりし、ときどき窓辺に立ち止まっては、ホワイトハウスの北側に位置する、薔薇星雲の輝きに青く染まったラファイエット広場を眺めたり、暖炉のほうに歩み寄って、花を描いた水彩画の横にある、壁に掛けられた立派な鏡（金泥の額縁に収められたその鏡は、一九五一年、父親のジョージ六世の名代としてエリザベス王女がアメリカを訪問した折、ホワイトハウスに寄贈したものだ）に映る困惑した自分の顔を見つめたりしていた。

結局、疲れはてて、マホガニーの椅子に腰を下ろしたデイヴィーは、これまでの人生でもっとも長い時間をかけて熟考することになった。

空が白みはじめたころ、デイヴィーはようやく立ち上がり、クイーンズ・ベッドルームの一角にある、この部屋の古風な調度とはおよそ不釣り合いな大型のビデオゲーム機の席に座ると、『スター・ウォーズ』ゲームを漫然とプレイしはじめた。しかし、プレイ時間が長くなるにつれて熱が入り、いつの間にか、以前のような自信をまたとり戻していた。

＊＊＊

『アメリカ・ザ・ビューティフル』の演奏が終わり、軍楽隊はつづけて『大統領万歳』を演奏しはじめている。デイヴィー大統領は小さな客人たちひとりひとりと握手を交わした。

まず最初に握手したのはフランス大統領ジャン・ピエールと英国首相ネルソン・グリムだ。前者は、血色がよくていかにも精力的な感じの小太りの男の子だ。後者はひょろっとした体つきで、黒の高級タキシード、純白のシャツに優雅な蝶ネクタイで決めている。ヨーロッパの大人の伝統を見せつけるつもりなのか、ジェントルマンらしく振る舞っている。

デイヴィー大統領は、長テーブルのいちばん端までたどりつき、スピーチの準備をしていた。背後の壁に掛かっているジョージ・ワシントンの全身を描いた絵は、一八一二年の米英戦争で危うく失われるところだったが、英国軍がホワイトハウスを占領する前に、マディソン大統領夫人がキャンバスから額縁をはずして救い出した肖像画だ。洒落たツイードのスーツを身に着けたデイヴィーは、年代物の肖像画を背景に、輝くばかりの美しさを誇っている。それに感服したピエール大統領は、グリム首相に近寄ると耳元で言った。

「すごいな、あれ。ハンサムすぎるだろ！　銀色のかつらをかぶったら、それこそワシントンだ。大きなひげをつけたらリンカーン、軍装ならアイゼンハワー、車椅子に乗って黒いマントを羽織ったらローズヴェルト！　彼こそアメリカ、アメリカこそ彼だ！」

英国首相はピエールの軽薄な態度が気に入らず、そちらに顔を向けることなく言い放った。「歴史をかえりみると、偉大な人物の見た目はたいてい平凡だ。たとえば、貴国のナポレオンは、一メートル六十五センチしかない小男だった。彼らは内面の魅力で人々を惹きつけた。外見がいいやつはたいてい見かけ倒しだよ」

子どもたちは大統領の演説をいまかいまかと待っているが、デイヴィーは一向に口を開かない。だれかを探しているらしく、人混みの中を目で追っている。結局、デイヴィーはうしろを向いて大統領首席補佐官にたずねた。「中国の子どもたちは？」

「さっき電話があった。向かってるところで、もうすぐ着くそうよ。わたし、うっかりしてて、イニシャルがCの国への通知が遅れちゃったの」

「きみは莫迦か？　イニシャルがCの国の中には、世界の総人口の五分の一を占める国があるんだぞ。アメリカより国土が大きい国もある」

ベナはいかにも不服そうに反論した。「電子メールのトラブルよ。それがどうしてわたしの責任になるわけ？」

「中国の子どもが来てないなら、なにも協議できない。もう少し待つしかないな。みなさん、それまで食事と飲みものをどうぞ」

しかし、子どもたちが一斉にテーブルに向かって歩き出したとき、デイヴィーが大声を張り上げた。「ちょっと待って！」

デイヴィーは食事がふんだんに用意されたテーブルを見ながら、となりのベナに言った。「この豚の餌はきみが準備したのか？」

ベナは目をまんまるにした。「なにか問題でも？　大人たちはいつもこうしてたのよ！」

デイヴィーは声を荒らげて、「何回も言っただろ。大人がどうしたとか、そんな話は聞きたくない。大人たちの古臭い決まりにどんなにくわしいか聞かされるのはもううんざりだ。ここは子どもの世界なんだぞ！　アイスクリームを持ってこい！」

「政府主催のレセプションでアイスクリームだなんて、いったいどんなパーティーよ」ベナはぶつぶつ文句を言ったが、それでもすぐにアイスクリームが運ばれてきた。

「これじゃあ少なすぎる。ぜんぜん足りない！」デイヴィーは客人ひとりひとりに用意されたアイスクリームの皿を見て言った。「こんなに小さいのじゃダメだ。大皿に山盛りにして持ってこい！」

「そんなの下品にもほどがある！」ベナは小さな声でぶつくさ言っていたが、大統領の命令にはしたがうしかなかった。給仕たちがアイスクリームを山盛りにしたトレイを十枚運んできた。トレイ一枚は、子ども二人がかりでやっと持ち上げられるほどの大きさだった。宴会用のテーブルにアイスクリームのトレイがずらりと並ぶと、離れた場所までその冷気が伝わってきて、ぶるっと身震いしてしまう。デイヴィーは大きなゴブレットを手にアイスクリームの山に近づき、その中にゴブレットをずぼっと突っ込んだ。次にゴブレットの脚をつかんで力いっぱい持ち上げると、ゴブレットの中にはアイスクリームがいっぱいに詰まっていた。デイヴィーはそのゴブレットを片手に持ったままアイスクリームをかき込み、ほんの数口であっというまに食べきってしまった。まわりで眺めている子どもたちは胸焼けしそうになったが、満足げに舌を鳴らすデイヴィーの顔は、温かいコーヒーをひと口飲んだくらいにしか見えない。

「よし、みんな、これからアイスクリームの大食い競争をしよう。いちばんたくさん食べた子どもの国がいちばんおもしろい国、いちばん食べられなかった子どもの国がいちばんつまらない国だ」そう言って、デイヴィーはまたゴブレットいっぱいにアイスクリームを掬いとって食べはじめた。

なんの根拠もないルールだが、それでも国家の名誉に関わるとあって、小さな首脳たちはそれぞれデイヴィーに倣ってゴブレットいっぱいにアイスクリームを盛り、一斉に食べはじめた。デイヴィーはつづけざまに十杯も食べたのに、まったく顔色が変わらなかった。ほかの子どもたちも自国が〝つまらない国〟という汚名を着せられることがないよう、必死にアイスクリームを食べつづけた——このエキサイティングなひと幕は、かたわらに控えていた小さなカメラマンたちによって撮影された。

結局、デイヴィーが十五杯の成績で優勝した。ほかの子ども首脳たちは、お腹が冷凍庫のように冷え、吐きけや腹痛を訴える者が続出して、ホワイトハウス内のトイレが満員になった。

アイスクリームを食べ終えた首脳たちは、アルコール度数の高い酒でお腹を温めることにして、思い思いに集まり、ウィスキーやブランデーを飲みながら話に花を咲かせている。あらゆる国の生の言語と翻訳機が生成する味気ない英語が混在するなか、そこここから笑い声もあがった。ディヴィーは首からは大きな翻訳機をぶら下げてグラスを片手に歩きまわり、あちこちのグループに混じって会話に参加した。

パーティーは盛り上がり、みんな愉快に過ごしていた。料理を運ぶ子どもウェイターがせわしなく出入りし、食べ終わった皿をかたづけていく。ホワイトハウスには食料のストックがじゅうぶんにあったので、ホストが困ることはなかった。空になった酒瓶がピアノの脇にどんどん並ぶにつれて、子どもたちもどんどん酔っぱらってきた。そのとき、あまり愉快ではない出来事が起こった。

英国のグリム首相とフランスのピエール大統領、それに北欧諸国の首脳たちが集まって歓談していたとき、ディヴィーが大きなウィスキーのグラスを持ってそこにやってきた。ちょうどピエールが興奮した口調で自分の考えをまくし立てていたので、ディヴィーは翻訳機をフランス語に合わせてみたところ、イヤホンを通じてこんな話が聞こえてきた。

「……どちらにせよ、ぼくが知るかぎり、大英帝国には正当な王位継承者がもういないはずだろ」

「そうなんだ。この問題にはぼくらも頭を悩ましている」とグリムがうなずいた。

「悩む必要なんかぜんぜんないよ。フランスを見習って共和国にすればいいじゃないか。そうしなよ。グレートブリテン及び北アイルランド連邦共和国！　これでいいだろ。これだったら、なんの問題も起こらない。国王は病気で亡くなったわけで、うちの国みたいに断頭台に送られたわけじゃないんだしさ」

グリムはゆっくりとかぶりを振り、大人のような口ぶりで言った。「いや、親愛なるピエールくん、歴史的に見ても、現実的に見ても、そんなことは想像もできない。王室に対するぼくらの感情は、きみたちとは違うんだ。王室こそ英国人の精神的な支えといってもいいくらいだよ」

「きみたちはあまりにも伝統に縛られすぎだね。かつては太陽が沈まない国だったというのに、いまは没落の一途をたどってるのもそのせいじゃないか」

「きみたちは変化が好きすぎるんだよ。フランスだって没落してるし、ヨーロッパ全体が没落している。ナポレオンやウェリントンは想像もしなかっただろう——これほど世界的な会議がロンドンでもパリでもウィーンでもなく、ろくに礼儀もなってないこんな粗野なカウボーイの国で開催されるなんて……まあ、いいさ。ピエール、歴史について話すのはこれくらいにしておこう」グリムはディヴィーが脇にいることに気づいて話を切り上げ、ただ悲哀に満ちた表情でかぶりを振った。

「だけど、現実的にもむずかしいだろ。いったいどこで女王を探すつもりだい？」ピエールがたずねた。

「コンテストを考えてる」

「なんだって？」ピエールが恥ずかしげもなく大声を上げたことで、多くの人々の関心を集め、会場にいた大勢の子どもたちが近づいてきた。

「いちばんきれいでかわいい女の子をコンテストで選んで、女王にするんだよ」とグリム首相。

「その女の子の家族や血統はどうなんだ？」

「そんなの関係ないさ。英国人であればいい。重要なのは、誰が見ても絶対いちばんきれいでかわいい子だってこと」

「おもしろそうだな」

「フランス人は革命が好きなんだろ？　これだって一種の革命じゃないか」

「だったら候補者が必要だな」

グリムはタキシードのポケットから精巧なホログラム写真の束をとりだし、ピエールに手渡した。それは十人の女王候補だった。フランス大統領はそのホログラム写真に一枚ずつ目をやり、いちいち驚嘆の声を発している。ほぼホールじゅうの子どもが集まって来てその写真を回し見しはじめ、ピエールと同様、次々に感嘆の声をあげている。ホログラム写真の女の子たちは、十人とも、小さな太陽と言えるくらい美しくてかわいかったのである。

「みなさん」軍楽隊の指揮者が呼び掛けた。「次は、十人の小さな女王に捧げる曲です！」楽隊は『エリーゼのために』を演奏しはじめた。軽やかで小川のせせらぎのようなこのピアノ曲が軍楽隊によって演奏されると、そのやさしい調べはピアノ独奏のときよりも子どもたちを魅了した。音楽に酔いしれているうち、世界や人生や未来がまるで十人の小さな太陽のように美しくかわいらしいものに思えてきた。

演奏が終わって、デイヴィーは礼儀正しくグリムにたずねた。「それで、女王の夫はどうなるんですか？」

「それもコンテストで選出される。もちろん、いちばんハンサムな男の子を選ぶよ」

「候補者は？」

「それはまだ。女王の選出が終わってからだね」

「それもそうか。女王の意見も聞かなきゃいけないし」デイヴィーはなるほどというふうにうなずいたものの、ここでアメリカ人的なプラグマティズムが顔を出し、ぶしつけにたずねた。

「もうひとつ質問。そんなに若いのに、女王はどうやって王子を生むんですかね？」

グリムは答えず、ただフンと鼻を鳴らして、デイヴィーの教養のなさに軽蔑を示しただけだった。その場の子どもたちのうち、この問題の専門家は少なかったので、みんな考え込むばかりで、しばらくだれも意見を述べなかった。この沈黙を破ったのはやはりピエール大統領だった。

「ぼくはこう思う。二人の結婚って、なんというか、えーと、そう、象徴的なものだろ。大人の夫婦みたいにいっしょに暮らすわけじゃない。子どもをつくるのは二人が大きくなってからだ。違うかい？」

グリムはうなずいて同意を示し、デイヴィーもうなずいて理解を表した。それから、デイヴィーは急にもじもじした態度になり、ひとつ咳払いしてから口を開き、「それで……そのハンサムな男の子の話なんだけど」

「どうしてそんなことに興味があるんだい？」

「ええっと……つまりその……」デイヴィーは純白の手袋をはめた両手を組み、はにかみがちに言った。「候補者はまだいない、と？」

「そう、まだいないよ」

デイヴィーは人差し指を自分に向けた。「ぼくはどうかな。条件に合いますかね？」

周囲から失笑があがった。デイヴィー大統領はむっとしたように、「静かに！」と大声で叫び、それからグリムのほうを向いて、辛抱強く返事を待っている。グリム首相はうしろのテーブルからゆっくりと空のグラスをとって、かたわらのウエイターに小さく合図をした。グラスいっぱいに酒を満たしてもらうと、グリムはそれを持ってデイヴィーの前まで行き、酒の揺れが収まるのを待ってこう言った。

「このグラスに自分の姿を映してみては？」

大きな笑い声が周囲から湧き上がった。笑い声はいつまでも止まない。ウエイターや軍楽隊の奏者も、自分たちの大統領を見ながら大笑いだ。中でもいちばんうれしそうに笑っていたのはベナ補佐官だった。

笑いの渦の中で、大統領の顔色は蒼くなったり白くなったりしている。実のところ、デイヴィーの容姿ならほかの候補者に負けることはまずない。つまり、デイヴィーがもし英国国民なら、候補者の資格をじゅうぶんに満たしている。しかしデイヴィーはアメリカ大統領なのだから、英国女王の夫になることはありえない。それがグリムの揶揄の真意だった。

デイヴィーは各国の子どもたちに笑われてむっとしていたが、中でももっとも怒りを覚えたのはグリムに対してだった。ここ数日、北大西洋条約機構の加盟各国の首脳とつづけざまに会談を行ってきたが、とりわけグリム首相との会談では非常に不愉快な気分にさせられた。グリムはアメリカに到着するなり、デイヴィーに対して、鉄をくれ、石油をくれと注文ばかりだった。中でもいちばんほしがったのは兵器だった。五十億ドルもの建造費がかかるニミッツ級原子力空母三隻、建造費二十億ドルの戦略型原子力潜水艦など、合計八隻を要求してきた。ネルソン提督時代の大英帝国海軍を復活させようとでもいうような意気込みだ。

それにもまして頭にきたのは、グリムが土地まで求めていることだった。最初のうちは、第二次大戦前に支配していた太平洋と中東地域の旧植民地数カ所をとり戻したいという要求だけだった。しかし、あとになって、一七世紀のものだという妙なにおいのする羊皮紙の地図を持ち出してくると——その地図には経線も緯線もなく、南極と北極も描かれていないばかりか、アメリカ大陸とアフリカ大陸に関してもまちがいだらけだった——それを指さしながら、この時代は、ここもあそこもすべて英国のものだったと力説しはじめた(さすがに遠慮したのか、独立戦争前の北アメリカに関してだけは英国領だと言わなかった)。グリムいわく、英国とアメリカの特別な同盟関係を考慮すれば、アメリカは、英国がそれらの領土を回復するにあたり、そのすべてに手を貸すのは無理だとしても、相当な部分については協力してくれていいはずだ。現在、英国領として残っているわずかな面積は、かつて英国が西洋文明に果たした貢献を考えれば、あまりに不釣り合いではないか! グレートブリテン及び北アイルランド連合王国は過去二回の世界大戦でアメリカの大切な盟友だったし、前回の大戦では英国が国力を大きく消耗してブリテン諸島を死守したおかげで、ナチスが大西洋を渡ってアメリカに攻め込む事態が防げた。だが、それが祟って、英国はこれほどまでに国力が衰退してしまった。超新星紀元のいま、地球上の土地は新たに再分配されるべきだし、アンクル・サムの子どもたちは、父祖たちほど自己中心的になってはいけない！

しかし、デイヴィーが要求を出す番になり、条件が整えばNATOがブリテン諸島に中距離弾道ミサイルを密集配備し、東側に進攻するための足掛かりにしたいとのアメリカの主張を訴えたとたん、グリムの態度は豹変した。大人時代の鉄の女よろしく、英国および西欧全体は核戦争の戦場にされたくないと強気の態度で言い張り、新たな弾道ミサイルの配備は認めないし、すでに配備されているミサイルも撤去しなければならないという声明を出す始末だった。

そしていままた、グリムはこうしてアメリカ大統領を笑いものにした。とっくのむかしに破産した大金持ちが、体面を保つためだけにいまだにいばりくさっているようなものだ。そこまで考えてデイヴィーの頭は怒りで爆発しそうになり、気がつくと拳を振り上げて、グリムの下あごを殴りつけていた。

痩せぎすの英国首相は、鏡がわりのグラスを得意げに掲げていたのだが、この突然の一発を食らって、テーブルの上まで吹っ飛んだ。イーストルームは混乱のるつぼと化し、子どもたちはまだ怒り狂って大声で叫んでいるデイヴィーをとり囲んで押さえつけた。グリム首相のほうは、ほかの人々に助けられて起き上がろうとしている。グリムは、体じゅうに散らばったキャビアやサラダなど気にもかけず、曲がってしまったネクタイを真っ先に直した。グリムを抱き起こした英国外務大臣は筋骨たくましい男の子で、デイヴィーに猛然と襲いかかろうとしたが、首相に引き留められた。立ち上がった瞬間、グリムの頭は興奮状態から醒めて理性をとり戻し、些細なトラブルで大局を見失う愚かさをじゅうぶんに認識していた。こんな大混乱の場でも、彼だけが恐ろしいほどの冷静さを保っていたのである。グリムはいかにも紳士らしい仕草で右手の人差し指を立てると、感情の変化をまったく感じさせず、となりに立つ外務大臣に言った。

「外交的抗議文書を一通起草してくれ」

小さな記者たちのストロボが一斉に光を放った。翌日、アイスクリームまみれのタキシードを着たグリムが、悠然と指を一本立てている写真が新聞各紙の一面を飾ることになる。政治家として、そして紳士としてのグリムのすばらしいふるまいがアメリカとヨーロッパじゅうに伝えられる。グリムは自分の風格を見せつける絶好の機会を逃さず、百点満点を獲得した。それに対し、デイヴィーは酒の飲み過ぎを後悔するしかなかった。怒り狂った各国首脳と他人の不幸を喜ぶ記者たちに対し、彼は弁解に追われるばかりだった。

「なんだと？　ぼくが覇権主義だって？　アメリカが覇権主義だと言うなら、英国はどうなんだ？　英国がどんなに覇権主義的になりうるか、すぐにわかる！」

グリムはふたたび外務大臣に指を一本立てた。「さて、もう一通、外交的抗議文書を起草してくれ。グレートブリテン及び北アイルランド連合王国に対するアメリカ合衆国大統領の恥知らずな非難に関し、われわれは以下の声明を出す。われわれ英国人は、父母、祖父母、その先祖にいたるまで、世界でもっとも礼儀をわきまえた国民であり、このような無礼で野蛮な行為に手を染めることは過去も未来も金輪際ない」

「そんな嘘八百に耳を貸すな！」デイヴィーは聴衆に向かって両手を振りまわした。「西暦一〇世紀、英国は〝海の王〟を自称し、自国の船が航行できるすべての海をブリテン海と呼んだ。他国の船は、海上で英国の船に遭遇したら、旗を降ろさなければいけなかった。そうしないと英国の軍艦が大砲を撃ってくるからだ！　一五五四年、スペインの王子フェリペ二世が船で英国に赴き、メアリー一世を妻に迎えようとしたときでさえ、英国軍艦に対する艦上儀礼を欠いたために何発も大砲を撃たれた。

一五七〇年にも、やはり艦上儀礼を欠いたことを理由に、英国軍艦はスペイン女王の艦隊を砲撃するところだった！　うそだと思うならグリムに訊いてみるがいい」

こんなときでも、デイヴィーはデイヴィーだった。とっさに反論できずにいるグリムに向かって、さらに攻撃をたたみかけた。

「なにが覇権主義だ。そんなの大人たちの考え出した言葉でしかない。実際にはこういうことなんだ！　いまから数百年前、英国は世界最大の艦隊を擁していたが、当時の自分たちの行動は覇権主義ではなく、栄光の歴史だと正当化している。たしかにいまのアメリカは、世界最大の艦隊を擁している。ニミッツ級空母や原子力潜水艦に加えて、無数の軍用機や戦車を保有している。しかしわれわれは、米軍艦を見たら旗を降ろせなんて他国に強制したことは一度もない！　なのにどうしてアメリカが覇権主義なんだ？　ふん、そのうちいつか……」

デイヴィーの言葉が途切れないうちに、彼の下あごに重い一発が入った。デイヴィーはグリムと同様、テーブルの上に倒れ込んだ。だれもデイヴィーを助け起こさなかったが、彼はばね仕掛けのように跳ね起き、自分の二の腕くらいのシャンパンボトルをつかんで相手に振り下ろそうとした――が、その手は宙で止まり、瓶からどくどく流れ落ちたフランス産のシャンパンがオーク材の床に白い泡を散らした。

デイヴィーの前に立っているのは、日本の首相、大西文雄だった。痩せた長身の東洋人の表情は冷静そのもので、自分の目で見たのでなければ、さっきのパンチが彼によって放たれたものだとはとても信じられないくらいだった。デイヴィーの腕から力が抜け、空のボトルをテーブルに下ろした。

二日前、デイヴィーはテレビのニュース番組で、CNN記者によるレポートを見た。画面には広島の有名な「原爆の子の像」が映っていた。原子爆弾によって死亡した少女が、頭の上に両手を大きく広げて折り鶴を支えている像だ。テレビ画面では、白いものが山のように積み上がって、像の半分まで隠している。もともとこの像には折り紙の鶴を捧げる慣習があったので、最初はそれだと思ったが、カメラが寄ると、白いものが折り鶴ではないことがわかった。それは、無数の折り紙戦闘機だった。頭に日の丸の鉢巻きを巻き、大きな声で『抜刀隊』を歌う子どもたちが、紙飛行機を折っては「原爆の子の像」めがけて次々に飛ばしている。それらの紙飛行機は白い幽霊のように螺旋を描いて少女像の周囲を飛び、やがて下に落ちる。それが重なった紙の山が、彼女を埋葬するかのようにどんどん高くなっていく……。

ちょうどそのとき、長旅で疲れたのだろう、疲労の色を顔に浮かべて、中国の子どもたちがやってきた。華華（ホアホア）と駐米大使の杜彬（ドゥ・ビン）に、アメリカの副大統領ミッチェルがつきそっている。

この場をうまく切り抜ける機会を得たデイヴィーは喜びいさんで中国の子どもたちに歩み寄り、情熱的にハグした。それから、すべての国の子どもたちに向かって言った。

「よし。これで全参加国の子どもたちがそろった。これから、子ども世界の大問題について協議をはじめよう！」

アメリカのキャンディタウン時代

中国の子どもの乗った飛行機はつらい長旅を終え、ニューヨークのジョン・F・ケネディ国際空港上空までたどり着いたが、眼下には広漠たる海しか見えなかった。地上の管制塔から機長に連絡が入った。空港を覆う水は浅く、膝までの深さなので安心して着陸するようにとの指示だ。管制塔側はさらに、滑走路の目印として、長い間隔を置いてまっすぐ伸びる二列の黒い点を示した。華華（ホアホア）が双眼鏡ごしに覗くと、それらの黒点はどれも水没した滑走路に駐められた自動車だった。飛行機のタイヤが滑走路に接地すると、激しく水煙が上がった。その水煙が消えたあと目に入ったのは、きびしい警戒態勢をとる空港の光景だった。冠水した離着陸場のいたるところに兵士たちが銃を持って立っている。飛行機が停止すると、後方から、水に浸かったエプロンをまるで小型ボートのように走ってきた十数台の装甲車にたちまち包囲された。装甲車から跳び下りたのは完全武装の兵士たちだった。迷彩服姿の彼らは、まるで奇妙な昆虫の群れのように、冠水したエプロンを機敏に動いて配置につき、飛行機を中心とした円をつくった。兵士たちは飛行機に背を向けて立ち、銃を水平にかまえて、周囲に油断なく目を光らせている。装甲車の機銃も円の外側に銃口を向けていた。

飛行機の搭乗口が開くと、ただちにタラップ車が装着され、アメリカの子どもたちが階段を昇った。彼らのほとんどは小銃を携え、ひとりは大きなかばんを提げている。華華に随行している二人のSPがピストルをかまえて搭乗口に立ちはだかり、アメリカの子どもたちが入ってくるのを防ごうとしたが、華華は彼らに道を空けさせた。階段を上がってくる子どもたちの先頭に立つのは中国人の子ども、駐米中国大使の杜彬（ドゥ・ビン）だった。

アメリカ側の一行全員が機内に入り、息を整えたあと、杜彬が華華に金髪の少年を紹介した。

「こちらはアメリカ合衆国副大統領ウィリアム・ミッチェルです。みなさんの出迎えに足を運んでくださいました」

華華はその子の姿を見つめた。着ている服はオーダーメイドの高級スーツだが、腰にはおよそ不釣り合いな大型拳銃のホルスターを吊している。つづいて杜彬が、もうひとり、迷彩服姿の子どもを紹介した。

「こちらは国連総会に参加する来賓の安全確保を担当するドウエル少将です」

「これがアメリカ式の歓迎なのか？」華華がミッチェルに向かってたずねると、杜彬が通訳した。

「儀仗隊とレッドカーペットで歓迎してほしいのなら用意はできるよ。おととい仮設ステージの上で歓迎式典に出たフィンランド大統領は片脚に弾丸を食らうことになったけどね」ミッチェルのその言葉を杜彬が華華に通訳した。

「アメリカ訪問旅行じゃないから、そんな式典は必要ない。だが、さすがにこれはちょっとふつうじゃないだろ」

ミッチェルはため息をついて、かぶりを振った。「こちらにも事情があってね。どうか許してほしい。くわしいことは道中で説明しよう」

そのとき、ドウエルは持参した大きなかばんからジャケットを出して、中国の子どもたちに着用させた。防弾服だという。さらに、同じかばんから黒いリボルバーを何丁かとりだし、華華とその随行者たちにさしだした。「気をつけて。実弾が装填してある」

「なぜこんなものを?」華華は驚いてたずねた。

「いまのアメリカでは、銃を持たずに外に出るのは、ズボンをはかずに外出するようなものさ!」とミッチェルが言った。

機内の全員がタラップを降りた。ミッチェル副大統領は華華と杜彬をともなって水の上を歩き、装甲車に乗り込んだ。そのあいだもずっと、兵士たちがまわりを囲んで警護している。華華たちを銃撃から守るためらしい。ほかの兵士たちもべつの車輌数台に分乗した。装甲車の中はせまく暗く、油のにおいが充満していた。子どもたちが左右両側に固定されている硬い長椅子に腰を下ろすと、完全武装の装甲車部隊はすぐに出発した。

「海の水位が急速に上昇している。上海もこんな感じなのかい?」ミッチェルが華華にたずねてきた。

「そうだよ。虹橋（ホンチャオ）空港も海に沈んだ。だけど、まだ大人たちがいたころに突貫工事で築いた防潮堤のおかげで、市内には水が入っていない。まあ、そう長くは保たないだろうけどね」

「ニューヨーク市内にも、まだ水は入ってきていない。とはいえ、国連総会を開くのにふさわしい場所じゃない」

装甲車の隊列がニューヨーク市内に入ると、ようやく冠水したエリアを抜け出し、乾いた路面を走れるようになった。装甲車の小窓から外を覗くと、道路の両脇にひっくり返った自動車の残骸――無数の弾痕が残るものや、まだ燃えているもの――がときおり目についた。路上には武装した子どもたちが大勢いたが、見たところ、明らかに軍人ではない。徒党を組んで道路を歩いている者たちや、緊張した面持ちで道を横断している者たちもいる。彼らは全長が自分の背丈と同じくらいある銃を携え、きらきら黄金色に輝く弾帯を体に斜め掛けしている。華華たちが搭乗する装甲車がそんな子どもたちのグループのひとつを追い越そうとしたそのとき、彼ら全員がいきなり腹這いになった。道路の反対側から発射された弾丸の雨が車の装甲に降り注ぎ、けたたましい着弾音を響かせる。

「なにもかも、ふつうには見えないな」華華は小窓から外を眺めながら言った。

「こんな時代だろ。ふつうじゃないのがふつうなのさ」ミッチェルが反駁した。「本来なら防弾車で迎えにくるべきだったが、きのう、市街地でリンカーン防弾車が特殊な徹甲弾で撃ち抜かれて、駐米ベルギー大使が負傷した。だから、安全のために装甲車にしたんだよ。もちろん、戦車のほうがもっと安全だけど、市街地の高架道路が重量に耐えられないからね」


***

車列が市街地に入るころには、空はすでに暗くなっていた。マンハッタンの摩天楼が燦然ときらめき、まるで濃縮された銀河のように見える。ほかの子どもたちと同様、世界有数のこのメトロポリスに以前から強い憧れを抱いていた華華は、光り輝く摩天楼を小窓ごしに食い入るように見つめていたが、それとはべつの種類の光がビルとビルのあいだで輝いていることにすぐに気がついた。じっくり観察していると、都市の上空にいくつもの煙の柱が立ち昇っている。ときどき空中に照明弾が打ち上げられ、その青いマグネシウムの光の中で高層ビルの影がゆっくり動いていく。車列がもっと近づくと、まわりの市街地から伝わってくる銃声や、流れ弾が空中で発するヒューッという奇妙な音、さらには爆発音まで聞こえてきた。

車列が停止した。前方から聞こえてくる話によると、どうやら行く手にバリケードが築かれているらしい。華華は外のようすを見るため、警告を無視して装甲車を降りた。砂袋で築かれたバリケードで道路が封鎖され、そのうしろでは重機関銃三丁に弾帯を装塡している最中の子どもたち相手に、ドウエル少将が交渉している。

砂袋のうしろにいる子どもが拳銃を振りながら言った。「ゲームが終わるのは真夜中過ぎになる。迂回しろ」

少将はそれを聞いて怒りを爆発させた。「いい気になるな！　アパッチヘリ中隊を呼んで、おまえらを一掃してもいいんだぞ」

「無茶言うなよ」バリケードのうしろにいるべつのひとりが言った。「ゲームの相手はあんたたちじゃない。ブルーデビル・チームとは朝から約束してるんだ。途中でゲームを抜けたら、こっちの信用がガタ落ちになる。相手がいないっていうんなら、ちょっとだけ待ってろ。いまやってるゲームが早めにかたづくかもしれないから」

ちょうどそのとき、ミッチェルがドウエルの背後から進み出た。バリケードのうしろにいた子どもたちのひとりがミッチェルの顔を知っていた。

「おい、あれって副大統領じゃないか？　ほんとに政府の車列らしいぞ！」

スキンヘッドの子どもがひとり、バリケードのうしろから出てきて、ミッチェルたちを間近にじっくり観察してから、バリケードのうしろの子どもたちに手を振った。

「政府の邪魔をするのはやめとこう。通してやれ！」

子どもたちがバリケードから出てきて砂袋を動かしはじめたそのとき、道路の片側から銃声が響き渡った。あたりはたちまち、弾丸が空気を切り裂くヒューッという音や、装甲車輛に命中した着弾音でいっぱいになった。すべての子どもたちが装甲車の下に潜るか、砂袋のうしろに隠れた。杜彬（ドゥ・ビン）も華華を車の中に引きこんだ。バリケードのうしろの子どもが、拡声器を使って叫ぶ声が聞こえた。

「おい、ブルーデビル・チームのボス！　ストップ、ストップだ！」

銃声がやんだ。あちらからも子どもが拡声器で叫ぶ声が聞こえてきた。

「レッドデビル、どういうわけだ？　時計を見てみろ。東部標準時一八時三〇分にゲーム開始の約束だろ」

「政府の車がいまここを通るとこなんだ。国連総会に出席する外国の首脳を連れているらしい。そいつらが行ってから再開しようぜ」

「オーケイ。早くしろよ！」

「じゃあ、そっちからも何人か手伝いをよこしてくれ！」

「わかった。いま行く。撃つなよ！」

道路の向こう側の芝生で何人かの子どもが立ち上がり、こっちに走ってきた。自分たちの銃を一箇所にまとめて置くと、彼らはこちら側の子どもたちと協力して砂袋を動かしはじめた。ほどなく、道路に通り道ができた。ブルーデビル・チームの子どもたちはまた自分たちの銃を手にとって持ち場に戻ろうとしたが、さっきのスキンヘッドの子どもが彼らに向かって叫んだ。

「おい、まだ行くな。バリケードを戻すのも手伝ってくれ！　それにさっき、うちのチームの二人が負傷したぞ」

「それがどうした？　ルール違反はしてないぞ」

「そりゃそうだ。だけど、ゲームを再開したとき、両チームの人数に差が出るだろ。そしたら、最後にどうやって勝ち負けを決める？」

「わかったよ。マイク、おまえはそいつらのほうにつけ。今回、おまえはレッドデビル側だ。もちろん、ブルーデビルのときみたいに全力で戦えよ。ただし、おれたちの作戦計画をばらすのは禁止」

「安心してくれ。おれだって存分に楽しみたいからな！」とマイクが言った。

「よし！　レッドデビルのみんな、ブルーデビルでナンバーワンの射撃手をくれてやる。きのうのウォール・ストリートのゲームじゃ、ビッグベアを相手にひとりで三人を倒した凄腕だ！　ははは、これでじゅうぶんフェアだろ」

　また装甲車に乗り込もうとするミッチェルに、ブルーデビル・チームのひとりが呼びかけた。「副大統領、待ってくれ。話がある！」

　その言葉につづいて、子どもたちが群れをなしてミッチェルをとり囲んだ。顔に黒い迷彩用顔料を塗っているので、目と歯だけが炎の光に照らされて白く光っている。子どもたちは口々に話しはじめた。

「いったいどういうつもりだ？　大人たちは何兆ドルも使っておもしろいものを山ほどつくったのに、なんでおれたちはこんなしみったれたおもちゃでしか遊べない？」と、手にしたM16自動小銃を叩きながら言う。

「そうとも。空母で遊ばせてくれよ」

「それに戦闘機や爆撃機、巡航ミサイル。めちゃくちゃおもしろいのに！」

「大陸間弾道ミサイルだってある！」

「そのとおり。そういうでっかい兵器で遊べたら最高に楽しいよ。なのに、そういうおもちゃがいまはぜんぜん使われてない。それこそ、アメリカ合衆国の財産の無駄遣いだ。連邦政府は恥ずかしいと思わないのか？」

「アメリカの子どもが楽しく遊べないのは、あんたたちの責任だ！」

ミッチェルは両手を広げて言った。「みなさん、申し訳ないけど、ぼくは政府を代表してここで意見を述べる権利がないんだ。その問題については、大統領がきのうテレビで言ったとおり……」

「なにビビってんだよ。ここには記者なんかいないんだぞ！」

「いま議会では大統領の弾劾を計画してるってうわさじゃないか。このままだと、あんたたち民主党政権は倒されちゃうぞ！」

「きのうのテレビで、共和党のリーダーは、自分たちが政権をとったら、子どもたちが陸海空軍の大型兵器を使って遊ぶのを認めるって約束しただろ」

「やったね！　彼、ほんとにすごいよな。ぼくは共和党に投票するぞ！」

「軍は自分たちで兵器を使うつもりだって話も聞いた」

「そうだよ。もう政府の言うことなんか聞くな。自分で遊べばいいんだ。しじゅう模擬演習ばっかりやってなんの意味がある？　大型兵器を使って遊ぼうぜ！」

ドウエル少将は子どもたちのあいだに割って入り、軍は自分たちで兵器を使うつもりだと言った子どもの襟首をつかんで怒鳴りつけた。

「この莫迦野郎、これ以上アメリカ軍の悪口を言ったら逮捕するぞ！」

その子は抵抗しながら言った。「だったら大西洋艦隊司令官と統合参謀本部議長を逮捕しろよ。自分たちで遊ぶって言ったのはその二人だからな！」

子どものひとりが海の方角を指さした。なにかがひっきりなしにピカピカ光り、雷のようにも見える。

「見てみろ。大西洋艦隊がこの二日くらい、ずっと近海で砲撃してる。もしかしたら、もう遊びはじめてるのかもな！」

ミッチェルはまわりを見渡し、つづけて小さな声で言った。「遊ばせないなんて言ってない。これまでだって、大統領も連邦政府も、遊ばせないなんてひとことも言ってない。ただ、もし遊ぶとしたら、全世界といっしょになって遊ばなきゃいけない。この国だけで遊んだりしたら自殺行為だ」

子どもたちは次々にうなずいた。

子どものひとりが副大統領の腕をぐいとひっぱってたずねた。「じゃあ、各国の首脳が国連に集まるのは、遊びについて会議するため？」

ミッチェルはうなずいた。「そうだ」

対戦車ミサイルを担いだべつの子どもが笑いながら言った。「すげえ！　たっぷり話し合ってくれよ。あんたたちには、全世界を楽しい場所にする責任があるんだから！」

＊＊＊

装甲車隊は前進をつづけた。華華（ホアホア）はミッチェルにたずねた。

「道路がこんなに危険なのに、どうしてヘリコプターを使わない？」

ミッチェルがかぶりを振った。「使えればもちろん楽だろうさ。先週のことだ。港に停泊中の駆逐艦からスティンガー・ミサイルが十発なくなって、そのうちの一発がおととい市警（NYPD）のヘリを撃ち落とした。残りの九発はまだ近くにあるとFBIはにらんでる。だから、陸路のほうが安全なのさ」

華華は小窓から外を眺めた。外に広がる水面の真ん中あたりに、スポットライトに照らされた巨大な人間らしき姿が見えた。

「あれって自由の女神だろ？」華華がたずねると、ミッチェルはうなずいた。アメリカの象徴をじっくり眺めて、華華はすぐにおかしなことに気がついた。

「右手に持ってたたいまつは？」

「先週、どこかの莫迦野郎が無反動砲で撃ち落としたんだ。女神の左肩にもミサイルが一発命中して、穴が空いた」

「アメリカの子どもたちは、いったいなにがしたいんだ？」

装甲車の天井の薄暗い赤色灯に照らされたミッチェルの顔には、激しい怒りが表れていた。「なにがしたい、なにがしたい、なにがしたい？　もう数十カ国の首脳を迎えてきたけど、みんなが同じ質問をしてくるよ。子どもなんだから、そりゃ、やりたい遊びがあれば、喜んで遊ぶだろうさ！」

「だけどぼくらはそんなふうには遊ばないぞ」

「きみらだってほんとはそうやって遊びたいけど、銃がないからできないだけだろ」

そのとき、杜彬が華華の耳元でささやいた。「これがアメリカのキャンディタウン時代ですよ。国全体が戦闘ゲームをプレイしてる」

＊＊＊

車列はようやく国連本部ビルに到着した。華華は車を降りて、名目上は国際領土に建っているとされるビルを眺め、その姿に驚かされた。周囲に建ち並ぶ、煌々と光を放つ高層ビル群とは対照的に、国連本部ビルは真っ黒だった。巨大な記念碑にも似たその外観は、左上が大きく欠けて、表面のガラスもほとんどが失われている。大きな穴がいくつも開き、そのうちひとつからはいまも黒煙が立ち昇っていた。

国連本部につづく道の途中には、いたるところにガラスの破片とコンクリート片が散らばっている。

そのとき、あまり遠くないところにいる幼い男の子の姿が華華の注意を惹いた。見たところ四歳くらいだろうか、自分の体の横幅と同じくらいある大きな銃を持っている。男の子はその銃をやっとのことで水平にかまえると、数メートル先に停車している乗用車めがけてバーンと一発撃った。とたんに銃の反動で地面に尻もちをつき、ぱっくり割れたズボンのうしろから露出しているお尻に、泥が丸くこびりついた。幼児はその乗用車を見つめて、弾が当たらなかったのを確認すると、銃を杖がわりにして立ち上がり、銃身を地面に突き立てて弾薬を装塡した。ふたたびゆっくりと銃を水平にかまえ、乗用車に向けてまた一発撃った。またしても地面に尻もちをついたが、自動車にはまったく変化がない。幼児はまた立ち上がり、乗用車にめがけてもういちど発砲した。撃っては尻もちをつくことを何度かくりかえしたが、ついに五度め、乗用車がバーンと音をたて、炎と黒煙が立ち昇った。幼児は興奮した歓声をあげると、巨大な銃を担ぎ、スキップしながら走っていった。

国連本部ビルの入口では、ひとりの子どもが一行を待っていた。超新星紀元における初代国連事務総長、アルゼンチン出身のジョー・ガーナーだ。数カ月前、華華は、ガーナーが西暦時代最後の大人の国連事務総長から職務を引き継ぐところをテレビの画面越しに見た。いまの彼には、そのときには備わっていた威厳がすっかり抜け落ちている。ジャケットは埃にまみれ、ネクタイもはずして、ひたいに流れる血を止めるために頭に巻いている。すっかり疲れ果てているように見えた。いったいどうしたのかとミッチェル副大統領がたずねると、事務総長は怒りをあらわにして答えた。

「たった五分前、国連本部にまた砲弾が命中したんだ！　ほら見ろ、あそこ！」彼はビルの真ん中あたりで煙を吐いている黒い穴を指さした。

「ぼくが外に出た直後だった。ガラスのかけらが暴風雨みたいに降り注いで……もう一度きみたちに要求する。国連本部のために有効な防御手段を提供してくれ！」

「やれるだけのことはやった」とミッチェル。

「これでもか？」ジョー・ガーナーはぼろぼろになった本部ビルを指さして大声で責め立てた。「周辺エリアにある重火器を一掃してくれと、ずいぶん前から頼んでたはずだぞ！」

「とにかく、説明を聞いてください。あの砲弾ですが――」ドウエルが話をひきとり、本部ビルの欠けた一角を指さして言った。「あれは少なくとも口径が一〇五ミリはあります。つまり、最大射程は二十キロあるということになります」

「だったら、半径二十キロメートル以内にある重火器を一掃すればいいだろ！」

ミッチェルは肩をすくめた。「それは現実的な対応じゃないね。それだけ広い範囲を捜索し、軍による統制下に置くとなったら、トラブルは避けられない。共和党の莫迦どもに首根っこをつかまれることになる。事務総長、わが国は民主国家なんですよ」

「民主国家？　ヤク中の海賊の巣窟じゃないのか？」

「事務総長、あなたの国だってそう自慢できたもんじゃないだろ。ブエノスアイレスでは街全体をピッチにしたサッカーの試合で大騒ぎしてるそうじゃないか。凱旋門くらいある莫迦でかいゴールを街の端と端に据えつけて、十万人以上のプレーヤーがひとつのサッカーボールを蹴っているとか。ボールが飛んだ方角にみんなが雪崩を打って押し寄せるから、踏まれて圧死した子どもの数はすでに数千人にのぼる。この大がかりなサッカーの試合はキックオフからもう半月もつづいているが、試合が終わる気配はまったくない。きみたちの首都はもうめちゃくちゃに破壊されている。遊ぶのはぼくら子どもの天性だから、ときには食事や睡眠より大切になる。なのにどうやってあれを阻止しろと？」ミッチェルはそう言いながらビルを指さした。「たしかにここは国連総会を開くのに適していない。総会議場ビルの屋根にも爆弾が落ちて、穴が空いてる。だから国連総会をワシントンDCで開催するように提案したんだ」

「嘘つけ！　今回はワシントンDC、次は空母の上でって話になるに決まってる！　いまから開催するのは国連総会だ。アメリカの集会じゃないんだぞ。国際領土で開くべきだ！」とガーナー国連事務総長。

「だが、各国首脳はもうワシントンDCに集まっている。アメリカ全土で遊びを禁止しているのはワシントンDCだけだから、そこでしか安全を保証できないんだ」とミッチェル副大統領。

「首脳たちをここまで戻ってこさせればいい。子ども世界の利益のためなんだから、彼たちも少しは危険を味わうべきだ！」

「こんな場所で開催するなんて、首脳も各国政府も同意しないに決まってる。それに、彼らだけが戻ってきても無駄だ。職員はどうした？　本部ビルの中にはもうほとんどだれも残ってないだろ？」

「あの臆病者どもめ！　みんな逃げた。まったく、国連職員の風上にもおけない」

「だれが好き好んでこんな危ない場所にいたいもんか。今回ここに来たのは、ひとつには中国の子どもに実情を見てもらって、ここで総会が開けない理由を納得してもらうためだ。もっとも、ワシントンに行くかどうかに関しては、彼ら自身に決めてもらう。二つめの理由は、きみに同行してもらうためだ。すでにキャピトル・ヒルに国連のための専用オフィスだって用意してあるし、新しい職員たちも準備している……」

「黙れ！」ジョー・ガーナーは合衆国副大統領を怒鳴りつけた。「アメリカが国連にとってかわろうとしていることぐらい、最初からお見通しだ！」

ガーナー事務総長は、遠くの建物を指さしながら、今度は華華に向かって話しかけてきた。

「きみも見てくれ、まわりの建物はどこも壊れていないだろ。ただ国連本部だけがこんなに砲撃されている。ほんとうのところ、いったいだれの仕業か知れたもんじゃない」

ミッチェル副大統領は指を一本立てた。「ジョー・ガーナー事務総長、いまの発言はアメリカ政府に対する根拠のない誹謗中傷だ。外交特権がなければ、ただちに起訴するところだ！」

ジョー・ガーナーはミッチェルの抗議など一顧だにせず、華華に向かって言った。「常任理事国のひとつとして、中国も国連に責任を持つべきだ。いっしょにここに留まろう！」

華華は少し考えてから言った。「事務総長、今回のぼくの使命は、各国首脳と接触して、新世界に対する彼らの考えかたを知ることと、意見を交換することにある。もし各国首脳がみんなワシントンDCにいるのなら、ぼくたちもそこに行くしかない。ここにいてもなにもできないからね」

ジョー・ガーナーは手を振った。「わかった。みんな行っちゃえよ！　これでわかった。子ども紀元ってのは、人類史上もっとも不愉快な時代だってことがね！」

「事務総長、世界が完全に変わってしまったのは事実だよ」と華華が言った。「大人時代の考えかたじゃ、どんな問題も解決できない。それでも、この新しい世界になんとか適応しなきゃいけない」

ミッチェル副大統領は華華に笑みを向けた。「国連事務総長の偉大な志がまだ理解できていないようだ。彼はかつて、ある考えを表明していた。子ども世界では、国家の政府など廃止して、国連が直接すべての国を指導すべきだってね。そしてもちろん、事務総長が地球のリーダーになる……」

ジョー・ガーナーはミッチェルを指さした。「黙れ！　それこそ恥知らずな誹謗中傷だ！」

だが、華華は、超新星紀元がはじまったころ、事務総長がたしかにそんな構想を打ち出していたことを覚えていた。

「きみたちは勝手に新しい世界とやらに適応するがいい。だけどぼくはここに留まる。国際連合の終焉に最後までつきあってやる！」ジョー・ガーナーはそう言うと、頭の傷を押さえながら、背後に立つ真っ暗なビルの中へと入っていった。

＊＊＊

装甲車の列がさらに進むと、市街地から離れたところでヘリコプターが待っていた。ワシントンDCに向かって飛ぶヘリの窓から、ニューヨークの街の光の海を眺めることができた。

「わが国の状況は理解してるかい？」華華は杜彬に質問した。相手がうなずくのを見て、「アメリカのキャンディタウン時代は、おれたちのキャンディタウン時代とどんな共通点があると思う？」

杜彬はかぶりを振った。「違うところしかわかりません」

「見てみろよ。あんなに激しい銃撃戦が起こっているニューヨーク市街でも、あいかわらず街には明かりが灯っている。それに、道路は、たくさんの乗用車とバスがいつもどおり走っている……」

「たしかに。その点はほんとうにぼくたちの国の状況と似てますね。社会がこんなふうになっても、アメリカの国家システムは依然として正常に機能している」

華華はうなずいた。「それこそが子ども世界特有の現象だよ。大人時代にはこんなこと想像もできなかった。当時だったら、社会情勢がいまの状況の半分でも悪化すれば、国家はとっくに崩壊していたはずだ」

「でも、この正常な状態があとどれくらい保つか、おおいに疑問ですね。アメリカの軍事兵器はかなり危険な状況にある。アメリカの子どもは世界でいちばん強大な兵器システムを手にしているのに、彼らはそれを使って遊ぶことができない。だから、精神的にかなり追いつめられている。それに、超新星紀元がはじまってから、アメリカの政界に起きた最大の変化は、軍が政治の表舞台に登場してきたことです。しかも、国に対する彼らの支配力はどんどん大きくなってる。現在、アメリカ政府は軍をなだめるため、本来なら必要のない軍事演習をくりかえし行っていますが、演習は結局のところ演習にすぎません。アメリカの子どもたちの心理的欲求を満たすにはほど遠い」

「いまいちばん重要なのは、アメリカの子どもがどうやって遊ぼうと思っているかだ。きみの考えは？」

「国内で、自分たちだけで遊ぶという選択はほぼないでしょう。小火器で遊ぶのと違って、彼らの有する強大な兵器を使う場合、ひとり遊びは考えられない。つまり……その先まで推測するのははばかられますが……」

このとき、眼下に広がる北アメリカの大地は完全に夜の闇に包まれ、窓の外に見えるのは、編隊飛行しているもう一機のヘリコプターの航空灯だけだった。その光はまるで濃密な夜の空に貼りついて静止しているかのように見えた。

「情勢はきびしい――」杜彬の考えを読みとったように、華華はつぶやいた。

「そのとおりです。最悪のケースに備える必要があります」杜彬の声はかすかに震えていた。

世界ゲーム

ホワイトハウスのイーストルームでは、各国首脳たちによるパーティーのさなか、アメリカ大統領の挨拶がはじまっていた。

「各国指導者のみなさん、アメリカ訪問を心から歓迎します」デイヴィーは言った。「最初にひとつ、謝罪しなければなりません。それは、ニューヨークではなくこのワシントンDCにみなさんをお迎えしなければならなくなったことです。本来は、ワールドトレードセンターの最上階でこのパーティーを催したいと思っていました。実のところ、ぼくはワシントンDCが好きじゃないんです。なぜなら、この街は、アメリカをまったく代表していないからです。高層ビルが建ち並ぶこの新大陸にあって、この街は逆に、中世ヨーロッパに戻ってしまったみたいなたたずまいです。このホワイトハウスにいたっては、なんと言えばいいか、まあその、まったくもって田舎風のカントリーハウスです。裏に馬小屋があるんじゃないかと思った人がいても、責めるつもりはありませんよ（笑い声）。大人たちがここをアメリカの心臓部に選んだのは、ここが過去とつながりを持つ場所だからです。ピエール・シャルル・ランファン（原注　フランスの有名な都市計画家。ワシントンDCの基本設計を担当した）の過去ばかりではなく、さらに遠い過去——そちらのみなさん（ここで大統領は、ヨーロッパの首脳たちが立っているあたりを指さした）の故郷の過去——ともつながっているのですから。

これは同時に、ぼくたちがいままさに陥っている状況を正しく象徴しています。ぼくたちは子ども世界にいながらも、大人時代の生活を送っている。西暦時代の最後の日々を思い出してみてください。ぼくたちはまもなく訪れる新世界に強い憧れを抱いていました。そのような憧れが、大人たちを失った悲しみをある程度までやわらげてくれました。大人たちとの離別という犠牲と引き換えに、美しい世界を得られると勘違いしていたのです。しかし、現状を見てください。いまだこんなにもつらく、つまらない世界——まさか、ぼくたちの欲していた新世界はこれだったのでしょうか？　いいえ、絶対に違います！　ぼくたちはいま、新世界への失望が地球全体を覆う状況を見ています。こんな状況をこれ以上放置してはならない。ぼくたちは子どもだ。ぼくたちはゲームがしたい！　ぼくたちは遊びたい！　ぼくたちは地球を子ども世界本来の姿へと変革したい。楽しく遊べる世界へと！」

会場の拍手は鳴り止まない。デイヴィーはつづけた。

「ぼくたちがきょうここに集まったのは、子ども世界の新たな秩序をつくるためです。では、その基盤になるのはなんでしょう？　それは、ヤルタ体制のイデオロギーでも、冷戦後の経済発展モデルでもありません。子ども世界の基盤になるものはただひとつ——ゲームです！　子ども世界にとってのゲームは、中世の宗教、大航海時代の探検、冷戦期のイデオロギー、西暦時代末の経済活動のようなものです。各時代にあって、それらは存在の根拠であり、世界のスタートラインでありゴールでもありました。大人世界では、子どもたちは不完全な人生を送っていました。あの時代、子どもたちは悲しいほど小さな規模のゲームしか許されなかったのです。小さな集団の中で行われるだけで、当然、その魅力にも限界がありました。ぼくたちはみんな、大規模な遊びやスーパー・ゲームを夢みていましたが、西暦時代には、それは実現不可能な夢にすぎなかった。しかし、いまの子ども世界では、その夢が現実になります！　いまこそ、国家間で遊ぶ、世界規模のゲームをスタートしたいと思っています。

　さいわい、各国の子どもたちもすでにこの点を認識して、すでに遊びをはじめています！　ぼくたちが今回集まった目的は、世界規模のゲームをはじめることです。それによってぼくたちの世界をほんとうの意味で楽しく遊べる世界に変革するのです！

　当然、遊びかたにはさまざまなものがあるでしょう。ですが、ゲームをはじめるにあたり、満たすべき条件が二つあります。ひとつは国家間でゲームを行うこと。もうひとつは、いちばん楽しくて、いちばん刺激的なゲームにするということです。現在、この二つの条件を同時に満たせるゲームはたったひとつ――戦争ゲームだけです！」

　ディヴィーは体の前でてのひらを下にして両手を押し下げ、拍手喝采を抑えるようなポーズをとり、しばらくそのままの姿勢をつづけた。まるで全世界がこのとき一斉に歓喜の声をあげているかのようだった。しかし実際には、このとき拍手はいっさいなく、議場は静寂に包まれていた。子ども首脳たちは、全員、ぽかんとしてディヴィーを見つめるばかりだった。

「アメリカの子どもはいままさにそんな戦争ゲームをしてるってこと？」ある子どもが質問をした。

「いかにも。でも、ぼくたちはそれを国家規模で行い、全世界で遊ぼうと考えている！」

「おれは反対だ！」華華（ホアホア）が大声で叫ぶと、壇上に駆け上がり、下にいる子どもたちに大声で語りかけた。「そんなゲーム、かたちを変えた世界大戦にすぎない！」

　子どもたちは自分の翻訳機を次々に中国語チャンネルに切り替えた。華華の言葉を聞き終えると、ロシア大統領イリューヒンも壇上に上がって言った。

「そのとおりだ！　アメリカは子ども世界を地獄に変えようとしているぞ！」

演壇の下にいる子どもたちも次々に叫んだ。

「そうだ。ぼくたちは世界大戦なんか必要ない！」

「ぼくたちは戦わない！　そんなゲームなんかするもんか」

「そうよ！　アメリカの子どもたちだけで遊べばいい！」

＊＊＊

こんなことは想定内だというふうに、デイヴィーは落ち着きはらった笑みを浮かべている。華華とイリューヒンのあいだに立ち、両腕で二人の肩を親しげに抱き寄せると、最初に華華の耳に顔を寄せて言った。

「なに考えてるんだい？　ただの大がかりなゲームだろ。オリンピック形式でゲームをするんだ。超新星紀元の第一回オリンピックとして、完全にスポーツのルールに基づいて戦争ゲームをプレイするのさ。各国はあらかじめ決められたエリア内で公平に競技を行う。予選リーグも決勝トーナメントもあるし、金、銀、銅のメダルもある。それがどうして世界大戦なんだい？」

次に、デイヴィーはイリューヒン大統領のほうを向いた。

「楽しいゲームの世界がどうして地獄ってことになる？」

「血が大量に流れるのがオリンピックなのか？」華華は血相を変えてデイヴィーに食ってかかった。

「遊ぶんだから、なにかしらの対価はどうしたって必要だろ。そうじゃなきゃ、刺激的と言えるかい？　それにこれは、各国がみずからの意志で参加するんだ。遊びたくなければべつにそれでもいい」

「きみたち以外に、遊びたがる国なんてあるもんか」イリューヒンは鼻を鳴らした。

デイヴィーは指を一本立て、イリューヒンの目の前でそれを揺らしてみせた。「いいや、親愛なる友よ。ぼくが保証しよう。すべての状況が明解に説明されたあとは、きみの国を含むすべての国家が、ものすごく魅力的なこのオリンピックに参加したくなるよ」

「莫迦を言うな！」

「それじゃあ、どうなるか見てみようじゃないか。……よし、わかった。では次に、どの国で今回のオリンピックを開催するかについて話し合おう。これはきょうの会議の主要な議題のひとつなんだ。ぼくの記憶違いでなければ、大人時代に決めた次のオリンピック開催都市は英国のマンチェスターだった」

「絶対に有り得ない！」グリム首相はやけどでもしたみたいに叫んだ。「全世界の軍事力が女王の国土に進入し、そこが戦場になることを英国が許すとでも思っているのか？」

デイヴィーは英国首相に微笑みを投げかけた。「ということは、大英帝国は西暦時代にやっとのことで勝ちとった栄誉とチャンスをむざむざ手放すわけだな」

次にデイヴィーはトルコ大統領のほうを向いた。

「きみたちはほんとうに運がいい。ぼくの記憶にまちがいなければ、イスタンブールがマンチェスターに次ぐ得票だったはずだ」

「いやだ！　わが国はやらないぞ！」トルコの子どもも大声を張り上げた。

デイヴィーはまわりを見渡し、となりのイリューヒンの肩を叩いた。そして、演壇の下にいるカナダ首相を指さして言った。

「現時点で、人間が居住していない地域がもっとも広大な国は、ロシアとカナダだ。オリンピック開催のためにどこかの土地を提供するくらい、まったく問題ないだろう」

「黙れ！」カナダ首相が鋭い声で言った。

「きみたちアメリカが戦争ゲームで遊ぼうと提案したんだから、オリンピックはアメリカで開催するべきだろう」とイリューヒンがデイヴィーに向かって言うと、議場は賛同の声であふれた。

「はっはっはっ……」デイヴィーは大笑いしはじめた。「こうなるだろうってことは、とっくにわかっていたよ。実際はだれも、今回のもっとも偉大なオリンピックを自国で開催したくないってことくらいはね。しかし、この問題は簡単に解決できる。みんな忘れたのかな。地球にはどの国にも属さず、だれも住んでいない、まるで月のようにはるか遠い、荒れ果てた場所があるってことを」

「南極か？」

「そうだ。忘れちゃいけないよ。あそこはもう、極寒の地とも言えなくなっているだろ」

「だがそれは、重大な南極条約違反だ！」と華華が言った。

デイヴィーは笑いながらかぶりを振った。「南極条約だって？　そんなの大人たちが結んだ条約だろ。ぼくたちがそこで遊ぶのになんの支障もない。西暦時代の南極は凍え死ぬような巨大冷蔵庫だった。そしてそれこそが南極条約成立の条件だったんだ。もしもその当時、南極の気候がいまみたいだったら、ふん、あんな大陸、とっくの昔に分割されちゃってたさ。そしたら、南極条約なんてもの、存在したと思うかい？」

首脳たちは黙り込み、猛烈な勢いで頭を回転させていた。問題の性質がすでにまったく変わってしまっていることにだれもが気づいていた。南極——超新星爆発後、居住に適した場所へと変貌した第五の大陸は、とっくに全世界から注目を集めていた。多くの国にとって、南極大陸は未来への唯一の希望になっていたのである。

デイヴィーは意味ありげな表情で演壇の下の首脳たちを見下ろしながら言った。

「あらためて、ここに宣言する。この世界ゲームは、自主的に参加するものだ。もしかすると、さっきイリューヒン大統領が言ったように、アメリカ以外に参加を希望する国はないかもしれない。まあ、それならそれでいい。ともかく、ぼくたちは参加する。アメリカの子どもは絶対に南極に行く！　さあて、どの国がこのゲームに参加したくないと宣言するのか、見ものだなあ」

だれも口を開かなかった。

「ほら言っただろ。みんな、自分から参加したくなるってね」デイヴィーはイリューヒンに向かって得意げに言った。

第9章　超新星戦争

南極

海上から伝わってくる重く沈んだ爆音は、水平線に落ちた春雷のようにも聞こえる。

「この二日ほど、氷山の崩落が頻繁になってきているな」と華華(ホアホア)は音のする方向を眺めながら言った。

その言葉がまだ途切れないうちに、轟音がたてつづけに、もっとはっきり響いてきた。海岸からかなり近くの氷山で発生した今度の崩落は、こちら側の岸からも見えた。銀色の巨大氷山の一角が海中に滑り落ち、海面から水煙が立ち昇り、氷に押し出された海水が波となって岸辺まで一気に寄せてくると、ペンギンの群れを飲み込んだ。波が引いたあとの海岸には散り散りになったペンギンたちがよたよた走っている。

「先週、メガネと駆逐艦〈黄山(ホアンシャン)〉に乗ってロス棚氷の沖を通過したけど、あそこの崩落はまさに壮観だったよ！」呂剛(ルー・ガン)が言った。

「そうだったね」とメガネは答え、さらに話をつづけた。「ロス棚氷の崖はものすごく長くて、どちら側を見ても、地の果てまでつづいてるみたいだった。だけど、あちこちで崩落が起きてた。ゴーンゴーンってすごい音が響いて、南極大陸がいよいよ崩れはじめたのかと思ったよ」

「ロス海の棚氷はすでに半分が溶けてる。この速度だと、いまから二ヵ月後には、上海とニューヨークはヴェニスみたいになってるだろうな」華華は暗い声で言った。

このとき、華華、メガネ、そして呂剛の三人は、南極大陸のアムンゼン海岸にいた。地球最果てのこの大陸に滞在して、もう一ヵ月以上になる。彼らを乗せた飛行機がフエゴ島での給油を終え、はじめて南極海岸に到着したとき、パイロットは驚きの声をあげた。

「うわっ、南極大陸がパンダみたいになってる！」

上空から見る白と黒のまだら模様の大陸は、これまで頭の中で描いていた白銀の南極大陸とはあまりにもかけ離れていた。実際は、この変化もつい最近起きたばかりだった。一万年以上にわたる積雪が溶け、黒い岩石と土壌が地表に露出したのである。いま、三人の子どもたちはその大陸の岸辺に立っていた。地平線近くに架かる極地の太陽が、万年雪が溶けたあとの広大な大地に三人の影を長く落としている。風は依然として冷たいが、すでに肌を刺すほどではなくなり、かつての南極大陸ならありえなかった、湿った早春の息吹さえ感じられる。

「これを見てくれ……」呂剛は腰を折って小さな草を地面から抜いた。深緑色で葉が厚く、いかにも不格好だ。

「いま、そういう雑草があちこちで見つかるらしい」華華が植物を見ながら言った。「聞いた話では、太古の植物なんだってさ。ほかの大陸ではとっくに絶滅しているけど、その種子が南極の土壌に埋まっていて、気候が温暖になったことで息を吹き返したらしい」

「はるかむかしには、南極にも温暖な時代があった。世界はこうやってくりかえすものなんだな」メガネは感心したように言った。

＊＊＊

現在、世界戦争ゲームに参加する各国の軍隊は、南極大陸に集結しはじめていた。すでに南極に到着している各国の陸軍は百二師団、約百五十万人にのぼる。そのうちアメリカが二十五師団、中国が二十師団、ロシアが十八師団、日本が十二師団、そして欧州から八師団。それ以外の国の兵力を合計して十九師団分になる。ほとんどすべての国が、たとえ一連隊だとしても、軍を派遣してゲームに参加する意向を示していた。各国の兵力は海と空を通じて続々とここに集結してきていたし、同時にかなりの国が、経由地となるアルゼンチンとニュージーランドにも大量の兵力と物資を残していた。

各国軍の多くがアルゼンチンを中継基地としたため、アルゼンチン南部の港と空港が南極への足がかりとして利用され、それらの軍すべてがアルゼンチン南端からドレーク海峡を隔てた南極半島へと上陸していった。しかし、あとになって、大規模戦争ゲームの舞台として、南極半島はあまりにもせまいということに各国が気づき、そのためもっと広いマリーバードランドにゲームエリアが変更された。現在、このだだっ広い原野では、各国が陸上基地を急ピッチで建設している。海上からの補給を直接受けるため、各国の基地はアムンゼン海の海岸線近く、サーストン島からケープ・ダートまでのあいだの細長いエリアに、五十キロから百キロメートルくらいの間隔を置いて分布することになった。

＊＊＊

三人の子どもはしばらく海辺に立って氷の崩落を眺めていたが、やがて、うしろで待機していた三台のキャタピラ車のうちの一台に乗り込んだ。三台の車はすぐに西に向かって進みはじめた。これからアメリカの基地で戦争ゲーム参加国による第一回の会議に出席するのだ。本来ならヘリコプターで行くところだが、三人のリーダーたちはこのあたり一帯の地形を自分の目でたしかめたくて陸路を選んだ。現在は、各国の基地を結ぶ簡易道路さえまだ通っていないため、大人時代の極地調査用車輌で移動するしかなかった。

道すがら見える景色は単調だった。左側は、黒い地面と白銀の雪原とが交互に現れるだけ。地形をたしかめると言っても、平原と、そう高くない丘陵があるだけだ。右側には、氷山が浮かぶアムンゼン海しかない。氷山から崩れ落ちた大小さまざまな氷塊に覆われた海面の先に目をやると、海上に停泊する各国艦船のシルエットが見える。いま、ロス海とアムンゼン海には一万五千隻以上の艦船が集結し、人類史上最大規模の船団が編成されている。これらの艦船には、大きいものでは海上に浮かぶ鋼鉄都市と見まがうばかりの航空母艦や大型タンカーから、小さいものでは数百トン級の漁船まで、さまざまなタイプがある。この巨大船団が、百万人以上の人員と膨大な物資をこの荒涼たる大陸に運んでいる。過去の南極海域はずっと静寂の地だったが、船団はそんな寂寞たる海を喧騒と混雑の海へと変貌させ、連綿と連なる都市群が洋上に出現したのかと思うような光景をつくりだしている。

キャタピラ車で一時間あまり進みつづけると、野戦用のテントやプレハブ小屋が広い範囲に設置されているのが見えてきた。日本の基地だ。海岸では日本の子どもたちが隊列を組む訓練を行っている。全員で軍歌を斉唱しながら進む足並みはぴったりそろい、感情の高揚ぶりがうかがえる。だが、中国の子どもたちがもっとも目を奪われたのは、海岸に横たわる一頭の巨大なザトウクジラだった。クジラの腹部は切り裂かれ、ピンク色の厚い肉の層と濃い色の内臓が露出している。日本の子どもたちは、死んだ魚の上を這うアリの群れのように、その巨大な死骸によじのぼり、クジラの肉を電動のこぎりで大きな塊に切り分け、野営地に運ぶため、クレーン車でトラックに積み込んでいる。

中国の子どもたちは車を降りて、ただ黙ってそのようすを眺めた。驚いたことに、クジラはまだ生きていて、口がパクパク動いていた。上を向いたその目玉はトラックのタイヤくらいのサイズがあり、白く霞んだまぶたのあいだからこちらを見つめている。全身を血に染めた日本の子どもたちが、その巨大な生き物の腹の中から這い出てきた。ダークレッドの巨大な臓器——クジラの肝臓——を担いで運び出そうとしている。まだ湯気を上げている肝臓をクレーン車で吊り上げてトラックに載せると、荷台はそれだけでいっぱいになった。ぎらぎら光るパラトルーパーナイフを手にした子どもが荷台に跳び乗り、クジラの肝臓を慣れた手つきでいくつかに切り分け、下にいる凶暴そうな軍犬に投げ与えた。腹部を切り裂かれた巨大クジラ、クジラの体の上で肉を切り分ける子ども、血まみれのクレーン車とトラック、クジラの血で赤く染まった雪の上で肉を奪い合う犬たち、ゆっくりと海のほうに流れていく二本の赤い血の川——その光景はシュールなホラー映画の一場面のようだった。

呂剛(ルー・ガン)が言った。「日本の艦隊は、ロス海とアムンゼン海でずっと捕鯨している。対潜爆雷を爆発させて、その衝撃でクジラを失神させてから、岸に引き揚げるんだ。数頭の群れを一発で仕留められる」

「過去一世紀にわたる人類のクジラ保護の成果も、いっぺんに水の泡になってしまうかもしれないね」とメガネが嘆息した。

日本の子どもたちは、こちらが中国の子どもだと気づいたらしく、クジラから跳び下りて、血に染まった手袋をはめた手で敬礼した。それからまたクジラによじのぼり、作業を再開した。

メガネは華華(ホアホア)と呂剛にたずねた。「ひとつ質問がある。真剣に答えてほしいんだが——きみたちが小さいころ、ほんとうに心の底から命を大切に思ってきたかい?」

「いいや、思ってなかったな」と華華が答えた。

呂剛も、「いいや」と首を振った。「父さんと部隊で暮らしていたころ、毎日、学校から帰ると、地元の子どもたちといっしょに鳥を撃ったりカエルを捕まえたりしていた。それで小動物が死んでも、特別な感情は抱かなかった。それはほかの子たちもいっしょだと思うよ」

メガネはうなずいた。「そういうこと。生命の価値をほんとうに理解するには、長い人生経験が必要だ。子どもたちにとって、生命の地位は、大人にとってよりもずっと低い。不思議なのは、大人たちがどうしていつも、善良だとか平和だとかいう概念と子どもと結びつけようとしていたのかだよ」

「それのどこが不思議なんだよ」華華はメガネを見つめて言った。「大人時代、子どもたちは大人によって監督されていた。もっと言えば、子どもたちには最初から冷酷な生存競争に参加する機会がなかった。だから当然、子どもの本性が暴露されることもなかったというわけさ。ああ、ちょうどこの二日間、おまえに借りた『蠅の王』を読んでたんだ」

「あれはいい本だよ。ゴールディングはほんとうの意味で子どもを理解していた数少ない大人だった。残念ながら、ほとんどの大人は君子の心を基準に子どもの心を見ていて、結局はぼくらの本性を理解していない。それこそ、大人たちが最後に犯した最大の過ちなんだ。その過ちが超新星紀元の歴史の流れに大きな不確実性を与えてしまった」メガネは重々しい口調で言った。

三人の子どもはまたしばらく黙り込んでいたが、やがて車に戻り、出発した。

＊＊＊

もしも西暦時代の大人が運よく現在まで生き延びていたら、きっと目の前の世界を悪夢ではないかと疑うだろう。西暦時代の末期、世界の核弾頭すべてが閃光とともに宇宙に消えたころ、人々が思い描いた未来の子ども世界は、天国さながらのユートピアだった。無垢と友愛に満ちあふれたその世界に住む子どもたちは、天性の純粋さと善良さを備えている。美しい新地球の姿は、幼稚園の庭で子どもたちがなかよくつくるおもちゃの城のように思われていたのである。大人の中には、人類の歴史に関する資料をすべて消し去るべきだという、さらに過激な意見を持つ者もいて、こう主張した。

「わたしたちの最後の願いは、子どもたちの心の中に、大人たちは立派だったというイメージを残してやることです。新たに訪れる平和で美しい世界において、善良な子どもたちがわたしたちの過去について学んだとき、人類の歴史につきものの戦争や独裁や略奪を知ったら、どう思うでしょうか。大人たちは常軌を逸した非合理な存在だったと考えるでしょう」

そんな大人たちにとって、超新星紀元がはじまって一年ちょっとで、子ども世界に世界大戦が勃発するなどという事態はまったくの予想外だった。しかし、子ども世界の競争のルールは冷酷そのものであり、彼らの行動は血なまぐさく野蛮なものだ。西暦時代のみならず、人類史全体においても、これほどまで冷酷で野蛮な時代は存在しない。つまり西暦人たちは、子どもたちの心の中に残る自分たちのイメージを心配する必要などさらさらなかったのである。たしかに西暦人は、子どもたちにとって、不合理な存在に見えた。だがそれは、西暦人の温和さと自己抑制に起因している。超新星紀元の子どもたちが莫迦げていると思ったのは、西暦人の神経があまりにも脆弱で、その道徳的な制約があまりにも多岐にわたることだった。子ども世界では西暦時代の国際法や行動規範など一夜のうちに反故にされ、あらゆる機密が白日のもとにさらされて、なにかを隠す必要性などだれも感じなくなった。

***

南極に派兵して戦争ゲームに参加するかどうかについて、当初、中国総司令部の考えは一致していなかった。南極で行われるゲームの重要性に関してはだれも異論を唱えなかったものの、暁夢(シャオ・ムン)がもっと現実的な問題を提起したのである。

「この国の周辺地域はあまり安定していない。たとえばインド。彼らは一師団しかゲームに参戦させない予定で、百万以上の大軍を国内に残している。なにを考えているのか知れたものじゃない。わたしたちがゲームにフル参加するとしたら、陸軍兵力の相当量と、海軍兵力の三分の二を――つまり、三大艦隊のうちの二艦隊を――遠征させる必要がある。そうなると、本土の防衛がまちがいなく手薄になる。それに、いまの国内状況を考えてみて。海面上昇にともない、沿岸部ではこれから大洪水が発生する可能性がある。それ以外の大規模な自然災害が発生することも想定しなきゃいけない。だとしたら、軍による支援の不在は大きな問題になるでしょう」

「その二つの問題はどちらも解決可能だ」華華（ホアホア）が反論した。「まず、インドの動きはパキスタンに牽制されている――パキスタンもインドと同様、大量の戦力を残しているからね。それと同時に、こちらから大国に交渉して、インドに外交的な圧力をかけ、中国と同様の比率で南極に軍を出させるよう促すこともできる。自然災害の問題については、軍の不在は、たしかに不都合な面もある。でも、絶対に対処できないというわけでもない」

一方、呂剛（ルー・ガン）が指摘した問題は、みんなをより不安にさせるものだった。

「わが国の戦力は、本質的には本土防衛のためにある。だから、そもそも長距離を隔てた大陸間戦争に関しては、経験も能力もない。たとえば海軍は、陸戦理論から派生した思想に基づいて編成されたもので、沿岸部の防衛力が中心になり、遠洋における作戦能力なんか持ち合わせていない。中国艦隊の大部分は、いちばん遠くてジェイムズ礁（南シナ海のスプラトリー諸島南方に位置する暗礁）までしか航行したことがないんだ。他国の近代的な海軍からしてみれば、近所の散歩にもならないくらいの距離だ。しかし、今度のゲームはどうだ。はるか遠く、南極大陸まで航行する必要がある……大人たちがこの世を去る前に何度もくりかえし強調していた鉄則を、きみたちも覚えているだろ。すなわち、大陸をまたぐ大規模作戦の禁止」

「だけど、いまの世界は大人たちが想像していたものとはかけ離れたものになってる。古い考えに固執してちゃダメだ」と華華が言った。

「もしも地球の気候変動がこのまま進んだら」とメガネが口を開いた。「国土の半分は灼熱の地と化し、居住に適さなくなる。南極は中国の未来と大きく関係している。世界的に見ても、南極の争奪戦は避けられない。西暦時代に中国が南極の調査をはじめると決定したとき、ある国の指導者が言った。『こんなたいへんな時期にも遊びの一手を打つとは、なかなか読みが深いな』と。だけど、いまのぼくらからしたら、南極への派兵はもう遊びの一手なんかじゃない。緊迫した情勢における不可欠な一手だ。この手をまちがえれば、全面敗北に追い込まれる可能性さえある」

「南極の戦略的意義は言うまでもない。だけど、単純にこの戦争ゲーム自体について考えてみても、今度のゲームの勝敗が、子ども世界における各国の勢力ランキングに直結するかもしれないぞ」華華がメガネの意見を補足した。

華華の見立てが将来的により深い意味を持つ可能性を、その場の子どもたち全員が認めた。こうして、南極ゲームへの中国の参戦が決定したのだった。

***

南極戦争ゲームに参加するために派兵するとの情報はたちまち全国に広まり、睡眠期（スランバータイム）にあったキャンディタウン時代は、このニュースによってたちまち幕が引かれることとなった。二カ月ものあいだ深い眠りに沈んでいた国家が、ほとんど一夜にして目を覚ましたのである。当時の状況を、後世の歴史学者は「ぬくぬくとした布団の中に氷の塊を放り込まれたよう」と形容している。しかし、考えてみれば不思議はない。社会に対する刺激という意味では、戦争ほど強烈なものはないのだから。

戦争がもたらした興奮と緊張以外に、社会をキャンディタウン時代から揺り起こした大きな要因は、南極に対する子どもたちの憧れだった。子どもの頭の中にあるはるか彼方の南極は、神秘的で美しい世界であり、目の前のつまらない日常から逃避できる唯一の希望だった。彼らは自分たちなら新大陸の広大な土地の発展に寄与できるし、ゲームに参戦する子どもたちもまったく新しい人生をはじめられる――そんなふうに考えていた。南極派兵の動員令をテレビで発表するさい、華華（ホアホア）はこんなふうに語った。

「わが国のいまの領土は、大人たちによって隙間なく絵を描き込まれたキャンバスだ。だが、南極大陸はどうだ。そこには空白しかない。真っ白な巨大キャンバスだ。おれたちはそのキャンバスに自分たちの夢を好きなだけ描ける。いまこそ夢の楽園をつくろう！」

この演説は、きわめて大きな誤解を生むことになる。社会全体にこんな話が広まった。すなわち、国は同時に二つの五カ年計画を実行しようとしている。ひとつは本土で実行される、大人たちによって制定されたつまらない五カ年計画、もうひとつは南極大陸でこれから実行される、夢のような五カ年計画。後者は、子どもたちがネット上のバーチャル国家で思い描いたような、荘大なアミューズメント・パークがたくさんある輝かしい世界をつくりだす。……このうわさを聞いて、子どもたちはみんな、興奮に酔いしれた。いっとき、〝南極楽園〟という言葉がメディアやSNSのホットなトピックになった。そして、はるか彼方の大陸で実施される戦争ゲームに対し、全国民がいっそう大きな関心を抱くことになった。戦争の動員令が出されると、国はふたたび慣性時代のような秩序をとり戻した。子どもたちは自分たちの職場に戻って仕事を再開し、社会はまた効率よく運営されはじめた。

＊＊＊

超新星戦争は人類史上はじめて勃発した子どもの戦争だった。開戦と同時に、子ども世界の特異な性格が如実に表れた。西暦時代の大人たちには想像もできなかったことだが、この戦争は、スポーツの対戦ルールを順守したゲーム形式で遂行されたのである。

すでに百万以上にもなる兵力の配置が終わり、それぞれ数十キロメートルの間隔をおいて各国の基地が建設されていたが、いまになっても子どもたちの関係は良好で、争いも起こらず、基地同士でさまざまな交流や連絡が行われていた。もし大人時代なら、とっくになんらかの戦端が開かれていただろう。たとえば、こんな例がある。各国の本土と南極前進基地とをつなぐ海上輸送ラインは、そのほとんどが長く脆弱だった。いまだに南極大陸の開発が行われていないため、現地での補給も期待できない。そのため、輸送ラインに攻撃を加えて切断すれば、相手国の南極基地は補給が困難となって孤立し、まちがいなく一気に壊滅の運命をたどることになる。だが、実際は、それとは正反対だった。大国の船団は、海上輸送能力を持たない国家に協力し、ゲーム参戦に必要な兵員と物資の南極輸送を積極的に援助していたのである。

こういう状況が生まれたのも、子ども戦争の特異な性格に起因している。各国は、いまにいたるまで、どの国と対戦することになるかを知らず、オリンピック選手同様、全試合の組み分けが発表されるのをじっと待っていた。もちろん、表立っても、水面下でも、さまざまな外交活動が行われていたものの、参加国間で同盟が結ばれることはついぞなかった。それぞれの国がひとりのアスリートよろしく独立した立場を貫き、南極大陸に設置された巨大ゲーム会場で戦争ゲームがスタートするのを辛抱強く待っていたのである。

＊＊＊

中国の子ども指導者たちを乗せた車輛は日本の基地を離れ、二時間以上かかってアメリカの基地に到着した。はじめてここを訪れた彼らは、まず基地の大きさに驚いた。野営テントや仮設建造物がぎっしり並び、その列が海岸沿いに見渡すかぎり延びている（二十キロメートル以上もつづいているらしい）。いくつか巨大建築もあり、無数のアンテナのジャングルが空に向かって突き出していた。基地にはレーダーアンテナも多数設置され、その半分を覆う白い球形の防護カバー（レドーム）は、巨鳥が好き勝手に産み落とした巨大な卵のように見える。基地の周辺には簡易道路が蜘蛛の巣のように張り巡らされ、さまざまな軍用車輌が走っている。そのタイヤの下から、過去の南極大陸では存在するはずもなかった土埃が舞い上がり、あたり一帯の雪をまんべんなく汚しつづける。海辺にある急ごしらえの港の近くでは、あらゆる物資が海岸沿いに山のように積み上がっていた。到着したばかりの大型上陸艇が陸地に向かって黒く四角い口を開け、中から吐き出される戦車と装甲車が、浅瀬の海を突っ切って続々と上陸してくる。それら鋼鉄の巨獣が、中国の子どもたちのキャタピラ車のそばをものすごい勢いで通り過ぎ、ガタガタと震動が伝わってきた。大型輸送機が何機も高速で頭上を飛び過ぎ、海面と地面に大きな影を投げかけながら、特殊な穴あき鋼板を使って突貫工事で敷設された基地飛行場の滑走路へと降下していく。

空気を入れて膨らませる建築資材を使って建てられた広大なホールで、ゲーム参加国の首脳会議が開かれた。照明は明るく、室内は春を思わせるほどのあたたかさだった。ホールの天井には色とりどりの風船が飾られ、軍楽隊が楽しげな曲を演奏し、祝日を盛大に祝っているかのようだ。中国の子どもたちがホールに足を踏み入れたときには、すでに各国首脳のほとんどが勢ぞろいしていた。アメリカ合衆国のデイヴィー大統領は中国の子どもたちをフレンドリーに迎え、ホール中央に置かれた長テーブルのところまでエスコートした。テーブルの上には百以上ものヘルメットが整然と並べられ、そのひとつひとつの中に、きらきら輝くものがたっぷり盛られている。各国首脳たちはおいしそうにそれを食べているところだった。

「さあ、食べてくれ。ロス海から水揚げしたオキアミだよ」とデイヴィーがすすめた。

華華（ホアホア）は半透明のオキアミを一匹とり、殻を剥いて食べてみた。「生なのか？」

デイヴィーはうなずいた。「安心してくれ。南極ではどんなものでも清潔で安全なんだから」彼はメガネにもジョッキに入ったビールを手渡した。テーブルの大皿からひとかたまりの氷をトングでとってジョッキに入れると、氷からジュ〜ッと気泡が出た。

「これは南極の天然氷なんだ。ガスが豊富に含まれている。以前、欧州の最高級ホテルでは、南極からわざわざこの氷を運ばせていた。ものすごく高いんだぜ」

「しかし、こういうすばらしい氷をはじめとする手つかずの自然も、もうすぐ消えてなくなる。きみたちが海にばら撒いた油を見るといい」とメガネが言った。

「まずはひとことだけ、きょうの議題とは関係のないことを言わせてくれ」華華は、長テーブルの向かい側に日本の大西文雄首相の姿を見つけて、彼に指を突きつけた。「日本の子どもたちによるクジラの乱獲をただちにやめさせるべきだ。このままじゃ、南極のクジラはほどなく全滅する！」

大西文雄はオキアミの殻を剝きながら顔を上げ、冷笑を浮かべた。「もっとゲームに集中したほうがいい。でないと、南極で全滅するのはあなたたちということにもなりかねないからな」

「そのとおり。ぼくらはもっとゲームに集中すべきだ」デイヴィーが興奮した声をあげた。「それこそ今回の会議の目的だからね！　前回のワシントンDCでの会議から、もう四カ月も経った。各国はすでに、陸海空の相当数の戦力を南極に集結させている。いつでもゲームをスタートできる——なのに、いまになっても、どうやってこのゲームを遊ぶのか、だれも知らない！　今回の首脳会議は、いかにしてゲームを進行するかを相談するためのものだ。まずは……」

「大統領、この会議の議長はわたしが務めるはずじゃなかったのか！」長テーブルの端で、ジョー・ガーナーが空になったヘルメットをテーブルに強く叩きつけた。

「うん、わかったわかった。ではどうぞ、国際オリンピック委員会会長どの」と、デイヴィーはジョー・ガーナーに向かってわずかにうなずいてみせた。

超新星紀元最初で最後の国連総会のあと、ジョー・ガーナーは国連事務総長として、完全消滅したも同然のこの国際組織をなんとか復活させようと画策してきた。しかし、時が経つにつれ、彼自身、そんな努力をしても無駄だと悟りはじめた。その後の彼は、無残な姿をさらす国連ビルで、一日じゅう、なにをするでもなく、孤独な時を無為に過ごしていた。真っ暗な洞窟のような国連ビルには、ある噂がたっていた。会議場に幽霊が出没するというのである。天井が崩れ落ち、ぽっかり開いた穴から薔薇星雲の光が射しこむ時刻になると、崩落して半分に欠けた演壇に車椅子のローズヴェルトが姿を現す。そして、歴代の国連事務総長がかわるがわる彼の背中を軽く叩いていくのだという。もしも射し込む光が薔薇星雲の光ではなく月の光なら、議場にコツコツコツという音が響きわたる。それはフルシチョフの幽霊が傍聴席のデスクを叩く音で、彼が手にしているのは革靴ではなくてケネディの頭蓋骨だ……そんなうわさ話が耳に入り、ジョー・ガーナーは震え上がった。恐怖を鎮めるため、毎晩酒を飲んでいたが、次第に耐えられなくなってきた。いよいよ神経が参りかけていたとき、戦争ゲームのために再組織された国際オリンピック委員会から打診があり、そくざに会長の座に飛びついたのだった。

ジョー・ガーナーは左右を向いて手を振った。「みんな、もう食べるのをやめて、席についてくれ。会議を開くふりだけでもしてくれよ！」

首脳たちは長テーブルの席に決められた席次どおりに座ると、翻訳機のイヤホンをつけはじめた。だが、目の前のヘルメットのオキアミを食べつづけている子どももいた。

「食べるなと言っただろ！　大統領、食べものを下げさせてくれ！」ジョー・ガーナーはテーブルのヘルメットを指さしながら、デイヴィーに向かって怒鳴った。

デイヴィーはジョー・ガーナーを横目で見やり、「IOC会長、きみは自分の立場をしっかりわきまえる必要があるみたいだね。きみはオリンピック・ゲームのモデレーターにすぎない。この会議でだれかに命令する権限なんてまったくないんだぞ」

ジョー・ガーナーはデイヴィーを何秒かにらんでいたが、最後には視線を外して唾を飲み込んだ。

「わかった。では会議をはじめよう。会議に参加している首脳たちはたがいに顔なじみだろうから、あらためて紹介はしない。だが、きょうの会議には各国軍の最高司令官も参加している。各人からちょっと自己紹介をしてもらってもいいかな？」

自己紹介していく各国の将軍たちを見ていると、過去の大人の将軍たちよりもはつらつとした印象を受ける。体にぴったり合った陸海空軍の将官用軍服を着こなし、肩章には将軍の階級を表す星が輝いている。胸もとを飾る色とりどりの略綬と勲章が、ホール全体に輝きを添えているかのようだった。

最後に自己紹介したのは、アメリカ統合参謀本部議長のスコット将軍だった。就任当初、スコットはだれをお手本にして自分のイメージをつくるべきか決めかねていた。アイゼンハワーか、ブラッドリーか、はたまたマッカーサーか。その結果、毎日違う人物を真似ることになり、参謀たちをとまどわせた。きょうの首脳会議では、どうやらマッカーサーを選択したらしく、参謀にコーンパイプを用意するよう命じたが、いかんせん南極ではそんなものを調達すべくもない。参謀はどうにか見つかった黒光りする黒檀の大きなパイプをさしだしたが、大きな雷を落とされる羽目になった。いまも、スコットは他国の将軍のように敬礼することなく、全員に向かって問題のパイプを振りまわしながら叫んだ。「小僧ども、いまに見ろ。きさまらをボコボコにして、小便チビらせてやるからな！」

スコットのこの言葉は出席者の冷笑に迎えられた。「スコット将軍、きみの肩章の星にはたしかに感服したよ」とロシア軍参謀総長のジャヴォーロフ元帥が皮肉っぽい口調で言った。スコットの肩章には星が七個もついている。

「星の数に文句でもあるのか？　たしかにアメリカ軍における将軍の最高階級は星六個で、それも、没後に儀礼的な意味で与えられる。だが、ぼくは自分の肩に七つの星をつけている。パットン将軍その人だって勲章をほしがったんだから、ぼくが星一個くらい多くつけたって問題ないだろう。大統領だってなにも言ってこないのに、無関係なきみにごちゃごちゃ言われる覚えはない！」

「いや、ただ不思議なだけだよ。なんで星を八個つけないのかってね。そうすれば、左右対称に並ぶのに」

「いや、それだと当たり前すぎておもしろくない。だったら星九個のほうがいい！」

呂剛（ルー・ガン）が横から口をはさんだ。「だったらもう、肩に星条旗を掛ければいいじゃないか」

それを聞いてスコットは激怒した。「呂（ルー）将軍、わたしを莫迦にするのか？　許さん！　許さんぞ！」

「せめてきょう一日ぐらい、悶着を起こさずにおとなしくしててくれ」となりのデイヴィー大統領がスコットをたしなめた。

「だって、あいつがぼくを莫迦にしたんだ……」スコットは呂剛を指さしてなおも言い募った。

デイヴィーはスコットの手からパイプを奪いとり、長テーブルの上にに放り投げた。「それと、こんな中途半端でアホくさい偽物のおもちゃなんか金輪際持ってくるな。ぼくが許さない。そんなもの、見たくもない！　その莫迦げた肩章から星を三つ剝ぎとれ。メディアにあれこれ言われる元だ」

スコットの顔が赤くなったり青くなったりしている。きょうのイメージの選択を誤ったことをスコットは悟った。大統領は、マッカーサーがお気に召さなかったらしい。

ジョー・ガーナーIOC会長がふたたびヘルメットを木槌のかわりにしてテーブルを叩いた。「もういい。会議をつづけさせてくれ。きょうの議題は二つある。ひとつめは戦争ゲームの基本ルールの決定、二つめは競技種目の選定だ。まずはひとつめ。アメリカが提案する基本ルールはこうだ。ゲームを刺激的で楽しいものとするため、参加国のうち、アメリカ、ロシア、EU（戦争ゲームではEUをひとつの国家として扱う）、中国、日本、インドの六カ国を、この世界規模のゲームにおける常任理事国とする。これらの国々は包括ルールを遵守し、すべてのゲームに参加するものとする。そのほかの国は参加するゲームを自由に選ぶことができる」

　この基本ルールは満場一致で参加国に承認され、ディヴィーは跳び上がって喜んだ。「よしよし。出だしは上々だ」

　ジョー・ガーナーがヘルメットでテーブルをまた叩いた。「次に、第二の議題。ゲーム種目の選定だ」

「ぼくからまずひとつ提案がある」とディヴィーが大声を張り上げた。「空母打撃群ゲームだ！」

　予想外の提案に子どもたちが凍りついた。ジョー・ガーナーがおそるおそるディヴィーにたずねた。

「それは……あまりに規模が大きすぎるんじゃないか。空母打撃群？　空母と艦載機、護衛の巡洋艦に駆逐艦、それに潜水艦……いくらなんでも大規模すぎる」

「ぼくたちがやりたいのはでっかいゲームだ！　みんな、でっかいおもちゃで遊びたいんじゃないのか？」とディヴィーが言った。

　華華（ホアホア）が立ち上がって発言した。「そんなのアメリカの子どもだけだろ。どのみち、そんなゲーム、われわれは参戦できない。中国には航空母艦がないからね」

「日本も保有していない」大西文雄も言った。

　インドのジャイル首相が発言した。「インドは空母を持ってはいるけど、通常型の動力で、古いおもちゃみたいなものだ。それに、空母打撃群なんてとても編成できない」

「となると、アメリカとEUとロシアでゲームをプレイすることになるな。残りのきみたちは脇で観戦するわけか？」とディヴィーがたずねた。

　ジョー・ガーナーはアメリカ大統領に同意するようにうなずき、つけ加えた。「それは、さっき確認した包括ルールに反している」

華華は肩をすくめて言った。「しかたないだろ。こっちは航空母艦なんてつくれないんだから」「日本の場合、きみたち大国が空母の建造を認めてくれないんだがね」と言って大西文雄が鼻を鳴らした。

スコットは華華と大西文雄を指さした。「ゲームがはじまったとたん、おまえたちのせいで楽しみがだいなしだ！」

呂剛が立ち上がって提案した。「じゃあ、こうするのはどうかな。ぼくたちは駆逐艦隊と潜水艦で、きみたちのほうは空母打撃群でゲームに参加する」

「ダメだ！」とディヴィーが大声を出した。

「あいつ、意外と頭がまわるな」呂剛は椅子に座ると、華華の耳元でささやいた。華華は薄笑いを浮かべてうなずいた。

じつのところ、かつて大人の管理下にあった時代といまとでは、航空母艦はまったく別物になっている。ディヴィー大統領も、そのことは重々承知していた。現在の海軍航空隊の子どもパイロットたちは技術レベルが低い。ようやく飛行機を飛ばせる段階に到達したばかりで、対艦攻撃と対地攻撃の成功率は依然として低い水準に留まっている。それに加えて、空母打撃群による攻撃作戦はきわめて複雑な技術を必要とする。子どもたちがそれらを短期間で習得するのは不可能だ。実戦がはじまれば、空母から飛び立った作戦機が目標を探し出すことすら不可能かもしれない。さらに、アメリカ海軍にとってもっと深刻な問題があった。航空母艦の防御力の弱体化だ。もともと空母自体はほとんど防御力を備えていない。その安全は空母打撃群に含まれる護衛艦によって守られる。つまり、イージス・システムを基盤とする航空母艦の防衛体制は、打撃群に編成される巡洋艦、駆逐艦および潜水艦の各種兵器システムを統合することで構築されている。そのために必要なＩＴ技術は、大人たちにとってさえ、めまいがするほど複雑なものだったから、子どもの力だけで正しく運用することは至難の業だった。現在も、空母が海に出るときは、以前と同様、さまざまな艦艇が隊列を組むが、実際の防御力はきわめて低くなっている。加えて、航空母艦は図体ばかりが大きいでくのぼうときているから、だだっ広い海上では格好の的になる。現在、アメリカの子どもたちが恐れる対航空母艦兵器は少なくない。たとえば、中国海軍が保有する〝中国版エグゾセ〟と呼ばれるC802対艦ミサイルもそのひとつだった。その弾頭の威力はすさまじく、もし一発でもイージス・システムの防御を突破して航空母艦に命中すれば、ほぼ確実に撃沈できる。「現在、わが国の航空母艦は、海面に浮かぶ大きな鶏卵のように脆弱だ」というアメリカ大西洋艦隊司令官の言葉はまさにそのとおりだった。かつての海の覇者も、いまや戦闘機を運搬する長距離輸送艦の地位に甘んじている。だが、たとえそんな状態だとしても、航空母艦を撃沈されるわけにはいかなかった。空母はアメリカの子どもたちの精神的な支柱であり、アメリカの力の象徴なのだ。そのため、今回の作戦行動でも、アメリカの航空母艦は海岸から遠く離れた太平洋上をうろうろしている。デイヴィーの先ほどの強気な態度もただの虚勢でしかなかった。

「わかったよ」デイヴィーはため息まじりに言った。「じゃあ、駆逐艦ゲームにするか」

常任理事国の満場一致を得て、ジョー・ガーナーIOC会長はこの種目をノートにメモすると、また顔を上げた。「みんな、次の提案……」

「潜水艦ゲームだ！」今度は英国のグリム首相が叫んだ。

「それはゲームにならないだろう」ロシアのジャヴォーロフ元帥が首を振りながら言った。「真っ暗な家の中で子どもがかくれんぼするようなものだ」それでもジョー・ガーナー会長はこの種目をメモした。

「どれもこれも海戦ばかりじゃないか。陸戦のゲームはないのか？」華華が声をあげた。

「よろしい。だったら戦車対抗戦だ！」とロシア大統領イリューヒンが言った。

「それだとゲームとして大雑把すぎるな。もっと細分化させないと」とスコット将軍が言った。「ひとつ提案がある。接近砲撃ゲームはどうだ。敵味方両軍の戦車部隊が遠距離から同時に相手に向かって進撃し、たがいに正面から砲撃を行う」

「それはいいね。ここは平坦で広い地形だから向いている。このゲームをおもしろくするために、兵器は戦車砲だけに限定して、ミサイルは使用禁止にすべきだな」ジャヴォーロフ元帥の意見に、だれも異議を唱えなかった。

「それに、遠距離砲撃についても規定すべきだ。両軍がある一定の距離まで接近したときにかぎって砲撃できるってね」と呂剛は言ったが、実はこれは、彼らにとっての最重要事項だった。アメリカのM1A2エイブラムスや、ロシアのT90、フランスのルクレールは、中国の99式より、射撃統制システムがずっと進んでいるからだ。

「では、三千五百メートルにしよう」とスコットが言った。

「それはダメだ。千メートルだ！」と呂剛が食い下がった。

子どもたちのあいだでまた激しい口論になったので、ジョー・ガーナーが止めに入った。

「わかったわかった。そんな細かいルールは、それぞれの種目の専門家チームが解決すればいい。ここでは大枠だけを決めよう」

「これはきわめて重要な問題だぞ。いまここで決めるべきだろ！」華華は少しも譲る気がなかったが、多勢に無勢、結局のところ最大距離は中国にとって不利な三千メートルに確定してしまった。

「じゃあ、こちらからも、戦車対抗戦の種目に関して提案がある。超近距離の壁衝突ゲームだ！」華華は手を挙げて、大声で対案を出した。

「なんだそれ？」他国の子どもたちは当惑した顔をしている。

「ルールはこうだ。レンガの壁を二枚並べて、それぞれの後方に、敵の戦車と味方の戦車を向かい合わせで配置する。試合開始の合図と同時に、戦車は壁を破壊して、おたがいに攻撃を行う。壁と壁の間隔は十メートルから二十メートル」

「ははは、そのゲームはじつに刺激的だね！」スコットに耳打ちされて、デイヴィーは笑いながら言った。M1A2エイブラムスは中国の99式やロシアのT90よりも重く、六十二トンもある。にもかかわらず、静止状態から時速三十キロに加速するまで、たった七秒しかかからない。つまり、壁に衝突するこの種目でも、アメリカが不利になることはない。そのためスコットは中国の提案に反対しなかったのである。

「戦車ゲームなら、もっと刺激的なのがあるぞ。歩兵と戦車との対抗戦だ！」とロシアのジャヴォーロフ元帥が提案した。

「そりゃおもしろそうだな！」と呂剛が叫び、みんなも賛成した。

「戦車ゲームはまだまだいろんな遊びかたが考えられるが、とりあえずはこれくらいにしておこう」戦車ゲームの種目をいくつかメモしてから、ジョー・ガーナーが言った。「なんでも好きな種目を追加できるぞ」

「戦闘機ゲームだ！」スコットがわめきたてた。

これには異論が出なかったが、空対空ミサイルを使うゲームと、機関砲だけに限定するゲームと、二種目に分けようという提案があった。

ジャヴォーロフ元帥はかぶりを振った。「分ける必要なんかないだろう。子どもたちは飛行機の操縦にもそれほど慣れてない。ドッグファイトをやるだけでもたいへんだ。それ以上あれこれ制限を加えたら、それこそ遊べなくなっちゃうだろ」その結果、この種目はそのままで確定した。

「歩兵小火器ゲーム！」華華が叫んだ。

「うん、それはオーソドックスだな。だが、細分化する必要がある。まずは小火器の定義をどうする？」ジャヴォーロフ元帥がたずねた。

「口径二十ミリ以下ならなんでもいいよ」と華華。

「だったら、射撃と突撃の二種目だな。前者は両軍がそれぞれ自陣から射撃を行う。後者のほうは戦車の接近砲撃ゲームの歩兵版だ。敵味方が一定の距離をとってスタートする。敵陣に突撃しつつ、向かってくる敵を撃つ。距離は……いまここで決めなくてもいいか」

「ピストルを使うロシア式の決闘みたいだな」とだれかがつぶやく。

「武装ヘリ対抗戦！」デイヴィーが叫んだ。

中国とインドの子どもがこの種目に反対し、日本は中立だった。しかし、アメリカ、ロシア、EUが支持したおかげで、この種目は可決された。

「手榴弾ゲーム！」華華が叫んだ。「そうだよ、これは歩兵小火器ゲームの種目に入れてもいいはずだ」

「きみたちはどうしてそんな時代遅れのゲームばかり提案するんだ？」デイヴィーが咎めるように言った。

「そっちこそ、ハイテク兵器のゲームばかり提案してるじゃないか」と華華が反論した。

議長役のジョー・ガーナーIOC会長がふたたびその場を収めようと口をはさんだ。「わかったわかった。みんな、目的は同じ――おもしろいゲームで遊びたいだけだ。だから、相手の立場を理解する必要がある。自国が得意な分野ばかり選んで、不得意な分野を拒否していたら、いつまでたっても種目が決まらない」

「手榴弾はごくごく基本的な武器だぞ。なのにどうして種目に入れない？」と呂剛が言った。

「いいだろう。じゃあ、種目に入れればいい。ただし、アメリカが不得意だなんて誤解してると痛い目をみるぞ」とデイヴィー。

「手榴弾についても、自陣からの投擲と、突撃投擲の二種類に分けるべき……」と言いかけて、ジャヴォーロフ元帥がふとなにかに気づいたように口をつぐんだ。「基本的な武器の話をしているのに、砲兵のことをすっかり忘れているじゃないか」

ほかの子どもたちもはっとした表情になり、砲兵に関する種目を次々に提案しはじめた。

「射程五キロメートルの砲撃戦！」

「大口径砲による十キロメートル部門！」

「ロケット砲による三十キロメートル部門！」

「自走ロケットランチャーによる移動目標の砲撃戦！　うーん、南極平原でのゲームはどうも海戦に似てくるな」

「迫撃砲！　なんで迫撃砲を忘れられるんだよ！」

「そのとおり。迫撃砲による近距離戦だ。しかも、移動しながらの砲撃も可能。おお、きっとおもしろくなるぞ！」

そこでスコットが口をはさんだ。「ひとつ提案がある。五キロメートル以上の砲撃戦ゲームは、空中偵察と射撃指揮所の支援を受けられることにしよう」

「反対！　そんなことしたらゲームが複雑になりすぎて、ルール違反が増える」と呂剛。

「賛成！　そのほうがもっとおもしろくなる」グリム首相が言った。

「もういい！」ジョー・ガーナーがヘルメットでどんとテーブルを叩いた。「言っただろ。細かいことは専門家たちのチームで解決してもらうって！」

ジョー・ガーナーが砲兵ゲームの提案をメモするのを待って、デイヴィーがぱっと立ち上がった。

「みんな、ずいぶんいろんな種目に興味があるんだな。じゃあ、ぼくもひとつ提案する。爆撃機と地上航空防衛の対抗戦だ！」

ジョー・ガーナーは眉根に皺を寄せて言った。「さっき提案があった歩兵と戦車の対抗戦と似たようなパターンのゲームになるな。どっちの場合も攻撃側と防御側は対等じゃないから、実際のゲームでは、役割を交換して対戦する必要がある。でも、そうすると試合の回数が倍になるから、管理と審判がそれだけたいへんになる。つまり、こういう種目はできるだけ数を抑えなきゃいけない」

「ははは」華華はデイヴィーの表情を見て笑った。「その顔からすると、役割の交換なんてまったく考えてなかったんだろ。デイヴィー大統領は、アメリカが爆撃側、他国が防衛側だと思い込んでたんだ」

デイヴィーは頭を叩いた。「うん、そうだよ。その点はまったく頭になかった」

「認知の慣性バイアスってやつだな。実際はどうなんだ？　アメリカの子どもは、中国のH－20とロシアのTu－22Mの爆撃に対して地上防衛をやる気はあるのか？」

「それは……IOC会長がいまさっき言ったように、管理と審判がむずかしいらしいから、この種目はやめておこう」

スコットがそこで話に入ってきた。「海陸戦ゲームを加えるのもいいな。上陸側と防衛側に分かれて戦う」

「それも管理と編成がかなり複雑になる。所用時間も長すぎるし、案外おもしろくないかもしれない。やっぱりやめたほうがいい」とジャヴォーロフ元帥が言うと、ジョー・ガーナーやほかの子どもたちもすぐに同調し、その結果、この種目は認められなかった。

「これなら絶対にいける。ミサイル発射ゲームだ！」デイヴィーはまだあきらめきれないらしく、また新しい種目を提案してきた。

イリューヒンも同意するようにうなずいている。「いいぞ、それはおもしろくなる！　短距離ミサイルと中距離ミサイル、それに大陸間弾道ミサイルの三部門に分けることもできる」

「大陸間弾道ミサイル！　わお！」デイヴィーは興奮しきって両手をふりまわした。「いまのところ、これがいちばんすごいゲームだな！」

「ただNMD（原注　国家ミサイル防衛。大陸間弾道ミサイルから国土を防衛するためのアメリカの軍事防御システム）とTMD（原注　戦域ミサイル防衛。海外駐留米軍や同盟国を攻撃する弾道ミサイルを撃ち落とすためのアメリカのミサイル防衛システム）の運用は禁止する必要がある」イリューヒンが冷静な口調で言った。

「なんだと？　NMDとTMDは当然ゲームに含めるべきだ！」スコットは大声でわめいた。

「だが、常任理事国の半分はそんなもの持っていない。包括ルールに抵触する」

「そんなのかまうもんか！　アメリカは絶対に運用する！　二百パーセント確実に！　そうじゃなきゃ、もうゲームから手を引く！」デイヴィーは高まる気持ちを抑えられず、両腕を振りまわしてわめき散らした。

「わかった。運用したいならすればいい」呂剛は冷めた口調で手を振った。

「イージス・システムだってうまく使えないくせに、NMDなんてどうするつもりだ？　ふん」ジャヴォーロフ元帥は大いに不快げな口調で言った。

「もういいだろ。じゃあみんな、ほかの種目に関する提案は？」デイヴィーは長く息を吐き出し、座ったまま得意げにほかの子どもたちを見まわした。そのとき、華華が手を挙げた。

「地雷ゲーム！」

「おもしろそうだな。でも、どうやって遊ぶ？」ほかの子どもたちも興味津々の表情だ。

「ゲームに参加する両軍それぞれが地雷原を設置する。広さは専門家チームに決めてもらえばいい。地雷原の真ん中に自国の軍旗を立てる。敵の地雷原に道をつくって先に軍旗をとったほうが勝ちだ」

デイヴィーは侮蔑するように唇を歪めている。「ふん。そんなの、幼稚園児が遊ぶようなゲームじゃないか。まあ、いいとしよう。会長、リストに載せておいてくれ」

そのときだった。太平洋のある島国の大統領が立ち上がって発言した。「いくつかの小国を代表して発言したい。常任理事国の諸君、ぼくらにもちょっとくらい遊ぶ機会をくれてもいいんじゃないか？」

「中国の子どもが提案したいくつかの伝統的種目なら、きみたちだって参加できるだろ？」とデイヴィーが聞く。

「大統領、その考えは単純すぎる。たとえばわが国の場合、南極に派遣した兵力はわずか一個中隊。二百名もいない。いちばん初歩的な歩兵ゲームだって、一回プレイしただけで戦力のほとんどを失いかねない」

「だったら自分から新しい遊びかたを提案すればいいだろ」

「ぼくからひとつ提案がある」ベトナムのレ・サム・ラム首相が発言した。「ゲリラ戦ゲームだ！」

「これは意表をつかれたね。でも、どうやって遊ぶ？」

「ゲームに参戦する両軍が少人数の遊撃隊を編成し、敵基地を襲撃する。具体的なルールは……」

「黙れ！」デイヴィーはテーブルを叩いて跳び上がった。「そんな悪辣な提案をするなんて、恥知らずにもほどがある！」

「そのとおりだ。恥を知れ！」グリム首相も米国大統領に賛同した。

「そ、それは……たしかに一定の混乱を招くかもしれない」ジョー・ガーナーはレ・サム・ラムに言った。「ワシントン会議のときすでに、各国の南極基地に対する攻撃は禁じるということで見解が一致していた。きみたちのこの提案は戦争ゲーム全体の根幹を揺るがしかねない」

かくしてこの種目は否決された。

「現在の南極はすでに大国だけの会員制クラブになってしまったようだ。ぼくたちがここに来たことになんの意味があるのか、まったく理解できないよ！」レ・サム・ラム首相は怒り心頭に発しているようだが、ジョー・ガーナー会長は彼のそんな罵倒を無視してほかのみんなに語りかけた。

「この会議はいままでのところすばらしい成果をあげている。種目について、ほかに新しいアイデアがある国は？」

ジョー・ガーナーは遠く離れたところに座っている大西文雄に目をとめ、大きな声で呼びかけた。

「大西首相、きょうの会議できみはまったく発言していないね。しかしきみは第一回の国連総会の席で、日本が国連での発言権を持つことを強く願うと言ってたじゃないか。よく覚えているよ。いま、日本は世界ゲームの常任理事国になった。なのにどうして黙っている？」

大西文雄はわずかに顔を上げると、ゆっくり発言した。「ひとつ提案したい。これは、だれもが予想だにしないゲームだと思う」

「聞かせてもらおうじゃないか」ディヴィーがそう言うと、子ども全員が期待の視線を日本の首相に向けた。

「冷兵器ゲームだ」

子どもたちはたがいに顔を見合わせていたが、最後にひとりがたずねた。「冷兵器っていったいなに？」

「軍刀のことだ」大西文雄は簡潔に答えた。姿勢を正してまっすぐ座り、まるで彫像のように、口以外はまったく動いていない。

「軍刀だって？　そんなもの、だれも持ってきてないぞ」スコットが当惑したように言った。

「われわれが持っている」日本の子どもはそう言うと、テーブルの下からなにか長いものをとりだした。鞘に収まった軍刀だった。大西はすっと刀を抜いた。冷たい光が一閃し、子どもたちの全身が震え上がった――その刀身は細く、刃先が正面を向くと一本の細い線にしか見えない。大西文雄は片方の手で軽く刀身を撫でながら言った。

「この刀は最高品質の炭素鋼でできていて、ほかのどんな刀よりも鋭い」大西首相が刃先に息を吹きかけると、軍刀からウォンウォンという余韻の長い音が響き、それが全員の耳に伝わってきた。「この刀の刃先は二層の炭素鋼を重ね合わせている。片方の切れ味が鈍ってきたときはもう片方の層が表に出てくる。だから、刃を磨ぐ必要はなく、いつまでも鋭利さが保たれる」

そう言うと、大西文雄は刀をそっとテーブルの上に置いた。子どもたちの目は、周囲を凍りつかせるような光を放つその鋭利な刃に釘づけになった。全員、総毛立つような恐怖を味わっていた。

「われわれは、このような軍刀を十万本、ゲームのために提供する準備がある」

「これは……これはあまりにも野蛮では」デイヴィーが怯えたように言うと、ほかの子どもたちも次々とうなずいた。

「米国大統領並びに各国の子どもたち諸君、きみたちは自身の脆弱な神経を恥じるべきだ」大西文雄は顔色ひとつ変えず軍刀を指さした。「刀とは、きみたちがさっき提案したすべてのゲームの基礎である。戦争の魂であり、人類最古のおもちゃでもある」

「わかった。じゃあ、冷兵器ゲームも加えよう」とイリューヒンが言った。

「だが、こんな軍刀は……使わなくてもいいんじゃないか」デイヴィーはテーブルの軍刀から可能な限り目を逸らしている。刀の冷たい光に目を射られるのではないかと本気で恐れているかのようだった。

「それなら、銃剣を使おう」ジャヴォーロフ元帥が言った。

子どもたちのさっきまでの興奮はいつのまにかすっかり消えていた。全員の視線が軍刀に集まり、だれもが沈黙したままだった。夢からやっと覚めて、いままで自分がなにをしていたのか思い出そうと、じっと考えているかのようだった。

「ほかにだれか新しいゲームを提案する者は？」ジョー・ガーナーがたずねた。

だれもそれに答えず、ホールに漂うのは死んだような静寂だけだった。子どもたちはその軍刀に魂まで奪いとられたようになっている。

「では、これで終わりにしよう。開会式の準備をはじめないといけないからな」


***

一週間後、超新星紀元第一回オリンピック開会式が南極大陸マリーバードランドの広漠とした平原で開催された。

開会式には三十万人以上が参加し、集まった子どもたちで平原に真っ黒な広がりができている。一年の半分は空のはるか彼方に低くかかっている太陽は、このときすでに大部分を地平線の下に隠し、ちっぽけな顔をのぞかせているだけだった。その顔から洩れる最後の光がダークレッドの残光となって白黒まだら模様の大陸を照らし、密集する子どもたちのヘルメットに反射している。ダークブルーに沈んだ空には銀色の星々がちらほら瞬きはじめていた。

開会式は簡素だった。最初は国旗掲揚式が行われ、すべての参加国から選出された兵士代表たちが五輪旗を掲げて会場を一周した。その後、かつては平和の象徴だった旗が新紀元の戦場にそそり立つポールに掲揚され、子ども兵士たちによる祝砲が空に向かってたてつづけに撃たれた。最初の銃声が鳴りやむと、すぐまたべつの銃声が鳴り、次々とつづいていく。小さくなりまた大きくなるその音は、人間の海を伝わる波を思わせる。旗竿の下に設けられた演壇では、超新星紀元の国際オリンピック委員会初代会長のジョー・ガーナーが祝砲を終わらせようと、しばらく前から腕を振りつづけている。ようやく銃声がおさまってきた。次は彼のスピーチの番だ。手もとのスピーチ原稿を開いたとき、となりにいた子どもがなぜかヘルメットをさしだした。意図がわからず、ジョー・ガーナーはむっとしてヘルメットを払いのけた。スピーチに臨む彼は、興奮のあまり、壇上のスーツ姿の首脳や来賓が全員ヘルメットをかぶっていることにまったく気づいていなかったのである。

「新世界の子どもたち諸君、超新星紀元第一回オリンピックへの諸君の参加を歓迎します……」

そのときだった。周囲からバラバラという音が聞こえてきた。雹（ひょう）が降ってきたような音だ。わけがわからず、ジョー・ガーナーは二、三秒ぽかんとしていたが、やっと気がついた。先ほど空に向かって撃たれた銃弾がいま落ちてきて、地面や兵士たちのヘルメットにぶつかっている。さっき、となりの子どもがヘルメットを差し出してきた意味に思い当たり、あわててヘルメットを探したが、時すでに遅し。IOC会長の頭を重い一撃が襲った。自由落下してきた銃弾がぶつかって瘤をつくったのは、よりによって、国連ビルから落ちてきたガラス片で数カ月前に負傷した箇所だった。今度落ちてきたのは、NATO標準の5・56ミリ弾だった。もしも中国やロシアの子どもが手にしている旧式のカラシニコフ自動小銃の7・62ミリ弾だったら、頭に衝突した瞬間に意識を失っていた可能性もある。ジョー・ガーナーは痛みをこらえつつ、みんなに大笑いされながら、いまさらのようにヘルメットをかぶった。ヘルメットの下に片手を入れて頭の瘤を撫でながら、落下する金属雨の中でIOC会長は大声を張り上げた。

「新世界の子どもたち諸君、超新星紀元第一回オリンピックへの参加を歓迎します！　これははじめての戦争オリンピックであり、楽しさあふれるオリンピック！　刺激的なオリンピック！　ほんとうのオリンピックなのです！　子どもたち諸君、つまらない西暦時代はすでに終わりました。人類文明は若返り、また楽しい野蛮な時代が戻ってきました！　重く鬱陶しい地面を離れ、自由な樹上へと帰りましょう。偽善に満ちた衣服を脱ぎ捨てて、豪勢な羽毛を生やしましょう。諸君、オリンピックの新しいスローガンは以下のようになります。オリンピックは参加することに意義がある。ただし、より鋭く、より残忍に、より破壊的に！　子どもたち諸君、全世界を熱狂させよう！　つづいて、ただいまから種目についてご紹介します……」

ジョー・ガーナーはしわくちゃになったリストをとりだし、読み上げた。

「全参加国による協議を経て、超新星紀元第一回オリンピックの競技種目が確定しました。競技は陸、海、空の三つに大別されます。

陸上競技の種目は、戦車対抗戦、戦車vs歩兵対抗戦（歩兵装備に重火器あり／なし）、砲兵対抗戦（大口径砲による五キロメートル地点からの砲撃／ミサイル砲による十五キロメートル地点からの砲撃／自走砲による移動しながらの砲撃、迫撃砲による一キロメートルからの砲撃）、歩兵対抗戦（銃器類／手榴弾類／冷兵器類）、ミサイル対抗戦（短距離ミサイル／中距離ミサイル／巡航ミサイル／大陸間弾道ミサイル）、地雷戦。

海上競技の種目は、駆逐艦対抗戦と潜水艦対抗戦。

空中競技の種目は、戦闘機対抗戦と攻撃ヘリ対抗戦。

以上の各種目の一位から三位には、金、銀、銅のメダルが授与されます。

これ以外に、複合競技があります。たとえば空陸対抗戦、海空対抗戦などです。ただし、これらについては編成や審判が複雑になるため、両軍の参戦者が協議のうえ実施するものとし、正式種目にはなっていません。

次はゲームに参戦する世界子ども代表による選手宣誓です」

宣誓を行う代表は、アメリカ空軍中佐、ロシア海軍大尉、中国陸軍中尉の三人だった。宣誓文は以下のとおり。

「宣誓！　われわれは――

ひとつ、ゲームのルールを厳正に守り、違反した場合、すべての懲罰を受け入れます。

ふたつ、ゲームを刺激的でおもしろいものにするため、全力をつくし、絶対に相手側に手心を加えません！」

平原にふたたび歓声と銃声が響き渡った。

「各国武装兵力入場！」

それから二時間以上にわたり、各国の歩兵と装甲部隊が旗竿のまわりに集結した。次に各国の戦車、装甲車、自走砲などの戦闘車輛と戦闘員が入り乱れ、鋼鉄の濁流のように行進してきた。あたりには土煙が充満し、空高く埃が立ち昇っている。遠方の海上では各国の軍艦による一斉砲撃が行われ、砲弾の爆発によって、暮れなずむダークブルーの空に真っ白な光の花が咲き乱れている。南極大陸全体が、大音響と閃光の中で身を震わせているかのようだった。

平原にはふたたび静寂が戻ったが、空中を舞う埃はいまだに消えていない。ジョー・ガーナーが開会式の掉尾（ちょうび）を飾るひと幕のはじまりを大音声で宣言した。

「聖火点火！」

空中からエンジンの爆音が響き渡った。子どもたちはみんな顔を上げたが、たった一機の戦闘機が東の空から飛来するのが見えただけだった。暗くなった空をバックに、紙を切り抜いたような黒いシルエットが浮かんでいる。機体がさらに近づくと、A-10（アメリカ空軍初の近接航空支援専用機）特有の不格好なデザインが見分けられるようになった。機体後方にある二つの大きなエンジンは、まるであとからくっつけたようだ。A-10は開会式会場をかすめるように飛び過ぎ、人混みの中の大きく空いている場所の上空でナパーム弾を投下した。低く沈むような爆発音につづいて、真っ黒な煙に包まれた烈火が空に立ち昇り、平原と子どもたちの群れをオレンジ色の光で照らした。空き地を囲む位置にいた子どもたちは、だれもが体に熱風を受けていた。

このとき、太陽が完全に地平線の向こうに沈んだ。南極大陸に長い長い極夜が訪れたのだ――しかし、極夜はけっして真っ暗ではなく、空にオーロラが出現していた。地球の両極のオーロラは超新星からの電磁波放射によって大きく増強され、さまざまな色彩に輝いている。踊るような光の帯が南極大陸の隅々まで照らしていた。広大なこの南極大陸において、超新星紀元の歴史はその悪夢のような歩みをさらに進めていくこととなる。

鉄血ゲーム

王然(ワン・ラン)中尉が所属する戦車大隊の三十五輌は、攻撃隊形を維持したまま、かなり長い距離を全速力で走ってきたが、いまだに敵を発見していなかった。眼前に見えるのはまだらに雪が残る広漠たる平原ばかり。いま行われているのは戦車対抗戦のうち、相互接近ゲームだ。彼らのスタート地点は浅い窪地だった、装甲部隊の隠れ場所としてこれほど好適な地形は、この平原地帯ではなかなか見つからない。これが本物の作戦行動なら、長い時間をおいて夜間に一輌ずつ窪地に進入し、すべての車輌が到着したあとしっかりと偽装を施してから、次の日を待って、敵が近づいてきたら近距離から不意をついて突撃するという戦術になるだろう。だが、このゲームでは、そうした戦術をとることは不可能だ。こちらの位置はとっくに敵側に知られていたし、こちらも早々と敵の位置を知っている。たがいの兵力に関しても、両軍とも正確に把握している。それらの情報は絶対にまちがいがない。なぜなら、両軍が相手方に報告した内容だからだ。彼らがこれから戦うことになる敵――三十五輌のM1A2エイブラムス――に関しては、搭載する弾薬の種類と数量、履帯や射撃管制システムが抱える問題点まで明確にわかっている。それもまた、敵側のアメリカ軍指揮官からきのう報告されてきた内容だ。オーロラの光に照らされているこの平原と同様、なにひとつ隠されていない。力量を競うのは、攻撃のフォーメーションと砲撃技術に関してのみ。

王然はもともと操縦手だったが、おとといのゲーム中、操縦する戦車が破壊された。王然自身は運よく助かったが、そのときのゲームで、いま搭乗しているこの戦車の砲手が戦死したため、急遽、王然がかわりの砲手を務めることになったのである。砲手としての技術に自信はまったくなかったが、王然はこのチャンスを楽しみにしていた。砲手の味わう感覚は操縦手のそれとは違う。戦車のかなり高い位置に座って、エンジンのうなりを聞きながら、進撃時のスピード感を堪能できる。いちばん爽快な気分に浸れる瞬間は、全速前進する戦車がわずかに隆起した地面を乗り越えるときだった。その瞬間、戦車の履帯が完全に地面から離れる——この99式戦車全体が宙に浮き、ふたたび落下するときに感じる無重力状態は、このうえなくすばらしい。数十トンもの鋼鉄の巨体がまるでグライダーのように軽く浮かび上がり、つづいて重々しく地面に落下する。履帯のぶち当たる重い衝撃で大地は泥のようにやわらかく沈む。戦車が深く沈み込むその瞬間、自身も万鈞（ばんきん）の重みを持つ巨大な山と化した気分になる。戦車の動きにともない、体の細胞すべてが興奮して雄叫びをあげる。それはまさに、騎兵が突撃するときの感覚だった。

「まず、戦車戦を単純化して考えてみよう。完全に平面の平原で真正面から接近する二輛の戦車同士の戦闘だと仮定する。もちろん、実戦ではこんな状況はありえない。幾何学で扱う点や線が実際には存在しないのと同じことだ。しかし、その単純化したモデルから、戦車戦の基本的要素が明確に理解できる。このような状況で、勝利の鍵となるのは、先制攻撃と、初弾を命中させることだ。この二つは足し算ではなく、掛け算の関係にある。つまり、どちらかがゼロなら、結果はゼロだ。両者の関係でいちばんおもしろいのは、この両者が相反することだ。砲撃が早ければ早いほど目標物との距離は遠くなり、その結果、おのずと命中率が低くなる。逆もまたしかり……」

　王然は、一年前、あの大人の教官が子どもの戦車兵たちに対する最初の授業で言ったことを思い出していた。いま考えると、この言葉そのものはどうしようもなくくだらないが、頭の中にはまだそれがこだましている。いまの王然なら、あの戦車兵大佐の教師にもなれるだろう。なぜなら、あの教官は、本物の戦車戦を経験したことがなかったからだ。でなければ、あの教官も、王然たちにもっと役に立つ知識を教えてくれていたはずだ。もちろん、あの大佐も、エイブラムスの改修後の射撃管制システムが、一マイル以上の距離での命中率を七八パーセントにまで高めたことは教えてくれた。実のところ、当時の王然はこの数字の持つ意味がよくわかっていなかった。しかし、いまはわかる。王然たちが戦車兵になったころの夢――敵の戦車を何十輌も撃破して英雄になること――は、世界一ユーモラスな笑い話になっていた。現在の彼らの唯一の夢は、撃破される前に敵戦車一輌を撃破し、最低でも〝元をとる〟ことだった。実際、この夢も、それほどささやかとは言えない。南極に存在する中国側の戦車すべてがこの条件を満たすなら、中国がこのゲームに負けることはないのだから。

　両軍が照明弾を撃ちはじめ、外は緑の光に包まれた。王然が照準器を覗くと、前方にもうもうと黄色く煙っているところがある。左前方を進む１０８号車が巻き上げた土煙だ。不意に、黄色がかっていた土煙が、明滅する炎に照らされたような赤に変わり、しだいに視界が開けてきた。また左に目をやると、１０８号車が黒煙と炎を吐きながら減速し、あっという間に後方にとり残されるのが見えた。右前方の戦車一輌も火を噴き、やはり後方に残されていく。この間、その二輌に砲弾が命中した爆発音はまったく聞こえなかった。とつぜん、前方に柱のように砂塵が巻き上がった。王然の戦車はそのまま砂塵の中に突っ込んでいく。石の欠片と弾丸の破片が戦車の装甲に当たる音がする。この戦車を狙った砲弾の破片だ。さいわい、砲弾は下方にずれて、命中を免れた。立ち昇る砂塵の柱の形状からして、装弾筒付翼安定徹甲弾（APFSDS）だろう。このとき、王然たちの戦車はすでに味方の攻撃隊形の中で最前線の位置にいた。王然のヘッドセットに指揮車から大隊長である中佐の声が響いた。

「前方正面に目標を確認！　各車攻撃せよ！　撃て！」

　またしても意味のない言葉だ。前回二度の戦闘と同様、重要な局面ではいつも、自分たちが知りたい情報は提供されない。そればかりか、どうでもいいこんな言葉によって注意を逸らされてしまう。

そのとき、戦車の速度が落ちた。これは、王然に砲撃を促す明確な合図だ。王然は照準器ごしに前方を見た。照明弾の光に照らされてまず目に入ったのは、空を覆うように地平線上に広がる砂埃だった。次に、その砂埃の下側に、いくつかの黒い点を発見した。照準を合わせると、エイブラムスのシルエットがはっきり浮かび上がった。前に写真で見たのとはかなり形状が違う――写真の主力戦車は大きくて頑丈そうで、まるで四角い鉄のブロックを二つ重ね合わせたようなかたちだった。しかし、いま目の前にある戦車群は、うしろに長々と土煙を曳いているためか、ずいぶん小さく見える。

王然は敵戦車の片方に照準器のクロスヘアを合わせてロックした。これで、この戦車がどんなに揺れようと、120ミリ滑腔砲の砲身は、磁石の針のように、まっすぐ敵エイブラムスの方向を指したままになる。王然は発射ボタンを押した。砲口から噴き出した火焔と気流が前方に砂煙を激しく巻き上げた。つづいて、遠くのほうで砲弾が爆発し、炎と煙が出現した。着弾点は〝クリーン〟で、砂塵はいっさい舞っていない。敵戦車を直撃したのだ。相手は黒煙を曳きながら依然としてこちらに向かってくるが、敵戦車の動きがすぐに止まることはわかっていた。

王然は照準器のクロスヘアを移動させ、次の目標を捉えようとした。そのとき、外から轟音が響いた。戦車帽とヘッドセットは遮音性にすぐれているが、それでも轟音だとわかったのは、全身が痺れるほどの震動が伝わってきたからだ。照準器が真っ暗になり、両足が急に熱くなって、幼いころ父親に抱っこされて熱い風呂に入れられたときの感覚を思い出した。だが、すぐにそれは、焼けるような熱さに変わった。下を見ると、自分がストーブの上に立っていることがわかった。車内の下方はすでにダークレッドの炎でいっぱいになっている。

消火システムがすぐさま自動的に作動して、車内が真っ白な霧に覆われたかと思うと、たちまち火勢がおさまった。そのとき、黒い枝のようなものが足もとでぴくぴく動いていることに気づいた。焼け焦げた腕だった。車長の腕か装填手の腕かもわからないまま、王然はその手をつかんでひっぱった。

どちらのものだとしても、ありえないほど軽かった。理由はすぐにわかった。王然がひっぱっていたのは、真っ黒に焦げた体の上半分だけだったからだ。胸の下のほうはまだ燃えている。王然が思わず手を離すと、その黒い上半身はまた滑り落ちた。だれの体なのかはまだわからない。不思議なのは、いまさっきまで、その手の指がまだ動いていたことだった。

ハッチを開けて、しゃにむに外に這い出した。戦車はなおも前進しつづけていたので、王然は車体のうしろから地面に転がり落ちた。あたりは戦車から噴き出した黒煙に包まれている。その煙が風に散らされると、戦車がもう止まっていることがわかった。煙の量は減っているが、車体からはまだ炎が噴き出している。成形炸薬弾が戦車を直撃し、爆発で発生した液体金属の超高速噴流が装甲を貫通して、車内が溶鉱炉と化したのだ。

王然は味方部隊の後方に向かって歩き出した。炎を噴き出している戦車の脇を通り過ぎて進むうち、焼け焦げたズボンが少しずつ脚から剝がれ落ちていった。背後から重い轟音が響き、王然がふりかえると、ついさっきまで乗っていた戦車が爆発し、もうもうと立ち込める煙と炎にすっぽり包まれていた。このときになってやっと王然は両足に激痛を感じ、地面に尻もちをついた。周囲はいたるところから爆発音と炎が上がっている。オーロラのゆらめく夜空は濃い煙で薄暗くなり、風がさらに冷たく感じられる。そのとき、あの教官の言葉がまた頭の中にこだました。

「……集団での戦車作戦に関して言えば、状況はかなり複雑だ。このとき、敵味方の戦車群は数学的には二つの行列と見なすことができ、作戦過程全体は二つの行列の掛け算であると考えられる……」

くだらない。まったくくだらない。いまにいたるまで、行列の掛け算がなにを意味するのかさっぱり理解できない。王然は戦場を見渡し、敵味方双方の破壊された戦車の数をしっかり数えた。いま必要なのは、両軍の損耗率を算定することだ。

＊＊＊

三日後、王然は負傷した足をひきずって、また新たな戦車に、今度は操縦手として乗り込んだ。この日、空がまだ薄暗いうちに、彼らはゲームのスタート地点まで進んでいた。長く連なるレンガの壁にぴったりくっつくかたちで、百輛以上の戦車が待機している。今回のゲームは戦車対抗戦の一種、超近距離壁衝突戦だった。ルールは以下のとおり。敵味方両軍の戦車は、平行に築かれた二枚のレンガの壁をあいだにはさんで向かい合うかたちで、それぞれの壁の後方に待機し、ゲーム開始の合図と同時に壁に突撃して破壊したのち、たがいに相手を攻撃する。二枚の壁の間隔は十メートルしかない。そのため、このゲームはきわめて機敏な反応を必要とする。勝利の要は攻撃隊形であって、砲撃技術ではない。なぜなら砲撃のさいに照準を合わせる必要などないからだ。西暦時代の教官には、彼らの学生が敵戦車と数メートルの距離で撃ち合うことなど絶対に想像できなかっただろう。ましてや、遠く離れた上空のヘリコプターに戦闘を観察するスイスの審判員が搭乗し、その審判たちによって攻撃命令が出されるとは。

待機がはじまってからの数時間、戦車の前部に備えつけられたペリスコープごしに見る外界のすべてはこの壁に占められていた。頭上で舞い踊るオーロラの変幻自在な動きにともない、壁はぼんやり薄闇にまぎれたり細部までくっきり見えたりと変化をくりかえす。王然は前方の壁をじっと見つめた。ひとつひとつのレンガに走る亀裂を観察し、隙間を埋めるために使われた、まだ乾ききっていないセメントの形状を分析し、ここからは見ることのできないオーロラが壁に投げかける光と影の動きを観賞していた。……世界にこれほど多くの観賞すべきものがあることをはじめて知った王然は、もしも今回のゲームで生き残ることができたら、周囲のどんなものでも一枚の絵としてきちんと観賞しようと心に決めた。

五時間以上もずっと沈黙していたヘッドセットから、ふいに出撃命令が響いた。その声はあまりにも突然で、上から四列め、十三番めのレンガの亀裂を観察していた王然は一瞬凍りついた。それでも一秒後にはアクセルを強く踏み込み、この鋼鉄の巨獣を突撃させて、ほかの戦車といっしょにレンガ壁を打ち倒した。戦車がレンガの破片の雨と土煙を抜けて向こうに飛び出したとたん、自分たちが敵戦車部隊の隊列が待ちかまえる中に跳び込んだことがわかった。その後は短い混戦がつづいた。滑腔砲の砲撃音と砲弾の爆発音がいっしょくたに鳴り響く中、車輛の外では強烈な光が閃き、頭上の砲塔はものすごい速さで旋回し、自動装填装置がカチャカチャ音を立て、車内は砲弾発射後の火薬の匂いが充満している。砲手は照準を合わせる必要もなく、四方八方に向けてただひたすら撃ちつづけるだけでいい。この激しい砲撃は十秒とつづかなかった。爆音とともに、眼前で世界が爆発したからだ……
……。

意識をとり戻したとき、王然は、野戦病院のベッドに横たわっていた。となりに従軍記者が座っていることに気づいて、細い声でたずねた。

「こっちの大隊は何輛残った？」

「一輛も残ってないよ」当然だ、と王然は思った。あれほどの近距離戦車戦は史上かつてない。世界記録だろう。

「それでも、おめでとうと言わせてもらうよ」と記者は言った。「損耗率は1対1・2！　損耗率がはじめて敵を上回った！　きみの戦車は敵を二輛破壊した。一輛はルクレール、もう一輛はチャレンジャー（イギリスが開発した主力戦車）だ」

「張強（ジャン・チャン）はすごいな」と王然は頭が割れるような痛みをこらえてうなずいた。張強は、王然が操縦していた戦車の砲手だった。

「きみだってすごいよ。砲手がやっつけたのは一輛で、もう一輛はきみの戦車が体当たりでひっくり返したんだからな！」

　失血のせいで、王然の意識はまた朦朧としてきた。耳もとで鳴り止まない砲撃音は、暴雨がトタン屋根に激しく打ちつけているかのようだ。だが、いつまでも目の前に浮かんでいるのは、あの抽象画のようなレンガ壁だった。

＊＊＊

　王然（ワン・ラン）が所属する装甲師団の師団長は、小高い丘の上に立ち、師団最後の戦車大隊の出撃を見守っていた。鋼鉄の散兵線が接敵位置に到達すると、すべての戦車が発煙弾発射筒を起動し、師団長から見えるのは白煙の帯だけになった。ついで爆発音が断続的に伝わってきたが、この場所からは敵戦車は見えない。ただ、敵が発射した砲弾が味方戦車の陣形内で爆発し、白煙のいたるところで光が輝くと、その光を浴びた戦車のシルエットが一瞬浮かび上がるだけだった。十三歳の師団長は、なつかしい情景をふと思い出した。あれは、何年も前の春節の朝のことだ。生まれてはじめて爆竹を鳴らした幼い彼女は、恐怖のあまり、火をつけた爆竹を思わず投げ捨ててしまった。長く連なる爆竹は地面でパンパンと音を轟かせ、その白い煙の中にところどころ小さな光を輝かせていた……。

　だが、今回の戦闘の持続時間は、そのときの爆竹よりも短かった。それどころか、師団長の体感よりもさらに短かった。あとで知ったことだが、実際の砲撃は、わずか十二秒しかつづかなかったのである。たったの十二秒！　人間の呼吸わずか六回分の時間で、師団最後の戦車大隊が全滅してしまった。師団長の眼前には燃え上がる九九式戦車が横たわり、すでに薄くなった煙がその鋼鉄と火焔を白（しろ）栲（たえ）のように覆っている。

「両軍の損耗率は？」師団長はとなりの参謀にたずねた。声が震えるのをこらえきれなかった。天国と地獄の分かれ道に立つ魂が、自分はどちらの道を行くべきなのか神さまにたずねているみたいだった。参謀は無線ヘッドホンを外すと、百人もの子どもたちの命と引き換えに得た、凍てつくような焼けつくような数字を口にした。

「1・3対1です、師団長!」

「まあまあだ。基準は超えていない」師団長は長いため息をついた。ここから見えないはるか彼方では、自軍の戦車の十三分の十に相当する数の敵戦車が燃え上がっているわけだ。ゲームはまだつづいているが、彼女の師団はすでに使命を終えた。そして、その損耗率は基準より下に収まったのだ。

***

華華(ホアホア)のもうひとりの元クラスメイト、衛 明(ウェイ・ミン)少尉は、所属するミサイル小隊の一員として、戦車vs歩兵対抗戦の重火器種目に参加していた。この種目では、戦車に対抗する歩兵部隊は、対戦車砲や対戦車ミサイルなどの火器を使用できる。一方、小火器種目の歩兵部隊は対戦車擲弾しか使用できない。しかし、重火器部隊が小火器部隊よりも楽に戦えるわけではない。小火器種目の一小隊がゲームで戦う相手は敵戦車一輛にすぎないが、重火器種目の一小隊は敵側の主力戦車三輛もしくは軽戦車五輛と戦わなければならないのである。

きょうはその予選だった。衛明と戦友たちは昨晩じっくり作戦案の検討を重ねた。きのう観戦したゲームに出場した同じ中隊の第二小隊は、携帯型対戦車ミサイルHJ-12(中国版ジャベリンと言われる第三世代の携帯型対戦車ミサイル)――以前、大人の教官が大いに誇っていた兵器だ――を使用した。このミサイルは最先端の画像認識システムを含めた三種類のミサイル誘導方式を備えている。だが、実戦での結果は惨憺たるものだった。第二小隊の発射した三発のミサイルは敵のジャミングによっていずれも目標を外れた。結果、この小隊で生き残ったのは五人だけで、残りの全員はルクレール三輛の戦車砲と機関銃の餌食となった。衛明の小隊がきょうこれから対戦するのはM1A2エイブラムスで、その電子対抗手段はさらに強力だ。そのため、衛明たちは、時代遅れだとされる古い有線誘導式携帯型対戦車ミサイルHJ－73を選択した。射程は短いが、ジャミングには強い。弾頭部分も改良されて、防弾鋼板に対する貫通力は三百ミリから八百ミリにまで向上している。

いま、衛明とその戦友たちは準備を終えた。三発の対戦車ミサイルを彼ら小隊の小さな陣地に並べたものの、白い塗料を塗った三本の短い木杭にしか見えず、まったく目を惹くものではない。ずっとかたわらで眺めていたインドの審判が衛明たちにゲーム開始の合図をしてから、脱兎のごとく走り出し、はるか遠くの砂袋のうしろに隠れて双眼鏡でこっちを観察しはじめた。ゲームに立ち会う審判も命がけだった。これまで行われた戦車vs歩兵対抗戦ではすでに審判二名が死亡し、五名が負傷している。

三発のミサイルのうち、衛明は二発めの発射を担当する。大人時代の訓練では、この科目の成績はいつも小隊一だった。これは、幼いころから家のビデオカメラで撮影するのが大好きだったことと関係している。この種のミサイル操作では、ミサイルを標的に誘導するため、最初から最後までずっと標的をクロスヘア上にキープしておく必要があった。

地平線に土煙が立ち昇っている。双眼鏡を覗くと、敵戦車の大部隊だった。きょうのこの種目には、中国からは一個歩兵連隊が参加する。襲ってくる敵戦車部隊の大部分は歩兵連隊に属するほかの部隊を攻撃対象にしており、敵部隊のうち三輛のM1A2エイブラムスだけがこっちの陣地へと向かってくる。衛明は予期していたルート上に現れたその三輛の戦車をすばやく確認した。距離はまだ遠く、敵戦車の姿は、とりたてて凶暴にも勇猛にも見えない。

衛明は双眼鏡を置くと、ミサイルの射撃指揮装置にかがみこんで、敵戦車の真ん中の一輛に照準を合わせようと、土埃の中に見え隠れする黒い塊にしっかりクロスヘアを固定した。敵戦車が三千メートル射程内に進入してきたのを確認して発射ボタンを押すと、隣のミサイルがシュボッと音をたてて発射筒を離れ、うしろに細いワイヤーを曳いて飛んでいく。このとき、衛明の両側でもシュボッシュボッと二回音がして、二発のミサイルが発射された。ちょうどそのとき、三輛のM1A2エイブラムスの前で光が点滅した。まるで戦車がウインクしたかのようだった。二、三秒後、砲弾が衛明たちの右側とうしろ側に落下した。轟音が鳴り響き、土砂と石礫（せきれき）の暴雨が空から降り注ぐ。息つく間もなく、たてつづけに砲弾が飛んできた。爆音の中、衛明は無意識に頭を手で守っていたが、すぐにまた射撃指揮装置のスコープに目をやった。しかし、スコープに映るのはぐらぐら揺れる地平線のみだ。なんとかもういちど標的を発見し、クロスヘアでロックしたときには、敵戦車の右側に砂柱が立っていた。ミサイルは目標を逸れたのだ。スコープから顔を上げて見ると、さらに二つの砂柱が立っている——どちらも三輛の敵戦車のうしろ側だ。つまり、味方は三発のミサイルを撃ち終え、そのすべてが目標を外れたことになる。三輛のM1A2エイブラムスは依然としてこちらに突進してくる。もう戦車砲も撃ってこない。こちらの陣地がもはやなんの脅威でもないと悟られている。このゲームは事実上、戦車vs歩兵対抗戦の小火器種目に変わってしまった。ただし、味方小隊が相手にするのは主力戦車一輛ではなく、三輛だ。

「対戦車擲弾準備！」衛明は叫び、自分でもひとつ手にとって——弾頭に磁性体を備えたこのタイプの対戦車擲弾はずっしり重かった——掩体に身を隠し、接近する敵戦車をにらみつけた。

「小隊長、これ……これってどうやるんですか？　習ったこともないのに！」となりにいる子どもが緊張した口調でたずねてきた。たしかに、こんなことは習っていない。彼らを訓練した大人の士官たちも、子どもたちが世界でもっとも強力かつ獰猛な主力戦車を相手に対戦車擲弾を使って命がけの戦闘を行うなどという事態は絶対に想像していなかっただろう。

三輛の鋼鉄の巨獣はどんどん接近してくる。衛明は大地を通じて伝わる振動を感じていた。機関銃の銃弾が横殴りの風のように頭上をかすめる。衛明は頭をかがめ、敵戦車との距離を計っていた。戦車が陣地の前に来たと感じたとき、すぐさま立ち上がって擲弾を真ん中の戦車に投げつけたが、それと同時に砲塔機関銃の銃口がこちらに向けて瞬くのが見えた。その瞬間、弾丸が耳元をかすめた。擲弾は弧を描いて宙を飛び、M1A2エイブラムスの傾斜した砲塔の側面、発煙弾発射筒のすぐ近くに吸着した。機関銃を撃っていたアメリカの子どもはあわてて砲塔の中に逃げ込んだ。小隊のほかの子どもたちも次々と塹壕から立ち上がって、戦車に向かって擲弾を投げつけた。擲弾は戦車にくっついたり、地面に転がったりした。衛明のとなりにいた子どもが塹壕の外に倒れた。その背中に、銃弾の射出口が大きくぱっくり開いている。その子が投げた擲弾は塹壕から三メートルのところに転がっていたが、いつまでも爆発しない。おそらく安全ピンを引き抜いていなかったのだろう。投げられた擲弾は、それ以外はすべて爆発した。しかし、爆発による火焔と煙の中から現れた三輛のエイブラムスはまったく無傷だった。そのまままっすぐ塹壕を乗り越えて進んでいく。うしろにジャンプして塹壕を脱出した衛明は、戦車の履帯をかわすことができたが、何人かの子どもたちは戦車に轢き潰されてしまった。そのとき轟音が響き、一輛のM1A2エイブラムスが塹壕の上で傾いたまま動かなくなった。戦車に擲弾を投げつけようと塹壕から立ち上がった子ども歩兵を履帯が踏み潰したが、子どもの手の中で擲弾が爆発して履帯を切断したのだ。エイブラムスの車輪が空回りしている。

遠方にいる審判が緑色の信号弾を宙に向かって発射し、ゲームの終了を宣言した。動けなくなったM1A2エイブラムスの砲塔のハッチがバタンと開き、戦車帽を被ったアメリカの子どもが這い出してきた。衛明が下からサブマシンガンの銃口を自分に向けているのを見て、また中に戻り、頭を半分だけハッチから出して翻訳機を通じて叫んだ。

「中国の子ども、ゲームのルールを守れ！　ルールを守ってくれ！　このゲームはすでに終了した。

戦闘をやめろ！」

　彼は衛明が銃を捨てたのを見て、また外に這い出してきた。それにつづいて残り三人も出てきて、戦車から跳び下りた。腰のホルスターにおさめた銃に手をかけたまま、生き残った中国兵たちに油断なく目を配りながら、アメリカ軍の基地のほうへ歩き出した。いちばんうしろの子どもがふと立ち止まり、衛明に向かって敬礼し、首に吊した翻訳機を通じて言った。

「わたしはモーガン中尉。きみたちのプレイは最高だったよ、少尉」

　衛明も敬礼を返したが、なにもしゃべらなかった。モーガンの胸もとが急にふくらみ、戦車搭乗服から子猫が顔を出して、ニャーと鳴いた。彼女はその猫をふところから出して衛明に見せると、笑いながら言った。

「この子はスイカ。うちのチームのマスコットなんだ」

　たしかにその猫の毛並みと縦縞は西瓜を思わせた。モーガン中尉はまた敬礼をしてから去っていった。

　衛明はぼんやり突っ立ったまま、カラフルなオーロラが舞い踊る南極大陸の地平線を長いあいだじっと眺めていた。そして塹壕までのろのろと歩いていくと、冷たい地面に座り込んで、潰されてしまった戦友のかたわらで嗚咽した。

＊＊＊

　南極に来ている華華（ホアホア）とメガネの元クラスメイトの三人め、金雲輝（ジン・ユンフイ）少佐は、空軍第一師団の戦闘機パイロットとして、いままさに戦闘機ドッグファイト・ゲームを戦っている最中だった。彼ら中隊のJ－10戦闘機は、上空八千メートルを編隊飛行していた。視界は良好、コックピットにはオーロラの光が照り映えている。対戦相手であるF‐15イーグルの中隊はこちらの編隊と三千メートルの距離をおいて、並行して飛んでいる。そのとき、金雲輝のヘッドセットにゲーム開始の合図が伝わってきた。

「増槽を投棄、高度をとれ！」と中隊長が命じた。

　金雲輝は計器盤の端にある増槽切り離しレバーを倒し、勢いよく操縦桿を引いてJ‐10を急上昇させた。強烈なGがかかり、目の前が一瞬真っ暗になる。その黒い霧が霽れると、敵味方の編隊はすでに散開し、カオス状態にあった。金雲輝は、まず機体を水平に戻した。いまはまだ敵機を攻撃するどころではなく、敵味方問わず他の機体に接触しないようにすることに必死だった。そんな恐怖の時間は長くはつづかず、周囲の空域はすぐに空っぽになった。僚機を呼び出してみたが、なんの応答もない。このとき、前方のオーロラのもとに、はっきりF‐15だとわかる銀色の光点が現れた。なにかを捜索しているらしく、どうやらこちらにはまだ気づいていないらしい。だが、そのとき、敵機は急に高度を上げて旋回しはじめた。気づかれた！　金雲輝はミサイルを二発撃ったが、F‐15は二発の閃光弾を発射してから斜め後方に急降下することで回避に成功した。金雲輝も急降下し、さらに二発ミサイルを発射したが、敵機はスリップ機動でまたもや回避した。金雲輝は機銃発射ボタンを押した。J‐10の機関砲から小さな振動が伝わってくる。敵機は左側面にバンクして回避行動をとったが、曳光弾の軌跡がF‐15の後部をかすめ、命中箇所からわずかに白煙が立ち昇っているように見えた。仕留めた！　一瞬そう思ったが、ぬか喜びだった。敵機はなにごともなかったように飛行をつづけている。こちらの武器は使い果たしてしまったから、あとは逃げるしかない。敵パイロットの腕が自分より上なのは明らかだったから、金雲輝は恐怖にすくみあがり、敵機の姿を確認することも、どこにいるのか考えることもなく、右へ左へとでたらめに飛びつづけた。警報レーダーが鋭い叫びをあげてミサイル追尾を警告してくると、彼は機体をスリップさせて回避行動をとった。しかし、急すぎる動作と未熟な操縦技術のせいで機体はきりもみ状態に陥り、大地に向かって石ころのように落下しはじめた。金雲輝は一切ためらうことなく射出レバーを引いた。いまにいたるまで、高速戦闘機がきりもみ状態で落下している最中に、子どもパイロットが脱出した例はない。コックピットから射出され、パラシュートが頭上で開くと、すぐまわりを見渡して敵機を探し、一瞬で発見した——そのF-15はまっすぐにこちらに向かって急降下してくる。機銃で掃射するつもりなのか、パラシュートに突っ込んで切り裂くつもりなのかはわからない。だが、どちらの手段も、ゲームのルールには違反していない。金雲輝に残されたのは、じっと死を待つことだけだった。だが、この絶体絶命の危機のさなか、まったく思いがけない光景が目の前に出現した。F-15の後部からとつぜん白いものが飛び出したのである。それは、着陸時の減速のために使うドラッグシュートだった。高速の気流とエンジン射出の衝撃によりドラッグシュートはすぐずたずたになったが、F-15はそのせいで失速し、J-10と同様、きりもみ状態に陥った。アメリカのパイロットもコックピットから射出され、パラシュートを開いた。二人は離れた距離から、たがいに相手に向かって親指を立てた。金雲輝にとって、それは心からのサインだった。なぜなら、アメリカの子どもの操縦技術は金雲輝よりも確実にずっと上だったのだから。だが、ドラッグシュートは操縦ミスで開かれたわけではない。F-15が上空を飛行しているとき、通常、ドラッグシュートはロックされていて開かない。それが開いたのは、J-10のさっきの機銃掃射がF-15機体後部のドラッグシュート格納ボックスに命中したからに違いない。

数秒後、二人は黒と白のまだら模様の大地でごうごうと燃えさかる二つの炎を見下ろしていた。

金雲輝が次のドッグファイト・ゲームに参加したのは五日後だった。今回、彼が搭乗するJ-8は、空中でF-15と二十分近く戦ったあと、並行して空を飛んでいた。両者ともに疲れ切り、ミサイルも機関砲弾も使い果たしていたが、どちらもなんの結果も残していなかった。だが、実際には、このドッグファイトの過程で金雲輝が見せた動きはほとんど奇跡的だった。過去の訓練では想像すらできなかった操縦テクニックをフルに発揮していたのだから。もっとも、自分の機体で発生するかもしれない事故に対する恐れのほうが、敵機への恐れをはるかに上回っていた。アメリカの子どもも、その思いは変わらないだろう。二人のドッグファイトの大半は、たがいにびくびくしながら飛びまわっているだけだった。さしずめそれは、素人に毛が生えたレベルの武道家二人がたがいに距離をとってそれぞれ演舞を披露しているようなものだった。要するに、たがいに攻撃し合うのを恐れていたのである。

いま、F‐15が金雲輝のJ‐8に近づいてきた。かなりの近距離だったので、金雲輝は緊張し、機体が接触しないよう、操縦桿を握る手に力を込めた。頭をめぐらすと、敵機のコックピットにいるアメリカ人パイロットがはっきり見えた。そのパイロットはこちらに向かって敬礼し、次に両手を操縦桿から離して、その両手の指先同士をくっつけてみせた。金雲輝にもその意味は理解できたので、力いっぱいうなずいて同意を示した。

彼らはたがいに遠ざかって、両機の距離がじゅうぶん離れたところで、ふたたび相手機に向かって飛行を再開した。金雲輝は前方の小さな黒い点に慎重に進路を固定してから、射出ボタンを押した。コックピットから飛び出し、パラシュートが開いた瞬間、彼の心に後悔がよぎった。どうして先に離脱しちゃったんだろう。あいつに騙されただけかもしれないのに！　だが、相手のアメリカ人パイロットも約束を守り、同じように脱出してきた。無人の両機はたがいに真っ向から突っ込んでいったものの、二人が期待していた正面衝突は起きなかった。両機は近距離ですれ違い、そのまま飛びつづけたが、やがて急激に高度が低下し、二つの黒い点はすぐに見えなくなった。

パラシュート降下の途中、金雲輝がアメリカの子どもに手を振ると、相手もこちらに手をふりかえしてくれた。金雲輝は内心、得意満面だった。あいつは一機三千万ドルのF‐15を一機千五百万人民元のJ‐8と引き換えにしたんだ。ほんとに大莫迦だよ！

＊＊＊

南極でいま行われている戦争は、人類史上に例がなく、おそらくこの先も起こりえないようなかたちの戦争だった。すなわち、ゲーム戦争である。この戦争では、敵対する両軍の当事者はスポーツ競技に似た方式で戦う。ゲーム開始に先だって、両軍の指導者の話し合いのもとに戦闘の時間と場所、両軍の兵力まで合意し、守るべき戦闘ルールを選択あるいは制定する。次にその合意に従って戦闘行為を実行し、中立の審判委員会が戦闘の観察と勝敗の判定を執り行う。すべての参加国の地位は平等で、同盟は存在せず、交代でゲームに臨むことになる。

以下は、二カ国の最高司令部による、ゲームの準備にあたっての通話記録である。

A国「もしもし、B国か？　やあ！」
B国「どうも」
A国「次の戦車戦のやりかたを決めようぜ。あした、どんなふうにプレイする？」
B国「やっぱり相互接近ゲームで行こう」
A国「わかった。そっちはどのくらい出す？」
B国「百五十輛だ」
A国「だめだ。多すぎる。こっちはあした、戦車vs歩兵対抗戦にも出なきゃいけないんだ。百二十輛にしてくれよ」
B国「よし、いいだろう。場所は第四会場でいいか？」
A国「第四？　それはどうかな。あそこではもう相互接近ゲームを五回、超相互接近ゲームを三回やってるから、戦車の残骸だらけだ」

B国「残骸はおたがい掩体として利用できるし、変化があるからゲームがおもしろくなるぞ」
A国「それもそうだな。じゃあ第四会場にしよう。しかし、ルールはちょっと修正する必要がありそうだ」
B国「そんなの審判委員会に任せようぜ。時間はどうする？」
A国「あすの午前十時スタートで。そうすれば、おたがいじゅうぶんな集結時間があるだろ」
B国「了解。じゃあ、またあした」
A国「またあした！」

その実、この戦争についてじっくり考えてみると、このようなやりかたも、それほど理解しがたいものではない。ルールと合意は、システムの確立を意味する。いったんシステムができあがれば、それは慣性を持つ。そうなれば、一方の当事者によるルール違反はシステムの破壊につながり、計り知れないほど重い結果を招く。ここで重要なのは、こうした戦争のシステムは、ゲーム思考が決定的な影響力を持つ子ども世界でのみ形成可能で、大人世界では成り立たないということだ。

西暦人がゲーム戦争を目にしたとき、もっとも不思議に思うのは、戦争がスポーツ競技の方式で行われることではないだろう。似たような対戦方式は、それほどはっきりしたかたちではないにしろ、大人たちの冷兵器時代の戦争でも行われてきたからだ。西暦人たちをいちばん驚かせ、とまどわせるのは、参加国が演じる役割だろう。どの国がどの国と敵同士になるかは、競技の順番によって決まる。ゲームで競う敵同士の国が果たす〝競技者的役割〟（と後世の歴史家は名づけた）は、人類史上、例を見ないようなやりかたで設定されていた。

ゲーム戦争には、もうひとつ、もっと大きな特徴がある。すなわち、戦闘の専門化である。どの戦闘も単一の兵器による一対一の対抗戦で、異なる兵種間の協力や共同作戦は基本的に存在しない。

オリンピックがはじまってまもなく、陸上の超新星戦争は大規模な戦車戦へと発展した。戦車は子どもたちにいちばん人気のある兵器で、兵器に対する夢がこれほど濃密に詰まっているものはほかになかった。過去の大人時代でも、男の子が喜ぶプレゼントの定番はリモコンの電動戦車だった。戦争が勃発して以来、子どもたちは戦車にさらに夢中になり、はばかることなく大量の戦車を戦場に投入した。その結果、各国が南極大陸に運び込んだ戦車は一万輌近い数にのぼった。大規模な戦車戦ゲームがほとんど無制限に行われ、毎回の戦闘では両軍が百輌、千輌という数量の戦車を動員した。南極大陸の広漠たる平原を鋼鉄の怪物が群れをなして疾走し、砲撃し、燃え上がって、いたるところが破壊された戦車の残骸だらけになった。それら戦車の中には三日間にわたって燃えつづけるものもあり、風が弱い日には、平原のあちこちから奇妙に細長い黒煙が立ち昇り、遠くから見るとまるで大地が髪を振り乱しているようだった。

戦車戦の規模の巨大さと壮絶さに比べると、空中戦はかなり地味なものだった。本来、戦闘機のドッグファイトは競技性が高く、テクニカルな戦闘と言える。しかし、どの子どもパイロットも、訓練期間が一年にも満たず、高速での飛行時間はわずか数十時間という状況だったため、彼らが身につけた操縦技術はせいぜいノーマルな離着陸と水平飛行くらいで、ドッグファイトに必要とされる超人的な技術や身体的条件は、彼らのほとんどにとって望むべくもないものだった。そのため、両軍の戦闘機編隊による対抗戦は、たいていの場合、たがいに攻撃し合うこともなく終了し、事故で墜落する戦闘機のほうが敵機に撃墜されるよりもはるかに多かった。ドッグファイトの最中、大部分のパイロットは飛行中に事故を起こさないことに集中しているため、敵機を攻撃する余力はほとんどない。さらに、現代の戦闘機のドッグファイトでは、通常、加速度が6G以上に達する。それどころか、レーダーにロックオンされた場合や誘導ミサイルの追尾を受けている場合の回避行動では、9Gにも達することがある。子どもの脆弱な脳血管はそのような負荷に耐えられず、これもまた、ドッグファイトがまともに行えない大きな理由のひとつになっていた。もちろん、先に金雲輝と闘って、誘導ミサイルからの回避に二度も成功したF-15パイロット――アメリカ空軍の英雄カーロス――のように、天才的な子どもパイロットがいなかったわけではないが、そういう例はきわめて稀で、大多数のパイロットは進んで敵機と戦わず、できるかぎり避けようとしていた。

海上での戦闘はさらに地味だった。南極大陸の特殊な地理的条件のおかげで、ここに展開する各国軍隊にとっては海上輸送線が文字どおりの生命線になっていた。海上輸送線が切断されれば、南極の子どもたちは異星に島流しにされたも同然の悲惨な状態に陥る。そのため、海上輸送線の保護に必要とされる戦力を無駄にする戦いなど、どの国もするはずがなかった。海戦ゲームでは両軍の艦艇がたがいに遠く離れて、通常は相手を目視できない距離をとる。そのような長距離攻撃は高度な技術が必要だが、複雑なミサイル攻撃システムの運用は子どもたちの手にあまり、ほとんどが目標に命中しなかった。そのため、海上でのゲームでは、輸送艦数隻が撃沈されるにとどまった。海中での戦いも同様だった。構造的に複雑な潜水艦を操って海底近くを移動し、ソナーだけを頼りに敵とかくれんぼを演じるためには、複雑な技術と豊富な経験を必要とする。子どもたちが短期間で習得できるものではなかった。ゆえに、空中戦と同じように、潜水艦戦でもたがいに攻撃し合うことはほとんどなく、ゲーム全体を通して魚雷は一発も目標に命中しなかった。それに加えて、南極には潜水艦基地が置かれていなかった。水上艦のために簡易な港を設置するのとくらべて、潜水艦基地の建造はずっとハードルが高い。そのため、各国の潜水艦はアルゼンチンやオセアニアを後方基地とすることになり、通常動力型潜水艦が南極海で長期的に活動すること自体むずかしかった。一方、原子力潜水艦に関しては、そもそも保有している国が少ない。その結果、海中での戦いでも、オリンピック全体を通じて、通常動力型潜水艦が一隻沈没した――それも、自分たちの技術的問題による事故――だけに終わった。

超新星戦争のオリンピック期間中、戦闘の大部分は陸上戦に集中し、その中には戦史にない特殊な形式のものが多く見られた。

＊＊＊

砲兵対抗戦のうち、火砲による五キロメートルからの砲撃ゲームに関しては、特殊な要素はなにもなかった。両軍の砲兵陣地の精確な座標はすべて審判委員会から両軍にあらかじめ通知されており、ゲーム開始の合図と同時に両軍の火砲が敵陣を激しく砲撃する。当初はゲーム開始前に両軍とも照準合わせを終えていたため、しばしば両軍共倒れという結果に終わった。のちにルールが改正され、審判委員会の監視のもと、両軍はゲーム開始後にはじめて照準合わせをすることとなった。ゲーム開始まで、砲口は敵陣と異なる方向を向いていなければならない。このような戦いは、ピストルによる一対一の決闘と同様、スピードが勝負を分ける。照準合わせ、一斉砲撃、そして砲手の撤退（ただし、大口径火砲が砲兵陣地から敏速に移動することは不可能だ）。往々にして、敵の砲弾がこちらに飛んできている途中なので、数秒の遅れが命とりになる。その後、ルールはさらに変更されて、火砲の砲撃地点への移動はゲーム開始後にのみ可能と改められ、その時点から陣地を築くことになった。このルール改正により、両軍間の時間差はより大きくなった。ときには、砲兵陣地の塹壕をまだ掘り終えないうちに、五キロ遠方からの敵の砲弾が雨あられと降ってくる。そんな状況では、試合中の砲兵陣地は、地獄の淵も同然の、極度の恐怖に満ちた場所となる。子どもたちはこのゲームを〝火砲ボクシング〟と呼んだ。

自走砲による移動砲撃という種目は、相対的に変数の大きいゲームだった。この種目では、両軍の砲兵陣地の位置が自在に変化するため、対砲兵レーダーによる敵砲弾の弾道解析によって敵の位置を特定するしかない。だがそれも、前回の砲撃時に敵砲兵がいた場所が特定できるだけで、その位置を基点として現在の位置を推測し、可能性のある複数地点を砲撃するしかない。ある砲兵指揮官は、このゲームを「濁った水の中にいる、一度だけ水面に顔を出した魚を銛(もり)で突くようなもの」と形容していた。こういう種目では、両軍の目標命中率はかなり低くなる。のちに、偵察機の支援を受けた間接照準射撃を認めるようになってから、命中率は大幅に向上した。子どもたちはこのゲームを〝火砲バスケットボール〟と呼んだ。

迫撃砲は歩兵の装備だが、迫撃砲種目は砲兵ゲームのひとつにカテゴライズされた。迫撃砲を撃ち合う両軍間の距離は二千メートル。目視距離での撃ち合いとなるため、もっとも手に汗握る戦闘ゲームのひとつであると同時に、もっとも体力を消耗する種目のひとつでもあった。砲手は敵の砲撃を逃れるべく、迫撃砲を担いで戦場を休みなく走りまわりながら、チャンスを見つけて砲身を地面に立て、同じように走りまわっている遠方の敵めがけて砲弾を発射する。広大な平原では、爆発によって巻き上げられる砂埃や煙と移動しつづける迫撃砲砲手たちが変化に富んだ抽象画を描いている。このような種目は、そのイメージから〝迫撃砲サッカー〟とも呼ばれた。

＊＊＊

もっとも苛烈なのは歩兵対抗戦だった。たしかにこの種目で使用されるのはすべて小火器だが、死傷者はほかの種目より多かった。歩兵対抗戦のうち最大規模のゲームは銃器による撃ち合いで、それはさらに陣地内からの撃ち合いと突撃射撃の二種目に分かれる。

陣地内からの銃器による撃ち合いとは、両軍が一定の距離を置いたそれぞれの陣地の中からたがいに射撃し合うことを指す。この種目は競技時間が長く、一日じゅう、ときには数日にも及んだ。しかし、陣地内からの撃ち合いでは、身を隠して射撃するので、敵の攻撃にさらされる面積は小さく、めったに被弾しないし、被弾しても致命傷にならないことがわかってきた。双方とも、長時間にわたり弾丸の雨を相手に浴びせかけるため、弾丸の密度が高すぎて空中で衝突することさえあったし、塹壕の中には薬莢が膝を埋めるほど積もったが、にもかかわらず、ゲーム終了後に結果を総合してみると、銃弾の雨は敵の陣地の地表を削っているだけで、戦果と呼べるものがほとんどないことがしばしばだった。

そのため、ゲームに使用する武器を、スコープつきの高精度狙撃ライフルに変更することになった。その結果、弾薬の消耗はそれまでの千分の一になったにもかかわらず、戦果は十倍に跳ね上がった。そうなると、この種目に参加する射手の大部分が、自軍の掩体の中から敵陣地を観察することにほとんどの時間を費やすようになった。一センチ刻みで情景をじっくり見つめ、残雪ひとかたまり、石ころ一個にもなにか異常がないか仔細に観察し、敵陣の銃眼ではないかと疑われる箇所を探りつづけたのち、一発の銃弾を発射する。そのため、子どもたちはみんな掩体の中に身を潜め、戦いの前線は人けがなくがらんとしていた。広大な平原の戦場のどこにも生きものの姿は見られない。ときおり、狙撃ライフル特有のキーンという鋭い射撃音が鳴り響き、つづいて銃弾が空気を切り裂く音が聞こえてくる。キーン——ヒュー、キーン——ヒュー——その響きは、孤独な幽霊が広い平原でオーロラの光のもと意味もなく琴の絃を弾いているかのようで、この戦場の静寂をより引き立たせている。子どもたちはこのゲームにも〝ライフル・フィッシング〟というユーモラスな名前をつけた。

それとはまったく違う競技風景になるのが突撃射撃種目だ。両軍は、射撃しながら双方同時に敵に向かって接近していく。冷兵器から銃火器への過渡期にあたる一九世紀に行われていた陸戦のような光景だった。その時代、兵士たちは長くつながる散兵線をつくり、広い戦場を行軍しながら射撃した。しかし、現代の小火器の射程、発射速度、命中率は、昔のマスケット銃とはくらべものにならない。そのため両軍の散兵線の密度はよりまばらになっていたし、兵士の大多数は直立して行軍するのではなく、匍匐前進していた。この種目には、陣地による掩蔽がないため、死傷率は陣地での撃ち合いの場合とくらべて著しく高く、それにともない、競技時間がかなり短くなっていた。

歩兵対抗戦のうち、もっとも悲惨で怖ろしいのは手榴弾種目だ。この種目も、陣地内からの投擲と突撃投擲の二つに分けられる。前者はゲーム開始に先立ち陣地を構築するところからはじまる。両軍陣地の間隔はわずか二十メートル。子どもが手榴弾を投げて届く距離だ。ゲームがスタートすると、両軍の子どもは陣地を飛び出し、敵軍に向かって手榴弾を投げつけてから、すばやく陣地に戻って敵からの手榴弾を避けようとする。ゲームでよく使われるのは棒状の柄付手榴弾で、これは投擲の距離が長く、破壊力も大きい。対照的に、卵型手榴弾はあまり使われない。この種目は、きわめて大きな勇気と強い体力、そしてとりわけ頑強な精神力を必要とする。ゲームがはじまると、敵軍の手榴弾が雹のように降ってくる。たとえ陣地内で縮こまっていても、外からたえまなく響く爆発音は生きた心地がしないほどだ。陣地から飛び出して敵に手榴弾を投げつけるには、途方もない度胸が要る。こういうとき、自陣の堅牢さが重要になる。もしも陣地のトーチカの天井が敵軍の手榴弾に爆破されて穴が開いてしまったら、全員がお陀仏になるのだから。これは、死傷率が最高になるゲームのひとつだった。子どもたちはこの種目を〝手榴弾バレーボール〟と呼んだ。

手榴弾対抗戦のもうひとつの種目は突撃投擲で、このゲームでは陣地の掩体は利用できない。両軍は平坦な大地でそのまま敵に向かって突進し、敵との距離を縮めてから手榴弾を投げつける。次にその場で伏せるか、うしろに走るかの方法で、自分が投げた手榴弾の爆発の被害から身を守る。この種目でよく使用されるのは卵型手榴弾のほうだった。なぜならそちらのほうが一度にたくさん携帯できるからだ。突撃と回避をくりかえすうちに、両軍兵士は頻繁に入り乱れることになる。そうなると、敵味方とも、人間が密集している場所めがけて手榴弾を投げつける。広々とした大地に爆発と煙と火焔が混じり合う中、子どもたちは群れとなって伏せたり、走ったり、袋から手榴弾をとりだして投げつけたりする。地面はいたるところ、煙を噴き出しながら転がる手榴弾でいっぱいになる。……まさに悪夢と狂気が映し出された情景だ。子どもたちはこの種目を〝手榴弾ラグビー〟と呼んだ。

そんなおもしろそうな名称とは裏腹に、ゲーム戦争は人類史上もっとも残酷な戦争だった。この戦争では、兵器による敵への攻撃は、史上まれに見る直接的なものだったし、死傷者数も過去最大だった。戦争オリンピックでの各種目が終了するたび、勝敗に関係なく、両軍ともに惨憺たる被害を出した。たとえば戦車対抗戦では、勝利した側でも、少なくとも半数の戦車が破壊されていた。兵士たちも往々にして、一度出撃したら二度と生きて帰ってくることがなかった。

この超新星戦争全体を通じて、後世の人々は、子どもに対する西暦人の認識が根本的にまちがっていたことを知った。子どもは大人よりも生命を大切にしないし、それゆえ死に対する強い耐性を備えている。子どもたちは、必要とあらば、大人よりもずっと勇猛果敢に、沈着冷静に、そして冷酷無比になれる。後世の歴史学者と心理学者が一致して認めているのは、もし西暦時代にこれほど残酷で狂気に満ちた戦争が起こっていたら、兵士たちはとてつもない心理的重圧によって精神を病んでいたに違いないということだ。それに対して、子どもはどうだろうか。戦闘中に敵前逃亡した子どももがいることはいるが、心を病んだという話はほとんど聞かない。子どもたちが戦争中に見せた精神力は、後世の人々に強い印象を与えた。この戦争中に多く出現した小さなヒーローたちの、大人から見れば不可解な英雄的行為の数々に、そのような精神力がはっきり表れている。手榴弾対抗戦で出現した〝投げ返し屋〟の子どもたちがいい例だ。彼らは自軍の手榴弾をまったく使用せず、敵が投げてきた手榴弾を拾って投げ返すだけだった。たしかに彼らのほとんどは最後まで生き残ることがなかったが、子どもたちは〝投げ返し屋〟になることが名誉だと思っていた。広く流行した軍歌ではこう歌われている。

僕は投げ返し屋ナンバーワン
一番の好物は煙の出る手榴弾
アリババが宝物を奪う盗賊団
の40人よりも多く拾う手榴弾

***

戦争オリンピックにおけるすべての戦争種目のうち、もっとも野蛮でもっともおそろしいものとして、歩兵対抗戦競技の冷兵器種目を挙げなければならない。このゲームでは、両軍が刀などの冷兵器を使って白兵戦をくり広げる。歴史を遡り、戦争を最古の形態まで戻したかのようなゲームだ。以下は、この種目に参加した子ども兵士の回想録である。

ぼくは近くで石ころをひとつ見つけて、最後にもう一度、ライフル銃の先の銃剣を研いだ。昨日は銃剣を研いでいたとき分隊長に見つかってこっぴどく叱られた。表面の錆防止面が損傷するから、銃剣を研いではいけないんだとか。でも、そんなことはどうでもいいから、かまわず研いだ。このライフル銃の先の銃剣はどうしても鋭さが足りない気がする。今回のゲームで生き残ろうなんてさらさら思ってないし、だったら錆防止のことなんて気にしても意味ないじゃないか。

審判委員会の子どもたちはぼくらのライフル銃を順番に検査して、弾丸が装塡されていないことを確認してから、遊底をとりはずした。それから、ピストルなどの火器を隠し持っていないか身体検査した。五百名の中国の子どもたちは全員、検査をパスした。でも、審判団は、ぼくたちひとりひとりの足元の雪の中に手榴弾がひとつずつ埋められていることに気づかなかった。審判が検査に来る前に埋めておいたもので、彼らが去ったあと掘り出して、服の中に手榴弾を隠した。わざとルール違反をするつもりだったわけじゃない。ゆうべ、日本軍のある大尉がこっそり訪ねてきた。彼は反戦協会のメンバーだと自己紹介し、あすの冷兵器対抗戦では日本の子どもが驚くべき兵器を使用すると教えてくれた。どんな兵器なのかという質問には答えず、ぼくらが想像もできないような、きわめて恐ろしい兵器だから用心したほうがいいとだけ忠告した。

ゲームがはじまった。両軍の歩兵が陣形をつくりながら敵に向かってまっすぐ進んでいった。変幻自在なオーロラの光に照らされ、千の銃剣が冷たい光を放っている。地面の残雪を吹き上げる風の声は物悲しい軍歌のようだった。その風の叫びはいまもまざまざと耳に残っている。

ぼくの持ち場は陣形の後方だったが、端に近い位置だったおかげで、前方の状況はわりあいはっきり見えた。ゆっくり接近してきた日本の子どもたちは、だれもヘルメットをかぶらず、頭に白い布を巻いて、行進しながらなにか歌を歌っていた。銃剣つきのライフル銃を上に向けて持っているのは見えたが、ゆうべ、あの日本軍大尉から聞いた新兵器らしきものは見当たらない。そのとき、敵の陣形がとつぜん崩れ、密集隊形が散開して、間隔を置いた隊列へと変化した。列と列のあいだは二歩分ほど離れていて、その隙間が隊列間の通路となっているようだ。つづいて敵の後方から雪煙が立ち昇り、その中から大きくて黒いものが地面を這う洪水のように敵隊列の最後尾に迫ってきていた。低く重い鳴き声が聞こえてくる。その黒く細長い洪水をじっと見つめ、それがなんなのかに気づいた瞬間、全身の血が凍りついた——。

それは、凶暴な軍犬の群れだった。

猛り狂った軍犬は、敵隊列のあいだの通路を走り抜け、あっという間にぼくらの隊列に突っ込んできた。前方が大混乱に陥り、悲鳴があがった。軍犬の犬種はわからないが、とにかく図体が大きく、直立するとぼくらより頭ひとつ高い。加えて、異常なまでに凶暴だった。わが軍前方の子どもたちと獰猛な犬たちとのあいだで白兵戦がくり広げられ、たちまち地面は血にまみれた。ものすごい勢いで駆けまわっている一頭の犬は、さっき嚙みちぎったばかりの子どもの腕を口にくわえていた。……このときすでに目の前まで迫ってきていた日本の子どもが銃剣をかまえ、こちらの隊列に一斉に突撃し、軍犬と中国の子どもとの戦いに加わった。前方の戦友たちは犬の牙と銃剣で血だらけになっている。

「手榴弾を投げろ！」連隊長が大きな声で叫び、ぼくたちはもうなにも考えずに手榴弾をとりだし、安全ピンを抜いて、人と犬がごっちゃになった混乱の中に投げ込んだ。爆発音がたてつづけに響き、血肉が飛び散った。

後方にいたぼくたちも手榴弾の爆発の中に飛び込んだ。戦友の死体を踏みつけ、敵と軍犬の死体を踏みつけ、そのうしろにいる日本軍に突っ込んだ。みずからも白兵戦の武器と化し、銃剣と銃床と歯を使って敵と戦った。ぼくが最初に戦った相手は日本軍の少尉だった。向こうは大声をあげ、銃剣でこちらの心臓を狙ってきた。ぼくは銃を振りまわしてそれを防ごうとしたが、銃剣の切先が左肩を貫いた。全身に激痛が走り、持っていた銃も落とした。それでも本能的に、敵の銃剣の根もとを両手でつかんだ。てのひらから流れる熱い血が銃身を伝ってしたたり落ちる。敵と押し合ううち、いつの間にか銃剣が銃身からすっぽ抜けた。ぼくはまだ動く右手で左肩から血まみれの銃剣を抜くと、それを握りしめ、ふらつく足で相手に迫った。敵の小僧は呆けたようにぼくを眺めていたが、すぐに銃剣の抜けた銃を持って逃げ出した。追いかける余力は残っていなかった。あたりを見まわすと、右のほうにいる日本の子どもがぼくの戦友を地面に押しつけ、両手で首を絞めていた。ぼくはそちらに近づき、敵兵の背中に銃剣を突き立てた。その銃剣を抜きとる力もないまま目の前が暗くなり、敵と味方の血、南極の雪と土が混じって褐色になったどろどろの地面に、ぼくは顔から突っ込んでいった。

三日後に目を覚ましたとき、ぼくは野戦病院にいた。ゲームの結果は、ぼくたちの負けだった。審判委員会の説明はこうだ。たしかに両軍ともルール違反を犯した。だが、違反の度合いは中国のほうが大きい。なぜなら、ぼくらが使った手榴弾が明らかに火器に属しているのに対し、日本軍が使用した軍犬は、冷兵器とは言えないものの、火器ではなく、せいぜい温兵器程度であるからだ……。

——鄭堅冰（ジェン・ジュエンビン）『血の泥——超新星戦争中の中国陸軍』より
（ニュー・ワールド出版、超新星紀元8年刊）

***

戦争オリンピックが進むにつれ、しだいに明らかになってきた事実は、このゲームを提唱した子どもたちにとって予想外のものだった。

純粋に軍事的な観点からみれば、ゲーム戦争はこれまでの戦争とは大きく異なる。ゲーム戦争において、戦場は当事者双方の合意に基づいてあらかじめ定められ、その位置もおおむね固定されているため、戦闘開始時の地理的条件はそれほど大きな影響を与えない。戦争の目的も、戦略的要害や都市の占領ではなく、純粋に戦場で敵の戦闘力を消耗させることだ。ゲーム戦争の開始以来、子どもたちの意識はある一点に集中していた。両軍の最高司令部から最前線の塹壕にいたるまで、だれもが一番に考え、話していた問題はただひとつ——損耗率だった。

大人時代にも、敵味方双方のある種の兵器の損耗率は作戦決定に影響を与える重要な要素だった。だが、中心的な要素だったとまでは言えない。一定の戦略的あるいは戦術的目標を達成するために、司令部は損耗率を犠牲にすることがありえた。しかし、子ども戦争での損耗率はまったく異なる意味を持つ。その主な原因に、子ども世界では重火器が再生可能なリソースでなくなったことが挙げられる。高度な兵器を短期間で生産することは子どもたちには不可能だった。戦車が一輌撃破されれば一輌減り、飛行機が一機撃墜されれば一機減る。火砲のような比較的シンプルな重火器でさえ、あとから補充することは困難だった。そのため、両軍の兵器の損耗率は、戦争の勝敗を左右する唯一の要素となった。

子どもたちが複雑な操作方法を習得できなかったため、超新星戦争ではハイテク兵器が大きな戦果をあげることはなかった。たとえば、西暦時代の現代戦で決定的影響力を持っていた航空兵力も、超新星戦争ではほとんど重要な役割を果たしていない。目標の偵察と捜索は、さまざまな科学技術が関係する複雑な任務であるため、出撃した作戦機のほとんどが攻撃目標を探し当てることさえできなかったし、たとえ発見しても、空中から精確に目標を仕留めることは困難だった。子どもたちに可能だったのは、広い地表面積に対して爆撃を行うことくらいだった。巡航ミサイルについても同じことが言えた。西暦時代末、アメリカは幾度かの局地的紛争で巨大な破壊力を持つ巡航ミサイルを使用してきたが、超新星戦争では大きな効果がなかった。子ども世界ではGPSの運用がうまくいかず、ほとんど麻痺状態に陥っていたため、巡航ミサイルに対する重要な誘導手段が失われていた。巡航ミサイルのもうひとつの誘導手段である地形等高線照合方式においても、関連する技術がより複雑だった。事前に目標までの地図情報をミサイルに設定しなければならないが、南極大陸に関するかぎり、大人たちが残した資料はわずかしかなく、データバンクでも探し出すのがむずかしいか、最初から存在しなかった。子どもたちが自力でデータを作成することはなおのこと不可能だった。

超新星戦争は、技術レベルでは第一次世界大戦によく似ていた。このような戦争では、陸軍の通常兵器が戦局に決定的な影響を与える。ゲーム戦争では、両軍の通常兵器の損耗率の差は、ハイテク兵器の場合ほどかけ離れた数字にはならない。たとえば、この戦争における最重要兵器である戦車を見てみよう。ＮＡＴＯの陸戦理論では、陸上の戦車等装甲戦力とヘリコプターで編成される低空域戦力は密接な関連を持つとされる。武装ヘリによる重火器掩護と航空偵察から切り離されると、戦車集団は戦場で生き延びることがむずかしい。西暦時代にアメリカ軍装甲部隊のある指揮官はこう語っている。「アパッチヘリから離れてしまえば、エイブラムスはズボンを履いていないも同然だ」。超新星戦争では、子どもたちの訓練時間が短すぎたため、戦闘機と爆撃機で編成される中高空域の航空戦力はもちろん、ヘリコプターなど低空域での航空戦力も本来の力を発揮できずにいたし、その事故発生率と撃墜される機体数は、戦闘機とくらべても多くなっていた。技術的に未熟な二人の子どもが不器用に操縦するアパッチが戦場の上空をふらふら飛んでいれば、個人携行式の地対空ミサイルの格好の餌食になってしまう。そのため、南極の戦場で陸軍航空兵の操縦士たちにもっとも望まれた攻撃ヘリは、アメリカのアパッチではなく、二重反転式メインローターを持つロシアの攻撃ヘリ、カモフＫａ－50だった。カモフＫａ－50が特別なのは、ヘリコプターとしてはじめて、戦闘機と似た射出座席を備えたことだった。ヘリコプターは上部にメインローターがあるおかげで、射出による脱出がきわめて困難になる。この問題を解決するため、カモフＫａ－50が採用したのは、射出前にメインローターを火薬で吹き飛ばす方法だ。これによって、カモフＫａ－50では操縦士の生還率が大きく向上した。それにくらべて、アパッチの場合、自機に敵弾が命中すれば、操縦士は死を待つしかなかった。低空域からの航空支援が不在だったおかげで、戦車対抗戦における損耗率は参加国各国のあいだでそれほど差がなかった。

＊＊＊

時間は矢のように過ぎて、あっという間に半年が経った。その間、全世界で海面の上昇がつづき、沿岸部は水没して、上海、ニューヨーク、東京などが水上都市に変わった。沿岸部の都市に住んでいた子どもたちは、その多くが内陸部に移り住み、残った少数はじょじょに水上都市の生活に慣れていった。高層ビルのあいだを行き来する無数の船が、大都会のかつての活況の幾分かを偲ばせた。同じころ、南極の気温は、長い極夜にもかかわらず上昇をつづけ、平均気温は零下十度以上に達し、初冬のようなおだやかな気候になった。南極大陸の気候が過ごしやすくなることで、その重要性はますます高まった。

南極大陸の分割に関する多国間交渉はまもなくはじまる予定だった。各国にとって、その話し合いで重要な材料となるのが、南極戦争ゲームにおける自国の活躍度合いだった。そのため各国の子どもは戦争ゲームによりいっそう力を注いだ。南極に派遣される兵力は増派がつづき、ゲームの規模はますます大きくなり、南極大陸の戦火はますます拡大していった。

一方、戦争ゲームの発案者であるアメリカは深い失望と落胆の中にいた。ハイテク兵器は子どもたちの手に余り、その本来の威力を失っていたため、アメリカは子どもたちが期待するような、ゲームの覇者としての存在感を示せずにいたのである。戦争ゲームは彼らの期待を裏切るかたちで多極化しはじめている。まもなくはじまる南極会議は、そんなアメリカの子どもたちをひどく焦らせていた。

戦争ゲーム最後の種目がもうすぐスタートする。それは、アメリカの子どもたちが最大の期待を寄せるゲーム——大陸間弾道ミサイル・ゲームだった。

＊＊＊

「冗談だろ？　ほんとにこっちに向かってるのか？」ジャヴォーロフ元帥が参謀にたずねた。

「早期警戒レーダー・センターからの報告です。まちがいないと思われます！」

「もしかしたら、これから軌道を変えるとか？」今度はイリューヒン大統領からの質問だ。

「それはありません。弾頭はすでに最終誘導段階の、無動力自由落下に入っています。つまり、石ころのように落ちてきています」

ここはロシア軍の作戦司令部。ロシア軍司令部の全員が、アメリカとロシアのあいだで実施されている第一回大陸間弾道ミサイル・ゲームに注目していた。アメリカの子どもたちがはるか彼方のアメリカ本土から発射した大陸間弾道ミサイルの現在の目標は、ロシア軍作戦司令部となっていた。これは、ゲームのルールに明確に違反している。ゲーム開始前、双方ともに相手国のミサイルの着弾エリアを指定した。アメリカの着弾目標としてロシアが指定したエリアはここから百キロも離れたところだった。こんなまちがいが起こるはずはない。

「なにを怯えてる？　ともかく、核弾頭じゃないんだから」イリューヒン大統領が言った。

「通常弾頭でもやばいよ。ミニットマンⅢ大陸間弾道ミサイルだからな。一九八〇年代に配備されたやつで、三トンの高性能爆薬を積んだ通常弾頭を搭載できる。だとしたら、三百メートル以内に着弾すると、ここも破壊される！」とジャヴォーロフ元帥。

「もしそのミサイルが頭の上に落ちてきたら？　そうなったら、弾頭になんにも搭載してなくても、ぼくらの命はない！」参謀を務める大佐が言った。

「それだってあり得ない話じゃない。ミニットマンⅢはもっとも精確な大陸間弾道ミサイルのひとつだ。命中精度は百メートル」とジャヴォーロフ。

そのとき、空を鋭い刃で切り裂くようなかん高い音が外から聞こえてきた。

「ミサイルが来たぞ！」だれかが叫び声をあげ、全員が息を呑んだ。ちりちりと肌が粟立つ緊張状態のまま、一撃が加えられるその瞬間を彼らは待ち受けた。

低く重い衝撃音が外から鳴り響き、地面がかすかに揺れた。あわてて作戦司令部のホールから外に出てみると、五百メートル離れた平原に小さな煙の柱が立ち昇っているのが見えた。イリューヒンとジャヴォーロフたち一行が車でその地点に急行してみると、そこにはすでに、ブルドーザー一台と、鍬や鋤を持った兵士たち多数が集まり、ミサイル着弾でできた穴の土を掘っていた。

「弾頭は一万メートル上空でドラッグシュートを開いて制動をかけ、減速したみたいですね。そのため、地下深くには潜り込まなかったんです」その場にいたひとりの空軍大佐が説明した。

三十分もすると、地面にめり込んだ大陸間弾道ミサイル弾頭の尾部が見えてきた。直径二、三メートルの円形の金属で、端には爆裂ボルトの破裂痕が三つついている。そこにドリルロッドを挿し入れてみると、簡単に金属蓋をこじ開けることができた。驚いたことに、弾頭の中には、ひとつずつ緩衝材に包まれたいろんなサイズのカラフルな箱がいくつも入っていた。箱のひとつを用心深く開けてみると、中にはアルミ箔に包まれた小さなものがまたいくつも入っていた。アルミ箔のひとつを開くと、今度は褐色の塊が見えた。

「爆薬だ！」だれかがはっとしたように叫んだ。

ジャヴォーロフはその〝爆薬〟を手にとってじっくり眺め、においを嗅いでから口に入れた。「チョコレートだ」

子どもたちはほかの箱も開けてみた。中には高級そうなチョコレート菓子のほか、葉巻も何箱か入っていた。子どもたちがチョコレートを分け合って食べているあいだに、イリューヒン大統領は太い葉巻をとりだし、火を点けて吸いはじめた。いくらも吸わないうちに、パンパンと音がした——煙草がクラッカーに変わり、空中にカラーテープを撒き散らしたのだ！　葉巻をくわえたまま目を見開き、仰天した表情でかたまっている大統領を見て、まわりの子どもたちが大笑いした。

「三日後はこっちの番だ。アメリカの作戦司令部にお見舞いするぞ！」イリューヒン大統領はそう言って、葉巻の残骸を投げ捨てた。

＊＊＊

「なんだかいやな予感がする」中国軍作戦司令部の会議でメガネが発言した。

「たしかに。ぼくらもさっさと作戦司令部を移動させるべきだな」と呂剛。

「そんな必要あるか？」華華は反対らしい。

「アメリカの子どもは大陸間弾道ミサイル・ゲームでロシアの作戦司令部に命中させた。基地は不可侵だという慣例を破ったんだ。こっちの基地もミサイルの目標にされるかもしれない。それに、弾頭に搭載されるのがいつもチョコレートや葉巻とはかぎらない」とメガネが言った。「いやな予感はもっと強くなってきたよ。情勢がさらに悪化する気がしてならない」

作戦司令部の窓から眺めると、地平線にはすでに夜明けを示す白い光が見えている。南極の長い極夜が終わろうとしていた。

＊＊＊

北極圏に近いロシア北西部の荒涼とした平原。ブースターを追加した道路移動式のSS－25大陸間弾道ミサイルが、輸送起立発射機からかん高い音を立てて宙に飛び立つと、四十分で地球をほぼ半周し、南極大陸上空まで飛来した。弾頭はなだらかな放物線軌道を描いて落下し、アメリカ基地の敷地内にある雪原に着弾した。着弾点は作戦司令部からたった二百八十メートルしか離れていない。ロシアから弾道ミサイルが発射されたあと、アメリカのNMDおよびTMDシステムが発動し、それぞれ計六発の弾道弾迎撃ミサイルが発射された。アメリカの子どもたちは大スクリーンに映し出される二つの光点を見て大喜びだった。寸分の狂いもなく撃墜するように見えたからだ。だがそれは、迎撃ミサイル一発ごとに失望に変わった。大気圏内を準軌道飛行するそれら迎撃ミサイルすべてが、弾道ミサイルと数十メートルの距離ですれ違ったのである。

着弾の衝撃が司令部に伝わってきたあと、アメリカの子どもたちも弾頭を掘り出した。ロシアの子どもが二万キロメートル彼方から発射してきたのは、特製の耐衝撃用ボトルに満たした大量のウォッカだった。そのほか、デイヴィーへのプレゼントだというカードがついた、きれいな箱も入っていた。開けてみると、中にはロシアのマトリョーシカ人形が入っていた。計十個の人形が入れ子になっている。どの人形の顔も不気味なくらいデイヴィーそっくりで、いちばん外側の人形はにこにこ笑っているが、内側になればなるほど笑いが減り、つらそうな表情になっていく。最後のひとつ、親指くらいの大きさのデイヴィーは、口を大きく開けて大泣きしていた。

デイヴィーは激怒して人形たちを雪の上に投げ捨てた。片手でスコットの襟首をぎゅっとつかみ、反対の手で戦域ミサイル防衛システムの責任者であるハーヴィー将軍の襟首をつかんだ。

「おまえたち二人とも解任する！　この低能どもめ！　NMDとTMDは効果抜群だと保証したくせに！　おまえは――」とスコットに向かって叫んだ。「言っていただろ。NMDさえあれば金庫の中にいるのも同然で、絶対に安全だって！　それにおまえも――」

今度はハーヴィーに向かって叫んだ。「リジェネロン・サイエンス・タレント・サーチ（高校三年生を対象とする、アメリカでもっとも歴史のある科学コンテスト）で優勝した天才だとかさんざん触れまわってた、自慢の部下たちはなにをやってたんだ？　ネット上のハッカー連中とどこが違う？」

「でも……迎撃はどれも、あとちょっとのところで成功だったんですよ」スコットは顔を紅潮させて訴えた。

もう三日も眠っていないハーヴィーは、大統領の権威など気にもかけず、デイヴィーの手を振り払らどうだ？」

って怒鳴った。「低能はおまえのほうだ！　ミサイル防衛システムが楽しいおもちゃだとでも思ってるのか？　ＴＭＤのプログラムだけでも二億行近いコードがあるんだぞ。なんなら自分で書いてみたらどうだ？」

そのとき、参謀がひとりやってきて、プリントアウトした紙を一枚デイヴィーにさしだした。「ジョー・ガーナーＩＯＣ会長から先ほど送られてきました。南極領土協議の最新の議事日程です」

アメリカ総司令部の子どもたちは、地球の反対の端から飛んできた弾頭が埋まっている大きな穴のかたわらに無言で立っていた。しばらくつづいた沈黙を、デイヴィーが破った。

「領土について話し合う前に、わが国はこのゲームで絶対的優勢を勝ちとらなきゃいけない」

「無理だ。ゲームはもう終わりに近づいてる」とヴォーンが反論した。

「きみなら、まだ逆転可能だってことくらい知ってるだろ。ただ考えたくないだけなんだ」デイヴィーは勢いよく首をまわして国務長官をにらんだ。

「まさか、あの新しいゲームのことを言っているのか？」

「そう、新しいゲームだ！」スコットがデイヴィーのかわりに答えた。「まさにその新しいゲームのことだよ。もっと早くやるべきだった！」

「あのゲームは南極ゲームを予想もつかない方向に追いやってしまうかもしれない」ヴォーンはそう言いながら、遠くを見ている。深く窪んだその目には地平線の白い朝陽の光が映っている。

「きみはいつも単純なことをわざわざ複雑に言いたがるな」とデイヴィーが言った。「そうやって自分の学識をひけらかしてるんだろ。しかし、あの新しいゲームをやればアメリカがたちまち南極全体で絶対的な優位に立てることくらい、どんな莫迦でもわかる。あのゲームが南極ゲームに明確な方向性をはっきり示してくれる――」

デイヴィーは、先ほど参謀から手渡された紙をヴォーンの目の前でひらひらさせた。

「この白紙みたいに明確に、はっきりと。不明な点なんかひとつもない」

ヴォーンは手を伸ばしてデイヴィーの手から紙をとった。「大統領、きみはこの紙がはっきりした明確なものだと思っているのか?」

デイヴィーはわけがわからないという顔でヴォーンを見返し、さらにその紙を眺めやった。

「もちろんだ」

ヴォーンはその枯れ枝のような手で紙を折りたたんだ。「これが一回め」

また折りたたみ、「これで二回め」そしてさらにもういちど折りたたんだ。

「これで三回目……大統領、いまもきみはこれがはっきりした明解なもので、簡単に予測できると思っているのか?」

「当然だろ」

「じゃあ、この紙を三十五回折りたためるかな?」とヴォーンはそのすでに三回折りたたんだ紙をデイヴィーの目の前に掲げてみせた。

「言っている意味がよくわからないんだが」

「質問に答えてくれ。できるのか?」

「できないわけないだろ」

デイヴィーは手を伸ばしてその紙をとろうとしたが、ヴォーンはもう片方の手でデイヴィーの手をつかんだ。デイヴィーはヴォーンの手の氷のような冷たさとぬめりを感じた。まるで一匹の蛇が自分の手の甲を這っているような感覚――。

「大統領、きみは最高意思決定者としての立場で話をしている。きみのすべての決定は歴史をつくるんだ。もういちど考えてみてくれ。ほんとうにできるのか?」

デイヴィーは当惑した表情でヴォーンを見た。

「きみにはあと一回だけチャンスがある。決断をくだす前に、結果を予想しようとは思わないのか？　ちょうど、きみの新しいゲームが招く結果を予想したように」

「結果？　一枚の紙を三十五回折りたたんだ結果がなんだって？　笑わせるね」とスコットが軽蔑したように言った。

「じゃあ、この紙を三十五回折りたたんだら、どのぐらいの厚さになる？」

「聖書ぐらいの厚さじゃないか」とデイヴィーが言い、ヴォーンはかぶりを振った。

「ぼくの膝から下くらいかな」ハーヴィーの答えにもヴォーンはかぶりを振った。

「じゃあ、作戦司令部の天井くらい？」

ヴォーンはまたかぶりを振った。

「まさか、ペンタゴンの屋根ぐらいとか言わないよな」とスコットが嘲笑（あざわら）うように言った。

「この紙一枚の厚さは約〇・一ミリだ」ヴォーンが言った。「〇・一ミリとして計算すると、三十五回折りたたんだら、そのとき、紙の厚さは六八七万一九五〇メートルとなる。つまり、六八七二キロメートル。地球の半径とほぼ等しい」

「なんだって？　三十五回折るだけで……冗談だろ！」スコットがわめく。

「彼の言うとおりだ」とデイヴィーは言った。デイヴィーは莫迦な子どもではない。国王と将棋についてのインドの伝説をそくざに思い出していた。*

ヴォーンはその紙をデイヴィーの上着のポケットに押し込み、まわりで茫然としている司令官たちを見ながらゆっくり言った。

「自分の判断力に自信を持ちすぎないことだ。とりわけ、歴史の流れを左右する問題では」

デイヴィーは意気消沈した表情で負けを認めた。「きみにくらべれば、ぼくらの頭の構造がかなり単純だということは認めよう。みんなの頭がどれもきみみたいだったら、世界はほんとうにおそろしい場所になるだろうな。ただね、たしかに成功する保証はないとしても、同様に失敗する保証もないだろ。だったらどうして試してみない？　ぼくたちはやり通すぞ！　やらないなんてことはありえない！」

「大統領、それはきみの権力だ。ぼくは言うべきことをもうすべて言い終えた」ヴォーンは冷ややかに言った。

曙光が南極の平原に洩れはじめたとき、超新星紀元初頭の歴史はもっとも凶悪な段階へと入った。

＊原注
伝説によれば、インドの王が、チェスを発明した農夫の男に褒美をとらすことにした。農夫の望みは、チェス盤に書かれた六十四個のマス目の最初のマスには麦ひと粒、次のマスに二粒、その次には四粒と、マスひとつ進むごとに数を倍にする方式で麦の粒を置いていって、盤上の六十四マスに置かれた数の麦を褒美にもらうことだった。王はたやすいことだと望みを聞き入れたが、驚いたことに、途中で国の食糧庫が空になってしまった。その時点で、まだ五十マスまでしか進んでいなかったという。

千個の太陽

アメリカとのあいだで大陸間弾道ミサイル・ゲームがはじまったとき、中国の子どもはすでに作戦司令部をひそかに移動させていた。司令部の全員が必要な通信設備を携えて十四機のヘリコプターに分乗し、四十キロメートルあまり離れた内陸に向かった。新しい作戦司令部は、周囲の地形が南極大陸沿岸部とは異なっている。円錐状の小さな山がいくつかあり、そこには雪がまだ残っていた。作戦司令部はそうした山のひとつを背にして設営されたテントの中に設けられた。前方には平原が開けている。

「第二砲兵部隊（現在の人民解放軍ロケット軍）司令部より、弾頭にはなにを搭載するのかとの問い合わせです」

「うーん……糖葫芦（飴でコーティングした果物に串を刺した中国のフルーツ飴）でも詰めとけばいいんじゃないか」呂剛が華華に言った。

それから、司令部の子どもたちは海の上空を双眼鏡で観察した。ヘッドセットをつけた参謀が、大まかな方角を告げる――現在接近中のアメリカの大陸間弾道ミサイルに関する情報が、早期警戒レーダー・センターから参謀に逐次伝えられている。

「注意してください。ミサイルはもう近くまで来ています！　方位135度、仰角42度。あちらの方向です。もう見えてくるはずです！」

深い群青色に染まった南極の空はもうすぐ黎明を迎える。星々はもうまばらで、舞い踊るオーロラの光もかなり薄れている。そのため、極夜だったこれまでとくらべて空はずっと暗く、その群青色を背景に移動する光の点がはっきり見えた。かなりの速さだが、流れ星ほどではない。双眼鏡ごしに目を凝らすと、光の点が短い炎のしっぽを曳いているのがわかった。弾頭が大気圏に再突入する際の摩擦熱が発する炎だ。光の点はほどなく、まるで濃紺の深淵に溶けてしまったかのように消失し、肉眼でも双眼鏡でもなにも見えなくなった。しかし、大陸間弾道ミサイルの弾頭はすでに大気圏に突入し、重力に導かれるまま、まっすぐ目標に向かって落下している。子どもたち全員がそのことを理解していた。

「まちがいありません。敵ミサイルの目標地点は基地です。ええと、もっと精確に言えば、作戦司令部です！」ヘッドセットをつけた参謀が大声で言った。

「今回の弾頭にはなにが入ってると思う？」

「バービー人形じゃないかな」子どもたちが次々に勝手な推測を口にする。

そのときとつぜん、南極の黎明が白昼に変わった。

「超新星だ！」だれかが恐怖に満ちた叫び声をあげた。

たしかにそれは、超新星爆発におそろしいほどよく似ていた。子どもたちにはあまりにも馴染み深い、骨の髄まで刻み込まれた情景だった。強烈な光のもと、大地と山脈がふいにそのシルエットをくっきり浮かび上がらせる。だが、今回の空の色は青くない。深い紫色だった。海の方向から光が射し、子どもたちがそちらに目を向けると、水平線上に新しい太陽が見えた。超新星と違って、それは本物の太陽よりも大きな球体だった。顔に熱を感じるほど強烈な光を放っている。

それがなんなのかに気づいて、呂剛が最初に声をあげた。

「見るな！　目を傷めるぞ‼」

子どもたちはすぐに目をつぶったが、光はあっという間に強くなり、閉じた目蓋ごしにさえ、強烈なまぶしさを感じた。光の海の中にいるようだった。みんな、両手で目を覆ったが、なおも指の隙間から強い光が侵入してくる。しばらくその輝きがつづいてから、急に暗くなった。子どもたちはおそるおそる目を開けたが、さっきの光に目が眩んで、まわりがよく見えない。

「さっきのあの太陽、どのくらい光ってた？」呂剛がみんなにたずねた。

たぶん十数秒だろうと、みんなが答えた。

呂剛はうなずいた。「ぼくもそのくらいだと思う。火球の持続時間から考えて、爆発の威力は最低でも一メガトン級だろう」

ようやく視力が回復してきた子どもたちは、新しい太陽が現れて消えた方角を眺めていたが、そのとき、水平線上に白いなにかが出現し、ものすごい勢いで大きくなりはじめた。

呂剛がふたたび叫んだ。「耳をふさげ！　早く！　耳をふさぐんだ！」

子どもたちは両手で耳をふさいだまま、しばらくじっとしていたが、爆発音はまったく聞こえてこない。しかし、水平線上に現れたきのこ雲はむくむくと空高く成長し、暁光を受けて銀色に輝いている。きのこ雲と大地と空——そのコントラストがあまりに強烈すぎて、シュールな印象さえ与える。写実的な絵画の上にファンタジー・アートを重ねたかのようだった。ぽかんとそれを見ているうちに、子どもたちの何人かは、耳をふさいでいた手をいつの間にか下ろしてしまっていた。

呂剛がまた大声を張り上げた。

「耳をふさいでろ！　音は二分後に伝わってくるんだぞ！」

子どもたちがふたたび耳をふさいだその瞬間だった。足もとの地面が轟音とともに太鼓の皮のように激しく揺れ、その振動によって地表の土と残雪が膝の高さまで持ち上がった。背後の山の雪も、溶けたみたいに崩れ落ちてくる。今回の轟音は皮膚や骨を突き抜け、頭の中にまで響きわたった。振動で体が木っ端みじんに砕け散り、あとに残された魂だけが地上で恐怖に震えているような案配だった。

「早く山のうしろに隠れろ」呂剛が大声で言った。「衝撃波が来るぞ!!」

「衝撃波？」華華が呂剛に目を向けて訊き返した。

「そうだよ。でも、ここまで来るころには強風ぐらいに衰えてるはずだ」

子どもたちが小山のうしろに回り込んだとたん、どっと大きな風が吹いてきて、テントがいくつも根もとから倒された。中の備品が地面をごろごろ転がっていく。小山の前に駐機されていたヘリコプターも風に押されて半分傾いた。吹き飛ばされる雪で視界が真っ白になり、なにも見えない。石礫が雨あられと降ってきてヘリコプターに打ちつけた。この強風は一分間ほどつづいたあと、急に勢いが弱くなり、ほどなく完全におさまった。狂ったように宙を舞っていた雪も少しずつ地面に落ちてきて、しばらくすると、水平線に見えるのはおぼろげな炎の光だけとなった。巨大きのこ雲もすでに散りはじめている。ぼんやりしたかたちはまだ見えるが、どんどんサイズが大きくなり、あっという間に空の半分を占めるくらいになった。風がきのこ雲のてっぺんの煙を一方向に吹き飛ばしたので、いまは銀色の髪の毛を振り乱した巨大な怪物のように見える。

「基地が破壊された」呂剛の声は重く沈んでいる。

基地とのあいだの通信がすべて断たれていた。彼らはまだいくらか雪が舞う空中に目を凝らし、基地の方向をじっと見つめたが、見えるのはぼんやりした炎の光だけだった。

＊＊＊

参謀のひとりが華華(ホアホア)のもとにやってきて、アメリカ大統領から連絡が入っていると伝えた。

「返信したら、こっちの居場所を知られてしまうか？」と華華はたずねた。

「いいえ。通信機はべつの場所にありますから」

無線レシーバーからディヴィーの声が聞こえてきた。「やあ、華華か？　あの核ミサイルを生き延びたんだって？　司令部を移動させるなんて、ほんとに頭がいいな。まだ生きててくれてうれしいよ！　もう知ってるだろうけど、新しいゲームがはじまったんだ！　核ミサイル・ゲームだ！　わはは、いちばんおもしろいやつだぞ！　あの新しい太陽はどうだった？　すごくきれいだっただろ！」

華華は怒り心頭に発し、相手を怒鳴りつけた。「おまえら、ほんとに恥知らずのクズ野郎どもだな。戦争ゲームのルールをぜんぶめちゃくちゃにしやがって！　ゲームの前提をぶっ壊したな！」

「へへへ、なにがルールだ。ユーモアこそルールなんだよ！」

「そっちの大人もクズだな。戦略核兵器を残していくとは」

「まあまあ。うっかり少しだけ残っちゃっただけだよ。なにしろ、こっちの核兵器用倉庫はでかいからね。大きなパンを食べたら、どうしてもパン屑がこぼれるだろ。それといっしょだよ。それに、ロシアのパンからもパン屑がこぼれてない保証があるか？」

「いまの聞いたか？」と呂剛が華華の耳もとでささやいた。「やつらはロシアに核攻撃を加える度胸がないんだ。報復されるかもしれないってビビってる。だけど、中国に対してはそんな心配をしていない」

ディヴィーの声がレシーバーから聞こえてくる。「まあ、そんなのは小さなことだから、気にする必要もないけど。ほんとにぜんぜん気にしてないよ」

「ぼくたちだって気にしてないよ」とメガネの声は冷ややかだ。「こんなおかしな世界で、道徳的な理念のために怒る必要なんてどこにもない。疲れるだけだ」

「そのとおり。華華、いまの聞いたか？　それが正しい心の持ちようってもんだよ。それでこそ楽しく遊べる」ディヴィーはそう言って通信を切った。

＊＊＊

中国の子どもはその後、南極ゲームの参加各国とすみやかに連絡をとった。アメリカの子どもが犯したルール違反を罰するための同盟を結ぶことが目的だったが、結果的に、彼らは大きな失望を味わうことになった。

華華とメガネが最初に連絡したのはロシアだった。イリューヒン大統領は、電話ごしにおざなりに言った。

「貴国に降りかかった災厄の話は聞いている。それについては、つつしんで深い同情の念を表したい」

「こんな悪辣な違反行為には断固たる罰を与えるべきだ！　こんなひどいやり口を許していたら、次は他国の基地に核ミサイルを撃ち込むかもしれない。南極以外の地域さえ攻撃しかねない！」と華華が言った。「ルール違反国の基地は、ロシアの核ミサイル攻撃で罰するべきだ。いまのところそんな力を持っているのはきみたちだけだろうからね」

「アメリカの蛮行に対しては、当然、制裁を加えるべきだ。ルールの重さを損なわないためにも、中国が核で報復攻撃することに、すべての国が期待していることと思う。わが国にしても、違反国を罰したいのは山々だがね、そもそもロシアには核兵器がない。わが国の尊敬すべき親世代は、すべての核ミサイルを宇宙に発射してしまったからね」

EUの返答は、さらに落胆させるものだった。輪番制議長国である英国のグリム首相は白々しく言った。

「EUがまだ核兵器を保有しているなんて、どうして思う？ EUに対する最大限の侮辱だ。きみたちのいまの居場所を教えてくれ。ただちに外交的抗議文書を届けさせる」

華華は受話器を置いた。「ずるがしこいやつらだ。みんな、保身しか考えてない。高みの見物と洒落込むつもりだ」

「ああ、たしかに利口だね」とメガネはうなずいた。

＊＊＊

作戦司令部と基地との連絡が部分的に回復した。おそろしい知らせが受信機からたてつづけに伝わってくる。基地に駐留していたG軍集団は壊滅的な打撃を受け、死傷者数すらいまだにつかめていない。G軍集団は戦闘力のほぼすべてを喪失しているものと思われる。そのほか、基地設備の大部分も破壊されていた。ただ、幸運なことに、ゲーム実施エリアがたびたび拡大した結果、もともと基地に駐留していた他の二つの軍集団は百キロメートルほど内陸へと移動していた。おかげで中国軍は、南極大陸における戦力の三分の二をまだ維持している。ただし、二カ月間かけて建設した港は核攻撃により甚大な被害を受け、戦闘部隊への補給に大きな支障を来(きた)していた。

***

小山のふもとの大きな仮設テントの中で、総司令部の緊急会議が開かれていた。会議がはじまる前、華華(ホアホア)がちょっとだけ外出したいと言い出した。

「事態は切迫してるんだぞ!」呂剛(ルー・ガン)がたしなめた。

「五分だけだ!」華華はそう言うと、すぐに外へ出てしまった。

ほんの三十秒後、今度はメガネも外に出た。華華が雪の上であおむけに横たわり、茫然と空を眺めている。メガネはそのそばに行って腰を下ろした。空気中に漂っていた砂塵はもう落ち着いて、わずかに吹き寄せてくる熱風には、残雪が溶けたあとの湿気と土臭さが混じり合っていた。海の方向を見ると、巨大きのこ雲はもうかたちがわからないくらい広がって、ふつうの雲と区別がつかない。逆方向の地平線の上では、朝陽がかなり高いところまで昇っていた。

「これ以上、もう耐えられない」と華華が言った。

「ほかのみんなだって似たようなもんだよ」メガネは淡々としている。

「だけどおれたちは、ほかのみんなとは違う。ほんとにいやになる!」

「自分が一台のコンピュータだと考えてみて。血の通わない部品だけでできている機械だって。そして、現実はただのデータだと思うんだ。きみは入力されたものをただ計算するだけ。そんなふうに思えば耐えられるよ」

「新紀元がはじまってから、ずっとそういう戦略でやってきたのか？」

「新紀元がはじまる前からそうだったよ。でもこれは戦略なんかじゃない。ぼくの気質なんだ」

「おれはそんな気質なんか持ち合わせてない」

「いまの苦しみから解放されたいっていうなら、そんなの簡単だ。なにも持たずに、ここからまっすぐ歩いていく。しばらくしたらどこにいるのかわからなくなって、南極の荒野で凍死するか飢死にするかできる」

「悪くないな。ただ、おれは逃げたくない」

「だったらコンピュータになるしかないよ」

華華は体を起こし、メガネの顔を見ながらたずねた。「おまえはほんとに冷静な推理と計算でなにもかも解決できると思ってるのか？」

「そうだよ。きみが直感だと思ってるものの背後には、きわめて複雑な推理と計算が隠れている。複雑すぎて気づかないだけだ。いまのぼくらに必要なのは冷静さだ」

華華は立ち上がり、背中に着いた雪を払った。「戻ろう。会議に」

メガネは彼の手をつかんだ。「話す内容はまとまったのか」

華華は朝の光を浴びながらメガネに笑いかけた。「もう考えてあるよ。血の通わないコンピュータからしてみたら、いまの情勢なんて簡単な算数の問題にすぎないからな」

＊＊＊

会議がはじまってからずいぶん長い時間、沈黙がつづいていた。とつぜん降って湧いた災厄の衝撃から、みんなまだ立ち直れていない。

D軍集団司令官が沈黙を破り、テーブルを激しく叩いて大声で叫んだ。「バカ正直にもほどがある！　中国の大人たちはどうして少しぐらい残しておかなかったんだ？」

「ほんとにそうだ。ちょっとでも残してくれていたら！」

「おかげでぼくらは丸腰だ！」

「一発でも残ってれば、状況はぜんぜん違ったのに！」

「まったくだよ。一発だけでもよかったのに……」

子どもたちが次々に賛同した。

「もういい。意味のない話はそのぐらいにしておこう」呂剛（ルー・ガン）はそう言うと、華華（ホアホア）のほうを見た。「次の手はどうする？」

華華は立ち上がって言った。「さらなる核攻撃に備えて、内陸の二つの軍集団は全滅を避けるためにただちに分散させる」

呂剛は立ち上がり、部屋の中を行ったり来たりしはじめた。「結果についてよく考える必要がある。すべての陸上戦力が集結を解いて分散したら、再集結にはかなりの時間がかかる。つまり、ぼくらは南極大陸における戦闘力を失うことになる！」

「ハードディスクを初期化するようなものだね」とメガネ。

「まさにそれだ」と呂剛はうなずいた。

「それでもぼくは、華華の意見に賛成だ。すぐに分散すべきだ」メガネはきっぱり言った。

「そうするしかない」華華が顔を伏せた。「もし軍集団が密集した戦闘状態を維持していたら、次の核攻撃で全軍を失うことになりかねない」

「だが、もし軍集団が分散して広いエリアに小部隊ごとに待機したら、補給が困難になる。そう長くは生き延びられない」

「あるがままに受け入れるしかないだろ。いまは時間をかけて考えている場合じゃない。一秒ごとにリスクが大きくなる。はやく命令を！」とB軍集団司令官。

「いま、ぼくらの頭上には、髪の毛一本で剣が吊されているようなものだ。いつ落ちてきてもおかしくない！」とD軍集団司令官。

子どもたちのほとんどが、できるだけ早く軍集団を分散する案を支持した。

華華がメガネと呂剛に目を向けると、二人ともうなずいた。華華は、会議の席についている戦友たちを見渡して言った。「わかった。二つの軍集団に分散命令を出そう。細部を詰めている時間はない。だから、軍集団はそれぞれの判断に基づき大隊に分散するよう命じる。スピードが重要だ。同時に、この決断の結果起こりうる問題点を明確に知らせて、覚悟させておくように。今後、南極における軍務はわれわれにとってきわめてつらく苦しいものになる」

子どもたちは全員立ち上がった。ひとりの参謀が分散命令を一度読み上げたが、だれも異議を唱えなかった。彼らの心には、早く、もっと早くという思いしかなかった。参謀が命令を持って無線室に行こうとしたそのとき、ふいに落ち着いた声が響いた。

「ちょっと待ってください」

子どもたち全員の目が、声の主に向けられた。五人から成る特別監察チームの連絡将校、胡冰（フー・ビン）准将だった。胡冰は華華とメガネと呂剛に向かって敬礼してから言った。

「特別監察チームは、ただいまより、最後の任務を実行します！」

特別監察チームは大人たちが残した特務機関で、三名の陸軍准将と二名の空軍准将から構成されている。戦争が勃発して以降、彼らはすべての機密事項を知る権利と、最高司令部のすべての意思決定の過程に同席する権利を有していた。ただ、大人たちがかつて保証したとおり、特別監察チームの五名は司令部の仕事に干渉することはできず、実際、まったく関わらなかった。これまでの戦争ゲームでも、最高司令部の会議に出席した五人の子どもたちは、メモさえとらず、ただ静かに座って聞いているだけで、ひとことも発言せず、会議のあとも、ほとんどだれとも交流しなかった。そのため、司令部の子どもたちは彼らの存在自体を忘れかけていた。あるとき、華華はだれがチームリーダーなのかと彼らにたずねたことがあった。特別監察チームの胡冰陸軍准将の答えはこうだった。

「五人のメンバーの権力は同一で、リーダーはいません。必要なときには、ぼくがチームの連絡将校となります」

おかげで彼らの任務はますます謎めいた印象を与えることになった。

いま、特別監察チームの軍人五人は立ち上がり、全員が内側を向いて奇妙な円陣を組むと、五人の中心で国旗が掲揚されているかのように、厳粛な面持ちで直立不動の体勢をとった。それから、胡冰の声だけが聞こえてきた。

「状況Aが出来（しゅったい）した。票決を行う！」五人の子どもが一斉に片手を挙げた。

胡冰が会議テーブルのかわりに置かれている弾薬箱に歩み寄り、ふところから白い封筒をとりだすと、両手で封筒を掲げ、弾薬箱の中央にきちんと置いた。

「これは、西暦時代最後の国家主席から、現職の国家指導部への手紙です」

華華は手を伸ばしてその封筒をとり上げ、封を切った。中には便箋が一枚だけ入っていた。万年筆で書かれたその手紙を、華華が声に出して読んだ。

子どもたちへ

きみたちがこの手紙を読んでいるということは、われわれがもっとも恐れていた可能性が現実のものになったわけだ。

西暦時代の最後の日々、われわれは自分たちの考えかたに基づいて未来を予測することしかできず、その予測に基づいて、自分たちにやれることをせいいっぱいやるだけだった。

だが、心に不安が兆したことは一度や二度ではなかった。子どもの考えかたやふるまいは、大人のそれとはまったく異なる。子ども世界は、われわれの予測とはまったく違うコースを進むかもしれない。その世界は想像を超えたものとなるだろうから、われわれがきみたちのためにできることはほとんどない。

きみたちに残せるものはひとつだけだ。

それは、子どもたちにいちばん残したくないものだ。これを残すと決断したときは、すやすや眠っている赤ん坊の枕もとに安全装置を外したピストルを置くような気分だった。

われわれは、可能なかぎり慎重を期して、五名のもっとも冷静な子どもたちから成る特別監察チームを編成した。状況の危険度に応じて、彼らは票決を行い、この形見をきみたちに移譲するかどうか決定することになる。もしも十年経っても移譲が行われない場合、それは自壊するように設定されている。

われわれは、特別監察チームがそんな票決をする日が来ないことを望んでいた。だがいま、きみたちはこの封筒の封を切っている。

わたしはいま、終の地でこのメッセージを書いている。われわれの命は最期を迎えようとしているが、頭はまだはっきりしている。この手紙は、終の地を見守る子どもに託し、特別監察チームに送り届けさせる。必要なことはすべて伝えたと思っていたが、こうして手紙を書いていると、言葉が尽きないどころか、書きたいことがどんどんあふれてくる。

だが、きみたちはすでにこの手紙を開封してしまった。

開封したということは、きみたちの世界がわれわれの想像を完全に超えたものになったことを意味する。伝えたいと思っていた言葉にも、もうなんの意味もない。

例外があるとすればひとつだけだ。

子どもたちよ、どうか無事でいてくれ。


西暦時代最後の日に、中国の第一号〈終の地〉にて

子ども指導者たちの目は、ふたたび胡冰へと注がれた。胡冰は直立したまま敬礼した。

「五人の特別監察チームはこれから移譲を行います。東風101大陸間弾道ミサイル一基。最大射程二万五千キロメートル、四メガトン級の核弾頭を一発搭載しています」

「核ミサイルはどこに?」呂剛は胡冰を見つめてたずねた。

「知りません。知っている必要もありません」胡冰がそう言うと、特別監察チームのべつの准将が弾薬箱の上にノートPCを置いて、画面を開いた。すでに起動していて、モニターには世界地図が映っている。

「この地図は、任意の地点を、最大で縮尺一〇万分の一レベルまで拡大することができます。攻撃目標をマウスでダブルクリックするとでコンピュータの無線モデムが信号を送信し、通信衛星リンクを経由して命令が伝わり、核ミサイルが自動的に発射されます」

子どもたち全員が輪になり、ノートPCに手を触れた——大人たちが冥府から伸ばしてくれた温かな手に触れたかのように、熱い涙が彼らの頬を伝った。

西暦地雷

超新星爆発は世界のあらゆる場所に巨大な変化をもたらしたわけではなかった。たとえばここ、中国西南地方の山深い小村では、変化と呼べるほどの変化は起きていない。そもそもこの村には、西暦時代からずっと、大人がほとんどいなかった――大人たちは遠くに出稼ぎに行っていたからだ。いまは子どもたちが農作業をしているが、昔とくらべて、その人数は増えたわけでも減ったわけでもない。彼らの毎日は、西暦時代と同様、日が昇れば働き、日が沈めば寝ることのくりかえしだった。大人がいたころにくらべると、外の世界について子どもたちが知っていることはさらに少なくなっていた。

だが、大人たちが死ぬ前の一時期、ここの生活にも大きな変化が起こるかに思えたことがあった。村に大きな舗装道路が通ったのである。その道路は村を抜けて山に入り、鉄条網で封鎖された谷へとつづいていた。毎日、無数の大型トラックが荷物をいっぱいに積んで村を通過し、荷台を空にして帰っていった。荷物は緑色の防水布で覆われていることもあれば、大きな箱に詰められていることもあった。それがなんなのか、村の住人はだれも知らなかったが、ぜんぶ積み重ねると村の裏山のてっぺんに届くほどの量だった。大型トラック群は川の流れのように昼夜を問わず走りつづけ、止まることがない。どのトラックも荷物を満載して谷に向かい、空で戻ってくる。扇風機の羽根を上で回しているようなかたちの飛行機がなにかを吊して谷のほうへ飛び、なにも吊さずに帰ってくることもあった。そんなことが半年もつづいたあと、ようやく静けさが戻った。山へつづくその道路は、ブルドーザーで壊された。村の子どもたちや、すでにかなり容態が悪くなっていた大人たちは、おかしなことをするものだと口々に言い合った。道路をもう使わないというのなら、そのまま放っておけばいいのに、どうしてわざわざ手間をかけて壊す必要があるのだろう。壊された道路のあとにはすぐに雑草がいっぱい生えて、周囲の山と変わらなくなった。谷をふさいでいた鉄条網もとり払われ、村の子どもたちはふたたびそこで薪拾いや猟ができるようになった。そこに行ってみてわかったのは、谷になんの変化もないということだった。林は前と同じ林だし、草地も前と同じ草地だ。だとすれば、軍服姿や私服姿の千人以上のよそ者たちは、半年ものあいだ、ここでいったいなにをしていたんだろう。もっと不可解なのは、川の流れのようにたえまなく道路を往復していたトラックだ。あの積み荷は、いったいどこに消えてしまったんだろう。しかしやがて、すべての出来事が夢だったようにも思えてきて、だんだん忘れられていった。

谷の地下深くに太陽が眠っていることなど、村の子どもたちには知る由もなかった。

＊＊＊

後世の歴史学者たちは、それを西暦地雷と称した。大陸間弾道ミサイルをそう呼ぶのには、二つの理由がある。ひとつは、このミサイルが世界でいちばん深いミサイル・サイロに格納されていたこと。深さ百五十メートルの縦坑の上に、さらに二十メートルにおよぶ高さの土がかぶせられているため、谷底を掘っても、この巨大な秘密が暴かれる心配はない。ミサイル発射時には、この土壌層が爆破されて、サイロの屋根がようやく姿を現すことになる。二つめは、ミサイルを管理する人間がどこにもいなかったこと。ミサイルは、国土の地下に埋められたスーパー地雷さながら、起爆信号をひたすら待ちつづけていた。西暦地雷の高さは九十メートル。もしも地上に立っていたら、金属の孤峰に見えただろう。サイロの中で深い眠りにつくこのミサイルの腹の中では、時計と受信ユニットだけが作動していた。受信ユニットはうまずたゆまず、ある固定された周波数にじっと聞き耳をたてていた。ありとあらゆる雑音が外界から聞こえてきたはずだが、ユニットが待っていたのは、ある特定の長い数字列だった。それは、世界でもっとも速いコンピュータが宇宙の終わりまで計算しつづけても答えが出ないほど大きな桁数の素数だった。それと同じ数字は、世界でたったひとつ、五人の特別監察チームのあのノートＰＣの中にしか保存されていない。内蔵された時計が３１５３６０００００秒を数えたとき――すなわち、タイムレコーダーが始動してから十年で――西暦地雷の寿命は尽きる。そのとき、すべてのシステムが起動してミサイルは目覚め、サイロから発射された西暦地雷は大気圏を飛び出して、五千キロメートル上空の地球軌道上で自爆する。そのときは、たとえ昼間でも、明るく輝く星が十秒以上のあいだ空にきらめくのが見えるはずだ。

しかし、カウンター始動後235008l7秒の時点で、受信ユニットは問題の巨大な素数を受信した。そして、それにつづいて、小数点以下三桁まで精確な二つのべつの数字を受信した。受信ユニットの単純なプログラムがこの二つの数字をチェックした。もし一番めの数字が0から180の範囲外にあるか、二番めの数字が0から80の範囲外にある場合は、なにも起こらず、受信ユニットはそのまま聞き耳をたてつづける。しかし今回、その二つの数字はかろうじて範囲内におさまっており、それだけでじゅうぶんだった。受信ユニットはそれ以上のことに関心を持たない。朝ぼらけのこの時刻、谷は薄絹にも似た霧に覆われ、西南地区の山々はまだ安眠をむさぼっていたが、西暦地雷はその深い眠りから目覚めた。

その巨大な全身に、一瞬で温かい電流が行き渡った。目覚めたミサイルが最初に実行したのは、受信ユニットの中から経緯座標の値をとりだし、目標データベースに再入力することだった。数値は、データベースにある十万分の一世界地図上の一点に、一瞬で変化した。メインコンピュータは瞬時に飛行軌道のアルゴリズムを生成すると同時に、データベースによって目標が平原の一角に位置することを知ると、弾頭の起爆高度を二千メートルに設定した。もしコンピュータに意識が備わっていたら、きっと妙だと思っただろう。コンピュータは、稼働以来、検証システムの信頼性を高める目的で模擬発射を無数にくりかえしてきたが、すべての大陸のうち、今回の目標が位置する大陸に対してだけは、ただの一度も模擬発射を行ったことがなかったからだ。しかし、コンピュータにとって、そんなことはどうでもよかった。すべてはプログラムにしたがって行われる。コンピュータにとって、世界はきわめてシンプルだ。意味があるのは、はるか南方の大陸にある目標だけで、世界の残りの部分はたんに目標以外であることを示す座標でしかない。その目標地点は、透明な球のかたちをした座標系の上で点滅しながら、この簡単すぎる使命を完遂させるべくミサイルを呼んでいる。

西暦地雷は燃料タンクの加熱システムを起動した。大多数の大陸間弾道ミサイルと同様、西暦地雷も液体燃料が推進剤だが、燃料を長期保存するため、ジェル状の固体燃料を発射時に加熱溶解して液化するシステムが採用されていた。

サイロの上を覆う土壌層が爆破され、西暦地雷は黎明の空を見上げた。

***

村の子どものうち眠りの浅い数人が、半分夢うつつで重い爆発音を聞いた。爆発音は谷のほうから聞こえてきたようだが、どうせ遠くで雷が鳴っているのだろう。そう思って、村の子どもたちは気にも留めなかった。

だが、つづいて響いてきた音が、また眠りに戻ろうとしていた子どもたちをひきとめ、さらに多くの子どもたちを次々に目覚めさせた。それは、地の底から響いてくるようなずっしり重い轟音だった。大地の奥深くでいままさに目覚めた巨獣の雄叫びのようでもあり、世界全体を吞み込もうとする大洪水の激流のようでもあった。格子窓の障子紙がわずかに震えている。音はすぐに大きくなり、地の底からの咆哮が甲高い轟音に変わり、今度は屋根瓦まで震えはじめた。

子どもたちは次々に外へと飛び出した。すると、一匹の巨大な火竜が、ゆっくりと谷から天に昇っていくところだった。火竜の激烈な炎はあまりにまぶしすぎて直視できない。周囲の山々もオレンジ色の輝きに包まれている。上昇速度がぐんぐん速くなって、火竜はみるみる高度を上げた。それとともに咆哮もじょじょに遠くなり、たちまち光の点となった火竜は、まっすぐ南に向かって飛びつづけ、やがて黎明の空にまぎれてしまった。

反撃

その日、南極の朝は重く沈んだ曇り空で、大雪が降っていた。しかし、その天気と反対に、デイヴィーの心は晴れ渡っていた。ゆうべ、アメリカ基地では、ゲームの勝利を祝うパーティーが夜ふけまでつづいたが、デイヴィーの寝つきはすこぶるよく、けさ、将軍たちや南極の高級官僚たちとともに朝食をとったときは、清々しい気持ちでいっぱいだった。デイヴィーは日ごろから朝食の場をだいじにしてきた。朝の子どもたちは、比較的機嫌がいい。一日がはじまったばかりで、疲労と挫折を感じていないから、ヒステリックだったり神経質だったりすることがない。そのため、いろいろなことを決めるには、朝食の席でのミーティングがうってつけだ。

空気で膨らませるエア遊具でつくられたメインホールでは、軍楽隊が軽快な音楽を演奏し、子どもたちはそれを聞きながら明るい気分で朝食をとっている。デイヴィーは席についたまま口を開いた。

「予言しよう。きょう、中国の子どもはゲームから離脱する声明を出すぞ」

七つ星の将軍スコットがステーキを切りながら大きく口を開けて笑った。「そんなの予言でもなんでもないだろ。きのうあんな攻撃を食らったんだから、ほかにどんな選択肢がある？」

デイヴィーはスコットに向けてグラスを掲げた。「やつらをこの南極から追い出すのも、これで楽勝だな」

「そのあとは、ロシアの子どもをやっつけて、このゲームと南極から追い払う」とスコット。「その次は日本とEUの番……」

「ロシアに対してはもうちょっと慎重にやらなきゃな。やつらのポケットにはまだパンくずが残っているかもしれないし」

みんなはうなずいた。〝パンくず〟がなにを意味しているのか、全員が承知していた。

「中国の子どもがほんとうにパンくずを残してないとどうしてわかる？」チェスター・ヴォーンがフォークでオキアミをすくいながらたずねた。

デイヴィーはヴォーンに向かってこぶしを振りまわした。「持ってるもんか！　前に言っただろ。やつらは持ってない！　やつらのパンは小さかったから、くずなんか残ってない！　ぼくたちは賭けに勝ったんだ！」

「きみのその悲観的な性格はいつ治るんだ？」スコットが莫迦にしたような目でヴォーンを見ながら言った。「きみがいると、いつも絶望的な暗い雰囲気になるんだよ」

「死ぬときは、きみたちのだれよりも楽観的になっているよ」ヴォーンは冷ややかにそう言って、オキアミをひと息に飲み込んだ。そのとき、ひとりの大佐が携帯電話を手にやってきた。デイヴィーの耳もとでなにかささやくと、携帯電話を彼に手渡した。

「わはは」デイヴィーは受話器を受けとりながら、勝ち誇ったように笑った。「中国の子どもからだ。言っただろ。やつらは絶対にゲームから離脱するって！」

デイヴィーは受話器を耳にあてて話しはじめた。「もしもし、華華（ホアホア）か？　元気かい……」

急にデイヴィーの動きが凍りついた。ようすがおかしいことはまわりの子どもたちにもはっきりわかった。持ち前の甘い笑みが数秒間そのままかたまり、そして消えた。デイヴィーは受話器を置き、まわりを見渡してヴォーンを探し——危険に出くわすと、大統領はいつもそうする——そして国務長官を見つけるとこう言った。

「中国からの通告だ。向こうは核ミサイル・ゲームをつづけるそうだ。こっちの基地に向かって、たったいま核ミサイルを発射した。弾頭は4メガトン級。二十五分後に目標に命中するらしい」

「ほかになにか言ってたか？」とヴォーンがたずねた。

「いや。それだけ言って電話を切った」

一瞬、すべての視線がヴォーンに注がれた。ヴォーンはフォークを静かに置くと落ち着いて言った。

「どうやらほんとうらしいね」

そこに兵士がひとり走ってきて、緊張した面持ちで報告した。いわく、こちらに向かっている正体不明の飛翔体を早期警戒センターが探知した。中国西南地方からそれが発射された時点で探知していたものの、検証しているあいだに、飛翔体はすでに赤道を越えたという。

朝食の席に着いていた将軍や官僚たちが全員立ち上がった。目は大きく見開かれ、顔色が蒼白になっている。銃を手にした殺し屋の一群が豪華なダイニングルームにとつぜん乱入してきたかのようだ。

「どうしたらいい？」デイヴィーは狼狽した口調でたずねた。「できたばかりのあの地下格納庫に避難するのはどうだ？」

「莫迦だな」七つ星のスコット将軍がわめいた。「地下格納庫？　4メガトン級の核爆発だぞ。このエリアには深さ百メートルの巨大な穴ができる。その穴の中心はまさにここなんだ！」

スコットはデイヴィーの襟首をつかみ、いつも自分が言われている言葉で大統領を罵った。「この大莫迦野郎！　ブタ野郎!!　おまえのせいだぞ！　おまえのせいでみんな死ぬんだ！」

「ヘリコプター」ヴォーンがぽつりと言った。その言葉に、みんながはっとした。そしてダイニングルームのドアに殺到した。

「待て」ヴォーンがまた言った。

みんなの動きは、まるで釘でその場に打ちつけられたように、ぴたりと止まった。

「ただちにすべての飛行機に離陸命令を出せ。飛行機にはできるだけ多くの人員と、重要な設備を載せるように言え。ただし、理由は説明するな。絶対に平静を装え」

「飛行機以外はどうする？　基地全体に分散命令を出そう！」とデイヴィー。

ヴォーンは軽くかぶりを振った。「意味がない。残されたわずかの時間では、どんな車輛も核爆発から逃れられない。そんな命令を出したら、かえって大混乱を招き、結局だれも脱出できなくなる」

子どもたちはわれ先にとダイニングルームを飛び出したが、ヴォーンだけはまだテーブルの前に座っていた。ペーパーナプキンで手を拭いてから、ゆっくり立ち上がると、外に向かって歩きながら、茫然としている楽隊の子どもたちに、なんでもないよというふうに手を振った。

子どもたちは、外に駐機されているUH‐60ブラックホーク三機に先を争って乗り込もうとしていた。スコットはそのうち一機のキャビンにどうにかよじのぼった。ヘリのローターが旋回しはじめると、スコットは時計を見て、泣きそうな声で言った。

「あと十八分しかない！　とても無理だ！」デイヴィーのほうに顔を向けた。「おまえが莫迦すぎたせいだぞ。死んでも許さないからな！」

「とり乱すな」最後に乗り込んできたヴォーンがスコットに冷たく言った。

「もうだめだ……」七つ星将軍は泣き出した。

「死ぬのがそんなに怖いのか？」ヴォーンの顔には、ふだん見られない笑みが浮かんでいた。「将軍、もしきみが望むなら、これからの十七分間で本物の哲学者になれるぞ」

ヴォーンはそう言うと、今度はかたわらの軍人に顔を向けた。

「パイロットに、あまり高度を上げるなと伝えてくれ。核弾頭はおそらく高度二千メートルあたりで爆発する。順風に乗って、最高速度で飛びつづけろ。三十キロメートルも飛んだら、爆風半径を出られるはずだ」

三機のヘリコプターはローターを傾けて加速し、内陸方向へと飛びつづけた。デイヴィーは舷窓から外を見下ろした。眼下の南極基地がじょじょに小さなジオラマへと変わっていく。デイヴィーは痛いほど強く目をつぶった。

ヘリコプターは霧の中に入り、地上が見えなくなった。三機のヘリは空中で静止しているかのように動きを感じない。だが、すでに核爆発の爆風半径を出ているかもしれない。デイヴィーは腕時計に目をやった。警告を受けてから、もう十二分が過ぎている。

「もしかしたら、ただの脅しかもしれないな」デイヴィーはとなりに座っているヴォーンに言った。

ヴォーンはかぶりを振った。「いや、本気だよ」

デイヴィーはまた窓に張りつくようにして外を眺めた。やはり白い霧に包まれたままだ。

「デイヴィー、世界ゲームは終わったよ」ヴォーンはそれだけ言うと、目を閉じて壁に寄りかかり、もう言葉を発することはなかった。

あとになってわかったことだが、三機のブラックホークは核爆発の十分前には約四十五キロメートルを飛び、爆風圏を抜け出していた。

機内の子どもたちが最初に見たのは、強い光にすっかり呑み込まれた世界だった。まったく事情を知らなかったパイロットの言葉を借りれば、「ネオン管の中にでもいるみたい」だった。強い光は約十五秒で消え、同時に轟音が響いてきた。眼下の地球が爆発したかと思うほど巨大な音だった。そのときとつぜん、青い空が目に飛び込んできた。爆心を中心とする円形の青い空が、猛烈な勢いで広がっていく。核爆発の衝撃波によって雲が散らされているのだった（のちに判明したところでは、爆心から半径百キロメートル内の雲はすべて吹き飛ばされていた）。大きな青空の真ん中には、高々と立ち昇るきのこ雲があった。きのこ雲は最初のうち、二つに分かれていた。ひとつは高度二千メートルの上空で、火の球が最初に冷却されたあとに生まれたもの。空中の水分が凝集してできた巨大な白い煙の球が烈火を包み込んでいる。もうひとつは、衝撃波が地上近くで巻き起こした砂嵐だった。傾斜がゆるやかな巨大ピラミッドにも似たその雲のてっぺんから上に向かって延びる細いすじは、最後には上空の白い巨大な球にまで届き、やがてひとつになった。白い球は、ピラミッドの砂塵によってたちまち色が濃くなり、その中からときおり激しい炎が閃いた。しばらくすると、眼下の砂煙や霧がもろともに吹き飛ばされ、ヘリコプターから地表のようすがはっきり見てとれるようになった。パイロットはこのとき見た光景を以下のように回顧している。

「大地が一瞬で溶けて液体になったように見えた。あたり一面が見渡す限り洪水に見舞われたみたいだった。その洪水がヘリの進行方向にも雪崩のように進んできた。洪水に囲まれた小高い丘は、小島か岩礁のように見えた。仮設道路を走る車がマッチ箱みたいにひっくり返って流されていくのが見えた……」

三機のヘリコプターは強風の中の木の葉のように激しく揺れた。危険なほど高度が下がり、石礫が機体にぶつかってガンガン音をたてたり、強風にあおられて空高く飛ばされたりしたものの、なんとか墜落だけは免れた。

ヘリコプターはどうにか無事に雪上に着陸することができた。子どもたちがヘリを降りて空を仰ぎ見ると、海岸の方向には高々と立ち昇る巨大なきのこ雲があった。色はもう真っ黒に変わっている。南極の地平線の下から朝陽がきのこ雲のてっぺんを照らしはじめ、変幻自在に揺れ動く金色の輪郭をつくりだした。そのまわりに、大きく真っ青な空がゆっくり広がっていく……。

「これこそ本物の南極だ！」華華（ホアホア）は満天に舞い踊る雪と、骨まで凍（し）みる寒風の中で言った。天と地はどこもかしこも真っ白で、視界が効かない。ここはたしかに海岸だが、どこからが海でどこからが陸地なのかまったく判別がつかない。南極にいる各国首脳は、いっしょにかたまって風雪にさらされていた。

「その言葉は不正確だね」メガネが吹きすさぶ風の音に負けじと声を張り上げて言った。「超新星紀元以前の南極では、降雪は少なかった。だからここは、地球上でもっとも乾燥した大陸だったんだ」

「そのとおり」ヴォーンがつづけた。こんな中でも、彼はやはり薄着だった。寒風にさらされながら悠然と立つ姿は、縮こまって震えている周囲の子どもたちと対照的だった。この極寒も、ヴォーンにはなんの影響もないらしい。「ちょっと前の気温上昇によって、南極の上空には水分がたくさん蓄えられた。いまになって気温が下がったことで、その水分がまた雪に戻った。もしかすると南極大陸では、今回の雪が今後十万年間で最大の降雪になるかもしれない」

「やっぱり戻ったほうがいいんじゃないかな。ここにいても凍え死ぬだけだろ」デイヴィーは歯をガチガチさせながら足踏みしている。

首脳たちはその意見に賛同し、エア遊具のメインホールに戻った。以前のアメリカ基地にあったもの——西暦地雷の核の炎によって一瞬で蒸発した——とまったく同じつくりだ。各国首脳がここに集まったのは、もともと南極領土協議のためだったが、ずっと前から予定されていたこの会議は、いまやまったく意味のないものになっていた。

＊＊＊

西暦地雷の核爆発は南極戦争ゲームを終結させた。各国の子どもたちは交渉のテーブルに着き、南極大陸の領土問題について話し合うことに同意した。各国とも、これまで戦争ゲームに高い代価を支払ってきたが、思いがけないなりゆきで、どの大国も圧倒的な優位に立てないまま南極の領土争奪戦は振り出しに戻り、交渉さえはじめられない状況が当面つづくと思われた。近い将来、領土問題に関して南極でふたたび戦火が燃え上がるのか、あるいはべつの手段によって解決されるのか、子どもたちには見当もつかなかった。しかし結局、地球規模の気候の激変がすべての問題を解決してしまった。

実際のところ、気候変化の予兆は一ヵ月以上前からあった。北半球の子どもたちは、この二年間存在しなかった秋が復活したことに気がついていた。最初はひさびさに涼しさを感じ、そのあと何度か秋雨が降って寒さを呼び込み、地面がふたたび落葉で覆われた。全世界の気象データを分析した各国の気象研究機構が出した結論は一致していた。すなわち、超新星爆発が地球の気候に及ぼした影響は一時的なものであり、現在、地球全体の気候は超新星爆発前の状態へと戻っている。

海面の上昇もストップした。ただし、海面水位が下がる速度は上昇のときよりもずっとゆっくりだったし、海面が西暦時代の高さまで戻ることは永遠にないと予測する研究者が多かった。しかし、いずれにしても、世界的な大洪水は終わったのだ。

その時点では、南極の気温変化はそれほど顕著ではなかった。たしかに気温は下がっていたが、それは終わったばかりの長い極夜がもたらしたもので、そんな寒さはこれから昇ってくる太陽が吹き飛ばし、もうすぐ南極ではじめての春がやってくる——子どもたちの多くがそんなふうに考えていたのである。この広大な大陸に白い死神が刻々と近づいていることなど、彼らには知る由もなかった。

気候回復の結論が出たときには、各国ともすでに南極大陸からの人員撤収をはじめていたが、それが賢明だったことがのちに証明される。終結したばかりの戦争ゲームによって奪われた子どもの命は、総計五十万に達した。そのうち半数は通常兵器による戦争ゲームの犠牲者で、残る半数は核爆発の犠牲者だった。だがもし、地球規模で気候が回復しはじめたこの時期、各国がいちはやく南極から撤収を開始していなかったら、死者の数はその四倍か五倍に膨れ上がっていた可能性がある。南極大陸の各国基地は、その大部分が零下十度前後の冬を想定して建設されたものだったから、のちに襲ってきた零下三十度の極寒には対応できなかった。南極大陸の気温変化は、最初の一ヵ月間はゆっくり進んだ。その期間に、各国は、南極大陸から合計二百七十万人もの人員を撤収させることができた。大人時代の基準で考えると驚くべきスピードだが、それでもまだ基地には運び出す必要のある装備が残っていたし、各国とも、一定の影響力を保つため、南極にある程度の戦力を維持したいと考えていた。そのため、大陸には依然として三十万人以上の子どもたちが残っていた。

南極の気候が急変したのはそのころだった。気温は一週間で一気に二十度近く下がった。大陸全体にブリザードが吹き荒れ、南極の風景は白亜の地獄へと一変した。南極大陸に残っていた子どもたちはあわてて緊急避難をはじめたものの、気象条件が悪すぎて飛行機はほとんど飛べなかった。それに加え、すべての港が一週間ずっと凍結していたため、船が入港できず、残された二十万人以上の子どもたちは、海岸にとどまるしかなかった。各国の元首たちの多くも、南極領土協議に参加するため南極大陸に残り、一ヵ所に集まっていたため、その場所が自然と撤退司令部となった。各国の首脳は自国民を集合させたかったが、海岸に残された二十万人以上の子どもたちの国籍はばらばらで、撤退をどのように進めればいいか、どの国も途方に暮れていた。

エア遊具でできたメインホールでディヴィーが言った。「外の状況はいま見たとおりだ。一刻も早く解決策を考える必要がある。でないと、二十万人以上が海岸で凍死してしまう！」

「ほんとうにダメだったら、内陸の基地に引き返せばいいだろ」英国首相のグリムが言った。

「それは無理だね」メガネが反対した。「第一陣の撤収に際して各国の基地の施設はほとんど解体された。燃料もほんの少ししか残っていないから、これだけ大勢の人間が長くは生き延びられない。基地まで行ってまた戻るあいだに貴重な時間が無駄になる。撤収のチャンスがあるとしても、失われてしまう」

「どのみち、基地には戻れない」とだれかが言った。「たとえ基地が完全な状態だったとしても、この気候だと凍え死ぬだけだ」

「いまの唯一の希望は海上輸送だ」と華華(ホアホア)が言った。「もし飛行機が飛べたとしても、これだけの人員を空路で徹収させるのは時間的に不可能だよ。だから、最大の問題は、港の凍結にどう対処するかだ」

「きみたちの砕氷船はどこまで来ている?」デイヴィーがロシア大統領イリューヒンに質問した。

「まだ大西洋の真ん中あたりだ。到着までには最低でも十日はかかる。期待するだけ無駄だ」とイリューヒンが答えた。

「重爆撃機で氷を爆破して航路をつくれないのか?」日本の大西文雄首相が言った。

デイヴィーとイリューヒンは同時にかぶりを振った。

「こんなひどい天気じゃ、爆撃機はとても飛べない」とデイヴィーが言った。

「ノースロップ・グラマンB-2(アメリカ空軍のステルス戦略爆撃機)とツポレフ22(ソ連が開発した超音速爆撃機)は全天候型爆撃機じゃなかったか?」と呂剛(ルー・ガン)がたずねた。

「パイロットは全天候型じゃないからな」とスコット。

ロシアのジャヴォーロフ元帥もうなずいた。「全天候型と言っても、実際はここまでひどい天候は想定されていない。それに、こんな天候では、たとえ飛べたところで、視界が悪すぎて、航路を開くようなピンポイントの精確な爆撃は期待できない。せいぜい氷に穴を開ける程度だろう。それではやっぱり船は入ってこられない」

「大口径の艦砲射撃や魚雷は?」フランス大統領ジャン・ピエールがたずねた。

将軍たちは一斉にかぶりを振った。「同じく、視界に問題がある。もしその方法で実際に航路を開けたとしても、時間的に間に合わないでしょう」

「それに」華華がつづけた。「そんなふうに氷を壊したら、いまのところ唯一残された方法までダメになる」

「残された方法って？」

「氷の上を歩いていくことさ」


***

風雪にさらされた海岸線には、数キロメートルにわたって、廃棄された車輛や仮設テントが密集している。それらの上にも雪が分厚く降り積もり、後方の雪原や前方に広がる氷海と区別がつかなくなっていた。首脳たちの一団がやってきたのを見て、テントや車輛から子どもたちが続々と飛び出してきて、元首たちはたちまち人の海に囲まれた。各国の子どもたちが、自国の指導者に向かって口々になにか叫んでいるが、その声は風の音にかき消されてしまう。中国の子どもたちも、数人が華華(ホアホア)とメガネを囲んで大声で叫んでいた。

「学級委員長、学習委員、ぼくらはどうすればいい？」

華華はその質問には答えず、雪で埋もれたかたわらの戦車の上によじのぼると、吹雪にかすむ氷海を指さし、下にいる子どもたちに向かって、吹きすさぶ風に負けじと声を張り上げた。

「諸君、おれたちは氷の上を歩いていく。陸と氷の境のところまで行けば、多数の大型船が待っている！」

ブリザードの中、華華は自分の声が遠くまで伝わらないことに気づき、いちばん近くにいる子どもに腰をかがめて言った。

「いまの言葉をうしろのほうに伝えていってくれ！」

華華の言葉は人の海を伝わっていった。国籍の異なる子どもたちの中には翻訳機を使う者もいれば、身振りで伝える者もいた。単純明快な内容なので、伝言ゲームをくりかえしても、もとの意味とずれることはなかった。

「学級委員長、頭はだいじょうぶか？　海上は風が強いし、氷はつるつる滑る。おがくずみたいに吹き飛ばされるぞ！」下にいる子どものひとりが叫んだ。

その子どもに向かって、メガネが言った。「みんなで手をつないでいれば吹き飛ばされない。うしろにそう伝えてくれ」

まもなく、氷上に手をつなぐ子どもたちの列ができた。ひとつの列は数十人から成り、多い列は百人を超える。ブリザードが吹き荒れる中、海岸からじょじょに遠ざかっていくその姿は、遠くから見ると、氷海の上を粘り強くくねくねと進みつづける細長いイモムシのようだった。国家指導者たちの列は、その先頭に立って氷上を歩いていった。華華の左側はデイヴィー、右側はメガネだ。メガネのさらに右はイリューヒン。風に吹き飛ばされた大量の雪が足のあいだを吹き抜ける。子どもたちはさながら白い激流の中を進んでいるようだった。

「歴史のこの時代は、こうやって終わるんだな」デイヴィーが翻訳機の音量を最大にして華華に言った。

「そのとおり」と華華が答えた。「おれたちの国の大人時代にはこんな格言があった。すべては過ぎ去る。どんなに困難な状況に陥っても、時間はつねに前に流れていく」

「なるほどな。しかし、これから先、状況はもっと困難になる。南極が子どもたちの心に沸き立たせた熱情は、もう失望に変わった。アメリカ社会はまた暴力的なゲームに逆戻りするかもしれない」

「中国の子どもも、のんべんだらりと寝てばかりの生活に戻るかもしれないし、キャンディタウンが復活するかもしれない」華華はため息をついた。「まったく、これから先、ほんとにたいへんだよ」

「まあ、ぼくには関係ないかもしれないけどね」とデイヴィー。

「議会はほんとに大統領弾劾を決議するのか？」

「任期も終わるっていうのにな。ぼくの面子（メンツ）をつぶしたいんだろ。莫迦どもが！」

「それでも、おれよりはまだましだったってことになるかもしれない。一国の指導者なんてやるもんじゃない」

「まったくだ。歴史の薄い一ページが、まさかこんなに分厚くなるとはね」

デイヴィーの最後の言葉の意味が、華華にはよくわからなかったが、あえて説明は求めなかった。氷上を吹きすさぶ強風と極寒のせいで、どうしても言葉数が少なくなる。いまできるのは、全力で前進することと、しょっちゅう足を滑らせて転ぶ仲間を助け起こしてやることだけだった。

＊＊＊

華華（ホアホア）たちから百メートルあまり離れたべつの列では、衛明（ウェイ・ミン）少尉が、ブリザードの向かい風に押されてなかなか進めずにいた。衛明はふいに、風の音にまぎれて、かすかに猫の鳴き声を聞いたような気がした。最初は空耳かと思ったが、すぐにまた鳴き声がした。あたりを見まわし、さっき雪の吹きだまりだと思って通り過ぎた場所に担架が埋もれていることに気がついた。猫の鳴き声はそこから聞こえたようだ。衛明は列を離れ、何度も転びながら担架に歩み寄った。ちょうどそのとき、一匹の猫が担架から抜け出してきた。雪の中でぶるぶる震えている。抱き上げてみて、その猫がスイカだとわかった。衛明はスイカを懐に入れてから、担架にかけてある軍用毛布をめくった。そこに横たわっていたのは、やはりモーガン中尉だった。見るからに重傷を負っている。顔じゅうが白い髭みたいに凍りつき、高熱のせいか目ばかりぎらぎら輝いていた。衛明のことがわからないらしい。うわごとのようになにかつぶやいているが、その声も、風に漂う蜘蛛の糸のようにか細い。翻訳機を持っていなかったので、なんと言っているのかわからなかった。衛明は猫を担架に戻し、もとどおりモーガンの体と猫を毛布でくるむと、前にまわって、担架を曳きながら歩きはじめた。衛明の歩みは遅かったが、やがて追いついてきた次の列の子どもが、いっしょに担架をひっぱってくれた。

＊＊＊

永劫にも思えるあいだ、周囲には雪風が渦巻く白い広がりしか見えなかった。苦労しながら少しずつ歩を進めていたものの、彼らは自分たちが氷の上の同じ場所に永遠に凍りついてしまったような気がしていた。しかし、もう一歩も動けないと思いかけたそのとき、前方に船団の黒い影が現れた。船団は無線を通じて、これ以上は前進しないよう連絡してきた。子どもたちはすでに氷棚のへりまでたどり着いていたのだ。前方に広がっているのはまだ完全には凍結していない薄氷で、うかつに踏み込むと海中に転落してしまう。船団は、いまから迎えの揚陸艦とホバークラフトを派遣するという。無線と軍用トランシーバーを通じて伝えられた情報では、氷海の割れ目に転落した子どもたちは千人にものぼる。とはいえ、大多数はどうにか無事に棚氷の端までたどりついていた。

遠方の船団からこちらに向かって航行してくる小さな黒い影が、吹雪の中にじょじょにくっきりと見えてきた。それらは数十隻におよぶ揚陸艦だった。海面に浮かぶ氷を蹴散らして近づいてくる。最後には硬い棚氷に接舷し、艦首にある四角形の大きな扉を開いた。氷上の子どもたちは群れをなしてそこから船に乗り込んだ。

***

衛明（ウェイ・ミン）は数名の子どもたちといっしょに担架を揚陸艦に運び込んだ。その揚陸艦は負傷者専用の回収船だったので、彼らは次の負傷者を運ぶためすぐに艦を降りてしまい、どこの国の子どもなのかたずねる暇さえなかった。艦内の黄色い照明のもと、衛明は担架に横たわるモーガンを見下ろした。うつろな目で見返してくる彼女は、あいかわらず衛明のことがわかっていないようだ。衛明はスイカを抱き上げ、モーガンに語りかけた。

「きみにはこの子の世話は無理そうだね。かわりにぼくが中国に連れていくよ」衛明は子猫を放して、前の主人の顔を舐めさせた。「安心してくれ、中尉。きみもぼくも、悪魔みたいなゲームを何度も生き延びてきた。これからだって、きっと生きていける。苦難の時を切り抜けた分、きっと運が貯まってるよ。じゃあな」そう言うと、衛明はスイカをリュックに入れて船を降りた。

***

華華（ホアホア）は各国の将軍たち数名とともに、子どもたちの乗船を監督していた。まだ乗船できていない子どもがどっと押し寄せると、船が接舷している棚氷がその重さで割れてしまうおそれがある。そうならないようにきちんと管理しなければならない。後方の氷上では、乗船の順番を待つ子どもたちが寒さをしのぐために身を寄せ合って団子になっている。そのとき、ふいに自分の名前を呼ぶ声を聞いて、華華はうしろをふりかえった。声の主は衛明（ウェイ・ミン）だった。二人の元同級生はかたく抱き合った。

「おまえも南極に来てたのか！」華華は信じられない思いで叫んだ。

「一年前、B軍集団の先遣隊といっしょに来たんだ。実を言うと、こっちは何度も遠くからきみとメガネを見てたけどね。恥ずかしくて声をかけられなかった」

「うちのクラスでは、たしか王然と金雲輝も参戦してるんじゃないか？」

「そうだよ。あの二人も南極にいた」衛明はそう言って表情を曇らせた。

「彼らはいまどこに？」

「王然は一ヵ月前、第一回の負傷兵後方輸送で南極を去った。もう帰りついているかもしれないが、ぼくは知らない。戦車対抗戦で重傷を負ったんだよ。命だけは助かったが、脊髄を損傷したから、自分の足では二度と立てないかもしれない」

「ええっ？　……じゃあ金雲輝は？　彼はたしか、戦闘機パイロットじゃなかったか？」

「そう。空軍第一師団でJ－10を飛ばしていた。やつの場合は、もっと壮絶な最期だった。戦闘機対抗戦でスホーイ30に突撃して、敵機もろとも砕け散った。そのことで死後に星雲勲章を授与されたけど、空中衝突が事故だったことはみんな知ってる」

悲しみに蓋をして、華華は質問をつづけた。「ほかの同級生は？」

「超新星紀元の最初の数ヵ月は連絡をとり合ってたけど、キャンディタウン時代になってからは、みんなと同じように、大人たちから引き継いだ職場を去っていった子たちがほとんどだ。どこに行っちゃったのか、もうわからない」

「鄭先生にはたしか子どもがひとりいたと思うけど」

「うん。最初の頃は馮静と姚萍萍がその子の世話をしていた。暁夢が人をやってその子を迎えにいかせたんだけど、馮静たちは会わせようとしなかった。先生だったからといって自分の子どもを特別扱いすることだけは絶対にしないでくれと鄭先生から言われてたそうだ。その後、キャンディタウン時代になってから、その子は育児所で伝染病に感染して、なんとか一命はとりとめたものの、高熱がつづいたせいで耳が聞こえなくなったらしい。キャンディタウン時代の末期、その育児所は解散した。最後に馮静に会ったときに聞いた話では、その子はべつの育児所に移ったそうだ。いまとなっては、その子の居場所なんてもうだれも知らないだろうな……」

しばらくのあいだ、華華はあまりにも深すぎる悲しみに呑まれ、こみあげる思いにのどが締めつけられて、言葉が出てこなかった。権力の険しい頂にいるあいだに知らず知らず身につけた無感動の鎧がもろくも崩れ落ちていた。

「華華」と衛明が言葉をつづけた。「うちのクラスのあの卒業パーティーを覚えているかい？」

華華はうなずいた。「忘れるわけないだろ」

「あのとき、未来は予測不能だとメガネが言った。どんなことだって起こるかもしれないってね。カオス理論を使って、それを論証した」

「そうだったな。それにメガネは不確定性原理も持ち出した……」

「あのとき、だれが想像できただろうな。まさかこんな場所でぼくたちが出会うなんてさ」

華華は顔を上げて同級生の目を見た。衛明の眉毛は真っ白に凍りつき、顔の皮膚は、傷跡や凍傷で黒ずみ、苦難の日々と戦争がもたらした見えない傷ですっかり老け込んでいた。抑えきれずにあふれた涙が華華の頬を伝い、寒風に吹かれて一瞬で氷と化した。

「おれたち、大人になったな、衛明」

「たしかに。だが、きみたちはぼくらよりもっと速く大人にならなきゃいけない」

「おれにはむずかしいよ。メガネと暁夢にだってむずかしい……」

「そんなこと口に出しちゃダメだ。全国の子どもたちにはぜったい知られるなよ」

「おまえに言うのもダメか？」

「それくらいはいいさ。だけど華華、ぼくは力になれない。メガネと暁夢にもよろしく伝えておいてくれ。きみたちはクラスの誇りだ。それも絶対的な誇りなんだぞ！」

「衛明、体に気をつけろよ」華華は同級生の手を握って心からの言葉を贈った。

「そっちこそ、体をだいじにしろよ」衛明は華華の手をしっかりと握ると、きびすを返し、そのまま風雪の中へと消えていった。

＊＊＊

ディヴィーは近海に停泊中の航空母艦〈ジョン・C・ステニス〉に乗り込んだ。西暦一九九〇年代に進水したこの巨艦は、ブリザードの中、さながら金属でできた黒い島のように見える。雪が吹きすさぶ甲板滑走路の舷側でとつぜん銃声が鳴り響いた。ディヴィーは、迎えにきていた艦長になにが起きているのかたずねた。

「この艦に乗ってこようとする他国の子どもたちがおおぜいいるので、海兵隊がそれを食い止めています」

「莫迦め！」ディヴィーが怒鳴りつけた。「乗せられるだけ乗せろ！　国籍を問わず」

「しかし、大統領……それは不可能です」

「これは命令だ！　海兵隊を撤収させろ」

「大統領、わたしは〈ジョン・C・ステニス〉の安全に責任があります！」

ディヴィーは艦長の顔を平手打ちにして、艦長の帽子を吹っ飛ばした。「氷海の子どもたちの命には責任がないのか？　この犯罪者め！」

「すみません。大統領、〈ジョン・C・ステニス〉艦長として、その命令にはしたがえません」

「ぼくはアメリカ軍の総司令官だぞ。少なくともいまはまだ！　なんなら、いまこの瞬間、きみを海に放り込ませることもできる。あの帽子みたいにな。試してみるか？」

艦長は少しためらっていたが、となりに立っていた海軍陸戦隊の大佐に命じた。「隊員を撤収させろ。乗船を希望する者は、だれでも乗せてやれ」

さまざまな国の無数の子どもたちが怒濤のようにタラップを登ってきて、たちまち甲板にあふれた。猛々しい風が吹きつける甲板の上で、彼らは戦闘機を風よけにするしかなかった。棚氷から揚陸艦に乗るときに海に落ちて、全身ずぶ濡れになっている者も多かった。彼らの服は凍りつき、きらきら輝く氷の鎧と化している。

「艦内に入れてやれ。甲板にいたらすぐに凍死してしまうぞ！」デイヴィーが艦長に怒鳴った。

「無理です、大統領。船室は、先に乗船しているアメリカの子どもで満杯です！」

「格納庫は？　格納庫はかなり大きいだろう。数千人は入れるはずだ。そこもいっぱいなのか？」

「格納庫は飛行機で満杯です！」

「飛行機を甲板に上げろ！」

「それも無理です！　甲板も大陸から飛んできた戦闘機でいっぱいです。悪天候のため、緊急着陸してきたんです。見てください。エレベーターの出口までふさがっています！」

「そんな飛行機、海に落としてしまえ！」

こうして、一機あたり一千万ドル以上もする戦闘機が、一機また一機とジョン・C・ステニスの舷側から海に落とされた。広いスペースができた甲板は、巨大エレベーターで格納庫から上がってきた飛行機ですぐに埋めつくされた。甲板にいた各国の子どもたちは続々と広い格納庫に入り、その空間もまたたく間に数千人の子どもで満員になった。温かい空間で体が温まった子どもたちは、この航空母艦の巨大さに目を丸くした。しかしその一方、ずぶ濡れ状態だった子どもたちのうち百人以上が、ブリザードの吹きすさぶ甲板ですでに命を落としていた。

＊＊＊

この最後の大撤収には三日が費やされた。南極大陸からの最後の撤収者三十万人あまりを乗せた千五百隻以上の大船団は、二手に分かれて、それぞれアルゼンチンとニュージーランドに向かった。撤収の過程で、三万人以上の子どもが極寒のために命を落とした。彼らは超新星戦争の南極大陸における最後の犠牲者となった。

それまで無数の船舶でごった返していたアムンゼン海はすっかりからっぽになった。風はまだ激しく吹いているが、雪はやみ、極寒の海と空は澄みきった色に変わっている。空がしだいに晴れてきて、地平線にかかる雲にひとすじの切れ目ができると、昇ったばかりの太陽が南極大陸に金色の光を投げかけた。いっとき剝き出しになっていた岩や土はふたたび分厚い雪に覆われて、大陸は果てしない純白の広がりに戻り、もとどおり、人間がめったに足を踏み入れることのない土地になった。もしかすると、はるか遠い未来には、またおおぜいの人々がこの極寒の大陸を訪れ、雪に埋もれた五十万以上の子どもの遺体や、おびただしい戦車の残骸、核爆発が残した直径十キロメートルにおよぶ巨大な二つのクレーターを見つけ出すかもしれない。この大陸にかつて現れた短い春のあいだ、世界各国からやってきた三百万人の子どもたちが、火焔と爆発の中、たがいに殺し合い、日常に対する鬱憤を晴らした。しかし、叙事詩に勝るとも劣らない残酷さを極めた超新星戦争は、いまとなっては長い一夜の悪夢、まばゆいオーロラの光が見せた幻のように思える。朝陽が照らす大陸には、まるでなにごともなかったかのように、死の寂寥（せきりょう）を思わせる銀白色だけが残っていた。

第10章　創世記

新大統領

　ハーマン・デイヴィーは大あわてで大統領執務室（オーバル・オフィス）に飛び込み、長いため息をつくと、南極帰りの子どもたちの刻印とも言うべき顔のしもやけを掻いた。大統領のウィングバックチェアにはベナが腰を下ろし、悠然と爪の手入れをしている。入ってきたデイヴィーを見て、ベナは白目を剝いた。

「ミスター・ハーマン・デイヴィー、あなたは議会に弾劾されたのよ。この部屋に入る権利はない。それどころかホワイトハウスに足を踏み入れる権利だってないのよ」

「こっちだって出ていきたいよ」デイヴィーはこめかみをマッサージしながら言った。「でも、外では小さな暴徒たちがぼくの命を狙ってるんだ！」

「当然でしょ。あなたがなにもかもめちゃくちゃにしたんだから。アメリカ史上、最大の失敗をしでかした大統領よ」

「だったらきみは……きみはなんの資格があってその椅子に座ってる？　ぼくがここを出たからって、そんな非礼が許されると思ってるのか？」

　ベナは天井を見上げて言った。「非礼を詫びるべきはあなたのほうね」

デイヴィーが怒鳴りつけようとしたとき、チェスター・ヴォーンが部屋に入ってきた。「まだわかってないみたいだが、フランシス・ベナはアメリカ合衆国の超新星紀元第二代大統領に選出されたんだよ」

「なんだって?」デイヴィーは神聖な大統領の椅子に座って爪の手入れをしている金髪の少女を見やり、それからヴォーンに視線を戻して笑い出した。

「冗談も休みやすみ言え。数も数えられないようなこんなバカ娘が……」

ベナはテーブルをばんと叩いたが、勢いが強すぎて痛かったらしく、手をひっこめて息をフーッと吹きかけながら、反対の手でデイヴィーを指して叫んだ。「その口を閉じないと、大統領侮辱罪で告訴するわよ!」

「きみたちには合衆国に対する責任があるだろう!」デイヴィーはヴォーンに向かって言った。

「これは全米の子どもたちの選択だよ。新大統領は合法的な選挙によって選ばれたんだ」

「けっ!」デイヴィーはベナに向かって唾を吐いた。「ぼくたちが南極大陸で生死の境をさまよっていたころ、きみは国内のメディアに媚びを売っていたわけか!」

「大統領を侮辱した!」ベナは大げさに目を見開いて叫んだが、すぐに得意げな笑みを浮かべた。

「どうしてみんながわたしを選んだか知ってる? シャーリー・テンプルにそっくりだからよ。その点はわたしの勝ちね。あなたはハンサムかもしれないけど、どんなスターにも似てないから」

「ふん! 最近のテレビがずっと白黒映画ばかり流してなきゃ、シャーリー・テンプルのことなんてだれも知らなかったのに」

「それがわたしたちの選挙戦略よ!」ベナはまた甘ったるい笑みを浮かべて言った。

「民主党の連中ときたら。見る目がないにもほどがある!」

「じつのところ、彼らの選択もじゅうぶん理解できるよ」ヴォーンが言った。「世界戦争ゲームのあと、アメリカ国民は、もっとおだやかな人物に自分たちの意思を代表してほしいと考えたんだ」

デイヴィーは軽蔑するように唇を歪めた。「こんなバービー人形がアメリカ国民の意思を代表できるのか？　いまは国全体が南極の失敗に呑み込まれている。アメリカ国内はまた暴力ゲームに落ちていく。じっさい、いまこの国が直面している危機は、南北戦争のころよりずっとおそろしい。この国はいつでも崩壊する可能性がある。そんなときに国の舵とりをバービー人形にまかせるとは……」

「ミスター・ヴォーンがわたしたちのために解決策を考えてくれる」と言ってベナはヴォーンにうなずきかけた。

デイヴィーはしばらく茫然としていたが、やがて、なるほどというようにうなずいた。「そうだな。わかったよ。ミスター・ヴォーンの舞台だ。ヴォーンはぼくら二人を自分の理想を実現するための道具にしてるんだ。国家と世界はヴォーンの舞台だ。あらゆる人間がその舞台で彼の思うままに操られる人形になる。そう、ヴォーンはそんなふうに考えてるんだ……」デイヴィーは血相を変えて立ち上がると、ポケットからなにかをとりだした。それは、スナブノーズのリボルバーだった。デイヴィーは銃口をヴォーンに向けて言った。「なんて邪悪でおそろしいやつだ。脳天に風穴を開けてやる！　前々からその頭にはうんざりしてたんだ！」

ベナがひゅっと息を呑み、非常ベルのボタンに手を伸ばしたが、ヴォーンがそれを制し、デイヴィーに向かってゆっくり言った。「撃てるわけがない。もし撃てば、きみが嫌いなこの古い建物を生きては出られない。きみは典型的なアメリカ人だ。なにをやるにも、アウトプットがインプットを上回る必要があるという鉄則を守る。それこそがきみの本質的な弱点なんだよ」

デイヴィーは銃をポケットにしまった。「当然、アウトプットはインプットを上回るべきだ！」

「だが、それでは歴史はつくれない」

「ぼくはもう歴史をつくったりしない。うんざりだ！」デイヴィーはそう言って戸口に向かった。そして、多くの夢が実現しないまま残されたオーバル・オフィスに最後の一瞥を投げると、ひとりで部屋を飛び出した。

デイヴィーはバイクのヘルメットを小脇に抱えて、ホワイトハウスの裏口から外に出た。駐車したままになっていたリンカーンを見つけ、ドアを開けて潜り込むと、ヘルメットをかぶり、車内で見つけたサングラスをかけた。それからエンジンを始動し、車を出した。ホワイトハウスの外では、デイヴィーに恨みを持つ子どもたちが百人以上も集まっていたが、リンカーンが彼らの注意を惹くことはなく、前大統領はあっさり脱出することができた。

群衆のそばを通過するとき、子どもたちが掲げている横断幕が見えた。

『ハーマン・デイヴィーは出て行け
フランシス・ベナが新しいゲームを始める！』


デイヴィーはあてどなく首都に車を走らせた。かつての住人の多くは、仕事を求めて、産業が集中する大都市へと引っ越してしまい、いまのワシントンDCにはわずかな人口しか残っていない。実際、政府機関をべつにすると、ワシントンDCはほとんどゴーストタウンと化していた。午前九時過ぎだというのに活気づく気配はまるでなく、街はいまも深夜のような静寂に包まれている。この街に対してデイヴィーが抱くイメージがなおさら強くなった。この街は墓だ。

デイヴィーは喧噪のニューヨークをなつかしく思い起こした。ニューヨークこそ、彼が属する街であり、帰るべき街だ。

このリンカーンは人目につきすぎる。こんな高級なおもちゃはもうぼくには似合わない。デイヴィーはそう思いながら、ポトマック川のほとりの静かな場所にリンカーンを停めた。車から降りると、ヴォーンがくれたミニミ軽機関銃をトランクからとりだし、装着されている半透明のプラスチック製マガジンを見つめた。半分近く銃弾が入っている。デイヴィーは銃を水平にかまえると、数メートル離れたリンカーンに照準を合わせて連射した。ダダダダダダ……。銃口がつづけざまに三度火を噴き、反動で地面に尻もちをついた。そこに座ったまましばらくリンカーンを見ていたが、なにも起こらない。銃身を杖にして立ち上がると、銃の尾部にあるガス流入量調節バルブを回して発射速度を最大にし、ぐらぐらする銃をしっかり抱え直して水平にかまえ、リンカーンに狙いをつけて掃射した。銃声が鋭く川面にこだまする。デイヴィーはまたも尻もちをついたが、リンカーンにはやはりなんの変化もない。また立ち上がったデイヴィーのジーンズの尻には土の跡がまるくついていた。デイヴィーはマガジンが空になるまでリンカーンめがけて掃射をつづけた。ボンと音がして、リンカーンがついに火を噴いた。黒煙が立ち昇るリンカーンを見ながら、デイヴィーは「やったぜ！」と興奮した叫び声をあげ、銃を担いで足どりも軽く駆け出した。

＊＊＊

ホワイトハウスのオーバル・オフィス。爪の手入れを終えたベナは、いまは手鏡を見ながら毛抜きでまつ毛を整えている。ヴォーンが大統領デスクに置かれた二つのボタンを指して言った。

「外の世界では、おおぜいの子どもたちがその二つのボタンに強い興味を持ってる。メディアは、その二つのボタンが国の命運を握っているとまで言っている。彼らの憶測によれば、大統領がその片方を押したら、全NATO加盟国とそくざに連絡がとれる。もう片方を押したら、全国に警戒警報が鳴り響き、爆撃機が離陸し、ミサイルサイロから核ミサイルが発射される……とかなんとか」

だが、実際には、そのボタンの片方はコーヒーを淹れてほしいとき、もう片方は部屋の掃除を頼みたいときに押すものだった。ベナは、ヴォーンとしばらくいっしょに過ごしていて気づいたことがあった。ひとつは、ヴォーンがときどき彼女とおしゃべりしたくなるということ。もうひとつは、ヴォーンがかなりの話し好きだということだ。ただし、雄弁になるのは他愛のない話題にかぎってのことで、ほんとうに重大な問題は簡潔に済ませてしまう。

「自分が持ってる力くらい、わたしはちゃんとわきまえてる。外の人たちがこの二つのボタンに抱いてるみたいな、そんな幻想なんか持ってない。自分の頭があんまりよくないこともわかってる。でも、少なくとも、ディヴィーみたいに頭のよさが逆方向に働くよりはましだと思う」

ヴォーンはうなずいた。「その点に関しては、きみはたしかに頭がいい」

「わたしは歴史っていう馬に乗ってるのよ。手綱は引かず、馬の動きにまかせて、馬が行きたい方向にぱかぱか進むだけ。ディヴィーみたいに手綱をひっぱって、無理やり馬を断崖に向かわせたりはしない」

ヴォーンはまたうなずいた。「じつに賢明だね」

ベナは手鏡を机に置いて、ヴォーンを見つめた。「あなたがすごく利口なこともわかってる。あなたなら歴史をつくれる。でも、そのほとんどはわたしの手柄にしてよね」

「いいとも。ぼくは歴史に名を残すことに興味はないからね」

ベナはいたずらっぽい笑みを浮かべた。「知ってた。でなきゃ、とっくに自分で大統領になってるはず。でも、歴史をつくるときはそう言ってね。議会やメディアの前でわたしが話せるように」

「じゃあ、いま伝えておこう」

「どうぞ」ベナはまたにっこりすると、今度はマニキュアを塗りはじめた。

「世界はまさに野蛮な覇権争いの時代に突入しようとしている。すべての領土と資源が再分配される。大人時代の世界モデルにはもう二度と戻れない。子ども世界はまったく新しいコンセプト、だれにも予見できない新しい世界モデルに基づいて運営される。確実なことはひとつだけ。その新世界でアメリカが西暦時代のような地位を得るためには――いや、ただ生き延びるためだけにでも――眠れる力を呼び覚ます必要がある！」

「そのとおり。わたしたちにはその力がある！」ベナが小さなこぶしを振って言った。

「では、大統領閣下(マダム・プレジデント)、アメリカの力の源がなにかわかりますか？」とヴォーンがたずねた。

「航空母艦とか宇宙船とか？」

「いや――」ヴォーンは意味ありげにかぶりを振った。「そんなものは枝葉末節だ。われわれの力は、もっと早く、西部開拓時代に現れた」

「そう！　西部開拓時代のカウボーイは素敵だった！」

「彼らの生活は、映画のようにロマンティックなものじゃない。西部の荒野(ワイルド・ウェスト)で、彼らはいつも餓えや疫病の脅威にさらされていた。野火や狼の群れやインディアンに命を脅かされていた。馬一頭とリボルバー一丁を頼りに過酷な西部を笑顔で旅し、アメリカの奇跡を生み出し、アメリカの叙事詩を残した。新世界の覇権を握りたいという欲望が彼らの力の源だった。

　彼ら西部の騎士たちこそ、真のアメリカ人だ。彼らの精神はアメリカの魂であり、そこにぼくらの力がある。でもいま、西部の騎士たちはどこへ行った？　超新星爆発前、ぼくらの父母は、みんな高層ビルという堅い殻の内側に身を潜め、世界のすべては自分たちの手中にあると考えていた。アラスカ州とハワイ州を買いとって以降、アメリカ人はもう領土を拡大しようとはせず、新たな征服を夢見ることもなく、のろまで怠惰になり、腹まわりと首まわりの脂肪がどんどん厚くなっていった。鈍感になると同時に、このうえなく感傷的で傷つきやすくなり、戦争でちょっと死者が出ただけで震え上がり、ホワイトハウスの前で泣きわめいた。それにつづく新たな世代は、世界などトイレットペーパーの切れ端にすぎないと考え、ヒッピーとパンクがアメリカの象徴になった。そして、超新星紀元が到来したいま、子どもたちは方向性を見失い、街の暴力ゲームに浸ることしかできなくなった」

ベナは真剣な口調でたずねた。

「アメリカの力を目覚めさせるにはどうしたらいいの？」

「新しいゲームが必要だ」

「どんなゲーム？」

するとヴォーンは、ベナがこれまで彼の口から聞いたことのない言葉を吐いた。「わからない」

「まさか！」驚いた少女大統領は叫んだ。「そんなはずない！　あなたは知ってる。なんでも知ってるじゃない！　教えてよ！」

「考えてはみるけど、時間がかかる。確実に言えることはひとつだけ。この新しいゲームは、有史以来、もっとも想像力豊かで、もっとも危険なゲームになる。どんなゲームなのか聞いたとき、あんまり驚いてショックを受けすぎないように」

「そんなわけない。お願い、さっさと考えついて！」

「しばらくひとりにしてくれるかな。だれもここに入らないようにしてほしい。大統領もね」ヴォーンが手を振った。

フランシス・ベナ新大統領はオーバル・オフィスを静かにあとにして、地下にあるホワイトハウス危機管理センター中央制御室へ向かった。壁を埋めつくす大小のモニター画面のひとつは、オーバル・オフィスの現在の模様を映し出すことができる。どんな大統領だろうと、執務室の中を他人に監視されることを好むはずもなく、このシステムは大統領本人が許可した特別な状況下でのみ使用できる。設備は古く、もう何年も使われていなかったから、地下で当直にあたっていた数名の子どもシークレットサービスがしばらく奮闘して、ようやく画面に映像が出た。

ベナは、ヴォーンが執務室の中の巨大世界地図を前に、考え込むようにじっと立っている姿を見た。子どもシークレットサービスたちの好奇の視線を浴びながら、ベナ大統領はせまい地下の部屋でじっと画面を見つめていた。それはまるで、クリスマスの夜にプレゼントを配るのを渋っているサンタクロースを見つめる子どものようだった。一時間が過ぎ、また一時間が過ぎた……午後になっても、ヴォーンはやはり彫像のようにそこに立ったままだった。ベナはとうとう待ちくたびれて、ヴォーンになにか動きがあったら、すぐさま自分に知らせるように、当直の子どもたちに命じた。

「彼は危険人物なのですか?」大口径のリボルバーを腰につけたシークレットサービスがたずねた。

「アメリカにとってはノーよ」ベナが言った。

きのう大統領に就任して以来、仕事に追われて一睡もしていなかったベナは激しい睡魔に襲われ、自室で目が覚めたときには、外はもう暗くなっていた。ベナはあわてて電話をかけてヴォーンの状況をたずねたが、地下で当直にあたっている子どもによれば、ヴォーンはほぼ一日じゅう地図の前に立ったまま身動きをしていない。ただ、そのあいだ、こんなひとりごとをつぶやいていたという。

「神よ、ヴェーゲナーのインスピレーションをわれに与えたまえ!」

ベナは、急いで数名の子どもアドバイザーを招集し、この言葉を分析させた。子どもアドバイザーによれば、ヴェーゲナーとは二〇世紀初頭のドイツ出身の気象学者だった。病に臥せり、退屈をもてあましていたとき、壁に貼られた世界地図を見ていて、彼はふと気づいた。南アメリカ大陸の東海岸線と、アフリカ大陸の西海岸線はぴったり重なるのではないか……。この発見が、ある仮説につながった。すなわち、太古の昔、地球の表面はひとつの大陸だった。のちにこの大陸が未知なる力の作用で引き裂かれ、それぞれ反対の方向へ移動したことで、現在の世界ができあがった——という説である。地球科学史上に残る画期的な仮説、大陸移動説の誕生だった。こうしてベナは、ヴォーンのひとりごとになんの謎もないことを知った。ヴォーンは、国際政治上の大陸移動説に相当するような画期的なアイデアを思いつくことができずに悩んでいるだけのことだった。そこでベナは子どもアドバイザーたちを追い払い、またソファーに横になって寝てしまった。

ふたたび目覚めたベナが時計を見ると、深夜一時をまわっていた。ベナは受話器をとって地下に電話をかけた。そして、オーバル・オフィスにいるクレイジーな子どもは、いまもじっと立ったままだと知らされた。

「立ったまま死んでるんじゃないかと思うくらいですよ」当直のシークレットサービスが言った。ベナはその画像を自分の部屋に転送させた。ヴォーンは執務室の窓のほうを向き、薔薇星雲の青い光がその体を照らしている。地図の前にぼんやり佇むヴォーンは、まるで幽霊のようだ。ベナはため息をつき、モニターを切ると、また眠りについた。

小さな大統領は空が明るくなるまで眠りつづけていたが、電話のベルで起こされた。

「大統領閣下（マダム・プレジデント）、執務室にいるあの人物が、大統領にお会いしたいとのことです！」

ベナはパジャマ姿のまま寝室を飛び出し、オーバル・オフィスのドアを勢いよく開いて、ヴォーンのぞっとするような視線に真正面から迎えられた。

「新しいゲームがあります、大統領閣下」ヴォーンはいかめしい口調で言った。

「そう？　そうなの？　教えて！」

ヴォーンは両手を差し出した。どちらの手にも、一枚ずつ、ぎざぎざにちぎれた紙切れが握られている。ベナは待ちきれずにそれをひったくったが、意味がわからずに顔を上げた。それは、ヴォーンが壁の世界地図からちぎりとった切れ端——一枚はアメリカ、もう一枚は中国だった。

訪問

小さな車列が首都空港へと向かっていた。華華（ホアホア）が、眼鏡をかけた子ども通訳といっしょに、先頭車輛に乗っている。二番めの車輛には外交部の部長。三番めの車輛には駐中国アメリカ大使のジョージ

・フリードマンが乗っている。彼は十一歳の男の子で、前駐在武官の息子だった。列の最後につけている大型バスには軍楽隊が乗車していた。車内では何人かの男の子たちが自分の管楽器を試奏していて、その音色がどこまでも遠くへ伝わっていく。

前日の夜、ナショナル・インフォスタワー（NIT）にいる中国の子どもたちは、アメリカ大統領からメールを受けとっていた。内容はきわめてシンプルだった。

みなさんの国をすごくすごく訪問したいの。いますぐにでも行きたいんだけど、いいかしら？
よろしくね。

アメリカ合衆国大統領　フランシス・ベナ

華華たちの車列が空港に到着したとき、上空にきらめく銀白色の点はすでに上空を旋回しはじめていた。管制塔の担当官が着陸を許可する合図を送ると、その点はたちまち大きくなってきた。十分後、アメリカ大統領専用機エアフォース・ワンは着陸した。小さなパイロットの技術はまだ未熟で、鋼鉄でできたうどの大木のような巨体は、滑走路に接地してからバウンドすることを何度かくりかえしたあと、危なっかしいS字カーブを描いてオーバーランし、滑走路が途切れるぎりぎり手前でなんとか停止した。

キャビンのドアが開き、中から小さな頭がいくつか突き出して、興味津々で外を眺めている。数百メートル向こうから急いでやってきたタラップ車が機体にタラップを接続すると、美しい金髪の少女が最初に機内から出てきた。華華はテレビのニュースでこの少女を見たことがあったから、彼女が新大統領だということはわかっていた。大統領のうしろにぴったりとくっついている人物のうち何人かは、華華も見たことがない高官だった。みんな急ぎ足でわれ先にとタラップを降りてくる。最初のうち、ベナはゆったりと優雅にタラップを降りていたが、団子状態の集団にうしろから押されて転倒しそうになった。なんとかバランスをとりもどすと、ベナはうしろを振り向いて、警告するように手を振り、なにか叫んだ。そこから全員の足どりがゆっくりになった。

小さな大統領は、自分が歴史をつくりつつあることをしっかり心に刻み、その映像を頭に浮かべながら、また悠然とタラップを降りはじめた。ベナがタラップの三分の二まで来たとき、カメラを抱えた子ども記者たちがキャビンのドアから飛び出してくると、すばやくタラップを駆け降りて、前を行く人々を追い越した。いちばん足の速い記者は、ベナよりも先に地上に降りてすばやくその場にしゃがみ、カメラのレンズをベナに向けた。小さな大統領は憤然とした表情になり、タラップの最後の三段を飛ばして地上に飛び降りると、子ども記者の首根っこをつかんでなにか怒鳴りはじめた。

華華の耳元で子ども通訳が事情を説明した。「大統領がいちばん最初に降りる段どりだったそうです。超新星紀元ではじめて中国の地を踏んだアメリカ人になるために。ところが、あの子ども記者がそのチャンスを奪ってしまった。子ども記者のほうは、先に降りて大統領の写真を撮るつもりだったと弁解していますが、小さな大統領は記者を罵倒しています――『機内にいるときから、自分の前を歩くなと何度も言っていたのに。これでもまだ、わたしはずいぶんメディアを優遇しているほうだ。ニクソン大統領が訪中したときは、大統領がひとりでタラップを降りて周恩来と握手したが、他の人間は全員、飛行機に乗せられたままで、外には出られなかった』と。ただ、あの子ども記者のほうもAP通信のホワイトハウス番記者で、大統領に怒鳴り返しています。『何様のつもりだ？　どうせ四年後にはお払い箱のくせに。おれたちはそのあともまだホワイトハウスに残るんだぞ！』。小さな大統領は、『失せろ、このバカ』と言っています。『四年後もわたしはホワイトハウスにいる。八年後も、十二年後も、その先もずっと！』」

そのあいだに、タラップの上と飛行機の中に残っていた子どもたちもほぼ全員が地上に降りてきてこの騒ぎに加わり、つかみあいの喧嘩まではじまった。大統領はこの入り乱れた騒動の輪から抜け出し、出迎えにきた中国側の子どもたちのほうに大股で近づいてきた。

「人類の歴史が新たにはじまるこのときに、みなさんに会えてすごくうれしい。わあ、あなたのお顔にもこんなにしもやけが。栄えある勲章ですね！　知ってます？　アメリカではいくつもの美容院がドライアイスで顔にしもやけをつくるサービスをはじめたの。大繁盛してるのよ！」ベナは子ども通訳を介して華華に言った。

「こんな勲章いらないよ。かゆくてしかたがない。冬になるとぶり返すらしくて……毎年、冬になったらいやでも南極での日々を思い出すなんて、ほんとにうんざりだ」と華華が言った。「終わったばかりの世界ゲームは、われわれ両国に多大なる苦難と損失をもたらしたからね」

「だから来たの。新しいゲームを持って！」ベナは満面の笑みでそう言うと、遠くのほうを見やり、「万里の長城はどこ？」とたずねた。それからまたあたりを見渡し、「パンダは？」

どうやら彼女は、中国に降り立った瞬間に万里の長城が見え、パンダは犬と同じくらいどこにでもいるありふれた動物だと思っていたらしい。

そのとき、ふとなにか思い出したように、ベナは周囲を見まわしてからたずねた。「ヴォーンはどこ？」

アメリカの子どもたち数名が飛行機に向かって大声で呼ぶと、チェスター・ヴォーンがようやくキャビンの戸口に現れた。ゆっくりとタラップを降りてくる。その手には一冊の分厚い本を持っていた。

「彼はずっと本を読んでたの。飛行機が着陸したのにも気づかなかったみたい」ベナが華華に言った。

ヴォーンと握手するさい、華華はその本にちらっと目をやった。それはなんと、『毛沢東批注《二十四史》』（清代に制定された二十四部の正史『二十四史』について、毛沢東が一九五八年に行った講評を収めた書籍）のうちの一冊で、しかも中国語版の糸綴じ本だった。ヴォーンは夢うつつの境にいるように、目を半分閉じたまま大きく息を吸った。「夢に見た空気だ」

「はあ？」ベナはぽかんとしてヴォーンを見返した。

「古代の空気だよ」ヴォーンはほとんど自分にしか聞こえないような声で言った。そして、黙ったまま超然と佇み、すべてを冷ややかな目で見つめていた。

新世界ゲーム

子どもたちは荘厳で神秘的な広間へと用心深く足を踏み入れた。雪のように白いソファーが深紅の絨毯の上に半円を描くように並び、ソファーのうしろには艶やかで豪華な絹屏風と、大人の背丈ほどもある極彩色に輝く景泰藍（明代の七宝焼）の壺……どこにも染みひとつなく、あまりにも静かな空気の中を歩いていると、歴史の幻の水中を泳いでいるような気分になる。

「わあ。ここが中国のホワイトハウス？」ベナが小声でたずねた。ベナのうしろでは、アメリカの子どもが長いロール状に巻いた紙のようなものを二人がかりで運んでいる。それが中国側の子どもたちの強い関心を惹いた。ロール紙の長さはゆうに二メートルあり、二人はそれを慎重に絨毯の上に置いた。

「ええ」暁夢が言った。「かつて、大人たちはみんなここで各国の元首に接見したの。じつは、わたしたちもはじめて入るんだけど」

「はじめて？　どうしていままで来なかったの？　あなたたちは国の最高指導者なんだから、当然ここがオフィスになるんじゃないの？」

「わたしたちのオフィスはナショナル・インフォスタワーの最上階よ。ここはなんだか気味が悪くて。

大勢の大人たちに見張られてる気がするの。『なんて莫迦なことをしてるんだ、子どもたち』って」

「わたしもはじめてホワイトハウスに入ったときは、そんな感じがしたけど、だんだん気にならなくなった。わたしも、大人たちに見られるのはいや。とくに、あなたの国の大人たちに見られるのはね。それでも、ここに連れてきてもらえてすごくうれしい。だって、歴史的に重要な会談は、やっぱりこういうすばらしい場所で行われるべきでしょ。将来、歴史の本に書かれたとき、恥ずかしい思いをしないで済むように」

子どもたちは大きなソファーに腰を下ろした。

「では、新しい世界ゲームについて説明しましょう」とベナが言った。

華華（ホアホア）がかぶりを振った。「きみたちがやりたいと言ったら、いつでも好きなように世界ゲームをはじめられるってものじゃない。きみたちの発案したゲームがこないだ終わったばかりなんだ。今度は他の国の意見を聞く番だろう」

「もちろん、わたしたちのゲームを無理強いするつもりはありません。みんな、自分たちのゲームを提案すればいい。その中でいちばんおもしろいゲームをプレイすればいいのよ。なにか新しいゲームのアイデアがあるの？」

暁夢はかぶりを振った。「いまはほかにやるべきことが多すぎる。南極ゲームの結末は、南極大陸という新世界に対する幻想を徹底的に破壊した。社会全体がある種の失望と喪失感にすっぽり覆われて、キャンディタウン時代が復活しそうな兆しがある」

ベナはうなずいた。「アメリカも同じ。また市街で銃声が鳴り響いている。子どもたちは暴力ゲームに刺激を求めると同時に、生きる意味を探している。新しいゲームが切実に必要なのよ。子どもたちに精神的な支えを与えて、目前の危機から脱出できるように」

「わかったよ、じゃあ、聞こう。きみたちの新しいゲームって、どんなもの？」華華が言った。

華華の態度を見て、暁夢とメガネもうなずいた。ベナはたちまち興奮した口調でしゃべりだした。

「ありがとう！　このゲームのアイデアについて話す前に、まずは想像もできないことに対して心の準備をしておくことをおすすめします。そういう衝撃については、わたしたちは大人たちよりもずっと耐性が強い。超新星爆発も、そういう耐性をもっと強くしてくれた。でも、今回わたしの提案が与える衝撃は、中国のみなさんにとって試練になるでしょう」

「どうせはったりだろ」華華はそっけなく言った。

「はったりかどうかは、すぐにわかる」

「じゃあ、言えよ」

若き大統領の表情が緊張に強ばった。胸の前でさっと十字を描くと、半分目を閉じ、自分にしか聞こえないくらい小さな声で「神よ、アメリカを守りたまえ（ゴッド・ブレス・アメリカ）」とつぶやいた。それから、すごい勢いで立ち上がり、みんなの前を行ったり来たりしはじめた。やがて立ち止まると、両手を胸に当てて言った。

「まず最初に、中国のみなさんにひとつお願いがあるの。わたしたちの国にどんなイメージを持っているか教えて」

そこで、中国側の子どもたちはあれこれ口にした。

「アメリカはぜんぶ高層ビルで、ビルの表面はぜんぶ鏡になっていて、太陽の光を浴びてきらきら光っている」

「アメリカではたくさんの自動車が川の流れのように一日じゅうたえまなく走っている」

「アメリカにはディズニーランドがある。ほかにも楽しいところがたくさんある」

「アメリカ人はアメフトが好き」

「アメリカの農家は大きな機械を使って広大な土地を耕せる！」

「アメリカの工場は製造ラインがすべてロボット化されていて、自動車一台を組み立てるのに十秒ちょっとしかかからない！」

「アメリカ人は月に行ったことがある。火星にも行こうとしている。毎年、ロケットを山ほど打ち上げている」

「アメリカには核兵器や空母がたくさんあるから、だれも手が出せない」

……

中国側の子どもたちが描き出したアメリカのざっくりしたイメージは、ベナの思惑とぴったり一致していた。ここまではなにもかも予定どおりに進んでいる。そこでベナは決然と次の一歩を踏み出した。

「わたしはずっとむかしから、中国が偉大で謎めいた国だということを知っています。しかし、この国を訪れたばかりの客人として言わせてもらうと、わたしが中国について知っていることは、みなさんがアメリカについて知っていることよりはるかに少ない。だから、ひとつ質問させてください。この国には、なにかアメリカよりいいものがある？」

いかにも、これはきわめて挑発的な質問だった。

「おれたちの国はとても大きい。九百六十万平方キロメートルもある！」と華華が大声をあげた。

「わが国も小さくはありませんよ。九百三十六万平方キロメートルあるんだから。しかも、耕地面積は中国よりずっと広いし、森林被覆率も高い。これは国家として重要なポイントです」ベナは落ち着いて答えた。

「わたしたちの国の地下にはたくさんの石油、石炭、鉄鉱石が埋蔵されています」と暁夢が言った。

「アメリカにもあります。メキシコ湾とアラスカとカリフォルニアに石油があるし、石炭はもっとたくさん――ペンシルベニア、ウエスト・バージニア、ケンタッキー、イリノイ、インディアナ、オハイオなどの州にあります。スペリオル湖の西南側の地下にはたくさん鉄鉱石があるし、西部のアリゾナ、ユタ、モンタナ、ネバダ、ニューメキシコ州にはもっとたくさんの銅山がある。ミズーリ州には方鉛鉱と閃亜鉛鉱。これらの資源は貴国に勝るとも劣りません」

「じゃあ……わたしたちには長江がある。世界最大最長の川！」

「ぜんぜん違いますね。わが国のミシシッピ川のほうが大きい！　支流のオハイオ川は、いちばん川幅の広いところで千メートル以上。川幅が千メートルの川を見たことがある？」

「ミシシッピの上流に三峡はある？」

「いいえ。でもコロラド川にはある！　わたしたちはそれをグランドキャニオンと呼んでる。すごい眺めよ！」

「ふん、地理の教科書を丸暗記してきただけだろ。おれたちに勝負を挑むために」華華がむっとした表情で言った。

ベナは床に置かれたロールのかたわらにしゃがみこむと、束ねていたグリーンの紐をほどき、少しずつ紙を広げていった。それは、一枚の世界地図だった。広げると、広間の床半分を占拠するほど大きい。奇妙なことに、この地図に描かれているのは中国とアメリカ両国の国土だけで、残りはすべて海になっている。そのため、この二つの国家は、広い海洋に浮かぶ二つの大きな島のように見えた。

ベナは地図の上に足を踏み入れ、太平洋の真ん中に立つと、それぞれの国土を指した。

「わたしたちの国土を見ていると、地球のはるか遠くでたがいに向かい合ってる。大きさはほぼ同じだし、かたちもほとんど変わらない。地球の表面で鏡映しになったペアみたい。しかも、この二つの国には、鏡に映したように正反対の特徴がいろいろある。たとえば、片方が地球上もっとも年月を経た大国なら、もう片方はもっとも若い大国。片方は国民がその土地に深く根差し、古い伝統を受け継いでいるけれど、もう一方はほとんど全員が移民とその子孫たち。一方は伝統を重視し、もう一方は革新を尊重する。一方は内向的でおだやかで、もう一方は活発で開放的……中国のみなさん、神は地球上にそんな二つの国を置かれたのよ。神秘的な縁を感じない?」

ベナの話は中国側の子どもたちを惹きつけた。彼らはアメリカ大統領が最後の切り札をさらすのを黙って待ち受けている。

ベナは大きな地図の上をアメリカ大陸まで歩いていくと、ポケットの中からぴかぴかの小さなハサミをとりだした。それから、壁に張りつくヤモリのように地図の上に這いつくばると、そのハサミを使ってまずアメリカ合衆国を切り抜き、次に中国を切り抜きはじめた。地図は大きく、ベナは中国側の子どもたちの好奇の視線を浴びながら、しばらく時間をかけてようやく作業を終えた。それから、大きな中国の地図を、中国側の子どもたちのところに持っていってさしだした。華華がそれを受けとった。

「これはあなたがたの国土よ。どうぞ」

ベナはいったん戻ってアメリカの地図をとってくると、それを自分の胸の前に持ち、中国側の子どもたちに向かって大きく広げてみせた。

「そして、これがわたしたちの国土」

それから、自分が手にしているアメリカの地図を華華に手渡し、かわりに華華が手にしている中国の地図をとって言った。

「We exchange them.(交換しましょ)」

中国側の通訳はあっけにとられて大統領を見た。「Sorry, I beg your pardon?(すみません。いまなんと?)」

ベナは自分の言葉をくりかえすことはしなかった。歴史書に記載される言葉は、おいそれとくりかえしてはならない。しかも、子ども通訳がちゃんと聞きとれていることはわかっていた。二学期間しか英語を学んでない華華でさえ、このぐらい簡単なフレーズは聞きとれたはずだ。ベナは、自分が口にしたこの信じがたい言葉を裏づけるかのように、ただ中国側の子どもたちに向かってうなずいてみせた。

交換

「はあ？　交換する？　どうやって？」中国側の子どもが質問した。

「中国の子どもが全員、わたしたちの国土に行って、アメリカの子どもが全員、あなたたちの国土に行くってこと」ベナが答えた。

「じゃあ、ぼくたちの国土はきみたちのものになるってこと？」

「そうよ。わたしたちの国土はあなたたちのものになるってこと！」

「でも……両国の国土にあるものはどうする？　まさか、都市のひとつひとつも太平洋を横断して引っ越すの？」

「わたしたちが言ってるのはとりかえっこ。両国の国土にあるものすべてを交換するの」

「つまりきみたちは手ぶらで中国に来て、ぼくたちは手ぶらでアメリカに行くってことか」

「そういうこと！　それが国土交換ゲームよ」

中国側の子どもたちは目をまんまるにして、まったく信じられないという表情で視線を交わしている。

「じゃあ……つまり、きみたちは……」華華（ホアホア）が言った。

「わたしたちが所有する工場──」ベナは華華の言葉をさえぎってつづけた。「所有する農場、所有する食べものやおもちゃも交換。つまり、アメリカの国土にあるものすべてがあなたたちのものになるってこと！　もちろんあなたたちの国土にあるものはすべて、わたしたちのものになる」

中国側の子どもたちは、頭がおかしい人を見るような目でアメリカ大統領を見つめていた。それから外交部部長が腹を抱えて笑い出し、ほかの中国側の子どもたちからも笑いの渦が巻き起こった。

「冗談にもほどがありますよ！」暁夢（シャオ・ムン）が言った。

「その気持ちはよくわかる。でも、一国の元首という立場から、正式に宣言します。さっき言ったことを実現するために、今回、わたしは太平洋を越えてやってきたの。冗談なんかじゃないってことを証明するにはたいへんな困難がともなう――そんなことは重々承知してる。でもやっぱりその証明に全力をつくすつもり」ベナは誠意を込めて言った。

「どうやって証明するつもりなんだい？」華華が質問した。

「それについては、ミスター・ヴォーンにまかせます」ベナはヴォーンに合図した。ヴォーンはずっとうしろのほうで、人混みに背を向けてホールの壁を飾る巨大な風景画のタペストリーを観賞していたが、ベナの言葉を聞くときびすを返し、ゆっくり前に進み出ると、世界地図のもともとアメリカがあったスペースに立った。

「この大それた計画が本物だと証明するむずかしさは、物理学の世界で言えば、相対性理論や量子力学を証明するのに等しい。理解するにも、超人の思想や知恵が必要になる。ぼくと対話できる相手は、ここにはひとりしかいない」

いままでずっと沈黙していたメガネが、その言葉を聞いて立ち上がり、世界地図上の、もともと中国があった空白に立った。東西両国の二人の小さな思想家が、太平洋ごしに対峙している。

「いま、天下に英雄といえば、御身（おんみ）とこのわたしだけ。突然の雷が轟き渡る」ヴォーンが無表情で言った（曹操と劉備が英雄を論じたという三国志演義の逸話より。劉備は曹操のこの言葉に驚いて箸をとり落としたが、たまたまそのとき鳴り響いた雷のせいだととり繕ったという。「青梅、酒を煮て英雄を論ず」として知られる故事）。

メガネもやはり無表情で答えた。「中国文化をよく理解しているね」

「きみが思っている以上に理解しているよ」その言葉に、子どもたちは驚いた——それが翻訳機から伝えられたものではなく、ヴォーン自身が中国語で話していたからだ。

ヴォーンは子どもたちの驚きを意に介するふうもなくつづけた。「昔から東洋の言語を学びたいと思っていてね。日本語か、サンスクリット語か、中国語かでしばらく悩んだ挙げ句、最終的に中国語を選んだ」

「ここは率直に話し合おう」メガネが言った。

ヴォーンがうなずいた。「率直さは、われわれの意図が真剣であることを証明するのに不可欠だ」

「じゃあ、証明をはじめてくれよ」

ヴォーンは数秒のあいだ沈黙し、それから口を開いた。「第一に、新世界は捨てられた子どものようなもので、永遠に大人になれない。もっと正確に言うと、新世界はすでに大人になっていて、それがこの姿だ」

メガネがうなずいた。

「第二に、きみたちにはきみたちの、われわれにはわれわれの力がある。きみたちもわれわれも、ともに自分たちの力を呼び覚ます必要がある」そう言うと、ヴォーンはしばらく沈黙し、メガネに考える時間を与えた。

メガネはまたうなずいた。

「次の点がもっとも重要になる。これを理解できるのは卓越した思想家だけだろう。両国の力の違いとは——」ヴォーンは問いかけるようなまなざしをメガネに向けた。

「ぼくたちの力は先祖代々の古い土地から生まれ、きみたちの力は新たな土地(フロンティア)から生まれる」メガネが言った。

二人の子どもは、世界地図から切りとられた二つの大陸の上に佇み、長いあいだ対峙していた。

「これ以上、まだ証明が必要かな？」ヴォーンが質問した。

メガネは軽く首を振って、地図から出ると、同胞に向かって言った。「彼らは本気だ」

「きみと話すのは実に楽しい経験だった」ヴォーンはまだ地図の空いたところに立ったまま、メガネに向かって会釈した。

メガネのほうも会釈して言った。「きみのアイデアに心から敬意を表する。きわめて深く考えられた大胆不敵な計画だ。偉大と言ってもいい」

「このゲームのことを公表した時点で、もうあと戻りはできない。この場にいるみなさんのだれかが交換に同意しなかったとしても、全国の子どもたちからのプレッシャーに耐えられないかもしれない」

華華はしばらく黙っていたが、おもむろに口を開いた。「たしかにそうかもしれない。でも、そっちはどうなんだ？　きみたちがこの計画を実現できるかどうか疑わしいね。アメリカの子どもたちをどうやって説得する？」

ヴォーンは自信たっぷりに答えた。「こちらには策がある。新世界に興味があるのは、アメリカの子どもも同じだ。アメリカの子どもには開拓者の血が流れている。世界でもっとも好奇心の旺盛な子どもたちであり、世界でもっとも独占欲の強い子どもたちでもある。国と社会をシャッフルするというのは、彼らがもっとも喜ぶ計画だ」

「そのゲームの期間はどれぐらい？」暁夢が質問した。

ヴォーンはいままでよりもはっきりした笑みを浮かべた。「ぼくの予測では、だいたい三年から五年ののちに、われわれは無防備な国家を相手に、交換で失ったものを簡単にとり戻すことができるだろう」

選択

その夜、第一回中米会談から三時間後、ナショナル・インフォスタワー最上階で、薔薇星雲の光のもと、国土交換ゲームについての会議が開かれた。中国の子どもたちは夢にも思わなかった選択に直面していた。

「いまの世界情勢を考えてみて。国を守るためには、たしかに強力な工業力と防衛力が必要になる」

暁夢が言った。

「でも、アメリカに行っただけで、ほんとうにそのすべてが得られるのか？」メガネがたずねた。

華華はゆっくり行ったり来たりしながら異を唱えた。「ヴォーンの提案にどうしてビビる必要がある？　べつの可能性だってあるだろ。太平洋を渡ったら、おれたちは組織や規律を維持できなくなるのか？　勉強と仕事にベストをつくせなくなるのか？　アメリカの大きな工場を動かし、鋼鉄や自動車を生産し、航空母艦や宇宙船を建造することが中国の子どもには無理だっていうのか？　大農場を経営して、小麦やトウモロコシを育てられないのか？　そんなことはない。おれたちは、アメリカの大都市を、西暦時代よりももっと繁栄させてみせる……努力さえすれば、すぐに世界最強の国家になれる！　なぜ自分たちを過小評価する？　終わったばかりの戦争だって、あれほど断固とした態度で、勇敢に戦ったじゃないか。いま目の前にあるのも戦争だ。ベストをつくしさえすれば、突破できない障害なんてない！」

華華の言葉に、すべての子どもたちから賛同の声が湧き起こった。

「でも、どうして先祖伝来の土地を捨てられるのかって天国のパパやママに訊かれたら、なんて答えるの？」暁夢が言った。

華華は信じられないという表情で暁夢を見やった。「なんで捨てることになるんだよ。もし敵が侵略してきて、抵抗もせずに投降したら、たしかに国土を捨てたことになるし、それこそ地獄に落ちてもいい！　でも、おれたちは捨てるんじゃなくて、よその国土と交換するんだ。この交換は公平だ。彼らにできることは、おれたちにもできる。大人たちがいまここにいたとしたら、おれたちは正しいことをしていると自信をもって答えられる」

「でも、ただ取引がどうこうという話じゃない。ぼくたちが引き換えにするのは、領土だけじゃない。もっと重要なものがある」メガネが言った。

「おれたちの力は、ほんとうに先祖伝来の土地とつながっているのか？」と華華。

メガネは無言でうなずいた。

「深刻な結果になると思うか？」

メガネはまたうなずいた。

そのとき、暁夢がたずねた。「いったいどうなるの？」

メガネはまたかぶりを振った。「わからない。ヴォーンにもわからないと思うよ。彼はもっと深い次元で考えてる。アメリカが蓄えている物理的資源は中国の何倍にもなる。子どもたちは働かなくても、長いあいだ豊かな生活を送れるだろう。かぐわしいにおいがする色とりどりの沼……まるでキャンディタウン時代のように、ぼくたちは歴史がそっちのコースに進むのをなすすべもなく見守ることになるかも……」

キャンディタウン時代という言葉が、子どもたちの浮かれ気分に水を差し、彼らは無言で窓の外の街明かりをじっと眺めた。

「でも、選択の余地はないぞ」華華が言った。「アメリカの子どもたちはかならず新ゲームの内容を発表する。そうなったら、中国の子どもたちはきっとこのゲームをやりたがる。おれたちの力で阻止するのはむずかしい」

「まったく悪質ね」暁夢が言った。

メガネはうなずいた。「ほんとうに選択の余地がない。認めなきゃいけないみたいだね。思想家として、戦略家として、ヴォーンは傑出してる」

翌日、アメリカ側は、中国側からの通知を受けとった。決定したらすぐに伝えるので、ひとまず帰国してほしいとのことだった。この結果は、アメリカ側の想定どおりだった。これほどの大事に対して、数人の協議で一夜のうちに最終決定をくだすなど、どだい無理な話である。

アメリカの子どもたちが帰国後にまずやったことは、国土交換ゲームに関する情報をリークすることだった。噂が伝わると、中国の子どもから大きな反響があった。最初は、まさかそんなことがあるわけはないという反応がもっぱらだったが、どうもほんとうらしいということになると、全国に興奮と熱狂の波が広がり、キャンディタウン時代の憂鬱と南極ゲームの失望を吹き飛ばした。夢に見たすばらしい新世界が自分たちを手招きしている。中国の子どもたちの大多数が熱烈に交換を支持し、デジタル領土では活発に意見が飛び交った——ヴォーンが予言したとおり、あと戻りは不可能だった。

一カ月後、アメリカの子どもがしびれを切らしはじめたころ、ベナ大統領は華華から電話を受けた。

黒い瞳と青い瞳が太平洋を隔ててスクリーン越しに向かい合い、そのまま、耐えがたいほど長い時間が経過した。空気がかたまりそうになるころ、ついに華華が口を開いた。

「交換しよう」

翌日、アメリカの代表団がすぐに中国へやってきた。主な目的は、国土交換ゲームの細部の検討と、交換協定の正式な調印だった。会談は今回も由緒正しいあの広間で行われ、双方ともに多くの子ども専門家が参加した。

もともと、子どもたちは今回の会談で主要な細部をすべて確定させるつもりだったが、なんといっても、ことは人類史上最大規模の国際行動である。検討すべき細部はおびただしい数にのぼり、緊張のつづく会談が三日間にわたって行われたあと、双方とも、ここでは交換計画の大まかな骨子を決めることしかできないという認識に立ち至った。他の細かい問題については、実際の交換過程で解決していくしかない。方針を転換したあと、会議はさらに四日間行われた。国際問題を解決するさい、子どもたちには子どもたちなりのやりかたがあった。大人時代なら国家首脳や外交官が二の足を踏んでいた問題でも、子どもたちの手にかかれば解決はたやすかったし、問題を解決するスピードも目をみはるほどだった。大人時代のもっとも老練な外交官でも、これには舌を巻いただろう。この一週間の会議で解決された問題や到達した合意の項目は、ヤルタ会談やポツダム会談の百回分以上にも相当する。最終的に、両国の子どもは国土交換協定(別名「超新星協定」)に調印した。

超新星協定

一、中国とアメリカは両国の国土のすべてを交換する。

二、両国の子どもはそれぞれ自国の領土を離れ、また自国領土に対する主権を放棄する。両国の子どもは、それぞれ、相手国の領土に入った時点で当該領土に対する主権を得る。

三、両国の子どもが自国領土を離れるさい、以下の物品のみ携行を認められる。

① 移民途上にある個人の生活必需品(子どもひとりにつき十キログラムまで)。

② 当該国政府のすべての公文書。

四、中米合同の国土交換委員会を組織する。当該委員会は交換業務に関する最高監督権を有する。

五、中米双方は省（州）の単位で交換を行う。交換のさい、当該省（州）の従来の居住者全員は、決められた期間内に当該地域を離れる。移住先の省（州）の対応が間に合わない場合にかぎり、まだ交換されていない近隣省（州）に一時的に移動し、当該省（州）居住者の移転と同時に移住先に赴く。双方の省（州）はそれぞれ省（州）レベルで交換委員会を組織し、新住民が移動してきた時点で交換式を執り行う。この式典の終了後ただちに、新住民の国家は当該省（州）内における主権の行使が可能となる。
六、交換に先立ち、各省（州）の交換委員会は、当該省（州）の資産リストを相手方に提出し、相手方の交換委員会代表による監査を受ける。
七、両国は交換前に、自国領土における各種産業および国防施設を故意に破壊してはならない。いずれか一方が、相手方によるこうした行為を発見した場合、単独でゲームを中止することができる。これによってもたらされた被害の一切は、相手方が負担する。
八、移民の輸送に関して生じた問題については双方が共同で解決し、かつ第三国に支援を求める。
九、交換中に発生したその他の問題については、中米合同国土交換委員会が責任をもって解決する。
十、当該協定に関する解釈の最終決定権は中米合同国土交換委員会が有する。

（両国首脳の署名）

超新星紀元二年十一月七日

夜も更けて、故宮は薔薇星雲の青い光に包まれていた。午門（故宮院の正門）の上を旋回していた夜行性の鳥の群れもとうにねぐらに帰り、年月を経た宮殿は果てしない静寂の中で深い眠りにつき、最後の夢を見ている。このところ、日中は毎日、大勢の子どもたちがここにやってくる。去ろうとしている土地に祖先が残したものを最後にひとめ見ておこうというのである。

いま、故宮には華華（ホアホア）、メガネと暁夢（シャオ・ムン）の三人しかいない。長い展示ホールに沿って歩くと、もう自分たちの国のものではなくなった数々の文化遺産が、ゆっくりとうしろに去っていく。薔薇星雲の青い光の中、年月を経た青銅や陶土が温められてやわらかくなり、その表面に細い血管が浮き出ているように見えた。古代の生命と魂がすべてそこに凝縮され、その声なき息遣いの中に自分たちが身を置いているような気さえしてくる。無数の銅器や陶器は、血液と同じくらい活力に満ちた液体に満たされているかのようだった。ガラスケースに収められた『清明上河図』は、青い光のもと、ぼんやりとしか見えないが、それでも絵の中からかすかな喧噪が聞こえてきそうだ。ブルーホワイトに輝く前方の兵馬俑（へいばよう）はこちらに向かって漂ってくるように見える。……三人の子どもたちは最南端の近代セクションから北へ向かい、展示室をひとつずつ通り過ぎていった。薔薇星雲の青い光の中で時間と歴史が背後へ流れていく。王朝をひとつずつ遡り、太古の昔へと……。

このとき、大移民はすでに、二つの大陸で同時にはじまっていた。

最初に交換されたのは二つの国土――陝西（せんせい）省とサウスダコタ州だった。移住はかなりの速さで進んだ。陸路と空路を使って沿岸の主要港へ向かい、船に乗り遅れた者は暫定的に近隣の省あるいは州へと転居した。中米二つの国土交換委員会がそれぞれ相手側の交換地域に入り、移住の進み具合を監督していた。移民たちが両国の主要港へ集まりはじめると、ますます多くの遠洋船がそれらの港に集結した。軍艦から石油タンカーまで、あらゆる種類の船が、中米両国だけでなく世界じゅうから集まっていたが、中でもヨーロッパと日本の船舶がもっとも多かった。地球最大の二つの国家がプレイするこのゲームに、世界のほかの国の子どもたちも異常なほど熱狂していた。この人類史上最大規模の大陸間移民を他国も全力で支援し、両国の主要港に次々と船団を派遣した。その動機については、彼ら自身もうまく説明できなかった。

いま、太平洋の両岸に、巨大な規模の遠洋船団が集合している。しかし、陝西省とサウスダコタ州の交換式はまだ行われておらず、両国の移民たちもまだ、太平洋を横断する旅に出てはいなかった。

故宮では、三人の子ども指導者が、最北端の上古時代展示室に向かって、先史時代のエリアを進んでいた。華華は小さなため息をつき、メガネと暁夢に言った。「きょうの午後、空港でまたアメリカ側と話したけど、向こうはやっぱり納得してくれない」

第三次会談のあとも、中米双方は交換の細部について何度となく事務レベルの折衝を重ねてきた。中国側がこだわったのは、交換にあたり、もっとも貴重とされる古代の工芸品や古籍を持ち出せるという条件だった。だが、アメリカ側は断固として拒否しつづけてきた。ベナ大統領やその随行者たちは交渉術に長けていて、直接ノーと言うことはほとんどなく、さまざまな表現で婉曲的に反対を表明する。しかしこの件についてだけは、彼らの態度は強硬そのものだった。中国側が工芸品や古籍にひとこと触れるだけですぐに立ち上がり、「ノー！　ノー！」と手を振って叫ぶ。最初のうち、中国側の子どもたちは、アメリカ側が欲ばりなのだろうと思っていた。古代の文化遺産は、はかりしれないとは言わないまでも莫大な価値があるから、自分のものにしたがっているに違いない、と。しかしやがて、そうではないことがわかってきた。もし中国側が自国の文化遺産を持ち出すことが許可された場合、アメリカ側にも同様の権利が発生する。たった二百年ちょっとの歴史しかないアメリカには、ネイティヴ・アメリカンのトーテムのような工芸品をべつにすれば、文化遺産らしき遺物がなにもないが、メトロポリタン美術館をはじめとする文化施設には世界各地から収集してきた遺物や美術品が大量に収蔵されている。これらは中国の文化遺産と同様、きわめて貴重なものなのだ。じっさい中国側は、中国が持ち出す文化遺産の価値に応じて、アメリカは自国の領土から同等の価値があるものを持ち出してよいという条件を提案したが、アメリカ側の返答はやはりノーだった。

陝西省移住の準備段階で、交換委員会のアメリカ側の子どもは、西暦一九八〇年代に完成した陝西省歴史博物館と、秦始皇帝陵および兵馬俑のある地域から移住をはじめることを提案した。彼らは、航空機工場や航空宇宙センターよりもはるかに強い関心をそうした場所に抱いていた。中国国内の博物館や市立図書館に収蔵されている古代の工芸品や古籍について、彼らは驚くほどくわしく理解していたし、コンピュータから文化遺産リストをたやすくとりだすことができた。

のちに、こんな出来事もあった。中国側は、英語と中国語がわかるアメリカの子ども（その多くは米国籍の華僑の子どもだった）を一時的にアメリカに残し、中国側の子どもたちに英語を教えさせることを提案した。ベナは同意したものの、こんな交換条件を出した。すなわち、アメリカの大きな博物館に多数収蔵されている中国の文化遺産——とりわけ、一九世紀の探検家が中国西部の砂漠から持ち去った敦煌石窟壁画や経巻（きょうかん）——をアメリカの子どもが持っていくことを許可するというものだった。彼らは、中国文化に対する愛情の表れだと主張したが、この条件は度が過ぎているとして、中国側から断固として拒否された。

こうした出来事が中国の子どもたちを困惑させたとすれば、現在進行している領土交換の過程でしばしば起きたトラブルはさらに理解しがたいものだった。

華華の小学校時代の三人の元同級生——郵便配達員の李智平（リー・ジーピン）、美容師の常滙東（チャン・ホイドン）とコックの張小楽（ジャン・シャオラー）——は、最初に故国を離れた子どもたちだった。キャンディタウン時代以降、彼らはずっと三人で暮らし、ともに生計を立てていた。彼らのように首都に住む子どもたちは幸運だった。なぜなら、アメリカが提供するC－130ハーキュリーズ貨物輸送機で空路アメリカに渡れるため、船酔いの苦痛を味わわずに済むからだ。もっとも、子どもパイロットたちはみんな操縦技術が未熟だったから、輸送機自体が酔っ払っているかのように飛ぶことになり、空の旅はきわめて危険だった。しかし、早く新大陸に行きたいと気が急(せ)いている子どもたちにとって、そんなリスクは気にならなかった。三人の子どもたちは通知を受けとると、喜び勇んで荷物をまとめた。彼らの夢の中では、不可思議ですばらしい未来が大輪の花のように開いていた。

空港へ行く前、李智平は服をとってくるため、いったん自宅に戻った。玄関をくぐったときもまだ浮き浮きした気分だったのに、家を出る段になって急にさまざまな感慨が湧いてきて、李智平はその思いを持て余した。北京にたくさんある四合院(しごういん)（中国の伝統的な都市型住居形式。中庭の四方を建物が囲むかたちが基本）造りの家の例に洩れず、この家の調度は簡素で、懐かしい生活のにおいがする。壁に掛けてあるカレンダーは西暦時代のものだった。このとき、ここで過ごした心温まる幼年時代の出来事が走馬灯のように脳裏をかすめた。もともと少しずつ薄れかけていた父や母の姿が、またくっきりと目の前に現れた。超新星以降の悪夢のような経験がまるで存在しなかったかのように、李智平の心は西暦時代のなんでもないような日々に戻っていた。父や母は仕事に出かけている。もうすぐ帰ってくるだろう……その感覚があまりに鮮明すぎて、目の前の現実がすべて夢のように感じられた。自分がこの家から永遠にいなくなるだなんて、どうしても信じられない。李智平はこぼれる涙を拭うと勢いよくドアを閉め、空港行きの車に飛び乗った。道すがら、李智平はずっと、鍵を閉めた家の中になにか忘れてきたような気がしていた。それは、かたちのない一着の服だった。李智平はそれをとりに戻りたい欲望にかられたが、その服は家とひとつになっていて、持ち出せるものではなかった。そのかたちのない服を着ていないために、李智平は骨まで染みるような寒さに震えた。なんとか忘れようと気を張っているあいだ、その寒さは消えている。だが、わずかに注意がそれると、それはまた幽霊のように戻ってくるのだった。

超新星紀元第一世代の中国の子どもたちは、心の中にあるこの寒さをついぞ払拭することができなかった。

空港へ向かう車中、三人の子どもたちの気分はすぐれなかった。空港に近づくにつれて、ほかの子どもたちの顔からも少しずつ笑みが消えていった。みんな、黙ってなにかを考えていた。ハーキュリーズの大きな黒い機体のそばで車が停まった。遠くにはジャンボジェット機も見える。ハーキュリーズの航続距離は長く、つぎの給油ポイントがハワイになることを、彼らは知っていた。

李智平、常漄東と張小楽はそう多くない自分の荷物を手に長い列に並び、飛行機に向かって歩いていた。中国の子どもたちは次々にタラップを上がり、ハーキュリーズの後方キャビンのドアから真っ暗な機内へと入っていく。ドアのそばには、胸に白いＩＤバッジをつけたアメリカ側の交換委員会の子どもが何人か立って、中国の子どもたちの持ちものに目を光らせていた。交換協議で携帯を許可されていない物品がないかチェックするためだ。タラップまであと数歩のところで、李智平の視線がふと緑色のものに吸い寄せられた。ターマク舗装の隙間から生えた雑草だった。李智平はなにも考えず、手にしていたバッグを下に置くと、そちらに駆け寄って雑草を引き抜き、ポケットにしまってから列に戻った。

ところがそのとたん、近くにいたアメリカの子どもたちが一斉に走ってきて李智平の前に立ちふさがり、雑草の入っているポケットを指さして「ノー！　ノー！」と叫び、英語でなにかまくしたててきた。通訳が李智平に説明した。アメリカ側はその雑草をここに残していくようにと言っている。生活必需品ではないから、交換協議で携帯を許可された物品の範疇に入らない、と。李智平や周囲にいた中国の子どもたちはそれを聞いて腹をたてた。なんてけちなんだ、先祖伝来の土地の雑草を記念にひとつかみ持っていくことも許さないのか？　料簡がせますぎる！　李智平は大声を上げた。

「ぼくは絶対にこの草を持って行くからな！　絶対にだ！　おまえら、そんなにいばりくさって何様のつもりだ？　いま、ここはまだ中国の領土なんだぞ！」

李智平はポケットを押さえて雑草を渡そうとしなかったが、アメリカの子どもも頑として譲らず、膠着状態になった。そのとき、そばにいた張小楽が状況を打開する理屈を見つけた。列の前のほうにいた子が携帯ゲーム機で遊びながら機内に入るのを目にとめて、アメリカ側に向かって大声で叫んだ。

「ゲーム機を持っていく子にはなにも言わないくせに、どうして雑草には注意するんだ?」

アメリカの子どもたちはキャビンのドアのほうを見ながら、また集まってなにやらぶつぶつ相談しはじめた。それからまた李智平のほうを向いて彼らが言ったことは、中国側の子どもたちにとって、通訳の誤訳ではないかと思うほど筋の通らないものだった。通訳いわく、「きみたちはいますぐ家に帰るか、べつの場所に行って、自分のゲーム機が手に入る。しかし雑草はどうしてもここに残さなければならない!」

李智平は、彼らの価値観が理解できなかった。しかし、交渉の余地はない。ただ黙って雑草をもとの場所に戻すしかなかった。

キャビンの中に足を踏み入れたとき、子どもたちは、手放してはならないなにかを地上に残してきてしまったような気がした。うしろをふりかえると、あの雑草が、まるで戻っておいでと呼びかけるように、そよ風に揺れているのが見えた。ついに子どもたちの目からこらえきれない涙がこぼれた。

この軍用輸送機の内部は広々として、あとから据えつけた座席が何列も並んでいるが、窓はなく、高い天井から蛍光灯が弱い光を発しているだけだ。子どもたちはすでに故郷の大地と引き離されていた。シートに座ると、あとからあとから目に涙があふれてくる。また立ち上がってキャビンの戸口に行くと、ドアはもう閉まっていた。ドアの上のほうに小さな窓がひとつあり、外を見ようとする子どもたちが押し合いへし合いしていた。アメリカ側のスタッフがやっとのことで彼らをもとの座席に戻し、シートベルトを締めさせた。

三十分後、エンジンが轟音をあげ、貨物輸送機は滑走しはじめた。母親の手が子どもの背をそっと撫でているかのように、車輪を通して大地の震動がかすかに伝わってくる。ついに機体がわずかに震えたかと思うと、振動が消えた。母なる大地との最後のつながりがいま断たれた。ある子どもが思わず「ママ！」と叫んだ。すると、ほかの子どもたちも次々に泣き声をあげはじめた。だれかが李智平の服をひっぱっている。振り向くと、となりの席の小さな女の子が、李智平にこっそり雑草を押しつけてきた。空港に入る前から持っていたのかもしれないし、さっきどさくさにまぎれて抜いたのかもしれない。二人は見つめ合った。また、李智平の頬を涙が伝った。

こうして李智平は、雑草といっしょに祖先の土地を離れた。その後の北米大陸での苦しい放浪生活のあいだ、その雑草はずっと彼といっしょだった。故郷の夢からふと目覚めて、その雑草に目をやった夜は数知れない。とっくに枯れて黄色くなった雑草を薔薇星雲の光が照らし、生命の緑色を与えている。そんなときいつも、しびれた体の中に温かなものが流れるのを感じた。彼方からやさしく見守ってくれる父と母のまなざしのもと、すりきれた心が幼いころに聞いた歌を歌う。

……こうした出来事は、国土交換の第一陣ではありふれていた。中国側の子どもが、国土のごくつまらないもの——雑草、木の葉、花、さらには石や土にいたるまで——を記念に持っていこうとすると、アメリカの子どもたちは決まって怯えたような反応を見せた。そして、移民が自国の土地のものを記念品として持ち出すことを禁じるために協議することを何度も要求した。禁止の表向きの理由は防疫のためで、中国側の子どもたちのほとんどがそれを信じた。アメリカの子どもがそれにこだわるほんとうの意味を理解していた中国の子どもはごくわずかだった。

＊＊＊

六月七日、最初に交換される二つのエリアから住民の移動が完了し、どちらも無人になった。新たにそのエリアに住むことになる移住者の第一陣が到着する前に、双方のエリアで、それぞれ交換式が行われた。

陝西省の交換式は省都・西安ではなく、ある村のそばで行われた。周囲は山あいの黄土地帯で、祖先たちの耕した棚田が山の上までつづいている。はるか遠くを見渡すと、黄土の山は空までずっと延びていた。これまでの長い歳月、この山深く善良な土地で何世代の中国人が生きてきたのか見当もつかない。いま、この土地に育てられた最後の子どもたちが生まれ故郷に別れを告げようとしていた。

式典に参加したのは交換委員会の子ども十名——中米両国から五名ずつ——である。式は簡素なものだった。われわれは自分たちの国旗を降ろし、アメリカ側は彼らの国旗を掲揚し、それから双方が交換協定に署名した。アメリカの子どもたちは全員カウボーイ姿で、どうやらこの土地を開拓すべき新たな大西部だと思っているらしい。

式典はものの十分間で終わった。わたしは震える手で国旗を降ろし、それをしっかりとたたんで胸の前に抱きかかえた。いま、われわれ五名の子どもは、ここではもう外国人になった。みんな押し黙って、なにも言わない。ここまでの移住業務の疲れで、われわれの神経はほとんど麻痺したようになっていた。すべてをちゃんと理解するには、もっと時間が必要だ。広大な黄土は、世の移り変わりをいやというほど経験してきた、年老いた祖父の顔のようだった。空まで伸びる巨大な顔は、このとき、黙って蒼穹を見つめていた。周囲はひっそりと静まり返っている。黄土は、われわれにぶつけたかったかもしれない千言万語を永遠に地中に埋めて、離れていくわれわれを黙って見つめている。

そう遠くないところに、中国のヘリコプターが一機、待機していた。われわれはそれに乗って、もう自分たちの土地ではなくなってしまったこの場所を離れ、二番めに交換される甘粛省へと向かうことになっていた。わたしはふいにあることを思い立ち、アメリカ側の子どもにたずねた。

「歩いていってもいいですか？」

カウボーイ姿の子どもたちはあっけにとられた表情だった。なにしろ、道のりは二百キロメートル以上もあるのだから。だが彼らは、最終的にその希望を受け入れて、われわれに特別通行証を発給し、しかも、「道中ご無事で」とまで言ってくれた。

ちょうどこのとき、人っ子ひとりいなくなった村から一匹の仔犬が駆けてきた。ズボンの裾に咬みついて離れようとしないので、わたしは腰をかがめて仔犬を抱き上げた。われわれが乗るはずだったヘリコプターはだれも客を乗せずに飛び去った。轟音はすぐに彼方へと消えていった。われわれ五人と、この土地で生まれた仔犬一匹の、長く困難な道のりがはじまった。なぜ歩いているのか、自分でもその意味がよくわかっていなかった。ここが恋しいからなのか、それとも贖罪のためなのか、どちらとも判断がつかなかった。ただ、みずからの足でこの土地を踏みしめたかったというだけのことかもしれない。どれほど腹をすかせていようが、どれほどのどが渇こうが、どれほど疲れていようが、われわれの魂には、たしかに支えがあった……。

——中米国土交換委員会編『大移民記事　中国篇』第六巻より
（超新星紀元7年刊、新上海）

＊＊＊

サウスダコタ州の交換式はラシュモア山で行われました。アメリカ史上、もっとも偉大な四人の大統領の巨大な顔が、目の前をゆっくりと昇っていく色鮮やかな五星紅旗を黙って見つめていました。後年に語り継がれる四人の大統領の表情は、思い出す人によってそれぞれ違っているでしょう。でも、このときわたしたちが関心を寄せていたのは、彼らの顔ではありません。

地球の向こう側で開かれたうら寂しい式典とは対照的に、こちらの式典にはアメリカの子どもたち数百名が見物に訪れ、さらには軍楽隊が両国の国歌を演奏していました。中国側の子どもが彼らの国旗を掲揚したあと、双方の代表者が交換協定に署名をするために進み出ました。まず中国側の代表者が署名し、ついでアメリカ側の代表――サウスダコタ州交換委員会の委員長を務めるジョージ・スティーヴン――が署名する番になりました。数百名の子どもが注視するなか、彼は協定書が置かれているテーブルの前に悠然とやってくると、肩にかけていたショルダーバッグをテーブルの上に置き、中からペンの山をとりだしました。万年筆もあればボールペンもありました。その数はじつになんと百本以上！　それから、おもむろに署名をはじめたんですが、一本のペンで少し書いたら次はまたべつのペンで少し書くというやりかたで、彼はその作業に十五分も費やしました。子どもたちの抗議の声を浴びながらようやく彼が立ち上がったのは、百本近くのペンを使って署名を終えたあとでしたが、そのときでさえ、親がもっと長い名前をつけてくれていたらよかったのにと思っているような、未練たっぷりの表情でした。

それからスティーヴンは声を張り上げて、いまからオークションをはじめると宣言しました。競りにかけるのは、もちろん、この画期的な調印式で使った百本近いペンです。一本五百ドルからのスタートでした。競り値がどんどん上がっていくあいだ、わたしはじりじりしていましたが、そのときにふいに、協定書が置かれていたテーブルに目がとまりました。しかし、わたしよりも目先が利く男の子たちがひと足早くそれに気づいて飛びつき、たちまちテーブルをバラバラにしてしまいました。哀れなテーブルの切れ端は奪い合いになり、あっという間に数十人の子どもの手に渡りました。わたしが手にしているのは旗竿から下ろした星条旗だけです。しかし、その国旗はわたしのものではありません。ですから、別の方法を考える必要があります。周囲を見渡しているとき、閃きました。きびすを返して、向かい側にある観光者向けのカフェに飛び込むと、探していた道具が運よく物置の中に見つかりました。のこぎりです。戻ったときには、スティーヴンが最後のペンをオークションにかけているところで、値段はすでに五千ドルを超えていました。

わたしが目をつけたのは、旗を掲揚するための二本のポールでした。片方の旗竿には、真っ赤な中国の国旗が掲げられ、ひらひらとはためいていています。もちろん、中国側のポールをどうこうするわけにはいきません。もう片方は、さっきまで星条旗が掲揚されていたポールですが、いまはなにもありません。わたしはその旗竿に駆け寄ると、大急ぎでのこぎりの刃を当てました。ポールは根もとのところで簡単に切断できましたが、旗竿が倒れてきたとき、大勢の子どもたちが飛びかかってきて奪い合いになりました。彼らはそのポールを何本かに折って持ち去ろうと必死にトライしましたが、あいにく直径が太すぎて、どうやっても折れません。わたしはのこぎりを持っていたので、ポールをバラバラに切断して、そのうちの二本を奪取することに成功しました。長さはそれぞれ一メートルです。残りについては、実のところ、わたしにはもう奪い合う体力がありませんでした。でも、これだけでじゅうぶんです！　わたしはすぐ、ある男の子に二千ドルでのこぎりを売りました。その子はのこぎりを手に、ポールを奪い合う人の渦の中へとすぐさま突入しました。それはまるで、すばらしいアメフトの試合を観戦しているようでした。わたしは二本のポールの片方だけをその場でオークションにかけて四万五千ドルを稼ぎ、もう一本は手元に残しておきました。この先、もっと値が上がるかもしれないと思ったからです。つづいて軍楽隊の子ども隊員たちが自分の楽器を次々に売りに出し、ほどなくその場は制御不能の大混乱に陥りました。まだなにも手に入れていないけれど、オークションで競り落とすだけのお金もないという子どもたちが、中国の国旗を掲揚しているポールに殺到したのです。サブマシンガンを携えた中国海軍陸戦隊の兵士たちが国旗と領土を命にかけても守ろうと突進してきたとき、子どもたちはようやくあきらめてその場を離れていきました。後年、あの場ですぐさま記念品を売ってしまった子どもたちは後悔することになりました。はじめての領土交換に関係する記念品の価格は、すぐに十倍以上に高騰したからです。さいわい、わたしは旗竿の断片を手もとに一本残していました。そのポールはのちに、新疆で自動車運送会社を起業するときの元手になりました。

——中米国土交換委員会編『大移民記事　アメリカ篇』第五巻より
（超新星紀元7年刊、新ニューヨーク）

＊＊＊

三人の子ども指導者たちは、展示ホールのいちばん端にある、中華文明の源、先史時代の展示室まで来ていた。ここに来る途中に通ってきたさまざまな時代の展示室では、美しく仕上げられた数々の工芸品を目にして畏敬の念を抱くと同時に、展示物とのあいだを見えない壁に隔てられているような気がして、とまどっていた。近代以前の展示室に入ると、疎外感がさらに強まり、先に進む気力が萎えそうになるほどだった。それほど昔とは言えない清朝がまったく見知らぬ世界に感じられるとしたら、もっと古い時代にどうして共感できるだろう。

しかし、予想に反して、文明を遡るにつれ、彼らの疎外感はどんどん薄れていった。そして、はるか遠くまで時を遡った文明の源にやってきたいま、子どもたちはとつぜん、馴染み深く懐かしい世界にいるという感覚に包まれた。それはあたかも、理解しがたい奇妙な土地——意味のわからない言葉をしゃべり、まったく違う生活を送る、異星の住人さながらに不可解な大人たちだけが住んでいる土地——を長いあいだ旅してきたあと、ようやくいま、地球の果てで、自分たちの世界とそっくりな子どもの世界を見つけたかのようだった。

人類の幼年期ははるか遠い昔だというのに、それでも子どもたちの心に訴えてくるものがあった。三人の子どもたちがいま一心に見つめているのは、仰韶文化（紀元前五〇〇〇年～紀元前二七〇〇年ごろ、黄河中流全域に興った新石器時代文化のひとつ）の遺物、陶罐（粘土に砂を混ぜて焼いた灰陶の壺）だった。三人の子どもたちはそれを見て、幼い時分に、雨が上がったあと、虹がかかる空の下で泥をこねて似たような壺をつくったことを思い出した。陶罐に素朴なタッチで描かれている魚や神獣の図案は、まだ文字を知らなかった幼いころ、小さな手にクレヨンを握り、想像の世界を表現しようと画用紙に下手くそな絵を描いていた記憶を甦らせた。いま彼らの目の前にあるのは、盤古による天地開闢の時代、女媧による天地修復の時代、精衛塡海（皇帝炎帝の娘が東海で溺れ死んだあと、精衛という小鳥になり、小石や小枝で東海を埋めようとしたという古代中国の故事）の時代、夸父（中国神話に出てくる巨人族）が太陽を追いかけた時代だ。のちの人類は成長して大人になったものの、肝っ玉はかえって小さくなり、このような驚天動地の神話を創造することはもうなかった。

華華は陳列棚のガラスケースを開けて、その陶罐を慎重にとりだした。温かい——てのひらにわずかな振動を感じる。それは巨大なエネルギーをうちに秘めた存在だ。華華は陶罐の口に耳をくっつけてみた。

「なにか聞こえる！」驚いて叫ぶと、暁夢も壺の口に耳をつけた。

「風の音みたい！」

それは、はるか古代の原野から吹いてくる風の音だった。華華は陶罐を持ち上げて、煌々と輝く薔薇星雲のほうに向けた。青い光を浴びて、陶罐はほんのり薄赤い色を見せている。華華は陶罐の表面に彫られた一匹の魚をじっくりと見た。これ以上シンプルにできないというほどにシンプルな線が数本。その魚がわずかに動き、小さな黒い円で描かれた魚の目がだしぬけに息を吹き返した。陶罐のざらざらの表面にたくさんの影が踊る。かたちははっきりとは見分けられないが、裸体の人々が自分たちよりもずっと大きなものたちと戦っているように見えた。

古え（いにしえ）の太陽と月が陶罐の中に収められて、金と銀の光を表面の模様に投げかけている。陶罐に描かれた魚や神獣の模様が、はるか古代からじっと見つめてくる目のように感じられた。一万年以上もの長い歳月を超えて、三人の子どもたちの視線と、最初の祖先の視線が奇跡的に交わる。そのまなざしは、荒々しくたぎるエネルギーを子どもたちに与えた。子どもたちは大声で叫びたい気分にかられた。大泣きしながら、大笑いしながら、一糸まとわぬ体で激しい風の吹きすさぶ原野を駆けまわりたい。こうして、彼らはついに、自分たちの血管にどくどく流れる、生気に満ちた祖先の血を感じとったのである。

三人の中国の子どもたちは、薔薇星雲が照らす故宮を出た。それぞれひとつずつ、古えの陶罐を抱えている。それらは故宮博物院の中でももっとも古い、中華文明の揺籃期から残る遺物だった。彼らは、まるで自分の目、自分の命を抱えているかのように、ゆっくりと慎重な足どりで歩いた。天安門の外まできたとき、古えの宮殿の最後の門が、うしろで大きな音を轟かせて閉じた。どこまで遠くに行っても、みずからの命はいま手にしているこの陶罐と永遠につながっている──三人はそう悟った。これは彼らの命の起点であり、終点であって、彼らの力の源なのだ。

創世記

二日間つづいた大風がついに止んだ。だが、波はまだおさまらず、空には暗雲がたれこめ、深夜の海面には白波しか見えない。

移民船団の第一陣が連雲港市（中国江蘇省に位置する市。全国十大港湾のひとつに数えられる貿易港がある）の港から出航して、すでに十六日が経っていた。これは船団がはじめて遭遇した嵐だった。いちばん風が強かったとき、船団の後方に位置していたトン数の小さな客船二隻が大波に呑まれた。二万トン級の貨物船がその二隻の救援に向かったが、船長が舵を切れとうかつに命じたことで、船体が波頭に側面を向けるかっこうになり、何度も大波の直撃を受けてすぐに転覆してしまった。さらに、べつの軍艦から救援のために離陸したヘリコプター二機も、音ひとつたてずに大海原に墜落した。悪魔のような波を前に、船団司令部は救援をあきらめざるを得なくなり、一万二千名あまりの子どもが漆黒の太平洋の藻屑と消えた。残る三十八隻の船は、荒波の中、ぎりぎりの航海をつづけていた。

子どもたちは、そのずっと前から、この船旅がいかに過酷なものであるかを感じていた。船内の劣悪な環境と船酔いの苦しみ、そして食料不足。配給は一日一食のみで、野菜はない。ビタミン剤も数に限りがあるため、子どもの半数は夜盲症を患い、敗血症になる者もだんだん増えていった。こうした困難な条件のもとでも、子どもたちは厳正な規律を維持していた。大隊、中隊、小隊などの組織構成にもまったくゆるみがなく、各グループの子ども指導者たちは、全員、恐れを知らない献身的な努力でしっかりと持ち場を守った。アメリカに到着したあとも、こうした組織や規律を維持することができるのかどうか、それが中国の子どもたちにとって最初の試練になる。この試練は、嵐や飢えよりもずっと恐ろしいものだった。

彼らはおととい、アメリカの子どもたちの移民船団とすれ違った。どちらの船団も自分たちの航程を黙々と消化するのがせいいっぱいで、相手にかまっている余裕などないようだった。そのようすから判断するかぎり、アメリカ船団の子どもたちの状況も、こちらと同様、あまりよくはないらしい。

いまは波も小さくなったが、嵐のあいだ、もっとも安全そうなルートを選択したため、船団は二日間にわたり本来の航路をそれて航行していた。いま、すべての船が針路を変えようと奮闘している。船首から左舷にかけて波が襲いかかり、雷のような音が轟き、船の横揺れが激しくなる。

大海原の上空にあった黒雲はすでに散り散りになり、海面に薔薇星雲の光が射した。波がその光を細かく引き裂き、太平洋はさながら青い炎の海のようになった。子どもたちは、船酔いと空腹で歩くのもやっとだったが、それでも続々と甲板に出てきて、眼前の壮観に感嘆の声をあげた。

きょうは超新星紀元二年の最後の一日だった。

零時になった。

船団のうち二隻の駆逐艦の艦砲が鳴り響いた。ほかの船からも、照明弾や花火が上がっている。わずかなあいだ、砲声や波の音、風の音と、子どもたちの歓声とがひとつになり、空と海のあいだをどよもした。

東の空に最初の曙光が現れた。その光が薔薇星雲の光と混じり合い、宇宙でもっとも壮麗な色彩に変わる。

超新星紀元三年一月一日の夜明けだった。

エピローグ　ブルー・プラネット

　ようやく書き終えた！　わたしは素潜りのダイバーが海面に出たときのように、深く息を吸い込んだ。半年のあいだ、ずっと水中に潜っていたことになる。この半年、生活のすべてをこの本が占拠していたけれど、文字どおり、とうとう〝書き〟終えた。というのも、また停電になり――政府が言うには、太陽電池アレイに新たな故障が見つかったとのこと――年代物のペンで書くしかなかったからだ。きのうはそのペンのインクが寒さでかたまってしまい、書けなかった。きょうはインクがかたまるどころか、炎暑のなか、わたしは原稿用紙に滴るほどの大汗をかいている。日によって、ときには時間帯によってくるくる気候が変わるので、空調がないとほんとうに耐えがたい。

　窓の外に目をやると、緑の草地があり、移民村の薄黄色の簡素な小屋が点在している。さらに遠くに目を向けると――ああ、見るんじゃなかった――そこには砂漠しかない。一面に赤い色が広がる荒れ果てた土地だけだ。ときおりすさまじい砂塵が舞い上がり、ほんのり赤く染まった空に浮かぶ、ほとんど熱量のない太陽の光をさえぎる。

　まったく、なんて場所だ！

「書き終わったら、子どもの相手をする約束でしょ」ヴェレーネがやってきて言った。わたしは、いま後記を書いているところで、それももうすぐ終わると答えた。

「どのみち労力の無駄遣いよ。歴史の本としては規格はずれだし、小説にしてはリアルすぎる」

彼女の言うことはいつだって正しい。出版社からも同じことを言われている。でも、どうしようもない。歴史学の現状のせいで、このジレンマに追い込まれたのだから。

いまの時代に超新星紀元の歴史研究者になることは不幸でしかない。超新星紀元のはじまりから現在まで、わずか三十年ちょっと。しかし、超新星紀元に関する歴史研究はすでにおそろしくホットなトレンドになり、歴史学の範疇を越えて、とっくにビジネス化されている。関連書籍が次々に発売されているが、どれも大衆の感情をあおるものばかりだ。もっと頭が悪い、いわゆる歴史学者たちは、この三十年間にさらに細かい時代区分を設けた。その数は超新星紀元以前の王朝の数よりも多く、一日刻み、あるいは分刻みで時代を細かく区切り、それぞれの区分について嘘で塗りかためた論文を書いて金を稼いでいる。

***

目下、超新星紀元の歴史研究のほとんどは、架空歴史派と心理学派の二つに大別される。

いま流行しているのは架空歴史派のほうだ。この学派の研究方法は、歴史に〝もしも〟という仮定を導入する。たとえば、もし超新星の放射線がもっと強くて、八歳以下の人間しか生きられなかったとしたら？　逆にもっと弱くて、二十歳以下の人間が生き残ったとしたら？　あるいは、もし超新星戦争がゲーム形式ではなく、西暦時代の慣例どおりの、通常の戦争として戦われていたとしたら？そうした場合、超新星紀元の歴史はどうなっていただろう。この学派が生まれたのには理由がある。歴史がたどるコースに、宇宙的に見ればある一定の偶然性が関与していることを超新星爆発が気づかせてくれたからだ。この学派の代表的な研究者である劉静（リウ・ジン）博士はこう述べている。

「歴史とは、川を流れてゆく一本の小枝であり、小さな渦に巻き込まれてずっとくるくる回りつづけるかもしれないし、水面に顔を出した岩にひっかかってしまうかもしれない。そんな無限の可能性をはらんでいる。学問分野としての歴史学は、ひとつの可能性だけを研究する。それは、エースしかないカードでポーカーをするくらい莫迦げている」

この学派の発展は、近年、量子力学の並行宇宙論が実証されたことと関係している。並行宇宙論がもたらす甚大な影響は、歴史学のみならずあらゆる学問分野におよぶが、いまはまだ、その事実がようやく知られはじめたばかりだ。

架空歴史派の中にも、まじめに研究している学者がいることは否定しない。たとえば、アレクサンダー・レヴェンソン（代表作『断面の方向』）や松本太郎（代表作『極限なき分岐』）の研究は、歴史のもうひとつの可能性を独自の視点でとらえ、そこから現実の歴史に内在する法則を明らかにしている。こうした学者の仕事は尊敬に値するし、彼らの著作が冷遇されてきたのは歴史学界の悲劇であるとも思う。だが、その一方、この学派が、現実の歴史よりも架空の歴史にはるかに興味を持つ派手好きの大衆迎合主義者たちに恰好の舞台を提供していることは否めない。彼らは歴史研究者と呼ぶより、架空歴史作家と呼ぶべきだろう。その代表が、まさに先に挙げた劉静博士だ。彼女は近ごろひんぱんにメディアに登場している。いま大々的に宣伝されている彼女の第五作は、印税の前渡し金が三百五十万火星ドルだったという。その著作『ビッグ・イフ』の内容は、題名からして大方の予想がつく。

劉静博士の学識について議論するなら、西暦時代に生きた彼女の父親について触れないわけにはいかない。誤解しないでほしいのだが、わたしは血筋をうんぬんするつもりはない。しかし、自身の学問研究は偉大な父親の影響を受けていると本人がくりかえし公言している以上、その父親についても理解しておく必要があるだろう。しかしそれは、容易なことではなかった。西暦時代の資料に何度もあたり、見当をつけた古いデータベースを検索したが、そのような人物は発見できなかった。さいわい、劉静博士はヴェレーネの大学院生時代の指導教官だったので、ヴェレーネから劉博士本人に直接たずねてもらった。その結果、劉静博士の無名の父親、劉慈欣（リウ・ツーシン）氏は、西暦時代に何作かSF小説を書いていたことが判明した。その作品のほとんどが〈SFW〉なる雑誌に掲載されているという（その後のわたしの調査によれば、これは〈科幻世界（サイエンス・フィクション・ワールド）〉という雑誌で、いま二つの惑星（せかい）のハイパーメディア・アート市場を独占しているプレシジョン・ドリーム・グループの前身にあたる）。それに加えて、ヴェレーネは劉慈欣作品の実物を三篇持ち帰ってくれたので、そのうちの一作を読みはじめたが、途中で投げ出すことになった。ほんとうにどうしようもない。作中に出てくるシロナガスクジラにはなんと歯が生えている！　こんな父親に影響された結果だとしたら、劉静博士の学問に対する態度や手法があんなふうになるのも不思議はない。

　超新星紀元の歴史研究者のうち、心理学派はずっと厳格である。この学派は、超新星紀元の歴史がそれ以前の人類史のコースから大きく外れてしまったのは、超新星紀元社会の子ども心理によるものだと考えている。この学派の代表であるヴァン・スヴェンスキーは、その著書『原細胞社会』において、超新星紀元初頭の、家庭が存在しない社会に特有の心理について体系的に論述している。また、張豊雲（ジャン・フォンユン）は、論議を呼んだ著書『無性世界』でさらに先へと踏み込み、基本的に性愛が存在しない社会について、緻密で鮮やかな分析を披露した。

　しかし、私見によれば、心理学派の学問的基盤は心もとない。たしかに超新星紀元の子どもの心理状態は西暦時代の子どもとはまったく異なるものだし、彼らはある面で西暦時代の子どもよりも幼稚だが、べつの面では西暦時代の大人たちよりもずっと成熟している。超新星紀元の歴史がそうした子ども心理を生み出したのか、それともその逆なのか。これはまさに、鶏が先か卵が先かを問うのと似たような議論になる。

　ごく少数ながら、きわめて厳密な学術的思考をする歴史学者もいる。彼らはどちらの学派にも属さず、超新星紀元の歴史研究について大きな成果をあげている。たとえば、A・G・ホプキンズはその著書『クラス社会』において、子ども世界の政体に関する総合的な研究を行っている。この大著はさまざまな批判を受けたものの、指摘された問題点の多くはイデオロギーに関わるものだった。同書のカバーする範囲からすれば無理もないことで、その内容に学術的な疑義が呈されたわけではない。また、山中恵子『自己成長』と林明珠（リン・ミンジュ）『寒夜燭光』は、いずれも超新星紀元の教育史を研究している。ともに、いささか感傷的になりすぎる傾向はあるものの、総体的かつ客観的な史料としての価値は失われていない。さらに、曽雨林（ゼン・ユーリン）の大著『ふたたび歌う』は、厳密な議論を展開する一方で、詩的な味わいも失わず、子ども世界の芸術をシステマティックに研究している。同書は、超新星紀元の歴史研究において、学界で称賛され、なおかつメディアにも受けのいい数少ない著作のひとつである。こうした学者たちの研究成果がいかなる価値を持つのか、その判断は後世に譲ることとなろうが、彼らの研究態度は、少なくとも『ビッグ・イフ』にくらべれば、真摯そのものである。


***

「わたしの指導教官の名前が出ると、いつも冷静でいられなくなるのね」わたしが書いている文章を横から読みながら、ヴェレーネが言った。

　わたしは冷静でいられるか？　劉静博士は冷静でいられるか？　わたしの本はまだ発売前だというのに、すでに彼女は、「小説っぽくない小説、ルポのないルポルタージュ、歴史に無関心な歴史書。どっちつかずの本」とメディアで皮肉を浴びせている。他人を貶めて自分を上げるこうした試みは、ただでさえ汚染されている超新星紀元史研究の空気にいい影響を与えることはないだろう。

　わたしがこの本を書いたのは、絶望から脱する手段としてだった。歴史研究は、その前提として、歴史を冷ます必要がある。超新星紀元というこの三十年あまりの歴史は、もう冷めているだろうか？　まだだ。われわれはこの歴史をじかに体験してきた。超新星爆発の恐怖、西暦時計が消滅したときの孤独、キャンディタウン時代の迷走ぶり、超新星戦争の凄惨さ——それらすべてがわたしたちの脳裏にしっかりと焼きついている。

ここに移住してくる前、わが家は鉄道のそばにあり、そのころのわたしは毎晩のように同じ悪夢に悩まされていた。夢の中で、わたしは真っ黒な原野を走っている。天と地で鳴りつづけるおそろしい音は、洪水のようでもあり、地震のようでもあり、巨大な獣の大群が咆哮しているようでもあり、空中で核爆弾が爆発する轟音のようでもある。ある日の深夜、わたしはその悪夢からはっと目覚めて、窓に飛びついた。外には星も月もなく、薔薇星雲が照らす大地には夜行列車がのろのろと走っていた。

……こんな状態で、歴史を論理的に研究できるだろうか？　不可能だ。わたしたちには、論理的な研究に必要とされる冷静さや客観性が欠けている。超新星紀元初頭の歴史に対して理論的な研究を正しく行うためには、それと研究者とのあいだに一定の距離ができるまで待つ必要がある。だからひょっとすると、それは次の世代がなすべきことなのかもしれない。われわれの世代の超新星紀元史研究者たちは、史実を淡々と描くことで、歴史の目撃者と歴史の研究者という二つの視点から、超新星紀元初期の歴史の記録を後世に残すことができる。いま、超新星紀元史学において可能なことはそれぐらいだろうと、わたしは思っている。

だが、それとて容易なことではない。本書のもともとの構想では、主にひとりの一般人の視点からこの時代を書き、国の上層部や世界の出来事については要約したかたちで挿入するつもりだった。そんなふうに書けば、さらに小説的になる。しかし、わたしは歴史研究者であって作家ではない。わたしの文学の水準では、一滴水から大海を見るが如く、ひとりの庶民を描くことで世界全体を表現することなどできない。だから、やりかたを逆にした。国の上層部を直接的に描き、一般の人たちの日々の経験を要約として挿入することにしたのだ。当時の子ども指導者たちは、現在、その多くがすでに要職を離れている。そのため彼らは何度となく取材に応じてくれた。そのおかげで、いまこうして、劉静博士の言う〝どっちつかず〟の書物を書き終えることができたのである。

***

「パパ、パパ、はやく来て。外が涼しくなってきたよ！」晶晶（ジンジン）が窓ガラスを叩いて叫んでいる。彼の小さな顔がガラスにぴたりとくっつき、小さな鼻がぺしゃんこになっている。はるか遠くそそり立つ奇怪なかたちの孤峰が、赤い色をした砂漠の上に長い影を落としている。まもなく太陽が沈む。だから、涼しくなってきたのも当然だ。

***

しかし、わたしはやはり歴史学者だ。自分がすべきことをしていないのは耐えられない。いま、超新星紀元の歴史に対する研究はいくつかの重要な問題に関する論争に集中している。こうした論争はメディアによって拡散され、ますます熱が高まっている。そして、真摯に学問に向き合う超新星紀元史研究者たちが意見を述べることは、一般人よりも少ない。わたしはこの機会に、超新星紀元の歴史研究で論議を呼んでいる問題について、私見を述べておこう。

1　超新星紀元はいつからはじまったのかという問題について。これには二つの両極端の主張がある。ひとつは、超新星爆発の時点からもうはじまっていたという主張。宇宙で起こった出来事は、紀元のはじまりを示す指標としてもっとも信頼性が高いという理屈による。だが、この主張には明らかに根拠がない。たしかに人類の暦法の指標となるのは宇宙的な出来事かもしれないが、紀元の指標となるのは歴史的な出来事なのである。もうひとつは、大移民がはじまった時点こそが真の超新星紀元のはじまりであるという主張。これもまた、すじが通らない。なぜなら、大移民のはじまる前、ひいては超新星戦争のはじまる前に、歴史のコースはとうに西暦モデルを外れていたからである。わたしとしては、新紀元のはじまりを、西暦時計が消滅した時点とするのがもっとも理にかなっていると考える。この主張に対し、その時点の歴史はまだ西暦モデルだったと反論する人がいるかもしれない。しかし、歴史にはつねに慣性が存在する。イエスが誕生したとき、全世界の人々がキリスト教徒だったとはとても言えない。西暦時計というこの指標は、歴史的にも哲学的にも、じゅうぶんに深い意味を持つのである。

2　西暦末、各国が国家をシミュレートするというやりかたで、国の指導者となる子どもを選抜したことの是非、とりわけその合法性に関する問題。これについては、紙幅を割いてくわしく論じるつもりはない。このやりかたが受け入れがたいと考えている人も、こんにちにいたるまで、もっといい方法を提案できていない。どの国家も崩壊の瀬戸際にあったあのきびしい状況ではなおさらだ。近年、歴史学の分野には独善的な人間がおおぜいいる。彼らに理解させるには、二棟の高層ビルのあいだに渡したレールの上を歩かせるのが最適だろう。

3　世界戦争ゲームの目的は、ゲームそのものにあったのか、それとも南極の領土争奪にあったのか、という問題。現在の成人の思考からこの問題に答えるのは容易なことではない。超新星紀元前の戦争は、政治、経済、民族、宗教などの問題が往々にしてひとつに融合し、それぞれを切り離して考えることが困難だった。南極ゲームもそれと同じことが言える。子ども世界において、ゲームと政治は、ひとつのものの両面であり、切り離すことができない。これについては、さらに次の問題を孕んでいる。

4　超新星戦争中のアメリカの子どもの戦略に関する問題。当時、アメリカは軍事力で優位にあったので、もし通常の戦争をしていたら、いともたやすく南極を占領していたのではないか、という指摘がある。通常の戦争なら、アメリカの子どもは強力な海軍を使って敵の海上輸送ルートを断つことができた。そうすれば、他国はそもそも南極大陸に兵力を送ることが不可能になる。……このような主張は、そもそも国際政治における基本ルール、勢力均衡の原則を理解しないまま、西暦時代の浅薄な地政学に基づいて超新星紀元の世界を考えている。仮に、アメリカがほんとうにそんな行動に出たら、他国はたちまち同盟を結んだに違いない。とりわけ、中国、ロシア、ヨーロッパ、日本のいずれかが参加する同盟が成立すれば、その力はアメリカと拮抗する。その結果生まれる世界の勢力図は、国家が同盟に変わり、政治力学がわずかに西暦時代寄りになるのをべつにすれば、戦争ゲームにおける勢力図と大差ないものになっていただろう。

5　大移民は歴史の必然だったのか？　これはたいへん深い問題である。中国とアメリカが国土交換を行ったあと、他国の子どもたちも同様のゲームを行った。たとえばロシアと南米諸国、日本と中東諸国の国土交換だ。こうしたゲームはのちに地球全体に広がって、戦後世界史のメインストリームとなり、世界の地政学という巨大ハードディスクを再フォーマットする結果になった。残念なのは、このきわめて学術的価値の高い問題の分析がしかるべきところまで掘り下げられておらず、人々の興味が大移民の結果に集中してしまっていることである。それも無理はない。人はいつも想像のつかないことに興味を持つ。大移民の結末はまさにそうだ。大移民がはじまったとき、子どもたちはさまざまな結末を想定した。それらの中には、チェスター・ヴォーンやメガネのような偉大な思想家や戦略家が予測したものもあったが、多くはふつうの子どもたちが考えたものだ。だが、そうした予測はすべて誤りだったことを時間が証明した。ほんとうの結末はだれもが予想もしなかったものであり、当時の子どもたちのいちばん大胆な想像よりも意外なものだった……。

＊＊＊

「パパ、パパ、早く出てきてよ！　いっしょにブルー・プラネットを見るって言ったよね？　いま昇ってきてるんだよ！」

わたしはため息をついてペンを置いた。知らず知らずのうちにまた不毛な議論に立ち入りかけていた。もうこれで終わりにしよう。わたしは立ち上がり、玄関を出て外の草地へ行った。太陽はもう沈み、ちょうど薔薇星雲が輝きはじめていた。

「すごいな。空が晴れてる！」わたしは歓喜の叫び声をあげた。これまではかならず見えていた薄汚れた雲がすっかり消えて、空は澄んだ薄紅色に染まっている。

「一週間も経つのに、いまやっと気づいたのね！」ヴェレーネが晶晶（ジンジン）の手をひっぱりながら言った。

「予算がないからドームの清掃は無理だとか、政府は言ってなかった？」

「ボランティアがやったんだよ！　ぼくだって行ったんだ。四百平方メートルも洗ったよ！」晶晶が誇らしげに言った。

わたしは天を振り仰いだ。高さ千メートルあるドームのてっぺんにはまだ人がいて、最後に残った汚れた雲を掃除している。彼らの姿は、薔薇星雲の光に照らされたブルーを背景に、小さな黒い点に見える。

　気温が下がり、雪が降りはじめた。足もとには薄緑色の草地、ドームの外には赤い砂漠、空には青く輝く薔薇星雲、そして空中をひらひらと舞う真っ白な雪。それらが織りなす絢爛たる景色に心を奪われてしまった。

「いつまで経っても気象制御システムをちゃんと調節できないんだから！」ヴェレーネは不満げに言う。

「よくなるよ。なにもかも、きっとよくなる……」わたしは心の底からそう言った。

「昇ってきた、昇ってきたよ！」晶晶が歓喜の声をあげた。

　東の地平線に青い星が昇ってくる。それはまるで、天空という薄紅色の紗にこぼれる藍色の宝石のようだ。

「ねえパパ、ぼくたち、あそこから来たの？」晶晶がたずねた。

「そうとも」わたしはうなずいた。

「お祖父ちゃんお祖母ちゃんはずっとあそこに住んでるの？」

「そうだよ。ずっとあそこに住んでる」

「あれが地球？」

　わたしは母親の瞳を見つめるようにその青い天体を見つめていた。目に涙があふれてくる。嗚咽をこらえて言った。

「そうとも。あれが地球だよ」

訳者あとがき

大森 望

お待たせしました。《三体》三部作で世界を震撼させた中国SFの巨星・劉慈欣の記念すべき第一長篇『超新星紀元』をお届けする。

時は現代。太陽系から八光年の距離にある恒星が超新星爆発を起こし、やがて地球に大量の放射線が降り注ぐ。その中に含まれる未知の宇宙線には、人体細胞の染色体を破壊する致命的な効果があった。一年後にも生きていられるのは、染色体に自己修復能力がある若い人類――その時点で十二歳以下の子どもたち――だけ。いまから一年後の世界では、大人たちがすべて死に絶え、人類文明は十四歳未満の子どもたちに託される。子どもしかいない〝超新星紀元〟の社会は、いったいどうなってしまうのか？

日本のSF読者なら、この設定を見て、小松左京の名作短篇「お召し」を思い出すかもしれない。「お召し」は、満十二歳以上の人間がすべて消えてしまう現象を体験した子どもの手記が、それから三千年あまり経った未来で発見されるという物語だが、子どもだけの世界を描く作品ということなら、SFにかぎらず、これまでにたくさんある。ジュール・ヴェルヌの『十五少年漂流記』や、本書でも言及されるウィリアム・ゴールディングの『蠅の王』を想起する人もいるだろう。SFならロバート・A・ハインライン『ルナ・ゲートの彼方』とか、漫画なら楳図かずお『漂流教室』とか、例を挙げればキリがない。

本書『超新星紀元』は、このシンプルな設定に正面から挑み、波瀾万丈というかなんというか、作中にも登場するウルトラスーパー絶叫マシンさながらの二転三転を経て、予想もつかない地平へと読者を導く。死を覚悟した大人たちが、世界を引き継ぐことになる子どもたちのために、死に至るまでの短い猶予期間を使って必死に準備し、みずからの知識や技術を伝えようとベストを尽くす、そんな感動的な導入から、まさかこんな物語が展開することになろうとは……。

思わず茫然とするサプライズは著者の十八番だが、ここまで大胆不敵かつ好き放題にやってのけられたのは第一長篇なればこそか。いずれにしても、《三体》三部作にまっすぐつながる劉慈欣らしさが濃縮された一冊である。

あらためて本書の来歴をふりかえると、著者が『超新星紀元』（簡体字では『超新星纪元』）の第一稿を書き上げたのは一九八九年十二月のこと。当時、著者はまだ二十六歳の若さだった。その後、何度かの全面的な改稿を経て、二〇〇三年一月、作家出版社から単行本として刊行された。

ちなみに、著者は本書に先立ち、一九八九年一月に、現実世界とネット上の仮想世界との戦争を描く近未来サイバーSFサスペンス長篇『中国2185』を書き上げているが、こちらは現在に至るまで未刊（中国語版のテキストはネット上で読める）。また、本書が出版される前年の二〇〇二年九月には、遺伝子工学によって生み出されたモンスター生物を描くSFサスペンス『魔鬼积木』（悪魔の積み木／未訳）を福建省児童出版局から上梓しているが、これはフルサイズの長篇ではなく、邦訳して二百五十枚ほどの中篇。現在は中篇版「白垩纪往事」（『老神介護』に収録されている短篇「白亜紀往事」のロングバージョン）との合本のかたちで出版されている。というわけで、商業出版されたフルサイズの長篇としては、本書『超新星紀元』が劉慈欣の第一作ということになる。

邦訳の順序は原書刊行順と逆になったが、『超新星紀元』、『三体0　球状閃電』、『三体』とたどっていけば、劉慈欣の作家的な進化がよくわかる。『球状閃電』や『三体』と同じく、本書でも戦争が大きなテーマのひとつになり、その意味でもSF作家・劉慈欣の原点と言っていいだろう。ロシアによるウクライナ侵攻を目のあたりにした二〇二三年のいま、『超新星紀元』を読むと、また新たな感慨が湧いてくるかもしれない。

原書刊行から二十年以上、初稿の完成からだと三十年以上の年月が経ち、中国をとりまく状況は一変しているが、小説の内容は（おそらく二〇〇〇年ごろの設定だと思われる作中の通信環境やIT環境、仮想世界の描写をべつにすれば）ほとんど古さを感じさせない。

本書の英訳版が二〇一九年に刊行されたとき（翻訳は、『三体Ⅱ　黒暗森林』や『球状閃電』の英訳者であるジョエル・マーティンセンが担当している）、新たに寄稿したあとがきの中で、著者はそうした中国の変化について、以下のように語っている。三十年前には自分の住む街から北京までは列車で七時間かかったのに、あるときとつぜん（体感ではほとんど一夜にして）時速三百キロの高速鉄道が開通し、北京までの乗車時間は二時間に短縮された。しかも、そういう驚くべき変化は、（少なくとも著者の主観では）大々的に報じられることもなく、知らないうちに起きていたと言う。

著者いわく、かつて、中国には未来という概念がなかった。きょうはきのうと同じで、あしたはきょうと同じだと、だれもが潜在意識ではそう思っていた。ところがいま、〝未来的〟であることが中国のもっとも顕著なイメージになり、あらゆるものが目の眩むようなスピードで変化しつつある。

劉慈欣はそこから、『超新星紀元』の第一稿を書いた三十年あまり前を回想する。出発点は、その年、出張で北京に行った夜に見た夢だった。銃剣を装着した小銃を持つ子どもたちの隊列が、歌を歌いながら、青い光に照らされた果てしない雪原をどこまでも行進していく……。冷や汗をかいて飛び起きたが、そのおそろしい光景を思い出すといまでも動悸がする。そのイメージをもとに書き上げたのが『超新星紀元』だった。以下、あとがきの一節を引用する。

「その当時、いまから三十年後の中国はこうなっているとだれかが現在の状況を予言したとしたら、SF作家であるわたしでさえ、それを信じることはむずかしかったでしょう。にもかかわらず、本書『超新星紀元』は、毎日どんどん新しくなるまっさらな世界を前にして中国の人々がどう反応するかを正確に描いています。新しい信念や土台を築く暇もなく古い信念や土台が崩れ去ってしまう時代に、中国人はいったいどう反応するか？　答えは、まったくの混乱です。正しく言えば、これは中年以上の――わたし自身のような年代の――人々の反応です。中国の新たな世代は、情報化時代に生まれたデジタル・ネイティヴとして、この新しい世界に完全に溶け込んでいます。だれかに教えてもらうまでもなくインターネットの達人となった彼らは、不可欠の外部装置としてすみやかにネットを取り込みました。彼らにとっては、これこそが世界の当然のありようであり、変化はあたりまえのものなのです。本書の中に彼らを放り込んだら、大人たちがいなくなった超新星紀元の世界に、もっとやすやすと適応することでしょう」

しかし、本書の中では、大人たちがいなくなった世界で子どもたちが抱く孤独感――置き去りにされてしまった心細さがくりかえし強調される。『三体Ⅱ　黒暗森林』の中には、地球とのつながりが完全に断たれてしまった宇宙船のクルーたちの精神が大きく変容し、〝地球人類〟とはべつの存在になってしまうという描写があるが、それは本書で描かれる孤独感の発展形かもしれない。

親から見捨てられる恐怖は、いつの時代にも、人間に永遠につきまとう恐怖だと、劉慈欣は書く。

「人類全体にとっても、それは最大の恐怖であり、文明に深く根ざした不安であり、われわれの精神生活の中で重要な位置を占めています。宇宙の果てしない闇を見つめながら、人類は存在しない保護者の手を求めて必死に手を伸ばしています。しかし、他の知的文明の存在を示すしるしは見つからない。

つまり、人類は闇の中に残され、親の手を見つけることができずにいる寄る辺ない孤児であり、無邪気さと荒々しさの火花を散らしているあいだも、その心は恐怖と混乱に満ちているのです。……もしかしたらわたしたちは、本書に登場する子どもたちほど幸運でさえないかもしれない。なぜなら、わたしたちの学習の過程で指導してくれる人はだれもいないのだから。

そう考えると、この小説で語られるストーリーは、ごくあたりまえのものなのです」


最後に本書の翻訳についてひとこと。本書は、『三体』、『三体X　観想之宙』(宝樹(バオシュー))、『球状閃電』と同じく、光吉さくら、ワン・チャイ両氏が中国語テキストから翻訳した原稿をもとに、大森が仕上げの改稿を担当した。科学的な記述については例によって林哲矢氏にチェックしていただいたほか、今回は、軍事的な記述について、作家の林譲治氏に閲読をお願いし、多数の疑問点を指摘していただいた。もちろん、誤りがあれば、最終原稿をつくった大森の責任である。また、本書の刊行にあたっては、例によって、早川書房編集部の清水直樹氏と梅田麻莉絵氏、そして校正担当の永尾郁代氏にお世話になった。カバーは、おなじみの富安健一郎氏に描き下ろしていただいた。みなさんに感謝する。

さて、劉慈欣作品の邦訳も本書で九作目(上下巻を二冊と数えると十一冊目)。フルサイズの長篇はこれですべて翻訳されたことになる。劉慈欣邦訳ラッシュもこれで一段落——かと思いきや、前述した『白亜紀往事』中篇版の邦訳を独立した単行本として刊行できることになった。白亜紀に力を合わせて驚くべき文明を築き上げていた蟻と恐竜の物語をお楽しみに。

二〇二三年六月

■劉慈欣邦訳書リスト（原書刊行順。括弧内は原題と原書刊行年）

『超新星紀元』（超新星纪元／二〇〇三年一月）大森望、光吉さくら、ワン・チャイ訳／早川書房二〇二三年七月刊

『三体0 球状閃電』（球状闪电／二〇〇五年六月）大森望、光吉さくら、ワン・チャイ訳／早川書房二〇二二年十二月刊

『三体』（三体／二〇〇八年一月）大森望、光吉さくら、ワン・チャイ訳／立原透耶監修 早川書房二〇一九年七月刊

『三体Ⅱ 黒暗森林』上下（三体Ⅱ：黑暗森林／二〇〇八年五月）大森望、立原透耶、上原かおり、泊功訳／早川書房二〇二〇年六月刊

『三体Ⅲ 死神永生』上下（三体Ⅲ：死神永生／二〇一〇年十月）大森望、光吉さくら、ワン・チャイ、泊功訳／早川書房二〇二一年五月刊

『火守』（烧火工／二〇一六年六月）池澤春菜訳／KADOKAWA二〇二一年十二月（絵：西村ツチカ）＊絵本

『円 劉慈欣短篇集』大森望、泊功、齊藤正高訳／早川書房二〇二一年十一月刊→ハヤカワ文庫SF二〇二三年三月刊 ＊日本オリジナル短篇集（収録作：鯨歌／地火／郷村教師／繊維／メッセンジャ

ー／カオスの蝶／詩雲／栄光と夢／円円のシャボン玉／二〇一八年四月一日／月の光／人生／円）

『流浪地球』大森望、古市雅子訳／KADOKAWA二〇二二年九月刊　＊日本オリジナル短篇集
（収録作：流浪地球／ミクロ紀元／呑食者／呪い5・0／中国太陽／山）

『老神介護』大森望、古市雅子訳／KADOKAWA二〇二二年九月刊　＊日本オリジナル短篇集
（収録作：老神介護／扶養人類／白亜紀往事／彼女の眼を連れて／地球大砲）

大森 望（おおもり のぞみ） 1961年生，京都大学文学部卒 翻訳家・書評家 訳書『クロストーク』コニー・ウィリス 著書『21世紀SF1000』（以上早川書房刊）他多数

光吉さくら（みつよし） 翻訳家 訳書『三体0 球状閃電』劉慈欣（共訳、早川書房刊）他

ワン・チャイ 翻訳家 訳書『三体0 球状閃電』劉慈欣（共訳、早川書房刊）他

超新星紀元（ちょうしんせいきげん）

2023年7月20日 初版印刷
2023年7月25日 初版発行

著 者 劉 慈 欣（りゅう じ きん）
訳 者 大森 望（おおもり のぞみ） 光吉さくら（みつよし）
ワン・チャイ
発行者 早 川 浩

発行所 株式会社 早川書房
東京都千代田区神田多町2－2
電話 03-3252-3111
振替 00160-3-47799
https://www.hayakawa-online.co.jp

印刷所 三松堂株式会社
製本所 大口製本印刷株式会社

定価はカバーに表示してあります
ISBN978-4-15-210254-6 C0097
Printed and bound in Japan
乱丁・落丁本は小社制作部宛お送り下さい。
送料小社負担にてお取りかえいたします。

三体0（ゼロ）球状閃電（きゅうじょうせんでん）

Ball Lightning

劉慈欣（リウ・ツーシン）

大森 望、光吉さくら、ワン・チャイ訳

46判上製

激しい雷が鳴り響く、十四歳の誕生日。その夜、ぼくは別人に生まれ変わった――両親と食卓を囲んでいた少年・陳（チェン）の前に、それは突然現れた。壁を通り抜けてきた球状の雷（ボール・ライトニング）が、陳の父と母を一瞬で灰に変えてしまったのだ。自分の人生を一変させたこの奇怪な自然現象に魅せられた陳は、それから憑かれたように球電の研究を始めるのだが……。《三体》シリーズ幻の〝エピソード0（ゼロ）〟。